btb

Der Wal erzählt die abenteuerliche Geschichte zweier Frauen: die von Kŭmbok, einem ehrgeizigen Mädchen vom Land, das zur erfolgreichen Unternehmerin, Fabrikbesitzerin und Kinobetreiberin avanciert und mit seinem mysteriösen Duft die Männer um ihren Verstand (und manche von ihnen um ihr Leben) bringt; und die von Kŭmboks stummer, trotz ihrer furchteinflößenden Gestalt sanftmütigen Tochter Ch'unhŭi, die ungewollt Schuld wird an einem verheerenden Brand, der den Untergang einer ganzen Stadt nach sich zieht, dafür jahrelang im Gefängnis sitzt und schließlich an den Ort ihrer Kindheit, eine in der Zwischenzeit verfallene Ziegelfabrik, zurückkehrt.

Cheon Myeong-kwan

Der Wal

Roman

Aus dem Koreanischen
von Matthias Augustin und Kyunghee Park

btb

Die koreanische Originalausgabe erschien 2004 unter dem Titel
»고래« (Whale) im Verlag Munhakdongne, Paju.

Die Übersetzung wurde vom
Korea Literature Translation Institute (LTI) gefördert.

Dies ist eine Fiktion. Alle Verweise auf reale Begebenheiten, Institutionen, Orte oder Personen dienen lediglich dazu, ein fiktives Universum zu erschaffen.

MIX
Papier | Fördert gute Waldnutzung
FSC® C014496

Penguin Random House Verlagsgruppe FSC® N001967

2. Auflage
Genehmigte Taschenbuchausgabe August 2024
btb Verlag in der Penguin Random House Verlagsgruppe,
Neumarkter Straße 28, 81673 München
produktsicherheit@penguinrandomhouse.de
(Vorstehende Angaben sind zugleich Pflichtinformationen nach GPSR.)

Covergestaltung: Semper Smile nach einem Entwurf von Harald Hohberger
Grafikdesign unter Verwendung der Illustration »Sibbald's Rorqual or Blue Whale« von Archibald Thorburn, L.P. London: Longmans & Co., 1920
Druck und Einband: GGP Media GmbH, Pößneck
mn · Herstellung: sc
Printed in Germany
ISBN 978-3-442-77422-7

www.btb-verlag.de
www.facebook.com/penguinbuecher

Erster Teil: Am Hafen

Die Fabrik I Das Kuriosum I Die Einäugige

Das Mädchen I Am Hafen I Der Schauermann

Laura I Der Mann mit der Narbe I John Wayne

Das Ungeheuer I Regensturm I Abfahrt

Wanderschaft I Die Zwillinge

Die Fabrik

Ch'unhŭi – so hieß die Fabrikarbeiterin, der Nachwelt allgemein als »Die Ziegelkönigin« bekannt, mit ihrem richtigen Namen. Von ihrer Existenz hatte als Erster der Architekt berichtet, der mit dem Bau des Nationaltheaters beauftragt worden war. Im Winter des letzten Kriegsjahres von einer Bettlerin in einem Viehstall zur Welt gebracht, wog sie schon bei ihrer Geburt sieben Kilogramm, und noch vor ihrem dreizehnten Geburtstag brachte sie mehr als zwei Zentner auf die Waage. Das Mädchen war stumm und verbrachte einsame Kindheitsjahre, verschlossen in seiner eigenen Welt. Ch'unhŭis Stiefvater, ein Mann namens Mun, lehrte sie sämtliche Methoden der Ziegelherstellung. Jahre später, nach einem Großbrand, der mehr als achthundert Menschen das Leben kostete, nahm man Ch'unhŭi als Brandstifterin fest und sperrte sie ins Gefängnis. Die Haft war lang und grausam, und als man sie entließ, kehrte Ch'unhŭi zur alten Fabrik zurück. Sechsundzwanzig Jahre alt war sie damals.

An jenem Tag im Sommer, an dem die Sonne dem Erdball so nahe kam, dass man glaubte, sie könnte Gusseisen zum Schmelzen bringen, stand Ch'unhŭi in ihrer blauen Sträflingskluft mitten im Hof der Ziegelfabrik. Die Wasserpumpe auf dem Hof war schon lange außer Betrieb, nur eine vertrocknete Pfütze rostiger Brühe hatte eine deutliche Spur auf dem Boden hinterlassen. Portulak, Disteln, mannshoher Beifuß und anderes Unkraut hatte den von den Tritten der Arbeiter festgestampften Boden um die Brennöfen durchbrochen und bildete ein wirres Gestrüpp. Besonders der Feinstrahl, der das Werk schon seit jeher dicht umstand wie ein Belagerungsheer, hatte in aller Stille, kaum, dass der Burgherr fortgezogen war, das gesamte Areal besetzt. Das Werk an sich bestand im Grunde genommen nur aus einer Reihe von Ziegelöfen und einem aus Holz und Wellblech zusammengezimmerten Wohnhaus; während Ch'unhŭis Zeit im Gefängnis war die Anlage allerdings stark verfallen und jetzt keines der Gebäude mehr intakt. Ob zwischen den Rissen in den Mauern der Brennöfen oder auf den Holzdielen des Hauses, ob auf den dunkel vermoosten Wellblechdächern, überall blühte der Feinstrahl. Das war das Gesetz der Natur.

Ch'unhŭi überblickte den großen Hof, in dem sie vor langer Zeit als kleines Mädchen herumgetollt war. Von der einst dichtbelaubten Pappel neben der Pumpe war nur noch ein fauliger Stumpf übrig, an dem statt Blättern fleischige Baumpilze wuchsen. Der Schweißgeruch und der Lärm der Arbeiter, der die Fabrik erfüllt hatte, nichts von dem war mehr da, Ch'unhŭi war völlig allein. Ihre Augen haschten ringsumher nach den Bildern der Erinnerung, die ihr auf dem ganzen Weg zurück hierher vor Sehnsucht die Brust zugeschnürt hatten, angestrengt versuchte sie, Spuren von Menschen zu entdecken, doch alles war fortgeweht vom Wind, fortgewaschen vom Regen der langen Jahre, in welchem Winkel der Fabrik man auch suchte.

> Leben heißt doch nur, wieder und wieder den Staub wegzuwischen, der sich pausenlos ansammelt.

So die Worte einer von Ch'unhŭis Mitinsassinnen. Die Frau mit dem über und über von Sommersprossen bedeckten Gesicht hatte ihrem Mann und ihren zwei Töchtern Gift ins Essen gemischt und war für die Morde zum Tod verurteilt worden. Zyankali, so nannte man sie daher auch, fegte und wischte bis zur Vollstreckung ihrer Strafe pausenlos Staub. Wenn die anderen Frauen in ihrer Zelle sich darüber lustig machten, dass eine Todeskandidatin sich in den wenigen verbliebenen Tagen mit Putzen abgab, hatte Zyankali mit ebendiesen Worten geantwortet, den Boden weiter mit ihrem Putzlappen bearbeitend. Und hinzugefügt: »Sterben ist nichts Besonderes, nur so etwas wie angesammelter Staub.« Ch'unhŭi hatte den Sinn dieser Worte nicht verstanden, doch als sie sich an diesem Tag der Ruine des Hauses näherte, kam ihr plötzlich Zyankalis rätselhafter Ausspruch in den Sinn.

Die sengenden Strahlen der Hochsommersonne brannten auf ihrem Kopf. Ihr wurde schwindlig, für einen Moment blieb sie stehen. Die schmale Zufahrt, die von der Unterführung der in einiger Entfernung liegenden Bahnstrecke zur Fabrik führte, war schon seit Langem von Unkraut überwuchert und nicht mehr zu erkennen. Mühsam hatte Ch'unhŭi sich den Weg durch das Dickicht gebahnt, ihre Hosen waren voller Staub und Grasflecken. Bei jedem Schritt quoll Blut aus der Stelle am großen Zeh, wo der Nagel abgerissen war, und netzte die verdorrte Erde. Überall lagen die Scherben der Ziegel herum, die von den Dorfbengeln vor Jahren schon zerschmissen worden waren, und in den kleinen Pfützen vom Regen vor ein paar Tagen zappelten Mückenlarven in der Sonnenhitze.

Ch'unhŭi betrat den von gelbbraunem Staub bedeckten Eingangsraum des Hauses. Zwischen den Ritzen des zerbrochenen Dielenbodens reckte Borstengras seine Köpfe nach oben. Als sie die schief in den Angeln hängende Tür beiseiteschob, strömte ihr aus dem dämmerigen Raum Schimmelgeruch entgegen, vermischt mit einem widerlichen Gestank wie von tierischen Ausscheidungen und faulen Eiern. Rasch gewöhnten sich ihre Augen an die Dunkelheit und das Innere des Raums wurde erkennbar. Vor einem zerbrochenen Kleiderschrank lag ein staubiges Bündel Kleider, daneben ein vertrockneter Mäusekadaver.

An den Wänden wuchs schwarzer Moder, und mitten von der Decke des Zimmers hing die Tapete gespenstisch in Streifen herab. Nachdem sie sich einen Moment umgesehen hatte, ging Ch'unhŭi durch eine zersplitterte Seitentür in die Küche des Hauses, die sie in einem noch erbärmlicheren Zustand fand. Wände und Decke waren vollkommen schwarz vor Ruß, Regal und Herd lagen umgestürzt in einer Pfütze fauligen Wassers auf dem Fußboden. Von dem großen gusseisernen Kessel, der zum Herd gehört hatte, war weit und breit nichts zu sehen. Auf der Erhebung, wo früher einmal die Feuerstelle gewesen war, lag ein verbeulter Topf aus Neusilber zwischen halbverbranntem Feuerholz. Kurz glaubte Ch'unhŭi, würzigen Feuerrauch und den köstlichen Duft nach gedämpftem Reis zu riechen, aber ihre Sinne hatten ihr einen Streich gespielt. Was ihr in die Nase stieg, war nur der kalte Schimmelgeruch, von der Wärme eines Feuers war nirgends in der Küche etwas zu spüren.

Sie öffnete die Küchentür zum Hof und trat nach draußen. In der Ferne fuhr ein Zug vorbei und ließ sein Signal ertönen. Ch'unhŭi ging weiter zu den Brennöfen. In der ersten Zeit, nachdem sie von der Polizei verhaftet und von der Fabrik weggebracht worden war, hatten Leute sich mit Handkarren zu der nun herrenlosen Fabrik aufgemacht und von den Ziegelsteinen geholt, um damit ihre Fußböden oder eine alte Herdstelle auszubessern, und mit den dann noch übrigen Steinen hatten die Jungen aus dem Dorf ihren Schabernack getrieben. Danach war es still im Werk geworden. Nur Füchse und Dachse und andere Wildtiere kamen anfangs noch jede Nacht und stöberten nach Essensresten, während das Unkraut alles zuwucherte und der vom Westwind herangewehte Erdstaub allmählich alle menschlichen Spuren tilgte.

Als Ch'unhŭi in den Ofenraum eintrat, wehte ihr ein kalter Hauch entgegen. Anders als draußen hatte sich im Inneren des Gebäudes nicht viel verändert. Zwar fielen ein paar Sonnenstrahlen durch die Spalten des beschädigten Mauerwerks, doch aus dem höhlenhaft düsteren Ofeninneren zog ein stetiger Strom kalter Luft. Sie setzte sich auf den Boden, lehnte sich mit dem schweißnassen Rücken an die kühle Ofenwand, und sofort fielen ihr die Augen zu. Ringsum war alles still, sogar die Insekten schienen in der mörderischen Hitze den Atem anzuhalten.

Halb wie im Traum, halb wie in der Wirklichkeit erschien der mit Ziegeln vollgepackte Fabrikhof vor ihren Augen. Sie sah sich selbst als Kind, wie sie zwischen den Ziegelstapeln im Zickzack hin und her rannte. Auch ihren Stiefvater glaubte sie zu hören, sein Gebrüll, mit dem er die Arbeiter angetrieben hatte, und das stark geschminkte Gesicht ihrer Mutter mit den lachenden Augen tauchte vor ihr auf, dann die Szene eines Films, den sie zusammen im Kino gesehen hatten; Gewehrschüsse, der Klang von Pferdehufen und kreischende Blondinen vermischten sich in ihren Ohren zu einem wilden Wirbel. Dann wieder ein Geräusch, das sich anhörte wie das Wort »Berkshire«, geflüstert von einem der Gefängniswärter, der sie beharrlich verfolgt und gequält hatte. Das Wort bezeichnete sowohl eine Gegend in England als auch die von dort stammende Schweinesorte, was Ch'unhŭi aber niemals erfuhr. Später hatte dieser Wärter bis zu seinem Lebensende eine Maske aus Aluminium tragen müssen, nachdem ihm Ch'unhŭi mit den Zähnen ein großes Stück seiner Wange aus dem Gesicht gerissen hatte. Die Qualen, die sie als Frau dafür zu erleiden hatte, sind zu schrecklich, als dass man sie in Worte fassen könnte, aber all das war nun Vergangenheit. Der Schmerz war verblasst, man hatte sie aus dem Gefängnis entlassen, und jetzt war sie in das verfallene Ziegelwerk zurückgekehrt.

Wieder klang das Geräusch eines vorbeifahrenden Zuges in ihren Ohren, kaum wahrnehmbar, fast wie eine Sinnestäuschung. Ch'unhŭi lief mitten durch den Feinstrahl einem weißen Schmetterling hinterher. Die Stängel reizten die Haut ihrer blanken Waden, doch auch von diesem Brennen ließ sich nicht sagen, ob es Traum war oder Wirklichkeit. Unversehens stieg der Schmetterling in den Himmel empor und entfernte sich mit einem schwachen Blinken.

Lodernd stiegen die hellroten Flammen auf. Von den dicken, sehnigen Unterarmen der Männer, die Kohlen in die züngelnde Glut des Ofens schaufelten, perlte der Schweiß, ihre nassglänzenden Gesichter glühten rot von der Hitze und dem Feuerschein, der aus der Öffnung schlug. Mit jeder Schaufel Kohle stoben aus dem Inneren des Ofens Funken wie Blütenblätter empor. Ch'unhŭi saß vor dem Ofen und betrachtete das Feuer. Hinter den roten und blauen Flammen härtete eine Ladung Ziegel aus. Ihr Kopf war heiß, sie schnappte nach Atem, aber sie konnte sich nicht bewegen. Das Feuer wurde immer stärker, es leckte mit seinen hellroten Zungen aus dem Ofen, als wollte es das Mädchen im nächsten Augenblick verschlucken. Wenn Ch'unhŭi weiter so sitzen bliebe, würde sie in die Ofenöffnung gesaugt und augenblicklich zu Asche zerfallen. Ich muss aufstehen und schnell weg hier, dachte sie, aber seltsamerweise konnte sie sich kein Stückchen rühren, es war, als stecke sie unter einem schweren Felsen fest. Keiner der Männer an den Öfen nahm von Ch'unhŭi Notiz. Sie wollte rufen, aber aus ihrem trockenen Hals kam nur ein leises, sonderbares Stöhnen. Das Feuer flackerte schon vor ihrer Nase. Dann schlug eine besonders große Flamme in ihr Gesicht. Sie nahm all ihre Kraft zusammen und sprang auf die Beine.

Als Ch'unhŭi aufwachte, war ihr blauer Sträflingsanzug völlig von Schweiß durchnässt und dampfte wie ein Trog mit frischgekochtem Viehfutter. Die Sonne stand nun höher, ihre Strahlen fielen durch die Lücken der Mauer direkt auf die Stelle, an der sie vorhin eingeschlafen war. Ihre Kehle war ausgetrocknet, und ihr dunkel verbranntes Gesicht glühte, als stünde es in Flammen. Sie wollte aufstehen, doch dazu fehlte ihr die Kraft. Mit den Armen zog sie sich mühsam über den Boden bis zu einer Stelle, wo die Sonnenstrahlen sie nicht erreichten. Sie trug keine Schuhe, nur die Sträflingskluft hatte sie am Leib. Ihre eigenen Kleider waren während der langen Haftzeit verschwunden, so dass ihr nichts anderes übriggeblieben war, als das Gefängnis in Häftlingskleidung zu verlassen. Sie schloss die Augen, schwer atmend lehnte sie sich für einen Moment an die Ofenmauer.

Nachdem Ch'unhŭi vor neun Tagen das Gefängnistor passiert hatte, war sie zunächst ziellos, ihrem Instinkt folgend, in Richtung Süden losgelaufen. Erst als sie die Stadt, in der das Gefängnis stand, hinter sich gelassen hatte und auf eine Bahnstrecke stieß, wurde ihr klar, dass ihre Füße sie zu der Ziegelfabrik trugen. Ab jetzt folgte sie immer weiter den Gleisen. Wenn es Nacht wurde, schlief sie kurz, an einen der Grabhügel in der Nähe der Bahnstrecke gekauert, und wenn sie Hunger hatte, suchte sie weiter unten im Tal nach Quellwasser und trank, bis ihr Bauch gefüllt war. Manchmal fand sie im kalten Wasser ein paar Schnüre Molchlaich, die aß sie dann, oder sie pflückte Maulbeeren von den Feldern. Ihre Füße waren bald voller Blasen, die aufplatzten und unter denen das rohe Fleisch zum Vorschein kam. Sie schleuderte die Schuhe weg und ging barfuß weiter. Zwar war es nicht leicht, unter der Hochsommersonne auf den Gleisen entlangzulaufen, aber da sie vermeiden wollte, auf andere Menschen zu treffen, blieb sie nach Möglichkeit in Sicht der Bahnstrecke. Wenn ein größerer Bahnhof näher kam, verließ sie die Gleise und machte einen weiten Bogen um den Ort.

Am dritten Tag stieß sie mit dem Fuß an eine Bahnschwelle und brach sich den Nagel der großen Zehe ab. Seither quoll unaufhörlich schwärzlich rotes Blut aus der Wunde. Sie presste den Zeh an das aufgeheizte Metall der Schiene. Der stechende Schmerz, der von der Fußspitze aus ihren ganzen Körper durchströmte, wirkte seltsam erfrischend. Dann und wann fielen Regenschauer und brachten ein wenig Abkühlung, doch in der vollgesogenen Sträflingskleidung fiel das Laufen dann umso schwerer.

Ihr gewaltiger Leib bewegte sich langsam, aber stetig und ohne Pause in Richtung Süden. Am Morgen des neunten Tages entdeckte Ch'unhŭi schließlich vom Bahngleis aus die in einiger Entfernung wie Streichholzschachteln in einer Reihe stehenden Öfen des Ziegelwerks. Aus ihrem hohlen Magen drängte etwas nach oben und schnürte ihr den Hals zu. Sie setzte sich neben die Gleise und sah leeren Blickes auf die Fabrik hinab. Die ganze Zeit lang war sie einfach nur ihrer inneren Stimme gefolgt, die ihr sagte, sie müsse zurückkehren, doch was sie hier nun anfangen sollte, darüber hatte sie nicht nachgedacht.

Als Ch'unhŭi ihren Kopf von der Bahnlinie in die entgegengesetzte Richtung wandte, erblickte sie in weiter Ferne am Rand der Berge die Stadt P'yŏngdae. Vom Morgennebel eingeschlossen, offenbarte der Ort seine undeutliche Gestalt, wie eine einst florierende, aber längst verfallene altertümliche Metropole. Was selbst aus der Distanz außergewöhnlich deutlich ins Auge fiel, war die Ruine des zwischen den anderen Gebäuden emporragenden Filmtheaters. Sie glich in ihrer Form einem gigantischen, zum Luftholen aus dem Meer auftauchenden Wal, nach einem Entwurf, der auf Ch'unhŭis Mutter Kŭmbok zurückging. In Ch'unhŭis Kopf tauchten Bilder auf von grellen Reklameschildern, vor dem Kino auf Einlass wartenden Menschenmassen und fahrenden Händlern, die Knabbereien feilboten. Doch all jenes Treiben war schon vor langer Zeit verstummt, seit dem Brand, bei dem das ganze Gebäude in Flammen gestanden und eine Feuersbrunst von fürchterlicher Gewalt sich zum Himmel erhoben hatte. Alle Feuerwehrwagen der Stadt waren mobilisiert worden, doch man hatte den wütenden Brand nicht unter Kontrolle bringen können. Aus der Ferne hatten die Menschen zuschauen müssen, wie das grandiose Bauwerk vollkommen ausbrannte. Dann hatte das Feuer auf den nebenan gelegenen Markt übergegriffen, und am Ende jenes Tages war der Untergang der Stadt P'yŏngdae besiegelt. Während Ch'unhŭi im Gefängnis ihre Strafe absaß, verließen die Bewohner einer nach dem anderen den verfluchten, hoffnungslosen Ort, und keiner von ihnen kehrte je zurück. Der Bahnhof wurde geschlossen und das menschenleere P'yŏngdae, dem Kreislauf der Natur überlassen, verfiel allmählich.

Ch'unhŭi trat aus dem Ofenraum und ging hinüber zu der Stelle, an der die Pumpe stand. Vor allen Dingen brauchte sie erst einmal Wasser. Doch die rostüberzogene Pumpe mit ihrer rissigen Gummidichtung sah nicht so aus, als würde sie jemals wieder funktionieren. Ch'unhŭi holte den schwarz verrußten Topf aus der Küche und begann, die Umgebung nach Wasser abzusuchen. Bald fand sie einen schmalen Graben neben der Zufahrt zu der Bahnstrecke, in dem unter wild wucherndem Knöterich lauwarmes Wasser stand. Behutsam schöpfte sie mit den Händen von dem Wasser in den Topf. Das Gelände, auf dem die Fabrik sich befand, war ursprünglich Sumpfgebiet gewesen. Ch'unhŭis Mutter hatte Unmengen von Kies und Erde herbeibringen lassen müssen, um den Untergrund zu befestigen. Ein wahnwitziges Unterfangen, das sich durch die späteren Erträge des Ziegelwerks dennoch um ein Vielfaches ausgezahlt hatte.

Mit dem randvollen Topf ging Ch'unhŭi zurück, goss das Wasser in die obere Öffnung der Pumpe und begann hastig, den Schwengel zu betätigen. Aber das Wasser verschwand sofort, aus der Pumpe entwich nur pfeifend Luft. Ein größerer Wasserbehälter war nötig. Ch'unhŭi machte sich im Umkreis der Fabrik auf die Suche, und wider Erwarten entdeckte sie in einer nahen Wiese einen gusseisernen Kessel, den aus der Küche verschwundenen großen Herdtopf. Zwar hatte er Rost angesetzt und an einer Seite fehlte der Henkel, aber Löcher hatte er keine, und wenn man nur den Rost entfernte, würde er sich durchaus wieder verwenden lassen.

Vor langer Zeit hatte Ch'unhŭis Mutter in diesem Kessel für die Fabrikarbeiter Nudeln gekocht, oder im Sommer Suppe aus dem Fleisch eines Hundes, den sie an der Pappel festgeleint aufgezogen hatte. An Hundesuppentagen geriet die ganze Fabrik in Aufruhr. Schon wenn morgens auf einer Seite des Hofes Ziegel zu einer Herdstelle aufgestapelt, der Kessel daraufgesetzt und Wasser erhitzt wurde, schielten die Männer immer wieder mit wässernden Mündern von ihrer Arbeit zu der Stelle hinüber. Wenn dann endlich mit Einbruch der Dämmerung der Geruch der Hundesuppe durch das Werksgelände zog, strömten die Männer mit einem verlegenen Grinsen im Gesicht herbei und scharten sich um den Kessel. Ch'unhŭis Mutter machte derbe Witze und füllte jedem eine Schüssel voll mit dem kochend heißen Gebräu, das von den Männern schwitzend und laut schlürfend mit Hochgenuss vertilgt wurde. Eine gute Zeit war es gewesen, in der es stets in Hülle und Fülle zu essen gab.

Ch'unhŭi brachte den Kessel zum Graben. Mit dem Topf schöpfte sie von dem Wasser in den Kessel, ungezählte Male, bis dieser ganz gefüllt war. Noch währenddessen beschlich sie das ungute Gefühl, dass etwas im Dickicht lauerte. So war es auch, denn als sie das dichte Gras zur Seite zog, schlängelte eine dicke Natter hervor und bewegte sich zum Grabenrand. Ch'unhŭi ergriff rasch das Schwanzende und schleuderte die Schlange mehrmals heftig auf den Boden, bis sie leise zitternd ausgestreckt liegenblieb. Ohne sich weiter um das Tier zu kümmern, hievte Ch'unhŭi den Kessel mit aller Kraft hoch. Ihre Beine schwankten unter der Last. Es war nicht allzu weit vom Graben bis zur Pumpe, aber nach neun Tagen ohne Essen und bis zum Äußersten erschöpft, war es kein leichtes Unterfangen, den Kessel hinüberzutragen. Selbst zwei starke junge Männer hätten mit dem randvoll sechzig Kilogramm schweren Gefäß ihre Mühe gehabt. Viermal musste Ch'unhŭi absetzen und verschnaufen.

Nachdem sie die Pumpe aufgefüllt hatte, betätigte sie erneut den Schwengel. Doch auch jetzt war das Wasser gleich wieder verschwunden und aus der Öffnung pfiff nur Luft heraus. Als fast alles Wasser aus dem Kessel verbraucht und Ch'unhŭi schon kurz davor war, vor Erschöpfung aufzugeben, kam endlich ein Zeichen. Sie spürte, wie ein schwerer Widerstand den Pumpschwengel bremste, und nach einem Schwall hellroter Rostbrühe begann kaltes Grundwasser zu fließen. Ch'unhŭi hielt den Mund an das Pumpenrohr und trank lange. Das kalte Wasser lief durch die Speiseröhre in den Magen und verursachte ein betäubendes, gleichzeitig elektrisierendes Gefühl im ganzen Körper. Eine ganze Weile saß sie nach Luft schnappend da, dann stand sie auf und fing an, den Sträflingsanzug auszuziehen.

Unter der Hochsommersonne kam ihr bloßer Leib zum Vorschein, gewaltig wie der eines Wasserbüffels. Obwohl sie so viele Tage ohne Nahrung gewesen war, hatte Ch'unhŭi kein einziges ihrer einhundertzwanzig Kilogramm eingebüßt. Dabei war sie nicht dick, wie andere Frauen es bei diesem Gewicht wohl gewesen wären, mit ausladenden Bäuchen und fetten Hintern. Ihre von der vielen körperlichen Arbeit abgehärteten, kräftigen Unterarme und breiten Schultern ließen an eine Athletin denken, und die dunkel verbrannte Haut verlieh ihr ein noch robusteres Aussehen. Darüber hinaus wurde ihr annähernd ein Meter achtzig großer Leib von zwei Beinen getragen, die so rund und stark waren wie Eichenstämme. Ein wahrhaft grandioser Anblick. Sie ging auf die dreißig zu, aber ihre Brüste waren, da sie nie ein Kind zur Welt gebracht hatte, immer noch fest, mit Brustwarzen, die spitz aus handtellergroßen Höfen standen. Ch'unhŭi füllte den Kessel an der Pumpe auf, nahm den kleinen Topf zum Wasserschöpfen und goss einen Schwall über sich. Bei der Berührung mit dem kalten Grundwasser zuckte ihr von der Hitze erschöpfter Körper zusammen, unwillkürlich stöhnte sie auf. Neben der Pumpe fing sie an sich zu waschen.

Diese Hülle aus Haut und Fleisch, die ungeliebt gebliebene Hauptfigur eines dramatischen Schicksals, die Ch'unhŭi wie eine unabstreifbare, vom Himmel als Strafe verordnete Uniform lebenslang in sich einsperrte und schließlich nach langer Wanderung wieder hierher zur Ziegelfabrik geführt hatte, jeden Winkel dieser sonnenverbrannten und von Narben übersäten, aber immer noch straffen Hülle wusch und schrubbte Ch'unhŭi, wie in einem Akt der Selbstbefriedigung, sanft und heimlich und ausdauernd.

Sie musste an die Worte ihres Stiefvaters und Lehrers Mun denken, der sie als Mädchen, das damals schon an die hundert Kilogramm wog, immer an der Pumpe gewaschen hatte:

> Ch'unhŭi, lass es dir gesagt sein, es ist ein besonderes Glück, dass du mit deinen dicken Beinen mehr Lehm stampfen und mit deinen starken Armen mehr Ziegelsteine tragen kannst als jeder Mann hier.

Ch'unhŭi wusste, dass Mun später erblindet und allein und einsam einen traurigen Tod gestorben war. Mit einem Mal wurde ihr schwer ums Herz und sie hielt einen

Moment lang mit ihrer Wäsche inne, aber sie weinte nicht. Als sie endlich fertig war, wusch sie noch den Sträflingsanzug, so gründlich, als wolle sie ihn zerreiben, und legte ihn zum Trocknen aufs Gras.

Ein Windzug trug die Kühle des fernen Tals heran. Ch'unhŭi schloss die Augen und genoss die Brise, die ihren gewaltigen nackten Leib umspielte. Zum ersten Mal seit Langem fühlte sie sich erfrischt. Ihre feinen Sinne waren nach dem Bad neu zum Leben erwacht, und sie konnte die dunkle Feuchte des Baches spüren und den strengen Geruch des Dachses riechen, der in einer Spalte zwischen den Felsen weiter unten im Tal schlief, und die Düfte der mannigfaltigen Gräser, die der Wind herantrug. Mit dem beruhigenden Gefühl, endlich an den Ort zurückgekehrt zu sein, an den sie gehörte, begann die Anspannung der vergangenen Jahre allmählich von ihr abzufallen.

Kurz darauf überfiel Ch'unhŭi, die immer noch schwer atmend neben der Pumpe saß, der vergessene Hunger. Sie ging zurück zu der Stelle, wo sie das Wasser geschöpft hatte, um die vorhin erlegte Natter zu holen. Die Schlange, ein dickes, mit einer Länge von knapp einem Meter ziemlich großes Tier, war noch nicht tot und zappelte und ringelte sich um ihren Arm. Ch'unhŭi riss mit den Zähnen die Haut unterhalb des Kopfes auf und zog sie der Länge nach ab, worauf das feste weiße Fleisch zum Vorschein kam. Im Magen der Schlange steckten ein noch nicht verdauter Frosch und ein Insekt mit Flügeln. Ch'unhŭi spülte das Blut mit Wasser ab, dann wickelte sie die Schlange zu einer Rolle und machte sich daran, das rohe Fleisch vom Kopfende beginnend zu verspeisen. Sie kaute jeden Bissen lange, ihr ganzer Mund war von dem süßlich öligen Geschmack erfüllt. Die Knochen, an denen kein Fleisch mehr haftete, spuckte sie aus. So saß sie da und verzehrte bedächtig das komplette Tier. Zum Schluss nahm sie noch den Frosch, der im Schlangenmagen gesteckt hatte, wusch ihn ab und schob ihn sich in den Mund.

Kaum war das Fleisch im Magen angekommen, begann es in ihr zu rumoren, und Brechreiz überkam sie. Das war nicht verwunderlich, nach neun Tagen ohne richtige Nahrung, seit dem Stück Tofu, das ihr eine alte Frau am Gefängnistor gegeben hatte. Mit Gewalt schluckte sie die Brocken, die ihr hochkamen, wieder hinunter. Als sich ihr Magen einigermaßen beruhigt hatte, spülte sie sich den Mund mit kaltem Wasser aus, stand auf und zog den noch feuchten Häftlingsanzug an. Den Saum, der zerfranst und nur noch lose an den Hosenbeinen hing, riss sie vollends ab. Eine Weile lang ließ Ch'unhŭi mit abwesendem Gesichtsausdruck ihren Blick über das Ziegelwerk schweifen. Dann endlich begann sie langsamen Schrittes auf das Wohnhaus zuzugehen. Ein Wiesel, das sich in der Nähe des Brennofens tummelte, erschrak beim Anblick ihrer Gestalt und floh ins Gebüsch. Und auch die Libellen, die über dem Feinstrahl tanzten, ließen schnell ihre Flügel schwirren und räumten das Feld.

Die Herrin der Fabrik war zurück.

Das Kuriosum

Unsere lange Geschichte nimmt ihren Anfang bei einer alten Frau, die einst in der Stadt P'yŏngdae ein einfaches Suppenlokal betrieben hatte. Sie starb lange vor Ch'unhŭis Geburt, an einem weit entfernten Ort, und eigentlich konnten die beiden nichts voneinander ahnen. Aber wer weiß, vielleicht ist all dies ja auch eine Rachetragödie. Kann es sein, dass die Alte mit ihrem Wunsch nach Rache Erfolg gehabt hatte? Es gibt niemanden, der in der Lage wäre, diese Frage zu beantworten. Denn die Menschen, die sich an ihren Rachefluch erinnern könnten, sind schon längst nicht mehr unter den Lebenden, so weit liegt das alles zurück.

Es war die Zeit, in der die Eisenbahn nach P'yŏngdae kam. Das Lokal, mit dem die unsagbar hässliche Frau ganz auf sich allein gestellt ihr kärgliches Auskommen bestritt, lag in einem finsteren Winkel in der Umgebung des neugebauten Bahnhofs. Die Hauptkundschaft bestand aus Wanderarbeitern und Tagelöhnern, die dort Eintopf und billigen Reiswein vorgesetzt bekamen. Wenn auch das Aussehen der Wirtin alles andere als einnehmend war, ihre Gerichte schmeckten – nicht von ungefähr hatte sie zuvor ihr halbes Leben lang in anderer Leute Häuser die Küchenarbeit verrichtet –, und es herrschte immer lebhafter Andrang bei ihr.

An einem Wintertag wollte die alte Frau zum Markt gehen und trat vor die Tür, wo sie auf einer gefrorenen Pfütze ausrutschte und unsanft auf den Hintern fiel. Die Eisfläche stammte von dem Spülwasser, das sie selbst dorthin geschüttet hatte. Vor sich hin fluchend: »Das Mistweib, das hier vor fremden Türen seinen Dreck hinschüttet, elendig erfrieren soll es«, rappelte sie sich wieder auf.

So also beginnt die Geschichte, leicht wie der Wind, der durch das Tal streicht, in dem die Stadt einst lag.

In der Nacht litt die alte Frau unerträgliche Schmerzen, dachte aber, die Beschwerden bis zum nächsten Tag wegschwitzen zu können, warf ein paar Scheite mehr von dem sonst so sparsam verwendeten Brennholz in den Kamin und kroch unter ihre schmuddelige Decke. Doch am nächsten Morgen waren die Schmerzen nicht geringer, sondern eher schlimmer geworden, und sie konnte sich kaum noch rühren. Vor ein paar Jahren hatten Räuber aus der Nachbarstadt, die es auf das Geld der alten Frau abgesehen hatten, bei ihr eingebrochen und sie die ganze Nacht hindurch geschlagen und misshandelt, und selbst da war sie nach zwei Tagen wieder an ihre Arbeit gegangen, aber jetzt beschlich sie eine ungute Vorahnung.

Nachdem sie den ganzen Tag hindurch dagelegen hatte, ohne sich etwas zu essen machen zu können, stand sie gegen Sonnenuntergang mühsam auf. In ihrem ganzen Leben hatte sie auch bei der schlimmsten Grippe niemals Medizin genommen, doch jetzt suchte sie, mehr kriechend als gehend, den kleinen Arzneiladen neben dem Bahnhof auf, kaufte ein Mittel, das sie zu Hause einnahm, und legte sich wieder auf ihr Lager. Das war ihr Ende. Die alte Frau sollte sich nie wieder von ihrem Bett erheben. In Wahrheit waren ihre Hüftgelenke nämlich schon seit Langem porös und brüchig wie Glas, und bei dem Sturz auf dem Eis in Dutzende kleine Stücke zersplittert, doch das konnten weder der Arzneihändler, der vom Verkauf von Mittelchen gegen Hämorrhoiden und ähnlichen Beschwerden lebte, noch die ungebildete alte Frau ahnen.

Sieben Tage vergingen, ehe ein paar Tagelöhner, die nach einem Tag harter Holzfällerarbeit in den Wäldern ihre eingefrorenen Glieder im Lokal der alten Frau wärmen wollten, sie endlich entdeckten. Andere Gäste hatten nur von außen durchs Fenster einen kurzen Blick in die nahezu völlig dunkle Gaststube geworfen und waren murrend davongezogen, die Männer aber, wohl, weil es sie gar so sehr nach der heißen Suppe gelüstete, hatten nach der alten Frau gerufen, dann, als sie keine Antwort bekamen, das Lokal betreten und schließlich auch die Tür zu ihrer Kammer geöffnet. Zuerst dachten sie, die regungslos daliegende Gestalt sei tot. Die Frau aber hatte in der dunklen Stube an einem Klumpen gekochtem und zu Eis gefrorenem Reis genagt und sich so die letzten Tage über zäh am Leben gehalten, auch wenn sie sich zwei der wenigen ihr verbliebenen Zähne dabei ausgebrochen hatte.

Fortan schaute ab und zu eine Witwe aus dem Nachbarhaus vorbei, brachte übriggebliebenen Reis oder leerte den Nachttopf aus, aber bald hatte die alte Frau, die sich nicht mehr bewegen, geschweige denn das Bett verlassen konnte, sich den Rücken wundgelegen, und das Zimmer stank nach Fäkalien und faulendem Fleisch. Von Natur aus herzlos und mit weniger Mitleid gesegnet, als Sand in den Augen eines Mäusekindes Platz hat, streckte die Witwe nun nur noch höchstens alle paar Tage einmal ihren Kopf hinein und machte boshafte Bemerkungen wie »Große Güte, dass ein alter Mensch so viel kacken kann« oder »Wo kommt bloß die ganze Scheiße her, wo sie doch so gut wie gar nichts mehr frisst«, wobei auch solche Besuche immer seltener wurden und es häufig so weit kam, dass der Nachttopf der alten Frau überlief und sie mehrere Tage überhaupt nichts zu essen bekam. Nach und nach ging der ausgemergelte Leib der Alten in Verwesung über. Das war das Gesetz der Welt.

Um diese Zeit trug es sich zu, dass ein Schwarm Bienen geflogen kam, völlig ungewöhnlich mitten im Winter, von so gewaltiger Größe, dass er den Himmel über P'yŏngdae verdunkelte. Die Leute sprachen von einem großen Unheil und zitterten vor Angst, dann tauchte eine Frau am Eingang der Stadt auf. Auf einen Wanderstock gestützt, bot sie einen unheimlichen Anblick: Sie hatte nur ein Auge in ihrem faltenlosen, jadegleichen Gesicht, doch merkwürdigerweise waren ihre Haare völlig weiß, was daher rührte, dass sie als junges Mädchen übermäßige Mengen an Honig zu sich genommen hatte; ihr wahres Alter vermochte niemand einzuschätzen.

Die Fremde lenkte, den Bienenschwarm vor sich hertreibend, langsam ihre Schritte zu dem Lokal der alten Frau. Den Leuten des Ortes, die ihr bis dorthin gefolgt waren, erklärte sie, dass sie die Tochter der Alten sei. Diese fürchteten sich einerseits vor dem grausigen Äußeren der Einäugigen, aber noch mehr Angst hatten sie, von den umherschwirrenden Bienen gestochen zu werden, und gaben ihr kleinlaut mit eingezogenen Köpfen kurze Empfehlungen – dass sie die alte Frau schnell zum Arzt bringen müsse oder dass bei Wundliegen getrocknete Färberdistelblüten eine lindernde Wirkung hätten. Aber die Einäugige sagte nur: »Um meine Mutter kümmere ich mich schon selbst«, und schickte die Leute fort. Einmal, zu einer späteren Gelegenheit erzählte sie ihnen noch, dass es die Alte gewesen sei, die sie zur Einäugigen gemacht hatte, und auf gewisse Weise entsprach das auch der Wahrheit. Zu jenem Zeitpunkt waren bereits mehr als zwanzig Jahre vergangen, seit Mutter und Tochter sich das letzte Mal gesehen hatten.

Wir aber gehen in der Geschichte noch weiter zurück. Viele Jahre zuvor war die Alte, damals noch ein junges

Mädchen, einem Mann zur Frau gegeben worden, doch der hatte sie, da sie von so unglaublicher Hässlichkeit war, nach nur einem Tag wieder fortgeschickt, ohne dass sie auch nur einmal in seinem Arm gelegen hätte und damit die Redensart Lügen strafte, dass man auch schöne Frauen bisweilen zum Teufel jagt, hässliche aber stets in Ruhe lässt. Auch später fand sich kein Mann für sie, und so musste sie noch mit mehr als dreißig Jahren ein rastloses Leben als Dienstmädchen führen, sich mal hier, mal dort verdingen, bis sie endlich in einem reichen Haus eine Anstellung als Magd fand. Auch dort schenkten ihr nicht einmal die alten Hausknechte einen Blick, denn ihrem verkniffenen, unfreundlichen Gesicht ließ sich einfach nichts an Reiz abgewinnen, mit den annähernd unsichtbaren, an den dafür vorgesehenen Stellen mehr oder weniger nur zu ahnenden tiefliegenden Mäuseaugen, der Knollennase, den schwarz verfaulten Zähnen, die bei jedem Lächeln sichtbar wurden. Obendrein kurzbeinig und klein von Statur, verwunderte es nicht, dass sich nie ein Kerl über ihre Schwelle verirrte, selbst wenn sie im Hochsommer die Türen offenließ und mit aufgeknöpfter Unterwäsche auf ihrer Bettstatt lag. Somit dürfte man also auch den Spruch, dass jedes Töpfchen irgendwann einmal sein Deckelchen findet, als widerlegt betrachten.

In dem Haus, in welchem die Frau ihren Dienst verrichtete, lebte auch der einzige Sohn des Hausherrn, ein Junge von schwachem Verstand. Manche sagten, er sei kurz nach seiner Geburt mit dem Kopf auf den Trittstein vor dem Hauseingang gefallen, andere behaupteten, man habe ihm zu viel Stärkungsmittel aus gemahlenem Hirschgeweih gegeben, wieder andere wussten, dass das alles nur Geschichten waren und der Junge schon als geistig Minderbemittelter zur Welt gekommen sei, und auch über seine wahre Herkunft rankten sich, wie es bei Schwachsinnigen so ist, vielerlei Geschichten. Doch Geburt hin, Herkunft her, der Knabe wusste auch mit zehn Jahren noch nicht auseinanderzuhalten, wie man sich an welchen Orten und vor Leuten zu benehmen hatte, überall dort, wo es ihm gerade einfiel, legte er sich hin oder verrichtete sein Geschäft, es konnte also kaum Zweifel daran bestehen, dass er wirklich nicht bei vollem Verstand war. Folglich brauchte es jemanden, der dem Jungen beim Essen, An- und Auskleiden, beim Waschen und der Notdurft zu Diensten war, und dieser Jemand war niemand anderes als die bedauernswerte, von allen verschmähte alte Jungfer. Bis noch in jene Zeit hinein waren die Beziehungen zwischen Mann und Frau, die Verhältnisse zwischen Oberschicht und gemeinem Volk strengsten Regeln unterworfen, aber ein Schwachsinniger galt nicht viel, und niemand dachte sich etwas dabei, dass eine hässliche alte Jungfer sich um den Jungen kümmerte.

Als der Sohn des Hauses sich seinem fünfzehnten Lebensjahr näherte, begann ein Problem zutage zu treten, und dieses Problem bestand in dem enormen Geschlechtsteil des Jungen. Wie als Ausgleich dafür, dass sein geistiges Niveau auf dem Stand eines drei- oder vierjährigen Kindes stehengeblieben war, wuchs sein Genital innerhalb von sieben, acht Wochen unaufhaltsam heran, und zu seinem fünfzehnten Geburtstag hatte es eine Länge von einem *Cha* erreicht, eine Länge, welche die geneigte Leserschaft, wenn vielleicht in der Nähe ein Lineal zur Hand wäre, sich bitte gern einmal selbst vor Augen führen möge. Zur Referenznahme: Ein *Cha* entspricht dreißig und einem Drittel Zentimeter.

Natürlich war das für sich gesehen kein Nachteil, mancher Frau würde wohl beim Anblick eines solchen

Prachtstücks das Herz höherschlagen vor Freude, wollte man es also als Segen betrachten, so durfte man dies getrost tun, für den schwachsinnigen Jungen aber, dem ganz anders als seinen gewöhnlichen Geschlechtsgenossen weder das Konzept von Mann und Frau, geschweige denn die Freude der körperlichen Liebe ein Begriff war, ließ sich dieses wertvolle Besitztum bei allem Wohlwollen mit nichts anderem erklären als mit einem boshaften Schabernack, den der allmächtige Schöpfer ihm spielte.

Was mag die arme, unschuldige alte Jungfer wohl empfunden haben in dem Augenblick, da sie der Pracht ansichtig wurde? Es wird uns, die wir so einen Dreißigzentimeterapparat nie in der Realität zu Gesicht bekommen haben dürften, nicht leichtfallen, das Ausmaß der Erschütterung zu beziffern. Nur, dass der Frau beim Anblick jenes grandiosen Spektakulums regelrecht die Gesichtszüge entgleist sein müssen, lässt sich in etwa erahnen.

Tatsächlich klappte der alten Jungfer die Kinnlade herunter, als sich der Junge aus dem Waschzuber erhob, in dem er gerade seinen Schmutz eingeweicht hatte. Auch davor schon hatte sie sein Ding für außergewöhnlich groß gehalten, aber von dem rasanten Wachstum in der Zwischenzeit nichts mitbekommen, da sie ihn den ganzen Winter lang kein einziges Mal gebadet hatte, obendrein war der Junge gerade an diesem Tag aus welchem Grund auch immer erregt, und sein Auswuchs prangte mit schwellenden Adern genau vor ihrer Nase, zweifellos ein schockierendes Erlebnis für die ledige Frau, es wurde ihr plötzlich dunkel vor Augen, und ohne dass sie ihren offenstehenden Mund wieder zu schließen imstande war, blieb sie auf ihrem Platz sitzen und machte sich geradewegs in die Hosen. Das war das Gesetz des unbedingten Reflexes.

Nun besteht ja der Sinn eines jeden lebenden Dinges im Wachstum und in der Fortpflanzung. Ganz gleich, wie unsäglich hässlich die Frau sein mochte, so war sie doch unbestreitbar ein mit zwei X-Chromosomen zur Welt gekommenes Weibchen, wie konnte sie da anders, als beim Anblick dieser außerordentlichen Mannespracht zu erschauern. Man darf wohl auch Verständnis dafür haben, dass sie am ganzen Körper bebte, ihr Unterleib in Wallung geriet vor wilden Gedanken, ihr Atem einige Züge lang stillstand, bis er mit einem lauten Seufzer wiedereinsetzte, und auch eine Portion Mitleid verdiente sie dafür. Das Verhalten jedoch, welches sie gleich darauf an den Tag legte, war obszön und gemein, auf nicht nachvollziehbare Weise dreist und dumm, sie ergriff nämlich das vor ihrer Nase baumelnde Ding des dummen Jungen mit beiden Händen und schob es flink in ihren immer noch offenstehenden Mund. Freilich war ihr selbst nicht ganz bewusst, was da plötzlich über sie gekommen war. Der Junge aber schien aus irgendeinem Grund großen Spaß an der Sache zu haben, fröhlich spritzte er mit dem Badewasser, dann blickte er kichernd zu der Magd herab und sagte: »Hihi, bist du aber blöd, das kann man doch nicht essen.«

Jahre später bekam Kŭmbok, die Mutter Ch'unhŭis, die Geschichte des dummen Jungen zu hören und gab dazu eine Bemerkung zum Besten, die alle bisherigen Definitionen des Begriffs der Größe auf den Punkt bringt und daher wie folgt festgehalten werden soll:

»Nun ja, groß heißt nicht unbedingt gut, aber wenn man die Wahl hat ...« An dieser Stelle zögerte sie einen Moment lang, um dann verschmitzt lächelnd fortzufahren: »... dann sollte man doch das Größere nehmen.«

Das, was sich im Folgenden zwischen der Frau und dem zurückgebliebenen Jungen entspann, ist die Geschichte von Männchen und Weibchen, in keinem Punkt anders als die zahlreichen anderen sinnlosen, trotz ihrer Simplizität immer wieder rastlos reproduzierten, von Mund zu Mund weitergegebenen, die ganze Welt bevölkernden Geschichten über den Koitus. Wenn es etwas Außergewöhnliches daran gab, dann vielleicht das Tuch am Kopfende des Bettes, mit dem sich die arme Frau den Mund zustopfte, damit das Stöhnen, das sich ihr unwillkürlich entrang, wenn das Kuriosum des Jungen in sie eindrang, nicht durch die Tür bis nach draußen klang. Es war die junge Küchenmagd, mit der sich die Frau das Zimmer teilte, der es als Erste auffiel, dass die andere, die sonst mit Einbruch der Dunkelheit sofort einschlief und bis zum ersten Hahnenschrei so tief schlummerte, dass man sie unbemerkt hätte wegtragen können, plötzlich bis spät in die Nacht hinein unter Vorwänden wie einem auszuspülenden Nachttopf oder zu wechselnder Bettwäsche immer wieder das Zimmer des Jungen aufsuchte. An diesem Tag hatte sich das Mädchen beim Sojabohnenpastemachen heimlich, wenn die Köchin gerade nicht hersah, den Mund mit gekochten Bohnen vollgestopft, was sich in einem Durchfall rächte, der sie bis in die frühen Morgenstunden immer wieder zum Lokus trieb, und als sie dabei einmal auf dem Rückweg am Zimmer des geistesschwachen Jungen vorbeikam, hörte sie von irgendwoher das klagende Miauen einer Katze. Und sogleich ging ihr auf, weshalb ihre Zimmergenossin neuerdings so geschäftig war.

Ein paar Tage später traf das Mädchen eine Gefährtin aus ihrem Heimatdorf, in einem Haushalt in der Nähe ebenfalls als Magd angestellt, und tuschelte ihr die Neuigkeiten ins Ohr, und als das Getuschel solchermaßen erst einmal auf das Fließband geraten war, wuchs es in einem vollautomatischen Prozess der Weiterverarbeitung rasch zu einer sehr überzeugenden, pikanten Story heran, die im gesamten Ort und bald auch im Nachbardorf die Runde machte und zu guter Letzt auch die Ohren der Hausherrin erreichte, vier Monate nachdem die alte Jungfer und der schwachsinnige Junge zum ersten Mal ihre Bäuche aneinandergedrückt hatten. Das war das Gesetz der Gerüchte.

Auch in dieser Nacht hatte die Frau wieder heimlich das Zimmer des Jungen aufgesucht. Inzwischen an das riesige Werkzeug gewöhnt, überließ sie sich ganz dem Rhythmus der Freude, hob ihren Hintern an und ließ so fleißig ihr Becken spielen, dass sie die Schatten nicht bemerkte, die von draußen über die mit Reispapier bespannte, halbdurchsichtige Tür huschten. Erst als im nächsten Augenblick die Tür aufflog, eine Horde junger Knechte hereinstürmte, die Frau am Zopf gepackt nach draußen zerrte und auf den Hof warf, erkannte sie, dass nun alles vorbei war. Kurz darauf wurde eine Fackel entzündet, und mit vor Zorn kalkweißem Gesicht erschien die Herrin des Hauses. Ohne ein Stück Wäsche am Leib kauerte die arme Magd zusammengesunken mitten auf dem Hof und wartete auf ihre Bestrafung. Von dem plötzlichen Tumult alarmiert, waren die anderen Bediensteten aus dem Haus gelaufen gekommen und standen in einem Kreis um sie herum. Wutbebend starrte die Hausherrin auf die hässliche Bedienstete herab, die in sich zusammengeschrumpft vor ihr lag wie ein trockener Schwamm. Auch wenn ihr Sohn ein Schwachsinniger war, so stellte ein solches Verhalten in dieser Welt der strengen Ständeregeln eine unerhörte Beleidigung dar.

Einem der Knechte nahm sie ein Wäscheholz aus der Hand und holte aus, um dem liederlichen Weib mit einem Hieb den Schädel zu zerschmettern, was ihr trotz ihrer fast fünfzig Jahre gewiss auch gelungen wäre, so sehr kochte die Wut in ihr.

Doch dann geschah etwas Unvorhergesehenes. Aus seinem Zimmer stürzte weinend der schwachsinnige Junge nach draußen. Er begriff nicht, weshalb man die Magd fortgezerrt hatte, und laut ihren Namen rufend, kam er auf den Hof gerannt, genau wie sie splitternackt, ohne einen Faden am Leib. Angefangen bei seiner Mutter, der Hausherrin, wurde nun das gesamte Haus des gewaltigen Apparates gewahr, der im Schritt des Jungen hin und her baumelte. Wie auch die alte Jungfer beim ersten Anblick, so standen auch die Augenzeugen jetzt allesamt mit offenen Mündern da. Für einen Moment vergaß die Hausherrin ihren Zorn, und die Mägde vergaßen ihre Schüchternheit, und die Knechte vergaßen, was man ihnen aufgetragen hatte. Erst als kurz darauf die Hausherrin, die als Erste wieder ihre Sinne beisammenhatte, laut befahl, Schluss mit dem abscheulichen Schauspiel zu machen, fiel ihnen wieder ein, was zu tun war, und einige der älteren Knechte packten den Jungen und schleiften ihn wieder zurück in sein Zimmer, während die Dienstmädchen unter Geheul, die Hände vor die Augen geschlagen, in die Küche sprangen. Dann erfolgte der strikte Befehl der Hausherrin: »Verpasst der verfluchten Dirne eine Tracht Prügel und jagt sie aus dem Haus!«

Vor Wut und Verlegenheit mit dem Kopf schüttelnd, verschwand sie in den Herrschaftsflügel des Hauses, und gleich darauf fuhren die groben Knüppel der Knechte auf den nackten Leib der Magd nieder. Sie schrie auf vor

Schmerz, als ihre Haut aufplatzte und das Blut hervorschoss. Den Männern, von klein auf einzig und allein darum besorgt, irgendwie den eigenen Magen vollzukriegen, waren Gefühlsregungen wie Nächstenliebe oder Mitleid fremd. Wimmernd wand die Magd sich auf dem Boden, und trotz ihrer Hässlichkeit überkam die Männer beim Anblick der vor ihnen entblößten intimsten Teile eine unwillkürliche Erregung, die ihre Augen mit einem seltsam wahnsinnigen Glanz erfüllte und ihren Händen, mit denen sie die Knüppel umfasst hielten, noch mehr Kraft verlieh. Weil sie außerdem nicht wussten, wie weit die von der Hausherrin geforderte »Tracht Prügel« gehen sollte, dachte niemand daran, mit den Schlägen aufzuhören, bevor nicht der Befehl dazu gegeben wurde. Das war das Gesetz der Trägheit.

Wenn nicht die Dienstmädchen, die durch den Spalt der Küchentür das Geschehen verfolgten und bei jedem Schlag zusammenfuhren, als seien sie selbst die Geschlagenen, schließlich herausgelaufen wären und den Knechten Einhalt geboten hätten, so wären die Schläge die ganze Nacht weitergegangen. Während die Männer mit hochroten Köpfen voreinander standen, sich verlegen räusperten und vorgaben, mit irgendetwas beschäftigt zu sein, hatte jemand rasch ein paar Kleidungsstücke gebracht und sie dem formlosen blutigen Klumpen Fleisch übergezogen. Die Männer packten das Bündel und warfen es vor das äußere Tor des Anwesens, dann schüttelten sie ihre Köpfe, als wollten sie die Bilder dieses schrecklichen nächtlichen Wahns abwerfen, und gingen in ihre Zimmer zurück. Wie eine Garbe nasses Stroh lehnte die alte Jungfer, den Kopf vornübergesenkt, am Tor, es sah aus, als sei alles Leben bereits aus ihr gewichen. Sie schien nicht einmal mehr zu atmen, aus ihrer

Nase und ihrem Mund rann unaufhörlich Blut und tränkte die Erde.

Als der Hauptdiener am nächsten Tag das Tor öffnete, war die arme alte Jungfer nirgends mehr zu sehen. Alle dachten, dass sie glücklicherweise am Leben geblieben und ihrer Wege gegangen sein musste, irgendwohin, wo sie wieder genesen würde, und jeder machte sich wieder an seine Arbeit. Das war das Gesetz der niederen Leute. Man ging also davon aus, die Geschichte habe solchermaßen ein Ende gefunden. Aber einige Tage später, zu einer Stunde weit nach Mitternacht, schlich sich jemand heimlich in das Zimmer des schwachsinnigen Jungen. Dieser Jemand war niemand anderes als die vor Kurzem zu einem blutigen Etwas geprügelte Dienstmagd. Sachte rüttelte sie den tief schlafenden Jungen, um ihn zu wecken. Kaum öffnete er die Augen, flüsterte sie ihm ins Ohr: »Kindchen, wollen wir zusammen baden gehen?«

»Mag nicht baden«, murmelte der Junge und wollte seine müden Augen schon wieder schließen, da legte sie ihre Hand in seinen Schritt und streichelte sachte sein Glied.

»Magst du immer noch nicht?«

»Hihi, doch, jetzt schon«, antwortete er mit einem debilen Grinsen im Gesicht.

Leise führte sie ihn zum Haupttor. Er quengelte zwar, warum sie nicht in die Küche zum Baden gingen, aber unter sanften Beschwichtigungen zog sie ihn ins Freie. Wenig später hatten sie den Ort erreicht, an den sie den Jungen bringen wollte, das Ufer des breiten Baches, der am Dorfrand vorüberfloss. Der Junge wich zurück, das Geräusch des unheimlichen finsteren Wassers und der merkwürdige Ausdruck in den Augen der Frau machten ihm Angst: »Mir ist kalt. Ich will heim.«

Rasch zog sie ihm die Kleider aus. Dann hieß sie ihn, sich auf das Gras der Uferböschung zu legen, und setzte sich rittlings auf ihn und sagte: »Ganz ruhig, Kindchen, so ist's brav.«

Sie nahm das Glied des schwachsinnigen Jungen, führte es in sich ein und begann, sich auf und ab zu bewegen. Der Junge tat, was er sonst auch immer getan hatte, mit offenem Mund grinste er selig und bewegte seinen Hintern im Takt. Ringsum war alles pechschwarz, ohne einen einzigen Lichtschein, und das heftige Wasserrauschen und die aneinanderklatschenden Leiber der beiden das Einzige, was zu hören war. Der Kehle der Frau entwand sich ein Stöhnen. Diesmal brauchte sie sich den Mund nicht zu verstopfen. Mit einem langen Schrei erreichte sie den Höhepunkt. Nach einer Weile stand sie auf, griff nach der Hand des keuchend daliegenden Jungen und zog ihn hoch.

»So, und jetzt wollen wir baden«, sagte sie.

»Mir ist kalt. Will nicht baden.«

»Doch! Du musst aber!«

Sie rollte furchteinflößend mit den Augen. Widerstandslos ließ sich der Junge an ihrer Hand ins Wasser führen. Vor ein paar Tagen hatte es geregnet, der Bach war stark angeschwollen. Als ihm das kalte, reißende Wasser bis über die Hüfte stieg, bekam es der Junge mit der Angst zu tun, und er griff fest nach der Hand der alten Jungfer. Sie zog ihn Stück für Stück tiefer in das Wasser hinein. Hinter ihr drehte ein schwarzer Strudel seine Kreise.

Als man am Morgen des folgenden Tages das Verschwinden des Jungen bemerkte, geriet das ganze Haus in Aufruhr. In alle Himmelsrichtungen zog man los, um ihn zu suchen. Zwei Tage vergingen, bis ein unverheiratetes

Mädchen aus einem Dorf sechs Kilometer flußabwärts, das gerade am Ufer Wäsche wusch, den Jungen auf dem Wasser treiben sah. Und dass auch diesem Mädchen beim Anblick der Leiche das Kinn herunterfiel, muss wohl nicht eigens erwähnt werden.

Die Einäugige

Einige Jahre später lebte in einem weit abgelegenen Bergdorf eine Frau mit ihrer kleinen Tochter, die zog von Haus zu Haus und verdiente sich mit Gelegenheitsarbeiten ein paar kärgliche Küchenabfälle. Es handelte sich bei der hässlichen und kümmerlich gewachsenen Frau um keine andere als die bedauernswerte Magd, die seinerzeit mit dem schwachsinnigen Knaben das Lager geteilt hatte, und auch das Kind entstammte natürlich jener Kreuzung. Im Winter des Jahres, in dem die aufgetriebene Leiche des Jungen im Nachbardorf angeschwemmt worden war, hatte die Magd das Kind heimlich in einer fremden Küche allein zur Welt gebracht. Zum Glück war die Tochter des Minderbemittelten nicht schwachsinnig, und auf den ersten Blick besaß sie auch keine Ähnlichkeit mit ihrem Vater. Nur ihre großen, unschuldigen Augen mit der doppelten Lidfalte blickten einfältig und abwesend und glichen denen ihres Vaters wie ein Ei dem anderen. Das war das Gesetz der Vererbung.

Die Frau litt unter den Erinnerungen an den schwachsinnigen Jungen, die sie jedes Mal überfielen, wenn sie ihrer Tochter in die Augen blickte. Dann schlug sie das Kind, und es gab kaum einen Tag, an dem der magere Leib nicht mit neuen blauen Flecken übersät gewesen wäre. Das Mädchen hockte in einer Zimmerecke und erduldete die Schläge, unter Tränen zu seiner Mutter aufblickend. Von den traurigen Augen fühlte sich die Frau noch mehr an den schwachsinnigen Jungen erinnert. Sie glaubte zu hören, wie er nach ihr rief, mit schreckensweitem Blick und mit den Armen rudernd, während er im dunklen Fluss verschwand.

Nein, ich hab doch gesagt, ich mag nicht baden!

Doch aus welchem Grund mochte die Frau den Jungen in die dunklen Fluten gezogen haben? War es aus Rache für die fürchterlichen Schläge im Haus seiner Familie oder weil sie den zwar kurzen, aber glücklichsten Moment ihres Lebens so für immer bewahren wollte? Auf diese Frage werden wir niemals eine Antwort bekommen. Alles ist im Wasser versunken. Und die Geschichte geht weiter.

Es war im Winter des Jahres, in dem das Mädchen sieben Jahre alt wurde. Seine Mutter saß in der Küche einer wohlhabenden Bauersfamilie und kochte Getreidesirup ein. Bislang hatte sich das Mädchen aus Furcht vor den Bauersleuten nicht in das Innere des Hauses gewagt, sondern den ganzen Tag lang draußen neben dem Misthaufen am Viehstall gesessen und in der Kälte gezittert. Der Dampf, der dem Mist entströmte, spendete ein wenig Wärme, doch auch die wurde vom schneidenden Wind sofort wieder weggeweht, und so kroch das kleine Ding schließlich ganz in den Haufen hinein, bis nur noch der Kopf herausschaute, und man hätte auf den ersten Blick nicht sagen können, ob das Mädchen ein Misthaufen oder der Misthaufen ein Mädchen war.

Wie viel Zeit war so vergangen? Das Mädchen war eingeschlafen, als plötzlich ein süßer Geruch seine Nase kitzelte. Ohne zu wissen, was es tat, entstieg das Mädchen dem Mist und kroch in die Küche, wo seine Mutter bei der Arbeit war. Beim Anblick ihrer besudelten Tochter schrak sie zusammen und zischte dann, mit dem Schürhaken nach ihr ausholend, die Herrin werde sie rausschmeißen, wenn sie das wüsste.

Die großen Augen des armen Kindes füllten sich mit Tränen. Als die Frau das sah, fiel ihr wieder das Gesicht des Schwachsinnigen ein. Für einen Moment tat ihr das

Mädchen leid. Sie setzte es neben den Herd und füllte eine Reisschale mit dem heißen Sirup. Ohne zu merken, dass es sich den Gaumen verbrannte, schleckte das Mädchen gierig die ganze Schale aus. Dann setzte es sich vor die Herdöffnung, sah in die Glut und wärmte sich die kalten Glieder, Mistgestank im ganzen Raum verbreitend. Die Frau schürte das Feuer und stellte einen Kessel mit Wasser auf den Herd. Unterdessen war das Mädchen vor dem Ofen eingeschlafen. Als sie ihre Tochter so daliegen sah, stiegen Tränen in ihr hoch und sie bereute, was sie dem Kind alles an Bösem angetan hatte.

Als wenig später das Wasser kochte, goss sie es in einen großen Bottich, weckte ihre Tochter und zog ihr die schmutzigen Kleider aus. Beim Anblick des spindeldürren, geschundenen Leibs begriff die Frau, wie grausam sie all die Zeit gegen das Mädchen gewesen war, und abermals überkamen sie Schuldgefühle. Doch als endlich alles zum Baden vorbereitet war, wehrte sich das Kind, in den Bottich zu steigen, und gleich schlug die Stimmung der Frau wieder um. Zum ersten Mal seit Langem hatte sie ihrer Rolle als Mutter gerecht werden wollen, und jetzt gehorchte das Mädchen nicht. Wütend schwang die Frau den Schürhaken und drohte mit rollenden Augen, das Mädchen zu verprügeln, wenn es nicht auf der Stelle ins Wasser stieg. Da riss das störrische Kind plötzlich weit die Augen auf und rief: »Nein, ich hab doch gesagt, ich mag nicht baden!«

Im nächsten Moment stieß die Frau, ohne zu überlegen, das noch glühende Ende des Schürhakens dem Kind tief ins linke Auge. Ihre kurz zum Leben erwachte Zuneigung war schlagartig verflogen, und sie wurde wieder die herzlose Mutter, die sie immer schon gewesen war. »Das hast du davon, du Weibsstück, ich hab doch gesagt, du sollst draußen bleiben, oder hat dir jemand erlaubt, dass du hier reingeschlichen kommst? Wenn du nicht gleich fort bist, schmeiß ich dich ins Feuer!«, drohte sie, weiter im Siruptopf rührend, dem schreienden Kind, das sich das blutende Auge mit den Händen zuhielt.

Im Ofen brannte hellrot lodernd das Tannenholz.

Als man begann, die Eisenbahn zu bauen, war das einäugige Mädchen dreizehn Jahre alt. Ob das Sprichwort, dass auch die letzte Strohsandale irgendwann ihr Gegenstück findet, nach seiner Erfüllung verlangte oder der Schöpfer letztendlich ein Einsehen hatte, jedenfalls empfing die Mutter des Mädchens neuerdings nächtliche Besuche. Der Mann, ein Lastenträger, hatte ein dunkles Gesicht mit tiefen Pockennarben, die aussahen wie die Furchen eines Basaltfelsens.

»Man braucht sich nur ankucken, wie die neuerdings mit dem Hintern wackelt, dann weiß man Bescheid«, machte es bald in der Nachbarschaft die Runde, doch die Frau scherte sich nicht darum. Ihre Haut, sonst rau wie Borke, glänzte wie ein frischgelegtes Hühnerei, und ihre ohnehin schon kleinen Augen verengten sich zu noch schmaleren Schlitzen. Das war das Gesetz der Liebe.

Sofort nach Arbeitsende lief die Frau nach Hause, zwang ihre Tochter, schlafen zu gehen, zog sich aus, schlüpfte unter ihre Decke und wartete auf den Pockennarbigen. Wahrscheinlich war das die glücklichste Zeit ihres Lebens, doch die grausame Vorsehung ließ dieses Glück nicht lange Bestand haben.

Als die Frau eines Abends nach der Arbeit spät nach Hause kam, hörte sie sonderbare Geräusche aus der Schlafkammer. Durch den Türspalt sah sie den Mann mit ihrer eigenen Tochter nackt im Bett liegen. Die Frau ging zurück in die Küche und verfluchte unter stillen Tränen ihr böses Schicksal. Doch lange weinte sie nicht. Sie nahm das Küchenmesser und öffnete leise die Tür zur Kammer. Der Pockennarbige hatte sie nicht bemerkt und bewegte sich weiter keuchend über dem schmächtigen Mädchenleib. Beim Anblick seiner Mutter riss das Mädchen vor Schreck sein einziges Auge weit auf. Die Frau legte den Finger auf den Mund und bedeutete ihrer Tochter stillzuhalten. Dann näherte sie sich von hinten, zielte und stach das Messer mit aller Kraft in den breiten Rücken des Mannes. Die Klinge durchbohrte beim ersten Stich die Lunge, seiner Kehle entwich ein zugluftartiges Geräusch. Die Frau umfasste den Griff des noch halb herausragenden Messers fest mit beiden Händen und drückte, bis die Klinge vollständig eingedrungen war. Der Mann schaffte es nicht einmal mehr, einen Schmerzensschrei auszustoßen, ein Beben durchlief seinen Körper, dann brach er über dem Mädchen zusammen. Das Gesicht nass vom Blut, das dem Mann aus dem Mund quoll, lag es zitternd da, unfähig zu schreien. Die Frau zog das Messer heraus, warf es von sich und sprach: »Was glotzt du so, du Miststück. Du willst doch wohl nicht schlafen gehen, bevor das hier fortgeräumt ist?«

In jener Nacht vergruben Mutter und Tochter die in eine Strohmatte eingewickelte Leiche des Pockennarbigen neben den Bahngleisen.

Das Mädchen befürchtete, seine Mutter würde es ebenfalls bald umbringen, und sann schon nach einer Möglichkeit zu fliehen, aber das war gar nicht nötig. Gleich am Tag nach dem Tod des Pockennarbigen suchte die Frau die Hütte eines Mannes mittleren Alters auf, der in dem stillen Tal in den Bergen hinter der Stadt Bienen züchtete. Dieser verbrachte das halbe Jahr auf der Suche nach guten Nektargründen auf Wanderschaft, im Frühling brach er im Süden des Landes auf, um im Herbst im Norden anzukommen, wobei er im Mai stets in P'yŏngdae haltmachte und im Tal, in dem Buschklee und Kastanien dann in voller Blüte standen, seine Lehmhütte bezog.

Dort machte die Frau dem Imker ein Angebot: Für fünf Töpfe Honig wollte sie ihm ihre Tochter überlassen, unter der Bedingung, dass er gleich morgen mit dem Mädchen aufbrach und bis zu seinem Tod nie wieder in die Nähe des Ortes kommen dürfe.

Der Imker blickte die Frau ratlos an und fragte schließlich: »Und was kann das Mädchen?«

»Essen machen, Wäsche waschen – und alles, was Sie ihm sonst noch auftragen.«

Die Frau warf einen anzüglichen Blick auf seinen kraftlosen Unterleib.

»Ich weiß nicht recht, was ich mit einem einäugigen kleinen Gör anfangen sollte ...«

Der Imker schien unschlüssig.

»Sie hat zwar nur ein Auge, aber mit dem erkennt sie jeden Fasan im Gebüsch, egal wie weit er weg ist.« Die herumschwirrenden Bienen mit der Hand fortscheuchend, ließ die Frau nicht locker: »Und auch wenn sie jetzt vielleicht noch wie ein Kind aussieht, bei Mädchen geht's schnell mit dem Großwerden. Bald werden Sie sie nicht mehr wiedererkennen.«

»Das mag ja sein, aber ob sie fünf Töpfe wert ist ... das ist feinste Ware, wissen Sie«, zögerte der Imker immer noch.

Am Ende einigte man sich doch, und die Frau ging mit acht Bienenstichen und zwei Honigtöpfen nach Hause. Am nächsten Tag nahm der Imker das dreizehnjährige

Mädchen bei der Hand und verließ den Ort zum letzten Mal. Mehr als zwanzig Jahre lang sollten sich Mutter und Tochter nun nicht mehr sehen.

Die Geschichte geht also weiter in der kleinen Kammer des Suppenlokals, wo die alte Frau seit ihrem Sturz das Bett hütete. Erst nach einer ganzen Weile erkannte sie, dass die einäugige Frau, die vor ihr stand, ihre eigene Tochter war. Die Alte versuchte sich aufzurichten und schrie, woher sie die Frechheit besitze, sich hier blicken zu lassen, verschwinden solle sie, auf der Stelle, aber die Einäugige zeigte keine Regung und sagte, sie sei gekommen, um zu holen, was ihr zustehe. Dass sie nur noch ein Auge habe und dass sie für zwei Töpfe Honig mit dem Imker habe fortgehen müssen, beides sei das Werk der Alten, und dafür solle sie jetzt bezahlen. Die Alte gab zurück, für das blinde Auge könne sie nichts, und sie dem Imker anvertraut zu haben sei nur zu ihrem Besten gewesen. Ob sie sich denn nicht glücklich schätze, nicht verhungert zu sein, und ob sie wirklich glaube, bei einer alten, einsamen Frau Geld holen zu können? Die Einäugige antwortete, sie kenne die Gerüchte im Ort, denen zufolge die Alte ein Vermögen in ihrem Haus versteckt halte. Richtig war, dass diese nach dem Tod des Pockennarbigen keinen Blick mehr an Männer verschwendet hatte. Stattdessen begann sie, Geld zu verdienen, wo sie nur konnte. Ob Näh- und Haushaltsarbeiten, ob Arbeiten auf den Reisfeldern und Äckern, nichts schlug sie aus. Wenn es keine Arbeit gab, ging sie in die Wälder und sammelte Kräuter und Wurzeln. Selbst an kalten Tagen heizte sie nicht, an Kleidung zog sie an, was sie irgendwo fand oder andere Leute ihr gaben. Die schmutzigsten, niedrigsten Arbeiten waren ihr recht, auch wenn sie dafür durch den

Dreck kriechen musste wie ein Wurm. Manchmal verkaufte sich die Frau sogar an einen alten, halbblinden Witwer. Mehr als zwanzig Jahre lang verwendete sie ihre gesamte Kraft darauf, Geld anzuhäufen. Die Leute verstanden die Frau nicht. Wofür sie das ganze Geld denn brauche, Kinder habe sie doch keine und einen Mann auch nicht. Um sich an der Welt zu rächen, das war alles, was sie darauf entgegnete. Mehr sagte sie nicht, und die Leute schlossen, dass die Frau über all die Mühen und Entbehrungen ein bisschen wunderlich im Kopf geworden sein musste.

Vor einigen Jahren hatte eine Räuberbande aus einem der umliegenden Orte von den Gerüchten gehört und war bei der Alten eingestiegen, um sie zu berauben. Die ganze Nacht hindurch schlugen und traten die Männer abwechselnd auf die Frau ein, aber bis zum Schluss verriet sie nicht, wo sich das Geld befand. Ihr geknebelter Mund wiederholte nur immer wieder das, was sie jetzt Jahre später auch ihrer Tochter entgegnete: was bei einer einsamen, armen Frau denn zu holen sei. Die Diebe hatten von Anfang an vorgehabt, sie umzubringen, sobald sie das Geld in den Händen hätten. Das war ihr Gesetz. Doch auch wenn der Leib der Alten unter den Schlägen alle möglichen Flüssigkeiten absonderte, ihrem Mund entfloss kein einziges Wort. Die Männer hatten keine andere Wahl, als ihr zu glauben. Sie hielten es nicht für möglich, dass es etwas geben konnte, das ein Mensch um den Preis seines Lebens nicht verraten würde. Genau das war es, das der alten Frau das Leben rettete. Doch ihre Gesundheit war ruiniert, und das wiederum war der Grund dafür gewesen, dass sie sich schließlich entschloss, das kleine Suppenlokal zu eröffnen.

Die Einäugige bedachte ihre Mutter mit einem abschätzigen Lächeln, dann machte sie sich daran, das ganze

Haus nach dem Geldversteck abzusuchen, so wie es schon die Einbrecher getan hatten. Die Alte nahm den Nachttopf neben ihrem Bett und warf ihn nach ihrer Tochter, doch die verzog, obwohl von oben bis unten besudelt, keine Miene.

Nachdem sie einen ganzen Tag lang erfolglos nach dem Geld gesucht hatte, setzte sie sich neben ihre Mutter ans Kopfende, aß zu Abend und drohte der Alten, sie verhungern zu lassen, wenn sie nicht verrate, wo das Versteck sei. Die Alte gab sich nicht geschlagen, sondern überschüttete ihre Tochter mit den unflätigsten Schimpfwörtern und Flüchen, die man sich vorstellen kann. Auch den nächsten und den übernächsten Tag verwandte die Einäugige darauf, jede Ecke des Hauses bis unter den Dachboden zu durchforsten, doch das Geld kam nicht zum Vorschein.

An eine Wand des Zimmers gelehnt saß sie am Abend des dritten Tages da und starrte auf die Alte, die mit abgewandtem Rücken auf ihrer Matte lag. Mit einem Mal ging der Einäugigen auf, dass es eine Stelle gab, die sie noch nicht durchsucht hatte: die dicke, wattierte Schlafmatte. Sie wollte die Bettlägerige beiseitestoßen, um unter dem schmutzigen, von Blut und Eiter befleckten Stoffbezug nachzusehen, diese aber rollte sich fest in die Matte ein und gab sie nicht frei. Ein Gerangel entstand zwischen den beiden Frauen. Obwohl seit Tagen ohne Nahrung und trotz ihrer lädierten Hüfte ließ sich die Alte nicht einfach so überwältigen. Sie nahm all ihre Kräfte zusammen und hieb ihre wenigen verbliebenen Zähne in den Arm der Jüngeren. Blut quoll hervor. Die Tochter schrie auf und stieß die Alte von sich, wobei die in ihren Unterarm verbissenen fauligen Zähne einfach abbrachen. Der Kopf der alten Frau prallte gegen die Wand, und das kurze Knacken verriet, dass der Schädel zerbrochen sein musste.

Als die Einäugige zu ihrer Mutter trat, hatte die mit aufgerissenen Augen schon ihren letzten Atemzug getan. Nicht die zersplitterte Hüfte oder die fauligen Wunden hatten ihr den Tod gebracht, sondern ein Schädelbruch. Eine Weile sah sie auf den erkaltenden Leichnam herab, dann holte sie ein Messer und schlitzte die Schlafmatte auf. Wie vermutet steckte Geld darin. Doch die Summe war viel geringer, als sie selbst oder die Leute vom Dorf gedacht hatten. Sie ließ die Leiche liegen und suchte noch zwei weitere Tage lang das Haus ab, doch es war kein Geld mehr zu finden. Der Arm, in den sich die Alte verbissen hatte, schwoll zusehends an. Vollends enttäuscht gab die Einäugige schließlich der Nachbarin vom Haus nebenan Bescheid, dass die Alte gestorben sei, händigte ihr etwas von dem gefundenen Geld aus und bat sie, die Suppenstube zu verkaufen und das Begräbnis auszurichten. Als das getan war, sammelte sie wieder ihre Bienen um sich, und mit wehenden weißen Haaren brach sie in Richtung Süden auf.

Von dem Imker, der einst mit dem einäugigen Mädchen fortgegangen war, erzählte man sich das Folgende: Jeden Abend habe er das schmächtige Kind mit klarem Wasser am Gebirgsbach gewaschen, es mit in seine Hütte genommen und mit ihm im Arm geschlafen. Sonst sei aber nichts weiter geschehen, sei es, weil er körperlich dazu nicht in der Lage war, sei es aus anderen Gründen. Für das Mädchen war das Zusammenleben mit dem Bienenzüchter, der es niemals schlug und sie ab und zu Honig naschen ließ, gar nicht so übel. Doch der Mann war vom rastlosen Umherwandern in den Bergen dauernd erkältet und kränkelte das ganze Jahr hindurch.

Im Herbst des Jahres, in dem das einäugige Mädchen siebzehn Jahre alt wurde, regnete es tagelang in Strömen, und als der Regen vorbei war, lag der Imker mit einer ausgewachsenen Grippe in eine Decke eingewickelt in seiner Hütte. Das Mädchen konnte bei dem Geräusch seiner vor Schüttelfrost aufeinanderschlagenden Zähne nicht einschlafen, darum stopfte es sich nächtens die Ohren mit Gras zu. In einer solchen Nacht schied der Imker von dieser Welt.

Als er starb, setzten sich Tausende von Bienen auf seine Leiche, das merkwürdige Gebilde sah aus wie ein großer liegender Felsen. Dabei ließen sie in hohem Tempo ihre Flügel schwirren, so wie Bienen es tun, wenn sie gegen Wespen kämpfen. Die Tochter der Alten wollte den Schwarm fortscheuchen, doch als sie in die Nähe kam, strömte ihr aus dem Gewimmel eine so große Hitze entgegen, dass sie erschrocken zurückwich.

Später erzählten sich die Leute, dass die Bienen dem Kranken auf diese Weise hatten Wärme spenden wollen, manche sagten auch, es sei ein Zeichen der Trauer um den fürsorgevollen Imker gewesen, und wieder andere wollten wissen, dass es die Bienen waren, die den Mann getötet hatten.

Das Mädchen

Was aber wissen wir über die Welt von Kŭmbok, der Mutter von Ch'unhŭi?

Dass sie, bevor sie in die Stadt P'yŏngdae kam, sich eine Weile lang als Aushilfe in einer von Zwillingsschwestern geführten Kneipe über Wasser gehalten, aber gleichzeitig schon nach einem Weg gesonnen hatte, von dort schleunigst wieder wegzukommen. Damals stand sie mit ihren fünfundzwanzig Jahren in der Blüte ihres Lebens, hatte aber schon so viele Männergeschichten hinter sich, dass sie die Nase gründlich voll hatte vom anderen Geschlecht. Ließ man ihren außergewöhnlich runden Hintern außer Acht, besaß Kŭmbok eigentlich nichts, was an ihrem Aussehen sonderlich ins Auge stach, trotzdem drehten sich die Männer auf der Straße nach ihr um, wenn sie vorüberging, und das lag an dem Geruch, den sie verströmte. Dass es ein Geruch sein musste, stand eigentlich fest, doch genauer bestimmen ließ er sich nicht: War es das Aroma von reifen Pfirsichen oder der herbe Duft von trübem Reiswein, oder waren es die Glockenblumen im Waldgebüsch, in das man sich heimlich zurückzieht, wenn einem beim Holzmachen ein Bedürfnis überkommt? Jedenfalls sorgte er dafür, dass die Männer wie besoffen hin und her rannten, dass es sie juckte, sie einen draufgängerischen Mut entwickelten, sie sich gegenseitig zu Klump hauten, dass ihnen das Blut wild in die Körpermitte schoss. Es musste ein Geruch sein, der – so drückte es jemand aus – wie die Ausdünstungen eines Tierweibchens zur Paarungszeit wirkte, ein pheromonartiger Lockstoff, wie ein anderer es in gelehrte Worte zu fassen wusste. Doch welchen Namen man ihm auch gab, Kŭmbok glaubte zu wissen, dass der Geruch, der sich mit der ersten

Schambehaarung eingestellt hatte, schuld daran war, dass ihr Leben in so verworrenen Bahnen verlief, und um ihn wieder loszuwerden, wusch sie sich bei jeder Gelegenheit mit geradezu fieberhaftem Eifer, weder kaltes noch heißes Wasser scheuend, doch der Geruch, den es ja vielleicht auch gar nicht wirklich gab, wollte einfach nicht verschwinden.

Kümboks erster Mann war ein fahrender Fischhändler, der immer dann in ihrem Heimatdorf auftauchte, wenn man ihn schon beinahe wieder vergessen hatte. Er kaufte in einer weit entfernten Küstenstadt Gelbfische und Makrelen und andere Sorten Fisch, belud seinen dreirädrigen Wagen und belieferte tief im Land gelegene Gegenden, wobei der letzte Ort seiner Tour immer ebenjenes Bergdorf war, in dem Kümbok lebte.

Wenn der Fischhändler das Dorf erreichte, hatte sein Fisch trotz des vielen Salzes, in das er eingelegt war, ein Stadium erreicht, das man beim besten Willen nicht mehr als frisch bezeichnen konnte. Die Leute hielten sich bei dem Gestank die Nasen zu, die Ware war kurz vor dem Verfaulen und sonderte eine milchige Brühe ab, die aus den Kisten tropfte, die Fischköpfe waren nicht mehr als solche zu erkennen, und es war nahezu unmöglich, ein halbwegs komplettes Tier zu entdecken. Doch weil der Händler oft auch überhaupt nicht bis zu dem weit abgelegenen und noch dazu nur aus wenigen Häusern bestehenden Dorf fuhr, sondern schon vorher abdrehte, standen sich die alten Leutchen, verrückt nach irgendetwas Fischähnlichem, nach dem fahrenden Händler die Beine in den Leib, was sie voreinander natürlich nicht eingestehen wollten und Bemerkungen abließen wie »Ach was, da ist doch nichts zu essen dran, nur stinken tut's« oder »Das fade Zeug, was soll man daran finden«, während ihnen heimlich beim bloßen Gedanken an ein Stückchen völlig versalzener, gebratener Makrele das Wasser im Munde zusammenlief.

Es geschah, als der Fischhändler wieder einmal sein Dreirad mit Bohnen, Hirse und Mais sowie Farn, Glockenblumenwurzeln und anderen Bergkräutern, die er als Gegenwert für seine Ware erhielt, fertig beladen hatte und gerade im Begriff war, das Dorf zu verlassen. Von irgendwoher trug der Wind einen rätselhaften Geruch herbei, der sich deutlich von dem Fischgestank abhob. Ihm folgte zögerlichen Schrittes ein Mädchen, gekleidet in einen dunkelblauen Rock und eine weiße Bluse, in der Hand ein kleines Bündel. Im Scheinwerferlicht des Wagens sah der Fischhändler, dass das Mädchen mit seinen schon recht deutlichen Rundungen kein kleines Kind mehr war.

»Wohin fahren Sie denn?« Kŭmbok musterte den Mann aus schmalen Augenschlitzen, so gar nicht nach Kindsmanier.

Der Fischhändler wich ihrem Blick aus. »Wo soll ich schon hinfahren, hab alles verkauft, also hol ich jetzt neue Ware«, antwortete er unwirsch, seine Fracht mit einem dicken Seil festzurrend.

»Und wo holen Sie die?«

»Wo wohl, im Süden, am Meer.«

Seltsame Gedanken gingen ihm durch den Kopf, seit ihm klar war, dass der eigentümliche, ihn schwindlig machende Duft von dem Mädchen kam, das genau vor ihm stand.

»Ist das weit von hier?«

»Das kannst du aber glauben. Man muss über einige Berge drüber.«

»Ist das ein großer Ort, wo Sie hinfahren?«

»Klar, hundertmal größer als das Dorf hier.«

»Können Sie mich dann dorthin mitnehmen? Von hier fährt ja sonst nichts.«

»Das kann ich schon, aber hat deine Mutter das erlaubt?«

»Meine Mutter ist tot. Ich habe mit meinem Vater zusammengewohnt, aber der ist vor Kurzem auch gestorben.«

»Wie ist das passiert?«

»Er hatte getrunken, und da ist er in den Stausee gefallen.«

Als er Tränen in Kŭmboks Augen glitzern sah, bekam der Mann Mitleid und fragte weiter: »Und was willst du in der Stadt anfangen?«

»Geld verdienen.« Kŭmbok sah keck zum Fischhändler hoch: »Und einen Mann finden. Hier gibt's doch nur alte Leute.«

»Na ja, das scheint mir auch so.«

In jener Nacht fuhr der Fischhändler mit Kŭmbok auf dem Beifahrersitz davon. Am Himmel strahlte der Vollmond. Dem Mädchen war beklommen zumute bei dem Abschied von dem Dorf, das sie seit ihrer Geburt noch kein einziges Mal verlassen hatte, aber gleichzeitig hüpfte ihr das Herz bei dem Gedanken, dem engen Bergtal endlich entkommen zu sein.

Zur gleichen Zeit saß Kŭmboks Vater draußen auf dem Lehmboden zwischen den beiden Flügeln des Hauses und döste vor sich hin, während er darauf wartete, dass seine Tochter mit Schnaps zurückkam. Nachdem schon vor langer Zeit die Mutter bei der Geburt des Mädchens gestorben war, hatte er jede Nacht einsam gegen seine männlichen Triebe ankämpfen müssen. Er liebte sein einziges Kind von Herzen, doch seit Kümbok weibliche Formen anzunehmen begann, richtete sich seine Begierde, ohne dass er etwas dagegen ausrichten konnte, auch auf die eigene Tochter. Um seinen Drang zu vergessen, trank er, doch wenn er betrunken war, ließ sich der gefährliche Trieb erst recht nicht länger zügeln. Dann lief er hinaus zum Stausee, raufte sich die Haare und verfluchte seine dreckige Lust und Kümboks Mutter, die so früh von ihm fortgegangen war. Er befürchtete, er könne seiner Tochter etwas antun, darum ging er früh, wenn das Kind noch schlief, aufs Feld und kam erst betrunken zurück, wenn Kümbok schon wieder eingeschlafen war. Nach außen hin schien alles in Ordnung, und niemand im Dorf bekam mit, welche Krankheit sich seines Gemüts bemächtigt hatte.

Eines Tages kam Kümboks Vater früher als sonst nach Hause und sah, dass das Mädchen Besuch hatte und mit einem Jungen aus der Nachbarschaft in ein neckisches Spiel vertieft war. Durch einen Spalt in dem mit Reispapier bespannten Wandschirm konnte er sehen, dass Kümbok ihre Bluse ausgezogen und ihre pfirsichgroßen Brüste entblößt hatte. Die beiden sahen nicht aus, als wüssten sie, was sie taten, ihr Gebaren war das von Dorfkindern, getrieben von Neugier und Unwissenheit und den Hormonausschüttungen, wie sie in diesem Alter häufig sind. Tatsächlich war das Dorf, in dem sie lebten, so sehr von allem abgeschnitten und von einer für ihr Alter schwer erträglichen Stille und Langeweile; außerdem hatte der Junge, der gut reden konnte und daher den Spitznamen »Hausierer« trug, das junge Mädchen dermaßen mit seinen Schmeicheleien eingewickelt, dass sie fand, es konnte eigentlich nichts dabei sein, sich ihrer Bluse zu entledigen. Der Junge nahm gerade sorgfältig in Augenschein, welche körperlichen Veränderungen der jüngste Hormonschub bei dem Mädchen bewirkt hatte, und fasste gerade Mut, seine zitternden Finger nach den Pfirsichbrüsten des Mädchens auszustrecken – die beiden sollten sich später durch Zufall wieder begegnen und eine komplikationsreiche Beziehung beginnen, doch zu diesem Zeitpunkt hatten sie nicht die leiseste Ahnung, welches Schicksal in der Zukunft auf sie wartete –, da nahm Kŭmboks Vater mit der einen Hand eine scharfgeschliffene Sichel vom Haken und zerrte mit der anderen den Wandschirm mit einem Ruck beiseite. Vor Schreck rissen beide die Augen auf. Im Blick des Vaters brannte das Feuer der Eifersucht. Kŭmbok bedeckte angstvoll ihre Blöße, indem sie rasch eine Decke über sich zog und sich in eine Ecke des Zimmers drückte, während der Junge im nächsten Moment schon flink durch die Hintertür ins Freie entwischt und in den Wald gerannt war. Kŭmboks Vater lief mit der Sichel in der Hand hinterher, drauf und dran, ihm die Gurgel durchzuschneiden. Doch mit seinen vom Schnaps trägen Gliedern fiel ihm das Rennen schwer, und schließlich entwischte der Junge. Heftig schnaufend kehrte er nach Hause zurück, wo Kŭmbok noch immer zitternd in ihrem Versteck lag. Er riss ihr die Decke weg, zog eine Gerte aus einem Reisigbesen und begann, erbarmungslos auf das Mädchen einzupeitschen. Bei jedem Schlag schrie Kŭmbok auf, und an den Stellen, wo die Gerte ihre weiche Haut traf, bildeten sich rote Striemen. Immer heftiger schlug der Vater zu, bis die Haut aufplatzte und das Blut hervortrat. Dabei war ihm, als züchtige er sich selbst, während er brüllte: »Was hast du dir dabei gedacht, ich schlag dich tot, du Flittchen, du!«

Vom Lärm alarmiert kamen die Nachbarn herbeigerannt, um zu sehen, was in dem Haus vorging. Doch Kŭmboks Vater hatte die Tür fest verriegelt und fuhr fort, auf das Mädchen einzuschlagen, bis die letzte Gerte aus dem Besen aufgebraucht war. Erst dann brach er neben der schon längst Ohnmächtigen zusammen und begann laut zu weinen.

Seitdem ging im Dorf das Gerücht um, ein böser Geist sei in Kŭmboks Vater gefahren. Bei dem Geist, so die Meinung, handele es sich um niemand anderen als um Kŭmboks tote Mutter, die vor lauter Eifersucht auf die tiefe Zuneigung zwischen Vater und Tochter den Mann dazu bringe, das Mädchen so schlimm zu schlagen. Wie schrecklich die Eifersucht einer Frau doch sein könne, dass sie nicht einmal vor der eigenen Tochter haltmache, sagten die Leute, und hatten mit niemandem so viel Mitleid wie mit dem armen Witwer.

Kŭmboks Wunden verheilten, und während der Vater einerseits Angst davor hatte, seine Tochter könnte ihn verlassen, wünschte er sich andererseits, sie möge verschwinden, damit er nicht länger an seinen peinvoll unterdrückten Trieben leiden müsse. Als er eines Tages von der Feldarbeit nach Hause kam, fielen ihm die ordentlich auf dem Trittstein abgestellten Schuhe seiner Tochter ins Auge. Aus Erleichterung darüber, dass sie noch nicht weggelaufen war, tat er einen tiefen Seufzer und nahm die Schuhe in die Hand, flache schwarze Gummigaloschen mit nach oben gebogenen Spitzen. Während er über die Schuhe strich, liefen ihm vor lauter Liebe und Schuldgefühlen die Tränen über die Wangen. Kŭmbok, die draußen etwas gehört hatte, kam an die Tür und sah heraus. Ihr Vater stellte die Schuhe sachte wieder an ihren Platz und erklärte mit einem verlegenen Hüsteln, er habe nur nachschauen wollen, ob die Sohlen nicht vielleicht irgendwo ein Loch hätten. Kŭmbok sagte, dass sie das Abendessen machen wolle, worauf er entgegnete, er habe keinen Appetit, ihr etwas Geld gab und sie losschickte, ihm etwas zu trinken zu besorgen.

Mit dem Schnapskännchen in der Hand verließ Kŭmbok den Hof und lief zum Dorfeingang, wo sie das vorsorglich versteckte Kleiderbündel holte, und während sie dann mit dem Fischhändler davonfuhr, träumte ihr Vater, der kurz eingenickt war, einen wirren Traum, aus dem er plötzlich erschrocken hochfuhr. In dem vom Mondlicht beschienenen Hof des Hauses war es, abgesehen vom Gezirpe der Heuschrecken, völlig still. Sofort wusste er, dass Kŭmbok ihn für immer verlassen hatte. Die Leere fühlte sich wie ein riesiges Loch in seinem Magen an, und er stand eine Weile wie gelähmt da, dann ging er ins Dorf hinunter in die Schenke und betrank sich.

Auf dem Rückweg nach Hause machte der Mann kurz am Ufer des Stausees halt, um seine Blase zu erleichtern. Im schwarzen Wasser spiegelte sich hell der Mond. Der Nachtwind wehte durch die Gräser und stieß den Betrunkenen sanft in den Rücken. Torkelnd tat er ein paar Schritte ins Wasser hinein. Als es ihm bis zur Brust reichte, legten sich Wasserpflanzen um seine Fußgelenke, ganz so, als hätten sie bloß auf ihn gewartet. Er lächelte leer dem Mond entgegen und sah dabei zu, wie seine leiderfüllte Gestalt, von allen schmutzigen Begierden erlöst, langsam im Wasser versank. So war die Lüge, die Kŭmbok dem Fischhändler über den Tod ihres Vaters erzählt hatte, letztendlich zur Prophezeiung geworden.

Als sie die Leiche am nächsten Tag auf dem Wasser schwimmen sahen, waren sich die Leute einig: Es musste die vor Eifersucht blinde Mutter von Kŭmbok gewesen sein, die ihn zu sich geholt hatte.

Am Hafen

Zur gleichen Zeit, als der arme Witwer im schwarzen Wasser versank, saß Kümbok artig wie eine junge Braut auf dem Beifahrersitz des dreirädrigen Lieferwagens und betrachtete die unendliche Schlange von Autolichtern, die sich die Serpentinen entlangzog. Was war es, das sie dazu gebracht hatte, ihre Heimat zu verlassen und in eine fremde Stadt zu ziehen? Die Misshandlungen ihres Vaters? Die Neugier auf eine andere Welt? Ihr unverbesserlich leichtsinniges Wesen, das ihr die Leute im Dorf nachsagten? Oder um der Angst vor dem Tod zu entfliehen, die ihre Seele erfüllte, seit ihre Mutter gestorben war? Wieder können wir nur mutmaßen, doch wird nicht vielleicht das, was sie von hinten anschob, ein Windstoß gewesen sein? Jener Luftzug, der seinen Anfang im fernen Meer nahm, die Berge überquerte, das Tal entlangstrich, bis er in ihrem Dorf anlangte? Vor langer Zeit hatte sie einmal am Damm des Stausees Kräuter gesucht, als der Wind ein Lied an ihre Ohren trug.

> Wer wohl in jenem Dorfe lebt, weit hinter den Bergen im Tal,
> Ob bis dorthin der Südwind weht, sobald der Frühling naht?

Seither verfolgte sie dieser rätselhafte Luftstrom und trieb sie an, auf Wanderschaft zu gehen, rastlos herumzustreunen, auf der Suche nach dem Großen und Weiten, das sie ihr Leben lang faszinierte. Auch in jener Nacht, in der sie im Wagen des Fischhändlers davonfuhr, wehte dieser Wind von Süden. Und er strich über den knatternden Lieferwagen hinweg und eilte weiter auf den Stausee zu, an dessen Ufer Kŭmboks Vater allein im Mondlicht stand.

Der Fischhändler sah mit seinen halb geöffneten Augen aus, als würde er gleich eindösen, doch ohne sich auch nur einmal zu verfahren, steuerte er den Wagen durch die Nacht, bis sie gegen Morgengrauen am Meer anlangten. Es roch nach Tang und Schlick, und er bezahlte seiner Mitreisenden eine Suppe an einem Stand am Rand des Fischmarkts. Nach dem Essen gab er Kŭmbok ein wenig Geld, erklärte ihr, wo die Herberge sei, in der er sein Zimmer hatte, und fügte hinzu: »Falls du keine Arbeit findest und nicht weißt wohin, kannst du erstmal zu mir.«

Zwar war Kŭmbok enttäuscht, dass die Stadt kleiner war als erwartet, aber im Vergleich zu ihrem winzigen Dorf gab es viele Menschen und Dinge zu sehen. Das Erste, wohin es sie zog, war der Markt. Da sie bis jetzt in ihrem Leben höchstens Gelbfisch oder Makrelen, vielleicht noch Trockenfisch oder Tintenfisch zu Gesicht bekommen hatte, kam sie über die vielen unbekannten Sorten von Meerestieren, die vor ihr ausgebreitet lagen, aus dem Staunen nicht mehr heraus und spürte auch ihre schmerzenden Beine nicht, während sie jede einzelne Reihe des stinkenden Markts ablief. Doch nicht nur Fisch gab es hier zu sehen: Frauen, die zum Einkaufen kamen, Händler, die sich nach Kundschaft die Kehlen heiser schrien, Träger mit Holzgestellen voller Fischkisten auf dem Rücken, ein einziges großes Spektakel. Ohne es zu merken, wurde Kŭmbok von der Geschäftigkeit des Markts in den Bann gezogen, mit klopfendem Herzen und immer schnelleren Schritten lief sie zwischen den Leuten hindurch, vergaß das Mittagessen und fand sich erst wieder außerhalb des Gewühls, als es schon spät am Nachmittag war.

Dann sah sie das Meer. Plötzlich lag es vor ihr da, eine große Stille, das Ende der Welt. Kŭmboks Brust zog sich zusammen, ihr war, als kämen ihr gleich die Tränen. Sie ließ sich auf einen Felsen sinken. Küsteninseln blinkten von fern, als trieben sie auf dem Wasser, und an dem Felsen, auf dem sie saß, brachen sich unablässig die Wellen und formten kleine Schaumkronen. Gelassen segelten Möwen über die Fischerboote hinweg, um im nächsten Moment pfeilgleich zur Wasseroberfläche hinabzuschießen und mit einem Fisch im Schnabel wiederaufzutauchen.

Gerade hatte sich ihre Aufregung einigermaßen gelegt, da sprang Kŭmbok plötzlich auf die Beine. Vor ihren weit aufgerissenen Augen entfaltete sich ein schier unglaubliches Schauspiel. Ein riesiger Fisch, gut und gerne drei- bis viermal so groß wie ihr Elternhaus, stieg mitten aus dem Meer empor, aus seinem Rücken schoss eine Wasserfontäne. Auch die Fischer in der Nähe erschraken bei seinem Anblick und stießen laute Rufe aus. Kŭmbok, vom Erscheinen des gigantischen Lebewesens wie gelähmt, stand mit geöffnetem Mund da und bebte am ganzen Leib. Mit seiner riesigen Schwanzflosse tat der Fisch einen gewaltigen Schlag auf das Wasser und verschwand wieder im Meer. Das Ganze hatte in Wahrheit nur einen kurzen Moment gedauert. Doch auch nachdem der Fisch nicht mehr zu sehen war, bekam Kŭmbok eine ganze Weile lang ihren Mund nicht zu. Sie vermochte nicht zu sagen, ob das, was sie eben gesehen hatte, ein Traum gewesen war oder Wirklichkeit. Immer noch halb benommen fragte sie einen der Fischer, wie man dieses Tier nenne, worauf er einen befremdeten Blick auf das Mädchen warf und antwortete: »Scheinst nicht von hier zu sehen, wenn du nicht mal weißt, was ein Wal ist. Der eben gerade, das war der größte Fisch, den es gibt, ein Blauwal.«

Kümbok ließ sich wieder auf dem Felsen nieder und wartete darauf, dass der große Fisch noch einmal auftauchte, doch er ließ sich nicht mehr blicken, und das Meer lag einfach nur still da, als stelle es infrage, dass ein solches Schauspiel jemals stattgefunden habe. Wenn sie eines Tages wieder in ihr Dorf zurückkehren sollte, würde sie den Leuten von dem unglaublichen Riesenfisch erzählen, den sie mit eigenen Augen gesehen hatte, und vom Meer, das hundertmal größer und breiter war als der Stausee, nahm sich Kümbok vor. Da jedoch, früher genauso wie heute, Wünsche nur selten in Erfüllung gehen, so sollte es in ihrem Leben zu einem solchen Tag niemals kommen.

Eine ganze Weile lang blieb Kümbok auf dem Felsen sitzen, dann nahm sie ihre Kräfte zusammen und ging zu der Anlegestelle, an der die Fischerboote vor Anker lagen. Die Neugier des jungen Mädchens war noch immer nicht gestillt. Die Boote waren groß, um den starken Wellen Widerstand leisten zu können, und besaßen eine spitze Form, um schnell über das weite Meer zu fahren. Während das Watt mit seinen tausend Tieren und Pflanzen und der Fischmarkt den Frauen Arbeit gab, so war der Hafen das Revier der Männer. Der Kai war dichtbevölkert von Dockarbeitern, die Fracht von gewaltigen Lastschiffen abluden, und Fischern, die eben mit ihrem Fang zurückkehrten, hier brodelte es vor Leben. Neben dem Kai lagerten Tropenhölzer mit Stämmen so dick, dass man sie kaum mit beiden Armen umspannen konnte, das Spiegelbild der gewaltigen Stapel zeichnete ein Muster auf die Oberfläche des Hafenwassers.

Kümbok ging weiter bis ans Ende eines der Piers und blieb neben einem Kutter stehen, auf dem ein Mann mit struppigem Bart und nacktem Oberkörper arbeitete. Das Boot mit seinen säuberlich angeordneten Fangleinen und dem mit Sardinen gefüllten Köderbehälter sah aus, als wolle es demnächst zum Fang auslaufen. Der Mann, mit dem Ausbessern seiner Fischernetze beschäftigt, warf dem frisch in der Hafenstadt angekommenen Mädchen einen raschen Blick zu. Trotz der anstrengenden Nacht in der engen Kabine des dreirädrigen Fischwagens schaute es aus wachen Augen munter umher, und sein Haar duftete kräftig nach Wiesengräsern.

»Na, Kleine, wo kommst du denn her?‹, rief er.

»Was geht Sie das an, wo jemand herkommt?«

Kümbok gefiel es gar nicht, als »Kleine« angeredet zu werden.

Der Mann sah zu dem Mädchen herunter, mit einem Ausdruck, der sagte: Oha, mit dem Mädel ist nicht zu spaßen. Sein Unterkörper hatte sich bereits zu regen begonnen, seit ihm Kümboks Duft in die Nase gestiegen war, ein Duft, den er auf See lange hatte entbehren müssen.

»Willst du mal rauf aufs Boot?«

Kümbok überlegte ein Weilchen, dann nickte sie herablassend mit dem Kopf. Er lachte und streckte ihr die Hand entgegen. Kaum hatte sie danach gegriffen, zog der Mann sie auf das Boot, als wäre sie leicht wie ein Vogel. Auf seinem braunglänzenden Unterarm war das Bild einer Seemöwe tätowiert.

»Mit deiner hellen Haut siehst du nicht aus wie eine aus der Gegend hier.«

Während er zusah, wie Kümbok das Schiff in Augenschein nahm, dachte er sich, dass sie zwar noch sehr jung, mit ihrem runden Hintern aber durchaus brauchbar aussah.

»Haben Sie schon mal einen Wal gefangen?«, fragte Kümbok und ging zum Heck des Bootes, um von dort hinunterzusehen.

»Na, sicher doch.«

»Wirklich?« Kümbok machte runde Augen.

»Natürlich, warum soll ich dir was vorlügen?«

Der Mann klang selbstsicher. Aber er log. Er war nichts weiter als ein gewöhnlicher Fischer, der Doraden oder Gelbschwanzmakrelen aus den nahen Küstengewässern zog. Weit hinaus fuhr er nie, weil er Angst vor starken Wellen hatte. Außerdem war er stets zufrieden gewesen mit dem alten Kutter, der sich seit seines Großvaters Zeiten in Familienbesitz befand, und mit dem ließ sich beileibe kein Wal fangen. Doch jetzt, vor Kümbok, da war er plötzlich ein ganzer Kerl. Sie stand an der Seite des Bootes, über die Reling gebeugt, und spielte mit den Fingern im Wasser. Leise schlich er sich an sie heran, zog ihr blitzschnell den Rock nach oben und packte ihren Hintern fest mit beiden Händen.

»Was soll das, das gehört sich nicht für einen Herrn!« Kümbok protestierte entschieden und schaffte es, seinen Griff abzuschütteln, aber gleich umfassten sie die starken Arme des Mannes umso fester. Er riss sie zu Boden und löste ihr Oberteil. Ihre kleinen Brüste kamen zum Vorschein, zwischen die er schnell sein Gesicht presste.

»Was tun Sie da, lassen Sie mich los!«

Kümbok schob seinen eckigen Schädel beiseite, aber gleich rieb er sein Gesicht noch vehementer an ihr.

»Mädchen, nur einen Moment noch, ja?« Schwer schnaufend nestelte der Mann unter ihrem Rock herum.

»Musst nur ein bisschen aushalten, dann wird's auch für dich schön, also halt jetzt mal still!«

So sehr Kümbok sich wehrte und schrie, es schien

nicht so, als ob sie allein hier auf dem Boot etwas gegen den kräftigen Fischer ausrichten konnte. Doch in der schmächtigen Gestalt steckten mehr Geistesgegenwärtigkeit und Mut, als die meisten Leute für möglich hielten. Schließlich war sie eine der wenigen im Dorf gewesen, der es gelungen war, einen angreifenden Tiger abzuwehren und ihm lebend zu entkommen.

»Nehmen Sie sofort Ihren Kopf weg, der Bart kratzt fürchterlich!«, befahl sie.

Der Mann ließ kurz von ihr ab. Diese Gelegenheit ließ sich Kŭmbok nicht entgehen. Mit aller Kraft trat sie ihm in die zwischen der halb heruntergelassenen Hose baumelnden Genitalien. Von dem unerwarteten Angriff getroffen, schrie er auf und fiel nach hinten um. Kŭmbok sprang vom Boot an Land, nahm ihr Bündel, das sie dort abgelegt hatte, und lief über den Strand davon. Aber wie schnell kann so ein Mädchen schon laufen. Schnell hatte der Mann sie eingeholt und auf den Sand geworfen. Rittlings setzte er sich auf ihren Bauch und versetzte ihr eine heftige Ohrfeige. Dann sagte er spöttisch: »Hör mal zu, Kleine, hier kommt nie jemand her, und selbst wenn ich dir jetzt dein schmales Hälschen umknicke wie einen Hirsestengel und dich hier im Sand verbuddele, wird das niemand je herausfinden. Jetzt weißt du Bescheid, hinterlistiges Miststück, du.«

Kŭmbok schloss die Augen. Der Fischer löste gemächlich seinen Gürtel. Gerade wollte er dem Mädchen den Rock herunterziehen, da merkte er, dass es ringsherum plötzlich dunkel wurde, und hob den Kopf.

Ein paar Meter entfernt stand ein Mann von eichenhafter Statur und blickte auf sie hinunter. Kŭmbok öffnete die Augen ein wenig und sah in seine Richtung. Die Gestalt warf einen langen Schatten, groß genug, sie und den Fischer vollständig zu bedecken, und bewegte sich langsamen Schrittes auf sie zu. Die von der Sonne kupferfarben verbrannten Unterarme waren dicker als die Oberschenkel eines gewöhnlichen Mannes, unter der achtlos übergeworfenen Jacke hob und senkte sich bei jedem Atemzug ein Bauch, so breit, dass ein Kind darauf hätte spielen können. Kŭmbok lag da und sah zu dem Mann empor, doch sein Bauch verdeckte sein Gesicht. Als Nächstes beugte sich der Riese herab, nahm den Fischer, der immer noch auf Kŭmbok lag, flugs beim Genick und hob ihn hoch. Mit herunterhängenden Hoden strampelte er mit den Beinen in der Luft. Das war das Gesetz der Schwerkraft. Zwar war der Fischer ebenfalls ein Mann von nicht unbeträchtlichem Wuchs, doch der an die zwei Meter siebzig große Mann hielt ihn, als sei er ein dürrer Ast. Dann machte er mit seiner Hand einen kurzen Schlenker, und der Fischer landete ein paar Meter weiter mit der Nase im Sand, aufquakend wie ein getretener Frosch. Aber wie ein Raubtier, das nicht von seiner Beute lässt, ließ er sich nicht einfach so verjagen. Er nahm seinen Mut zusammen und stürmte auf den Riesen los. Dieser tat einen Schritt zur Seite und versetzte dem Fischer einen kräftigen Tritt zwischen die Beine. Wieder flog er weit durch die Luft wie ein Federball und landete im Sand. Der Tritt schien ihn an seiner empfindlichsten Stelle getroffen zu haben, denn mit den Händen im Schritt und laute Schmerzrufe ausstoßend, wand er sich auf dem Boden, ehe er schließlich aufstand und Hals über Kopf das Weite suchte.

Der Riese blickte ihm nach, ohne Anstalten zu machen, hinterherzulaufen, dann wandte er sich Kŭmbok zu, die immer noch auf dem Boden lag. Erst jetzt konnte sie sein Gesicht richtig erkennen und musste zu ihrer abermaligen Überraschung feststellen, dass es sich um einen Jungen von vermutlich nicht einmal zwanzig Jahren handelte. Zwar wuchs ihm schon ein recht dichter Bart, doch seine Züge hatten etwas unfertig Kindliches an sich. Die Dominanz aber, die von seiner gewaltigen Statur ausging, und die unheimlichen Kräfte, die er eben gerade an den Tag gelegt hatte, ließen Kŭmbok vor Furcht zittern. Eilig zog sie den bis zur Hüfte hochgerutschten Rock zurecht und richtete sich auf. Der Junge betrachtete sie aufmerksam. Kŭmbok überlegte, dass sie schnell weglaufen müsse, doch ihre Füße waren wie im Sand eingegraben und gehorchten ihr nicht. Nach einer kurzen Weile tat der Riese einen Schritt seitlich an ihr vorbei und begann, sich in Richtung des Piers zu bewegen. Für einen Moment sah Kŭmbok seine im dunklen Gesicht verborgenen Augen. Sanft und ruhig war ihr Blick, ein seltsamer Gegensatz zum Körperbau des Jungen.

Er verschwand in der Ferne, und erst jetzt wurde Kŭmbok bewusst, dass sie ihn nicht einmal nach seinem Namen gefragt, geschweige denn ihm gedankt hatte. Dafür war alles viel zu schnell gegangen. Zu viel hatte das Mädchen aus dem stillen Dorf, in dem jahraus, jahrein nicht das Geringste geschah, an diesem einzigen Tag erlebt. Mit einem Mal wich alle Kraft aus ihren Beinen, und sie sank zurück auf den Boden, erschöpft von der nächtlichen Fahrt in dem klapprigen Lieferwagen und dem langen Tag auf den Füßen. Ihr Bündel im Arm, saß Kŭmbok da, blickte auf den schimmernden Meereshorizont hinaus, und ehe sie sich's versah, war sie auch schon in einen leichten Schlummer gefallen.

Wie lange mochte sie so geschlafen haben? Noch im Schlaf spürte sie, dass der Wind sich drehte, und rasch schlug sie die Augen auf. Die Sonne stand schon tief am Himmel. Zeit für jedes Geschöpf auf Erden, sich in sichere Obhut zu begeben. Während Kŭmbok in das prächtige Abendrot sah, fiel alles von ihr ab, die Aufregung der Flucht, die Faszination des Fischmarkts und auch der Schreck beim ersten Anblick des Meeres, alles war plötzlich verschwunden. Eine Schwermut überfiel sie, es war, als lasteten die Massen der stillen See auf ihrem Herzen. Ihr war nichts geblieben, kein Haus, in das sie zurückkehren konnte, kein Freund zum Zeitvertreib. Mit einem Knurren im Bauch meldete sich plötzlich der Hunger. Bis auf die Suppe mit Reis, die der Fischhändler ihr frühmorgens spendiert hatte, hatte Kŭmbok den ganzen Tag noch nichts gegessen. Vor lauter Einsamkeit stiegen ihr die Tränen in die Augen. Ihr wurde klar, dass sie nun in eine andere Welt übergetreten war, dass das Leben, das vor ihr lag, ein anderes sein würde. Hinter dem Tränenschleier färbte sich der Himmel dunkelrot. Aber sie weinte nicht lange. Es war nicht ihre Art, sich komplizierte Gedanken zu machen. Weder, als sie ihrem Heimatdorf den Rücken gekehrt, noch in dem Moment, in dem sie kurzerhand entschieden hatte, in den Wagen des Fischhändlers zu steigen. Später beschrieb Kŭmbok den Zwillingsschwestern die Situation mit den folgenden Worten: »Ich war damals gerade mal vierzehn. Was hätte ich denn tun können? Wo ich doch niemanden kannte und außer dem Geld für einen Krug Reiswein nichts an Barem in der Tasche hatte.«

Es ging auf Mitternacht zu, als Kŭmbok vor der Tür der Herberge stand, wo der Fischhändler abgestiegen war. Er hatte schon geschlafen, doch mit einem Lächeln sah er sie an, als wisse er alles, auch ohne dass sie Worte verlor, und sagte: »Kannst hierbleiben solange du magst, bis du eine Arbeit gefunden hast.«

In jener Nacht zog der Fischhändler das Mädchen behutsam aus. Kümbok fiel bei dem Fischgestank, der von dem Mann ausging, das Atmen schwer, doch sie schloss die Augen und sagte nichts, denn sie fand, das war der Preis, den sie zahlen musste, für die Freundlichkeit, die er ihr entgegenbrachte. Das war das Gesetz der neuen Welt, in die sie nun gehörte.

Auch nachdem der Fischhändler nach vollbrachtem Akt neben ihr schon tief eingeschlafen war, fand Kümbok keinen Schlaf. Immer wieder flackerten Bilder vor ihren Augen auf, mal wie im Traum, mal wie in der Wirklichkeit. Die Gesichter ihrer Freundinnen und auch der Nachbarjunge mit dem Spitznamen Hausierer, mit dem sie halbnackt herumgealbert hatte, genauso wie die rätselhaft stillen Augen des hünenhaften Jungen vom Strand. Draußen vor der Tür toste die ganze Nacht hindurch der Lärm der Wellen, die sich am Ufer brachen.

Vom nächsten Tag an begleitete Kümbok den Fischhändler auf seinen Touren. Er ließ keinen Ort aus, von großen Städten mit asphaltierten Straßen und elektrischer Beleuchtung bis hin zu Dörfern, die noch abgelegener lagen als das Dorf, aus dem sie stammte. Am Tag gingen die beiden bei den Leuten als gutmütiger Vater und brave Tochter durch, bei Nacht teilten sie sich das Schlaflager wie ein liebendes Ehepaar.

Und während Kümbok so die Welt zu sehen bekam, rundeten sich allmählich ihre Brüste und sie nahm langsam frauliche Formen an.

Eines Tages stellte Kümbok dem mit Geldzählen beschäftigten Fischhändler, an einem Stück getrockneten Heilbutt herumnagend, eine Frage: »Warum verkaufst du eigentlich Fisch?«

»Was soll ein Fischhändler denn sonst verkaufen, wenn nicht Fisch?«, gab er zurück.

»Aber Fisch verdirbt doch so schnell.«

»Da kann man nichts machen, außer dick Salz drauftun. Oder hast du eine zündende Idee, wie es besser gehen soll?«

Der Fischhändler falzte die Geldscheine klein zusammen und steckte sie in seinen Geldgürtel.

»Wir könnten doch stattdessen getrockneten Fisch verkaufen«, schlug sie vor. »Der wird nicht so leicht schlecht, und man kann viel mehr davon auf den Wagen laden und spart sich Zeit, weil man nicht so oft neue Ware holen muss.«

»Du redest von Sachen, von denen du keine Ahnung hast. Trockenfisch ist teuer und außerdem schwer zu kriegen.«

»Dann lass uns doch Fisch kaufen und selbst trocknen.«

»Es ist schon 'ne Knochenarbeit, den Fisch auszuliefern, wann willst du da noch Fisch trocknen? Dafür braucht man jede Menge Zeit.« Der Fischhändler feuchtete mit der Zunge das Papier für eine Zigarette an, dann fügte er hinzu: »Und Land haben wir auch keins, wo willst du das Zeug denn überhaupt aufhängen zum Trocknen?«

»Das mit dem Trocknen könnte ich doch übernehmen. Du fährst rum und machst weiter den Verkauf. Und ungenutzte Flächen gibt es überall, weshalb sollte man sich darum Sorgen machen?«

»Auch wenn sie nicht genutzt werden, gehören tun die Grundstücke jemandem.«

»Dann kann man sich doch eines davon pachten.«

Kümbok war nicht zu bremsen. Der Fischhändler dachte sich, das Beste wäre, das junge Ding weiterplappern zu lassen, lachte nur und paffte an seiner Zigarette.

Als er am nächsten Morgen die Augen öffnete, war Kümbok fort. Den ganzen Tag suchte er den Fischmarkt und den Hafen nach ihr ab. Als er abends zurück in die Herberge kam, empfing ihn das Mädchen mit einem Strahlen.

»Wo hast du den ganzen Tag lang gesteckt?«

»Ich habe ein Grundstück gefunden.«

Kümboks Stimme klang triumphierend. Seit dem frühen Morgen war sie die Gegend um den Hafen abgelaufen und hatte schließlich für einen Schleuderpreis von nicht einmal dem Gegenwert von zehn Gebinden Gelbfisch ein Stück Land gepachtet, wie sie nun berichtete. Der Fischhändler lachte ungläubig. Aber gleich am nächsten Tag ging Kümbok los zu den Trockenplätzen, um sich abzuschauen, wie man Fisch trocknete, dann besorgte sie Tannenholz für die Gestelle. Der Fischhändler, obwohl beeindruckt von der Entschlossenheit des Mädchens, zweifelte weiterhin, ob es wirklich möglich sei, das Geschäft so anzugehen, wie Kümbok es im Sinn hatte, aber es blieb ihm nichts anderes übrig, als ihr das Geld zu geben, das sie verlangte. Trotz ihrer Jugend besaß sie die Kraft, Menschen zu überzeugen. Das war eine der besonderen Fähigkeiten, die in ihr steckten.

Als schließlich der kleine Trockenplatz an einer vom Wind gut belüfteten Stelle in der Nähe des Meeres fertig war, kaufte Kümbok Kabeljau und Seelachs, Makrelen und Sardinen und noch andere Sorten Fisch. Der Fischhändler beschloss, nicht groß darüber nachzudenken, auch wenn er sein gesamtes Erspartes investieren musste. Nachdem er den Fisch am Trockenplatz abgeladen hatte, stieg er wieder in seinen Wagen und fuhr los, um seinem Geschäft nachzugehen. Kümbok machte sich sogleich ans Werk und begann mit dem Ausnehmen der Fische. Die Innereien legte sie beiseite, um sie später einzusalzen, dann schuppte sie die Fische ab, bis sie von oben bis unten mit den glitzernden Schuppen bedeckt war und am ganzen Leib nach Fisch stank. Die geputzten Fische band sie mit Strohbast zusammen und hängte sie an den Holzgestellen auf. Genau zwei Tage brauchte Kümbok, bis sie mit der Arbeit fertig war. Jeden Morgen wartete sie darauf, dass der Tau sich verzog, dann holte sie die Gestelle aus der provisorisch zusammengezimmerten Hütte und stellte sie im Freien auf, und exakt bei Sonnenuntergang holte sie den Fisch wieder ins Trockene. So ging es ungezählte Male, während Kümbok den Himmel nach Regenwolken im Blick behielt, besorgt darauf achtete, dass sich kein Tau auf dem Fisch absetzte, und diebische Katzen und Möwen verscheuchte, die auf Beute lauerten. In der Zeit, die Wind und Sonne brauchten, um dem Fisch die Feuchtigkeit zu entziehen, schlug Kümbok ihr Lager in der Hütte auf und verließ den Trockenplatz keine Minute lang. Als nach einigen Tagen der Fischhändler von seiner langen Tour ins Landesinnere zurückkehrte, fand er den Fisch, würzig duftend und appetitlich gebräunt, an den Gestellen vor sich hin trocknen.

Der so begonnene Trockenfischhandel brachte viel mehr an Gewinn ein als gedacht. Bald schon ging der Traum des Fischhändlers, der sein halbes Leben auf Straßen und Wegen zugebracht hatte, in Erfüllung, und er konnte auf dem Fischmarkt einen kleinen Laden eröffnen und sesshaft werden. Vor lauter Glück grinste er den ganzen Tag vor sich hin. Aber Kümbok war noch längst nicht zufrieden.

Sie nahm alles, was vom Ertrag übrigblieb, kaufte davon noch mehr Rohware und erweiterte den Trockenplatz. Bald produzierte sie mehr Trockenfisch, als der Fischhändler an den Mann bringen konnte. Mit der überschüssigen Menge belieferte sie weitere Geschäfte auf dem Markt. Kŭmboks Trockenfisch war von hervorragender Qualität und brachte entsprechend gute Preise. Nicht lange, und der Fischhändler ließ das Verkaufsgeschäft endgültig ruhen und stieg auf dem Trockenplatz mit ein. Wenn dann immer noch Hände fehlten, wurden zusätzliche Helfer angeheuert, und bald beschränkten sie sich nicht mehr auf Kabeljau und Seelachs und dergleichen, sondern konnten auch weitere Fischsorten wie Sepia und Feilenfisch, Meerbrasse, Gelbfisch und Hering, dazu getrocknete Algen, Tang und andere Meerespflanzen sowie Anchovis, Seegurken, Abalone und Garnelen anbieten, kurz, es gab kaum etwas, das im Sortiment fehlte. Kŭmbok hatte viel gelernt, was die Herstellung von Trockenfischwaren betraf, und wusste für jede Art von Fisch eine eigene Herstellungsmethode. Manche Sorten wurden vor dem Trocknen geröstet oder gedämpft, wieder andere salzte sie ein oder bestrich sie mit Sojasoße. Folglich nahm auch die Anzahl von Werkzeugen und Gerätschaften zu, und auch ein Lager für die Ware und ein Wohnhaus für die beiden musste gebaut werden. Mit der steigenden Nachfrage nach ihren Produkten wuchs auch der Trockenplatz Stück um Stück weiter. Bald war es so, dass auf der einen Seite des Platzes ein Trupp Männer unentwegt beschäftigt war, Tannenholz zurechtzusägen und neue Gestelle zu zimmern, während am anderen Ende Dutzende Frauen den Fisch vorbereiteten; der nun über einen breiten Streifen am Meeresufer sich erstreckende Trockenfischbetrieb bot einen wahrhaft spektakulären Anblick.

Zu diesem Zeitpunkt hatte sich Kŭmbok über den bloßen Einkauf von Frischware und einigen wenigen Bearbeitungsmethoden hinaus einiges an zusätzlichem Wissen angeeignet, dank dessen sich Produkte mit höherem Wert erzeugen und verkaufen ließen. Nachdem sie mit ihren Waren auf dem Fischmarkt schon zur Marktführerin geworden war, verstand sie es, ihren Gewinn zu steigern, indem sie den Zeitpunkt der Lieferungen ganz gezielt plante. Zum Beispiel legte sie sich getrockneten Seelachs, der an Feiertagen als Beigabe für das Ahnenfest benötigt wurde, beizeiten auf Lager und brachte die Bestände erst in den Verkauf, wenn die Preise vor den Feiertagen kräftig angezogen hatten. Andere Trockenfischbetriebe versuchten es Kŭmbok nachzutun, doch sie stellten keine ernstzunehmende Konkurrenz dar. Denn schon beim Einkauf wandte sie andere Methoden an als die anderen: Sie ging direkt zu den Fischern und bezahlte sie im Voraus, noch bevor sie mit ihren Booten auf Fang fuhren. So sicherte sie sich hochwertigen Fisch zu guten Preisen. Um mit modernen Begriffen zu sprechen, etablierte Kŭmbok eine Art von Warentermingeschäft. Dass all das dem verblüffenden Erfindungsgeist des jungen Mädchens entsprungen war, wusste indes außer dem Fischhändler niemand. Nur Kŭmbok hatte er es zu verdanken, dass er nun binnen kurzer Zeit so viel Geld in der Hand hielt, wie er es seiner Lebzeiten lang nie gesehen hatte.

Aber ach, wie vergebens ist jeglicher Besitz! Es sollte nicht lange dauern, bis der Fischhändler erkannte, dass alles nur ein leerer Traum gewesen war. Denn nichts ist sicher vor den Veränderungen der Zeit.

Der Schauermann

Allmählich erwachten lang verborgene Instinkte und Leidenschaften zum Leben. Kümboks Brüste wölbten sich nun schon wie zwei wütende Kugelfische, ihr rundlicher Hintern hatte die Breite eines Reiskuchenbretts erreicht, und auch wenn sie nur eine unter vielen anderen Frauen in schmutziger Arbeitskleidung war, ließ ihre Gegenwart sich schwerlich ignorieren. Besonders die jungen Männer witterten inmitten des strengen Fischgeruchs jenen unverkennbaren, rätselhaften Duft, der bei ihnen ungewollte Hitzewallungen in der unteren Körperhälfte hervorrief. Als Allererster hatte der Fischhändler erkannt, welche Veränderung mit Kümbok vorging. Er ahnte schon die ganze Zeit voller Bangen, dass sie ihn in nicht ferner Zukunft verlassen würde. Kümboks junge, frische Gebärmutter verlangte jetzt nach den Samenzellen eines stärkeren Mannes. Das war das Gesetz der Fortpflanzung.

Eines Tages ging Kümbok wieder einmal zum Hafen, um Fisch einzukaufen. Die Bootsbesitzer mit ihren pomadeglänzenden Haaren rochen sie schon von Weitem und machten freche Sprüche, als sie näher kam. Sie fanden, etwas konnte nicht stimmen, wenn eine so junge, attraktive Frau wie Kümbok mit einem alten, unansehnlichen Kerl wie dem Fischhändler zusammenlebte. Noch verrückter machte es die Männer, wenn Kümbok beim Feilschen jeden kokett anlächelte, sich aber beim kleinsten Flirtversuch in einen Eisblock verwandelte. Kümbok wiederum scherte sich nicht im Geringsten darum, was diese Kerle dachten, und lief, ihre Hüften schwingend, den Kai auf und ab.

Es geschah eines Tages, als sie wieder einmal mit einem der Bootsbesitzer um den Preis für seine Ware feilschte.

Ein Frachtschiff war eben angekommen, und unter den Arbeitern, die die Fracht abluden, fiel Kŭmbok ein außergewöhnlich hochaufgeschossener Mann ins Auge. Er mochte gut zwei, drei Köpfe größer sein als die anderen und stieg lässig vom Schiff auf den Kai, wo er die schweren Kisten auf seinen Schultern mühelos absetzte wie ein paar Ballen trockenen Strohs, um ohne Pause gleich wieder zum Schiff zurückzugehen. Unter den hochgekrempelten Hemdsärmeln schauten mächtige, sonnenverbrannte Unterarme hervor, und die halblangen Hosen gaben bei jedem Schritt den Blick frei auf seine von der schweren Arbeit gestählten Waden, deren Muskelstränge kraftvoll pulsierten wie ein Bündel lebendiger Aale. Während die anderen Männer sich nur eine der Kisten aufluden, nahm er gleich drei oder vier davon auf seine ochsenhaften Schultern, ohne dass ihm auch nur die geringste Mühe anzusehen war.

Erst als er so bepackt an Kŭmbok vorüberging, erkannte sie in ihm denselben jungen Mann wieder, der sie vor ein paar Jahren am Strand aus einer äußerst misslichen Lage gerettet hatte. Die ebenmäßige Stirn, dichte Augenbrauen, das Gesicht inzwischen zwar von einem struppigen Bart bedeckt, aber die darin verborgenen Augen immer noch ruhig und unschuldig wie das tiefe Meer. Auch der Bootsbesitzer hatte ihn beobachtet und machte eine Bemerkung, mehr zu sich selbst: »Wirklich erfrischend, wie der Kerl zupackt.«

Kŭmbok fragte in beiläufigem Ton, wer der junge Mann sei. Sie erfuhr, dass er Kŏkjŏng hieß und hier am Hafen als Schauermann arbeite. Wie er zu seinem Namen, der »Sorge« bedeutete, gekommen war, dazu gab es zweierlei Geschichten. Der ersten zufolge habe er als Kind einen so gesunden Appetit gehabt, dass seine Eltern sich sorgten, wie er später einmal eine Arbeit finden solle, die ihn satt machen würde. Die zweite Erklärung lautete, seine außergewöhnliche Statur erinnere an den legendären Dieb und Aufständler Im Kkŏkjŏng, und so habe man ihm den ähnlich klingenden Vornamen Kŏkjŏng gegeben. Sein Vater sei ein Tigerjäger aus den Bergen weit oben im Norden gewesen, der, nachdem dort alle Tiger ausgerottet waren, zusammen mit den anderen Jägern auf der Suche nach Arbeit in Richtung Süden gezogen sei. Eine ganze Weile sei es schon her, seit er mit seinem Sohn das Gebirge verlassen hatte und hier in der Hafenstadt gelandet war, etwa ein oder zwei Jahre vor Kŭmbok musste das gewesen sein. Wo der Vater schon so stark war, dass man ihm nachsagte, Tiger mit den bloßen Händen zu fangen, so übertraf Kŏkjŏng ihn an Körperkraft bereits, bevor er zwanzig Jahre alt wurde.

Im zweiten Jahr nach ihrer Ankunft stolperte der Vater eines Tages beim Abladen von Baumstämmen am Kai, stürzte ins Wasser und geriet in eine Schiffschraube, doch auch nach seinem Tod ging Kŏkjŏng nicht zurück in die Heimat, sondern verdiente sich weiter am Hafen sein Auskommen. Eine Zeit lang fuhr er sogar mit hinaus aufs Meer, aber auf dem engen Boot kam er sich eingesperrt vor und kehrte zu seiner Arbeit an Land zurück. Kŏkjŏng bekam wegen seiner Leistung meist den anderthalbfachen Lohn, aber in Wahrheit arbeite er drei- oder viermal so viel wie ein gewöhnlicher Schauermann, fügte der Bootsbesitzer hinzu. Eine ganze Weile sah Kŭmbok dem jungen Mann versonnen zu. Sie wünschte, er würde einmal zu ihr herübersehen, aber er verrichtete nur weiter seine Arbeit, wie ein Ochse, schweigend den Blick auf den Boden gerichtet.

Nachdem die Fracht vollständig gelöscht war, bekamen die Männer ihren Lohn und gingen eilig ihrer Wege. Auch Kŭmbok bezahlte rasch und lief Kŏkjŏng hinterher. Ein

Handtuch über der Schulter, ging er wiegenden Schrittes die lärmenden Gassen des Fischmarkts entlang. Dort wimmelte es von Menschen, aber dank Kŏkjŏngs alles überragender Statur verlor Kŭmbok ihn nicht aus den Augen. Sich selbst nicht klar, wohin das führen sollte, ging sie weiter, ihm in einigem Abstand folgend.

Bald darauf hielt Kŏkjŏng vor einer kleinen Kneipe am Ende des Markts und ging hinein. Durch den Türspalt sah Kŭmbok ihn drinnen sitzen und eine üppige Mahlzeit verzehren. Nach fünf oder sechs großen Schalen Reis ging er ohne Atempause zu einer riesigen Portion gekochten Schweinefleischs über, die er mit einem mehrere Liter fassenden Krug *Makkŏlli*, einem trüben Reiswein, herunterspülte. Erst als alles restlos vertilgt war, stand er auf. Kŭmbok wartete, bis er bezahlt und das Lokal verlassen hatte, dann heftete sie sich wieder an seine Fersen.

Kŏkjŏng kam schließlich vor einer heruntergekommenen, von Matrosen und Schauerleuten bewohnten Unterkunft an. Nachdem er hineingegangen war, zögerte Kŭmbok einen Augenblick, ob sie ihm folgen sollte, doch dann trat sie unwillkürlich, wie von hinten angestoßen, durch die Tür in den Innenhof des Hauses. Sie blickte kurz in dieses und jenes Zimmer, und gleich schon hatte sie Kŏkjŏng entdeckt, mit nacktem Oberkörper und die Beine von sich gestreckt auf dem Dielenboden der Veranda liegend und fest schlafend. Zaghaft setzte sie sich neben ihn und betrachtete den Schlafenden. Mit jedem seiner regelmäßigen Schnarcher hob und senkte sich der riesige Bauch, und eine Wolke säuerlichen Reisweingeruchs breitete sich aus.

Kŭmbok verstand zwar selbst nicht, weshalb sie ihm bis hierher gefolgt war, aber was nun geschah, erschien noch unverständlicher. Plötzlich lag ihre Hand auf

Kŏkjŏngs Bauch. An ihren zitternden Fingerspitzen spürte sie das Echo seines gewaltigen Organismus, und unwillkürlich schloss sie die Augen. Die Vibration ließ ihren ganzen Körper mitbeben, plötzlich fühlte sich ihr Unterleib heiß an. Dann wurden die Atemzüge leiser, und Kŏkjŏng schlug die Augen auf. Etwas Unglaubliches offenbarte sich ihm. Eine völlig unbekannte junge Frau mit geschlossenen Augen, wie aus einem Gemälde entsprungen, direkt hier neben ihm? Und noch dazu ganz frech mit ihrer Hand auf seinem Bauch!

Kŏkjŏng, der, schlaftrunken, wie er war, nicht recht wusste, ob er träumte oder wachte, starrte Kŭmbok verblüfft an. Irgendwie kam es ihm vor, als habe er sie schon einmal gesehen. Dann öffnete auch Kŭmbok, seinen Blick spürend, ihre Augen und sah ihm ins Gesicht. Erst jetzt erkannte Kŏkjŏng in ihr das nach Heu duftende Mädchen wieder, dem er vor ein paar Jahren am Strand begegnet war. Kŭmbok erschrak, zog rasch ihre Hand zurück, sprang auf, lief über den Hof zur Tür und floh nach draußen. Dabei blieb ihr Schuh an der Schwelle hängen, doch sie achtete nicht darauf und rannte ohne Pause bis zum Trockenplatz zurück. Dort wartete der Fischhändler auf sie. Er erschrak, als er ihr weißes Gesicht bemerkte, und fragte, was geschehen sei, doch statt zu antworten, stürzte Kŭmbok, heftig atmend, nur drei Becher kalten Wassers hinunter.

In jener Nacht fand Kŭmbok keinen Schlaf, das Bild des Jungen vom Nachmittag wollte ihr einfach nicht aus dem Kopf gehen. Neben ihr schnarchte der erschöpfte Fischhändler, der sich auch heute auf Kŭmbok gelegt hatte, wie immer nach ein paar Zuckungen von ihr heruntergerollt und unverzüglich eingeschlafen war. Sie öffnete die Tür und trat ins Freie. Am Meeresufer brachen sich die

Wellen im schwachen Licht der Sterne. Sie kniete sich in den Sand und blickte auf das wie von Silberpulver bestreute, hell schimmernde Meer hinaus, als sie plötzlich große Augen bekam. Mitten aus dem Wasser tauchte ein Fisch empor, groß wie ein ganzes Gebäude. Es war derselbe Blauwal, den sie an ihrem ersten Tag am Hafen gesehen hatte. Aus dem Atemloch des mehr als sechzig Meter langen Tieres schoss ein mächtiger Wasserstrahl, der wie die Fontäne eines Springbrunnens im Mondlicht gleißend silbern zerstob. Aus der Mitte ihres Leibes stieg etwas in Kŭmbok nach oben, eine Hitze, eine Art von archaischer Erschütterung angesichts eines so gewaltigen, unbesiegbar erscheinenden Lebewesens.

Kŭmbok streifte ihr Hemd und ihren Rock ab, hängte die Sachen an ein leeres Trockengestell und ging nackt zum Ufer hinab. Die kalten Wellen umfassten ihren fiebrig heißen Körper. Sie begann, auf den blau glänzenden Koloss zuzuschwimmen. Der Wal bewegte seinen stromlinienförmigen Leib elegant, ließ seine Schwanzflosse auf die Wasseroberfläche krachen und immer wieder seine riesige Fontäne vor Kŭmbok emporsteigen. Aber aus einem unerklärlichen Grund gelang es ihr nicht, näher an das Tier heranzukommen, sosehr sie sich auch anstrengte. Die Schwanzflosse schien zum Greifen nah, die glatte Haut schimmerte vor ihrer Nase, doch der Wal hielt sie irgendwie auf Abstand, bevor er schließlich eine letzte gigantische Wassersäule ausstieß, gemächlich mit der Schwanzflosse winkte und im tiefen Wasser verschwand. Verzweifelt schwamm Kŭmbok weiter, in der Hoffnung, der Wal würde noch einmal erscheinen, doch vergebens. Als sie völlig erschöpft aus dem Wasser kam, blies vom Meer eine Brise. Der gleiche Wind, der ihr damals in den Rücken gefahren war und sie dazu gebracht hatte, ihr Heimatdorf zu verlassen. Dieser Wind war jetzt drauf und dran, sie wieder fortzutreiben. Nein, vielleicht hatte sie diesen Wind sogar selbst herbeigerufen ...

Der Fischhändler war unruhig. Er spürte, dass etwas mit Kümbok geschehen war, aber er brachte es nicht über sich, den Mund aufzumachen und sie zu fragen. Immer wieder unterbrach sie ihre Arbeit und stand geistesabwesend da, dem Meer zugewandt; ihre klaren Augen hatten allen Glanz verloren, und weder ihre lebhafte Stimme, sonst inmitten des Geplauders der Frauen deutlich vernehmbar, noch die gutgelaunten Lieder, die sie immer vor sich hin sang, waren mehr zu hören. Wenn er nachts aufwachte, lag sie oft nicht neben ihm. Öffnete er dann die Tür und sah nach draußen, saß sie schweigend alleine am Wasser. Der Fischhändler wusste genau, was das Mädchen brauchte, aber das konnte er mit den ihm zur Verfügung stehenden Kräften nicht leisten. Ihm war klar, dass er Kümboks Leere nicht ausfüllen konnte, eine traurige Erkenntnis.

Auf dem Trockenplatz herrschte derweil weiterhin emsige Betriebsamkeit. Frische Rohware wurde angeliefert, und immer stand eine lange Reihe von Frachtkarren an der Einfahrt, um den Trockenfisch aufzuladen, der bis in weit entfernt liegende Städte regen Absatz fand. Der Fischhändler wusste nicht, wo ihm der Kopf stand, als er nun anstelle von Kümbok, die jede Freude an der Arbeit verloren hatte, die Abrechnungen für die Waren machen musste. Für ihn, der sich immer nur um so viel Fisch, wie in seinem Dreirad Platz fand, hatte kümmern müssen, war das nicht leicht, doch es blieb ihm nichts anderes übrig, als abzuwarten, bis Kümbok ihre Schwermut ablegen und ihren Lebensmut wiederfinden würde.

Ein paar Tage später trat ein weit mehr als sechs Fuß großer, kräftig gebauter junger Mann durch den Eingang zum Trockenplatz. Über dem Meer begann sich der Abendhimmel bereits rot zu färben. Die Leute ließen vor Staunen über den ungewöhnlichen Besucher von ihrer Arbeit ab und starrten ihn an. Kaum hatte er Kŭmbok zwischen den anderen Frauen entdeckt, schritt er geradewegs auf sie zu, die Arbeiterinnen mussten zur Seite weichen, um ihm den Weg freizumachen. In seiner Hand hielt er den Gummischuh, den Kŭmbok bei ihm verloren hatte, und einen dunkelblauen Stoffbeutel. Als sie Kŏkjŏng erblickte, erschrak Kŭmbok so sehr, dass ihr das Bündel Fisch, mit dem sie gerade beschäftigt gewesen war, zu Boden fiel. Kŏkjŏng hielt ihr den Schuh und den Beutel entgegen. Einen Moment lang wanderte ihr Blick unsicher zwischen ihm und den Sachen hin und her, bis Kŏkjŏng endlich seinen Mund öffnete und sagte: »Hier ist was für dich zum Anziehen. Ich will, dass du mitkommst und ab jetzt bei mir bleibst.«

Unter den Leuten begann sich Unruhe breitzumachen. Kŏkjŏng jedoch blieb ungerührt stehen und hielt den Beutel vor sich, Kŭmbok weiter musternd. Die wiederum stand da wie angenagelt und rührte sich nicht. Für eine kurze Weile herrschte Schweigen. Dann erschien der Fischhändler, der sich zwischen den Leuten nach vorne gedrängelt hatte, und rief: »He, wer bist du eigentlich, dass du dem Mädchen Befehle gibst?«

Seine Stimme zitterte, schon beim bloßen Anblick des Riesen hatte ihn der Schneid verlassen. Kŏkjŏng würdigte ihn keines Blickes, sondern hielt Kŭmbok weiter auffordernd die mitgebrachten Sachen entgegen. Der Fischhändler nahm seinen Mut zusammen, schnappte sich den Beutel und schleuderte ihn wutentbrannt auf die Erde.

»Das Mädchen bleibt für den Rest ihres Lebens hier

bei mir und kümmert sich um unser Geschäft, verstanden? Und jetzt verschwinde, aber sofort!«

Er versuchte, Kŏkjŏng wegzuschieben. Der rührte sich natürlich nicht vom Fleck. Ein Zucken lief über sein bärtiges Gesicht, dann packte er den Fischhändler am Genick und hob ihn hoch, bis seine Beine in der Luft zappelten. Gerade wollte Kŏkjŏng ihn ungespitzt in den Erdboden rammen, da stellte sich Kŭmbok dazwischen: »Hör auf! Wenn du ihm wehtust, wirst du mich nie wiedersehen!«

Ihre Worte klangen entschlossen. Kŏkjŏng ließ den Fischhändler herabsinken, was genügte, dass dieser sich unter Schmerzensschreien am Boden wand. Mit einem Wort hatte Kŭmbok die Lage geklärt. Kŏkjŏng warf den Stoffbeutel vor sie hin, ging ein Stück weg und wartete. Die Hände in die Hüften gestemmt, ging Kŭmbok auf den Fischhändler zu. »Es tut mir leid. Du hast mich hierhergebracht, aber ich habe einen neuen Herrn gefunden. Und darum muss ich jetzt fortgehen.« Ihre Augen wurden feucht, schließlich war er ihr erster Mann gewesen und sie hatten jahrelang Seite an Seite gelebt, doch sie verbiss sich die Tränen, als sie weitersprach: »Und eine Sache noch: Im Oktober darfst du auf gar keinen Fall draußen Fisch zum Trocknen aufhängen. Bitte denk unbedingt daran, ja?«

Der Fischhändler, der keine Ahnung hatte, wovon Kŭmbok redete, hockte wie weggetreten auf dem Sandboden und nickte. Das Abendrot im Rücken, verließ Kŭmbok gemeinsam mit Kŏkjŏng den Trockenplatz. Drei Jahre waren vergangen, seit sie in der Hafenstadt angekommen war.

Endlich war der Damm gebrochen. Die aufgestauten Fluten schossen herab, unaufhaltbar. Kŭmbok hatte begriffen, woher sie kam, die unlöschbare Hitze, die sie mit kaltem Meereswasser hatte kühlen müssen, um Schlaf finden zu können, und welcher Art der Wind war, der ihr in den Rücken gestoßen und sie aus ihrer Heimat vertrieben hatte. Eine lüsterne Zunge leckte jede Stelle ihres Körpers, und wo sie entlangstrich, hinterließ sie süße Schauder, Flaumhärchen richteten sich auf. Scham und Unreife hatte Kŭmbok schon seit Langem abgelegt, weit öffnete sie ihren Leib. Als wollten sie keinen Spalt frei lassen, umschlangen ihre Schenkel Kŏkjŏngs zuckende Hüften und drückten ihn fest an sich, während sie seufzte: »Es fühlt sich an, als ob du dich ganz tief in mich hineingräbst.«

Kŏkjŏngs Mund entwich ungewollt ein Stöhnen, so groß war die ungekannte Lust, die ihn überkam. Sein Zittern übertrug sich unvermindert auf Kŭmbok, die ihrerseits die Zähne zusammenbiss, um das Beben ertragen zu können, das sie durchfuhr. Ein glühender Klumpen drängte in ihr nach oben. Es kam ihr vor, als würden im nächsten Moment ihre Eingeweide nach außen geschleudert werden, vor Angst und Erregung spürte sie den Drang zu weinen, und mit beiden Händen packte sie Kŏkjŏngs festen Hintern. Milliarden einzelne Zellen flogen ins Nichts, um von einem furchtbaren Sog erfasst sogleich wieder an einer Stelle vereint zu werden, und schließlich erfolgte die Explosion. Tief in ihrem Inneren zog sich etwas heftig zusammen, es war wie ein Sog, der alles an sich reißen wollte. Dann stellte sich Frieden ein. Im weder kalten noch heißen Glücksgefühl hielten sich die beiden still umschlungen.

Kŭmbok und Kŏkjŏng liebten sich schicksalshaft wie Romeo und Julia, wie Byŏngangse und Ongnyŏ, wie Asadal und Asanyŏ. An nichts mangelte es, nichts war zu viel, sie waren so fest verbunden wie zwei miteinander verwachsene Zweige eines Baums, passten ineinander wie Schraube und Mutter. Jede Nacht gaben sie sich dem Sturm ihrer Leidenschaft hin, stiegen auf den Böen empor und stürzten ab in unendliche Tiefen.

Kŭmbok, die inzwischen in Kŏkjŏngs Behausung eingezogen war, ging auf den Markt und besorgte Bettzeug, Geschirr und andere Dinge. Ein bescheidener Haushalt war es, doch sie fühlte sich so glücklich, dass sie andauernd Lieder vor sich hin summte. Es schien, als habe sie endlich gefunden, wonach sie gesucht hatte, seit sie auf dem Dreirad des Fischhändlers von zu Hause weggefahren war.

Ein paar Tage später bat Kŭmbok Kŏkjŏng, der gerade von der Arbeit nach Hause kam, um Geld für Reis. Die Summe, die sie sich ohne das Wissen des Fischhändlers beiseitegelegt hatte, war schon komplett aufgebraucht. Mit verlegener Miene entgegnete Kŏkjŏng, er habe kein Geld, nicht eine einzige Münze. Es stellte sich heraus, dass er bisher immer seinen kompletten Verdienst fürs Essen ausgegeben hatte. Auch wenn er das anderthalbfache Entgelt für seine Arbeit erhielt, so blieb bei seinem gewaltigen Hunger davon nie etwas übrig, weil er mit seinem Tageslohn in der Hand immer schnurstracks in sein Stammlokal lief und restlos alles für Essen, Fleisch und Wein ausgab. Kŏkjŏng lebte von einem Tag auf den anderen, daher besaß er keinerlei Ersparnisse, was ihn aber auch nicht im Geringsten zu stören schien. Kŭmbok nahm in an der Hand, hieß ihn, sich hinzusetzen, und begann, in ruhigem Ton zu sprechen: »Gut. Vorher warst du allein, da hat es keine Rolle gespielt, aber jetzt geht das nicht mehr. Wenn man mit einer Frau zusammenlebt, dann ist man nicht nur für sein eigenes Essen, sondern auch für das Essen der Frau verantwortlich. Verstehst du, was ich meine?«

»Ich würde ja gerne für dein Essen sorgen, aber wie, wenn das Geld nicht mal für mein Essen reicht?«, fragte Kŏkjŏng mit betretener Miene zurück.

Kŭmbok fehlten bei so viel Schlichtheit und Weltfremdheit die Worte, aber es war nicht so, dass sie seine Lage nicht verstand. Sie überlegte eine Weile, ehe sie weitersprach: »Na schön. Dann machen wir es so: Ich habe gehört, dass du drei-, wenn nicht viermal so viel schaffst wie die anderen Arbeiter. Da kann es nicht sein, dass du nur den anderthalbfachen Lohn bekommst. Du gehst also morgen zu deinem Chef und sagst ihm das. Dass du für deine drei-, vierfache Arbeit auch den drei-, vierfachen Lohn haben willst. Dass du sonst nicht weiterarbeitest. Du verstehst doch, was ich meine?«

Kŏkjŏng nickte, ungläubig vor sich hin starrend.

Am nächsten Morgen, als Kŏkjŏng sich auf den Weg zur Arbeit machen wollte, drückte Kŭmbok ihm etwas Watte in die Hand und sagte: »Stopf dir das in die Ohren, bevor du deinen Chef triffst. Dann sagst du, er soll deinen Lohn erhöhen, bleibst einen Moment stehen und kommst sofort zurück nach Hause, egal, was er sagt.«

Kŏkjŏng legte den Kopf schief, so als hätte er nicht ganz verstanden, steckte sich aber die Watte in die Ohren und ging los. Kurz darauf war er schon wieder zu Hause, so wie Kŭmbok es verlangt hatte. Er blickte immer noch skeptisch drein, doch Kŭmbok blieb gelassen: »Warte nur ein Weilchen. Bald wird eine Nachricht kommen.«

Es war noch nicht Mittagszeit, als einer der Männer kam, um Kŏkjŏng abzuholen. Nun gab Kŭmbok ihm eine ausgewaschene Mullbinde mit und schärfte ihm ein: »Wenn du den Chef triffst, steck dir das in den Mund. Beiß ganz fest drauf und sag kein Wort, hör nur zu, was er erzählt, und komm dann gleich wieder nach Hause.«

Auch dieses Mal war Kŏkjŏng wenig später zurück, und kurz darauf erschien wieder derselbe Mann, um ihn zu holen. Hell lachend zog Kŭmbok Kŏkjŏng die Binde aus dem Mund. »So, jetzt kannst du gehen. Und wenn du deinen Lohn hast, kauf davon Reis«, sagte sie.

An jenem Abend kam Kŏkjŏng mit einem halben Zentner Reis auf der Schulter nach Hause. Der Chef habe mit ihm gesprochen und erstaunlicherweise den dreifachen Lohn zugesagt, erzählte er. Das war das Gesetz der Erwerbstätigkeit. Froh und verwundert darüber, wie einfach sich alles geklärt hatte, lobte Kŏkjŏng Kŭmbok in den höchsten Tönen für ihren grandiosen Einfall. Sie musste ein bisschen über seine Einfältigkeit lachen, war aber in der Hauptsache froh, dass der Hunger nun fürs Erste gestillt werden konnte.

Kŏkjŏng war kein Mensch mit sonderlich viel Verstand. Er arbeitete wie ein Ochse, bekam seinen Lohn und aß sich dafür satt, das war alles. Sein Vermögen bestand aus seiner Körpergröße und -kraft, dank der er immer Arbeit fand, und bevor er Kŭmbok traf, war für seinen Lebensunterhalt auch gar nichts anderes nötig gewesen. Die Sorge seiner Eltern, wie er einmal eine Arbeit finden solle, die ihn satt machte, hatte sich also als unbegründet erwiesen; eher war es seine Sorglosigkeit, die einem Sorgen bereitete. Kŏkjŏng nahm alles auf die leichte Schulter, was morgen geschah, interessierte ihn nicht. Unglücklicherweise hatten seine überragenden Kräfte ihn zu einem Menschen sehr schlichten Gemüts werden lassen.

Kŭmbok hingegen war schon lange klar, dass es auf der Welt nicht so einfach zuging. Daher war sie Kŏkjŏngs wegen einerseits immer beunruhigt, aber gleichzeitig liebte sie seine Unbedarftheit und war immer wieder aufs Neue gefesselt von seiner Körperlichkeit, so wie der Wal sie in seinen Bann geschlagen hatte. Niemand sah in Kŭmboks Augen aus wie ein echter Mann, wenn er nicht dicke Arme und ein breites Kreuz hatte wie Kŏkjŏng, da mochten sich die Kerle vor ihr noch so aufspielen. Vor allen Dingen genoss sie es, in seinen Armen zu liegen. Die beherrschende Fülle, die auf ihren weichen Brüsten lastete, die heftigen, rauen Atemstöße, die zuckenden Muskeln, der klare Moment der Eruption, die Erschütterung ... Ironischerweise war das, was sie so sehr liebte, genau jene sie gleichzeitig beunruhigende Schlichtheit. Sie vertraute seinem Leib voll und ganz, er gab ihr ein tiefes Gefühl der Ruhe und des Friedens. Darin bestand ihr Glück.

Der Fischhändler wiederum hatte eine ganze Zeit lang, seit Kŭmbok fortgegangen war, kein Bein mehr auf den Boden bekommen und sich tagelang dem Suff ergeben. Zwar war auch er nicht so weltfremd zu glauben, dass das Mädchen, dem alle diese Kerle mit triefenden Lefzen hinterherschauten, für immer würde ihm gehören können, aber dass Kŭmbok, die er gehegt und gepflegt hatte wie eine einzige Tochter unter vielen Söhnen, von einem Tag auf den anderen auf Nimmerwiedersehen verschwunden war, wo doch selbst ein streunender Hund normalerweise nach ein paar Tagen nach Hause zurückkehrt, das hatte den Fischhändler so niedergeschmettert, dass das Essen nicht mehr nach Essen schmeckte, er schlief, aber keine Ruhe fand, an Arbeit zu denken ihm gänzlich unmöglich schien.

Andererseits gab es in der Stadt außer Kümbok ja auch noch andere Weibsbilder. Wer Geld hatte, konnte sich jederzeit mit Frauen umgeben. Und genau das tat er. Zwar besaß keine von ihnen Kümboks besonderen Reiz, aber für ihn, der schon graue Haare bekam, war jedes Mädchen gut genug. Sein ganzes Leben hatte er sich alle irdischen Freuden versagt, und jetzt kostete er zum ersten Mal von dieser unbekannten Süße. Dem kokettierenden Barmädchen auf seinem Schoß das Hinterteil tätschelnd, sagte er zu sich selbst: »So ein Leben gibt's also auch auf der Welt, wofür hab ich mich bloß die ganze Zeit nur so abgeschuftet?«

Natürlich kostete es Geld. Das war das Gesetz der Halbwelt. Er vergaß die Arbeit auf dem Trockenplatz und betrank sich am helllichten Tag mit leichten Mädchen oder verbrachte seine Zeit beim Kartenspielen. Ab und zu kamen Kaufleute, die aufgebracht nach ihrer im Voraus bezahlten Ware verlangten, worauf er großspurig entgegnete, was sie denn wollten mit ihren Kleingeldbeträgen, die könne er ihnen gerne zurückzahlen. Und wieder kostete es Geld.

Während er in den Spelunken des Rotlichtviertels ein und aus ging, faulte der Fisch am Trockenplatz vor sich hin. Fliegen legten darauf ihre Eier ab, bald wimmelte alles von Maden. Was noch einigermaßen genießbar war, fraßen die Straßenkatzen.

Eines Tages saß der Fischhändler wieder einmal im Hinterzimmer eines der einschlägigen Häuser und trank mit einer der angestellten Damen. Im Stillen überlegte er gerade, wie es wäre, sie hier herauszuholen und einen gemeinsamen Haushalt mit ihr zu gründen. Sie war schon längst über dreißig, aber die schmalen Augen in ihrem sommersprossigen Gesicht hatten es ihm doch ziemlich angetan. Plötzlich stieß sie einen lauten Klageseufzer aus. Der Fischhändler ließ seine Hand von ihrer Brust sinken und fragte, was in aller Welt sie so bedrücke.

Als habe sie bloß darauf gewartet, machte sie unter Tränen ihrem Kummer Luft und erzählte, wie sie vor einiger Zeit von einem gewissen Jemand sich aus diesem und jenem Grund Geld geliehen habe, der Betrag nun längst fällig sei, sie aber nicht bezahlen könne, weshalb man sie in ein Bordell auf einer weit entfernten Insel verkaufen wolle, und, wie sie, Augen und Nase mit einem Taschentuch betupfend, hinzufügte, wenn sie erst einmal dort auf der Insel sei, wäre ihr Leben unwiederbringlich verloren, nie mehr könne sie weg von dort, höchstens als alte bucklige Frau, was aber gar nicht das Schlimmste wäre, denn schließlich sei es ihre eigene Schuld, arm zu sein und kein Glück in Geldsachen zu haben, was sie aber so sehr schmerze, sei ihre heimliche Liebe zu ihm, dem Fischhändler, und wenn er es nur übers Herz brächte, sie anzunehmen, würde sie nichts lieber tun, als mit ihm zusammenzuleben, in letzter Zeit lehne sie darum auch alle anderen Gäste ab und warte immer nur auf ihn, doch jetzt, da all diese Hoffnungen zerplatzt seien wie Seifenblasen, habe sie vergangene Nacht ihr erbärmliches Leben in den Fluten des Meeres beenden wollen, um wenigstens ihren Leib in Reinheit zu erhalten, aber als sie auf dem Pier stand, habe sie es nicht übers Herz gebracht, denn man sagt ja, nichts ist so zäh wie das Schicksal, nur das Leben ist noch zäher, und nun, da sie für immer Abschied nehmen müsse, wolle sie ihm, wenn er denn schon gehe, nur noch wünschen, er möge eine brave Frau finden, Söhne und Töchter mit ihr haben und lange und zufrieden leben, doch wenn ihr nur ein einziger Wunsch vergönnt sei, so wolle sie ihn bitten, er möge eines fernen Tages, wenn er am Meer eine einsam kreisende Möwe sehe, sich denken, dass sie es sei, die bedauernswerte Seele der Frau, die ihn verehrt und verzweifelt geliebt habe und nach einem einsamen Leben auf der Insel ein trauriges Ende gefunden habe, und dann solle er ihren Namen rufen, nur ein einziges Mal, das werde sie im Tod ihre Ruhe finden lassen, so gab sie ihre Geschichte melodramatisch und wortreich zum Besten, um zu guter Letzt, den Kopf über seine Knie gebeugt, in lautes Wehklagen auszubrechen. Von Natur aus weichherzig und gutgläubig, hatte es dem Mann schon beim Zuhören die Kehle zugeschnürt, und er kämpfte noch mit den Tränen, als er jetzt die Frau an den Schultern fasste und sprach: »Hör auf zu weinen und sag mal, Kindchen, wie viel hast du dir denn eigentlich geliehen, dass du so verzweifelt bist, hm?«

Diesmal kostete es ziemlich viel Geld.

Erst drei Tage danach erfuhr man, dass die Dame einen Haufen Kleider gepackt und mit dem Geld, das der Fischhändler ihr zum Begleichen der Schulden gegeben hatte, auf und davon war. Erst jetzt kam er zu Sinnen. Eben noch völlig außer sich vor Glück bei dem Gedanken an das neue gemeinsame Leben, traf es ihn nun wie ein Hammerschlag auf den Hinterkopf. Einen halben Tag lag er da und starrte apathisch an die Zimmerdecke, ausgelaugt vom Suff und den Bordellen, dann raffte er sich auf und schleppte sich zum Trockenplatz. Der wertvolle Fang war restlos dem Wind und der Sonne und dem Schimmel und den Maden und den Fliegen und den Ameisen und den Möwen und den Katzen zum Opfer gefallen, nur eine einzige dürre Fischgräte schaukelte am Trockengestell verloren im Wind. Der Mann hockte sich schwerfällig neben seinem in der salzigen Luft vor sich hin rostenden Dreirad auf den Boden.

Trotz allem war ihm glücklicherweise noch etwas Geld übriggeblieben. Er raffte sich auf und begann, den Trockenplatz wiederherzurichten. Stellte die umgestürzten Gestelle auf, holte die Leute zurück. Und mit dem restlichen Geld kaufte er Fisch. Es traf sich, dass die Fänge in letzter Zeit gut gewesen waren und die Preise günstig. Bald florierte der Trockenplatz wieder. Die vollgehängten Gestelle betrachtend, nahm er sich fest vor, diesmal die Finanzen zusammenzuhalten und demnächst auf dem Markt einen eigenen Laden zu eröffnen. Es war Anfang Oktober und der Winter nicht mehr fern.

Er wollte sich gerade eine Zigarette zwischen die Lippen stecken, da fiel ihm ein, was Kŭmbok zum Abschied vor ein paar Monaten gesagt hatte. Dass er auf gar keinen Fall im Oktober Fisch trocknen dürfe. Was hatte sie bloß gemeint, denn die Regenzeit war doch längst vorbei, Sturmfluten gab es auch keine. Damals, als er mit der Nase im Sand vor ihr gelegen hatte, war keine Zeit für Fragen gewesen. Und selbst, wenn es irgendetwas damit auf sich hatte, der Zug war schon abgefahren, denn er konnte den Fisch ja schlecht wieder abhängen. Etwas mulmig war ihm schon zumute, doch er schüttelte den Kopf und versuchte, Kŭmboks Worte zu verdrängen. Wieder dachte er bloß, na ja, was so ein junges Ding eben daherplappert, legte sich rücklings auf seine Strohmatte und sah dem Rauch seiner Zigarette hinterher. Am blauen Himmel trieben ein paar Wolken vorbei, klein wie Fischschuppen. Die Sonne schien hell, ein kühler Wind blies, ein

Wetter, wie es nicht hätte besser sein können zum Fischetrocknen. Wenn er wieder etwas Geld zusammenhätte, würde er sich diesmal eine Frau suchen, die ehrlich war, eine mit dem Herz auf dem rechten Fleck, überlegte er.

Kŭmbok war eben aus dem Haus gegangen, um auf dem Markt etwas fürs Abendessen einzukaufen und sich bei der Gelegenheit nach langer Zeit mal wieder ein bisschen in der Stadt umzuschauen. Wie eng musste ihr das Zimmer vorkommen, wenn sie schon auf dem weiten Trockenplatz immer fortgelaufen war, weil sie sich eingesperrt fühlte. Mit dem leeren Holzbottich an der Seite bummelte sie die Straßen entlang.

Ein paar Meter weiter stand ein Mann und sah zu ihr herüber. Er hatte Kŭmbok schon vor ein paar Tagen auf dem Fischmarkt entdeckt. Ihm war sofort klar gewesen, dass ihr trotz ihrer von der Arbeit in der Sonne dunklen Haut und des Fischgestanks etwas Besonderes anhaftete, das die anderen Frauen nicht hatten. Ihr Geruch, der kein Geruch war, erinnerte ihn an den Duft nach Milch und Puder der Bordellfrauen, die ihn aufgezogen hatten, an den Geschmack des Salzwassers in seinem Mund, als er nach einem Schiffbruch an einem fremden Ufer strandete, den Geruch von Blut und Tod, wenn er seinen Gegnern das Messer in den Leib stieß, aber ganz besonders musste er an den Duft einer Geisha denken, die er einst bis zum Wahnsinn geliebt hatte.

In einen schneeweißen Anzug gekleidet, stand er am Eingang zum Kino, dem ersten seiner Art in der Hafenstadt. Kŭmboks dunkelbraunes Gesicht sprühte vor Energie, und bei jedem ihrer beschwingten Schritte schwenkte ihr fester Po nach links und rechts. Als sie kurz vor dem Kino war, stellte sich der Mann ihr in den Weg und sagte: »He, du, hast du Lust, mit mir ins Kino zu gehen?« Kŭmbok hob den Kopf und sah ihn an. Über sein helles, schmales Gesicht lief seitlich eine langgezogene Narbe. Er zog ein silbernes Feuerzeug hervor und steckte sich mit eleganter Bewegung eine Zigarette an. An seiner Hand fehlten alle Finger außer dem Daumen und dem Zeigefinger.

»Was ist ein Kino?« Kŭmbok sah den Mann mit der Narbe aus zusammengekniffenen Augen an.

Sein Adamsapfel zuckte. »Da drinnen werden Filme vorgeführt«, antwortete er und deutete auf das vor Kurzem eröffnete Kino. An der Fassade hing ein Plakat, das eine blonde Frau und einen Mann mit Cowboyhut zeigte, die einander zugewandten Gesichter nah zusammengerückt.

»Und was sind Filme?« Kŭmbok hatte, wie die meisten Menschen in der Stadt, noch nie etwas von einem Film gehört.

»In Filmen kommen Menschen vor.«

»Menschen gibt's doch überall, wozu soll ich mir die in so einem komischen Kino ansehen?«, fragte sie und verdrehte die Augen.

»Die Menschen in den Filmen sind anders. Etwas ganz Spezielles. So wie du.«

Die letzten Worte hatte der Mann besonders betont. Die Leute im Hafenviertel zitterten vor Angst, wenn sie nur seinen Namen hörten, und machten sich in die Hosen, wenn er ihnen in die Augen blickte, aber Kŭmbok, die nicht wusste, was für ein Kerl ihr gegenüberstand, fürchtete sich nicht im Geringsten. Ganz im Gegenteil fühlte sie sich von seinem hellen Gesicht angezogen und trat unwillkürlich einen Schritt auf ihn zu. Sie standen da, beinahe so eng zusammen wie die beiden Figuren auf dem Filmplakat. Ohne zu wissen, was sie tat, hatte Kŭmbok ihre Hand ausgestreckt und betastete die Narbe im Gesicht des Mannes, die er einst in einem drei Tage und drei Nächte währenden Kampf mit einem Rivalen davongetragen hatte. Das hatte noch nie jemand vor ihr getan.

»Ist die echt?«, fragte sie.

»Glaubst du, ich mach mir extra so ein Ding, um es spazieren zu tragen?«

»Hat das wehgetan?«

»Klar hat das wehgetan.« Der Mann lachte und zuckte mit den Schultern.

»Wer war das?«

»Jemand, der mich auf den Tod gehasst hat.«

»Was ist aus ihm geworden?«

»Am Ende ist er selbst draufgegangen. Hab ihn an einen großen Stein gebunden und ins Meer geworfen, das dürfte er nicht überlebt haben, selbst wenn er schwimmen könnte wie ein Delfin.«

Die beiden standen jetzt so eng zusammen, dass ihre Münder sich fast berührten. Kŭmbok lächelte dem Mann schelmisch zu. Als er zurücklächelte, verformte sich die lange Narbe zu einem runden Bogen.

An jenem Tag sah Kŭmbok zum ersten Mal in ihrem Leben einen Film. Auf der großen Leinwand wechselten Menschen Worte in einer völlig unverständlichen Sprache, wurden größer und wieder klein, ganz wie es ihnen beliebte, ritten auf Pferden durch die Wüste, schossen mit Gewehren, und auf dem Rücksitz einer Kutsche küssten sich ein Mann und eine Frau. Der Film war aus einem fernen Land gekommen, das man Amerika nannte, das schöne Land. Kŭmbok konnte ihre Augen nicht abwenden von den sich vor ihr abspielenden Szenen, die durch die von allen Seiten wie Wasserfälle tosenden Klänge noch lebensechter und furchteinflößender wirkten. Der Mann fasste mit seinen beiden übrigen Fingern fest die Hand von Kŭmbok, die zitternd neben ihm saß und so von dem Film in Beschlag genommen war, dass sie es auch nicht gemerkt hätte, wenn es seine Zehen gewesen wären.

Als der Film zu Ende war und das Licht anging, verschwand die ganze Zauberwelt wie mit einem Fingerschnipsen vor ihren Augen. Kŭmbok kam sich betrogen vor. Leer und enttäuscht wie bei einem nicht erreichten Höhepunkt saß sie da und wollte nicht von ihrem Platz aufstehen. In diesem Moment wünschte sie sich verzweifelt, der faszinierende Kosmos, den sie bis eben noch vor ihren Augen gesehen hatte, würde niemals zu Ende gehen. Alles würde sie dafür eintauschen, was sie hatte, dachte sie, ohne dass es ihr schade darum wäre.

Als sie kurz darauf, von dem Mann mit der Narbe an der Hand geführt, ins Freie kam, war ihr schwindlig und übel, und schließlich musste sie sich übergeben. Sie vermutete, dass er ihr einen seltsamen Streich gespielt hatte, und bekam schlechte Laune. Doch der Mann lachte laut und sagte, das sei kein Schwindel, sondern eben genau das, was man einen Film nenne. Und, fuhr er fort, es gebe auf der Welt Abertausende davon, und wenn sie wolle, könne er ihr alle möglichen Arten von Filmen zeigen. Mit einem Augenzwinkern fügte er hinzu: »Wenn du einen Film sehen willst, komm einfach zu mir, jederzeit. Ich werde immer hier an diesem Platz sein.«

Kŭmbok gefiel das ölige Grinsen des Mannes nicht. Sie hatte eine ungute Vorahnung wegen der Narbe in seinem Gesicht und sagte, sie müsse schnell nach Hause, nahm den am Eingang abgestellten Bottich und lief aus dem Kino. Lächelnd sah er ihr hinterher.

Ein starker Wind blies, als sie auf die Straße trat. Die Schilder der Läden wackelten, und Fischkisten und das zum Einwickeln verwendete Stroh flogen durch die Gegend. Sie blickte auf in den Himmel. Im Süden drängten sich dunkle Wolken. Kŭmbok hatte ein ungewöhnlich feines Gespür, Unheil vorauszuahnen, und das Herz schlug ihr bis in den Hals. Plötzlich bereute sie es, mit dem narbigen Mann ins Kino gegangen zu sein. Zwar hatten sie dort nichts weiter getan, als einen Film anzusehen, aber ihr kam es vor, als habe sie gegen etwas streng Verbotenes verstoßen. Sie zwang sich, ihre Beunruhigung zu unterdrücken, und lief schnell nach Hause. Noch konnte sie nicht ahnen, wie sehr dieses Ereignis ihr Schicksal verändern sollte.

Der Abend wurde immer später, doch Kŏkjŏng war immer noch nicht zurück. Das war noch nie vorgekommen. Vom Warten müde, machte Kŭmbok sich etwas zu essen und ging zu Bett, aber aufgewühlt, wie sie war, fand sie keinen Schlaf. Der Wind rüttelte immer stärker an der Tür. Kŭmbok zog sich die Decke über den Kopf und versuchte zu schlafen.

Von einem klappernden Geräusch geweckt, fuhr der Fischhändler hoch. Gestern Nacht vor dem Schlafengehen hatte er sich einen Fisch gebraten und dazu eine Flasche *Soju* getrunken. Nachdem das Barmädchen mit dem Geld auf und davon war, hatte er sich eigentlich vorgenommen, die Finger vom Alkohol zu lassen, aber die Hütte war so leer und einsam, dass er nicht hatte einschlafen können. Als er jetzt nach oben sah, traute er seinen Augen nicht. Das Dach war nicht mehr da, über ihm der offene Himmel, im Zimmer flogen Haushaltssachen hin und her. Die Tür vibrierte laut und stand kurz davor, aus den Angeln gerissen zu werden. Regentropfen begannen zu fallen. Schlagartig fiel ihm der Trockenplatz ein. Schnell lief er nach draußen. In der Dunkelheit türmte sich das Meer zu riesigen Wellen auf. Ein Taifun.

Die Hälfte der Trockengestelle war bereits umgestürzt und die Fische lagen im Sand verstreut. Hastig lief der Mann umher und sammelte sie in einer Kiste zusammen. Von Regen und Gischt durchnässt schwankte er durch den heftigen Wind, die Wellen wurden immer wilder und rückten schon bis zum Trockenplatz vor. Nacheinander kippten die restlichen Trockengestelle um, und auch die Kiste mit dem mühsam zusammengeklaubten Fisch flog, von einer Böe erfasst, ein paar Meter weit davon. Verzweifelt sammelte der Mann den Fisch wieder ein und versuchte, ihn an einer Stelle aufzustapeln. Dem knackenden Geräusch nach zu urteilen wurden jetzt die Wände der Hütte hinter ihm stückweise vom Sturm fortgerissen. Von allen Seiten brauste es ohrenbetäubend, als tobten Teufel und Geister in einem wahnsinnigen Kampf. Wie ein Besessener rannte der Mann den Fischen hinterher, aber kaum hatte er welche zu dem Haufen dazugelegt, stoben sie im Wind wieder auseinander und flogen scheinbar gewichtlos in den Himmel davon wie geflügelte Kreaturen. Das Gesicht des Mannes war von nadelspitzen Sandkörnern gespickt, die Haut aufgesprungen und blutig. Es gab keine Hoffnung mehr. Er brach in ein irres Gelächter aus und begann, Fische und Holzteile, Sand und alles, was ihm in die Hände geriet, in Richtung der aufgewühlten See zu schleudern. »Hahaha! Ja, was soll ich denn auch mit den paar Fischen!«, schrie er. »Wenn ich schon pleitegeh, dann richtig! Nimm doch alles mit, wenn du schon dabei bist, das Haus, die ganze Welt, alles!«

Vor dem heulenden Fischhändler zog eine gewaltige Sturmflut auf. Und dann verschlang sie alles, was sich ihr in den Weg stellte.

Jemand rief leise ihren Namen, und Kŭmbok wurde schlagartig wach. Als sie das Lager neben sich unberührt sah, wusste sie, Kŏkjŏng war nicht nach Hause gekommen. Ringsum herrschte Dunkelheit, ein heftiger Wind rüttelte am Fenster. Draußen war abermals ein schwaches Rufen vernehmbar. In freudiger Erwartung riss Kŭmbok die Tür auf. Draußen standen sechs oder sieben Männer, vom Regen durchnässt. Sie hatten aus einer Strohmatte und zwei Holzstangen eine Trage gebaut, die sie vor der Tür absetzten. Kŭmbok schrie auf und lief nach draußen. Auf der Trage lag Kŏkjŏng. Seine Kleidung war blutdurchtränkt. Eine rötliche Lache aus Regen und Blut sammelte sich unter ihm. Kŭmbok hob schluchzend seinen Kopf an, das Gesicht war bleich und die Augen geschlossen. Um seinen Schädel war ein Tuch gebunden, darunter quoll unaufhörlich Blut hervor, aus einer im Dunklen nicht erkennbaren Wunde.

Der Mann mit der Narbe

Als der Taifun sich gelegt hatte, waren die alten Fischer einhellig der Meinung: Solch einen fürchterlichen Sturm hatten sie ihrer Lebtag noch nicht gesehen. Ganze Häuser hatte es weggefegt, Berghänge waren abgerutscht, Straßen abgeschnitten. Im Hafen festgemachte Boote waren von den Sturmwellen emporgehoben und auf die Häuser geschleudert worden, wo sie nun im Wind schaukelten, während manche von den fortgerissenen Hausdächern wie Flöße auf dem Meer trieben. Viele Menschen waren im Wasser ertrunken, von den zahlreichen Vermissten wurden die meisten für tot erklärt, da man ihre Leichen nie mehr fand.

Laura.

So hieß der mörderische Sturm, wie das Wetteramt am nächsten Tag bekanntgab. Einen hübschen westlichen Frauennamen hatte man sich für ihn ausgewählt.

Wie hatte Kŭmbok vorher wissen können, dass ein Taifun kommen würde? Besaß sie die Fähigkeit zu außersinnlicher Wahrnehmung, wie man sie Heuschrecken nachsagte, oder die gewöhnlichen Menschen vorenthaltene Gabe der Vorsehung? Man darf nicht allen Geschichten Glauben schenken, die auf der Welt im Umlauf sind. Das Wesen von Geschichten ist es, dass Dinge hinzugefügt oder weggelassen werden, sie ihre Form verändern können, je nach dem Standpunkt, den der Übermittelnde einnimmt, der Bequemlichkeit des Zuhörers und dem Können des Erzählers. Wenn schon an der Richtigkeit der angeblich bis auf Punkt und Komma fehlerfrei überlieferten Heiligen Schrift Zweifel angebracht sind, wie will man all den anderen umherfliegenden Geschichten glauben? Genauso wenig aber sollte man durch die Bank alles anzweifeln, erst recht nicht, wenn es keinen Beweis für das Gegenteil gibt, und glaubwürdiger als das angebliche Loch im Himmel, das größer sein soll als der Pazifische Ozean, ist unsere Geschichte allemal! So sei denn Friede all denen, die festen Glaubens sind.

Der Fischhändler hatte überlebt. Am folgenden Tag hockte er am Strand und starrte irren Blicks auf den von Trümmern übersäten Trockenplatz. Als seien die Ereignisse der vergangenen Nacht bloß ein Traum gewesen, strahlte die Sonne blendend hell über der ruhigen See. Der Wind hatte abgeflaut, das Wasser lag still, nahezu wellenlos da. Der imposante Trockenplatz war spurlos verschwunden, vom Wohnhaus nichts mehr zu sehen, die Trockengestelle waren zerschmettert und die Fische in alle Himmelsrichtungen zerstreut wie Sandkörner. Ihr fauliger Geruch schwebte über dem Strand, zu hören war nur das unablässige Kreischen der Möwen, die sich über die auf dem Wasser treibenden Fische hermachten. Bis gegen Mittag saß der Fischhändler dumpf brütend da, dann stieg er in sein rostiges Dreirad und fuhr davon. Niemand in der Hafenstadt sollte ihn je wiedersehen.

Auch Kŏkjŏng lebte. Der Arzt, den Kŭmbok noch in der Nacht herbeigeschleppt, man konnte sagen gekidnappt hatte, schüttelte jedoch den Kopf über seinen Zustand. Es sei kaum möglich, dass er die nächsten Tage überstehe, sagte er. Er habe kein Mittel, das er Kŏkjŏng verordnen könne, und wisse auch sonst keine geeignete Maßnahme mehr. Kŭmbok weinte und klammerte sich an die Hosenbeine des Doktors, bis dieser doch noch ein Medikament verschrieb, nicht ohne hinzuzufügen, dass es nicht viel würde ausrichten können. Doch Kŭmbok gab die Hoffnung nicht auf. Sie fragte die Leute und suchte jeden einzelnen Arzt auf, der sich Arzt nannte, besorgte jede Arznei, die als wirksam gepriesen wurde, was umso schwieriger war, als sie kein bisschen Geld besaß. Während Kŏkjŏng zwischen Leben und Tod schwebte, widmete sich Kŭmbok voller Verzweiflung seiner Rettung, als hinge ihr eigenes Leben davon ab.

An besagtem Tag war Kŏkjŏng gerufen worden, beim Löschen einer großen Lieferung von Tropenholz mitzuhelfen. Es handelte sich um Baumstämme von gewaltiger Größe, jeder Stamm maß allein in der Länge schon annähernd zwanzig Meter und war so dick, dass drei Männer nicht ausreichten, ihn mit den Armen zu umspannen, das Gewicht entzog sich jeder Schätzung. Eine gewaltige Aufgabe stand an, zu der man alle verfügbaren Schauerleute im Umkreis beordert hatte. Nachdem ein dickes Tau um die Stämme geschlungen war, stellten sich die Arbeiter in zwei Reihen auf und befestigten jeder ein Stück des Seils an ihrer Schulter, um so das Holz vom Schiff herab ins Wasser und schließlich auf die Anlegestelle zu ziehen. Der Pier war erfüllt vom heftigen Schnaufen und den Hau-ruck-Rufen der Männer, dazu hatte sich eine Menge Zuschauer eingefunden, kurzum, ein großes Spektakel war im Gange. Vorne stand ein Sänger und stimmte zum Rhythmus einer Trommel ein anfeuerndes Lied an. Mit hochgekrempelten Hosen standen die Schauerleute bis zu den Knien im Wasser und verbissen sich die Schmerzen, die das tief in die Schulter einschneidende Tau verursachte, während sie sich unter Aufbietung aller Kräfte einen Schritt nach dem anderen rückwärts bewegten.

Kŏkjŏng bewies an diesem Tag einmal mehr, wofür er seinen dreifachen Lohn bekam. Er stand ganz vorne, das Tau um die Hüften, und dirigierte die Reihen hinter ihm. Wenn er anzog, bewegten sich die Männer mit ihm, und wenn er Atem holte, blieben sie stehen. Die Zuschauermenge stieß Rufe der Begeisterung aus beim Anblick seiner übermenschlichen Kräfte, und der Frachtführer stand am Kai und nickte zufrieden.

Dann geschah es. Ein lautes Poltern ertönte, die Leute schrien auf. Einer der obersten Baumstämme auf dem aufgetürmten Stapel seitlich des Kais hatte sich plötzlich gelockert und begann herabzurollen. Als Kŏkjŏng aufschaute, kam der Stamm aus einer Höhe von mehr als dreißig Metern schon auf ihn und die anderen Arbeiter zugeschossen. Noch hätte er sich in Sicherheit bringen können, wenn er gewollt hätte, aber es sah so aus, als würden die Männer hinter ihm dann nicht mehr heil fortkommen. Bestimmt sechs oder sieben von ihnen hätte es den Schädel zerschmettert oder die Hüften gebrochen, so dass sie, wenn sie nicht tot wären, doch bestimmt zu Krüppeln würden. Die Zuschauer riefen, er solle schnell zur Seite springen, doch Kŏkjŏng, wer weiß, was in seinem Kopf vorging, nahm all seine Kraft in den Beinen zusammen und verharrte, wo er war. Als der Baumstamm schon unmittelbar vor ihm war, erhob sich aus der Menge in Erwartung des schrecklichen Unglücks ein lauter Schrei des Entsetzens. Die Frauen wandten die Köpfe ab und verbargen ihre Gesichter. Kurz bevor der Stamm ihn traf, versammelte Kŏkjŏng mit rollenden Augen alle Kräfte in einem Punkt in seiner Brust. Etwas Unglaubliches spielte sich jetzt ab. Mit einem dumpfen Krachen prallte der Baumstamm ab und kam zum Stillstand. Kŏkjŏng war zwar drei, vier Fußbreit zurückgeschleudert worden, schien aber ohne eine Schramme völlig unversehrt. Die Leute, die mit dem Schlimmsten gerechnet hatten, jubelten und klatschten Beifall. Die anderen Arbeiter hatten sich währenddessen seitlich in Sicherheit bringen können und fassten sich an die vor Schreck pochende Brust. Kŏkjŏng hob den Stamm triumphierend hoch und warf ihn ins Hafenbecken, wo er mit einem lauten Platschen auf dem Wasser aufschlug.

Im gleichen Augenblick erhob sich in seinem Rücken abermals lautes Rufen aus der Zuschauermenge. Kŏkjŏng, der dachte, man applaudiere ihm noch einmal, drehte sich lachend um. Doch das war es nicht. Der Pfahl, der zur Arretierung des Holzstapels diente, war gebrochen und die Stämme, mehrere Dutzend an der Zahl, kamen nun alle auf einmal mit furchterregendem Lärm zum Kai herabgerollt. Die Schauerleute liefen erschrocken davon oder sprangen ins Wasser. Und Kŏkjŏng? Wieder stemmte er sich wie ein Ochse den Baumstämmen entgegen. Das Ergebnis? War diesmal anders. Die riesigen Stämme kamen mit immer beängstigenderem Tempo herabgerollt und begruben Kŏkjŏng gnadenlos unter sich. Das war das Gesetz der Beschleunigung.

Kŏkjŏng demonstrierte an jenem Tag kurz hintereinander zuerst heldenhaften Mut und dann törichte Tollkühnheit. Am Ende blieb, dass er überlebte, was jeder der anderen Arbeiter plattgewalzt mit dem Leben bezahlt hätte, wodurch er abermals seine unvergleichlichen Kräfte unter Beweis stellte. Der Preis dafür war grausam hoch. Beide Schlüsselbeine und die Oberschenkelknochen waren gebrochen, das Becken war zertrümmert und der Schädel hatte starke Verletzungen davongetragen. Die Kommentare der Leute, dass nur einer wie Kŏkjŏng so einen Unfall überleben konnte, stellten für

Kŭmbok keinen Trost dar. Als er die Augen öffnete, fragte sie ihn voller Groll, weshalb um Himmels willen er nicht ausgewichen sei.

Kŏkjŏng öffnete die Lippen und stieß mühsam Wort für Wort hervor: »Ich dachte ... ich könnte ... das Holz ... auch diesmal ... aufhalten.«

Das war das Gesetz der Dummheit. Kŭmbok wurde nun klar, dass im übervollen Glück das Furchtbare lauerte. Die tragische Seite der Naivität, unsichtbar verborgen im Schatten der Körperlichkeit. Kŏkjŏng war aufgeflammt wie ein Funke und genauso schnell verloschen, und ihr blieb nichts, als seinem kläglichen Untergang zuzusehen. Doch sie gab nicht auf. Sie konnte nicht aufgeben. Sie liebte Kŏkjŏng so sehr, und sie hatte längst alles für diese Liebe hingegeben. Kŭmbok wandte jede Mühe auf, um den wie gefällt Daliegenden zu retten. Alle paar Stunden wechselte sie seine durchgeschwitzte Kleidung, desinfizierte seine Wunden und massierte seine Arme und Beine, um die abgestorbenen Nerven anzuregen. Sie wachte vor seiner Tür und bereitete Arzneien zu, und zum ersten Mal in ihrem Leben betete sie zu einem Gott, den sie selbst nicht kannte.

> Du, dessen Name mir unbekannt ist, du vollkommenes Wesen. Alles will ich hingeben, meine Geheimnisse und Freuden, mein bisheriges Leben, all mein Blut und all mein Fleisch, aber bitte errette ihn. Den Preis dafür, wie hoch er auch sei, mit Freuden will ich ihn zahlen.

Das erste Problem, das sich stellte, seit Kŏkjŏng krank darniederlag, war, wovon sie nun leben sollten. Schon die Arztrechnungen und die Medikamente hatte sie anschreiben lassen, doch nun, da nirgends mehr Geld herauszuquetschen war, musste sie sich etwas einfallen lassen, wobei es für eine Frau keine andere Möglichkeit in dieser Stadt gab, als zum Hafen zu gehen und jede Art von Arbeit anzunehmen, die sich bot. Das tat Kŭmbok. Sie tauschte ihr Kleid gegen Pumphosen, wie sie die gewöhnlichen Frauen trugen, und ging los. Sie nahm Fische aus, flickte schadhafte Netze und befestigte Köder an Angelleinen. Dieselbe Geschäftsfrau, die bis vor Kurzem noch mit den Fischern um beträchtliche Summen verhandelt hatte, war von einem Tag auf den anderen ganz unten angekommen. Das war das Gesetz der Welt. Den ganzen Tag schuftete sie sich am Hafen die Finger wund, doch mit dem Geld für die Hilfsarbeit konnte sie kaum zwei Mahlzeiten am Tag bestreiten, geschweige denn Medizin kaufen. Kurz überlegte sie, erneut mit dem Trockenfischhandel anzufangen, doch gab den Gedanken schnell wieder auf. Einerseits hätte sie dafür nicht das nötige Kapital gehabt, und außerdem wollte sie dem Fischhändler keine Konkurrenz machen, auch wenn sie getrennte Leute waren. Das war Kŭmboks Art, sich ihm gegenüber loyal zu erweisen. Noch wusste sie nicht, welche Tragödie dem Fischhändler widerfahren war.

Dank ihrer aufopferungsvollen Pflege kam Kŏkjŏng wieder zu sich. Doch sein Zustand war weiterhin schlimm. Da die zu den Beinen führenden Nervenbahnen unterbrochen waren, konnte er nur mit Hilfe von Krücken gehen, und die von Holzsplittern durchlöcherte Hüfte und die beschädigten Halsmuskeln ließen ihn nachts vor Schmerzen wimmern. Knochenteile stachen in sein Fleisch und seine Nerven. Selbst wenn er in den Schlaf fand, plagten ihn Alpträume, in denen Tote ihn verfolgten. Laut schreiend schrak er dann hoch, und Kŭmbok, statt sich die Ohren zuzuhalten, hob ihr Hemd und legte Kŏkjŏng an ihre Brust wie einen Säugling, leise in sein Ohr flüsternd: »Jetzt kann dir niemand mehr wehtun. Also mach dir keine Sorgen und schlaf, mein Liebling.«

In ihren Armen gebettet schlief er dann trotz seiner Schmerzen wieder ein. Sein einst so robuster Körper und sein Geist verfielen zusehends. Kŭmboks Mühen schienen zwecklos zu sein.

Ob beim Essen, Schlafen oder Waschen, bei allen Dingen war Kŏkjŏng von ihr abhängig, und irgendwann begann er, Wutausbrüche zu bekommen, wenn sie nicht in Sichtnähe war, und sei es nur für ein paar Minuten. Häufig weinte er und zitterte vor Angst, jemand könnte ihm etwas Böses antun. Und aus irgendeinem Grund ließ ihn der Gedanke nicht los, dass Kŭmbok ihn verlassen würde. Sie werde niemals fortgehen, beruhigte sie ihn wieder und wieder. Doch der absonderliche Gedanke verfestigte sich in ihm, und schließlich verdächtigte er sie sogar, ihn mit einem anderen Mann zu betrügen, und fing an, Kŭmbok zu schlagen. Das war das Gesetz der Eifersucht. Mit Kräften, die man bei einem Schwerkranken nicht vermutete, schlug er den Haushalt kurz und klein, und wenn seine Wut dann immer noch nicht verraucht war, riss er Kŭmbok die Kleider herunter und zerrte sie an den Haaren nackt nach draußen. Wie einen Hund schleifte er sie durch die Straße und schrie den Leuten, die aus ihren Häusern gelaufen kamen, wüste Beschimpfungen entgegen: »Wer von euch hat's mit dieser Schlampe getrieben? Kommt raus, sofort, sag ich, ihr Hurensöhne!«

Die Leute schüttelten die Köpfe. Alle hatten Mitleid mit Kŭmbok, aber angesichts der furchterregenden Kräfte

Kŏkjŏngs wagte niemand, einzuschreiten. Kŭmbok hatte alle Scham fahren lassen und flehte unter Tränen, er möge doch zu Sinnen kommen, er sei doch der Einzige, den sie liebe, doch es half nichts. Es sah aus, als habe der Gott der grenzenlosen Eifersucht vollständig von Kŏkjŏng Besitz ergriffen. Wenn er am Ende völlig erschöpft wieder zu sich kam, bereute er, was er ihr angetan hatte. »Es ist, weil ich dich liebe. Nur weil ich dich so sehr liebe, hörst du? Du musst mir verzeihen«, bat er sie weinend um Entschuldigung. Kŏkjŏng hatte schon längst nichts mehr gemein mit dem Mann, der er einst gewesen war. Kŭmbok war müde. Es war ihr, als müsste sie ersticken. Ihr Gesicht hatte jede Farbe, jeden Glanz verloren, und der Duft, mit dem sie die Männer verrückt gemacht hatte, war verschwunden. Die Leute auf der Straße erkannten sie nicht wieder.

Es geschah eines Tages, als Kŭmbok am Markt saß und Fische ausnahm. Unter aufgeregtem Stimmengewirr strömten die Menschen an ihr vorbei zum Hafen hinunter. Aus Neugier folgte Kŭmbok ihnen nach und sah, dass mitten auf dem Kai etwas im Gange war. Als sie sich den Weg durch die Zuschauermenge gebahnt hatte und ganz vorne stand, traute sie ihren Augen kaum. Männer mit langen Messern standen dort und schlachteten einen riesigen Fisch. Es war ebenjener Blauwal, dem Kŭmbok im Meer nachgeschwommen war. Die sensengroßen Klingen schlitzten den Bauch des Tiers auf, aus dessen Innerem sich Blut und Därme ergossen wie ein Wasserfall. Die Zuschauer mussten zurückweichen, um von den Massen nicht getroffen zu werden. Nacheinander quollen Anker und Segel, alte Netze und verwickelte Angelschnüre und anderes Seezeug hervor, deutlich erkennbare Bootsteile,

Fische und Seetang. Die Leute stießen bei jedem neuen Stück, das aus dem Bauch fiel, staunende Laute aus, doch Kŭmbok fühlte eine Bitterkeit, als reiße man ihr das eigene Fleisch vom Leib. Sie bekam Angst vor den Menschen, die dastanden und zusahen, wie das scheinbar unsterbliche, gigantische Wesen sich in einen leblosen Fleischberg verwandelte. Der Wal mit seinen heraushängenden Eingeweiden, wie er so nach und nach in Stücke gehauen wurde, ließ sie an Kŏkjŏng und sich selbst denken, und eine Welle von Trauer überkam sie. Sie unterdrückte ein Schluchzen und lief mit der Hand vor dem Mund aus der Menge davon. An einer Stelle am Meer, wo keine Menschen mehr zu sehen waren, setzte sie sich hin und weinte, bis ihre Augen keine Tränen mehr hatten.

Es war schon Abend, als Kŭmbok, von der schweren Arbeit müde und so schweren Herzens wie noch nie in ihrem Leben, sich endlich auf den Weg nach Hause machte. Ihre Schritte führten sie am Kino vorbei. Ein neuer Western stand auf dem Programm. Ohne Absicht blickte sie zu dem Filmplakat hoch. Aus welchem Grund mochte sie ausgerechnet diesen Weg gewählt haben, vorbei an jenem unheilbringenden Ort? Hatte der Tod des Wals, dessen Zeuge sie heute geworden war, eine Sinnesänderung in ihr bewirkt? Oder war es einfach so, dass sie wenigstens einen Moment lang ihr schreckliches Leben vergessen oder sogar einen ganz neuen Weg in ihrem Leben einschlagen wollte?

Wie von einem Magneten angezogen bewegte sie sich auf das Gebäude zu. Vor dem Eingang hielt sie Ausschau nach dem Mann mit der Narbe, und nach einer kurzen Weile erschien er. Er trug wieder den schneeweißen Anzug und hielt eine Zigarette zwischen seinen Zähnen. Als er Kümboks völlig erschöpfte Gestalt sah, machte er ein erschrockenes Gesicht. Sie bereute sofort, ihn aufgesucht zu haben, errötete vor Scham und wollte auf der Stelle davonlaufen, aber sie tat es nicht. Stattdessen sagte sie stammelnd, sie sei gekommen, um einen Film zu sehen. Der Mann lächelte freundlich und führte Kümbok an der Hand ins Kino hinein.

An jenem Tag sah sie den zweiten Film ihres Lebens. Wieder konnte sie ihre Augen keine Sekunde lang von der Leinwand lösen, überließ sich der überwältigenden Ekstase der von allen Seiten dröhnenden Klänge, und als der Film zu Ende war, hatte sie wieder dieses Gefühl, betrogen worden zu sein, und konnte sich vor lauter Enttäuschung kaum von ihrem Sitz erheben. Auch heute hatte der Mann während der Vorstellung neben ihr gesessen und ihre Hand mit seinen zwei Fingern festgehalten.

Als Kümbok ins Freie trat, waren ihre Hände nass vor Schweiß. Aber übel wurde ihr diesmal nicht. Der Mann mit der Narbe lächelte wieder und sagte, sie solle jederzeit kommen, wenn sie Lust hätte, einen Film zu sehen. Kümbok wurde noch einmal rot im Gesicht und lief eilig davon, aber schon am nächsten Tag zog es sie wieder zum Kino. Wie eine Opiumsüchtige hielt sie es keinen Tag lang aus, ohne einen Film gesehen zu haben. Ein Drang, gegen den sie nicht ankämpfen konnte.

Der Mann mit der Messernarbe war ein Hafengangster. Ein Betrüger ersten Ranges, übel beleumundeter Schmuggler und in der Hafenstadt konkurrenzloser Messerstecher, zudem ein stadtbekannter Frauenheld, Zuhälter sämtlicher Hafenhuren und gewiefter Vermittler, kurzum, es gab keine schmutzige Angelegenheit, bei der er nicht mitmischte. Er kannte alle möglichen Tricks und wusste, wie man komplizierte Angelegenheiten geräuschlos erledigte. Mit seinen Methoden bewegte er sich außerhalb der Gesetze, aber es gab immer Kunden, die jemanden wie ihn für ihre Zwecke brauchten. Er vermittelte kräftige Schauermänner zum Löschen und Laden der Fracht und zähe Seeleute, die es lange an Bord eines Schiffs aushielten; für die Arbeit in den Kaschemmen organisierte er hübsche Mädchen, wenn es sein musste, auch aus anderen Städten. Damit nicht genug, beschaffte er den Schmugglerbanden die richtigen Boote und rief Schläger zusammen, wenn es jemandem eine Lektion zu erteilen galt. Es gab niemanden in der Stadt, der ihn nicht kannte. Alle fürchteten ihn, doch manche schätzten ihn auch, wenn man so wollte, als einen verlässlichen Profi.

Dass er, sonst kaltherzig wie eine Schlange, sich für ein Mädchen vom Land wie Kŭmbok interessierte, dahinter steckt die tragische Liebesgeschichte eines Mitglieds der Yakuza, das sich nacheinander sechs Finger abschnitt, um sie seiner Geliebten zu opfern.

Sechzehn Jahre zählte der Mann mit der Narbe, als er seiner großen Liebe zum ersten Mal begegnete. Damals als Aushilfsbursche bei der Yakuza in Diensten, erlernte er gerade das Handwerk, einem Gegner das Messer so in den Leib zu rammen, dass er sofort stirbt. Der Schauplatz: eine japanische Hafenstadt. Zwei Jahre war es her, dass der Junge seine Heimat verlassen hatte und nach Japan übergesetzt war. Eines Tages folgte er den älteren Yakuza in ein Bordell, wo er eine Geisha in einem roten Kimono erblickte und ihr auf der Stelle mit Leib und Seele verfiel. Seit jenem Moment begann der herzverzehrende Schmerz der Liebe sein ständiger Begleiter zu werden.

Nachdem er lange still für sich gelitten hatte, machte er sich schließlich eines Nachts alleine auf den Weg zu dem Bordell.

Die Geisha, die das Feuer in seinem Herzen entfacht hatte, hieß Naoko. Ihr Gesicht war stets weiß wie ein Blatt Papier, ihr Alter der Schminke wegen schwer einzuschätzen. Dem Jungen, der den Liedern der neben ihm sitzenden Geisha lauschte, klopfte das Herz, und sein ganzer Körper wurde unerklärlich heiß, als er ihren Geruch wahrnahm, der, wie später bei Kŭmbok, kein eigentlicher Geruch war. Mit zitternder Stimme gestand er ihr an Ort und Stelle schüchtern seine Liebe und bat sie, ihr Lager mit ihm zu teilen. Die Geisha jedoch, sämtliche Höhen und Tiefen des Lebens längst hinter sich, hatte keinerlei Interesse an dem gefährlichen Spiel eines Knaben mit dem Feuer und entgegnete mit kalten Worten: »Was ich will, ist ein echter Mann. Du bist nicht mal ein richtiger Yakuza – und für die Liebe noch viel zu jung. Komm wieder, wenn du ein bisschen älter bist.«

Da zog der Junge aus seiner Jacke einen Dolch hervor. Und vor den Augen der Geisha, die vor Schreck aufschrie, schnitt er sich, ohne zu zögern, den kleinen Finger ab. Dann sagte er: »In ein paar Jahren komme ich wieder. Dann werde ich ein richtiger Mann sein, so wie du es wünschst. Und das hier ist zum Zeichen meines Schwures.«

Er wickelte den Finger in ein Tuch, gab ihn der Geisha und verließ das Bordell.

Jahre vergingen, und aus dem Jungen war ein ansehnlicher Mann geworden. Sein Blick war fest, die Muskeln am richtigen Platz, seine Figur groß und schlank. Eines Tages hatte er, so wie er es von den Älteren gelernt hatte, einen Gegner mit dem Messer erstochen. Der Oyabun hatte ihn daraufhin, obwohl der Mann kein Einheimischer war, offiziell in die Reihen der Yakuza aufgenommen. Während des Aufnahmerituals hatte er gelobt, stets loyal zu sein und die Ehre der Organisation zu schützen, und sich zum Zeichen seiner bedingungslosen Treue einen Finger abgeschnitten. Da er den linken kleinen Finger schon der Geisha gewidmet hatte, opferte er nun den der rechten Hand.

In jener Nacht suchte der Mann die Geisha zum zweiten Mal auf. Naoko war so weiß geschminkt wie immer.

»Ich bin jetzt ein richtiger Mann, so wie du es wolltest«, sagte er. »Heute wurde ich offiziell in die Organisation aufgenommen.«

Die Frau erkannte den Jungen nicht mehr, der ihr vor langer Zeit seine Liebe gestanden hatte. Als er ihr seine Hand mit dem fehlenden Finger hinhielt, schien sie sich dunkel zu erinnern, lächelte und sprach: »Ja, jetzt sehe ich es, du bist der Junge von damals. Aber in dieser Stadt gibt es so viele Männer wie dich. Und ich glaube nicht an so etwas wie die Liebe. Die Liebe verändert sich so schnell, und es ist schwer, sie zu bewahren.«

»Aber an was glaubst du dann?«

Der Mann war tief enttäuscht, dass Naoko ihn nicht wiedererkannt hatte.

»Ein Mann muss zuallererst mächtig genug sein, um seine Frau beschützen zu können«, antwortete sie. »Wenn er diese Macht nicht besitzt, dann kann er noch so groß sein oder gut mit dem Messer umgehen, einen richtigen Mann kann man ihn trotzdem nicht nennen.«

Darauf holte der Mann seinen Dolch hervor und schnitt sich einen weiteren Finger ab. Dann sagte er: »Ich komme wieder, als mächtiger Mann. Bitte warte bis dahin. Und das hier ist zum Zeichen für meinen Schwur.«

Seit jenem Tag hatte sich der Blick seiner Augen völlig verändert. Wenn es Kämpfe zwischen den Clans gab, stand er immer ganz vorne und stürzte sich mit seinem Messer tapfer wie sonst keiner in die Reihen der Feinde. Immer, wenn er die Klinge schwang, dachte er an Naoko. An ihren Duft, der keiner war, daran, dass er sie unbedingt für sich gewinnen musste. Draufgängerisch, wie er war, entging er einige Male nur knapp dem Tod, doch bald war aus ihm ein bei allen gefürchteter Yakuza geworden, und so stieg er endlich zum stellvertretenden Boss der Organisation auf.

Wiederum ging er zur Geisha. Wieder waren einige Jahre vergangen seit seinem letzten Schwur. Er bat sie, nun das Lager mit ihm zu teilen. Sie erinnerte sich vage an den Mann, der sich zwei Finger für sie abgeschnitten hatte, und sagte: »Du scheinst jetzt ein richtiger Mann zu sein.«

»Ja. Jetzt kann ich dich beschützen.«

Naoko lachte verächtlich: »Mit dir eine Nacht zu schlafen ist nicht das Problem. Aber da es nichts für die Ewigkeit ist, hätte es keine Bedeutung.«

»Was willst du damit sagen?«

Dem Mann schnürte es vor Beklommenheit die Kehle zu.

»Bei den Löwen ist es so, dass nur ein einziges Männchen von egal wie vielen im Rudel ein Weibchen abbekommt. Genauer gesagt, alle Weibchen gehören ihm. Genau das ist es, was ich will. Du verstehst, was ich meine?«

»Du meinst, ich muss die Stelle des Oyabun einnehmen?«

Statt einer Antwort zeigte Naoko nur ihr Lächeln. Sie war keine Frau, die man jemals zufriedenstellen konnte. Doch der liebestolle Mann zog auch diesmal sein Messer und schnitt sich einen Finger ab. Dann sagte er: »In ein paar Jahren werde ich Oyabun, und dann komme ich wieder. Hier, zum Zeichen meines Schwurs.«

Der Mann überreichte ihr abermals den in ein Tuch gewickelten Finger und verließ das Bordell. Aber es war kein Leichtes, zum Oyabun aufzusteigen. Er mochte sich noch so verdient machen, solange der Clanchef nicht abdankte oder starb, bestand keine Hoffnung auf den Posten. Die Monate verrannen, und der Mann wurde immer ungeduldiger. Am Ende musste er eine schwerwiegende Entscheidung treffen. Er verschaffte sich heimlich ein Schwert, das als Eigentum eines gegnerischen Clans erkennbar war, schlich sich eines Nachts in das Gemach des Oyabun und erstach ihn im Schlaf. Seinen Gönner so zu verraten, der ihm geholfen und ihn aufgebaut hatte, war schmerzhaft, aber ihm blieb keine andere Wahl, wenn er Naokos Herz für sich gewinnen wollte. An Ort und Stelle schnitt er sich einen weiteren Finger ab, um seinem Wohltäter seine Reue auszudrücken.

Bald darauf entbrannte ein erbitterter Krieg zwischen den beiden Clans. Mehr als ein Jahr lang zogen sich die Kämpfe hin, bei dem zahlreiche Männer starben oder verletzt wurden, und am Ende musste die Zentralorganisation einschreiten und den Streit schlichten. Da endlich hatte der Mann die Position des Oyabun erlangt. Wieder suchte er Naoko auf. Diesmal hatte sie ihn nicht vergessen und empfing ihn erfreut. Ihre Augen lachten, als sie sprach: »Jetzt bist du also wirklich Clanchef geworden. Dass du gekommen bist, mich, dieses unwürdige Weib, nicht vergessen hast, erfüllt mich mit Verlegenheit.«

Naokos verändertes Benehmen ließ den Mann, der sich am Ziel seiner Wünsche glaubte, vor Ergriffenheit und Glückseligkeit beben. Es wurde Nacht, und sie ging, um sich zu waschen. Der Mann zog sich aus, schlüpfte unter die Decke und wartete auf die Frau, für die er fünf Finger geopfert hatte. Wenig später erschien Naoko nach ihrem Bad wieder im Zimmer. In der Dunkelheit legte sie ihren roten Kimono ab und stand nackt vor ihm. Ihr Gesicht war von der weißen Schminke befreit. Der Mann nahm ihre Hand und zog sie zu sich hinunter auf das Lager. Sie zitterte wie aus Verlegenheit, und der Mann umarmte sie fest, so voller Glück, dass er hätte weinen mögen. Das war der Lohn für seine lange Beharrlichkeit, der süße Geschmack der Ekstase. In jener Nacht erreichte er mehrere Male den Höhepunkt der Lust. Und mit Naoko im Arm schlief er ein.

Am nächsten Morgen schlug er die Augen auf. Die Wonnen der vergangenen Nacht klangen in ihm nach, wie ein sanfter Hauch auf seiner Haut. Naoko schlief in seinen Armen. Er drehte seinen Kopf, um das Antlitz der Geliebten zu betrachten. Im nächsten Augenblick fuhr er vor Schreck so heftig zurück, dass er vom Schlaflager rollte. Die Geisha neben ihm war eine alte Frau, das Gesicht von Falten durchfurcht, mit schlaffen Brüsten. Zuerst dachte er, Naoko habe ihm einen Streich gespielt, an ihrer Stelle eine andere Geisha zu ihm ins Zimmer geschickt. Doch gleich musste er erkennen, dass es sich bei der Alten wirklich um dieselbe Naoko mit dem weißen Gesicht im roten Kimono handelte, und sein Herz rutschte ihm in die Hose. Sicher, als er sie das erste Mal sah, war Naoko schon nicht mehr ganz jung gewesen, und in der Zwischenzeit waren einige Jahre verstrichen. Dennoch war er entgeistert, dass die faltige alte Geisha die Frau sein sollte, die er so geliebt, nach der er sich bis zur Selbstaufgabe verzehrt hatte. Der zarte Rest der Lust schlug mit einem Mal um in Abscheu, und er bebte vor

Enttäuschung und rasender Wut. Und er begriff, dass nicht nur Naoko alt geworden, sondern auch seine Jugend längst vergangen war über seiner Jagd nach einem Traumgespinst. Er verfluchte sein grausames Schicksal und schwor dem Gott, der sich auf seine Kosten lustig gemacht hatte, zähneknirschend Rache. Bis zu seinem Tod wollte er keine einzige Frau mehr lieben. Und um diesen Schwur zu besiegeln, schnitt er sich noch einen Finger ab.

Er deckte die schlafende alte Geisha zu und verließ das Haus. Er sollte sie nie wiedersehen. Einige Zeit darauf wurde im Clan das Gerücht laut, er sei es gewesen, der den Oyabun umgebracht habe, und schließlich begann auch die Zentralorganisation, heimlich Nachforschungen anzustellen. Der Mann beschloss, fortzugehen von der Stadt, die ihm nur Wunden und Kummer zugefügt hatte. Nichts hielt ihn hier noch. Eines Nachts schlich er sich an Bord eines Frachtschiffes, das nach Korea fuhr. Nur vier seiner zehn Finger waren ihm noch verblieben. Später, nach seiner Rückkehr, suchte er dann und wann Huren auf, um seinen Trieb zu stillen, aber keiner Frau schenkte er je wieder sein Herz. So geht die Geschichte, wie er nacheinander sechs Finger verloren hatte.

Der Mann mit der Narbe, dieser Betrüger ersten Ranges, übel beleumundete Schmuggler und in der Hafenstadt konkurrenzlose Messerstecher, der stadtbekannte Frauenheld, Zuhälter sämtlicher Hafenhuren und gewiefte Vermittler, saß jedes Mal neben Kŭmbok, wenn sie sich einen Film ansah, und hielt ihre Hand. Sie hatte sich darauf gefasst gemacht, dass seine Hand sich früher oder später an ihrer Bluse zu schaffen machen oder unter ihren Rock rutschen würde, aber wider Erwarten blieb es beim Händchenhalten. Das Einzige, was er tat, war, ihr ein paar Worte ins Ohr zu flüstern, wenn sie ihm eine Frage stellte, weil sie etwas im Film nicht verstand. Für jemanden wie ihn wäre es ein Leichtes gewesen, ein kleines schwaches Mädchen herumzukriegen, aber Kŭmbok gegenüber verhielt er sich immer zurückhaltend und korrekt. Er sorgte dafür, dass sie den Sitzplatz mit der besten Sicht auf die Leinwand bekam, exklusiv, nur für sie allein. Zwar war das Kino immer überlaufen, aber niemand setzte sich dort hin, obwohl keine Markierung den Sitz eigens kennzeichnete. Das war das Gesetz der Straße.

Wie der Mann mit der Narbe gesagt hatte, gab es Zehntausende verschiedene Filme, doch von allen diesen mochte Kŭmbok Cowboyfilme am liebsten. Unvorstellbar weite Wüsten, darüber hinwegrasende Kutschen, Fäuste mit Pistolen, mittels derer Streitigkeiten rasch beigelegt wurden, Männer so feurig wie die Pferde, auf denen sie ritten, und blonde Frauen, in deren Händen raue Kerle zu labbrigem Toastbrot wurden ...

Kŭmbok hatte es ganz besonders ein Mann angetan, der im Film oft als Sheriff auftrat, mit hochgewachsener Statur, felsenfesten Schultern und derben Händen, und insbesondere seine Rückenansicht, wenn er davonritt.

John Wayne.

Das war sein Name, wie der Mann mit der Narbe ihr verriet.

Mit jedem Kinobesuch lüftete sich für Kŭmbok ein weiteres Geheimnis. Zum Beispiel, dass es sich bei den Bildern vor ihren Augen nicht immer um die Wirklichkeit handelte, dass die Filme spannende Geschichten enthielten, ähnlich den Anekdoten, die sie als Kind die Erwachsenen hatte erzählen hören, und dass man diese Geschichten besser verstand, wenn man die Untertitel am Bildrand mitlas. Dennoch gab es etwas, das sie nicht akzeptieren wollte, und das war die »Schauspielerei«. Wenn man den Worten des Mannes mit der Narbe glaubte, waren die Figuren in den Filmen nicht »echt«, will sagen, wenn sie weinten, dann nicht, weil sie traurig waren, und wenn sie sich küssten, dann nicht aus wahrer Liebe, sondern sie »taten nur so, als ob«. Dieses So-tun-als-ob, genau das sei es, was man Schauspielen nenne, erklärte der Mann. Kŭmbok aber konnte anfangs partout nicht verstehen, weshalb die Leute im Film ein solches Theater veranstalten mussten. Es wollte ihr nicht in den Kopf, wie man wütend sein und streiten konnte, wenn es doch gar keinen Grund dafür gab, warum Tränen flossen, wenn man nicht einmal verliebt ineinander war. Erst nach einiger Zeit begriff sie, worin der Unterschied bestand zwischen »Echtheit« und »Schauspiel«, doch die Wesen auf der Leinwand verloren dadurch nichts von ihrer Anziehungskraft, denn sie befreiten Kŭmbok aus ihrem Schmerz und führten sie in eine andere, entrückte Welt.

Es ist nur eine Nebensächlichkeit, aber mit dem weißen Anzug, den der Mann mit der Narbe trug, hatte es eine besondere Bewandtnis. Er hatte vordem, wie die anderen Gangster auch, ausschließlich Schwarz getragen. Doch als er einmal einen weißen Anzug anprobierte, war er sofort von der Farbe fasziniert gewesen. Das Weiß wasche das schmutzige Blut von seinem Messer, es läutere seine Vergangenheit, so dachte er törichterweise und bestand ab sofort darauf, nur noch Weiß zu tragen. Und die Männer, die das schon vorher getan hatten? Sie fanden, es stehe ihnen nicht zu, sich in derselben Farbe zu kleiden wie er. Und warum? Es war einfach so. Niemand hatte angeordnet, keine weißen Anzüge mehr zu tragen, doch sie verstauten ihre in den hintersten Ecken ihrer Kleiderschränke und zogen andersfarbige Anzüge an. Schließlich waren, schon bald nachdem der Mann mit der Narbe seinen Stilwechsel vollzogen hatte, sämtliche weißen Anzüge aus dem Straßenbild verschwunden.

Diejenigen, die ihre weiße Kluft vermissten, verlegten sich auf Hellgrau oder Beige. Bei den Grauen war es nicht ganz so schlimm, aber die Männer mit den beigen Anzügen spürten immer, wenn sie darin herumliefen, ein seltsames Kribbeln im Nacken, und kalter Schweiß rann ihnen den Rücken herunter. Bald waren auch keine beigen Anzüge mehr auf der Straße zu sehen. Am Ende blieb der Mann mit der Narbe der einzige, der in der Hafenstadt Weiß trug, und stach dadurch sofort ins Auge, wohin er auch ging. So jedenfalls erzählt man es sich.

John Wayne

Kŏkjŏng verlor immer mehr an Kraft. Trotz Kŭmboks aufopferungsvoller Zuwendung wurde sein Gesicht hager, sein Körper immer dünner, die festen Muskeln schwanden und vom vielen Liegen bildeten sich eitrige Stellen im Fleisch. Er aß nicht richtig, und immer öfter lag er nur da und starrte regungslos an die Zimmerdecke. Dann wieder fuhr er hoch, als sei ihm plötzlich etwas eingefallen, und stieß wüste Flüche aus, doch seine Kräfte waren nicht mehr dieselben wie früher. Wie ein Sack fauler Kartoffeln sank er immer weiter in sich zusammen. Kŭmbok schnürte es beim Anblick seines Verfalls die Brust zusammen vor Mitleid, gleichzeitig regte sich der leise Wunsch in ihr, einfach fortzulaufen. Wieder etwas, gegen das sie nichts ausrichten konnte.

Eines Abends, es war spät geworden, kam Kŭmbok nach Hause und sah einen großen Sack Reis vor der Tür stehen. Verwundert trat sie ins Zimmer und fand Kŏkjŏng, wie er genüsslich an einer gekochten Schweinshaxe nagte. Sein Gesicht trug das erste Mal seit Langem eine gesunde Farbe. Als sie fragte, was passiert sei, erzählte er, am Nachmittag sei ein Mann mit einer Trage gekommen und habe verschiedene Sachen gebracht, und fragte zurück, ob sie es nicht gewesen sei, die das alles in Auftrag gegeben habe. Damit deutete er auf einen Beutel, den habe der Mann auch dagelassen, und als sie nachsah, fand sie allerlei teuer aussehende Arzneien darin.

Noch in derselben Nacht lief Kŭmbok zum Haus des Mannes mit der Narbe. Er blickte sie an, überrascht von dem unerwarteten Besuch.

»Ich bin keine Hure«, sagte sie und warf ihm den Arzneibeutel vor die Füße.

»Ich habe dich auch nicht als Hure bezeichnet.« Der Mann mit der Narbe lächelte sanft.

»Und was willst du dann von mir?«

»Ich möchte, dass du jeden Tag ins Kino kommst. Nur das, sonst will ich nichts.«

»Ich weiß nicht, wie deine Rechnung aussieht, aber ich lasse mich auf keinen Handel ein. Ich kann das hier nicht annehmen.«

»Ich will dir bloß helfen.«

Der Mann mit der Narbe sah Kŭmbok fest in die Augen. Sie starrten sich gegenseitig an, als wollten sie einen Nervenkrieg beginnen. Schließlich ließ Kŭmbok ihren Blick nach unten sinken. Dann begann sie, ihre Kleider auszuziehen. Der Mann mit der Narbe riss erschrocken die Augen auf. Als sie völlig nackt war, sagte Kŭmbok zu ihm: »Wenn jemand einem Geld gibt, erwartet er eine Gegenleistung. Ich weiß zwar nicht, was du willst, aber ich bezahle auf diese Weise.«

Das war das Gesetz von Kŭmbok.

Am nächsten Tag machte sie Schluss mit ihrer Arbeit am Hafen. Stattdessen sah sie sich Filme im Kino an. Ging Kŏkjŏngs Arznei zur Neige, suchte sie den Mann mit der Narbe auf und zog sich aus, und wenn sie die Sache hinter sich gebracht hatte, gab ihr der Mann Geld, und sie ging nach Hause. Sie hasste sich für ihre Machtlosigkeit und wollte sich vor Scham die Zunge abbeißen, aber diese Gefühle stumpften mit der Zeit ab. Wenn sie nur Arznei für Kŏkjŏng bekommen konnte, würde sie alles dafür in Kauf nehmen, so tröstete sie sich.

Eines Tages, als Kŭmbok nach verrichteter Pflicht aufstehen und sich ankleiden wollte, hieß der Mann mit der Narbe sie, einen Moment stillzuhalten und die Kleider liegenzulassen. Dann zog er aus dem hintersten Winkel seines Kleiderschranks ein rotes Gewand hervor. Es war der Kimono, den Naoko, die von ihm so lange verzweifelt begehrte Geisha, einst getragen hatte. Er zog ihn der verständnislos dreinblickenden Kŭmbok über und betrachtete sie wie verzaubert, als er sagte: »Ich möchte, dass du in Zukunft dieses Kleid trägst, wenn du bei mir bist. Das kannst du doch für mich tun, nicht wahr, Naoko?«

Irgendwann hatte der Mann mit der Narbe begonnen, Kŭmbok mit Naokos Namen anzureden. Zwar war es ihr peinlich, den Kimono anzuziehen und bei einem anderen Namen als dem ihren genannt zu werden, aber im Vergleich zu dem Lohn, den sie dafür erhielt, ließ sich das verschmerzen, denn jedes Mal, wenn Kŭmbok nach solchen Besuchen nach Hause ging, drückte ihr der Mann reichlich Geld für Essen und Kŏkjŏngs Medizin in die Hand. Sie gewöhnte sich allmählich an den neuen Namen und den Kimono, und später fühlte es sich beinah so an, als sei sie schon immer Naoko gewesen.

Der Mann mit der Narbe, dieser Betrüger ersten Ranges, übel beleumundete Schmuggler und in der Hafenstadt konkurrenzlose Messerstecher, der stadtbekannte Frauenheld, Zuhälter sämtlicher Hafenhuren und gewiefte Vermittler, war von überaus schweigsamer Natur, doch Kŭmbok erzählte er alles von sich. Wie er als Sohn einer alten Hafenhure zur Welt kam und ohne Vater aufwuchs. Wie seine Mutter bei seiner Geburt starb und er in der Obhut anderer Huren aufwuchs, wie dann ein Mann auftauchte, der sich als sein Vater ausgab, wie er sich mit dem Mann, der ein Schmuggler war, als blinder Passagier auf ein Schiff mit Ziel Japan schlich, wie das Schiff in einen Taifun geriet und kenterte, wie sein Vater, der nicht schwimmen konnte, mit den Armen gerudert habe, bevor er in den Wellen versunken sei, wie er selbst, da er gottlob schwimmen konnte, alleine die japanische Küste erreichte, wie er ohnmächtig am Strand gelegen hatte, wo ihn die Yakuza fand und er so ihre Bekanntschaft machte, wie er von ihnen lernte, mit dem Schwert zu kämpfen, wie er zum ersten Mal das Gelernte anwandte und einen Mann tötete, wie er die Geisha traf, die erste Liebe seines Lebens, wie er sie verlassen hatte, wie er daraufhin in seine Heimat zurückgekehrt war, wie er in der Hafenstadt die Macht ergriffen hatte. Seine schauerlichen Geschichten handelten ausnahmslos von Mord und Entführung, Verschwörung und Verrat, doch Kŭmbok kamen sie vor wie die Geschichten in den Filmen, spannend und neuartig. Stück für Stück ließ sie sich hineinziehen in den Kosmos des Mannes mit der Narbe.

Einmal lud der Mann mit der Narbe Kŭmbok in ein Café neben dem Kino ein. Er bestellte, und die Bedienung brachte zwei Tassen lakritzschwarzen Tee, von dem Kŭmbok einen Schluck kostete und gleich wieder ausspuckte.

»Pfui Spinne, wieso ist das Zeug so schrecklich bitter?«

»Man nennt es Kaffee«, erklärte er lächelnd. »Wenn er zu bitter schmeckt, kannst du Zucker hineintun, so wie ich.«

Mit Zucker war das Getränk einigermaßen genießbar. Nein, nach ein paar Schlucken war es schon mehr als das, und am Ende war Kŭmbok völlig vernarrt in den neuen Geschmack. Das herbe, reine Aroma auf der Zungenspitze, der geheimnisvoll edle, spritzige Duft, das erinnerte sie an den Südwind, der früher über die Hügel ihrer Heimat geweht hatte.

Seitdem ging Kŭmbok häufig ins Café, um eine Tasse des schwarzen Gebräus zu sich zu nehmen. Sie fragte sich, wie wohl die Zutaten aussehen mochten, dass sie einen so eigentümlichen Geschmack hervorbrachten, und bald wurde ihre Neugier gestillt. Es waren Beeren, die von der Form her aussahen wie Gerste, aber in etwa Erbsengröße hatten. Der Mann mit der Narbe erklärte, die Früchte wüchsen an Bäumen, in einem Land, das so weit weg lag, dass man einmal halb um die Erde reisen musste, um dorthin zu gelangen. Wenn man diese Beeren in einem Topf gut röstete, sie dann in eine Kanne tat und mit Wasser aufkochte, erhielt man den dunkelbraunen Sud, dessen verführerisches Aroma das ganze Café erfüllte. Menschen jeder Couleur versammelten sich hier: schüchterne Liebespaare auf dem Weg ins Kino, Gelegenheitsarbeiter vom Land, die nicht wussten, wo sie sonst hingehen sollten, völlig erschöpfte Hafenarbeiter, Seeleute nach ihrem langen Kampf mit den Wellen und Männer von außerhalb, die den Mann mit der Narbe zu sprechen gedachten ...

Dieser empfing seine Besucher immer am selben Platz, in einer Ecke des Cafés. Am Eingang standen seine Männer; wer bei dem Mann mit der Narbe vorsprechen wollte, musste zuerst bei ihnen eine Erlaubnis einholen. Bei den Gesprächen redeten hauptsächlich die Besucher, während der Mann mit der Narbe stumm zuhörte. Dann und wann nickte er oder runzelte leicht die Stirn, wenn ihm etwas nicht zu gefallen schien, mehr nicht, aber sein Ausdruck genügte, dass die Besucher entweder zufriedenen Gesichts oder mit Leichenmiene das Café verließen. Wenn sie weg waren, winkte der Mann mit der Narbe seine Leute heran und gab ein paar knappe Anweisungen. Was folgte, waren, wie konnte es anders sein, Warnungen und Drohungen, Entführung und Folter, Terror und Mord.

Überall, wo in der Stadt Geld seinen Besitzer wechselte, verdiente der Mann mit der Narbe mit. Wenn beispielsweise ein Taschendieb einem dummen Landei seine Sachen stahl, dann gehörte ein Teil davon dem Mann mit der Narbe. Eine Hure war einem einsamen Witwer zu Diensten? Vom Entgelt bekam der Mann mit der Narbe einen festen Satz. Ob ein Schnapshändler Schnaps verkaufte oder ein Reishändler Reis, immer war ein Obolus an den Mann mit der Narbe abzuführen, nicht einmal der Wasserträger war davon ausgenommen, und wenn irgendwo ein Streit geschlichtet wurde, erhob der Mann mit der Narbe Anspruch auf seinen Anteil an der Summe. Die Leute bezeichneten das als Steuern.

Warum man Steuern an den Mann mit der Narbe abzuführen hatte? Es war einfach so. Von Anfang an gab es niemanden, der sich darüber beschwerte. Nur einmal, vor ein paar Jahren, hatte ein kleiner zugereister Stümper, der am Hafen eine Kneipe aufgemacht hatte, Zweifel geäußert: »Aber wofür das?«

Die Antwort folgte noch in der Nacht desselben Tages. Sie bestand in einem großen Stein, an den gefesselt der Kneipenwirt im tiefen Meer versank. Das war das Gesetz des Mannes mit der Narbe. Und noch eine weitere, erfrischend knappe Antwort auf die Frage gab es, und zwar von einem der ersten christlichen Missionare in der Hafenstadt, der das Folgende gesagt hatte:

> Gott, was Gott gebührt, und dem Mann mit der Narbe, was dem Mann mit der Narbe gebührt.

Vor langer Zeit hatte es in der Nachbarstadt einmal eine Bande gegeben, die es auf das Revier des Mannes mit der Narbe abgesehen hatte. Sie heuerten einen Mörder an, und dieser stieß dem Mann mit der Narbe, der am hellichten Tag zu Fuß unterwegs war, ein Messer in die linke Seite. Lange lag er im Krankenhaus und kämpfte mit dem Tod. Schließlich erhob er sich wieder, wie Phönix aus der Asche, und begann unverzüglich einen Rachefeldzug, in dessen Folge die meisten der Bandenmitglieder mit Steinen beschwert im Meer verschwanden. Seit jenem Vorfall besaß der Mann mit der Narbe die Angewohnheit, nach jedem dritten Schritt einen Blick nach hinten zu werfen, und diese unbequeme Angewohnheit behielt er bei, bis er in einer regenstürmischen Nacht von einer Harpune durchbohrt sein Leben aushauchte.

Einmal kehrte Kŭmbok sehr spät nach Hause zurück. Ein neuer Western war an diesem Tag angelaufen, mit ihrem Lieblingsschauspieler John Wayne und einem Haufen von Indianern mit Federkopfschmuck. John Wayne war schweigsam wie immer und erledigte gelassener Miene einen Indianer nach dem anderen. Wie Rehe fielen sie um, von John Waynes Revolverkugeln getroffen. Das war das Gesetz des Westerns. Kŭmbok war so fasziniert von dem Film, dass sie ihn sich dreimal hintereinander ansehen musste, bevor sie von ihrem Platz aufstehen konnte. Spät war es geworden, und sie machte sich insgeheim Sorgen wegen Kŏkjŏng.

Wie nicht anders zu erwarten, war Kŏkjŏng außer sich vor Wut. Er packte Kŭmbok an den Haaren und schleuderte sie mit voller Wucht gegen die Wand. Mit welchem Kerl sie sich so spät getroffen habe, wollte er wissen, und überschüttete sie mit Flüchen. Sie rieche nach einem anderen Mann, behauptete er, schmiss allen Hausrat durch die Gegend, der ihm in die Finger kam, bis Kŭmbok es nicht mehr aushielt und ihn zurückstieß. Von seinem Anfall erschöpft fiel er schlaff auf den Boden und begann schluchzend zu weinen wie ein kleines Kind. Dann blickte er Kŭmbok hasserfüllt an und stieß hervor: »Ich weiß über alles Bescheid.«

Kŭmbok wurde bang. »Über was weißt du Bescheid?«

»Denk bloß nicht, ich bekomme nicht mit, was man draußen erzählt!«

Kŭmbok stieß einen langen Seufzer aus und sah ihn an. In letzter Zeit hatte sie über die häufigen Treffen mit dem Mann mit der Narbe Kŏkjŏngs Pflege vernachlässigt, und ausgezehrt, wie er war, glich er einem leeren Lederschlauch. Er tat ihr unendlich leid. Das abgestumpfte schlechte Gewissen erwachte wieder in ihr. Um ihn zu trösten, ging sie zu ihm und umarmte seine Schultern. Dann sagte sie: »Egal, was du woher auch immer gehört hast, bitte glaube es nicht. Das ist alles nur Geschwätz.«

»Nein, es stimmt, du hast dich verändert. Du hast ganz sicher einen anderen!« Kŏkjŏng schüttelte den Kopf und hörte nicht auf zu weinen.

»Und was für einen anderen soll ich haben? Sag es mir. Ich soll jemand anderen als dich liebhaben?«

Kŏkjŏng antwortete, immer noch schluchzend: »John Wayne. Den magst du viel lieber als mich, das stimmt doch, oder etwa nicht?«

Das Ungeheuer

Ein jeder kennt Zeiten im Leben, in denen man aus Unbedachtheit oder Unwissenheit orientierungslos umherirrt oder sich von irrationalen Zwangsvorstellungen leiten lässt. Die Liebe zum Beispiel ist ein solcher Zustand, und selbst ein so kühler Kopf wie der Mann mit der Narbe war vor ihr genauso wenig gefeit wie alle anderen Menschen auch. Obwohl er sich vor Langem fest geschworen hatte, nie wieder eine Frau zu lieben, und sich zur Bekräftigung seines Gelöbnisses sogar einen Finger abgetrennt hatte, ließ er sich von Kŭmbok - oder sollen wir sie Naoko nennen - doch wieder das Herz rauben wie ein Narr. Anfangs hatte er sich Kŭmbok halb aus Neugier, halb im Spiel genähert, aber sie in den roten Kimono gewandet zu sehen, das hatte in seinem kalten Herzen das Feuer des sechzehnjährigen, liebeskranken Jungen aufs Neue entfacht. Um seinem Schwur treu zu bleiben, versuchte er mit aller Kraft, Kŭmbok nicht zu lieben, aber sie war ihm schon viel zu sehr ans Herz gewachsen, als dass er vermocht hätte, sie fortzuschicken.

Natürlich hätte der Mann mit der Narbe, dieser Betrüger ersten Ranges, übel beleumundete Schmuggler und in der Hafenstadt konkurrenzlose Messerstecher, der stadtbekannte Frauenheld, Zuhälter sämtlicher Hafenhuren und gewiefte Vermittler, der er war, jede andere Frau haben können, aber er hatte nur Sinn für die Frau von Kŏkjŏng, für Naoko. Willig streifte sie zu jeder Zeit für ihn ihre Kleider ab, doch es war nicht ihr Körper, nach dem er verlangte. Nicht Naokos Leib, ihr Flüstern war es, was er wollte. Ihr süßes Quengeln und ihre lächelnden Augen, ihre Umarmung und ihre Tränen, ihr Atem, ihre Zuneigung, das war es, was er wirklich zu erlangen wünschte. Er wollte alles von ihr, und das für immer und ewig. Das war das Gesetz der Liebe.

Eines Tages versuchte er vorsichtig herauszufinden, was in Kŭmbok wirklich vorging. Er verstehe nicht, sagte er, wie eine junge und reizvolle Frau wie sie mit einem einfältigen und kränklichen Mann wie Kŏkjŏng zusammenleben könne. Daraufhin seufzte Kŭmbok tief und sagte: »Er ist eben mein Herr. Außerdem kann er jetzt nicht mehr ohne mich leben. Deswegen kann ich auf keinen Fall weg von ihm, es sei denn, er verstößt mich.«

Der Mann mit der Narbe war sprachlos angesichts einer so tapferen, blinden Liebe, die Kŭmbok unerschütterlich wie ein Fels verteidigte. Er, der sonst genau wusste, wie er etwas in seinen Besitz bringen konnte, bei Kŭmbok musste er passen. Jedes Mal, wenn er zusehen musste, wie sie den Kimono auszog und nach Hause ging, zerriss es ihm das Herz. Er schenkte ihr Dinge, von denen sie vorher nicht einmal gehört hatte. Darunter eine teure Uhr aus Übersee und ein hübsch verziertes Messerchen aus dem nahen Japan, eine arabische Kristallkaraffe und eine goldene Haarspange aus China. Das war das Gesetz des Liebeswerbens. Kŭmbok aber besah sich die Sachen gelangweilt und nahm sie nur, nachdem der Mann sie wieder und wieder darum bat.

Als die Jahreszeit wechselte, horchte er abermals vorsichtig nach, ob sich ihre Einstellung nicht zu einem gewissen Grad verändert hatte. Es war, als Kŭmbok wie immer den Kimono ablegte und ihre Sachen anzog, um nach Hause zu gehen.

»Er benutzt dich doch nur. Wenn du nur wolltest, könnte ich dafür sorgen, dass du ihn ein für alle Mal los bist.«

»Was soll das bedeuten?« Kŭmbok drehte sich ruckartig um und starrte den Mann zornig an In ihren Augen schienen blaue Flammen zu glimmen. Sie trat zu ihm hin und sah ihm fest ins Gesicht, als sie sprach: »Ich weiß zwar nicht, was du vorhast, aber was es auch ist, denk nicht im Traum daran, es zu tun. Was ihm auch immer passieren sollte, ich werde ab jetzt davon ausgehen, dass du dahintersteckst. Und wenn Kŏkjŏng auch nur ein Haar gekrümmt wird, werde ich mir vor dir meine Zunge abbeißen und sterben.«

Ein eisiger Wind schien sie zu umwehen, als Kŭmbok die Tür öffnete und ging.

In diesem Augenblick dachte der Mann, wie gerne er auf der Stelle sterben würde, wenn er nur ein einziges Mal so von Kŭmbok geliebt werden könnte. Und während er sich aus Kummer über ihre unerwiderte Liebe verzehrte, dachte er noch, vielleicht wäre es besser, für immer ein Krüppel zu sein wie Kŏkjŏng, wenn ihm dafür die warme Fürsorge von Kŭmbok zuteilwürde. Sein Schwur, nie wieder zu lieben, war längst gebrochen, und er fand sich in tiefer Verzweiflung darüber, wie er das Herz von Naoko-Kŭmbok gewinnen könne.

Kurze Zeit darauf machte der Mann mit der Narbe Kŭmbok einen Vorschlag. Seine Idee war, dass sie und Kŏkjŏng zu ihm ziehen und gemeinsam in seinem Haus wohnen sollten. Kŭmbok lehnte natürlich voller Entschiedenheit ab. Zum einen widerstrebte es ihr, mit Kŏkjŏng und dem Mann, zu dem sie eine ungebührliche Beziehung pflegte, unter demselben Dach zu leben, zum anderen hatte sie den Mann mit der Narbe im Verdacht, etwas Übles im Schilde zu führen. Er aber schaffte es, sie zu überzeugen, dass er sie nur öfter um sich haben wolle, und fragte, ob es für Kŏkjŏng nicht auch besser sei, in einem geräumigen und sauberen Haus die Pflege zu erhalten, die er benötigte. Als er dann noch versprach, eigens für Kŏkjŏng einen Arzt einzustellen, konnte Kŭmbok nicht länger ablehnen, und so kam es, dass sie schließlich zu dritt im Haus des Mannes mit der Narbe wohnten.

Nach anfänglichem Unbehagen gewöhnte sich Kŭmbok bald an die neuartige Dreiergemeinschaft. Um die Küchen- und Hausarbeit kümmerte sich das Personal, Kŏkjŏng nahm nicht mehr so viel von ihrer Zeit in Anspruch wie vorher, und an dem unverhofften Luxus war natürlich auch nichts auszusetzen. Ihr Gesicht begann wieder eine gesunde Farbe anzunehmen.

Kŏkjŏng hatte keine Ahnung, welche Bewandtnis es mit ihrem Ortswechsel hatte, er ging einfach davon aus, Kŭmbok habe auf irgendeine Weise viel Geld verdient, um das alles zu ermöglichen. Jedenfalls gab es nun immer reichlich zu essen, und auch er hatte keinen Grund zur Klage. Gelegentlich begegnete er dem Mann mit der Narbe, aber er ahnte nicht, was für eine Beziehung ihn und Kŭmbok verband, und es interessierte ihn auch nicht. Sein quälender Verdacht, dass da etwas sein könnte zwischen Kŭmbok und John Wayne, war längst aus seinem Kopf verschwunden. Stattdessen entwickelte er, vielleicht vor Langeweile, den ganzen Tag in seinem Zimmer liegen zu müssen, einen allmählich immer größeren Appetit. Der einst im ganzen Hafen für seine konkurrenzlosen Kräfte berühmte Riese mit den stillen, tiefen Augen hatte sich in letzter Zeit in eine an nichts anderes als ans Essen denkende, verfressene Made verwandelt. So war es vielleicht auch seiner Gefräßigkeit zu verdanken, dass er neuerdings keine Tobsuchtsanfälle mehr hatte und sein abgemagerter Körper wieder ein wenig an Fülle gewann, was Kŭmbok zufrieden stimmte. Von außen gesehen, bestand das Zusammenleben der drei aus einer geregelten Abfolge friedlicher, zufriedener Tage.

Doch für den Mann mit der Narbe, diesen Betrüger ersten Ranges, übel beleumundeten Schmuggler und in der Hafenstadt konkurrenzlosen Messerstecher, den stadtbekannten Frauenheld, Zuhälter sämtlicher Hafenhuren und gewieften Vermittler, der er war, verhielt es sich nicht so. Nach wie vor litt er unter seiner unerwiderten Liebe, und mehrmals schon war er heimlich mit einem Messer in der Hand in Kŏkjŏngs Zimmer geschlichen. Weil er aber wusste, dass Kŭmbok in der Lage war, ihre Drohung wahrzumachen und sich die Zunge abzubeißen, falls Kŏkjŏng etwas zustieße, brachte er den tödlichen Stich nicht über sich und verließ das Zimmer stets unverrichteter Dinge. Oft aber stand er über dem schlafenden Kŏkjŏng, hielt das Messer mal an diese, mal an jene Stelle und überlegte, wo er zustechen musste, um dessen Lebensfaden mit einem Mal zu durchtrennen. Dabei wurde ihm jedes Mal klar, was für ein bedauernswerter Mensch Kŏkjŏng war, wie leicht er ihn ins Jenseits befördern konnte, wenn er sich nur entscheiden würde, und die Mordlust legte sich für einen Moment wieder. Kŏkjŏng bekam davon nichts mit, er schlief immer tief und fest wie ein sattes Schwein, die Krümel vom Essen noch in den Mundwinkeln und am Kinn klebend. Und Kŭmbok? Ob sie nicht doch von der Pein des Mannes mit der Narbe wusste? Denn eines Tages fragte sie, in seinem Arm liegend: »Jetzt lebe ich mit dir zusammen, so wie du es wolltest. Trotzdem scheinst du nicht zufrieden zu sein. Woran könnte das liegen?«

Darauf murmelte der Mann, er sei nur müde, sonst sei weiter nichts. Kŭmbok setzte sich im Bett auf und sah ihn an. »Schau mal, du hast doch alles bekommen, was du wolltest«, sagte sie. »Du bist der Herr dieses Hauses, alles hängt bloß von deiner eigenen Einstellung ab. Hast du das noch nicht begriffen?«

Kŭmboks Worte schienen die Antwort auf alle Fragen zu sein, die er mit sich herumgetragen hatte. Er entschied, Kŏkjŏng als eine Art harmlosen Schönheitsfehler zu betrachten, über den sich hinwegsehen ließ. Sogleich wurde ihm unbeschreiblich leicht ums Herz. Gleichzeitig bereute er, sich die ganze Zeit über einer so albernen Eifersucht ergeben zu haben. Und so kehrte im Haus des Mannes mit der Narbe endlich Friede ein.

Ein Jahr verstrich. Nichts hatte sich verändert, abgesehen von Kŏkjŏngs Körpergewicht. Er wog nun annähernd fünfhundert Kilogramm, so stark hatte er zugenommen; seine Hüften hatten den Umfang von Baumstämmen, solchen, wie er sie früher geschleppt hatte, der Hals ging übergangslos in den Rumpf über, und sein Geschlechtsteil hatte sich tief in die Fleischmassen zurückgezogen und bekam nur dann ein wenig frische Luft, wenn er sein Wasser abschlagen musste. Das war das Gesetz der Fettleibigkeit. Nicht genug, dass Kŏkjŏng nur noch mit Hilfe auf die Beine kam, er konnte auch den Abort nicht mehr selbst aufsuchen, und so kaufte man einen großen Nachttopf und stellte ihn in seinem Zimmer auf. Die Mengen, die er täglich verzehrte, waren in der Tat gewaltig. Das Küchenmädchen hatte sich beim ständigen Reiswaschen die Fingerkuppen abgescheuert, so dass schon keine Fingerabdrücke mehr zu erkennen waren, der Lieferbursche vom Reishändler bekam langsam ein krummes Kreuz vom vielen Säckeschleppen. Kŏkjŏng indes, der den ganzen Tag nichts tat, außer in seinem Zimmer zu sitzen und zu essen, verbrannte wohl die Hälfte der zu sich genommenen Kalorien, um den anstrengenden Vorgang von Nahrungsaufnahme, Verdauung und Ausscheidung am Laufen zu halten, während seine geistigen Fähigkeiten sich allmählich denen eines kleinen Kindes anglichen.

Kŏkjŏngs Verfall machte Kŭmboks Leben auf unerwartete Weise bequemer. Nach wie vor ging sie im Kino ein und aus, als sei es ihr Wohnzimmer, und jeden Tag besuchte sie das Café. Wenn sie spätnachts nach Hause kam, sah sie nur kurz in Kŏkjŏngs Zimmer, ob alles in Ordnung mit ihm war, dann ging sie auf der Stelle in das Zimmer hinüber, in dem der Mann mit der Narbe auf sie wartete.

Nur am Rande erwähnt sei noch ein Gerücht, welches bei den Kindern der Nachbarschaft seinerzeit die Runde machte. Diesem Gerücht zufolge hielt der Mann mit der Narbe, dieser Betrüger ersten Ranges, übel beleumundete Schmuggler und in der Hafenstadt konkurrenzlose Messerstecher, der stadtbekannte Frauenheld, Zuhälter sämtlicher Hafenhuren und gewiefte Vermittler, der er war, in seinem Haus ein riesiges, fremdartiges Ungeheuer. Es hieß, jenes Wesen habe ursprünglich tief im Meer gelebt, bis es von einem Taifun ans Land getrieben worden war, wo der Mann mit der Narbe es entdeckt und mit nach Hause genommen habe. Es sei so riesig groß und fresse solche Mengen, dass es nicht einfach war, es zu versorgen, aber der Mann mit der Narbe nahm die Ausgaben für das Futter auf sich, da das Monster interessanterweise menschenähnliche Züge trage und auch die

Sprache der Menschen einigermaßen verstehe, sogar selbst einige Worte sprechen könne, weshalb er das Tier unbedingt am Leben erhalten wolle.

Einem weiteren Teil der Geschichte nach fing der Mann mit der Narbe Kinder ein, die spätabends noch auf der Straße spielten, um sie dem Ungeheuer zum Fraß vorzuwerfen. Mit wenigen Bissen verschlänge das Ungetüm die Kinder mit Haut und Haar, nur um dann mit den folgenden Worten, welche die schauerliche Geschichte aufs Vortrefflichste abrundeten, laut auf den Boden zu stampfen und nach noch mehr Futter zu verlangen: »Ich habe Hunger. Bring mir noch ein Kind!«

Regensturm

Am Ende kam alles, wie es kommen musste, auch wenn keinerlei Zeichen darauf hindeuteten. Das war das Gesetz des Schicksals. Auch an jenem Tag fuhren die Fischer mit ihren Booten hinaus, und die Frauen gingen mit ihren Körben ins Watt, um Muscheln zu sammeln. Kŭmbok spazierte wie jeden Tag, ihre Hüften schwingend, ins Kino, ins Café und auf den Markt, um nach ihrem ausgiebigen Streifzug spät am Abend nach Hause zu kommen. Schon auf dem Heimweg zogen dunkle Regenwolken am Himmel auf, doch Kŭmbok dachte, dass sie sich bestimmt bald wieder verziehen würden. Zu Hause angekommen, hatte sie wie immer zuerst in Kŏkjŏngs Zimmer nach dem Rechten gesehen. Inzwischen war er so in die Breite gegangen, dass man nicht mehr unterscheiden konnte, was Hand war und was Fuß, und sein Gewicht war im Begriff, eine Tonne zu überschreiten. Eine riesige, einfältige Made, ja, das war er. Seine geistigen Fähigkeiten waren weiter geschwunden, er beherrschte nur noch wenige Worte, und bisweilen erkannte er Kŭmbok nicht einmal, wenn er sie sah.

Als sie an jenem Abend sein Zimmer betrat, aß Kŏkjŏng gerade zu Abend. In seinen Augen, die kurz zu Kŭmbok aufblickten, war keinerlei Begierde, keinerlei Argwohn zu sehen, nur reine Leere. Er glich immer mehr einem Urwesen aus dem Meer, noch in dem Stadium, bevor es beginnen würde, Arme und Beine auszubilden. Sie spürte von dem riesigen Fleischberg, der das halbe Zimmer ausfüllte, eine seltsame Schönheit ausgehen, und in seinem Blick lag eine klare, durchsichtige Kraft, die in jedem, der ihn ansah, ein unendlich tiefes Gefühl der Schuld auslöste. Aus diesem Grund hatte der Mann mit der Narbe irgendwann begonnen, Kŏkjŏngs Zimmer zu meiden, und auch Kŭmbok versuchte, wenn möglich seinem Blick auszuweichen.

Als sie das Zimmer verließ und über den Flur ging, musste sie bei dem gespenstischen Geheul, das der stärker werdende Wind draußen veranstaltete, unwillkürlich schaudern. Der Mann mit der Narbe lächelte, kaum sah er sie im Kimono sein Zimmer betreten, und wie immer formte sich die Gerade seiner Narbe zu einem Halbkreis. Als Kŭmbok neben ihm saß, zog er eine goldene Kette aus seiner Tasche und legte sie ihr um den Hals. Das prächtig verzierte Geschmeide hatte vor tausend Jahren einer Königin gehört und stellte ein Schmuckstück von unschätzbarem Wert dar, mit dem der Mann mit der Narbe ihr nur allzu gern eine Freude zu machen gedachte. Aber vielleicht sah Kŭmbok in der Kette ein unheilvolles Vorzeichen, denn ein besonders frohes Gesicht machte sie nicht.

»Ich sehe irgendwie schäbig aus mit dem Ding um den Hals«, sagte sie, sich mit betrübter Miene im Spiegel betrachtend.

Der Mann mit der Narbe sprang auf und widersprach: »Was sagst du denn da, Naoko! Ganz sicher warst du in deinem früheren Leben eine Königin. Sieh doch, wie gut dir die Kette steht!«

Erst als er es unter Aufbietung all seiner ungelenken Redekünste geschafft hatte, Naoko-Kŭmbok einigermaßen zu trösten, besserte sich ihre Laune, und sie umarmte ihn. Neuerdings hatte sich ihr Verhalten dem Mann mit der Narbe gegenüber verändert. Mit gespieltem Gequengel und seichten Witzchen brachte sie ihn oft zum Lachen, und ihre neue Lebhaftigkeit im Bett hatte ihm nicht nur einmal Muskelkater verursacht. Der Mann mit der Narbe war über diesen Wandel überglücklich, und all der Schmerz und Kummer, der sich wegen seiner unglücklichen Liebe zu der Geisha angesammelt hatte, verging wie schmelzender Schnee.

In jener Nacht widmeten sich die beiden erstmals seit Langem wieder so hingebungsvoll ihrem Liebesspiel, dass sie nicht merkten, wie spät die Nacht, wie stark der Wind geworden war, dass sich erste Regentropfen in den Wind zu mischen begannen. Und dass die Zeit des Schicksals Minute für Minute näher rückte.

Von einem kühlen Hauch geweckt, schlug sie die Augen auf. In der Dunkelheit stand Kŏkjŏng aufrecht vor ihr. Aus irgendeinem Grund war er von oben bis unten durchnässt, von seinen Ärmeln troff pausenlos Wasser. Kŭmbok erschrak und wollte sich aufrichten, doch sie konnte sich nicht rühren, es war, als liege sie in Fesseln. Ihre Frage, was passiert sei, blieb ihr im Hals stecken. Kŏkjŏng sah Kŭmbok mit hasserfüllten Augen an. Seine bizarren Gesichtszüge sahen nicht aus wie die eines Menschen, und sie bekam Angst. Dann öffnete er den Mund: »Du liebst John Wayne mehr als mich.« Seine Stimme klang schwer und gedämpft, als dringe sie aus dem Schacht eines tiefen Brunnens. Etwas verschloss Kŭmboks Kehle. Sie streckte die Hände aus und wollte sich ihm nähern, doch er wich langsam zurück, wie auf Rädern, und verschwand in der Dunkelheit.

Im gleichen Moment schrak Kŭmbok aus dem Schlaf und saß aufrecht im Bett. Draußen heulte der Wind wie eine Schar Gespenster und presste den Regen durch die papierbespannten Fenster ins Haus hinein. Kŭmbok lief ein Schauder über den Rücken, so echt hatte Kŏkjŏngs Gestalt vor ihren Augen gewirkt. Sie wandte sich zur Seite und sah, dass der Mann mit der Narbe nicht neben ihr lag. Eine unheilvolle Vorahnung schoss ihr durch den Kopf. Sie stand auf, streifte hastig den Kimono über und lief atemlos zu Kŏkjŏngs Zimmer hinüber. Die Tür stand weit offen. Auch er war nirgends zu sehen. Im nächsten Augenblick klang in ihren Ohren wieder, was der Mann mit der Narbe vor einiger Zeit zu ihr gesagt hatte: »Wenn du nur wolltest, könnte ich dafür sorgen, dass du ihn ein für alle Mal los bist.« Und etwas anderes noch glaubte sie zu hören: »Hab ihn an einen Stein gebunden und ins Meer geworfen, das dürfte er nicht überlebt haben, selbst wenn er schwimmen könnte wie ein Delfin.« Das war das Gesetz des Unbewussten.

Barfuß rannte sie über den Innenhof des Hauses zur Vordertür hinaus nach draußen. Wie in der Nacht, als man Kŏkjŏng verletzt nach Hause gebracht hatte, wütete ein heftiger Regensturm. Im Nu war der Kimono durchnässt, die Bänder hatten sich gelöst und der Stoff gab den Blick frei auf ihre hellen Brüste, doch Kŭmbok scherte sich nicht darum. Das Herz schlug ihr bis zum Hals, und sie konnte kaum atmen. Dennoch rannte sie los, den ganzen Weg bis zum Hafen. Haushohe Wellen rollten wie wahnsinnig heran, brachen sich am Kai und bedeckten alles mit Gischt.

Am Ende des Kais stand, ihr den Rücken zugewandt, der Mann mit der Narbe und blickte schweigend aufs Meer hinaus. Kŭmbok blieb stehen, von einem plötzlichen Schwindelgefühl gebremst. Vor ihren Augen entstand das Bild vom Mann mit der Narbe, wie er Kŏkjŏng an einen Stein gebunden ins Meer warf. Eine Flamme aus Hass loderte in ihrem Herzen auf. Ein Stück weiter sah sie eine lange Harpune liegen, die beim Sturm von einem der Boote heruntergefallen sein musste. Die eiserne Spitze am Ende des Bambusstabs funkelte gefährlich in der Dunkelheit. Sie hob die Waffe vom Boden auf.

Als der Mann mit der Narbe sich umdrehte, erblickte er Naoko in ihrem roten Kimono, die Harpune in den Händen. Ihr Gesicht bebte vor Zorn. In dem Moment, als er anhob, um ihr etwas zu sagen, durchbohrte die Waffe seinen Körper. Der Mann mit der Narbe blickte hinab auf die Stelle, wo der Schaft hervorragte. Blut trat hervor und färbte den Kleidungsstoff. Ungläubig sah der Mann zu Kŭmbok. Er blutete aus dem Mund, die Lippen verkrampften sich bereits und hatten Schwierigkeiten, Worte zu formen. Mit Mühe stieß er eine Frage hervor: »Aber wofür das ...?« Genau dasselbe hatte ihn damals der kleine Stümper mit der Hafenkneipe gefragt, der seine Steuern nicht bezahlen wollte. Der Mann mit der Narbe nickte, als habe er schnell begriffen, was die Stunde geschlagen hatte. Er sank auf die Knie. Ein letztes Mal hob er den Kopf und öffnete die Lippen: »Kŏkjŏng ... habe ich ... nicht umgebracht. Er hat selbst ... Schluss ... gemacht ...«

Und dann starb er, der Mann mit der Narbe, dieser Betrüger ersten Ranges, übel beleumundete Schmuggler und in der Hafenstadt konkurrenzlose Messerstecher, der stadtbekannte Frauenheld, Zuhälter sämtlicher Hafenhuren und gewiefte Vermittler, der er gewesen war.

Abfahrt

Kann es so etwas wie eine objektive Wahrheit überhaupt geben? Wie viel Glauben darf man all den Geschichten schenken, die auf der Welt, von Menschenmündern überliefert, im Umlauf sind? Ob der Mann mit der Narbe Kŭmbok wirklich die Wahrheit gesagt hatte, bevor er starb? Ob ein Mensch noch im Augenblick seines Todes zu Listigkeit fähig ist? Auch das können wir nicht mit Bestimmtheit sagen. Das Wesen von Geschichten ist es, dass Dinge hinzugefügt oder weggelassen werden, sie ihre Form verändern können, je nach dem Standpunkt, den der Übermittelnde einnimmt, sowie der Bequemlichkeit des Zuhörers und dem Können des Erzählers. Die geneigte Leserschaft mag einfach glauben, was sie glauben will. Das ist alles.

In jener Nacht war auch Kŏkjŏng von einer Art kühlem Hauch geweckt worden. Draußen toste der Wind, und dicke Regentropfen klatschten an die papierbeklebten Fenster. Doch etwas war anders heute, sein Kopf fühlte sich merkwürdig klar an. Wie aus einem langen Schlaf erwacht, war sein Geist hellwach. Er wollte aufstehen und draußen nachsehen, wie stark es regnete. Doch er konnte sich nicht rühren, es war, als liege er in Fesseln. Als Kŏkjŏng flüchtig an sich herabblickte, bekam er einen Schreck. Sein Leib war so aufgebläht, dass sich nicht erkennen ließ, wo die Arme waren und wo die Beine. Er verstand nicht im Geringsten, wo all das ganze Fleisch an seinem Körper herkam.

Nachdem er eine Weile niedergeschlagen dagesessen hatte, nahm er seinen Mut zusammen, um sich irgendwie von der Stelle zu bewegen. Zwar umhüllte ihn eine gigantische Speckschicht, doch schließlich war er einmal der stärkste Mann des ganzen Hafens gewesen. Er spannte die ihm verbliebenen Muskeln an und schließlich gelang es ihm, seine gewaltige Körpermasse hochzuwuchten. Er öffnete die Tür und wankte mit kurzen Schritten auf den Flur hinaus. Das Haus kam ihm fremd vor. Er wunderte sich, wie er hierhergelangt sein mochte. Als wollte er den Schlüssel zu dem Geheimnis finden, schleppte er sich über den Flur und sah der Reihe nach in jedes der Zimmer hinein. Sein Bauch schleifte auf dem Boden.

Als er die Tür zum nächsten Zimmer öffnete, stieg ihm ein vertrauter Duft in die Nase. Dann erhellte ein Gewitterblitz das Zimmerinnere, und einen Moment lang konnte er Kŭmbok erkennen, die nackt in den Armen eines Mannes lag und fest schlief. Fast hätte er geschrien. Aber er schloss leise die Tür und ging zurück in sein Zimmer. Noch einmal blitzte es und das grelle Licht fiel gnadenlos auf Kŏkjŏngs Fleischmassen. In seinem Kopf begannen einzelne undeutliche Bilder aus der Erinnerung aufzutauchen. Der Strand, wo er Kŭmbok zum ersten Mal begegnet war, die Fische auf dem Trockenplatz, das Meer im Abendrot, die glückliche Zeit mit Kŭmbok, die auf ihn herabstürzenden riesigen Baumstämme, Kŭmbok, wie er sie an den Haaren durch die Gegend gezerrt und verrückte Dinge geschrien hatte ...

Während er an seiner grotesken Fülle herabschaute und daran dachte, dass die Frau, die er liebte, nur ein Zimmer weiter mit einem anderen Mann lag, überflutete ihn ein unsäglicher Schmerz. Tränen liefen über seine Wangen, eine ganze Weile weinte er, lautlos, mit bebenden Schultern. In seinem Herzen nahm langsam ein Gedanke feste Form an. Ihm fiel die zarte, schwache Kŭmbok ein, wie sie sich mit verzweifelter Kraft seiner Pflege gewidmet hatte. Nach einer Weile richtete er sich auf und trat hinaus. Vorsichtig öffnete er die Tür zu dem Zimmer, in dem Kŭmbok schlief. Ein letztes Mal noch wollte er die Frau sehen, die er liebte. Draußen fuhr wieder ein Blitz nieder und beleuchtete ihre liegende Gestalt. Sie war rundlicher geworden, und ihr Gesicht sah glücklich aus.

Kŏkjŏng bewegte sich mühsam in Richtung Hafen. Wind und Regen fegten über die Straße und erschwerten das Gehen zusätzlich. Sein auf dem Boden schleifender Bauch war wundgescheuert, aber unter Aufbietung all seiner Kräfte wuchtete Kŏkjŏng seinen korpulenten Leib weiter voran, Schritt für Schritt, als trage er an einem riesigen Stück Gepäck. Ohne es zu merken, hatte er angefangen, ein Lied vor sich hin zu singen, eines, das er und die anderen Männer früher immer bei der Arbeit angestimmt hatten. Das war das Gesetz der Gewohnheit.

Weiter, ho, immer weiter, hoho
Rüber über den Hügel
Muss die ganze Last
Weiter, ho, immer weiter, hoho
Ja, hoho, und immer weiter so

Abwechselnd die Stimme des Vorsängers und des Chors übernehmend, bewegte er sich langsam auf den Kai des Hafens zu. Sein ganzes Leben hatte er als Schauermann gearbeitet, doch die letzte Last, die er im Diesseits zu tragen hatte, war gleichzeitig die schwerste: sein eigener Leib. Am Ende des Kais angekommen, konnte er sich vor Erschöpfung kaum noch auf den Beinen halten. Wellen stürmten heran und besprühten ihn mit ihrer Gischt. Er stand da und sah dem Tosen zu. Von allen Himmelsrichtungen schrien und sprangen Gespenster umher, und aus den schwarzen Fluten winkten ihm die Geister der Ertrunkenen, zu ihnen zu kommen. Als eine gewaltige Woge auf die Wellenbrecher zustürmte, ließ er sich fallen. Von irgendwoher schien Kŭmboks Duft herbeizuwehen und war gleich wieder verschwunden, und dann stürzte der plumpe Leib mit lautem Krachen ins Meer. Eine gewaltige Wasserfontäne erhob sich. Das war das Gesetz von Kraft und Gegenkraft.

Auch beim Mann mit der Narbe war es ein kühler Hauch, der ihn aus dem Schlaf erwachen ließ. Immer noch lärmte es draußen vor dem Fenster, und in der Tür stand ein riesenhaftes Ungeheuer. Er griff nach dem Messer, das immer an seinem Kopfende bereitlag. Doch gleich erkannte er, dass das Ungeheuer Kŏkjŏng war. Im Licht eines Blitzes sah er Tränen in den Augen der riesigen Gestalt. Als kurz darauf Kŏkjŏng die Tür schloss und nach draußen ging, stand der Mann leise auf und folgte ihm nach. An seinen Fleischmassen schleppend, tat Kŏkjŏng vor ihm mühsam einen Schritt nach dem anderen. Der Regensturm peitschte die Straßen und durchnässte die Kleider. Der Mann mit der Narbe ging in gleichmäßigem Abstand weiter hinterher.

Erst als er Kŏkjŏng am Ende des Kais stehen sah, wurde ihm klar, was dieser vorhatte. Während er noch überlegte, ob er ihn aufhalten oder gewähren lassen sollte, hatte Kŏkjŏng sich schon in das schwarze Wasser gestürzt, und die Wellen schlugen über ihm zusammen. Der Mann mit der Narbe stand verloren da und sah zu, bis der Koloss endgültig im Meer versunken war. Dann drehte er sich aus alter Gewohnheit nach hinten um und erblickte Naoko, die ihn mit einer Harpune in der Hand hasserfüllt anstarrte.

Inmitten der Regenmassen spürte der Mann mit der Narbe deutlich den Moment, in dem die Harpunenspitze ihn durchbohrte. Das fremde, metallisch kalte Gefühl an seinem Bauch, die große Verwirrung und der scharfe Schmerz in dem Moment, da die Bauchdecke durchtrennt wurde, die glatte, lineare Bewegung des Fremdkörpers durch seine inneren Organe, der Horror, als die Spitze an der Wirbelsäule entlangstreifte und am Rücken wieder austrat, die fassungslose Ruhe bei dem Gedanken, dass nun alles zu Ende war, und plötzlich ein großes Hungergefühl ... Wie damals, als ihn das Messer in die Seite traf, fühlte er jeden einzelnen dieser Momente in allergrößter Deutlichkeit. Was er aber unmöglich glauben konnte, war die Tatsache, dass seine Gegnerin die Frau war, für die er sich sechs Finger abgeschnitten hatte, Naoko.

Kümbok stürzte hinab in einen unbeschreiblichen Abgrund von Verstörung und Schmerz. Sie fühlte die panische Angst, die seit dem Tod der Mutter bei ihrer Geburt ein Teil von ihr war. Am Oberteil des Kimonos reißend, brach sie in Schluchzen aus. Heftige Regenböen drückten sie nieder. Vor ihren Augen lag der Mann mit der Narbe, von der Harpune durchbohrt, tot am Boden. Sie kroch zu ihm und wollte die Harpune herausziehen, dabei riss die dreigezackte Spitze das Loch nur weiter auf. Das war das Gesetz der Harpune. Aus der Öffnung begannen die Eingeweide hervorzutreten. Sie versuchte, sie wieder zurückzustopfen, aber dabei wurde die Wunde erst recht noch größer, bis die Därme hervorquollen und sich auf dem Boden ringelten. Im nächsten Moment verlor sie das Bewusstsein.

Als Kŭmbok die Augen wieder öffnete, begann es im Osten trüb zu dämmern. Der Wind hatte sich gelegt und der Regen aufgehört, auch die Wellen hatten an Kraft verloren. Schnell blickte sie zu der Stelle, wo der Mann mit der Narbe gelegen hatte, aber es war nichts von ihm zu sehen. Ob der Sturm ihn fortgetragen hatte? Sie besaß nicht den Mut, mit der Schuld für die Tragödie, die sie mit ihren eigenen Händen angerichtet hatte, weiterzuleben. Langsam richtete sie sich auf und erklomm einen der Wellenbrecher. Dann sprang sie, ohne zu zögern, ins Meer hinab.

Doch genau in diesem Moment entdeckte ein Fischer, der gekommen war, um nachzusehen, ob sein Boot den Sturm der letzten Nacht überstanden hatte, was sich abspielte. Er lief hin, bekam Kŭmbok an den Haaren zu fassen und zog sie an Land. Der Mann betrachtete die weinend am Boden Kauernde, dann wiegte er den Kopf und sagte grinsend: »Moment mal, wenn das nicht das Gör von damals ist! Ganz schön gewachsen, und richtige Möpse hat sie bekommen, sieh einer an!«

Kŭmbok musste in den ganzen Wirren ihr Oberteil verloren haben. Mit den Händen ihre Blöße bedeckend, sah sie ihn an. Irgendwo hatte sie den Mann schon einmal gesehen. Dann fiel ihr die Tätowierung auf seinem Arm ins Auge, eine Möwe, und sie erinnerte sich. Es war niemand anderes als der Fischer, der sie an ihrem ersten Tag am Hafen versucht hatte zu vergewaltigen. Der Mann musterte ihren teils nackten, teils durch das nasse Kleid sich abzeichnenden Körper von oben bis unten und sagte: »Wenn du dich schon so sinnlos wegwirfst, hättest du mir doch wenigstens Bescheid sagen können.«

Kŭmbok kauerte sich zusammen und funkelte ihn wütend an, worauf er schallend lachte und erklärte:

»Brauchst dir keine Sorgen zu machen. Vielleicht haben meine Eier was abgekriegt, als dieser riesige Kerl mich getreten hat, jedenfalls krieg ich seitdem da unten nichts mehr auf die Reihe.« Dann zog er die vom Sturm durcheinandergeworfenen Gerätschaften von seinem Boot und brummte vor sich hin: »Sogar auf 'nem Feld voller Hundescheiße zu leben ist besser, als tot zu sein, was weiß ich, warum die Kleine sich umbringen will. Sterben werden wir eh alle, wozu sich so beeilen.«

Aus den Worten des Fischers war Resignation zu hören, von der früheren Gier und Grobheit war nicht mehr viel übriggeblieben. Ein müder Mann mittleren Alters, mehr war er nicht. Irgendwie stimmte Kŭmbok seine Verwandlung sogar traurig, und so blieb sie regungslos sitzen und sah ihm beim Ordnen seiner Sachen zu. Der Anblick des morgendlichen Meeres war so friedlich, dass Kŭmbok die Ereignisse der letzten Nacht wie ein Traum vorkamen. Kurz nickte sie ein, und als sie, von einem Rütteln an ihrer Schulter geweckt, wieder die Augen öffnete, war es der Fischer von eben.

»Du siehst aus, als könntest du nirgendwo hin«, sagte er. »Komm doch mit, ich geb dir eine heiße Suppe. Iss dich erstmal satt, vielleicht kommst du ja danach auf andere Gedanken.«

Kŭmbok sah ihn matt an, und der Fischer zog sein Hemd aus und warf es ihr hinüber.

»Ein großes Mädchen wie du kann doch nicht halbnackt durch die Gegend spazieren. Zieh dir wenigstens das über, auch wenn's nach altem Mann mieft.«

Am Morgen jenes Tages folgte Kŭmbok dem Fischer in dessen Zuhause. Es war ihr alles gleichgültig, aber trotzdem brachte sie es nicht über sich, in das Haus zurückzukehren, in dem niemand mehr am Leben war außer ihr selbst. Der Fischer bot ihr eine Suppe aus undefinierbaren Zutaten an, auf der eine weißliche Fettschicht schwamm, dazu mit Gerste gestreckten Reis. Es war kaum zu glauben, wie gut die karge Mahlzeit der Hauptperson der schrecklichen Ereignisse von letzter Nacht schmeckte. Kŭmbok leerte im Handumdrehen eine ganze Schüssel, sank dann schlagartig in einer Ecke zusammen und schlief ein. In den folgenden Tagen tat sie in der dämmrigen, muffigen Kammer nichts anderes, als zu schlafen, nur unterbrochen von Gängen zur Latrine und wenn der Fischer abends von der Arbeit nach Hause kam und ihr etwas zu essen hinschob. Sie dachte an nichts und schlief traumlos.

Nach einigen Tagen war Kŭmbok wieder einigermaßen zu Kräften gekommen. Sie verließ das Zimmer und setzte sich auf den Lehmboden des Innenhofs. In einer Ecke stand ein blühender Kirschbaum. Den ganzen Tag saß sie da und blickte geistesabwesend auf die Blütenpracht.

Als der Fischer an diesem Abend vom Fang nach Hause kam, war Kŭmbok verschwunden. Auf dem Tablett, das er ihr morgens hingestellt hatte, lag eine Halskette. Das Essen hatte sie anscheinend nicht angerührt, denn auf den Schüsseln hockten Trauben von schwarzen Fliegen. Fünf Tage mochten vergangen sein, seit Kŭmbok mit dem Fischer mitgegangen war. Tags darauf verkaufte er die Kette, die sie zurückgelassen hatte, an einen fahrenden Trödler. Der Preis, den er für das weltweit einzigartige Schmuckstück erhielt, reichte gerade für ein Bündel getrockneten Kabeljaus, doch er grinste zufrieden und sagte sich, immerhin hat das Gör ordentlich Essensgeld dagelassen, bevor es abgehauen ist.

Wanderschaft

Ihre fünf unvergleichlichen Sinne sorgten dafür, dass das erste Zusammentreffen mit den Dingen dieser Welt sich tief und für alle Zeiten unauslöschlich in ihr Gehirn eingrub. Ein feuchtes, glitschiges Gefühl, der Geruch von Blut, Dunkelheit und faulige Wärme, ein salziger Geschmack, mehrere dunkelgraue, dicke Säulen, zwei gleichgroße, weiße Kreise, aufgeregte Stimmen, die aus der Mitte der Kreise erklangen ...

»Um Himmels willen! Wie kann ein so großes Ding aus so einer kleinen Ritze schlüpfen?«

Die Zeit fließt weiter, irgendwo hin, und nun führt sie uns zu just dem Moment, in dem ein ungewöhnlich großes Baby von einer Bettlerin zur Welt gebracht wird. Ort des Schauspiels: der Schuppen einer von zwei Zwillingsschwestern geführten Kneipe. Mit vor Erstaunen runden Augen werfen die beiden Schwestern abwechselnd einen Blick auf die dichtbehaarte, kaum erkennbare, blutverschmierte Scheidenöffnung der Bettlerin und das zweifellos eben gerade daraus hervorgekommene Kind, ein Mädchen. Von dem mit Fruchtwasser und Blut bedeckten Säugling steigt eine Wolke aus Dampf empor. Das Kind hat bereits die Augen geöffnet, es weint nicht, sondern mustert die beiden gleichaussehenden Frauen, als verstehe es nicht recht, was um es herum vorgeht.

Es muss nicht eigens erwähnt werden, dass es sich bei den beiden weißen Kreisen, die das Kind bei seiner Geburt als Erstes erblickte, um die Gesichter der zwei Kneipenwirtinnen handelte. Und die dunkelgrauen, hohen Säulen? Gehörten zu einem Elefanten. An jenem spätwinterlichen Morgen, der grimmige Frost schickte sich an, nach einem letzten Aufbäumen nun endlich den Rückzug anzutreten, war die jüngere der Zwillingsschwestern in den Stall gegangen, um dem Elefanten sein Futter aus gekochten Bohnen zu bringen, als ihr ein fischiger Geruch in die Nase stieg. Sie hörte aus einer der schummrigen Ecken ein Rascheln, wandte sich um und erblickte ein zappelndes, blutiges Tier, schrie auf vor Schreck und rannte in die Küche zurück, wo die andere Frau das Feuer schürte. Kurz darauf standen beide vor dem mit einer Strohmatte verhängten Eingang zum Stall, die etwas Mutigere der beiden vorn, die Jüngere hinter ihr, und blickten hinein.

Auf einem weichen Lager aus aufgeschüttetem Stroh sahen sie das Neugeborene liegen. Die bei der Geburt in Ohnmacht gefallene Mutter lag mit gespreizten Beinen regungslos da, die Nabelschnur verband sie noch mit dem Kind, das ihnen mit runden Augen entgegenblickte. Mehr noch als den beiden gleichen Gesichtern der Schwestern galt das Interesse des Kindes den dunklen Säulen, das heißt dem Elefanten. Es krabbelte auf ihn los, bis die Nabelschnur sein Fortkommen bremste. Das Kind stemmte sich mit seinen Beinen gegen den Widerstand, und unglaublicherweise gelang es ihm, die noch in der Gebärmutter steckende Nachgeburt herauszuziehen. Es krabbelte weiter, bis es vor dem Elefanten angekommen war und seine Hand nach dem Futter ausstreckte, als wolle es davon etwas abhaben. Überrascht lief die ältere der Schwestern hin und hob das Neugeborene hoch, das so schwer war, dass sie es vor Schmerzen im Rücken, wo der Elefant sie vor Jahren getreten hatte, gleich an die jüngere weitergab. Dann brachten sie das Kind und die Mutter ins Haus, wuschen beide und zogen ihnen saubere Sachen an.

Es vergingen ein paar Stunden, bis die Kindesmutter sich wieder einigermaßen erholt hatte. Ohne den neben ihr schlafenden Säugling eines Blickes zu würdigen, machte sie sich gierig über die Seetangsuppe her, die die ältere der Schwestern ihr gab. Bei näherer Betrachtung hatte die Frau einen hellen Teint, auch wenn die Haut vom Frost entzündet war, außerdem machte sie einen ziemlich selbstbewussten, gar nicht bettlerhaften Eindruck. Die Schwestern, deren Blick für dergleichen Dinge seit ihrer früheren Zeit als Prostituierte geschärft war, nahmen wahr, dass die Frau, obwohl sie eben erst entbunden hatte, einen gewissen Reiz besaß, der auf Männer sicherlich immer noch Wirkung haben mochte. Sie warteten, bis die Fremde mit dem Essen fertig war, bevor sie vorsichtig nach den Umständen der Geburt im Stall fragten, doch die Frau blieb stumm. So ging es zwei Tage, bis sie ein wenig zu sprechen begann und endlich ihren Namen preisgab, einen völlig gewöhnlichen Namen: Kŭmbok.

Dass Kŭmbok Ch'unhŭi gebar, trug sich im Winter des vierten Jahres zu, nachdem sie aus der Hafenstadt geflohen war. Nichts ist über die Route ihrer Wanderschaft bekannt. Nur, dass sie wohl nie länger an einer Stelle geblieben war, wie ein Blatt im Wind immer weitergetrieben worden sein musste, in dem Gefühl, eine Hälfte von sich verloren zu haben, in der Leere, die ihren Geist von ihrem Körper trennte. Sie aß, was sie fand, und schlief, wo sich ein Platz ergab, wusch weder ihre Kleidung noch sich selbst.

Nachts suchte der Mann mit der Narbe sie in ihren Träumen heim. Sein wie immer weißer Anzug war von oben bis unten durchnässt, als wandele er unter Wasser. Das

Gesicht war bleich, aus Ärmeln und Hosenbeinen lief ohne Unterlass das Wasser, wo er stehenblieb, bildeten sich sofort große Lachen. Die Harpune war nicht zu sehen und auch kein Tropfen Blut, obwohl die Wunde am Bauch deutlich erkennbar war. Dort hinein versuchte er andauernd, seine Eingeweide zurückzustopfen, wobei die Wunde noch weiter auseinanderklaffte. Dann stand der Mann mit der Narbe vor Kŭmbok, die Eingeweide in den Händen, und sah sie flehentlich an, als bitte er um Hilfe. Sie wollte ihm helfen, doch ihre Finger waren starr und ließen sich nicht bewegen. Wenn er sich dann in der Dunkelheit auflöste, erfüllte Kŭmbok eine unsägliche Traurigkeit, und schweißgebadet fuhr sie jedes Mal aus dem Schlaf hoch. Sie war schlagartig gealtert, ihre strahlenden Augen hatten allen Glanz verloren, die Haut war rau, und der Duft, mit dem sie die Männer verrückt gemacht hatte, war verflogen, niemand nahm mehr Notiz von ihr. Selbstverlorene, absurde Zeiten vergingen. In einem Jahr arbeitete sie in einem Schlachthof, wo sie den toten Tieren das Fett vom Fleisch schnitt. Sie nahm wahllos jeden Mann, der sie wollte, doch blieb sie bei keinem länger, seit ihr der Gedanke gekommen war, nur Unglück über jeden zu bringen, der sich mit ihr einließ.

Solange die Zeit weiter nach vorne schritt, fürchtete sie nichts und niemanden. Furcht hatte sie nur vor der Vergangenheit. Vor der Stunde, in der der Mann mit der Narbe von der Harpune durchbohrt im Wasser versunken war, vor der Nacht des wütenden Regensturms. Wahre Todesangst bereitete ihr der Moment, in dem sie am Meeresufer stand und mit entblößter Brust wahnsinnige Zuckungen vollführt hatte, all die Momente, die sich unendlich wiederholten, wenn die Zeit rückwärtslief. Deswegen fürchtete sie sich vor dem Schlaf. Denn wenn sie schlief, träumte sie, und wenn sie träumte, erschien unweigerlich der Mann mit der Narbe. Einmal fragte sie ihn: Warum kommst du und quälst mich? Was willst du von mir? Er war totenblass wie immer, und aus den Kleidern troff das Wasser. Ohne zu antworten, sah er sie nur mit traurigen Augen an.

Jetzt ist doch alles vorbei. Also, bitte geh, hier kannst du nicht mehr sein, flehte sie ihn an.

Darauf warf der Mann Kŭmbok einen letzten bitteren Blick zu, wandte sich mit hängenden Schultern ab und verschwand in der Finsternis. Doch auch am nächsten und am darauffolgenden Tag erschien ihr die traurige Gestalt. Manchmal kam auch Kŏkjŏng vor. Mit wirrem Haar, ebenso am ganzen Leib durchnässt, machte er selbst im Traum seiner Eifersucht auf John Wayne Luft.

Als sei eine Meute berittener Häscher hinter ihr her, bewegte sie sich immer schneller und blieb nie länger als drei Tage am selben Ort. Ihre Kleider, ihre ganze Erscheinung verlumpten zusehends. Es vergingen keine zwei Jahre, bis sie völlig heruntergekommen als Bettlerin von Haus zu Haus lief und um Essen bat. Nichts erinnerte mehr an die Kŭmbok, die sie früher einmal gewesen war. Sie besaß noch ihr Geschlecht, war aber äußerlich nicht länger als Frau erkennbar, sie hatte noch ihren Namen, doch kaum etwas Menschenähnliches mehr. Oft geriet sie an bösartige Weiber, die sie an den Haaren rissen; dass sie für irgendwelche üblen Kerle die Beine breitmachte, war nichts Ungewöhnliches, und zum Alltag gehörte, von den anderen Bettlern verprügelt und in die Gosse geschmissen zu werden. Das war das Gesetz der Welt.

Im zweiten Sommer ihrer Wanderschaft brach ein großer Krieg aus. Drei Jahre sollte der Krieg dauern, der das

Land in Nord und Süd teilte. Es machte keinen Unterscheid, ob man am Leben war oder starb, der Tod war so gegenwärtig, dass man ihm keine Bedeutung beimaß. Die Menschen im Süden und die Menschen im Norden waren in einem irrsinnig anmutenden Hass aufeinander gefangen und schlachteten sich zu Hunderten, ja zu Tausenden ab. Man trieb die Gegner an einer Stelle zusammen und spießte sie mit Bambuslanzen auf oder begrub sie bei lebendigem Leibe in Erdlöchern. Sperrte sie in Gebäude und legte Feuer. Unzählige Frauen und Kinder waren unter den Toten. Man schnappte sich Menschen aufs Geratewohl und fragte sie nach ihrer Gesinnung. Weil es darauf nur zwei Antworten gab, belief sich die Überlebenschance stets auf fünfzig Prozent. Das war das Gesetz der Ideologie.

Während Kŭmbok sich in Richtung Norden bewegte, flohen andere umgekehrt in den Süden. Zurückgelassene Leichen verwesten am Straßenrand, daneben saßen Menschen und kochten ihr Essen. Man wurde umgebracht, einzig, weil man am Leben war. Verglichen mit solchen Opfern hatte es für den Tod von Kŏkjŏng oder den Tod des Mannes mit der Narbe so etwas wie einen Grund gegeben. Und dennoch tauchten beide nach wie vor in Kŭmboks Träumen auf und verfolgten sie.

Drei Jahre lang wanderte Kŭmbok durch die Wirren des Krieges und überlebte wie durch ein Wunder, doch wir wollen die Kriegsgeschichten hinter uns lassen und einen Sprung zu einem anderen Ort machen. Verehrte Leserschaft, bitte habt dafür Verständnis! Es würde den Rahmen dieses Buches sprengen, noch viel mehr Seiten und Zeit in Anspruch nehmen und zu viel an Mut und Tränen kosten, dieses schmerzhafte Unterfangen auf sich zu nehmen.

Im Frühling des Jahres, als der Krieg sich seinem Ende zuneigte, lebte Kŭmbok mit ein paar anderen Bettlern unter einer Brücke in einer behelfsmäßigen Hütte, unter ihnen auch einige Kinder, die im Krieg zu Waisen geworden waren. Kŭmbok hatte überlebt, war durch ihr unglaubliches Glück allen Gefahren entkommen, denn nicht nur einmal hatte man ihr die brenzlige Frage nach ihrer Gesinnung gestellt. Vor den Gewehrmündungen der Männer mit den Armbinden hatte sie aufs Geratewohl geantwortet, und jedes Mal hatte sie das Spiel um Leben und Tod für sich entscheiden können.

Eines Tages, sie aß gerade mit den anderen Bettlern ein Abendessen aus Reis und hier und dort zusammengebettelten Gemüsen, die sie in einer großen Schüssel aufs Geratewohl zusammengeschmissen hatten, musste sie plötzlich heftig würgen. Kŭmbok war schwanger. Sogleich fingen die anderen Bettler an zu fluchen, eine Schwangere bringe Unglück, und nach ein paar Tagen wurde sie schließlich aus der Gruppe verstoßen. Das war das Gesetz der Bettler.

Wie lange hatte Kŭmbok sich sehnlichst ein Kind gewünscht, aber weder mit dem Fischhändler noch mit Kŏkjŏng oder dem Mann mit der Narbe war sie schwanger geworden und sehr unglücklich in dem Glauben verblieben, unfruchtbar zu sein. Doch nun vom Betteln zu leben und noch dazu ein Kind zu erwarten, ein schlimmeres Los war kaum vorstellbar. In der Hütte hatten sie alle wild durcheinander auf einem Haufen geschlafen, und es kam bisweilen vor, dass sich die eine oder andere der Bettlergestalten unter ihrem Rock zu schaffen machte, einer von den Kerlen musste wohl der Vater des Kindes sein.

Darauf hin malträtierte Kŭmbok ihren Körper mit allen möglichen Methoden, die sie irgendwo aufgeschnappt hatte, um das Kind abzutreiben. Doch trotz aller Versuche wölbte sich ihr Bauch immer weiter, und in einer Spätwinternacht setzten die Wehen ein. Sie kroch irgendwo hinein, um sich zu wärmen, und dieser Platz war ebenjener Schuppen, der zur Kneipe der beiden Zwillingsschwestern gehörte. Etwas Gutes hatte die Schwangerschaft gehabt, denn seit Kŭmbok das Kind in sich trug, tauchten Kŏkjŏng und der Mann mit der Narbe nicht mehr in ihren Träumen auf. Als sie davon später den Schwestern erzählte, meinten diese, das liege daran, dass das Qi des Fötus das Qi der beiden Männer verdrängt habe, doch Kŭmbok schenkte dem kein Gehör, sondern lachte nur spöttisch.

Die Zwillinge

Drei Tage waren vergangen, seit Kŭmbok im Stall entbunden hatte, und wohl aus schlechtem Gewissen darüber, nur in der Stube zu hocken und die ihr gereichten Mahlzeiten zu verzehren, begann sie, den Abwasch und andere Hausarbeiten zu übernehmen. Den Schwestern war die zusätzliche Arbeitskraft höchst willkommen, doch ganz besonders zufrieden waren sie, selbst längst aus dem gebärfähigen Alter heraus, ein Kind im einsamen Haus zu haben. Sie sahen es als Fügung des Schicksals an und kümmerten sich hingebungsvoll um die Mutter und ihren Säugling, dem sie, obzwar es im Winter geboren wurde, den Namen Ch'unhŭi gaben, was so viel wie »Frühlingsmädchen« bedeutete, ein Name, wie er gewöhnlicher nicht sein konnte. Ungewöhnlich hingegen war der überaus gesunde Appetit des kleinen Mädchens, dem die Milch seiner Mutter nicht ausreichte, so dass bald schon Reissuppe zugefüttert und eine Amme beauftragt werden musste, um zusätzlich zu stillen. Dafür aber wuchs Ch'unhŭi in enormem Tempo heran und gedieh prächtig.

So ging es fort, als Kŭmbok eines Tages plötzlich einen fürchterlichen Schreck bekam und das Kind, dem sie gerade die Brust gab, fallen ließ. In Ch'unhŭis Gesicht hatte sie die Züge des schon so lange toten Kŏkjŏng entdeckt. Die dichten Augenbrauen, die ebenmäßige Stirn, die ausgeprägte Kopfform und der für ein Mädchen ungewöhnlich robuste Körperbau – die Ähnlichkeit mit Kŏkjŏng war unverkennbar. Kŭmbok, die bislang immer noch davon ausgegangen war, dass einer der Bettler aus der Hütte der Vater sein musste, verstand die Welt nicht mehr. Sie besah sich das Gesicht des weinenden Babys wieder und wieder, doch je genauer sie hinsah, desto deutlicher trat die Ähnlichkeit mit Kŏkjŏng zutage, und ein Schauder lief ihr über den Rücken. Nach dem Unfall mit den Baumstämmen hatte Kŭmbok kein einziges Mal mehr mit ihm verkehrt, und selbst wenn Kŏkjŏng unbemerkt irgendeinen Schabernack mit ihr getrieben hätte, während sie neben ihm schlief, waren doch vier Jahre seit seinem Tod verstrichen. Sie hatte schon von Jungfrauen gehört, die Kinder zur Welt bringen, aber schwanger zu werden von einem längst Toten, das war eine unerhört obskure Geschichte, und sie hütete sich, auch nur einem Menschen davon zu erzählen. Und am selben Tag hörte sie auf, ihr Kind zu stillen.

Noch bevor sie ein halbes Jahr alt war, brachte Ch'unhŭi mehr als dreißig Kilogramm auf die Waage.

Bedauerlich war, dass die während der langen Geschichte des Lebens sich durch immer wieder neue künstliche Auswahl herausbildenden genetischen Merkmale oder, wenn man so möchte, jene Signale, welche mütterliche Zuneigung hervorrufen, oder noch einmal anders gesagt, die unschuldigen, großen Augen und die durchschimmernde Haut und die außerdem zu erwähnende winzige Stupsnase und die runden zarten Bäckchen, die Mütter fortwährend streicheln wollen, wenn man es abschließend so ausdrücken will, die Waffe, mit der alle Disneyfiguren ausgestattet sind, kurz, die Niedlichkeit es war, die dem Kind abging. Sah man darüber hinweg, dass das Mädchen nun einmal die stark ausgeprägten männlichen Merkmale ihres Vaters geerbt hatte, die dunklen Augenbrauen und die grobknochige Statur, so waren da immer noch der traurige Augenausdruck, die dunkle Haut und die große platte Nase, die jeden Umarmungswilligen auf Distanz hielten und zum Tätscheln ausgetreckte Hände plötzlich in der Bewegung innehalten ließen. Die Leute sahen in der äußeren Erscheinung des Kindes irgendetwas Unglückverheißendes, doch die Zwillingsschwestern scherten sich nicht darum. Sie lachten einfach und sagten, schade nur, dass Ch'unhŭi kein Junge sei, sonst würde er später bestimmt ein großer General.

Noch etwas gab Anlass zum Bedauern, nämlich die Tatsache, dass Ch'unhŭi nicht sprechen konnte. Sosehr die Schwestern auch um das Kind herumhüpften und es ermunterten, Laute von sich zu geben, es blickte bloß stumm zurück und machte keine Anstalten, die Lippen zu bewegen.

Aus Sorge, Ch'unhŭi sei von Geburt an taub, klatschten sie neben ihren Ohren in die Hände und machten allerhand Experimente, und wie sich herausstellte, war das Gegenteil der Fall. Zum Erstaunen der Erwachsenen war das Gehör des Kindes so fein, dass es beim Geräusch einer auf eine Bettdecke fallenden Nadel die Ohren spitzte. Dazu kam, dass Ch'unhŭi alles um sich herum aufmerksam betrachtete, Dinge vorsichtig betastete und Gerüche, für ein kleines Kind völlig ungewöhnlich, äußerst genau voneinander zu unterscheiden wusste. Die Schwestern trösteten Kŭmbok mit den Worten, es sei immer noch besser, stumm zu sein, als taub und es gebe ohnehin immer nur Ärger, wenn Weiber zu viel schwatzten.

Die Zwillinge behandelten die um einige Jahre jüngere Frau so herzlich wie eine kleine Schwester, und auch Kŭmbok gewann allmählich ihre Gemütsruhe zurück, während sie im Lokal der beiden aushalf. Die beiden Schwestern waren nicht gerade hübsch und ihre besten Jahre auch längst vorbei, doch ihre verblüffende Ähnlichkeit sorgte stets für neugierige Gäste. Die Männer fühlten sich zu sonderbaren Vorstellungen angeregt, und beim Schnaps machten Zoten wie »Die Gesichter kann man vielleicht nicht auseinanderhalten, aber wenn ich da unten nachschauen würde, könnte ich sofort sagen, wer die Jüngere ist und wer die Ältere, also mal hoch die Röcke!« und ähnliche Anzüglichkeiten die Runde, ob die beiden aber tatsächlich jemals gemeinsam einen Freier bedient hatten, ist nicht überliefert.

Neben der Kneipe stand der Stall, in dem Kümbok ihr Kind geboren hatte, und darin untergebracht war ein Elefant. Das gewaltige Säugetier bekam von den Zwillingen täglich anderthalb Zentner Bohnen als Futter, es wurde gewaschen und gepflegt. Der Elefant war früher einmal gemeinsam mit ihnen im Zirkus aufgetreten, und wie es dazu kam, dass er nun unter ihrer Obhut stand, davon soll im Folgenden berichtet werden.

Der bitterarme Vater der beiden Schwestern war, als er erfuhr, dass nach den sieben Töchtern, die er schon hatte, statt des ersehnten Stammhalters noch einmal weiblicher Nachwuchs dazugekommen war, und das gleich zweifach, kurzerhand in Ohnmacht gefallen. Damals stellten Zwillinge eine Seltenheit dar, noch dazu sich dermaßen ähnlich sehende, und alle Leute waren fasziniert, doch der Vater wollte den beiden aus lauter Gram nicht einmal eigene Namen geben. Folglich wurden sie überall einfach nur »die Zwillinge« gerufen.

Im Frühling des Jahres, in dem die Schwestern sechs Jahre alt wurden, gastierte ein Wanderzirkus im Nachbardorf. Der Leiter wurde auf die Zwillinge aufmerksam und kaufte sie dem Vater schließlich für einen Sack Reis ab. Anfangs glaubten die Mädchen, beim Anblick der grell geschminkten Clowns und vom Lärm der vielartigen Musikinstrumente in Ohnmacht fallen zu müssen, doch allmählich gewöhnten sie sich an die Zirkusatmosphäre. Bald nach ihren ersten Auftritten hatten sie die Herzen des begeisterten Publikums gewonnen und damit auch die Liebe der gesamten Truppe.

Von allen Nummern im Programm waren jene ganz besonders beliebt, in denen die Schwestern zusammen mit einem Elefanten namens »Jumbo« auftraten. Das über drei Meter hohe, mehr als eine Tonne schwere Tier packte die Kinder mit dem Rüssel, setzte sie auf seinen Rücken und lief mit ihnen im Kreis durch die Manege, stieg auf eine heiße Eisenplatte und tanzte einen sehenswerten Elefantentanz, doch das Highlight bestand in einer äußerst riskanten Nummer, die dem Publikum den Atem raubte, es vor Spannung verstummen und schließlich immer in frenetischen Beifall ausbrechen ließ. Dabei lagen die beiden Mädchen auf dem Boden der Manege und der Elefant musste über sie hinwegsteigen, ganz langsam zum Rhythmus einer Polka, wie man es ihm beigebracht hatte, dabei effekthascherisch mit seinen tischgroßen Füßen vor den Augen der atemlosen Zuschauer bei jedem Schritt ganz knapp über den kleinen Köpfen der Kinder innehaltend. Natürlich machte Jumbo dabei nie einen Fehler. Die Schwestern hatten den Elefanten sehr lieb und turnten auch außerhalb der Vorführungen auf seinem Rücken herum, wuschen ihn morgens und abends und kümmerten sich ohne Unterlass um das Tier.

So ging es, bis eines Tages ein Unfall geschah. Ein Lausbub, der in einer der vorderen Reihen saß, hatte eine Pfeife mitgebracht, wie sie zur Fasanenjagd verwendet wurde, und blies mitten in der Vorführung hinein, ausgerechnet, als der Elefant seinen riesigen Fuß gerade über die Hüfte der einen Schwester hob. Vom fremden Ton der Pfeife erschrocken, setzte er den Fuß ab und trat mit seinem vollen Gewicht auf das Mädchen. Vom unerwartet weichen Gefühl unter seiner Sohle und dem Schmerzensschrei abermals erschrocken, brach er aus der Manege aus. Im Nu entstand ein heilloses Durcheinander in den Zuschauerreihen, die Menschen liefen in alle Richtungen davon. Der Elefant durchbrach die Absperrung und floh nach draußen auf das Gelände, wo gerade ein Markt abgehalten wurde, und rannte weiter, warf wahllos Verkaufsstände um und brachte Menschen zu Fall.

Am Ende lag der ganze Markt in Trümmern, eine Menge Leute waren verletzt, und den Elefanten hatte man unter Einsatz aller Kräfte zwar einfangen können, doch die beiden Schwestern würden nie wieder im Zirkus auftreten können. Die jüngere war unversehrt geblieben, aber ihre Schwester blieb nicht nur lahm, sondern würde auch nie in der Lage sein, ein Kind zu bekommen. Ohne die ältere aber hatte der Zirkus für die andere auch keine Bedeutung mehr. Beide reisten zwar weiterhin mit der Truppe mit und erledigten anfallende Arbeiten, aber aus den Prinzessinnen waren über Nacht zwei Aschenputtel geworden. Das war das Gesetz des Unterhaltungsgewerbes.

Später, die Zwillingsschwestern waren inzwischen volljährig geworden, fanden sie Platz im Nebenfrauenhaus eines wohlhabenden Sägemühlenbesitzers und Holzhändlers. Der Mann hatte Gefallen an der jüngeren der beiden, diese hatte sich jedoch strikt geweigert, von ihrer Schwester getrennt zu werden. Vor dem perplexen Holzhändler erklärte sie: »Mich gibt's nur im Bündel mit meiner großen Schwester.«

Schließlich zogen also beide als Nebenfrauen bei dem Mann ein. Gerüchteweise musste er, da die beiden Frauen sich selbst nachts weigerten, getrennt zu werden, notgedrungen im Bett immer zwischen ihnen schlafen, doch ob das wirklich stimmte, ließ sich nie in Erfahrung bringen. Einige Jahre waren vergangen, als die beiden wieder auf die Zirkustruppe stießen, die gerade an ihrem Dorf vorüberzog, in ihrem Gefolge auch Jumbo, der Elefant. Alt und krank war er geworden, seine räudige Haut von eiternden Stellen übersät und seine Augen von Fliegen bedeckt. Hinter dem langsam dahintrottenden Tier ging ein Mann und peitschte immerzu auf die wunden Beine ein. Die Zwillingsschwestern brachen bei dem erbärmlichen Anblick in Tränen aus. Als sie näher traten, erkannte auch Jumbo die beiden und zwinkerte traurig mit seinen großen, von Fliegen umschwirrten Augen.

Die Schwestern liefen auf der Stelle zum Holzhändler und flehten ihn an, den Elefanten freizukaufen. Als der Mann zweifelnd fragte, wozu sie ausgerechnet einen Elefanten halten wollten, verkündeten sie in drohendem Unterton, sofort ihre Sachen zu packen und zu gehen, wenn er ihnen Jumbo nicht kaufte. Der Holzhändler war kein Mann von der Sorte, der ihnen diese inständige Bitte kaltherzig abschlagen würde, so frappiert er auch war, denn andererseits verlangten sie ja auch keine Seidengewänder oder Juwelenschmuck von ihm. Zu guter Letzt erwarb er den Elefanten für einen erklecklichen Betrag und ließ neben dem Sägewerk sogar eine Hütte für ihn bauen.

Von nun an widmeten sich die Zwillingsschwestern hingebungsvoll der Pflege Jumbos. Sie wuschen ihm den Schmutz ab, gaben ihm nährstoffreiches Futter zu fressen und behandelten seine Wunden, bis er wieder in seiner alten Gestalt vor ihnen stand. Als die Hauptfrau des Holzhändlers von dem Tier erfuhr, erschrak sie und veranstaltete einen riesigen Krach. Sie behauptete, bei den Mengen an Futter, die zu beschaffen waren, würde der Haushalt pleitegehen, und forderte, Jumbo unverzüglich zu verkaufen. Die Schwestern hielten fest dagegen, lieber würden sie selbst hungern, als das Tier darben zu lassen, und bei dem großen Streit, der sich zwischen den Frauen entspann, hatte der Holzhändler nichts zu lachen. Als er dann kurz nach Beginn des folgenden Jahres an einer rätselhaften Seuche erkrankte und starb, ergriff die Hauptfrau die Gelegenheit, als hätte sie nur darauf gewartet, und warf Jumbo mitsamt den Zwillingsschwestern aus dem Haus.

Mit dem Elefanten im Schlepptau zogen sie nun durchs Land, ständig in Sorge, das Tier irgendwie satt zu bekommen. Sich selbst konnten sie, auf welche Art auch immer, über Wasser halten, aber Jumbo brauchte pro Tag mindestens einen Zentner Bohnen, und so blieb ihnen nichts anderes übrig, als restlos alles Geld für sein Futter auszugeben. Die Leute rieten ihnen, sich nicht länger abzumühen und den Elefanten endlich zu verkaufen oder im Wald auszusetzen, doch die Schwestern gaben ihn nicht auf. Um ihn wenigstens mit Speiseresten füttern zu können, nahmen sie Arbeit in Lokalen oder Kneipen an, und schließlich baten sie sich sogar für Geld an, alles, um Jumbo über die Runden zu kriegen. Die Zahl ihrer Freier wuchs ständig, so dass sie vor ein paar Jahren mit ihrem Ersparten in der Nähe eine eigene Kneipe hatten eröffnen können. Soweit die Geschichte der besonderen Fügung, welche die Zwillingsschwestern und Jumbo miteinander verband. Ob dem Elefanten das auch bewusst war? Wenn Kŭmbok kam und Futter brachte, stand er jedenfalls bloß still da und blinzelte mit seinen großen Augen.

Einmal trödelte Ch'unhŭi allein vor dem Stall herum, als von irgendwoher eine Stimme erklang.

Hallo, kleines Fräulein.

Ch'unhŭi sah sich um, doch nirgendwo war jemand zu sehen, nur Jumbo, der Elefant, stand still in seinem Stall.

Bist du das, der mich gerufen hat?

Ch'unhŭi blickte verdutzt zu Jumbo.

Ja, richtig. Ich habe dich gerufen.

Ach so. Warum bist du eigentlich immer hier drin?

Das ist mein Haus. Aber als ich noch beim Zirkus war, da bin ich viel herumgereist.

Zirkus?

Ja, du hast wahrscheinlich noch keinen gesehen, aber das ist wirklich eine tolle Schau. Da spazieren Menschen auf einem Seil hoch oben durch die Luft, und andere führen Zauberkunststücke vor. Und dann, bumm, plötzlich sind da Tauben, lauter solche Sachen. Die Leute sind von weit hergekommen, um unsere Show zu sehen.

Aber warum jetzt nicht mehr?

Na ja, das ... das ist ... das hat jedenfalls seinen Grund.

Jumbo blickte verdrießlich drein, doch dann redete er mit fröhlicher Stimme weiter.

Wirklich, es gibt kaum einen Ort auf der Welt, wo ich nicht schon war. Ich hab viel gesehen. Und soll ich dir was sagen? Ich hab auch zugeschaut, wie du geboren wurdest.

Ja, das weiß ich. Das war hier im Stall. Und wo bist du geboren?

An einem Ort, der Afrika heißt.

Wo ist Afrika?

Ganz weit weg. Da gibt es Wüsten, die niemals aufhören, und Löwen und Hyänen und andere gefährliche Tiere.

Aha. Und das da, schmeckt das gut?

Ch'unhŭi zeigte auf den Futtertrog, der randvoll mit gekochten Bohnen gefüllt war.

Geht so. Kein Vergleich mit den Blättern an den Dornensträuchern in Afrika. Die sind wirklich lecker.

Das sieht aber auch lecker aus ...

Ch'unhŭi blickte neugierig auf die gelben Bohnen im Trog.

Willst du was davon?

Nein, eigentlich möchte ich nur wissen, wie es schmeckt ...

Na gut, kleines Fräulein, dann probier doch mal. Aber das erlaube ich nur dir, ausnahmsweise. Deine Mutter oder andere Leute kriegen nichts davon ab. Auch wenn es nicht besonders gut schmeckt, für dieses Futter machen sich die Zwillinge viel Mühe, extra für mich.

Eines Tages war Ch'unhŭi verschwunden, und Kŭmbok suchte das ganze Haus ab, bis sie das Kind endlich im Stall entdeckte. Aus Furcht, der Elefant könnte sie getreten haben, rannte sie nach vorne, doch dann sah sie, dass Ch'unhŭi neben dem Futtertrog hockte und in aller Seelenruhe zusammen mit Jumbo Bohnen schmauste. Kŭmbok zerrte das Kind hastig aus dem Stall, aber auch danach ging Ch'unhŭi, wann immer sich die Gelegenheit bot, hinüber in den Stall, um mit Jumbo zu spielen. Und auch Kŭmbok beruhigte sich allmählich, als sie einsah, dass es nicht gefährlich war, das Kind mit dem Elefanten allein zu lassen.

Kŭmbok und die Schwestern hielten zusammen und halfen einander, und die Kneipe florierte. Auch Kŭmbok hatte die beiden ins Herz geschlossen und sich vorgenommen, für längere Zeit hierzubleiben, aber als ein Jahr vorüber war, traf sie auf der Straße zufällig auf jemanden aus ihrem Heimatdorf. Es war der Junge mit dem Spitznamen Hausierer, mit dem sie damals in ihrem Zimmer nackend allerhand Unfug getrieben hatte. Zu ihrem Erstaunen war aus dem Jungen wirklich ein fahrender Verkäufer geworden, der über die Dörfer reiste und Arzneien feilbot. Vor lauter Wiedersehensfreude schloss sie ihn fest in die Arme und weinte.

Dann nahm Kŭmbok den Hausierer an der Hand und führte ihn zur Kneipe, wo die Zwillingsschwestern das Wiedersehen so freudig aufnahmen, als wäre es ihre eigene Angelegenheit, und dem Jugendfreund reichlich Wein und Speisen auftischten. Die beiden fanden es aufregend, sich nach mehr als zehn Jahren wiedergefunden zu haben, und plauderten ausgelassen miteinander. Meistens stellte Kŭmbok die Fragen und der Hausierer antwortete. Er hatte schon früh begonnen, auf den Märkten unterwegs zu sein, und dabei die Bekanntschaft einer Frau gemacht und sie geheiratet, doch ziemlich bald war sie mit einem Pfannkuchenverkäufer durchgebrannt, und seither lebte er allein, wie er berichtete. Schon als Junge war er gut im Geschichtenerzählen gewesen, doch in der Zwischenzeit hatte er seine Fähigkeit noch gesteigert und erzählte so eindrücklich und gewandt, dass seine Zuhörerinnen nicht mehr herauskamen aus dem Staunen und Weinen, Klatschen und Lachen. Gebannt lauschten die drei Frauen seinen Geschichten und merkten darüber nicht, dass die Suppe einkochte und der Reis anbrannte. Das war das Gesetz der Klatschhaftigkeit.

Zwischendurch erkundigte sich Kŭmbok beiläufig nach ihrem Vater und erfuhr nach und nach vom zögerlich antwortenden Hausierer, dass dieser schon vor langer Zeit das Zeitliche gesegnet hatte, und zwar, umso erstaunlicher, in der Nacht desselben Tages, an dem Kŭmbok fortgegangen war, und ausgerechnet der Stausee sei es gewesen, wo man ihn gefunden habe. Erst jetzt begriff Kŭmbok, dass die Lüge, die sie dem Fischhändler seinerzeit aufgetischt hatte, um bei ihm mitfahren zu dürfen, Wahrheit geworden war. Nachdem der Hausierer gegangen war, saß Kŭmbok allein in ihrem Zimmer, weinte bitterlich und machte sich Vorwürfe, den Tod ihres Vaters auf dem Gewissen zu haben.

Anstatt des Mannes mit der Narbe erschien ihr nun der Vater im Traum. Auch er war von Kopf bis Fuß durchnässt, seine Beine von Wasserpflanzen umwickelt. Kŭmbok wurde klar, dass es an der Zeit war, ihre Wanderschaft fortzusetzen. Da traf es sich, dass der Salzhändler einen seiner seltenen Besuche im Haus machte und berichtete, weit weg, in einer Stadt namens P'yŏngdae, werde jemand gesucht, ein kleines Suppenlokal zu übernehmen. Kŭmbok, der es einerlei war, wo der Ort lag, wenn sie nur bald fortkonnte, sagte auf der Stelle zu. Die Zwillingsschwestern sprangen auf und versuchten, Kŭmbok von ihrem Vorhaben abzuhalten, wo sie denn hinwolle, allein als Frau mit einem kleinen Kind, doch als sie die von Tag zu Tag magerer werdende, schlaflose Kŭmbok sahen, gaben sie auf. Voller Mitleid mit der rastlosen Freundin drückten sie ihr, bevor sie aufbrach, eine großzügig bemessene Summe Geld in die Hand, damit sie in Notfällen etwas habe.

Mach dir keine Sorgen, kleines Fräulein, wir sehen uns irgendwo wieder.

So sprach Jumbo, als ihm Ch'unhŭi von der anstehenden Abreise erzählte.

Meinst du wirklich?

Das Mädchen umarmte die dicken grauen Beine, und Jumbo tätschelte wie zum Trost ihren Kopf mit seinem Rüssel.

Aber natürlich. Alles, was man vermisst, sieht man irgendwann wieder.

Am nächsten Tag nahm Kŭmbok, die kleine Tochter an der Hand, unter Tränen Abschied von den Schwestern. Dann zog sie los, verblassend wie der Rauch aus dem erloschenen Feuer ihrer Leidenschaft, ihrem letzten Ort im bedeutungslosen Diesseits, der Stadt P'yŏngdae entgegen.

Zweiter Teil: P'yŏngdae

Feinstrahl

Es war einmal ein glückloser Dichter, den verschlug es auf seiner Wanderschaft nach P'yŏngdae, wo er den folgenden Vers verfasste:

> Weiten (P'yŏng) ist dein Name, doch nach weiten
> bbbbbbbbbbbbbb Feldern blickt man vergeblich aus,
> Grund (Dae) ist dein Name, doch wer will hier zum
> bbbbbbbbbbbbbbbbbb Leben schon bau'n sein Haus
> .... Ah, ihr Drecksköter! Hört endlich auf zu kläffen!

Im benachbarten Dorf, wobei »benachbart« es nicht ganz traf, denn immerhin ein Dutzend Kilometer hatte er sich bis hierher zu Fuß durchschlagen müssen, war ihm der Name P'yŏngdae zu Ohren gekommen. Der Klang dürfte in ihm Bilder wachgerufen haben von weit sich erstreckenden Wiesen und Feldern, von Ähren, schwer vom Korn, und in der Erwartung eines wohlhabenden Dorfes mit stattlichen, ziegelgedeckten Häusern war der arme Dichter losgewandert, den filzenen Schlapphut tief ins Gesicht gezogen. Dass er sich sofort nach seiner Ankunft dort den knurrenden Magen füllen, mit dem Besitzer eines jener Gutshäuser im Herrenflügel sitzen und ein Gläschen trinken würde, das wird er erwartet haben. Er würde Reime schmieden, eine Strophe für ein Glas, und sich in der Bewunderung und Hochachtung des Hausherrn sonnen können. Und wenn er sich nicht ganz dumm anstellte, sich vielleicht zunächst auch ein bisschen spröde gab, würde es nicht schwer sein, sich als Privatlehrer für den Sohn des Hausherrn zu empfehlen und den Winter über hierzubleiben. Wenn er nur wollte, könnte er sich auch ganz in P'yŏngdae niederlassen, ein bisschen als Lehrer arbeiten, sich eine passende Witwe für ein bequemes Leben im Alter suchen, auch solche Gedanken wird er sich gemacht haben, denn so schlichter Art sind sie nun einmal, die Hoffnungen eines Vagabunden.

Als er aber den Hügel überquert hatte und auf die Ansiedlung hinabblickte, zerfiel sein Traum sofort in tausend Stücke. Die zwölf Kilometer nicht scheuend, war er hergerannt, aber was sich nun vor seinen Augen darbot, waren ein paar am Hang verstreute, schindelgedeckte Hütten, die nur zu betrachten einem peinlich sein musste. Er wird sich die Augen gerieben, aber danach immer noch kein einziges Feld gesehen haben, das den Namen verdient hätte, und die Kraft wird aus seinen ohnehin schwachen Beinen gewichen und er auf den Boden gesackt sein. Aber was half's. Einen knurrenden Magen kann man nicht wegdichten. Also wird er seine müden Knochen weitergeschleppt und hier und dort, wo aus einem Schornstein Rauch kam, um Essen gebettelt haben, vor der Reisigtür jeder Hütte laut rufend: »Hallo, ist hier denn niemand?« Ohne auch nur eine gekochte Kartoffel wird er das Dorf schließlich verlassen haben, fortgejagt wie ein Aussätziger. Aufgebracht wird er gewesen sein, und ohne einen anderen Blitzableiter für seine Wut hatte er sich an dem verlogenen Ortsnamen ausgelassen, wie er es auch sonst immer zur Vergeltung tat. Und ausgerechnet, als er gerade über der herzerfrischenden dritten Zeile grübelte, wird hinter ihm das Hundegebell losgegangen sein. So gesehen dürfte also das, was wir gerne die Geburtsstunde eines überragenden Werks der Literatur nennen, in den allermeisten Fällen auf solch merkwürdige Orte, unerwartete Situationen und unbedeutende Begebenheiten zurückzuführen sein.

Bevor die Eisenbahn kam, waren die Menschen in P'yŏngdae gezwungen, ihr Leben nicht horizontal, sondern in der Vertikalen auszurichten. Weil es in der gesamten Gegend keinen Flecken Land gab, der als Feld oder Acker geeignet gewesen wäre, konnte man nur auf das vertrauen, was die dunklen Berge ringsum zum Leben hergaben, hetzte emsig die Hänge der Wälder und Schluchten auf und ab, sammelte Pilze, Farne, Araliensprossen und dergleichen Gemüse, grub nach Heilmitteln wie Engelwurz und Zunderschwamm oder stellte im Tal Fallen, um Kaninchen, Rehe und andere Wildtiere zu fangen, war solchermaßen steckengeblieben im steinzeitlichen Lebenserwerb des Jagens und Sammelns. Dafür waren den Menschen statt großer eher kleine Augen, statt breiter Füße schmale dienlich, und so wurden ihre Augen allmählich immer kleiner, die Füße spitz wie bei Paarhufern, die Zähne groß und breit vom Kauen der zähen Tierhäute, die man auf diese Weise zu gerben versuchte, und um der hier früher als andernorts hereinbrechenden Kälte zu trotzen, wurden die Nasen länger und die Gesichter flacher. Das war das Gesetz der Evolution.

Eine erste große Veränderung in das vertikale Leben der Leute von P'yŏngdae brachte die Eisenbahn. Sie stand für eine horizontale Welt, eine Welt der gerade verlaufenden Linien. Das sind Militärhelme, dachten die Leute von P'yŏngdae, dabei waren es Sicherheitshelme; Helme auf den Köpfen von Soldaten, so dachten die Leute von P'yŏngdae, dabei waren es Landvermesser; Soldaten mit Maschinengewehren, so dachten die Leute von P'yŏngdae, dabei waren es Messgeräte; liefen den ganzen Tag den Kaninchen hinterher und kamen zurück, ohne auch nur ein einziges gefangen zu haben, und rollten daher jetzt mit Panzern an, so dachten die Leute von P'yŏngdae, dabei waren es Bagger, die am Ortsrand auftauchten und die Berghänge erbarmungslos abzutragen begannen.

Die von der Außenwelt völlig abgeschnitten lebenden Bewohner von P'yŏngdae waren von dem unlängst zu Ende gegangenen fürchterlichen Krieg nicht nur verschont geblieben, sie hatten nicht einmal mitbekommen, dass ein Krieg stattgefunden hatte. Zähneknirschend verfolgten sie die unerhörten Vorgänge. Wenn das so weiterging, würden die Berge, die Grundlage ihres Lebens, völlig verschwinden, da konnte man nicht einfach dasitzen und stumm zusehen. Im Haus eines Dorfältesten wurde ein Treffen anberaumt. Die ganze Nacht diskutierte man, zahlreiche verschiedene Ansichten kamen zur Sprache. Am Ende einigte man sich auf einen unbeliebten Entschluss. Dieser bestand darin, die Soldaten, die aus Wut über ihr Jagdpech den gesamten Berg plattmachten und so alle Tiere ausrotteten, zu besänftigen, indem man ihnen den eigenen Fang darbrachte. In der Frühe machten sich die Leute auf in den Wald, sahen nach ihren Fallen und sammelten die Beute in einer Hütte. Es kamen zusammen: zwei Wildschweine und zwei Hirsche, vier Wasserrehe, sieben Dachse und mehr als dreißig Kaninchen. Man lud das Wildbret auf Tragen, brachte es nah an die Stelle, an der die Panzer gerade das Gelände zerwühlten, und nach dem Abladen rannte ein jeder eilig zu seiner Hütte zurück. Und natürlich war bei den Arbeitern, nach all den Eisenbahnarbeiten der letzten Tage, die Freude groß über den unverhofften wundersamen Fund und den riesigen Schmaus, der darauf folgte.

So jedenfalls hatte der Bau der Eisenbahn begonnen, und aus weit entfernten Gegenden kamen Menschen auf der Suche nach Arbeit nach P'yŏngdae, zuerst nur wenige, dann immer mehr. Zuerst rückten Schwellenleger und Gleisarbeiter an, dann die Angestellten von Baufirmen.

Es öffneten Kneipen und Lokale für die neue Kundschaft, dann kamen die Prostituierten und in deren Gefolge fahrende Händler, die ihnen Parfüm, Kurzwaren und Schmuck verkauften, und mit dem ersten Zug, der ein Jahr später einfuhr, rollten Ärzte zur Behandlung der bei Arbeitsunfällen verletzten Arbeiter an sowie Pfarrer, Missionare, Priester und Mönche, die sich um die verwundeten Seelen kümmerten. In Windeseile wurden Kirchen und Tempel errichtet, die dafür benötigten Bauarbeiter kamen, und auch eine entsprechende Zahl an zusätzlichen Prostituierten, und so stießen in P'yŏngdae Menschen aufeinander, die auf der Suche nach Arbeit waren, auf der Suche nach Spektakel, auf der Suche nach Gelegenheiten, auf der Suche nach Aufträgen, auf der Suche nach Gläubigen, auf der Suche nach einem Partner, und mit dem sprunghaften Anstieg der Bevölkerungszahl trat das ein, was die Heimatforscher später einmal als den »Ersten Big Bang der Stadt P'yŏngdae« bezeichnen sollten.

Mutter und Tochter verschlug es nach P'yŏngdae, als der Ort gerade eben aus seinem mehrtausendjährigen Schlaf zu erwachen begann. Eine Woche zuvor hatten sie bei den Zwillingsschwestern Lebewohl gesagt, in einer nahegelegenen Kleinstadt nach drei Tagen endlich Fahrkarten ergattern können für die lange, viertägige Reise. Kŭmbok hatte am Fenster gesessen und auf die sich endlos hinziehenden Berge und Flüsse geblickt. Der Zug war langsam durch die Täler gerollt wie ein sich durch die Erde wühlender Regenwurm. Wenn es über die Berge ging, waren sie auf steiler Strecke manchmal mehr als einen halben Tag lang stehengeblieben.

Im Zug aß Kŭmbok die in Seetang gewickelten Reistaschen, die die Zwillinge ihnen eingepackt hatten. Ch'unhŭi war gerade zwei Jahre alt geworden und interessierte sich nicht fürs Essen, sondern saß regungslos am Fenster und betrachtete die am Zug vorüberziehende Landschaft. Als ob sie sich nichts davon entgehen lassen wollte, sog sie die neuen Eindrücke regelrecht in sich auf, den strahlend blauen Himmel und die sich fortwährend verändernden Wolken, die Muster auf den im Sonnenlicht glänzenden Blättern der Bäume, die unregelmäßigen Wellenlinien der gelbbraunen Feldränder, die Farben der am Bahndamm blühenden namenlosen Gräser. Nichts entging ihrer Wahrnehmung, selbst die gewöhnlichsten und scheinbar bedeutungslosen Dinge, all die sich unaufhörlich transformierenden und im Nichts verschwindenden Gegenstände und Erscheinungen der Welt speicherte sie in sich ab. Ihre Sinne waren von einer solchen Feinheit, dass sie nicht nur die Feuchte und Klebrigkeit der Reistaschen, die Kŭmbok ihr hinhielt, und den Duft der Sesamkörner, mit denen sie gewürzt waren, aufs Genaueste registrierte, sondern auch die Handbewegungen der Zwillinge nachvollziehen konnte, ja sogar genau wusste, welche Tasche von welcher der Schwestern gemacht worden war.

Entlang der Gleise hatte irgendwann eine Blume üppig zu blühen begonnen, deren Namen niemand kannte. Zwar interessierte es die wenigsten Reisenden, was für Blumen an der Bahnstrecke standen, doch ein paar Leute mit scharfen Augen gab es doch, die neugierig wurden. Es handelte sich um eine Pflanze, deren Samen, zwischen den aus Übersee eingeführten Schwellen verborgen, ein Drittel der Erde umkreist hatten, um dann, kaum lagen die Schwellen an Ort und Stelle, vom Wind, von den Zügen, vom Gesetz der Natur in die Wiesen und Wälder getragen worden war.

Der Feinstrahl.

So lautete der Name dieser auch im Umkreis des Bahnhofs, wo Ch'unhŭi an der Hand von Kŭmbok aus dem Zug stieg, üppig wuchernden, auf traurige Weise zarten, melancholisch schlichten Blume. Später sollte diese Pflanze ihr überallhin folgen, wohin auch immer sie ging. Im Hof der Ziegelfabrik würde sie sein, am Fuß der Mauer des Gefängnisses, dem schrecklichsten Ort in Ch'unhŭis Leben, und wie selbstverständlich würde sie auch auf ihrem Weg zurück zur Fabrik an den Gleisen blühen.

Am Bahnhof stießen gerade erst Angekommene, die wie Kŭmbok voller Hoffnungen waren, auf Menschen, die P'yŏngdae verließen, ohne das gefunden zu haben, wonach sie gesucht hatten. Dank der Eisenbahn herrschte rege Betriebsamkeit, neben dem Bahnhof lagen hohe Haufen von Fichtenstämmen, Lastwagen brachten neues Holz herbei, Arbeiter und Träger liefen auf dem Bahnhofsplatz hin und her. In der prallen Sonne vor dem Bahnhof hatten sich fahrende Verkäufer wieselflink die besten Plätze gesichert, doch keiner von ihnen würdigte Kŭmbok eines Blickes. Hätte man damals geahnt, dass diese Frau in nicht ferner Zukunft die ganze Stadt auf den Kopf stellen würde, hätte man Schlange gestanden, um ihre Bekanntschaft zu machen, aber Kŭmbok sah damals, ihrem unerträglichen Schmerz gerade erst ein Stück entronnen, immer noch aus wie ein Haufen Elend. In ihrem von der langen Zugfahrt müden Gesicht lagen noch immer dunkle Schatten, und ihr Oberteil war von der schwülen Junihitze feucht und schmutzig.

Am Rande sei noch ein alter Mann erwähnt, der an jenem Tag im Schatten eines Baums vor dem Bahnhof gesessen und eine Partie *Janggi*, koreanisches Schach, gespielt haben soll, als ihm Kŭmboks Gestalt ins Auge fiel und er mit der Zunge schnalzend bemerkte: »Hoho, das ist eine unheimliche Geschichte«, sich dann wieder umdrehte, heimlich ein Pferd mit einer neben einer Wächterfigur stehenden Kanone vertauschte und etwas in der Art hinzufügte wie »Wegen dem Mädel wird's in P'yŏngdae bald noch mehr Lärm geben«, aber dabei dürfte es sich wohl um eine ausgedachte Anekdote handeln. Zum einen gab es vor dem Bahnhof keinen einzigen Baum, unter den man sich hätte setzen und Schach spielen können, und ausgetauschte Spielfiguren und dergleichen Details erhärten den Verdacht der Flunkerei eher, als zur Glaubwürdigkeit beizutragen. Wie auch immer, gestern wie heute neigen die Leuten anscheinend dazu, immer noch ein Geschichtchen dranhängen zu wollen an Dinge, die schon längst passiert sind

Kaffee

Die Alte mit dem Suppenlokal – Ihr werdet doch nicht etwa vergessen haben, wer sie ist? Eine lange Zeit war vergangen, seit sie dem Mann mit dem pockennarbigen Gesicht ein Messer in den Rücken gerammt und ihn neben den Bahngleisen verscharrt hatte. Die Welt gehörte nun den Militärs. Der große Krieg hatte erst vor Kurzem geendet, und der Hass der verfeindeten Seiten war extrem. Der General im Süden und der General im Norden hetzten sich immer wieder Attentäter auf den Hals, erfolgreich war niemand. Beide Seiten erließen eigene Gesetze und Steuern. Mord und Vergewaltigung wurden zu Straftaten erklärt. Diebstahl und Brandstiftung, sich zu schlagen oder anderen seine Sachen wegzunehmen, alle solchen Dinge wurden verboten. Die Folge war, dass die Leute kaum noch etwas zu tun hatten. Das Leben war eintönig geworden, die Welt in ihrem natürlichen Lauf gestört.

Die gewaltige Welle der sogenannten modernen Zivilisation rollte über die Städte, sogar bis nach P'yŏngdae gelangten ihre Ausläufer. Die Einheimischen mit ihren kurzen Beinen und klauenartigen Füßen vermischten sich mit allen möglichen Zugewanderten und waren bald kaum mehr zu unterscheiden, und auch der ihnen eigene Ethos verschwand allmählich. Die Leute in P'yŏngdae gruben nicht mehr nach Wurzeln und stellten keine Fallen mehr auf. Ihnen stand dasselbe Schicksal bevor wie den spurlos von der Erde verschwundenen Neandertalern.

Kŭmbok, die in ihrem stillen Eckchen inmitten dieses Menschengemischs ihre Suppenküche betrieb, ging nun auch schon langsam auf die dreißig zu. Ihre Jugend war unwiederbringlich vorbei, die Glut in ihr begann langsam zu erkalten. Einerseits traurig, auf der anderen Seite aber war es auch eine Zeit des Ausruhens und des Heilens, ein Abschied von Trauer und Besessenheit. Die Erinnerungen an Kŏkjŏng und an den Mann mit der Narbe verblassten allmählich, ihre Gestalten erschienen Kŭmbok nur noch schemenhaft. Sie spürte das erste Mal seit langer Zeit einen tiefen Frieden. Es schien, als versinke sie, um ganz leise in der Welt aufzugehen. Doch in Wirklichkeit hatte die gewaltige Leidenschaft, die in dieser kleinen Person schlummerte, sich noch nicht einmal ansatzweise zu offenbaren begonnen.

Ch'unhŭi hatte unversehens ihre Mutter an Körpergewicht eingeholt. Sprechen konnte sie zwar immer noch nicht, doch ihre Auffassungsgabe hatte sich weiter vertieft, und jede neuerfasste Information über die Dinge und Erscheinungen der Welt speicherte sie in sich ab. Alleine davon schon völlig in Beschlag genommen, blieb sie, was praktische Dinge und zwischenmenschliche Angelegenheiten betraf, überaus unsensibel. Woran es ihr aber am meisten mangelte, war das Verständnis von Sprache. Nicht nur, dass ihr das Geschnatter der Leute viel zu konfus war und der Sinn schwer fassbar blieb, brachte sie es einfach nicht zuwege, die Laute mit ihrem eigenen Mund nachzuahmen. Unnötig zu sagen, dass das Fehlen der natürlichen Gabe der Sprache Einsamkeit und Abgeschnittensein von der Welt bedeutete. Dass sie dennoch zumindest teilweise begriff, was um sie herum geredet wurde, war dem Umstand zu verdanken, dass sie die Mimik und die Gesten der Menschen, den Ton der Stimmen und die Lautstärke auf sensible Art zu detektieren verstand, dennoch zeichnete sich bereits ab, dass Ch'unhŭi ein ungewöhnlich bitteres Leben vor sich hatte.

In ruhigen Stunden ohne Gäste bereitete sich Kŭmbok Kaffee zu, den sie stets alleine trank. Kaffee war damals schwer zu bekommen, und immer, wenn sie in einer größeren Stadt etwas zu besorgen hatte, vergaß sie nicht, welchen zu kaufen. Der süß-säuerliche Duft erinnerte sie an das betriebsame Café und das Kino in der Hafenstadt, und über ihrer Tasse hing Kŭmbok wehmütigen Gedanken an ihr Heimatdorf, die Leute vom Hafen und die Zwillingsschwestern nach.

Kurioserweise war es ausgerechnet der geliebte Kaffee, der dazu führte, dass Kŭmbok bald darauf ihr Suppenlokal schließen sollte, eine Veränderung, mit der sie selbst nicht gerechnet hatte. Es fing damit an, dass Passanten, die im Vorübergehen den bis hinaus auf die Straße wahrnehmbaren Duft rochen, vor dem Lokal stehenblieben, manchmal mehrere Menschen gleichzeitig. Die Neugierde zu erfahren, woher dieses einmalige Aroma kam, wuchs ins Unerträgliche, und schließlich bat jemand Kŭmbok um eine Kostprobe des Getränks. Kŭmbok mit ihrem überragenden Unternehmergeist erkannte die Chance sofort und begann sogleich, ihren Gästen neben dem Essen auch Kaffee anzubieten. Der exquisite Duft und die in ihrer Zerbrechlichkeit anziehende, melancholisch sinnliche Gestalt Kŭmboks lockte besonders die männliche Kundschaft an. Immer mehr Gäste kamen des Kaffees wegen, man stand Schlange vor dem Lokal, und Kŭmbok kam mit Kaffeekochen und Servieren nicht mehr hinterher. Zu jener Zeit waren Begriffe wie Café oder Teehaus noch nicht geläufig, darum nannten die Leute das Suppenlokal, das keine Suppe verkaufte, einfach »Bei Ch'unhŭi«. Später sollte Kŭmbok ein Schild vor die Tür hängen mit der Aufschrift »Café P'yŏngdae«, die Geburtsstunde des ersten Cafés der Stadt.

Vor dem Café standen die Leute Schlange, doch für die Namensgeberin interessierte sich niemand. Ch'unhŭi liebte schummrige Ecken, und sie konnte von morgens bis abends vor einem Mauseloch kauern und den Tierchen beim Hin-und-her-Flitzen zusehen oder über mehrere Tage beobachten, wie das Springkraut vor dem Café wuchs, ohne dass ihr langweilig wurde. Die Leute hatten nicht die Muße, auf das für sein Alter viel zu groß geratene, seltsame Kind zu achten, und seine Mutter stellte in dieser Hinsicht keine Ausnahme dar. Kŭmbok war kein sonderlich tiefsinniger Mensch. Sie gehorchte ihrem Gefühl und vertraute ihrer Intuition in einem beinahe leichtsinnig zu nennenden Maß. Sie hatte sich fesseln lassen vom Anblick des Wals, sie erlag dem Kaffee genauso wie den Bildern auf der Kinoleinwand, und für die Liebe war sie bereit, alles hinzugeben. Die Vokabel »angemessen« passte nicht zu ihr. Lichterloh brennen musste sie, sonst war es keine Liebe, und Hass war nur echt, wenn er kälter war als Eis. Mit derselben Hand, die sie furchtlos auf den Bauch des schlafenden Kŏkjŏng gelegt hatte, stieß sie, ohne zu zögern, die Harpune in den Leib des Mannes mit der Narbe. Und die Liebe als Mutter zu ihrem Kind? Die war eher lauwarm. Nein, eigentlich war sie nicht einmal das, wenn man ehrlich sein will. Von Anfang an hatte Kŭmbok kein Interesse an Ch'unhŭi gehabt. Für sie war das in ihr Leben getretene Lebewesen ein Fremdkörper, eine große Unbequemlichkeit. Seit ihr darüber hinaus klar geworden war, dass es sich bei dem Mädchen um Kŏkjŏngs Kind handelte, wurde sie noch abweisender. Denn Kŏkjŏng mochte einst der Mann gewesen sein, für den sie alles gegeben hatte, doch sein Name stand auch für Dummheit, Fressgier und kindischen Übermut, Verzweiflung und Unglück.

Ch'unhŭi war völlig überfordert von all den Menschenmassen und dem lauten Stimmengewirr, das plötzlich um sie herum herrschte. Daher stellte sie ihre Beobachtungen im Café und seiner Umgebung ein, schlich sich leise davon und begann, stattdessen den Markt zu erkunden. Auf dem Markt gab es eine Unmenge fremder, interessanter Dinge zu sehen. Solange die Standbesitzer sie nicht entdeckten und fortjagten, vergaß Ch'unhŭi die Zeit darüber, alle möglichen Sachen zu betasten, an ihnen zu riechen und sie zu betrachten. Am allermeisten aber galt ihre Aufmerksamkeit der Schmiedewerkstatt. Hier gab es kalte, harte Brocken aus Metall und starkes Feuer, um sie zum Schmelzen zu bringen, blubbernd kochendes, flüssiges Eisen und glühende Hitze. Die von lautem Gehämmer erfüllte Schmiede hatte Ch'unhŭis Sinne sofort gefesselt. Wie grobe Eisenstücke sich mit der Hilfe von Blasebalg, Wasserbecken und Hammer in glänzende Alltagsgegenstände und Werkzeuge verwandelten, dieser Vorgang stellte für Ch'unhŭi ein wundersames Schauspiel dar.

Eines Tages stand Ch'unhŭi wieder an der Schmiede, und als die Männer Mittagspause machten, nahm das Mädchen kurzerhand den großen Amboss und trug ihn zu sich nach Hause. Niemand weiß, weshalb sie das tat und wie sie es schaffte, den schweren Klotz bis dorthin zu schleppen, aber selbst wenn jemand gewusst hätte, dass sie die Diebin war, so hätte ihm doch niemand die Geschichte vom kleinen Mädchen mit dem Amboss im Gepäck geglaubt. Jedes Mal, wenn ihr langweilig war, spielte Ch'unhŭi mit ihrem schweren, für ein Kind doch recht ungewöhnlichen Spielzeug. In Wahrheit hatte der Amboss sie deshalb so in seinen Bann geschlagen, weil sie dachte, dass die Messer und Hämmer und anderen wundervollen Dinge direkt aus ihm hervorkamen. Sobald ihr aber klar wurde, dass der Amboss nicht imstande war, diese Sachen zu erzeugen, sondern zu überhaupt gar nichts von selbst in der Lage war, warf sie ihn in den Hinterhof. Einsame Spiele waren es, die Ch'unhŭi spielte, allein in ihrer eigenen Welt.

Das Café P'yŏngdae gewann mit jedem Tag an Beliebtheit. Man verabredete sich dort, Ehen wurden angebahnt, man wurde versetzt. Seine Räume boten einen Ort des Ausruhens vom leidvollen Leben, einen Treffpunkt für fragwürdige Geschäfte und ein Versteck für allerlei Tagediebe; es ermöglichte den bisher von der Außenwelt isolierten Menschen von P'yŏngdae zahlreiche neue Erfahrungen und übte, stark wie eine Droge, großen Einfluss auf deren Psyche aus.

In der eleganten Atmosphäre ließ sich in romantischen Gefühlen schwelgen, wie man sie sonst sein Lebtag nicht entdeckt hätte, man schnappte neue Ausdrücke auf wie »einen Korb bekommen«, sah Frauen, die sich Miss Kim, Miss Park oder Madame Yu nannten, hörte die Pearl Sisters und ihren landesweit gespielten Hit »One Cup of Coffee«, lernte Kaugummi und Fußball kennen und Kaffee »American Style«, bestellte kühnerweise »Black« und bereute es im wahrsten Sinne des Wortes bitterlich, hörte Wortneuschöpfungen wie den »Ewighocker« und die »Dauerschlürferin«, anzüglich genuschelte Sprüche wie »Heut bin ich irgendwie so ...«, »Hallo, hier bitte nochmal Refill nachfüllen« und andere Verballhornungen der englischen Sprache; es gab Ssanghwa-Tee, Blind Dates, zunehmenden Zigarettenkonsum, die schlechte Angewohnheit, Streichhölzer aufeinanderzustapeln oder in der Mitte durchzubrechen, Kreuzworträtsel, Spatzenwitze, knutschende Pärchen in der Eckbank, »Epitaph« von King Crimson und Zettelchen, auf die man seine Wunschtitel schrieb, den DJ als neue Berufsbezeichnung, Lieferservice inklusive Spezialmassage und so weiter und so fort ...

Kŭmbok blühte auf, wie immer, wenn es etwas gab, dem sie ihre Leidenschaft widmen konnte. Ihr Gesicht bekam wieder Farbe, und der Duft, mit dem sie den Männern in der Hafenstadt die Köpfe verdreht hatte, kehrte zurück, wenn auch nicht mehr so intensiv wie früher. Das entging natürlich auch den Kerlen nicht. Den ganzen Tag hockten sie im Café und fielen Kŭmbok mit ihren Sprüchen auf die Nerven. Jeder von ihnen wollte freilich nur eines, nämlich zu jenem geheimnisvollen Bereich zwischen ihren üppigen Schenkeln vorgelassen werden. Kŭmbok aber war nach wie vor von der Idee gefangen, nur Unglück über jeden Mann zu bringen, und wehrte alle Annäherungsversuche entschieden ab. Stattdessen stellte sie, um die Blicke der Männer von sich abzulenken, ein paar junge Mädchen als Servierkräfte ein. Von den Leuten »Ladys« genannt, zogen diese Mädchen wiederum zusätzliche Männer an, die statt Kaffee teuren Ssanghwa- oder Ginsengtee bestellten, um den Bedienungen zu imponieren, was dem Umsatz selbstverständlich nicht schadete.

Unter den Männern, die im Café ein und aus gingen, war auch ein zugereister Hilfsarbeiter namens Mun. Es hieß, er sei in den Kriegswirren von seiner Familie getrennt worden, und obwohl er nur ein Tagelöhner war, besaß er eine Art von ernsthafter Würde, die niemandem entging. Er machte keine anzüglichen Sprüche wie die anderen Männer, und er starrte auch nicht aufdringlich auf Kŭmboks runden Hintern. Allein in seiner Ecke sitzend, trank er seinen Kaffee und blickte aus seinen tief in ihren Höhlen liegenden Augen zu den weit entfernten Bergen, und niemand vermochte zu sagen, ob er dabei an seine in der Heimat zurückgelassene Frau und die Kinder dachte oder an etwas ganz anderes. Jedenfalls zog er mit seiner ungewöhnlich vornehmen Art Kŭmboks Interesse auf sich. Während sie Kaffee zubereitete, ertappte sie sich immer wieder selbst dabei, wie sie ihm verstohlene Blicke zuwarf. Er war bereits in einem Alter, in dem die Schläfen grau zu werden begannen, und besaß auch kein besonders gutes Aussehen; doch dass Mun Kŭmboks Interesse geweckt hatte, mochte nicht nur an seiner Vornehmheit liegen. Man wusste, dass er vor Ausbruch des Krieges in China gewesen war und dort in einer Ziegelfabrik gearbeitet hatte, und später sollte er Kŭmbok, bis zu dem Tag, an dem sie starb, als treuer Berater und absolut verlässlicher Geschäftspartner, als der einzige Vertraute in ihrem Leben zur Seite stehen. Doch auch einigen Schmerz würde er zu erleiden haben, durch Kŭmboks unkontrollierbare Untreue und ihr wildes Temperament, doch all diesen Geschichten wollen wir uns der Reihe nach zuwenden, einer nach der anderen. Spannende Ereignisse sind es, die uns erwarten.

Blitzschlag

Es war Juni, die Regenzeit hatte eingesetzt. Es regnete mehr als in anderen Jahren, durch das Hochwasser wurden Straßen abgeschnitten, Bäche traten über die Ufer und rissen Gerät und Vieh mit sich mit. Auch Kŭmboks altes Haus blieb vom Wasser nicht verschont, an mehreren Stellen regnete es durchs Dach hinein. Im Café herrschte Flaute, weil wegen des Wetters keine Gäste mehr kamen. Kŭmbok beschloss, zeitig schlafen zu gehen. Von der Decke tropfte es so stark, dass sie erst noch Wannen aufstellen musste, damit der Boden nicht überflutet wurde. Ch'unhŭi schlief in ihrer Kammer weiter hinten am Gang. Kŭmbok legte sich hin und überlegte sich, ein neues Haus zu bauen, sobald sie genügend Geld zusammengespart hatte.

Tief in derselben Nacht wurde sie von fremden Gestalten heimgesucht. Immer noch schüttete es wie aus Eimern. Kŭmbok schlief tief und fest und bekam nicht mit, was draußen vorging. Die Männer, die sich im Regen auf den Weg gemacht und in Kŭmboks Haus geschlichen hatten, waren Ganoven aus dem Nachbarort. Sie hatten gehört, dass eine Witwe aus einer Hafenstadt einen fremdartig duftenden Tee verkaufte und damit viel Geld verdient hatte. Es waren die Söhne der Verbrecher, die vor vielen Jahren bei der alten Frau mit der Suppenstube eingebrochen waren, um ihr Geld zu stehlen. Sie hatten das Räuberhandwerk von ihren Vätern gelernt und übertrafen diese noch an Grausamkeit und Listigkeit. Dass sie sich diese regnerische Nacht ausgesucht hatten, war ebenfalls Teil ihres tückischen Plans.

Die Männer hielten Kŭmbok ein Messer an die Kehle und befahlen ihr, alles Geld herauszugeben. Ehe sie sich die ganze Nacht misshandeln und zum Krüppel schlagen ließ, gab Kŭmbok ihnen, was sie verlangten. Da sie Zeugin schon so vieler Tode gewesen war, wusste sie, dass es nichts Wertvolleres auf der Welt gab als das Leben. Die Männer aber hatten von vornherein vorgehabt, Kŭmbok umzubringen, wenn sie das Geld erst einmal in den Händen hielten, und davor wollten sie sie einer nach dem anderen vergewaltigen. Das war das von den Vätern überlieferte Gesetz. Während die Alte seinerzeit ihr Leben dadurch rettete, dass sie bis zum Schluss den Mund hielt und ihr Geldversteck nicht verriet, drohte Kŭmbok nun ein schreckliches Ende.

Ohne Rücksicht rissen sie Kŭmbok die Unterkleider herunter. Man hatte gesagt, sie sei längst keine junge Frau mehr, aber ihre glatte nackte Haut strahlte, und auch ihr erregender Geruch war deutlich genug wahrnehmbar. Die Augen der Raubtiere funkelten gierig beim Anblick der unerwartet guten Beute. Die anderen Männer gingen vor das Haus, während der Älteste der Bande sich als Erster auf Kŭmbok stürzte. Sie schien sich schon in ihr Schicksal gefügt zu haben und wehrte sich nicht einmal mehr.

Ch'unhŭi, von den unheilvollen Geräuschen geweckt, kam heraus auf den Gang und öffnete die Schiebetür des Zimmers ein Stück. Durch den Spalt sah sie ihre Mutter nackt daliegen, auf ihr ein fremder, ebenfalls nackter Mann, der laute Keuchlaute von sich gab. Ch'unhŭi, die dergleichen noch nie gesehen hatte, erschrak bei dem befremdlichen Anblick, gleichzeitig spürte sie, dass ihre Mutter in großer Gefahr und der hechelnde Mann ein feindlicher Eindringling war. Instinktiv rannte sie auf ihn zu. Doch so groß sie auch sein mochte für ein Mädchen von fünf Jahren, war dies doch keine Lage, in der sie etwas auszurichten vermochte. Der Mann stieß das Kind, das sich an seinen Rücken geklammert hatte und an seinen Haaren riss, brutal von sich, woraufhin es rückwärts durch die Tür flog und in den Hof hinter dem Haus rollte. Kŭmbok stieß einen gellenden Schrei aus, doch er drang, vom Geräusch des Regens verschluckt, nicht über die Umzäunung des Hauses hinaus. Sie wand sich und versuchte den Mann von sich zu schieben, doch er rührte sich nicht. Er nahm sich die Witwe mit aller Brutalität. Sie würde sowieso sterben. Von einer ungekannten Ekstase gepackt, keuchte er, als wolle ihm im nächsten Moment die Luft wegbleiben. Er war kurz vor dem Höhepunkt, als er das kleine Mädchen entdeckte, das wieder ins Zimmer gekommen war und jetzt direkt vor ihm stand. Und er sah den großen Amboss, den das Kind mit beiden Händen hoch über seinem Kopf hielt. Dann hörte er ein Krachen und es wurde dunkel vor seinen Augen. Auf den Höhepunkt musste er in jener Nacht bedauerlicherweise verzichten.

Als die von seinem Schrei alarmierten Männer die Tür aufstießen und in das Zimmer traten, wurden sie Zeugen einer unglaublichen Szenerie. Ihr mit gespaltenem Schädel nackt daliegender Kumpane, daneben ein blutverschmierter Amboss, und ein kleines Mädchen, das vor der Leiche stand ...

Die Männer bekamen es mit der Angst zu tun. Zum einen das Auftauchen des seltsamen Kindes, dessen Alter niemand einschätzen konnte, aber auch der Amboss, mit dem offensichtlich der Tod ihres Kompagnons herbeigeführt worden war, machte sie ratlos. Niemand konnte sich auch nur vorstellen, dass es Ch'unhŭi sein konnte, die ihn getötet hatte, und jeder dachte insgeheim an etwas Übernatürliches, einen Geist oder etwas Ähnliches. Mit einem Mal und mit voller Wucht erwachte all die längst aus ihren Herzen verbannt geglaubte Angst und das Unrechtsbewusstsein zum Leben, und die Haare standen ihnen zu Berge. Dann fuhr ein Blitz vom Himmel und ein Donnerschlag zerriss Himmel und Erde. Alle wichen erstarrt zurück, bis einer rückwärts über die Türschwelle stolperte und nach hinten umfiel. Sein Aufschrei gab das Signal zur Flucht, und die Männer begannen, Hals über Kopf davonzurennen, wobei sie es als gründlich geschulte Organisation noch schafften, das gestohlene Geld und die Leiche ihres Kumpans aufzuladen, ehe sie endgültig das Weite suchten.

Nachdem die Männer fort waren, überfiel Kŭmbok tiefe Verzweiflung. Nicht nur, dass ihr gesamtes Geld verloren und sie selbst Opfer einer brutalen Vergewaltigung geworden war; wiederum Zeugin eines gewaltsamen Todes sein zu müssen weckte all die schrecklichen Erinnerungen und die Angst in ihr. Sie nahm das Kind, das von all diesen Dingen keine Ahnung hatte und stumm dastand, in ihre Arme und weinte. Ch'unhŭi konnte nicht wissen, welches Gefühlschaos in Kŭmbok vorging. Sie empfand nur das selige Glück, endlich wieder in der warmen Umarmung ihrer Mutter zu liegen, zum ersten Mal, seit sie ein Säugling war. Und wie immer, wenn sie sich glücklich fühlte, kam ihr der Stall in den Sinn, in dem sie geboren wurde, die feuchte Wärme und der Geruch des Heus, Jumbo, der Elefant, und die Zwillingsschwestern mit ihren stets lächelnden Gesichtern. Dem Regen lauschend, schlief sie sachte wieder ein.

Was wir aus jener Nacht im Gedächtnis behalten, dürfte sich allerdings nicht auf Kŭmboks Vergewaltigung und ihr gestohlenes Geld beschränken. Denn der seit Tagen ohne Unterlass fallende Regen war es, der möglich machte, was sich in der gleichen Nacht auf wundersame Art ereignen, die Geschicke jener an Wechselfällen wahrlich nicht armen Frau wieder einmal in eine ganz andere Richtung lenken sollte. Was das jetzt schon wieder für eine Geschichte ist? Das, oh wissbegierige Leserschaft, sollt ihr nun gleich erfahren.

Kŭmbok war wieder einigermaßen zu Sinnen gekommen und hatte sich neben Ch'unhŭi hingelegt. Das Geräusch des von der Zimmerdecke tropfenden Wassers und der strömende Regen vor dem Fenster durchdrang ihren Geist und ihren Körper, es kam ihr vor, als liege sie unter Wasser. Aufgewühlt von dem, was sie eben gerade durchgemacht hatte, fand sie keinen Schlaf. Jetzt, da das gesamte Geld fort war, machte sie sich Sorgen, wie sie weiterleben sollten, und da nun auch der Plan, ein neues Haus zu bauen, zerplatzt war wie eine Seifenblase, fühlte sie sich leer und ausgelaugt. Plötzlich war jeder Ehrgeiz verschwunden, und sie überlegte sich schon, ob sie nicht das Café aufgeben und zur Kneipe der Zwillingsschwestern zurückkehren sollte.

Die Zimmerdecke, zu der sie im Halbdunkel aufblickte, hatte sich von der Feuchtigkeit dunkel verfärbt. Langsam machte Kŭmbok sich Sorgen, die Decke könne herunterbrechen, wenn es so weiterging. Und wirklich begann sich schon ein Riss abzuzeichnen, und gerade als sie erschrocken von ihrem Lager aufstehen wollte, riss die Decke der Länge nach durch und das ganze oben angestaute Wasser schoss in einem großen Schwall herab. Kŭmbok schrie laut auf und wurde von den Wassermassen zu Boden geschleudert und auch Ch'unhŭi erwachte von dem kalten Guss. Aber als Kŭmbok wieder nach oben blickte, sah sie, dass der weiter erbarmungslos herabstürzende Regen mit etwas Hellem vermischt war. Es waren Papierstücke. Nasses Papier fiel ohne Unterlass herab und begrub Kŭmbok und Ch'unhŭi und die ganze Bettstatt unter sich. Als der Papierregen aufgehört hatte, fasste sich die am Boden kauernde Kŭmbok wieder, tastete nach der Lampe und brachte sie zum Leuchten. Dann nahm sie eines der Papierstücke von dem Haufen, der sich im Zimmer aufgetürmt hatte, und untersuchte es sorgfältig. Sie wollte nicht glauben, was sie sah. Sie hob ein weiteres Papierstück auf und hielt es ins Licht der Lampe. Mit großen Augen griff sie hastig zu, nahm wahllos ein Papier nach dem anderen und besah es sich, bis sie sich rücklings auf den Boden fallen ließ. Der von der Decke gefallene Papierhaufen bestand gänzlich aus Geldscheinen.

Man spricht zwar bisweilen von einem Geldregen, aber wahrscheinlich wird es vor und nach Kŭmbok keinen Menschen geben, dem ein solcher wahrhaftig zuteilgeworden war. Völlig fassungslos saß Kŭmbok da, überhäuft von Geldscheinen. Dann, und wem würde es nicht so gehen, wurde sie neugierig, wie viel Geld es war, das da vor ihr lag. Im Schein der Kerosinlampe zählte sie die Scheine, und als der Morgen graute, war klar, dass es sich, und das ohne jede Übertreibung, um eine gewaltige Summe handelte, mit der man ohne weiteres dreißig stattliche, ziegelgedeckte Häuser kaufen konnte.

Am nächsten Morgen ließ Kŭmbok ihr Café geschlossen. Die Ladys, die zur Arbeit erschienen waren, schickte sie wieder fort. Mit rasenden Kopfschmerzen nach der durchwachten Nacht lag sie da, doch an Schlaf war nicht zu denken. Den ganzen Tag verbrachte sie in einer Art Dämmerzustand, dann wurde es wieder Abend. Kŭmbok wandte sich dem mit einem Laken zugedeckten Geldhaufen zu und zählte ihn von Neuem. Als sie so jedes Stück Papier einzeln zwischen die Finger nahm, fand sie außer den Geldscheinen auch diverse Schriftstücke, die sich als Landbesitzurkunden erwiesen. Kŭmbok fragte sich, wie all das Geld und die Besitzurkunden in die Decke ihres Häuschens geraten sein mochten, aber sie konnte sich keinen Reim darauf machen.

Bei dem von Kŭmbok gefundenen Schatz handelte es sich selbstverständlich um das Geld der Alten mit dem Suppenlokal, die es sich ihr Leben lang emsig wie ein Eichhörnchen erarbeitet hatte. Zwar kommt es einem Wunder gleich, wie diese unscheinbare, krummgewachsene

Frau aus eigener Kraft eine solche Summe zusammenkratzen konnte, aber die Beharrlichkeit mancher Menschen führt bisweilen zu Ergebnissen, die sich unserer Vorstellungskraft entziehen. Genau so ein Fall war die Alte. Auch bei der Aufbewahrung ihres Geldes hatte sie ganz besondere Sorgsamkeit walten lassen. Nun ist die Zimmerdecke zwar kein besonders ungewöhnliches Versteck, und sowohl die Tochter der Alten als auch die Räuber aus dem Nachbarort hatten seinerzeit bei ihrer Suche die Tapete an der Decke abgerissen und in dem Hohlraum nachgesehen Warum aber hatten sie das Geld nicht gefunden?

Das Erste, was die Alte tat, nachdem sie das Lokal übernommen hatte, war es gewesen, die Zimmerdecken des Hauses zu erneuern. Dabei zog sie zwischen die Bretter und Balken noch eine zweite Decke ein, ohne dass jemand es mitbekam. So erhielt sie gewissermaßen eine Decke mit doppeltem Boden, doch damit war es nicht genug. Die raffinierte Frau malte auf die Unterseite der zweiten Decke ein Muster, das der Maserung von echtem Holz täuschend ähnlich sah, eine Arbeit, auf die sie viel Zeit und Mühe verwandte. Auch wenn nun jemand die Decke aufreißen sollte, würde er nicht merken, dass sich darüber noch eine zweite Decke verbarg. Und genau das war der Grund, weshalb die Tochter der Alten und die Schurkenbande das Geld bis zum Schluss nicht hatten finden können.

Wenn an jenem Tag nicht die höchste Niederschlagsmenge seit Beginn der Wetteraufzeichnungen gefallen wäre und der Regen nicht durch das alte Dach gedrungen und das ganze Papiergeld durchnässt hätte, bis die geheime Decke das Gewicht der nassen Scheine nicht länger hatte tragen können, so wäre das Geld erst viel später entdeckt worden. Und auch alles Weitere hätte wohl einen etwas faden Verlauf genommen. Doch die Roulettekugel des Schicksals blieb auf Kŭmboks Farbe stehen, und sie wird wieder zur Heldin unserer Geschichte.

Eines ist schade, und wohl auch als Ironie des Schicksals zu verstehen: dass nämlich die Alte selbst keine einzige Münze ihres riesigen Vermögens hatte ausgeben können, bevor sie starb. Wofür hatte sie das Geld wohl verwenden wollen, dass sie das Versteck selbst unter stundenlangen Fußtritten der Männer aus dem Nachbarort nicht verriet? Das wird mit ihrem unglücklichen Tod für immer ein ungelöstes Geheimnis bleiben. Nur einmal hatten die Leute sie gefragt, wofür um Himmels willen sie so viel Geld zusammenspare, und sie hatte lediglich zur Antwort gegeben, sich dadurch an der Welt rächen zu wollen. Wenn diese Antwort also ernst gemeint gewesen war, dann lässt sich anhand der riesigen Summe abschätzen, wie tief ihre Einsamkeit und ihr Groll gegen die Welt gewesen sein mussten. Wenn dem also so war, dann hatte die Rache der Alten vielleicht noch gar kein Ende gefunden? Wer wusste, ob nicht erst jetzt die Wirkung ihres Fluchs einsetzte? War es reiner Zufall, dass jener Geldsegen der mehr als leidgeprüften Kŭmbok in den Schoß fiel? Ob dahinter nicht doch ein anderer, geheimer Sinn verborgen war? Die Geschichte geht weiter. Mit all jenen unheilvollen Fragen im Rücken.

Kŭmbok hatte sich entschlossen, nicht mehr länger darüber nachzudenken, wie das Geld in die Decke ihres Hauses gekommen war und wer es dort versteckt haben mochte. Wie sehr sie sich darüber auch den Kopf zerbrach, sie würde es ohnehin nicht herausbekommen, und daher fand sie, dass es nicht nötig war, weiter die Zeit mit so etwas Nutzlosem zu verschwenden. So war sie. Wem das Geld auch ursprünglich gehörte, jetzt war das Glück auf ihrer Seite, und nur das zählte. Bis auf einen kleineren Teil der Summe und die Besitzurkunden packte Kümbok alles Geld in große irdene Töpfe und vergrub sie im Hinterhof.

Als sie am nächsten Tag die Tür zum Café öffnete, hatte genau zur richtigen Zeit der Regen aufgehört und es war für ein paar Stunden angenehm kühl, während die Männer, ausgehungert nach Kaffee und dem Puderduft der Ladys, sich einer nach dem anderen einfanden. Es herrschte wieder Leben im Café, alles war so wie immer.

Kümbok betrieb ihr Geschäft wie sonst auch, aber gleichzeitig veranlasste sie zweierlei. Erstens beauftragte sie jemanden damit, die Zwillingsschwestern herzuholen, und zweitens machte sie sich daran herauszufinden, wo die Grundstücke lagen, die auf den Urkunden verzeichnet waren, und welchen Wert sie in etwa besaßen. Sie fragte hier und dort, und es stellte sich heraus, dass es sich bei den meisten um kleine, einzelne Parzellen in der Nähe handelte, nur ein Grundstück hob sich davon ab. Zwar lag es ein gutes Stück abseits, aber es war mehrere Hektar groß, und Kümbok war voll freudiger Erwartung. Das Landstück befand sich auf der anderen Seite der Bahnstrecke an den Ausläufern eines Bergzuges und wurde »Nambaran« genannt, was so viel bedeutete wie »Innere südliche Ebene«.

Ein paar Tage später verließ Kümbok früh das Haus, um sich das Grundstück selbst einmal anzusehen. Dazu hatte sie eigens einen Führer für einen Tag angeheuert, und zwar genau jenen Mann namens Mun, den sie sich im Café schon für solche Fälle vorgemerkt hatte. Er stammte zwar nicht aus P'yŏngdae, da er aber als Tagelöhner schon auf vielen Baustellen in der Umgebung unterwegs gewesen war, kannte er die Gegend wie seine Westentasche.

Sie verließen das hektische Getriebe der Stadt und gingen zu Fuß die Bahnstrecke entlang. Mun sprach kein einziges Wort und sah nach vorn, während er voranschritt. Wenn Kŭmbok, die das Gehen auf dem Schotter nicht gewohnt war, zurückfiel, wartete er schweigend, bis sie wieder aufschloss, um sich dann umzudrehen und festen Schrittes den Weg fortzusetzen. So ging es eine Weile, Kŭmbok quengelte von hinten, weshalb er nicht langsamer gehe, bis sie schließlich verkündete, nicht weitergehen zu können, und sich neben die Gleise plumpsen ließ. Mun stand ratlos da und blickte auf sie herunter. Kŭmbok, die in ihrer Kindheit im Bergdorf barfuß die weitesten Strecken gerannt und auch jetzt gut zu Fuß war, konnte eigentlich von dem Stück Weg unmöglich so erschöpft sein. Wahrscheinlich verfolgte sie mit ihrer Jammerei ein ganz anderes Ziel.

»Wie kann man nur so gefühllos sein? Wenn eine Frau sagt, sie kann nicht mehr weiterlaufen, weil ihr die Beine wehtun, muss man sich doch was einfallen lassen ...«, beschwerte sie sich mit beleidigt vorgestülpter Unterlippe bei Mun.

»Wenn ich ein Tragegestell hätte, könnten Sie sich draufsetzen und ich würde Sie tragen, aber wo soll ich so ein Ding hernehmen?«, stammelte Mun verlegen, und Kŭmbok griff sogleich den Faden auf: »Pah, was braucht es für eine Trage, um eine Frau auf den Rücken zu nehmen? Ein erwachsener Mann, und stellt sich an wie ein hilfloser Bub, tststs ...«

Das ließ der beleidigte Mun nicht auf sich sitzen: »Die

Leute haben ja Augen im Kopf, wie soll ich denn mitten am Tag mit einer Frau huckepack herumspazieren?«

»Wo sollen hier bitte schön Leute sein? Das sind doch bloß Ausreden. Aber lassen Sie nur. Dann laufe ich halt selbst, und wenn ich mir die Beine breche ...«

Eingeschnappt schickte Kŭmbok sich an, aufzustehen, um sofort mit einem leisen Schmerzensschrei wieder niederzusinken und sitzenzubleiben, ihr Fußgelenk mit den Händen umklammernd. Mun trat wohl oder übel näher und beugte sich herab, und Kŭmbok, als hätte sie nur darauf gewartet, sprang flink auf seinen Rücken. Leicht verwirrt im Kopf vom Gefühl ihrer weichen Brüste an seinem Rücken und von Kŭmboks schwindligmachendem Duft und trotz des Schauers, der bis über seinen Hals nach oben stieg, von ihrem heißen Atem an seinem Ohr, setzte er schweigend seinen Weg an den Bahngleisen entlang fort.

Es war immer noch Juni, die erste Regenzeit war zu Ende und die richtige Sommerhitze hatte gerade eingesetzt. Die beiden kamen, nach einem halbtägigen Marsch überhitzt, klebrig, aufgeweicht, nach Luft schnappend, ihren süßlichen Atem in der hochsommerlichen Hitze vermischend, mit letzter Kraft an eine Stelle, von der aus man Nambaran überblickte. Die Stadt lag weit entfernt, und keine Menschenseele war zu sehen.

Nambaran durfte getrost als offenes Terrain bezeichnet werden, so breit und flach, wie das Gelände am Fuß des Bergzugs dalag, ohne einen Baum, nur von Gras bewachsen. Kŭmbok entschloss, da man schon einmal bis hierher gekommen war, auch noch das letzte Stück bis dort hinunter weiterzugehen. Da von der Bahnstrecke kein Weg nach Nambaran führte, mussten sich die beiden einen Pfad durch den dichten Wald bahnen. Spitze Sträucher ritzten die Waden blutig, die Füße versanken immer wieder im Morast, aber Kŭmbok wollte unbedingt ihr eigenes Land betreten, und Mun musste sie wohl oder übel auf dem Rücken weiter durch das Unterholz schleppen.

Als sie schließlich ankamen, fanden sie das Gelände als eine riesige Blumenwiese daliegen, bedeckt von weißblühendem Feinstrahl. Ringsum wucherte Borstengras und Bluthirse und anderes Unkraut, nur hier an dieser Stelle bildeten die weißen Blumen einen dichten Teppich, als hätte sie jemand ausgesät, ein mysteriöser, beinahe feierlicher Anblick. Wie mochte es sich angefühlt haben, auf eigenem Land zu stehen, für eine Frau, die nie in ihrem Leben ein Zipfelchen Grund besessen hatte? Kŭmbok maß die mehrere Hektar große Fläche mit ihren Augen und lächelte zufrieden. Dann sah sie zu Mun hoch und sagte: »Gut, klein ist das Grundstück jedenfalls nicht. Aber was könnte man hier anbauen?«

Mun bückte sich, um die Erde mit seinen Händen zu befühlen, dann sagte er unentschlossen: »Was soll man sagen, Wasser gibt es ja, von dem Bergbach dort in der Nähe, aber es ist sehr kalt, und wegen der Berge ringsherum ist es auch ziemlich schattig hier, also für Reis oder Getreide eignet sich der Grund wohl nicht, vielleicht für Kartoffeln oder Süßkartoffeln, aber ob jemand bis hierher kommen will, um Landbau zu betreiben ...«

»Dann soll ich also das ganze Land einfach brachliegen lassen?«

Kŭmbok sah sehr enttäuscht aus.

»Nun ja, das ist zwar bitter, aber meiner Meinung nach ist der Grund hier zu nichts zu gebrauchen.« Vielleicht, weil ihm seine kühlen Worte leidtaten, fügte er noch leise wie zum Trost hinzu: »Die Erde ist ja eigentlich nicht schlecht. Man könnte Dachziegel daraus brennen, eventuell sogar Backsteine ...«

Für einen Augenblick schoss Kŭmbok so etwas wie eine Idee durch den Kopf. Doch dieses Etwas ließ sich nicht greifen. Es verschwand, wie es gekommen war, obwohl Kŭmbok mit zusammengekniffenen Augen versuchte, sich daran zu erinnern, und gleich darauf ließ sie es bleiben und gab sich Mühe, ein fröhliches Gesicht zu machen.

»Jedenfalls ist es schön groß. Hunderte von Häusern könnte man hier bauen, da brauche ich mir keine Sorgen zu machen, irgendwann mal keinen Platz zu haben. Ich meine, jetzt, wo ich es selbst gesehen habe. Also, dann wollen wir mal zurückgehen.«

Es war Nachmittag, als die beiden Gestalten sich wieder durchs Gebüsch bis zur Bahnstrecke durchgeschlagen hatten und dieser in Richtung P'yŏngdae folgten. Beide waren von der Hitze schweißnass. Kŭmbok, die es anscheinend doch ein bisschen frech fand, sich auch noch auf dem Rückweg tragen zu lassen, schlug Muns Angebot aus, sie wieder huckepack zu nehmen, und trottete ihm, ohne zu murren, hinterher.

Als sie schon eine Weile so gegangen waren, entdeckten sie unterhalb des Bahndamms einen Bach, der sich vermutlich aus einer in Nambaran verlaufenden Wasserader speiste. Von Weidenbäumen umstanden, sah die Stelle einladend kühl aus. Kŭmbok rief, sie wolle sich den Bach ansehen, und rannte den Bahndamm herunter. Geschwind zog sie ihre dünne Jacke aus und machte sich Arme und Schultern nass. Mun, der hinterhergelaufen kam, blieb stehen und wandte sich ab. Kŭmbok lachte.

»Hier ist kein Mensch, der kucken könnte, da braucht

man sich doch nicht so anzustellen. Los, halten Sie wenigstens mal die Füße rein, das Wasser ist herrlich frisch.«

Mun ging zu einer etwas weiter abseits gelegenen Stelle und wusch sich kurz das Gesicht ab.

»Jetzt mal nicht so schüchtern wie ein kleines Mädchen, runter mit dem Hemd und machen Sie sich richtig nass! Es ist zum Verschmachten heiß, wer schaut da schon aufs Benehmen?«

Mun dachte sich, na, was soll's, machte sich frei und übergoss sich mit Wasser, da kam Kŭmbok ein Stück näher, um zu insistieren: »Doch nicht so zimperlich, jetzt bücken Sie sich mal nach vorne, und ich schrubbe Ihnen den Rücken.«

Mun konnte noch so oft abwinken und sagen, das sei nicht nötig, Kŭmbok ließ nicht locker. Immer noch zögernd beugte er sich vornüber und stützte sich mit seinen Händen am Boden ab, und Kŭmbok schöpfte mit ihrem weißen Gummischuh Wasser und goss es ihm über den Rücken. Als das kalte Rinnsal über seine Haut lief, stöhnte Mun unwillkürlich leise auf. Kŭmbok begann kichernd, ihm erst den Rücken und die Schultern, dann die Brust und den Bauch mit ihren zarten Händen zu waschen. Muns Atem ging schneller. In der Schwüle wurde ihm ganz wunderlich im Kopf zumute. Er blickte verstohlen zu Kŭmbok, die immer noch Wasser über ihn laufen ließ. Unter dem durchnässten weißen Stoff ihres Unterhemds zeichneten sich schüchtern die Knospen ihrer hellen Brüste ab, und wenn sie die Arme bewegte, sah er das provokativ dunkle Haar ihrer Achseln, weiter unten, direkt vor seinen Augen, die Rundung ihres fülligen Hinterteils. Schließlich hielt es Mun nicht mehr aus. Er umschlang Kŭmboks Hüften, und zusammen kippten sie ins

Wasser. Mit einem Aufschrei kam sie als Erste wieder nach oben: »Aber hallo, Sie sind wohl verrückt geworden, was? Erst einen auf wohlerzogen machen, dabei sind Sie ja ganz ein Schlimmer!« Doch noch während sie gespielt empörte Rufe von sich gab, machte sich ihre Hand schon heimlich an Muns Hosenbund zu schaffen.

Das sich dann unter den Weiden vollziehende Liebesspiel geriet zu einem Zuschauerevent der ganz besonderen Art, was sich auch deshalb nicht vermeiden ließ, da der Ort, den Kŭmbok und Mun sich dafür ausgesucht hatten, gut einsichtig neben der Bahnstrecke gelegen war. Den Passagieren im vorüberfahrenden Zug klappten simultan die Kinnladen herunter, als sie am helllichten Tag das nackt sich umklammernde Paar erblickten. Die Älteren unter ihnen beklagten kopfschüttelnd die Moral der Zeiten, während die Unterleiber der Jüngeren unweigerlich ein wenig in Wallung gerieten; die Junggesellen drückten ihre Nasen an die Scheiben und pfiffen, ledige Damen stießen schrille Schreie aus und hielten sich die Augen zu. Eltern waren außer sich vor Empörung über die völlig unvorbereitete, schonungslose Lektion in Sexualkunde und verdeckten mit ihren Händen statt der eigenen lieber rasch die Augen ihrer Kinder.

Jemand öffnete das Zugfenster und rief einen Scherz, begleitet von einem Pfiff, doch Kŭmbok ließ sich nicht ablenken, sondern umschlang Muns Hüfte nur umso fester und winkte dem Zug mit der freien Hand zu. Denn damals war es Mode, Zügen zuzuwinken. Als der Zug vorübergefahren war, nicht ohne noch ein langes Pfeifsignal ertönen zu lassen, kam Kŭmbok zum Höhepunkt. Dann wurde ihr leer im Kopf, und in diese Leere stieg wieder jene Idee nach oben, die ihr ansatzweise in Nambaran gekommen war, ganz kurz, aber diesmal deutlich wie ein Funke.

Gleich darauf stellte sie Mun, der sich daranmachte, seine Kleider zusammenzuklauben, eine Frage: »Hast du vorhin nicht etwas von Backsteinen gesagt?«

Mun sah sie fragend an. Daraufhin lächelte Kŭmbok und fuhr fort: »Gut, hör zu, ich habe eine Aufgabe für dich. Ab morgen leitest du den Bau einer Ziegelfabrik in Nambaran. Wenn du Leute brauchst, stell welche ein, wenn du Ausrüstung brauchst, kauf sie, und wenn du Geld brauchst, sag es mir.«

Mun blickte zunächst etwas verdattert drein ob Kŭmboks Eröffnung, dann stellte er seinerseits eine Frage: »Die Herstellung wäre schon möglich, aber wem wollen Sie, willst du die Ware verkaufen? Und hast du dir überlegt, wie man die Steine von einer so abgelegenen Stelle abtransportieren soll? Die Dinger sind verflucht schwer ...«

Kŭmbok schmunzelte und deutete mit dem Finger auf den in der Ferne verschwindenden Zug. »Hast du keine Augen im Kopf? Die Eisenbahn befördert Leute, warum keine Steine? Und überall entlang der Bahnstrecke gibt es Orte, wo die Dinger gebraucht werden. Begreifst du jetzt, was ich meine?«

Mit diesen Worten drehte sie sich um, ließ den immer noch verdutzt dreinblickenden Mun stehen und stieg mit flottem Hüftschwung den Bahndamm hoch zurück zu den Gleisen.

Warum sich Kŭmbok unter all den zahlreichen Männern wohl ausgerechnet den ältlichen, nicht sonderlich gutaussehenden zugereisten Tagelöhner Mun ausgesucht hatte? Nur an seiner würdevollen Art wird es wohl nicht gelegen haben. Ob sie in Mun den Mann sah, der ihr bis zum Tod treu sein, sie immer beschützen würde? Oder war es der Impuls einer Frau, die Abwechslung brauchte von der Einsamkeit ihres Witwendaseins? Vielleicht hatte sie sich auch schon damals überlegt, dass sie, mehr noch als einen treuen Beschützer, einen fleißigen Mann brauchte, der ihr half, ihren Plan auszuführen. Wie dem auch sei, ihr unerwartetes Glück befreite Kŭmbok endlich von dem Gedanken, nur Unglück über alle Männer zu bringen, die ihr begegneten. Und das war nicht nur für sie selbst, sondern auch für den einsamen, vom Leben in der Fremde erschöpften Mun ein wahrer Segen.

Währenddessen kam der Mann, den Kŭmbok ausgesandt hatte, die Zwillingsschwestern zu holen, unverrichteter Dinge zurück. Seinem Bericht zufolge waren diese natürlich gerne bereit, wieder mit Kŭmbok zu leben, trauten es sich aber nicht zu, sich nach so langer Zeit am selben Ort anderswo eingewöhnen zu können, und vor allen Dingen müssten sie dann auch den Elefanten mitnehmen, doch wie sollte der die weite Strecke zu Fuß bewältigen, denn in einem Auto hatte er ja keinen Platz, und so würden sie bis zu Jumbos Tod bleiben müssen, wo sie waren.

Daraufhin setzte sich Kŭmbok hin und schrieb abermals einen langen Brief. Darin beschrieb sie zum einen ausführlichst, was ihr in der Zwischenzeit widerfahren war, von dem riesigen Glück, von den Geschäftsplänen, die sie sich zurechtgelegt hatte, und wie sehr sie die Hilfe der Zwillingsschwestern benötigte, und zum anderen berichtete sie von den verschiedenen Transportmöglichkeiten für den Elefanten, die sie in Erfahrung gebracht hatte. Zunächst einmal gebe es keine andere Lösung als die Eisenbahn. Die für den Zugverkehr zuständige hiesige Behörde habe zwar auf ihre Anfrage geantwortet, keine Tiere transportieren zu können, da ein solcher Fall noch nie vorgekommen sei, aber Kŭmbok habe unverzüglich einen weiteren Brief an das Amt aufgesetzt. Der Elefant sei, schrieb sie darin, anders als andere Tiere, mit geheimnisvollen Fähigkeiten ausgestattet und werde daher in einem Land im Westen als Gottheit verehrt, wenn man ihm daher lediglich aus dem Grund, ein Tier zu sein, die Beförderung verweigere, so mache man sich dadurch nicht nur international zum Gespött, sondern provoziere einen ernsthaften diplomatischen Konflikt mit jenem Land, in dem der Elefant als Gott gelte, und die Verantwortung dafür habe dann ausschließlich die Eisenbahnbehörde zu tragen, führte Kŭmbok in sehr nachdrücklichem Ton aus.

Ob es an der Wirkung jenes Briefes gelegen hatte oder an etwas anderem, jedenfalls habe sie eine schriftliche Zusage erhalten, dass man Jumbo von der seinem jetzigen Aufenthaltstort nächstgelegenen Bahnstation bis nach P'yŏngdae befördern werde. Selbstverständlich habe der Besitzer des Tieres sämtliche Kosten selbst zu tragen und für etwaige Zwischenfälle während des Transports die alleinige Verantwortung zu übernehmen, was vom Besitzer mit seiner Unterschrift auf beigefügtem Dokument zu bestätigen sei. Das war das Gesetz der Behörde. Kŭmbok schickte das unterschriebene Schriftstück umgehend zurück und berichtete den Zwillingsschwestern in einem weiteren Brief in allen Details von den Verhandlungen und Übereinkünften mit der Behörde. Da endlich besannen sich die Schwestern und teilten mit, die Kneipe auflösen und mit Jumbo die Reise nach P'yŏngdae antreten zu wollen. Annähernd den Preis eines ganzen Hauses hatte Kŭmbok für die Umzugsvorbereitungen schon aufgewendet, aber das schmälerte ihre Vorfreude auf das Zusammenleben nicht. Als Nächstes machte sie sich daran, ein Haus zu suchen, in dem sie gemeinsam wohnen würden, und auch das alte Café ließ sie abreißen und an der Stelle ein neues, zweistöckiges Gebäude errichten.

Seit der erste Zug in P'yŏngdae haltgemacht hatte, waren die Leute Zeuge von mancherlei noch nie zuvor gesehenen Dingen geworden, doch das Allerspektakulärste davon dürfte der Elefant gewesen sein. Am Tag seiner Ankunft strömten die Leute schon in den frühen Morgenstunden voller Aufregung zum Bahnhof, um das größte auf der Erde existierende Tier mit eigenen Augen zu sehen. Bis in die entlegensten Bergdörfer im Umkreis schien sich das Ereignis herumgesprochen zu haben, denn im Morgengrauen begegnete man kleinen Grüppchen, mit Proviant ausgestattet, und allerhand findige Krämer hatten seit dem Morgen in der Gegend um den Bahnhof ihre Stände aufgestellt und boten Bonbons, Zuckerwatte, Eiscreme, Luftballons und alle möglichen anderen Dinge feil, und noch ehe es Mittag wurde, war der Bahnhofsplatz voller Menschen in ihrer weißen Sommerkleidung. Es wird gesagt, dass dies der größte Menschenauflauf seit der Eröffnung des Bahnhofs von P'yŏngdae gewesen sei, die Veranstalter sprachen von tausend Menschen, der Berechnung der Polizei zufolge waren es dreihundert. Wie auch immer, wie heute verfehlten auch damals kostenlose Sehenswürdigkeiten ihre Wirkung nicht.

Als die Leute schon ungeduldig wurden und begannen, mit gereckten Hälsen Ausschau zu halten, ertönte endlich aus der Ferne der Pfiff der Lokomotive, weißer Rauch wurde sichtbar, und in die Menschenmenge kam wieder Bewegung. Alles erhob sich, und als der Zug hielt und kurz darauf die Zwillingsschwestern ausstiegen, beide in eleganter traditioneller *Hanbok*-Tracht aus dunkelblauem Stoff gekleidet, wurden erstaunte Rufe laut. Noch nie hatte man, Zwillinge hin oder her, ein so identisch aussehendes Menschenpaar gesehen, und in das allgemeine Stimmengewirr hinein trat nun die bei den Leuten als die Wirtin von »Bei Ch'unhŭi« bekannte Kŭmbok. Die drei Frauen umarmten sich und vergossen Tränen der Wiedersehensfreude.

Und als dann endlich der seit dem Morgen sehnlichst erwartete Elefant erschien, brach die Zuschauermenge in Jubel aus und klatschte laut Applaus. Jumbo trug ein Banner aus rotem Stoff über dem Rücken, auf dem stand in goldenen Großbuchstaben geschrieben: »Café P'yŏngdae«; und darunter, etwas kleiner:

> Kaffee, Ginsengtee und alle anderen Teesorten. Aktuelle Schallplatten in großer Anzahl. Lieferservice möglich. Hübsche Bedienungen rund um die Uhr. Kein Trinkgeld. Anschreiben unerwünscht.

Das war natürlich Kŭmboks Schelmenstück, die sich die Gelegenheit nicht entgehen lassen konnte, vor der Menge Werbung für ihr Café zu machen. Zwar bemängelte man allgemein das mangelnde Niveau der Kampagne, doch zeitigte sie beträchtlichen Erfolg, sorgte sie doch dafür, dass der Name des Cafés zukünftig nicht nur in P'yŏngdae, sondern auch im hintersten Bergdorf ein Begriff wurde. Zudem sollte zum vertrauten Tagesablauf der Stadt ein Novum hinzukommen, da nämlich vorgesehen war, dass Jumbo ab sofort morgens und abends mit seiner lustigen Bauchbinde einen Rundgang durch die Straßen machen würde.

Jedenfalls drängten die weiter hinten stehenden Schaulustigen nach vorne, um einen noch genaueren Blick auf das Tier zu erhaschen, während einige der Zuschauer, die auf Bäume geklettert waren, beim Anblick des fremdartigen Wesens so sehr erschraken, dass sie von ihren Ausgucken fielen. Trotz seines Alters beeindruckte Jumbo immer noch mit seiner ehrfurchtgebietenden Majestät, seinem haushohen, mehr als zwei Tonnen schweren Leib, den massiven Beinen, von denen eines im Umfang mehr maß als ein ganzer starker Mann, seinen Ohren, groß wie Taroblätter, den wannengroßen Füßen, den seitlich abstehenden eleganten, gleichzeitig bedrohlich aussehenden Stoßzähnen und seiner langen, von den Leuten mit allergrößter Neugierde erwarteten biegsamen Nase. Als er vermittels dieser nun auch noch Wasser aus einem dafür bereitgestellten Bottich aufsog und es fontänenartig über die von der Hitze erschöpfte Menge versprühte, gab es niemanden mehr auf dem Bahnhofsplatz, dessen Erwartungen enttäuscht worden wären.

Am selben Tag jedoch offenbarte Jumbo, wohl aus Aufregung, mal wieder nach langer Zeit vor so vielen Menschen zu stehen, auch ein peinliches Geheimnis, das er nicht unbedingt vor aller Welt hätte offenbaren müssen, und das war sein dickes, langes, mannsgroßes Fortpflanzungsorgan. Aus irgendeinem Grund jedenfalls schwoll dieses Organ, obschon seine Zeugungsfähigkeit bereits vor langer Zeit versiegt war, an jenem Tag so stark an, dass es bis zum Boden herunterhing. Jumbo blickte in die Menge, unruhig mit den Augen blinzelnd, als sei ihm die Sache sehr unangenehm. Natürlich wurde laut gestaunt und gelacht. Selbstverständlich konnte so etwas passieren, und eigentlich hätte es auch der krönende Abschluss der Vorführung sein können, auf diese Weise dem Informationsanspruch der Öffentlichkeit Genüge zu tun.

Wäre da nicht dieser böse Bengel gewesen, dessen liebster Zeitvertreib es war, mit einem Stecken bewaffnet Hunden hinterherzurennen und ihre bemitleidenswerten und doch feierlichen Paarungsakte zu stören, der jetzt mit ebendiesem Stecken dem gewaltigen Genital einen kräftigen Hieb versetzte. Augenblicklich schoss durch Jumbos Kopf der gleiche Schreck, der ihn seinerzeit in der Zirkusarena bei dem plötzlichen Trillerpfeifenpfiff durchfahren hatte. Die Vorderbeine in die Höhe gereckt, heulte er laut auf. Und im nächsten Moment begann er, in die weißgekleidete Menge hineinzurennen, Schreie ertönten, die Zwillingschwestern riefen ihm noch hinterher, doch da stürmte er schon, zahlreiche Zuschauer niedertrampelnd, in Richtung Marktplatz weiter. Das Fazit jenes Tages waren Dutzende zerstörter Verkaufsstände und mehr als hundert Verletzte, die zu entschädigen Kümbok so viel kostete wie ein gesamtes Haus, und so hatte sie am Ende ordentlich für ihre kostenlose Werbung bezahlen müssen.

Es gibt noch eine Fortsetzung der Geschichte, der zufolge der kleine Missetäter erst von seiner bösen Angewohnheit abließ, nachdem er eines Tages heimlich seine

Eltern bei einem Schäferstündchen aufstörte und mit seinem Stecken auf die entsprechende Stelle seines Vaters hieb, worauf er von seinen Eltern halb totgeprügelt worden war, aber auch diese Geschichte lässt sich nicht bestätigen. So lärmend und schrill jedenfalls fiel es aus, das Debüt, das Jumbo und Kŭmbok gemeinsam gaben.

Dreirad

Wie es wohl Ch'unhŭi erging an jenem Tag, als P'yŏngdae durch Jumbo, den Elefanten, in ein allgemeines Chaos gestürzt wurde? Kŭmbok hatte vor lauter Freude über das Wiedersehen mit den Zwillingschwestern völlig vergessen, sich um ihre Tochter zu kümmern, und war allein zum Bahnhof gelaufen, während das Kind sich seinerseits auf den Weg zum Markt gemacht hatte und gerade dabei war, sich seine Lieblingsdinge anzusehen, als es von Weitem Schreie hörte. Ch'unhŭi drehte sich um und sah etwas, das sie nie für möglich gehalten hätte. Was da mit wahnwitziger Geschwindigkeit auf sie zugaloppiert kam, war niemand anderes als Jumbo. Die Leute brüllten, sie solle zur Seite springen, aber Ch'unhŭi blieb stehen und breitete wie zum Willkommensgruß ihre Arme aus. Jumbo machte eine Vollbremsung und kam ganz knapp vor ihr zum Stehen.

Hallo, Elefant.

Oh, schön, dich zu sehen, kleines Fräulein, antwortete Jumbo japsend.

Was machst du denn hier?

Wie ich beim letzten Mal gesagt habe: Alles, was man wiedersehen will, sieht man irgendwann einmal wieder.

Aber warum zitterst du so? Bist du wütend?

Nein, wütend bin ich nicht, ich habe Angst vor den Leuten, deswegen.

Ch'unhŭi umschlang wie zum Trost eines seiner dicken Beine.

Mach dir keine Sorgen. Hier ist niemand, der dir wehtun will.

Ch'unhŭi drückte Jumbos Bein fest an sich und erinnerte sich an die allerersten Gerüche, die sie in ihrem Leben gerochen hatte. Jumbo schien ebenfalls zufrieden, er strich mit seiner langen Nase über Ch'unhŭis Rücken und ließ einen langgezogenen Trompetenstoß hören, zum Erstaunen der Leute ringsum. So teilten die beiden ihre Freude über das Wiedersehen miteinander, und bis zu dem Tag, als Jumbo durch einen unglücklichen Unfall ums Leben kam, blieben sie ein Herz und eine Seele und waren kein einziges Mal voneinander getrennt.

Dass Kŭmbok einen so hohen Preis gezahlt hatte, um die Zwillingschwestern und Jumbo nach P'yŏngdae zu holen, lag natürlich zum einen daran, dass sie den Schwestern etwas von ihrer Schuld zurückzahlen wollte, und zu einem Großteil auch daran, dass sie jemanden brauchte, mit dem sie ihre Einsamkeit als Frau an diesem fremden Ort teilen konnte. Doch bei einer geborenen Geschäftsfrau wie Kŭmbok konnte das nicht schon alles sein. Wie sich schon an Jumbos Werbebanner hatte erahnen lassen, bestand ihr Kalkül darin, die Leitung des Cafés den Schwestern zu übertragen und sich selbst einer anderen, größeren Aufgabe zu widmen.

Schließlich war das Gebäude fertig, vor dem Café hing schon das imposante neue Schild, und der Neustart konnte beginnen. Als die Männer, die schon die ganze Zeit über sehnsüchtig auf die Wiedereröffnung gewartet hatten, in den Raum traten, wurden sie von einer dezent geschminkten, in einen schneeweißen *Hanbok* gekleideten Kŭmbok mit einem strahlenden Lächeln empfangen, hinter ihr standen in einer Reihe die Zwillingsschwestern in ihren eleganten dunkelblauen Gewändern und die jungen Ladys und verbeugten sich zum Gruß, wobei Letztere mit sogenannten Mini-Röcken bekleidet waren, die kaum die Unterwäsche verdeckten, und vom verlegenen Hüsteln der Männer, die nicht wussten, wohin sie schauen sollten, wurde es so laut im Raum, dass man sein eigenes Wort nicht verstand. Dann fiel jemandem eine große gerahmte Tafel an der Wand auf, las die Worte darauf, nickte und sagte: »Ja, das ist mal ein echt guter Spruch«, und dieser lautete folgendermaßen:

Der Kunde ist König.
– Der Wirt –

Den zu Königen gekrönten Dorfleuten fiel, völlig hingerissen von der Flauschigkeit der Sessel, den süßen Klängen des erstklassigen Schallplattenspielers, dem verführerischen Schummerlicht und den hell schimmernden Oberschenkeln der an ihnen vorbeihuschenden Ladys, nicht einmal auf, dass der Preis für eine Tasse Kaffee um das Doppelte gestiegen war. Für die Zwillingsschwestern, von den Gästen »Große Madame« und »Kleine Madame« gerufen, war es zwar das erste Café unter ihrer Leitung, doch der Umgang mit den naiven Männern aus den Bergdörfern stellte sich als ein Kinderspiel heraus, hatten sie doch schon seit ihrer Jugend in den Schnapslokalen der großen Städte mehr als genug einschlägige Erfahrungen gemacht.

Währenddessen war Mun völlig von dem Bau der Fabrik auf dem abgelegenen Grundstück in Beschlag genommen. Mit der Hilfe von Arbeitern musste das gesamte Gelände zunächst von Gestrüpp befreit und geebnet werden, tagelang war man dafür mit Sensen und Schaufeln zugange gewesen. Die Sache stellte sich als aufwändiger heraus als gedacht, denn unter den Büschen und Gräsern lag alles voller Felsen und Steinen, die wegzuräumen es noch einmal vieler weiterer Arbeitskräfte bedurfte. Alle verfügbaren Leute der Umgebung wurden mobilisiert, und auch Kŭmbok überließ das Café bald ganz den Zwillingsschwestern und widmete sich zusammen mit Mun den Vorbereitungen für die Fabrik. Als Erstes stellte sie ein aus Holz gezimmertes Schild auf, das die Aufschrift »Ziegelwerke P'yŏngdae« trug. Auch wenn auf dem freien Gelände noch nicht einmal eine Bauhütte stand, sollte das Schild doch jedem anzeigen, dass hier etwas im Entstehen war. Außerdem machte sie zusammen mit anderen Frauen das Essen und brachte es jeden Tag zur Baustelle, wo sie pausenlos auf und ab lief, um die Männer zur Arbeit anzuspornen.

Als das Gelände fertig gerodet war, musste eine Zufahrt zur Bahnstrecke gebaut werden, auf der die Ziegelsteine abgefahren werden konnten, eine Arbeit, die sich noch einmal um einiges aufwändiger erwies als das Einebnen. Noch mehr Leute wurden angeheuert, noch mehr Geld wurde investiert. Unter den Arbeitern hieß es, dass es sich nach dem Bau der Eisenbahn um das größte Bauvorhaben handelte, das die Region P'yŏngdae je gesehen hatte. Noch bevor man mit dem eigentlichen Fabrikbau beginnen konnte, war schon der Gegenwert mehrerer Häuser ausgegeben worden, ohne dass man etwas davon sah, und in der erbarmungslos schwülen Hitze ging die Arbeit nur schleppend voran.

Während auf der einen Seite die Zufahrt gebaut wurde, sollte Mun sein in China erworbenes Wissen umsetzen und auf dem Baugrund die Brennöfen errichten. Tatsächlich war für eine Ziegelfabrik außer den Öfen und einem großen Lagerplatz für die Steine keine besondere Ausrüstung nötig. Doch der Bau eines Ofens stellte eine überaus komplizierte und anspruchsvolle Angelegenheit dar. Um viele Steine gleichzeitig brennen zu können, musste das Fassungsvermögen groß genug sein; damit die Hitze in alle Ecken gelangte, war ein gut durchdachter Grundriss wichtig; außerdem musste das Gemäuer absolut dicht sein, um während des Brennvorgangs die Temperatur von über tausend Grad konstant halten zu können. Mun konsultierte verschiedene Leute, die in der Ziegelproduktion gearbeitet hatten, und suchte mehrere Fabriken ähnlicher Art auf, um die Bauweise von Brennöfen zu studieren.

Wenn man es recht bedachte, war es ein verwegenes Unterfangen. Da war zunächst Kŭmbok, die keinen Gedanken darauf verschwendet hatte, welche Größenordnung das Vorhaben besaß, und einfach losgeprescht war, aber auch Mun hatte keine genaueren Berechnungen angestellt, als er sich bereiterklärte, ohne technisches Wissen oder Erfahrungen eine Fabrik zu errichten. Andererseits war er ein Mensch mit herausragenden Fähigkeiten und starkem Verantwortungsgefühl. Wann immer er Geld benötigte, bekam er es von Kŭmbok, dafür berichtete er ihr lückenlos und wahrheitsgetreu über die Verwendung der Mittel und den Fortgang der Arbeiten. Wo andere Männer sich einer Frau gegenüber, die sich ihnen schon einmal hingegeben hatte, nachlässig oder betrügerisch verhalten oder ihr anderswie übel mitgespielt hätten, war es bei Mun anders. Im Gegenteil vergaß er nie, dankbar für das Vertrauen zu sein, das sie ihm als einfachem Tagelöhner entgegengebracht hatte, und hielt sich, was die Beziehung zwischen Kŭmbok als Arbeitgeberin und ihm als Angestellten anging, streng an die Regeln. Dieses Verhalten sollte sich bis zu seinem Tod nicht ändern.

Etwa um jene Zeit geschah es, dass ein seltsames Vehikel durch den Ortseingang in die Stadt hereingefahren kam. Der dreirädrige Wagen war so alt und abgenutzt, dass der Rost nicht nur von der ursprünglichen Farbe kaum etwas übriggelassen, sondern sich stellenweise ganz durch die Karosserie gefressen hatte, die durch mehrere Löcher den Blick auf den Motor freigab, darüber hinaus hinterließ er überall, wo er vorüberfuhr, eine dünne Spur aus tropfendem Öl, ein einziges Mysterium auf Rädern, über das man sich unschlüssig war, ob man es wirklich noch als Fahrzeug bezeichnen durfte.

Unter erbärmlichem Motorengeknatter rollte der rostig braune Karren, besser, er kroch, wie ein Greis mit rheumatischen Gelenken, unregelmäßige Hüpfer vollführend, auf Kǔmboks Café zu. Wenn es auch bei Fahrzeugen Gespenster gab, dann mussten sie so skurril aussehen wie dieses.

Wie es sich traf, war Kǔmbok an diesem Tag im Café, um den Zwillingsschwestern zur Hand zu gehen. Als sich die Tür öffnete und ein alter Mann mit struppigem Bart und weißem Haar eintrat, setzten die Schwestern und die Ladys zunächst wie gewohnt zur freundlichen Begrüßung des Gastes an, doch dann verzogen sich ihre Gesichter schlagartig und ihre Hände fuhren automatisch zu den Nasen, um sich diese zuzuhalten ob des starken Fischgeruchs, der sich auszubreiten begann; für Kǔmbok hingegen war der Odeur ein lang vermisster, alte Erinnerungen wachrufender Geruch, unwillkürlich fuhr sie herum, erblickte den Alten, erschrak und ließ die Tasse in ihrer Hand auf den Boden fallen.

Verehrte Leserschaft, ihr habt ihn doch sicherlich nicht schon völlig vergessen? Den unglücklichen Fischhändler? Denn genau von ihm ist die Rede. So wie Kǔmbok ihn, ihren ersten Mann, trotz der langen Trennung auf Anhieb erkannt hatte, ihn umarmt und in Tränen ausgebrochen war, so umschlang auch der Fischhändler Kŭmbok und begann mit bebenden Schultern zu schluchzen. Die Zwillingsschwestern, die Ladys und die Gäste im Café, alle sahen mit verblüfften Mienen zu, wie die beiden nicht enden wollende Tränen vergossen, vor Sehnsucht und Reue, Wiedersehensfreude und Trauer über die vergangenen Jahre. Kŭmbok streichelte seine eingefallenen Wangen und verfluchte die Gnadenlosigkeit der Zeit, die aus dem Mann einen Greis gemacht hatte. Der Fischhändler war schon damals, als die beiden zusammenlebten, kein junger Mann mehr gewesen, doch nun, zum Zeitpunkt seines Eintreffens in P'yŏngdae, unterschied ihn – mit seinem lange nicht gestutzten Bart, den tiefen Falten im abgemagerten Gesicht, aus dem die Wangenknochen spitz hervortraten, und den nur mehr als Lumpen zu bezeichnenden Kleidern – kaum etwas von einem gewöhnlichen Bettler.

Kŭmbok brachte den Fischhändler zu sich nach Hause und gab ihm etwas Warmes zu essen und klaren Schnaps zu trinken. Währenddessen erzählte er alles, was ihm seit dem Tag, da er nach dem Verlust seines ganzen Hab und Guts die Hafenstadt auf seinem Dreirad verlassen hatte, bis vorgestern widerfahren war, als er nämlich in der Nähe von P'yŏngdae vorbeigefahren und jemanden von einer Witwe erzählen gehört hatte, die in der Stadt mit dem Verkauf von Kaffee ein gewaltiges Vermögen gemacht habe und nun eine Ziegelfabrik baue, und wie die Beschreibung ihres Aussehens ihn irgendwie an jemanden, den er kannte, hatte denken lassen, noch dazu, da die Witwe angeblich vorher in einer Stadt am Meer gelebt haben solle, woraufhin er, ohne zu zögern, auf dem schnellsten Wege nach P'yŏngdae gefahren sei. Allerdings ist hier nicht der Platz, diese ganze Geschichte in voller Länge auszubreiten. Es muss genügen zusammenzufassen, dass der Fischhändler in der Zwischenzeit alles Mögliche und Unmögliche erlebt hatte, erwähnenswert ist vielleicht, dass er seit seinem Weggang damals keine Gräte Fisch verkauft, ja nicht einmal einen Heringsschwanz auf seinem Esstisch gehabt, sich also komplett von allem, was nach Fisch aussah, ferngehalten hatte, und trotzdem nach wie vor durchdringend nach Fisch roch.

Während er noch erzählte, erblickte der Fischhändler Ch'unhŭi und wusste sofort, dass es sich um das Kind von Kŏkjŏng handeln musste, des Mannes, der ihn damals vor allen Leuten in den Sand geworfen hatte. Beiläufig fragte er nach dem Familiennamen des Kindes. Kŭmboks Antwort war kurz: »So etwas wie einen Familiennamen hat sie nicht. Sie heißt einfach nur Ch'unhŭi.«

Dann erzählte sie von ihren eigenen Erlebnissen. Von Kŏkjŏng und seinem unglücklichen Unfall, dem Zusammentreffen mit dem Mann mit der Narbe, dem schrecklichen Geschehen jener Sturmnacht, den Wirren des Krieges und der ungewollten Geburt, der Bekanntschaft mit den Zwillingsschwestern und dem Umzug nach P'yŏngdae, und da sie so zum ersten Mal seit langer Zeit alle diese alten Geschichten Revue passieren ließ, erwachten in ihr unwillkürlich die Gefühle von damals, und während sie immer weiterredete, ohne zu merken, dass längst die Nacht angebrochen war, liefen ihr unentwegt die Tränen aus Augen und Nase. Erst als es vor dem Fenster schon dämmerte, schlug Kŭmbok ein Schlaflager für den Fischhändler auf und ging dann hinüber in ihr eigenes Zimmer.

Kŭmbok hatte Mitleid mit dem alternden, familienlosen Mann und bot ihm an, in ihrem Haus zu wohnen. Sie wollte sich bei ihm dafür revanchieren, dass er sie damals bei sich aufgenommen hatte, als sie nicht wusste, wohin sie in der Hafenstadt gehen sollte. Für den einsamen Fischhändler war das ein höchst willkommener Vorschlag. Vor Dankbarkeit bekam er ganz feuchte Augen, doch aus irgendeinem Grund wurden die Zwillingsschwestern wütend und forderten Kŭmbok auf, ihn wieder hinauszuwerfen. Diese Reaktion der beiden, Kŭmbok an Herzenswärme in nichts nachstehenden Schwestern kam völlig unerwartet. Vordergründig sagten sie, es sei wegen des penetranten Fischgestanks, doch es musste noch einen anderen Grund geben, dass sie ihn loswerden wollten. Diesen Grund konnten die Schwestern sich selbst nicht genau erklären. Es war nicht viel mehr als die vage Vorahnung eines Unglücks, welches sich Jahre später vor dem Markt ereignen sollte.

Kŭmbok blieb hartnäckig. Es könne nicht angehen, jemanden wegen seines Geruchs, egal, wie schlimm dieser sein mochte, fortzujagen, und schließlich mussten sich die beiden Schwestern geschlagen geben. Mun wiederum wusste zwar, dass es sich bei dem Fischhändler um den Mann handelte, mit dem Kŭmbok vor langer Zeit zusammengelebt hatte, doch fand er wohl, nicht das Recht zu haben, darüber zu befinden, wen Kŭmbok in ihrem Haus wohnen ließ und wen nicht, und hielt sich mit seiner Meinung zurück. Vom Bau der Fabrik in Anspruch genommen, kam er ohnehin nicht oft nach Hause, und so schien es, dass er der Angelegenheit keine besondere Bedeutung beimaß.

Doch es waren nicht nur die Zwillingsschwestern, die eine ungute Vorahnung erfasst hatte. Als Jumbo den Fischhändler zum ersten Mal sah, stellte er sich plötzlich auf die Hinterbeine, stieß einen lauten Schrei aus und nahm eine bedrohliche Haltung ein, worauf der Mann vor Schreck zurückwich. Das ungewöhnliche Verhalten des sonst so artigen Tieres wiederum war für die Schwestern ein weiterer Anlass, den Fischhändler noch argwöhnischer zu betrachten, doch inmitten dieses Trubels war Kŭmboks Haus zum Heim einer Großfamilie geworden, zu der neben ihr selbst und ihrer Tochter der Fischhändler und Mun ebenso gehörten wie die Zwillingsschwestern und Jumbo, der Elefant. So hatte sich Kŭmboks Vergangenheit, nach und nach, bei ihr in der Stadt P'yŏngdae eingefunden.

Nicht lange, nachdem der Fischhändler eingezogen war, teilte Kŭmbok den Schwestern mit, sie habe auswärts etwas zu erledigen, und fuhr mit ihm auf dem gespenstischen Dreirad los. Ein paar Tage vergingen. Mun, der sich zwar genauswenig wie die Schwestern vorstellen konnte, dass sich zwischen Kŭmbok und dem stinkenden Mann eine Liebesbeziehung anbahnte, begann nun doch langsam nervös zu werden, da erschien sie wieder zu Hause. Doch der Wagen, mit dem sie jetzt ankam, hatte nichts mit dem Geisterkarren davor gemein. Nein, das neue Auto war zwar genauso ein dreirädriges wie das vorige, aber kein gespenstischer Schrotthaufen mehr, und sogar ein zusätzliches Rad besaß es, wodurch aus dem Dreirad gewissermaßen ein Vierrad geworden war. Welche Kniffe man angewandt hatte, war nicht bekannt, jedenfalls strahlte die Karosserie nun in gelbem Lack, kein einziges Loch war mehr zu sehen, kein Öl lief aus und der Motor knatterte nicht mehr kläglich wie vorher, sondern grollte imposant wie ein junger Tiger, so dass die Leute in der Nachbarschaft neugierig aus ihren Häusern gelaufen kamen. Die Kinder hatten noch nie einen gelben Wagen mit vier Rädern gesehen und rannten fasziniert hinterher, und auch die Zwillingsschwestern und die Ladys, die sich vor dem Café versammelt hatten, staunten, wie so plötzlich ein neues Auto entstanden sein konnte, doch Kŭmbok lächelte nur leise.

Als sie sich das Heck des Wagens besahen, fanden sie darauf in deutlich lesbarer Schrift »Transportunternehmen P'yŏngdae« geschrieben. An der Stirnseite des Fahrzeugs stand »No. 1«, und das bedeutete, dass dies der Wagen Nummer eins des Transportunternehmens P'yŏngdae war. Später sollten es insgesamt zehn Dreiräder werden, also bis zur »No. 10«, doch damals ahnte noch niemand von Kŭmboks geheimen Plänen.

Kŭmbok hatte das Erscheinen des Fischhändlers zum Anlass genommen, ein weiteres Geschäft ins Leben zu rufen, und auf die Idee dazu gebracht hatte sie ebenjenes alte Dreirad, auf dem sie vor so langer Zeit aus ihrem Bergdorf in die Hafenstadt gekommen war. Die Verkehrssituation in P'yŏngdae hatte sich nach dem Anschluss an die Eisenbahn zwar durchaus verbessert, doch nach wie vor waren die Bewohner der kleinen Dörfer im Umkreis gezwungen, lange Strecken zu Fuß zu bewältigen. Auch in P'yŏngdae selbst gab es nur wenige, weit auseinanderliegende Haltestellen, und mit den gerade einmal zwei Verbindungen pro Tag ließ sich der rasant gestiegene Transportbedarf bei Weitem nicht abdecken. Deshalb musste, wer auf dem Markt einkaufen gehen wollte, dies weiterhin auf Schusters Rappen tun, ein überaus unbequemes Unterfangen.

Davon ausgehend, hatte Kŭmbok sich ein Verkehrssystem ausgedacht, das P'yŏngdae mit den Dörfern der Umgebung verknüpfen sollte. Das alte Dreirad zu reparieren kostete wieder einmal so viel wie ein ganzes ziegelgedecktes Haus, denn zum einen waren Autos damals sehr teuer und Ersatzteile für das alte Dreirad schwer zu bekommen, außerdem musste der Motor auseinandergenommen und die Karosserie durch eine komplett neue ersetzt werden. Kŭmbok schlug dem Fischhändler vor, er könne ihr dafür, dass sie die ganzen Kosten übernommen hatte, die Hälfte seines Gewinns geben. Zuerst lehnte der Mann mit Entschiedenheit ab. Es sei schon mehr als genug, dass sie ihm ein Dach über dem Kopf und die Mahlzeiten gebe, darüber hinaus wolle er nichts, doch Kŭmbok sagte, das sei kein gerechter Handel, und bestand auf ihrem Vorschlag, bis er schließlich einwilligte. Sie glaubte an die Einträglichkeit des Transportgeschäfts, und ihre Einschätzung sollte sich als richtig herausstellen. Die Dorfleute wurden nicht müde, die neu entstandene Verkehrsverbindung zu loben, und bezahlten das günstige Fahrgeld gerne, um auf dem vom Fischhändler gesteuerten gelben Vierradwagen nach P'yŏngdae zu fahren, wodurch die Stadt weitere Belebung erfuhr. Und natürlich auch Kŭmboks Cafégeschäft.

Sumpf

Jumbo, der Elefant, lebte in seiner eigenen Zeitzone. Mit seinem nur fünfundzwanzigmal in der Minute schlagenden Herz bewegte er sich in gemächlichem Tempo, und auch Ch'unhŭi, daran angepasst, ging die Dinge langsam an. Zwar lebten die beiden vom Rest der Welt isoliert, doch dafür konnten sie ihren Wandel, ihre Beschleunigung beobachten, wie jemand, der am Straßenrand steht und den vorbeirasenden Autos hinterhersieht, oder wie ein Mensch, der das Leben einer Eintagsfliege studiert.

Jumbo machte zweimal am Tag seinen Gang durch die Stadt, vormittags und abends, das Banner mit der Werbung für das Café umgebunden und Ch'unhŭi auf dem Rücken. Das Mädchen war damals gerade einmal sechs Jahre alt, aber weil sie mit Jumbo gut auskam, während sie Menschen nach wie vor keine große Beachtung schenkte, war diese Aufgabe wie selbstverständlich ihr zugefallen. Dabei war es eher zutreffend zu sagen, dass Jumbo sich um die Aufsicht des Kindes kümmerte, als dass sie ihn beaufsichtigte. Er legte seinen Rüssel um Ch'unhŭis Hüfte, hob sie behutsam auf seinen Rücken, wo sie einfach nur zu sitzen brauchte, da der kluge Elefant selbst wusste, wie er am Markt mit seinen vielen Leuten vorbei zum Bahnhof und wieder nach Hause fand. Ungeachtet der sie überholenden Fahrräder, Ochsen- oder Pferdegespanne und der ab und an vorbeifahrenden, mit Holz beladenen Lastwagen, machten sie im immer gleichen, gemütlichen Trott ihre Runde durch das Viertel. Wie exakt sie dabei die Zeit einhielten, zeigte sich daran, dass die Leute sagten, nach Jumbo könne man die Uhr stellen.

Nachdem die zuvor so unscheinbare Kŭmbok begonnen hatte, mit ihren neu ins Leben gerufenen Geschäften Erfolge zu erzielen, fanden sich auch viele Neider, die das Ganze als eine Glückssträhne abtaten, und es kursierten die wildesten Gerüchte über ihr Vermögen. Angefangen damit, dass man ihr nachsagte, einen reichen Geldgeber in der Großstadt zu haben, über die Version, die Zwillingsschwestern seien in Wahrheit diejenigen, die all die Geschäfte lenkten, ferner die Behauptung, Mun habe in seiner Zeit im Norden eine Goldmine entdeckt und ein gewaltiges Vermögen gemacht, oder das Gerücht, Kŭmbok stehe in den Diensten der Regierung, und um ihre Aktivitäten geheim zu halten, gebe sie sich als brave Bürgersfrau aus, bis schließlich zu der völlig absurden Geschichte, ihr sei das Geld im Schlaf zugefallen, machten die verschiedensten Vermutungen die Runde, die Courage aber, mit der Kŭmbok so gar nicht nach Frauenmanier die Dinge anpackte, wurde von jedermann anerkannt.

So erfolgreich, wie die Leute dachten, war Kŭmbok jedoch nicht bei allen Geschäften. Das Café lief gut, und auch das neue Transportunternehmen florierte, das Problem aber war die Ziegelfabrik. Kaum, dass sie und ihre Leute es unter Aufbietung aller Kräfte geschafft hatten, das Gelände zu roden und die Zufahrtstraße zu bauen, stellte sich heraus, dass sich Wasser im Grund staute. Dass dies unvermeidlich war, lag daran, dass weiter hinten im Tal dem Gebirgsbach eine Wasserader entsprang, die am Fuß des Berges verlief und genau an einem Punkt, wo Kŭmboks Grundstück begann, durch eine undurchdringliche Gesteinsschicht im Boden aufgehalten wurde. Durch die Unterbrechung des Wasserlaufs hatte sich auf natürliche Weise ein Feuchtgebiet gebildet, das sich wie ein Ring um Kŭmboks Land legte. Eine Insel inmitten eines sumpfigen Meeres. Hier eine Fabrik bauen zu wollen stellte ein wahrhaft verwegenes Unterfangen dar.

Doch Kŭmbok war nicht von ungefähr Kŭmbok. Als sich die Sache mit dem Sumpf als Tatsache erwies, grübelte sie genau einen Tag lang, dann stand ihr Plan fest. Sofort am nächsten Tag begannen die Auffüllarbeiten. Alle Lastkarren der Umgebung, gezogen von Ochsen und Pferden, wurden in Gang gesetzt, um Erde und Kies heranzuschaffen. Da der Grund trockengelegt werden musste, ehe man Bauarbeiten oder dergleichen in Angriff nehmen konnte, wurden alle anderen Vorhaben zunächst zurückgestellt. Mun entschied, gleich ganz dortzubleiben, um die Arbeiten zu beaufsichtigen, und baute sich eine kleine Hütte als Unterkunft. Bei den Mengen an Erde und Kies, die nach Nambaran gebracht werden mussten, schmolz auch der vorher so unerschöpflich scheinende Geldvorrat zusehends dahin. Dazu kam, dass kürzlich einer der Arbeiter am Biss einer Giftschlange gestorben war; seitdem spukte unter den Männern das Gerücht, auf dem Gelände liege ein böser Fluch. Auch Kŭmbok begann, unruhig zu werden, ließ sich aber äußerlich nichts davon anmerken. Als Mun mit sorgenvoller Miene fragte, ob man das Vorhaben mit der Ziegelfabrik nicht lieber stoppen sollte, da trotz der endlosen Auffüllarbeiten der Grund jeden Morgen doch wieder unter Wasser stand, antwortete sie mit einem spöttischen Lächeln: »Das wollen wir doch mal sehen, wer gewinnt. Wie tief ein Brunnen auch ist, irgendwann kommt doch der Boden.«

Der Sommer verging, und ein stattliches Wohnhaus, und dann noch eines, versank lautlos im Sumpf.

Aber auch als der Wind schon kühler wehte, blieb Kŭmbok stur, und statt des Brunnenbodens begann sich nun der Boden der Geldtruhe zu zeigen. Sie hatte sich festgefahren, im wahrsten Sinne des Wortes. Kŭmbok musste klaren Auges zusehen, wie ihr ganzes Glück im Morast unterging.

Was einem hier nicht ganz einleuchten will: Weshalb bloß hing Kŭmbok mit so großer Verbissenheit an der Ziegelfabrik? Eine solche zu errichten war nie ihr Lebenswunsch gewesen, noch gab es eine Garantie dafür, dass sie mit den Steinen viel Geld verdienen würde. Es ist also nicht nur schwer zu verstehen, weshalb sie alles für eine Idee hingab, die auf nichts weiter als auf einer von Mun hingeworfenen Bemerkung beruhte, einer vagen Vorstellung, die sie schon wieder vergessen hatte und die erst nach dem Liebesspiel unter den Weiden kurz wieder aufgeblitzt war; genauso unerklärlich bleibt, warum Kŭmbok die Arbeiten nicht einstellte, als der Gegenwert von drei oder vier Häusern sich ergebnislos in Luft aufgelöst hatte, sondern fortfuhr, pausenlos Erde und Kies heranzukarren, bis von ihrem Vermögen nichts mehr übriggeblieben war. Dazu ließe sich vielleicht ein Satz zitieren, der aus einem Buch über Epik stammt und wie folgt lautet:

> Wir werden durch unser Handeln zu dem, was wir sind.

Der Versuch, irrationales Verhalten induktiv zu erklären, demzufolge ein Mensch nicht nach seinem vorab bestimmten Charakter handelt, sondern sein Charakter sich erst erkennen lässt, wenn man sein Handeln betrachtet. Das, also die Frage: »Trifft Kŭmbok so ein sagenhaftes Glück, weil sie die Hauptfigur ist? Oder ist sie zur Hauptfigur geworden, weil sie so ein Glück hatte?«, ist eine spitzfindige, geradezu blasphemische Provokation, die in diesem Buch nichts zu suchen hat, und mindestens genauso schwer zu beantworten ist wie das Rätsel, was zuerst da war, Henne oder Ei. Aber zumindest können wir auf diese Weise versuchen, uns Kŭmboks Verhalten zu erklären, das sich vielleicht wie folgt auf einen Nenner bringen ließe:

> Kŭmbok wurde durch den Bau der Ziegelfabrik im Sumpf vollends zu der tollkühnen Frau, als die man sie seither kannte.

Jeder Brunnen, und mag er noch so tief sein, hat einen Boden. Dieser Ausspruch trifft, mehr noch als auf jenen Sumpf von unbekannter Tiefe, auf Kŭmbok selbst zu. Für das neue Wohnhaus und die Erweiterung des Cafés sowie die Reparatur des Dreirads war bereits ein nicht unbeträchtlicher Betrag aufgewendet worden, dazu nun die schier unendlichen Mengen an Erde und Kies für Nambaran, Ausgaben, die auch einen Multimillionär an den Rand seiner Möglichkeiten gebracht hätten. Kŭmbok, als wollte sie das Glück auf die Probe stellen, blieb stur, und kurioserweise genau in dem Moment, als gerade das letzte Geld verbraucht war, wendete sich das Schicksal.

Eines nebligen Herbstmorgens trat Mun aus seiner Hütte und stand zum ersten Mal nicht im Morast, sondern blickte auf einen Boden, der so sauber und trocken war wie ein frischgepuderter Babypo. Unverzüglich und ohne eine Pause zu machen, rannte er zu Kŭmbok und vermeldete, dass der Sumpf endlich komplett aufgefüllt sei. Für die allmählich verzweifelnde Kŭmbok, die nicht nur ihr ganzes Vermögen, sondern noch dazu alle Erlöse aus dem Café und dem Transportunternehmen in die Baustelle in Nambaran gepumpt hatte, war das eine wahrhaft freudige Botschaft. Als sie gemeinsam mit Mun nach Nambaran eilte, sah sie mit eigenen Augen, dass der Sumpf vollständig zu festem Boden geworden war. Die zwei fielen sich in die Arme und freuten sich, aber nun stellte sich ein neues Problem. Wovon sollten sie die Öfen zum Ziegelbrennen bauen? Denn dafür war wiederum eine nicht eben kleine Summe nötig. Kŭmbok hatte keinerlei Reserven mehr. Ein Ausweg musste gefunden werden, und sei es, dass sie das Haus verkaufte oder das Café oder den Wagen des Fischhändlers, doch dann erschien unerwartet Rettung, und zwar in Gestalt der Zwillingsschwestern. Die beiden überreichten Kŭmbok eine Summe Geld, welche, wie sie sagten, vom Verkauf ihrer Kneipe stammte, die sie vor ihrem Umzug nach P'yŏngdae aufgelöst hatten. Sie hatten bis jetzt nichts davon angerührt, und der Betrag war mehr als ausreichend, um davon die Brennöfen zu bauen. Kŭmbok wollte das von den Zwillingen so mühsam gesparte Geld zuerst partout nicht annehmen, doch die beiden bestanden darauf, mit dem Hinweis, sie sei es doch gewesen, die ihnen ein Leben ohne Mühen ermöglichte, ihr stehe das Geld daher zu. Am Ende willigte Kŭmbok ein, nicht ohne den Schwestern einen Schuldschein über das Café auszustellen für den Fall, dass sie das Geld nicht bald würde zurückzahlen können. Nach vielem Hin und Her konnte nun endlich mit dem Bau der eigentlichen Fabrik begonnen werden.

Mun war von Natur aus ein gelassener, stiller und geduldiger Mensch. Mit Hilfe seiner Beobachtungsgabe hatte er sich ein außergewöhnlich tiefes Verständnis von physikalischen Vorgängen und chemischen Reaktionen erarbeitet; die Aufgabe, die er mit dem Bau der Fabrik von

Kŭmbok übernommen hatte, war bei ihm folglich in den richtigen Händen. Doch gerade sein Streben nach meisterhafter Perfektion sorgte dafür, dass er und Kŭmbok bisweilen aneinandergerieten.

Als Kŭmbok wieder einmal nach Nambaran kam, fand sie ihn und drei oder vier Assistenten immer noch mit Experimenten beschäftigt, um das Herstellungsrezept für einen Ziegelstein zu finden, der Muns Erwartungen entsprach. Vor dem Ofen stapelten sich Abertausende misslungener Exemplare. Kŭmbok bückte sich und nahm einen Stein in die Hand.

»Der sieht doch ganz brauchbar aus? Ich verstehe nicht, warum du ihn aussortiert hast.«

»Die Farbe ist nicht gelungen.«

»Die Farbe ist doch völlig egal. Ob vergammelte Fische oder angeknackste Backsteine, man muss nur wissen, wie man sie verkauft.«

In diesem Satz steckte alles, was ihren Standpunkt als Geschäftsfrau ausmachte. Mun geriet, ganz gegen seine Art, in Rage, nahm Kŭmbok den Stein aus der Hand und warf ihn auf den Boden. »Nicht alles, was rund ist, ist ein Ball, und nicht alles, was eckig ist, ist ein Ziegel«, sagte er. »Wenn du solche Sprüche klopfen willst, geh lieber zurück nach Hause!«

Daraufhin war auch Kŭmbok beleidigt und sagte, er solle von ihr aus Ball spielen oder Ziegel backen oder was auch immer tun, und machte sich auf den Heimweg nach P'yŏngdae. Vier Monate waren vergangen, seit dank der Hilfe der Zwillingsschwestern die Öfen errichtet worden waren.

Mun blieb weiterhin in Nambaran und fuhr fort, diese und jene Methode des Ziegelbrennens zu erproben. Die Leute fragten sich, was für eine Technik, was für ein

Aufwand denn schon nötig sei, um einen stinknormalen Ziegelstein zu machen, doch Mun dachte anders. Über die zahllos wiederholten Versuche, welche Holzsorte man verfeuern musste, um hohe Temperaturen zu erreichen, die Frage, wie man die Steine zu stapeln hatte, damit die Hitze überall gleichmäßig hinkam, und wie lange man brennen musste, um die richtige Färbung zu erhalten, wurde es Winter. Kŭmbok hatte schon längst aufgegeben, sich einzumischen, und widmete sich wieder voll und ganz dem Café, nur ab und zu ließ sie neue Essensvorräte nach Nambaran bringen. In Unruhe waren vielmehr die Zwillingsschwestern. Sie fragten immer wieder, wie lange es denn noch dauern solle, bis die Produktion losgehe, die Öfen stünden doch schon seit Monaten bereit, doch Kŭmbok blieb gelassen: »Lassen wir ihn einfach machen. Wer weiß, vielleicht kommt er ja mit Goldbarren zurück.«

In der Zwischenzeit hatte Mun bereits mehrmals Fahrten in andere Städte unternommen, um dort Ziegelfabriken zu besichtigen, und auch sogenannte Spezialisten hatte er mitgebracht, die sich allerdings als Pfuscher erwiesen und am Ende auch nur zerplatzte oder verformte Ziegel zuwege brachten oder Steine minderen Härtegrades, die leicht brachen, eine schier unendliche Reihe von Misserfolgen.

Es war im Frühling des folgenden Jahres, seit ein paar Tagen gingen späte Schneeschauer nieder. Kŭmbok hatte sich insgeheim Sorgen um den allein in Nambaran verbliebenen Mun gemacht, als dieser eines Nachts ohne Ankündigung ins Haus kam, leise die Tür zu ihrem Zimmer öffnete und eintrat. Monate waren vergangen, seit er nach Nambaran umgesiedelt war. Sein Bart war lang und struppig, sein Gesicht schwarz vom Ruß des Brennofens, nur die geröteten Augen funkelten wie die eines einsamen Wildhundes. Kŭmbok, die erschrocken aufgewacht war, fragte, wie er um diese Stunde hierhergekommen sei, zog ihm den schneebedeckten Mantel aus und nahm seine steifgefrorenen Hände und hieß ihn, sie auf den geheizten Teil des Zimmerbodens zu legen, dann ging sie los, um Essen und gewärmten Wein zu holen. Schweigend saß der völlig abgemagerte Mann da und verzehrte das von Kŭmbok Gebrachte. Die lange Zeit im Bergtal hatte tiefe Spuren der Einsamkeit in seinen Zügen hinterlassen. In jener Nacht, der ersten gemeinsamen seit Langem, seufzte Kŭmbok unvermittelt auf: »Ziegel hin, Ziegel her, warum lassen wir es nicht bleiben und du kommst zurück nach Hause. Anscheinend ist das mit den Ziegeln doch nichts für uns.«

Schon am Nachmittag des nächsten Tages aber beendete Mun die süße Ruhepause und machte sich durch das Schneegestöber zurück auf den Weg nach Nambaran.

Auch der Fischhändler gönnte sich etwas Erholung, denn wegen des Schneewetters war an Autofahren ohnehin nicht zu denken. Zwar war er selbst auf den steilsten Bergserpentinen nie von der Straße abgekommen, auch wenn er meist mit halbgeschlossenen Augen fuhr wie ein Schlafwandler. Doch auf den zugeschneiten Wegen zu fahren wäre purer Leichtsinn gewesen. So genoss der Fischhändler ein paar Tage der Ruhe, bis er eines Morgens aus der Haustür blickte und zu seinem Schreck erkennen musste, dass das davor abgestellte Auto verschwunden war. Beim genaueren Nachsehen fand er Reifenspuren auf dem Schnee, und eilig machte er sich daran, ihnen nachzugehen. Die Spuren führten bis weit vor die Stadt, und inzwischen hatte der Fischhändler auch entdeckt, dass sich nicht nur Reifenrillen, sondern auch waschschüsselgroße Fußabdrücke, ganz offensichtlich die eines Elefanten, im Schnee abzeichneten.

Und wie nicht anders erwartet, erblickte der Fischhändler nach einer Weile Jumbo und Ch'unhŭi in der Ferne, die das Auto an einem Seil über eine schneebedeckte Wiese zogen. Schnell rannte er zu ihnen hin, hielt die beiden auf und schaffte es, den Wagen schließlich wieder nach Hause zu schleppen, aber wohin Ch'unhŭi den Wagen mit Jumbos Hilfe hatte bringen wollen, blieb im Verborgenen. Am Ende der Wiese befand sich eine steile Klippe, und er fragte sich, ob sie nicht vielleicht vorgehabt hatte, den Wagen von dort hinunterzustürzen. Als er Kŭmbok später von der Angelegenheit erzählte, schlug sie Ch'unhŭi zur Strafe so heftig mit der Rute, dass das Mädchen, das sonst nie weinte, seine Tränen zurückhalten musste, voller Gram das Auto anstarrend. Die Zwillingsschwestern wiederum versuchten Ch'unhŭi zu trösten und schalten Kŭmbok, weshalb sie so einen Schrottkarren angeschafft habe, während der unschuldige Fischhändler mit betretener Miene stumm dabeistand und an seiner Zigarette paffte.

Es war an einem Tag im April, das Grün der Bäume begann schon kräftiger zu werden, da kehrte Mun abermals nach Hause zurück. In seiner Hand hielt er einen roten Ziegelstein. Kŭmbok kam barfuß vor die Tür gelaufen und fragte erfreut, ob es jetzt endlich so weit sei mit der Ziegelproduktion, worauf er ihr statt einer Antwort und ohne sichtlichen Ausdruck von Freude den Stein hinhielt. Kŭmbok besah sich den Ziegel und ahnte, wie viel Hingabe Mun in all den Monaten geopfert haben musste, denn von so herausragender Qualität war das Stück. Formschön, von edler Färbung, allein das Gefühl an den Fingerspitzen sagte ihr, wie stabil der Stein war. Mun, der wenigstens ein kleines Lächeln der Zufriedenheit über das Produkt seiner langen Mühen hätte zeigen können, wirkte schüchtern, als er den Mund zum Sprechen öffnete: »Ein Haus, aus solchen Ziegeln gebaut, wird nicht so leicht einstürzen.«

Kŭmbok lachte. »Wie viele davon können wir an einem Tag machen?«, fragte sie.

»Wenn man zwei Öfen nebeneinander betreibt, etwa tausend Stück.«

»Gut. Dann bauen wir mit den ersten Ziegeln ein Haus für uns. Neben der Fabrik.«

Mun sah Kŭmbok verwundert an, bis diese fortfuhr: »In der Ziegelfabrik steckt mein ganzes Vermögen. Da kann ich nicht einfach hier gemütlich herumsitzen und auf die Ergebnisse warten. Außerdem werden wir jetzt eine Menge Arbeiter brauchen, da muss sich doch jemand um die Essensversorgung kümmern.«

»Aber das Leben dort ist ziemlich unbequem ...«

Bei Muns sorgenvollen Worten nahm Kŭmboks Gesicht einen ernsten Ausdruck an: »Wir haben bloß noch nicht offiziell geheiratet, aber wir gelten als respektable Eheleute. Auch deshalb können wir nicht die ganze Zeit getrennt leben.«

Dass Kŭmbok ihn endlich als Mann anerkannte, bewegte Mun unsagbar tief, und seine Augen wurden feucht. Mit zugeschnürter Kehle stand er da, brachte kein einziges Wort heraus und scharrte nur mit der Schuhspitze auf dem Boden. Kŭmbok trat auf ihn zu und nahm seine Hand fest in ihre. Dann sagte sie: »Und deshalb musst du mich ab jetzt beschützen.«

Ziegelsteine

Was der Dichter vor langer Zeit über P'yŏngdae geschrieben hatte, nämlich, dass der Ort, anders als sein Name es nahelegte, weder über weite Felder noch Baugrund für Häuser verfügte, war zwar beileibe keine Übertreibung, doch gab es im Vergleich zu den umliegenden Bergdörfern durchaus hier und dort Stellen an den Hängen, wo sich ein bisschen Essbares anbauen ließ, und seit der Eisenbahnanschluss in Betrieb genommen war, hatte auch die Forstwirtschaft einigen Aufschwung erhalten, so dass man in P'yŏngdae durchaus sein Auskommen finden konnte. Mit der unerwarteten Eröffnung der Ziegelfabrik begann ein weiterer Zustrom von Arbeitssuchenden in die Stadt, die nun mehr Einwohner verzeichnete als je zuvor. Diesen neuen Schub, der auf den ersten, durch die Eisenbahn bedingten folgte, bezeichneten die Heimatforscher als den »Zweiten Big Bang von P'yŏngdae«.

Die Ziegelfabrik zog eine wahrlich bunte Schar an Menschen an, darunter einen verarmten Pachtbauern ohne eigenes Anbauland, einen Knecht, der seinem sklavenhaften Dasein den Rücken kehren wollte, einen alten Zocker, der sein halbes Leben am Spieltisch verbracht hatte, bis hin zu einem Schwerverbrecher aus der Großstadt, der nach einem Mord hatte untertauchen müssen, war alles vertreten, ein Wimmelbild der vielfältigsten Existenzen.

Damals wie heute dürfte es kein wichtigeres und schwierigeres Geschäft gegeben haben als das der Auswahl des richtigen Personals. Mun zerbrach sich den Kopf, wie er die Ehrlichen und Fleißigen unter all den Männern heraussuchen sollte; für ihn, der bis vor Kurzem selbst einer dieser Gelegenheitsarbeiter gewesen war, keine leichte Aufgabe. Kŭmbok hingegen gab sich selbstsicher: »Überlass mir das. Ich sehe auf den ersten Blick, ob einer echt ist oder nur schauspielert.«

Mun war etwas verwirrt, weil er nicht genau wusste, was Kŭmbok mit »echt« und »schauspielern« meinte. Dieses etwas eigentümliche Sortierverfahren hatte sie sich während ihrer zahlreichen Kinobesuche seinerzeit in der Hafenstadt angeeignet. Sie glaubte fest daran, sofort feststellen zu können, wessen Verhalten echt, also aufrichtig war und wer nur vorgab, aufrichtig zu sein, also schauspielerte. Auf Muns Frage, wie sie das wissen könne, zuckte Kŭmbok mit den Schultern: »Woher ich das weiß? Ich brauch nur hinschauen, ganz einfach.«

Tatsächlich erwiesen sich alle Arbeiter, die Kŭmbok auswählte, als vertrauenswürdig und fleißig; nur einmal, einige Jahre danach, machte sie einen großen Fehler und stellte eine Person ein, die ihr später auf übelste Weise in den Rücken fallen sollte. Das war der Preis für ihr übermäßiges Selbstvertrauen.

Mit dem Umzug von Kŭmbok nach Nambaran fiel die Erziehung von Ch'unhŭi wie selbstverständlich den Zwillingsschwestern zu. Das Mädchen wollte nicht von Jumbo getrennt werden, außerdem boten die Schwestern von selbst an, sich um Ch'unhŭi zu kümmern, so dass Kŭmbok schlussendlich keinen Grund sah, dagegen zu sein. Bevor sie P'yŏngdae verließ, bat sie die Schwestern, während ihrer Abwesenheit auch für den armen alten, heimatlosen Fischhändler zu sorgen, und den beiden blieb trotz ihrer Abneigung gegen den Mann nichts anderes übrig, als zu nicken.

Ch'unhŭi machte den Schwestern keine großen Umstände. Sie und Jumbo waren ein Herz und eine Seele und verbrachten in ihrer eigenen Welt friedliche Tage. Ihr Körperbau war bereits so robust wie der eines Erwachsenen, ihre Arme so stark wie bei einem kräftigen Mann; in ihrer geistigen Entwicklung aber wirkte sie auf andere zurückgeblieben, so als ob sie in dieser Hinsicht überhaupt keine Fortschritte machte. Dabei lernte sie während der Zwiegespräche, die sie mit Jumbo führte, ständig etwas Neues dazu.

Mir ist langweilig, wollen wir rausgehen und eine Runde drehen?

Kleines Fräulein, warte noch ein bisschen, noch ist nicht die Zeit dafür.

Warum müssen wir denn immer auf die Zeit achten?

Weil es die Zwillingsschwestern so wollen.

Warum müssen wir das tun, was die Zwillingsschwestern sagen?

Die Zwillingsschwestern sind gute Menschen, sie haben mich gerettet. Und außerdem habe ich der älteren Schwester die Hüfte gebrochen.

Jumbo war weise und Ch'unhŭis Neugier grenzenlos: Aber warum bist du so traurig?

Warum denkst du, dass ich traurig bin? Ich bin jetzt glücklich. Es gibt genug Futter, und niemand schlägt mich.

Gab es mal jemanden, der dich geschlagen hat?

Ja, kleines Fräulein, aber das ist ganz lange her.

Jumbo sah aus, als wolle er nicht an jene Zeit erinnert werden, und schwieg. Ch'unhŭi aber blickte ihn weiter mit fragenden Augen an, bis Jumbo sich geschlagen gab und den Mund öffnete: Gut, dann will ich dir antworten. Es ist, weil ich alt werde.

Was ist das, alt werden?

Altwerden bedeutet, dass man nicht mehr viel Zeit hat bis zum Sterben. Dass ich beim Zirkus aufhören musste, liegt übrigens auch am Altwerden.

Wie lange hast du denn gelebt?

Sehr lange, schon bevor deine Mutter geboren wurde. Nein, noch viel länger. Ehrlich gesagt, weiß ich es nicht genau. So lange ist das schon her.

Muss ich auch sterben?

Kleines Fräulein, die Menschen müssen genauso sterben wie wir Elefanten auch. Aber darüber musst du dir noch keine Gedanken machen. Bis dahin ist es noch ganz lang hin.

Und was passiert, wenn man stirbt?

Wenn man stirbt, verschwindet man. Und man nimmt Abschied. Für immer.

Mun baute, dem Wunsch Kŭmboks entsprechend, mit den ersten Ziegelsteinen ein Haus neben der Fabrik. Auf der anderen Seite des Geländes errichtete er aus Brettern und Blech Unterkünfte für die Arbeiter. Kŭmbok war es gewohnt, mit den rauen Kerlen fertigzuwerden, und so traute sich keiner von ihnen an sie heran, obschon ihr rätselhafter Duft so manchen von ihnen auf andere Gedanken brachte. So war im Tal von Nambaran eine kleine Gesellschaft entstanden, bevölkert von ein paar Dutzend Männern und ohne größere Probleme angeführt von Kŭmbok und Mun. Kŭmbok tauschte ihre Kleider wieder gegen die Pumphosen, die sie früher bei der Arbeit am Hafen immer getragen hatte. Die Leute fanden es unschicklich, dass eine Frau in Hosen herumlief, und tuschelten hinter ihrem Rücken, doch mit der Zeit wurden die Hosen zu Kŭmboks Markenzeichen.

Die Ziegelproduktion war angelaufen, und anfangs

hatte Kŭmbok geglaubt, die Ziegel würden reißenden Absatz finden, wenn nur erst einmal ausreichende Mengen verfügbar wären. Doch die Dinge liefen nicht so reibungslos wie gedacht. Zwar wuchs die Bevölkerung schlagartig an und überall in P'yŏngdae wurde gebaut, doch das Problem war, dass es hier keine Gebäude gab, für die teure Baustoffe gebraucht wurden. Ziegelsteine waren sehr rar, so dass man sie nicht für irgendwelche gewöhnliche Bauten verwendete. Die frischgebrannten Steine stapelten sich auf dem Fabrikhof, ohne dass jemand wusste, an wen man sie verkaufen sollte. Doch Kŭmbok war nicht von ungefähr ein Werbegenie, also setzte sie sich hin und ersann eine Strategie, dann rief sie Mun und die Männer zusammen, um sie ihnen zu verkünden: »In so einem Provinznest wie unserem werden wir unsere wertvollen Steine niemals los. Das Kaufinteresse muss geweckt werden, dann bekommen wir auch angemessene Preise für unsere Ware. Aber solange wir hier in diesem Kaff hocken bleiben, werden wir niemals herausfinden, wer unsere guten Ziegelsteine braucht, oder? Deshalb müssen wir sie bekanntmachen, um die richtige Kundschaft zu akquirieren«, begann sie.

»Und wie wollen Sie das anstellen?« Ungeduldig unterbrach einer der Männer Kŭmbok in ihren weitschweifigen Ausführungen.

»Da kann einer wohl nicht richtig zuhören, was? Genau das erkläre ich doch gerade!« Nach dieser Zurechtweisung fuhr sie fort: »Passt gut auf, was ich jetzt sage. Gleich morgen laden wir alle Steine, die wir haben, auf einen Eisenbahnwaggon. Und dann fahrt ihr die gesamte Strecke ab, und überall dort, wo eine Ortschaft ist, werft ihr eine Ladung Steine ab. Wo viele Leute wohnen, viele, und wo wenig Leute wohnen, nur ein paar. Wenn dann jemand einen davon findet und zufällig so einen Ziegel braucht, ist es ja gut möglich, dass er zu uns kommt.«

Zu einer Zeit, da es noch keine Werbemedien oder andere Marketingwerkzeuge gab, durfte man Kŭmboks Einfall vielleicht tatsächlich als eine Art von Strategie bezeichnen, aber die Unbedarftheit und Chuzpe, mit der sie an die Sache heranging, waren wieder einmal typisch für sie.

Dann meldete sich Mun zu Wort: »Das heißt, wir sollen die ganzen Steine neben die Bahngleise schmeißen?« Er zeigte auf die mühsam hergestellte Ware, in seiner Stimme klang Unmut.

»Wie kann man nur so kleinlich sein. Wie willst du Gewinne machen, wenn du nicht bereit bist, etwas zu investieren?« Kŭmbok zuckte nicht mit der Wimper.

Daraufhin fragte ein anderer Arbeiter: »Aber selbst wenn einer so einen Ziegel findet, wie soll er wissen, woher er stammt?«

Kŭmbok nahm einen Stein in die Hand. »So was Vernageltes aber auch. Wisst ihr nicht, was hier draufsteht?«

Am Rand des Steines, den Kŭmbok hochhielt, stand klar lesbar »Ziegelwerke P'yŏngdae«. Diese Inschrift wurde jedem Stein vor dem Brennen eingestanzt und gab einerseits Auskunft über den Produktionsort und war gleichzeitig die Warenbezeichnung für diesen sozusagen ersten Markenziegel, wiederum ein Beweis für Kŭmboks Geschick als Geschäftsfrau.

Die Arbeiter waren halb überzeugt, halb skeptisch, aber da es keine andere Wahl gab, wurde getan, was Kŭmbok gesagt hatte. Seit Monaten schon hatten sie keinen Lohn erhalten und warteten nur darauf, dass die Steine endlich einen Abnehmer fänden. Der Werbeaktion vorausgegangen war abermals ein kompliziertes Hin und Her von Briefen an die Direktion der Bahn, um eine Genehmigung für den Transport der Steine per Güterwaggon zu erhalten, doch dann konnte die Fahrt für die Männer endlich beginnen. In der Höhe jeder Ortschaft, die der Zug passierte, warfen sie wie vorgesehen ein, zwei oder mehrere Steine ab; Mun hatte für *Soju* und Trockenfisch gesorgt, und so fühlten sich die Männer ausgelassen wie ein Verein Landfrauen auf einer Vergnügungsreise im Touristenbus, der ersten in ihrem Leben. Von der langen harten Arbeit, erschöpft lehnten sie sich mit ihren Rücken an die Ziegelstapel und ließen das erste Mal seit Langem gemütlich ihre Becher kreisen. Der Zug fuhr langsam durch die warme Frühlingsluft in Richtung Norden, zwischen den Stängeln des zu beiden Seiten des Bahndamms blühenden Feinstrahls einzelne Häufchen roter Ziegelsteine hinter sich lassend.

Dann begann es zu dämmern und die Lichter der Ortschaften schimmerten in der Ferne unwirklich wie in einem Traum. Die Männer saßen melancholisch da, in Gedanken bei ihren Familien in der Heimat. Zwischendurch stimmte einer beschwipst ein Lied an, und so mancher verdrückte eine Träne, wenn eine wehmütige Zeile erklang. Sie alle einte der Wunsch, ihre Aktion möge erfolgreich sein und die Steine sich gut verkaufen, so dass sie nicht länger auf der Suche nach Arbeit in der Fremde umherwandern müssten. Schlichter kann das, wonach ein Wanderarbeiter strebt, ja nicht sein, nämlich, dass er genug zu essen hat und einen Platz zu schlafen, und so wäre ihnen jeder Ort, an dem sich dies erfüllte, die im Traum ersehnte Heimat, ein Hain Pfirsichbäume in voller Blüte.

Während Mun mit den Männern auf Fahrt ging, hatte auch Kŭmbok endlich wieder einmal Zeit für eine Pause und kehrte in ihr Haus in der Stadt zurück. Voller Freude, ihre Mutter wiederzusehen, kam Ch'unhŭi ihr entgegengerannt, doch Kŭmbok nahm kaum Notiz von ihr und begrüßte nur die Zwillingsschwestern herzlich. Ch'unhŭi wünschte sich sehr, von ihrer Mutter so wie früher einmal in den Arm genommen zu werden, ihre Wärme zu spüren, ihren Geruch von Milch und Puder zu riechen. Kŭmbok aber wirkte immer, also wolle sie vor ihrem Kind Reißaus nehmen. Für Ch'unhŭi war ihre Mutter so etwas wie eine auf ewig unerreichbare Fata Morgana, ein Hunger ohne Aussicht darauf, je gestillt werden zu können, eine verborgene Sehnsucht, die sie ihr ganzes Leben lang begleiten sollte.

Am Abend jener Rückkehr ging Ch'unhŭi in das menschenleere Zimmer ihrer Mutter und hielt ihre Nase an die dort abgelegten Kleider, um daran zu riechen. Dann hielt sie plötzlich inne, um zur Kommode zu gehen, auf der eine Puderdose stand. Sie nahm sie, öffnete den Deckel, und ein vertrauter Duft breitete sich aus. Ch'unhŭi nahm von dem Puder und begann, es eilig auf ihrem Gesicht und ihrem Körper zu verteilen. Wie immer, wenn ein Glücksgefühl sie durchströmte, erschien ihr der dunkle, warme Frieden des Stalls, in dem sie das Licht der Welt erblickt hatte.

Es war schon mitten in der Nacht, als Kŭmbok nach einem ausgiebigen Plausch mit den Zwillingsschwestern in ihr Zimmer hinüberging und dort beim Anblick einer in der Dunkelheit sitzenden bleichen Gestalt vor Schreck laut aufschrie. Als sie erkannte, dass es sich bei dem Gespenst um ihre über und über mit weißem Puder bedeckte Tochter handelte, packte sie das Kind bei den Haaren und begann, wie wild auf es einzuprügeln. Die Schläge prasselten nur so auf Ch'unhŭi herab, taten aber nicht sonderlich weh, dafür war die im Vergleich zu ihrer Tochter geradezu schmächtige Kŭmbok nicht stark genug. Ch'unhŭi weinte nicht einmal, sondern blickte ihre zornentbrannte Mutter nur verständnislos an. Schließlich wurde der nächtliche Tumult von den Zwillingsschwestern, die vom Lärm alarmiert herbeigerannt kamen, aufgelöst, aber Kŭmbok bekam das unheilvolle Bild ihrer weiß überstäubten Tochter nicht mehr aus dem Kopf und schob die bemitleidenswerte Ch'unhŭi nur noch weiter von sich fort

Ein Monat war seit der Aktion mit den abgeworfenen Ziegelsteinen vergangen. Kein Mensch hatte sich bisher blicken lassen. Es sah so aus, als sei der unkonventionelle Werbestreich verpufft, ohne irgendein Resultat zu zeitigen. Die in der Zwischenzeit pausenlos weiterproduzierten Ziegelsteine stapelten sich auf dem Fabrikgelände, bis kein Platz mehr vorhanden war. Ohne Beschäftigung lagen die Arbeiter herum und hielten Mittagschlaf oder saßen in Grüppchen zusammen und erzählten sich zum Zeitvertreib schlüpfrige Geschichten, in denen Kŭmbok die Hauptrolle spielte. Manche hatten schon tagsüber eine Schnapsfahne, andere veranstalteten ganz demonstrativ Kartenspielrunden. Je mehr Zeit verging, desto mehr geriet die Ordnung durcheinander, und die Unzufriedenheit der auf ihren Lohn wartenden Arbeiter wuchs.

Das von den Zwillingsschwestern geborgte Geld war längst zur Neige gegangen. Nur dank des Geldes, das das Transportunternehmen abwarf und der Einnahmen aus dem Café war bisher das Schlimmste verhindert worden. Kŭmbok begann unruhig zu werden. Sie kauerte neben dem aus Brettern gezimmerten Schild und überwachte den ganzen Tag die Zufahrt zur Fabrik, in der Hoffnung auf Kundschaft. Aber der Sommer ging bereits dem Ende zu, ohne dass sich eine Menschenseele hatte blicken lassen. Der Signalton eines vorbeifahrenden Zuges war das einzige Geräusch, das hin und wieder die Stille zerriss.

Der Unmut der Arbeiter bewegte sich allmählich auf seinen Höhepunkt zu. Sicher hatte man damals die richtigen Leute ausgesucht, aber das galt für einen Zeitpunkt, als diese in der schwachen Position von verzweifelt nach Arbeit Suchenden gewesen waren. Wie jeder typische Gelegenheitsarbeiter sich anfangs ganz anders gibt als zum Schluss, wenn das Ende seines Einsatzes bevorsteht, standen auch diese Männer in puncto Gerissenheit keinem gewitzten Händler nach, an Härte keinem Gauner, an Verschlagenheit keinem Hehler. Und weil es immer auch solche gibt, die darauf bedacht sind, wenn sich irgendwo ein Spalt auftat, diesen zu vergrößern und daraus für sich Kapital zu schlagen, waren auch solche Leute unter den Arbeitern im Ziegelwerk zu finden. Sie spielten die Leute gegeneinander aus, wiegelten sie auf und waren Meister im Worteverdrehen und darin, Unwahrheiten in die Welt zu setzen und Zweifel zu schüren. Das Ergebnis war, dass die Arbeiter glaubten, Mun und Kŭmbok wollten sie betrügen. Dass sie die Fabrik schon längst jemand anderem für viel Geld überschrieben hatten und die Männer nur noch weiterbeschäftigten, um vorzuweisen, dass der Betrieb normal lief, bis die Übernahme offiziell gemacht werden konnte. Selbstverständlich würden die beiden, sobald der Käufer dann in Erscheinung trat, sich sofort aus P'yŏngdae davonmachen, ohne den Männern auch nur einen Bruchteil ihres Lohns auszuzahlen. Diese Erzählung war viel interessanter als die Wahrheit, viel glaubwürdiger als die Tatsachen und verbreitete sich wie eine ansteckende Krankheit unter den Leuten. Das war das Gesetz der grundlosen Gerüchte.

Es geschah an einem der letzten Sommertage, die Schwüle zeigte sich noch einmal von ihrer gnadenlosen Seite. Selbst wenn man ruhig dasaß, lief einem der Schweiß sturzbachartig aus allen Poren, und die kleinste Meinungsverschiedenheit konnte sofort in Mord und Totschlag enden, so sehr hatte sich der Hitzeindex dem höchsten Punkt auf der Skala genähert.

Selbst die Insekten waren verstummt, eine seltsame Stille hatte sich über die gesamte Fabrik gelegt. Kŭmbok war auch an jenem Morgen wieder zur Einfahrt der Zufahrtsstraße gegangen. Auch sie dachte, dieser Sommer werde der letzte sein. Nicht nur, dass keine finanziellen Mittel mehr übrig waren, sie selbst war völlig ausgelaugt und schon der bloße Anblick der Fabrik widerte sie an. Doch am Nachmittag - aus welchem Grund, konnte sie noch nicht ahnen - kamen die Männer einer nach dem anderen herbei und traten vor sie hin. Unter nachlässig offenen Hemden liefen ihnen dicke Schweißperlen von der Brust, ihre Gesichter sahen ungesund gerötet aus, als ob sie schon ein paar Schnäpse intus hätten, und in ihren rauen Atemzügen war eine bedrohliche Aggressivität zu spüren. Kŭmbok wurde unbehaglich zumute und hielt rasch Ausschau nach Mun, doch dieser war ausgerechnet heute in die Kreisstadt gefahren, um Besorgungen zu machen. Aus der Gruppe trat einer der älteren Männer nach vorne. Zunächst begann er, in höflichem Ton zu sprechen: »Wir möchten gern heute unseren ausstehenden Lohn haben. Bitte zahlen Sie uns das Geld jetzt sofort aus.«

»Sehen Sie nicht die Stapel von Ziegelsteinen da hinten? Die muss ich erst einmal verkaufen, bevor ich irgendwelche Löhne auszahlen kann.« Kümbok täuschte Gelassenheit vor. Ihr selbstbewusstes Auftreten ließ die Männer kurz zögern. Doch gleich darauf kam von weiter hinten Frage um Frage auf sie zugeschossen.

»Stimmt es, dass Sie die Fabrik verkauft haben?«

»Sie sollen ja einiges Geld dafür bekommen haben, was ist damit passiert?«

»Wenn der Besitzer wechselt, von wem bekommen wir dann unser Geld?«

Immer mehr Rufe der Unzufriedenheit wurden laut, bis schließlich die ganze Menge im Chor quakte wie eine Schar Frösche zur Regenzeit. Zwar hielten sie sich noch zurück, doch aus ihren Fragen klang Wut. Kümbok unterbrach sie mit lauter Stimme: »Das alles hat sich doch jemand ausgedacht! Wenn wir Geld bekommen hätten, wären wir dann so verrückt, hier in diesem Tal hocken zu bleiben? Wenn wir euer Geld unterschlagen wollten, hätten wir uns doch schon längst aus dem Staub gemacht. Gebt uns noch etwas Zeit, dann ...«

Ehe Kümbok ihren Satz beenden konnte, schrie jemand aus der Gruppe: »Das ist doch gelogen!«

»Ja, nichts als Lügen!«

»Lüge!«

»Lüge!«

»Lüge!«

Was zuerst aus einzelnen Rufen bestand, vereinte sich zu einem lauten Chor. Manche stampften dazu im Takt mit den Füßen auf den Boden, was die Stimmung noch bedrohlicher machte. Die Männer stellten sich um Kümbok auf und zogen den Kreis immer enger. Sie sahen aus, als wollten sie sich im nächsten Augenblick auf sie stürzen und ihr den Garaus bereiten, da streckte Kümbok plötzlich die Hände in die Höhe: »Moment!«

Die Männer hielten kurz inne, und Kümbok löste unversehens die Bänder ihres Hemdes und schlug die Seiten zurück. Im Licht des Tages lag die helle Frauenhaut bloß vor ihnen, der Leib, den sie immer hatten besitzen wollen. Mit runden Augen starrten sie Kümbok an, die beide Arme von sich streckte und rief: »Wenn es sein muss, durchsucht mich doch! Wenn ihr auch nur eine Münze findet, dürft ihr mich ungestraft auf der Stelle umbringen.«

Kümboks Offensive bewirkte, dass die Männer stehenblieben. Die Stimmung war angespannt wie eine Bogensehne. Nur ein trockenes Schlucken war ab und zu vernehmbar. Dann brach wiederum eine Stimme von weiter hinten aus der Menge die angespannte Stille.

»Leute, hört mir zu! Stopfen wir diesem bösartigen Weib den Schnabel und schlagen sie ein für alle Mal tot!«

Als hätten sie nur darauf gewartet, fielen die anderen Männer sogleich ein.

»Eine gute Idee! Schlagen wir sie tot!«

»Nicht schlagen, zerreißen sollten wir sie!«

»Nein, steinigen, mit den Ziegeln!«

»Lieber lebendig begraben!«

»Nicht begraben, in den Ofen mit ihr!«

»Nein, lasst sie uns an der Esche aufhängen!«

Von allen Seiten ertönten Aufrufe, und diese stammten, wenig überraschend, von denjenigen, welche die anderen Männer angestachelt und aufgewiegelt und bis hierher gebracht hatten. Sie hatten keinerlei Begründung, aber ihre bloßen Worte reichten. Sie waren überzeugender als jede Logik, aufrüttelnder als jede Propaganda. Das war das Gesetz der Parole.

Wie bei einem Dammbruch ergoss sich nun eine wahre Flut an verschiedensten Slogans, darunter solche in der Art wie »Lasst uns die Steine zerbrechen, auf dass niemand sie verwende!« oder »Zerstören wir die Öfen!« oder »Fackeln wir die Fabrik ab!«, Aufrufe also, wie man sie von einer Menge aufgebrachter Arbeiter nicht anders erwarten würde, aber das von irgendwoher herbeigeflogene »Tod den Faschisten! Selbstbestimmung den Arbeitern!« oder die Parole »Nieder mit den Konzernen, erschaffen wir das Arbeiterparadies!« klangen vor der Kulisse einer Ziegelfabrik in einem Bergtal dann doch etwas albern; geradezu zweifelhafter Natur waren dann wieder Slogans wie »Es lebe die Volksdemokratische Republik Nordkorea!«. »Zerschmettern wir unter der Leitung unseres glorreichen Führers den amerikanischen Imperialismus!«; mit Forderungen wie »Schützt unsere schöne Umwelt vor der Industrie!« oder »Raus mit den Zerstörern ökologischer Lebensräume!« war man seiner Zeit noch ein bisschen zu weit voraus, und das von irgendwoher dazwischengerufene »Yŏngsuk, ich liebe dich!« oder »Scheiße, hätte ich doch nur ein anderes Blatt gespielt!« hatte nicht nur mit einer Parole absolut gar nichts gemein, sondern verriet lediglich, dass einige die Situation überhaupt nicht begriffen und einfach nur aufs Geratewohl mitgrölen wollten.

Wie dem auch sei, der Kern all jener verwirrend vielen Forderungen lautete, Kŭmbok auf der Stelle zu töten, und das nicht nur einfach so, sondern indem man sie vierteilte oder im Ofen verbrannte oder auf irgendeine andere, möglichst höllische und qualvolle Weise vom Leben zum Tod beförderte. Und wenn das erledigt war? Darüber hatte sich natürlich niemand Gedanken gemacht. Aber die aufs Höchste erregten Männer schienen auf der Stelle bereit zu morden, egal ob es einen Plan oder dergleichen gab oder nicht.

Einige der Männer hatten Knüppel in der Hand, andere Spitzhacken oder Sicheln oder andere gefährlich aussehende Werkzeuge. Die brutale Hitze, der ausgiebige Schnapsgenuss und die nackte Haut ihres Opfers hatte sie in einen Zustand des Wahnsinns versetzt. Schritt für Schritt rückten sie näher auf Kŭmbok vor. Nichts konnte sie in dieser Situation aufhalten. Kŭmbok stand fassungslos vor der Ironie des Schicksals: Sollte das riesengroße Glück, das ihr widerfahren war, jetzt ihren Tod bedeuten? Einer der Kerle näherte sich ihr von hinten und riss ihr das Hemd entzwei, was die anderen zum Signal nahmen und sich mit lautem Geheul auf Kŭmbok stürzten. Ihr Leben, das sogar in den Wirren des Krieges verschont geblieben war, stand auf der Schwelle zum Untergang. Doch dann ertönte ein Ruf aus der hinteren Reihe: »Alle Mann stopp!«

Die Männer blieben stehen und wandten ihre Köpfe, um zu sehen, wer gerufen hatte. Doch das Gesicht des Rufers war in dem wilden Menschenknäuel nicht auszumachen, stattdessen ein aus der Menge gereckter Zeigefinger. Wieder drehten alle die Köpfe, diesmal in die Richtung, in die der Finger deutete, zur Zufahrtsstraße. Dort, am Ende der Piste, sahen sie eine weiße Staubwolke über den Baumwipfeln. Kŭmbok zog rasch ihr zerrissenes Hemd über und stand vom Boden auf. Die Staubwolke bewegte sich langsam auf die Fabrik zu, und als nach der letzten Kurve der Wald endete, sah man, was sie aufgewirbelt hatte: ein schwarzer Jeep. Als hätte jemand das Kommando zum Stillstehen gegeben, standen Kŭmbok und die Männer wie angenagelt da und beobachteten, wie der Wagen auf die Fabrik zurollte.

Kurz vor der Einfahrt kam er zum Stehen. Die Tür des staubigen Wagens öffnete sich und ein rundlicher Herr mit einem weichen Filzhut auf dem Kopf stieg aus. In seiner Hand hielt er einen Ziegelstein, an dessen Ecke deutlich die Inschrift »Ziegelwerke P'yŏngdae« zu lesen war. Er schien eine lange Fahrt hinter sich zu haben, sein Gesicht sah müde aus. Er überblickte die Reihe der ihm den Weg versperrenden Männer, hielt den Ziegel in die Höhe und fragte laut: »Ist dieser Stein von hier?«

Die Männer blickten sich unschlüssig an, gaben aber keinen Ton von sich. Die Mordlust von eben hatte sich verflüchtigt, sie waren wieder die schüchternen Befehlsempfänger, die sie immer gewesen waren. Da trat Kŭmbok flink hervor und antwortete: »Haben Sie denn keine Augen im Kopf? Lesen Sie, was hier steht, dann wissen Sie, wo der Stein gemacht wurde.«

Kŭmbok deutete auf das Holzschild an der Fabrikeinfahrt, und der Mann mit dem weichen Hut sah von der Aufschrift zum Stein und wieder zum Schild, bis er endlich einen tiefen Seufzer tat, wie aus Erleichterung, nach langer Suche endlich sein Ziel erreicht zu haben, und sich den Schweiß von der Stirn wischte. Dann warf er in einem plötzlichen Anfall von Zorn den Stein auf die Erde, bevor er weitersprach: »Verdammt, wenn wenigstens eine Telefonnummer dabei wäre. Aber so, nur mit der Marke drauf, wie soll man denn da wissen, wo dieses P'yŏngdae ist, im Wald oder auf dem Mond? Zwei Tage hat es mich gekostet hierherzufinden.«

Kŭmbok grinste breit. Sie schaffte es, die Todesangst, die sie eben noch befallen hatte, abzuschütteln und wieder ihre gelassene Haltung einzunehmen. »Hier gibt es nicht einmal elektrischen Strom, wie sollten wir da ein Telefon haben. Aber zum Glück haben Sie ja den Weg auch so gefunden, nicht wahr?«, frotzelte sie.

Der Mann mit dem weichen Hut ließ kurz seinen Blick über die Fabrik und die Umgebung schweifen. »Verdammt, wer ahnt schon, dass so weit ab vom Schuss solche Ziegel gemacht werden? Wenn ich den Schornstein nicht gesehen hätte, wären wir glatt vorbeigefahren. Aber jetzt geben Sie mir bitte erstmal ein Glas Wasser, ich komme um vor Durst.«

Kümbok rührte sich nicht vom Fleck. »Sagen Sie doch erst einmal, was Sie hier wollen. Dann bringe ich Ihnen Wasser oder was sonst auch immer.«

»Verdammt, welcher Verrückte würde sich schon in diesen Winkel verirren, wenn nicht, um Steine zu kaufen? Sagen Sie, sind Sie die Chefin hier?« Der Mann mit dem weichen Hut klang entnervt.

»Wenn ich das nicht wäre, weshalb sollte ich bei dieser Bullenhitze hier mit Ihnen diskutieren, bis mir die Zunge ausfranst?«

Jetzt erst hob der Mann wie zum Einverständnis seiner Niederlage beide Hände: »Gut, wenn ich schon mal hier bin, kann ich ja schlecht mit leeren Händen wieder abziehen, aber die verfluchten Ziegel da reichen hinten und vorne nicht. Ab morgen müsst ihr ohne Pause Ziegel brennen, und ich hoffe für euch, dass es zwischendurch mal regnet, sonst werdet ihr gar keine Pause mehr haben. Über den Preis verhandeln wir später, jetzt brauche ich erst einmal etwas zu trinken. Wasser, oder wenn's was Stärkeres ist, umso besser.«

So nahm das Geschäft seinen Anfang. Der Mann mit dem weichen Hut – mit Familiennamen hieß er Kwak – stellte sich als Direktor eines Bauunternehmens vor. Als er den Ziegelstein neben dem Bahndamm fand, hatte er mit seinem geschulten Blick sofort dessen hervorragende Qualität erkannt. Sein Einsatzgebiet lag weit entfernt, bestimmt drei Tage Fahrt mit dem Zug, aber für einen guten Ziegelstein hatte er die Mühen nicht gescheut und war sofort losgefahren. Später sollte er der Erste sein, der Wohnhochhäuser baute, und so zum zweitgrößten Bauunternehmer des Landes avancieren, doch hatte er nicht lange etwas von seinem Erfolg, denn schon im Alter von nur zweiundfünfzig Jahren segnete er das Zeitliche. Mit Freunden hatte er sich am Ufer eines Flusses zu einem Umtrunk getroffen und war plötzlich auf die Idee gekommen, beweisen zu müssen, dass er noch stark genug sei, zur anderen Seite zu schwimmen, wobei er, kaum war er im Wasser, einen Herzstillstand erlitt. Das war das Gesetz der Vermessenheit.

Typisch für einen Bauunternehmer war er risikofreudig und von aufbrausendem Temperament, mit Kŭmbok verstand er sich prächtig. Das ging nachher sogar so weit, dass die beiden miteinander im Bett landeten; doch als Mun später davon erfuhr und sie zur Rede stellte, hatte Kŭmbok schnell eine Antwort parat: »Wenn damals Direktor Kwak nicht aufgetaucht wäre, läge ich jetzt als ein Häufchen Asche in einem von unseren Ziegelöfen. Darum ist er für mich ein Wohltäter, wie es keinen zweiten gibt auf der Welt. Ist es da ein so großer Fehler, wenn ich ihm meinen Körper, der sowieso einmal sterben und verwesen wird, einmal kurz überlasse und ihm seinen Wunsch erfülle?«

Natürlich war das nur eine Ausrede. Denn es zeigte sich bald, dass Kŭmbok eine unkontrollierbare Männergier entwickelte, in der sie nicht bei Wohltätern haltmachte, sondern sich jeden beliebigen Hilfsarbeiter schnappte, wenn Bedarf bestand. Mun verletzte sie mit ihrem Tun sehr, aber wahr ist auch, dass dank Direktor Kwak die Krise, in der sie damals gemeinsam steckten, überwunden werden konnte.

Die Bemerkung, die Kwak an jenem Tag vor den Arbeitern gemacht hatte, war kein Bluff gewesen. Ab dem folgenden Tag mussten sie rund um die Uhr schwitzen und Ziegel brennen, aber die Aussicht, endlich den ausstehenden Lohn zu bekommen und sich keine andere Arbeit suchen zu müssen, ließ ihre Füße umso kräftiger den Lehm für die Ziegel stampfen. Und Direktor Kwak blieb nicht der Einzige, der die Fabrik aufsuchte. Direktor Park, Direktor Yu, Direktor An, Direktor Kong, Direktor Min, Direktor Cheon, Geschäftsleute unterschiedlichster Namen kamen einer nach dem anderen herbei, ein jeder mit einem Ziegelstein in der Hand, der das Siegel der Ziegelwerke P'yŏngdae trug. Sie waren entweder Bauunternehmer vom Schlage eines Direktor Kwak oder auf Mauerbau spezialisierte Fachmänner oder Baumaterialhändler oder Konstruktionsplaner. Auch Kŭmbok, die den Leuten bis dato immer noch als »Ch'unhŭis Mutter« bekannt war, nannte sich nun Direktorin Kang, wobei das Kang sich nicht auf ihren Familiennamen bezog, sondern mit Bedacht des Klanges wegen gewählt worden war, denn »kkang« bedeutete so viel wie Mumm. Und diesen hatte sie wahrlich bewiesen, ihr Geschäft ohne Zaudern und Hadern nach vorne gebracht, ohne sich von irgendwelchen Kerlen, so hartgesotten sie auch sein mochten, unterkriegen zu lassen

Die Ziegelwerke P'yŏngdae lösten in Baugewerbekreisen eine Sensation aus. Unternehmer standen am Fabriktor Schlange, um eine Charge von den Markenziegeln abzubekommen, und die Ware wurde, kaum, dass sie aus dem Brennofen kam, auf Waggons verladen und abtransportiert. Nicht lang, und Mun musste zwei weitere Öfen bauen, während gleichzeitig die Zahl der Arbeiter rasant anwuchs. Arbeitskräfte waren inzwischen so knapp, dass kein Spielraum mehr für eine gründliche Personalauswahl bestand. Auch Kŭmbok hatte zusätzlich einige Frauen einstellen müssen, die Tag und Nacht für Essen sorgten. Nach dem Vorbild ihrer Chefin tauschten sie ihre Röcke gegen Pumphosen, was sich bald wie eine Mode ausbreitete und dazu führte, dass nach kurzer Zeit alle Frauen im Umkreis die bequemen Beinkleider trugen. Es wurde ein lauter Herbst in Nambaran, in dem sich die Lieder der lehmstampfenden Arbeiter mischten mit dem Motorenlärm der Lastwagen und dem Geschrei der Unternehmer, die sich darum zankten, wer zuerst seine Ziegelsteinlieferung bekam.

Noch bevor der Winter kam, hatte Kŭmbok ihren Arbeitern sämtliche ausstehenden Löhne einschließlich eines großzügigen Zuschlags auszahlen sowie den Zwillingsschwestern das geliehene Geld zurückgeben können. Auch einen guten Teil der enormen Kosten, die in die Fabrik geflossen waren, glich sie mit dem dann noch übrigen Geld aus. Der erste Frost kam, es wurde kalt, und als die Flut an Aufträgen ein wenig abgeebbt war, richtete Kŭmbok für die Leute ein großes Fest aus. Sieben Schweine wurden geschlachtet, ein Lieferwagen brachte aus der Stadt eine großzügige Ladung an Getränken. Auch die Zwillingsschwestern und der Fischhändler wurden eingeladen; die Arbeiter sangen, berauscht von der lang ersehnten Pause und dem gut gereiften Reiswein, aus vollem Hals Lieder, alle schunkelten und tanzten miteinander. Vor Rührung und Erleichterung über den Erfolg nach all den Strapazen fiel man sich in die Arme, manche weinten sogar. Kŭmbok ließ für ein paar Stunden das Chefsein sein und feierte zusammen mit den Arbeitern. Es wurde ein fröhliches Fest, und jedermann war zufrieden. Als alle angenehm beschwipst spätnachts in ihren Betten lagen, fiel in Nambaran der erste Schnee.

Doppelknochen

Es schneite weiter und es wurde so kalt, dass der Bergbach zufror. In den Brennöfen ließ man die Feuer ausgehen, und die Fabrikation, die den ganzen Herbst hindurch bis jetzt auf Hochtouren gelaufen war, wurde heruntergefahren. Die Kreaturen der Welt richteten sich auf eine lange Winterpause ein. Mit dem Lohn in ihren Händen zog es die Arbeiter, einen nach dem anderen, in ihre Heimatorte. Alle hatten einen Vertrag für das kommende Frühjahr bekommen, und froh gestimmt bestieg man den Nachtzug. Nur ein paar wenige, die nicht nach Hause zurückkehren konnten oder niemanden hatten, der auf sie wartete, blieben in Nambaran und vertrieben sich die langen Winternächte in der Unterkunft mit Kartenspielen.

Etwa zur gleichen Zeit gingen auch Kŭmbok und Mun in ihr Haus nach P'yŏngdae zurück, um sich von den Strapazen zu erholen. Doch gab es womöglich jemanden, der den beiden den übermäßigen Erfolg missgönnte? Denn in P'yŏngdae erwartete sie ein unvorhergesehenes Unglück. Dieses hatte in Wahrheit bereits mit jenem unguten Vorgefühl seinen Lauf zu nehmen begonnen, welches die Zwillingsschwestern so heftig befallen hatte, seit der Fischhändler in die Stadt gekommen und die Sache mit Ch'unhŭi und Jumbo und dem zur Klippe abgeschleppten Lieferwagen passiert war.

An jenem Tag hatte sich der Fischhändler wieder in den alten Wagen gesetzt und seine Tour durch die Bergdörfer gemacht; gerade fuhr er mit seinen Passagieren in die Stadt hinein. Erst vor ein paar Tagen hatte es aufgehört zu schneien, auf der Straße lagen immer noch gefrorene Reste Schnee. Der Wagen fuhr am Markt vorbei und bewegte sich in Richtung des Bahnhofs. Plötzlich, wie aus dem Nichts, erschien eine alte Frau vor den Augen des Fischhändlers. Die weißhaarige Alte war gerade dabei, mit einem Stock in der Hand die Straße zu überqueren. Vermutlich war sie schwerhörig, denn ohne von dem hektischen Hupen des Wagens Notiz zu nehmen, setzte sie gemächlichen Schritts ihren Weg fort, den Blick zum Boden gerichtet. Der Fischhändler trat erschrocken auf die Bremse. Auf der vereisten Straße aber hatten die Räder keinen Halt, der Wagen schlingerte und brach seitlich aus. Die Passagiere wurden hin und her geschleudert und schrien laut auf.

Unglücklicherweise machten zur gleichen Zeit auch Jumbo und Ch'unhŭi ihre Runde und befanden sich gerade in der Höhe des Markts. Der Fischhändler sah den Elefanten mit Ch'unhŭi auf dem Rücken und trat noch einmal mit aller Kraft auf die Bremse, doch das einmal ins Schlingern geratene Fahrzeug ließ sich nicht mehr anhalten, und schließlich rammte Wagen Nummer 1 der Firma P'yŏngdae Transport mit unverminderter Geschwindigkeit die Flanke des Tieres. Jumbo stürzte auf der Stelle zu Boden, das Mädchen auf seinem Rücken wurde durch die Luft katapultiert. All das ereignete sich innerhalb von Sekundenbruchteilen.

Als der Fischhändler, der durch den Aufprall kurz das Bewusstsein verloren hatte, wieder die Augen öffnete, sah er die alte Frau mitten auf der Straße stehen. Und nun wurde er eines Gesichts gewahr, so hässlich, wie er es sein Lebtag noch nie gesehen hatte. Die kaum erkennbaren Mäuseaugen, die unförmige Knollennase, der zahnlose Mund und die hohlen Wangen, die kahlen Stellen im Haar ... Richtig! Es war die arme alte Jungfer, nein, die Alte mit der Suppenstube. Wer sonst hätte es auch sein sollen?

Als sich ihre Blicke trafen, verzog die Frau ihr faltiges, eingefallenes Gesicht zu einem Lächeln. Ein schauriges, kaltes Grinsen. Der Fischhändler stieg eilig aus dem Wagen und rannte zu Jumbo, der zu dem Zeitpunkt bereits nicht mehr lebte. Aus seiner langen Nase quoll unaufhörlich dunkles Blut und färbte den schneebedeckten Straßenrand rot. In kürzester Zeit war alles voller Menschen. Der Wagen war eingedrückt und unter der Motorhaube stieg Rauch empor, einige der Passagiere hatten Verletzungen. Von Ch'unhŭi war keine Spur, sie musste von Jumbos Rücken einige Meter weit weggeschleudert worden sein. Es war der erste Verkehrsunfall in der Geschichte P'yŏngdaes, und weil niemand wusste, wie eine Unfallstelle zu sichern war, herrschte ein heilloses Durcheinander. Inmitten all des Trubels hielt der Fischhändler Ausschau nach der alten Frau von eben, aber sie war schon verschwunden und nirgends mehr zu sehen.

Ch'unhŭi fand man erst, nachdem die Zwillingsschwestern und Kŭmbok, von der Nachricht über den Unfall alarmiert, herbeigerannt gekommen waren. Die Schwestern warfen sich über Jumbo und brachen in lautes Weinen aus, dann fielen beide gleichzeitig in Ohnmacht, kamen wieder zu Bewusstsein, um dann, als hätten sie den toten Elefanten gerade erst entdeckt, wieder fürchterlich zu weinen zu beginnen und ohnmächtig zu werden, was sich noch mehrere Male wiederholte. Währenddessen erblickte jemand Ch'unhŭi auf einem hohen Baum neben dem Marktplatz. Anscheinend war sie durch die Wucht des Aufpralls bis hier hochgeflogen, wo sie wieder aufgewacht sein musste und jetzt vom Baumwipfel aus den toten Elefanten, die ihn umringende Menschenmenge und die weinenden Zwillingsschwestern beobachtete. Äußerlich betrachtet schien sie unverletzt geblieben zu sein. Aber wie konnte das sein, bei einer Kollision, die einen Elefanten zu Fall gebracht hatte? Gleich sollte dieses Geheimnis gelüftet werden.

Von Kŭmbok und Mun links und rechts an der Hand genommen, brachte man Ch'unhŭi zum Arzt, und zwar auf den Rat von Passanten hin, die sagten, gerade weil von außen nichts zu sehen war, könnte es später zu Komplikationen kommen. Selbst in P'yŏngdae gab es inzwischen Arztpraxen, die mit modernen medizinischen Geräten ausgestattet waren. Ein Arzt im weißen Kittel untersuchte Ch'unhŭi mit allerlei Methoden auf etwaige Verletzungen, und eine davon bestand im Aufnehmen von Röntgenbildern. Ch'unhŭi stellte sich nackt vor den großen Apparat, und schon kurz darauf erschien der Arzt mit dem Film, besah sich eine ganze Weile lang die Aufnahmen, skeptisch den Kopf hin- und herwiegend, bis Mun ungeduldig wurde: »Jetzt hören Sie doch mal auf mit dem Kopfwackeln und sagen Sie etwas. Ist was nicht in Ordnung mit unserem Kind?«

»Nun, wie soll ich sagen, wenn man es so sehen möchte, ja, andererseits ist aber auch das Gegenteil der Fall«, antwortete der Arzt, weiter den Kopf wiegend.

»Und was soll das heißen? Wenn alles in Ordnung ist, ist alles in Ordnung, und wenn was nicht stimmt, stimmt was nicht ...«

Auf die Einmischung von Kŭmbok, die ebenfalls am Ende ihrer Geduld angelangt war, schob der Arzt ihr den Film herüber. »Haben Sie schon mal etwas von Doppelknochen gehört?«, fragte er.

»Natürlich. Tiger sollen so was haben, in den Vorderbeinen ...«, gab Mun sich wissend.

»Richtig. Deswegen übersteht es ja auch der stärkste

Mann nicht, wenn er einen Schlag mit den Vordertatzen abbekommt«, bestätigte der Arzt. »Und genau solche Knochen hat Ihr Kind. Normalerweise haben Menschen zwei Knochen im Unterarm, bei dem Mädchen ist es aber ein einziger.« Er deutete auf das Röntgenbild und fuhr fort: »Sehen Sie selbst, da ist nur ein Knochen zu erkennen, nicht wahr? Dass das Kind keine inneren Verletzungen hat nach so einem Unfall, liegt daran, dass das ganze Skelett aus solchen Doppelknochen besteht.«

Kŭmbok musste bei den Erläuterungen des Arztes an Kŏkjŏng denken. Einmal mehr war sie überzeugt, dass das Kind nur von ihm sein konnte.

»Gibt es denn keine Probleme mit solchen Knochen?«, fragte Mun mit ernster Stimme nach.

»Nun ja, haben Sie vielleicht vor, dem Kind Klavierspielen oder Schreibmaschineschreiben beizubringen?«

»An so einem Zeug haben wir kein Interesse. Das Kind wird lernen, wie man Ziegelsteine macht, so wie wir auch, und fertig.«

Mun blickte die so brüsk antwortende Kŭmbok verwundert an. Er fragte sich, ob diese Frau schon von Anfang an vorgehabt hatte, Ch'unhŭi als Ziegelarbeiterin aufzuziehen, oder ob ihr die Antwort auf die Frage des Arztes ganz spontan über die Lippen gekommen war. Klar schien jedenfalls, dass mit dieser einen Bemerkung über die Zukunft des Kindes entschieden war.

»Wenn dem so ist, dürfte es keine besonderen Probleme geben«, sagte der Arzt und zuckte mit den Schultern. Für ihn war die Angelegenheit damit erledigt.

Für Kŭmbok allerdings noch nicht, denn plötzlich zeigte sie sich ganz kindisch fasziniert von der Röntgentechnik und der Möglichkeit, Menschen zu durchleuchten. Zwar verstand sie das zugrunde liegende Prinzip nicht im Geringsten, doch fand sie die Tatsache, in einen Menschen hineinschauen zu können, so aufregend, dass sie den Arzt bat, auch von ihr ein solches Bild anzufertigen. Mun schalt sie, was sie mit einem gespenstischen Foto, auf dem nur Knochen zu sehen waren, anfangen wolle, doch Kümboks ungestüme Neugier ließ sich nicht bezähmen. Flink hatte sie die Pumphose und alle anderen Sachen ausgezogen und sich vor den großen Apparat gestellt.

Als kurze Zeit später die Aufnahmen von jedem Winkel ihres Körpers fertig waren, beugte sich Kümbok darüber und studierte sie aufmerksam wie eine antike Schatzkarte. Ihr schönes Haar und der runde Hintern, ihre feurigen Augen und die rosigen Wangen waren verschwunden, nur die dürren Knochen waren hell zu sehen wie das Geäst eines toten Baumes. Kümbok nahm den Film mit nach Hause und betrachtete die Aufnahmen tagelang wie gebannt im Licht einer Lampe, um schließlich wissend zu nicken, als sei ihr eine große Wahrheit aufgegangen, und mit trauriger Stimme ihr Fazit zu ziehen: »Alles ist also nur eine Hülle. Am Ende bleibt bloß ein Haufen weißer Knochen übrig.«

Was sie in den Röntgenaufnahmen entdeckte, war das Bild ihres eigenen Leibes, wie er nach dem Tod aussehen würde. Seit jenem Tag gebrauchte sie häufig, wie aus Gewohnheit, den Ausdruck »Verfaulen wird er, dieser Leib«, und bald nahm ihr freizügiges Liebesleben, ihr wahlloser Umgang mit Männern seinen Anfang, und vielleicht muss man darin den wiewohl vergeblichen Versuch einer Frau sehen, deren ganzes Leben vom Tod begleitet gewesen war, gegen die körperliche Vergänglichkeit und die Angst vor dem Sterben anzukämpfen.

Jumbos Tod stürzte die Zwillingsschwestern, die sich seit ihrer Jugend um das Tier gekümmert hatten wie um ein eigenes Kind, in unsagbar tiefe Trauer. Sie verschlossen sogar das Café, verweigerten Essen und Trinken und verbrachten die ganze Zeit weinend in ihrem Zimmer. Kümbok saß tagelang bei ihnen und versuchte sie zu trösten, aber es half nichts. Auf der einen Seite hegten die beiden Frauen einen Groll gegen Kümbok, weil sie es gewesen war, die Jumbo zu Werbezwecken tägliche Runden durch die Stadt hatte machen lassen und so seinen Tod verursacht hatte, auf der anderen Seite bestanden sie darauf, nicht länger unter einem Dach mit dem, wie sie sagten, brutalen Schlächter Jumbos leben zu können, worauf dem Fischhändler nichts übrigblieb, als sich im Nachbarhaus ein Zimmer zur Miete zu nehmen. Ein paar Tage darauf öffnete das Café zwar wieder, doch die Zwillingsschwestern fanden nicht mehr zu ihrer fröhlichen, lebendigen Art von früher zurück. Oft saßen sie stundenlang am Fenster, blickten auf den Marktplatz, wo Jumbo immer mit seiner Bauchbinde entlanggetrottet war, und weinten. So konnte es mit dem Café nicht weitergehen. Da überlegte sich Kümbok etwas, das so neu und überraschend war wie das Wunder der Auferweckung des Lazarus.

Eines Morgens dann, die Zwillingsschwestern kamen gerade zu Fuß zur Arbeit, sahen sie etwas so absolut Unfassbares, dass sie wie angewurzelt stehenblieben. Vor dem Café stand Jumbo der Elefant, den Rüssel hoch in die Luft gereckt, in majestätischer Größe vor ihnen. Als sie sich vom ersten Schrecken erholt hatten, rannten die beiden los, laute Rufe der Wiedersehensfreude ausstoßend. Sie umklammerten das Tier mit den Armen, bis sie irgendwann merkten, dass sein Körper ausgestopft war.

Ein paar Tage zuvor hatte Kümbok Leute angeheuert

und den toten Jumbo heimlich aus seinem Grab holen lassen. Die Verwesung hatte schon eingesetzt, aber die Haut war zum Glück noch völlig intakt. Weil schon seit jeher das Präparieren von allerlei Vögeln und Wildtieren einen wichtigen Erwerbszweig der Menschen in P'yŏngdae ausgemacht hatte, gab es genügend Fachleute mit den entsprechenden Fähigkeiten. Sie zogen dem Kadaver behutsam die Haut ab und füllten sie mit Holzspänen wieder auf, bei dem gewaltigen Volumen aber kam man mit dem vorhandenen Material nicht weit, und schließlich brauchte man mehrere Dutzend Ballen Stroh, um das Innere auszustopfen. Die verfaulten Augen wurden entfernt und durch eigens angefertigte große Glaskugeln ersetzt, so dass Jumbo fast wieder aussah wie zu Lebzeiten. Die Zwillingsschwestern brachen vor Enttäuschung über die Attrappe abermals in Tränen aus, doch Kŭmboks Aktion war trotzdem kein Misserfolg. Auch wenn es nur eine Attrappe war, so vermittelte sie doch einen wahrheitsgetreuen Eindruck von der Großartigkeit des lebendigen Jumbo, und das stellte sich für die Schwestern als ein großer Trost heraus. Außerdem blieben viele Menschen vor dem riesigen Tier stehen, so dass seine Werbewirksamkeit bis über den Tod hinaus fortbestand. Nur auf die Bauchbinde musste wegen des Vetos der Zwillingsschwestern, die diese mit dem Unfall des Elefanten in Verbindung brachten, verzichtet werden. Stattdessen ließen sich die Schwestern etwas eigenes einfallen. Auf ihren Wunsch wurde ein großer Futtertrog angefertigt und vor Jumbo aufgestellt. Wann immer Zeit dafür blieb, füllten sie frischgekochte Bohnen in den Trog, auf dessen Rand die folgende Inschrift zu lesen stand:

Für Jumbo, voller Liebe.

Lange Zeit stand der ausgestopfte Elefant als Bewacher vor dem Café und nahm einen festen Platz unter den Berühmtheiten von P'yŏngdae ein, bis zu dem Tag, als er zu einem Häufchen Asche verbrannte.

Die Schwestern waren nicht die Einzigen, die Jumbos Tod betrauerten. Auch Ch'unhŭi, die zuerst nicht begreifen konnte, dass Jumbo wirklich tot war, wurde allmählich klar, dass er sie für immer verlassen hatte. Obwohl ihre Mutter ein täuschend ähnliches Ebenbild hatte erschaffen lassen, merkte sie sofort, dass es nicht der echte Jumbo war. Sein beruhigender Geruch fehlte, und vor allen Dingen vermisste sie die Gespräche, die die beiden auf ihre eigene Art miteinander immer geführt hatten. Ch'unhŭi verstand erst jetzt, was Jumbo über den Tod gesagt hatte. Es war ein Stillstand für ewig. Wenn Fliegen sich auf seine Augen setzten, konnte er sie nicht wie früher mit einem Zwinkern vertreiben, wenn kalter Regen auf ihn fiel, konnte er sich nicht unterstellen, und wenn ihn die Beine schmerzten, konnte er sich nicht hinsetzen und ausruhen. Der ausgestopfte Jumbo konnte nicht Ch'unhŭis Jumbo sein. Dieser hier war lediglich ein dem alten Jumbo ähnliches Gebilde aus Stroh und Leder, nichts sonst. Ch'unhŭis Trauer mochte nicht von derselben Intensität sein wie die der Zwillingsschwestern, doch der Schmerz über seinen Verlust war dauerhaft und sollte bis zu dem Augenblick, da sie in der Fabrik einen einsamen Tod starb, nicht mehr von ihr weichen.

Skandal

Es wurde wieder Frühling, und in der Ziegelfabrik gab es mehr Arbeit denn je. Pausenlos kamen Bestellungen herein, die Arbeiter hatten nicht einmal mehr Zeit, sich die Hintern abzuwischen, und wünschten sich tatsächlich nichts sehnlicher, als dass es regnete, um sich wenigstens einen Tag lang ausruhen zu können. Kŭmbok war rührig dabei, Preisverhandlungen zu führen und Aufträge entgegenzunehmen, oft fuhr sie dafür auch in andere Städte und blieb mehrere Tage fort – zur Erschließung neuer Verkaufsmöglichkeiten und für das Kundenmanagement, so sagte sie.

An Beschäftigtsein stand Mun Kŭmbok in nichts nach. Während Kŭmbok für Verkauf und Vertrieb sorgte, übernahm er Verwaltung und Produktion. Um die Qualität der Ziegel zu gewährleisten, musste er einerseits die Arbeiter zu Höchstleistungen antreiben und sich gleichzeitig um geeigneten Ersatz kümmern für die Männer, die kündigten, vor lauter Arbeit wusste er nicht, wo ihm der Kopf stand. Tatsächlich war es Mun, der mehr als jeder andere zum Aufbau der Fabrik beitrug, doch kehrte er das nicht eigens heraus. Geräuschlos verrichtete er im Hintergrund gewissenhaft seine Aufgaben, und auch bei Dingen, die eigentlich in seiner Entscheidungsmacht lagen, hielt er stets mit Kŭmbok Rücksprache. Menschen, die Muns wahres Wesen nicht kannten, fragten sich, wie ein so unscheinbarer, ältlicher Pantoffelheld der Mann von Kŭmboks Wahl sein konnte. Doch er war kein bisschen beleidigt deswegen. So ein Mann war Mun.

Die Welle der Modernisierung setzte sich ungebremst fort, und auch P'yŏngdae veränderte sich rasant. Jedes

Haus bekam einen Stromanschluss, Telefonleitungen wurden gelegt. Der das Land regierende General führte eine bizarr anmutende, in der Geschichte der Menschheit beispiellose Maßnahme ein, und diese bestand darin, alle Bürger frühmorgens um die gleiche Zeit wecken zu lassen. Zu diesem Zweck hatte er in jedem Viertel große Lautsprecher aufstellen lassen, über die ein von ihm selbstverfasstes Lied erschallte. Für diesen Weckruf hatte der General, der praktisch sein ganzes Leben beim Militär verbracht hatte, die Stunde bestimmt, in der die Soldaten ihren Morgenappell machten. P'yŏngdae, auch wenn es tief versteckt in den Bergen lag, war davon nicht ausgenommen. An der Melodie des Lieds war nichts, das einem im Ohr blieb, dennoch erwies sich die Methode als außerordentlich wirkungsvoll. Restlos jeder krabbelte unter seiner warmen Decke hervor, sobald das Lied ertönte, murrend zwar, doch der Krach aus den Lautsprechern war einfach zu groß, als dass man hätte liegenbleiben können. So stahl der General den Leuten ihren Schlaf, und das Leben wurde noch ermüdender, als es ohnehin schon war.

Man darf sagen, dass es Kŭmbok war, die neben der Eisenbahn am meisten dazu beitrug, dass sich die Zivilisation bis hierher in den entlegensten Bergwinkel ausbreiten konnte. Sie investierte weitere Summen in ihr Transportunternehmen und erhöhte die Zahl der Fahrzeuge nacheinander auf insgesamt zehn. Mit der steigenden Zahl an Arbeitsplätzen wuchs auch die Zahl der Einwohner P'yŏngdaes sprunghaft an. Eine unerklärliche Nervosität hatte eingesetzt, auch wenn man nichts zu tun hatte, kam man nicht zur Ruhe, und selbst wenn man gerade gegessen hatte, blieb doch ein Gefühl des Hungers, das erst nachzulassen schien, wenn man eine Tasse

Kaffee in sich hineingeschüttet hatte. Im Café zu sitzen und nichtige Gespräche zu führen machte die Beziehungen zwischen den Menschen nicht einfacher, häufig kam es zu Streitigkeiten und Missverständnissen. Um diese zu klären und sich wieder zu versöhnen, gab man noch mehr Geld für den Konsum von Kaffee oder alkoholischen Getränken aus. In den Herzen der Menschen herrschte eine große Leere, und Kŭmbok wusste das geschickt in Geld umzuwandeln. Das war das Gesetz des Kapitalismus.

Eines Tages bekam Kŭmbok im Ziegelwerk Besuch von einem jungen Priester. Er fühlte sich berufen, den Segen Gottes an die fernen Orte zu tragen, in die der Segen nicht von selbst hinreichte, und war nach P'yŏngdae gekommen, um in der Stadt zu missionieren. Der Anlass seines Besuchs bestand darin, Kŭmbok zu einer Spende von Ziegeln für den Bau einer Kirche zu bewegen.

»Aber für wen soll diese Spende denn überhaupt sein?«

Mit übergeschlagenen Beinen auf ihrem Schreibtischstuhl sitzend, eine frischgestopfte Pfeife im Mund, blickte Kŭmbok den Priester an. Seit einiger Zeit sah man sie nur noch so, das Rauchen hatte sie sich auf ihren Geschäftsreisen angewöhnt.

»Für den Herrn, den Wächter über den Anfang und das Ende der Welt, über Leben und Tod jeder Kreatur, unseren Vater im Himmel.«

»Dann weiß ich in etwa, um wen es geht, denke ich. Ich habe nämlich schon mal zu diesem Gespenst gebetet. Aber es hat sich nur lustig gemacht über mich.«

Mit dem Gebet, von dem Kŭmbok sprach, meinte sie vermutlich jenen Tag vor vielen Jahren, an dem man

Kŏkjŏng schwer verletzt nach Hause gebracht hatte.

»Dann waren die Gebete wohl nicht ausreichend.«

»Ach ja? Wenn ihm das nicht gereicht haben soll, muss der gute Mann ganz schön gierig sein. Aber was wollen sie eigentlich mit der Kirche anfangen, wenn sie fertig ist?«

»Gottesdienste veranstalten, zum Lob des Herrn.«

»Es reicht doch, irgendwo ein Kreuz aufzustellen, wofür einen eigenen Raum für so was? Anscheinend braucht das Gespenst, an das ihr glaubt, solche Kirchen als Versteck.«

»Der Herr weilt auch hier, in dieser Ziegelfabrik. Und wenn Sie ihm spenden, werden Sie ein Vielfaches dafür zurückerhalten.«

»Ich habe jetzt schon genügend Geld, mehr brauche ich nicht.«

»Solche Schätze sind bedeutungslos, wie viele man davon hienieden auch anhäuft. Sie verschwinden, wie auf Sand gebaute Schlösser.«

»Wo soll man die Schätze denn dann anhäufen?«

»Dort, wo der Herr weilt und wo auch Sie nach dem Tod sein werden: im Himmel.«

»Es dürfte ziemlich anstrengend sein, die schweren Ziegel bis dort oben hinzuschaffen. Hätte ich das gewusst, hätte ich mich wohl besser auf den Handel mit Zuckerwatte verlegt. Aber was anderes, sind Sie eigentlich verheiratet?«

Kŭmbok lächelte und blies dem jungen Priester ein Wölkchen Pfeifenrauch ins Gesicht. Der unerfahrene Junggeselle errötete und schüttelte den Kopf.

»Euer Gott ist wirklich ein grausamer Zeitgenosse. Dass er einem so gutaussehenden jungen Mann nicht schon längst ein nettes Mädchen geschickt hat.« Kŭmbok strich dem Junggesellen über die roten Wangen und ließ die Hand dann auf seinen Oberschenkel sinken. »Gut, dann wollen wir doch mal sehen, mit welchen Fähigkeiten der Herr sein gläubiges Schäfchen ausgestattet hat. Über die Ziegelsteine reden wir hinterher.«

Fortan besuchte der junge Priester in unregelmäßigen Abständen die Ziegelfabrik, und nach jedem Besuch verließ ein mit Steinen beladener Lastwagen das Werk in Richtung Stadt. Der Priester kniff während des Beisammenseins mit Kŭmbok stets die Augen zu und betete stumm zu Gott: »Oh Herr, wisse, ich handele nicht nach meinem, sondern ganz nach Deinem Willen. Was auch immer geschehe.«

So nahm Kŭmboks Männergier ironischerweise mit dem jungen Missionar ihren Anfang, und im folgenden Jahr stand eine prächtige Kirche in der Mitte der Stadt, so wie er es sich erhofft hatte. Das war das Gesetz der Spende.

Mun auf der anderen Seite, der Kŭmbok absolutes Vertrauen und Loyalität entgegenbrachte, trieb es an den Rand eines Nervenzusammenbruchs, als ihm irgendwann ein unerfreuliches Gerücht zu Ohren kam. Dieses besagte, dass Kŭmboks mehrtägige Reisen nicht nur geschäftlicher Natur seien, sondern ihr dienten, sich heimlich mit einem anderen Mann zu treffen, und da seit einiger Zeit alles, was Kŭmbok betraf, nicht nur für die Leute in der Fabrik, sondern für jedermann in P'yŏngdae zum Lieblingsthema Nummer eins geworden war, verbreitete sich auch dieses Gerücht so schnell wie ein Lauffeuer. Geschichten tauchten auf, man habe mit eigenen Augen gesehen, wie Kŭmbok mit einem Kerl im Schlepptau in ein Stundenhotel gegangen sei oder wie sie mit ihm unter einem Sonnenschirm neckische Wasserspielchen getrieben habe. Als sich das Gerücht von Kŭmboks Liebhaber erst einmal verfestigt hatte, wandte sich das allgemeine Interesse sogleich der Frage zu, um wen es sich bei diesem Mann handelte, kurz darauf abgelöst von einem neuen Gerücht, sie habe nicht nur einen neuen, sondern so viele neue Männer, dass man sie mit den Fingern beider Hände nicht zählen konnte. Zu dem Zeitpunkt, als Mun von diesen Geschichten hörte, war schon längst nicht mehr nur die Rede von diversen Liebhabern, die Kŭmbok in jeder Stadt habe, sondern inzwischen hieß es, sie steige praktisch mit jedem Mann ins Bett, angefangen bei dem jungen Priester bis hin zu den Arbeitern in der Fabrik.

Der Überbringer der Gerüchte war einer der Gelegenheitsarbeiter, ein schon älterer Mann, der sein gesamtes Erbe, bestehend aus Hunderten Hektar an Feldern und Äckern, seit Generationen im Familienbesitz, verspielt und nicht einmal davor zurückgeschreckt hatte, seine Ehefrau als Pfand für neue Schulden einzusetzen. Seinen Bericht begann er überaus vorsichtig und schonungsvoll und mit weitschweifigen Rechtfertigungen, wie sie Gerüchten stets als schmückendes Beiwerk anhängen, wie zum Beispiel, dass er selbst ja an sich niemals leichtfertig mit Worten umgehe, haltlosen Gerüchten normalerweise keinen Glauben schenke, er es darüber hinaus am allermeisten verabscheue, sinnlos herumzuplappern, er außerdem der Meinung sei, derartiges Geschwätz passe vielleicht zu im Sitzen pinkelnden Weibsbildern, sicherlich aber nicht zu Kerlen mit Eiern in der Hose, und dass er sich lange den Kopf zerbrochen habe, ob es nicht das Beste für alle Beteiligten sei, einfach wegzuhören und den Mund zu halten oder doch die Worte so weiterzugeben, wie er sie gehört habe, wobei es ihm dann wiederum Sorgen bereitet habe, ob nicht doch, auch wenn das freilich nahezu ein Ding der Unmöglichkeit zu sein schien, die Gerüchte sich als wahr herausstellen könnten, denn wenn dies der Fall wäre, dürfe Mun doch nicht als der einzige Nichtwissende zum Gespött der Leute werden, und, wie bereits gesagt, er sage das alles nur aus Verbundenheit mit Mun, wobei man Gerüchten natürlich nie vollständig Glauben schenken dürfe, da sie sich bei genauerer Betrachtung nur allzu oft als heiße Luft herausstellten und es meist ratsam sei, sie zu einem Ohr hinein und zum anderen Ohr wieder hinauszulassen, denn die Wahrheit ließe sich gewiss herausfinden, das heißt, wenn man sie denn herausfinden wolle, und sich Gewissheit verschaffen zu wollen müsse ja nicht unbedingt gleich zu einem Streit führen, aber nun frage er sich eben, wie es wäre, dem Ganzen nun doch einmal auf den Grund zu gehen, oder ob man sich nicht doch vielleicht lieber in Weisheit üben, ein Gläschen trinken und alles vergessen solle – als also der Mann unter Zuhilfenahme all dieser scheinheiligen Floskeln endlich das Gerücht überbracht hatte, warf ihn Mun auf der Stelle raus. Fluchend spuckte er dreimal auf die Erde und ging dann zum Bach, um sich die Ohren mit Wasser auszuwaschen.

Doch wie es so ist mit Geschichten, einmal gehört, wird man sie nicht mehr los, wie sehr man es auch versucht, und so wuchsen auch in Mun die Zweifel wie ein Krebsgeschwür, bis sein Kopf ganz voll davon war. Nachts, wenn die Schlaflosigkeit ihn plagte, ging er auf dem Fabrikgelände auf und ab. Kŭmbok und die anderen, viel zu sehr von ihren eigenen Angelegenheiten in Anspruch genommen, bekamen nichts von alledem mit.

So ging es, bis das unheilvolle Bild, dessen bloße Vorstellung ihm Angst bereitete, das aber, je mehr er versuchte, es zu vergessen, umso deutlicher vor ihm erschien, vor seinen Augen Wirklichkeit wurde, ihn verrückt machte vor Eifersucht und Wut, gleich darauf in endlose Ohnmacht und Verzweiflung stürzte und ihn schließlich in einer unsäglich tiefen Traurigkeit zurückließ.

In jener Nacht hatte Mun wieder einmal keinen Schlaf gefunden und sich auf einen Gang durch die Fabrik gemacht. Die kühle Nachtluft strich über seinen erhitzten Nacken, als er über den Hof schritt. Er ging nicht etwa aufs Geratewohl spazieren, sondern hatte sich vorgenommen, nach dem Feuer in den Öfen zu sehen. Gerade als er weiterging, um noch den letzten Ofen zu inspizieren, wurde er Zeuge der Szene, die er so gefürchtet hatte. In einer Ecke sah er Kŭmbok und einen der Arbeiter, wie sie es im Stehen miteinander trieben. Von dem ursprünglich aus der Stadt stammenden Mann wusste man, dass er früher kriminell gewesen war, was auch seine zahlreichen Tätowierungen nahelegten. Den muskulösen Oberkörper an eine Mauer des Ofens gestützt, stand er ungelenk da, Kŭmbok hatte ihre Pumphose von sich geschleudert, hielt den Hals des Gespielen umschlungen und stieß Stöhnlaute aus, den Kopf nach hinten gelegt. Der aus der Brennkammer des Ofens hervorströmende Feuerschein ließ die Schweißtropfen auf dem starken Hals des Mannes und Kŭmboks blanken Brüsten noch deutlicher hervortreten.

In dem Augenblick, da Mun die beiden entdeckte, schossen Blitze aus seinen Augen, sein Blut raste, sein Gesicht wurde bleich, als habe es einen Schwall Eiswasser abbekommen, jedes Haar seines Körpers richtete sich auf, seine Muskeln spannten sich an. Kŭmbok hatte ein Bein erhoben, presste sich fest an den Unterleib des Mannes, als wolle sie keinen Spalt freilassen, und ließ ihre hellen Hüften kreisen.

Mun sah sich um und erblickte eine Spitzhacke, die an die Wand des Ofens gelehnt stand und wohl einmal dazu gedient hatte, das Fabrikgelände zu roden. Ohne zu zögern, griff er nach dem Stiel und schritt langsam auf die beiden zu. Der Mann, kurz vor dem Höhepunkt, hatte beide Augen im lustverzerrten Gesicht fest geschlossen, und Kŭmbok, ganz auf die Bewegungen ihres Beckens konzentriert, bekam ebenso wenig mit, was um sie herum vorging. Erst als Mun schon nah hinter ihr stand und mit der Hacke zum Schlag ausholte, nahm der Mann ihn wahr. Mit vor Schreck geöffnetem Mund starrte er in Muns mordbereite Augen und auf die erhobene Hacke. Es dauerte nicht länger als den Bruchteil eines Augenblicks, und doch kollidierten in Muns Kopf unzählige verschiedene Gedanken miteinander, und auch im Kopf des anderen ging Ähnliches vor. Kŭmbok hatte immer noch nichts gemerkt und legte nur noch mehr Kraft in ihre Hüftschwünge. Doch dann, welcher Gedanke auch immer ihn leiten mochte, ließ Mun plötzlich mit leerem Gesicht die Hacke sinken. Er wandte sich um und verschwand lautlos in der Dunkelheit.

Später, als alle Welt von Kŭmboks Männergeschichten wusste und die Zwillingsschwestern, denen das sehr unschicklich vorkam, Mun andeutungsweise aufforderten, etwas zu unternehmen, da ein Mann doch schwerlich ein Mann zu nennen sei, wenn er seine eigene Frau nicht im Griff habe, entgegnete er: »Diese Frau ist keine von der Art, die man für sich alleine haben kann.«

»Willst du damit sagen, dass Ch'unhŭis Mutter eine Dirne ist, die sich jeder Dahergelaufene schnappen kann, wenn er nur will?«

Die Zwillingsschwestern waren zwar ein paar Jahre

jünger als Mun, sahen in ihm aber so etwas wie einen gleichaltrigen Cousin, und dieser nahm das gleichmütig hin: »Bei ihrem Charakter muss man sie tun lassen, was sie will, sonst wird sie verrückt. Das ist sie zwar jetzt schon, aber so lange es nur dabei bleibt, muss man froh sein.«

Vielleicht war das der Schluss, zu dem er in dem Moment gekommen war, als er die zum Schlag auf Kŭmboks Kopf ausgeholte Spitzhacke hatte sinken lassen. In jener Nacht war ihm klar geworden, dass er nur die Wahl hatte zwischen zwei Möglichkeiten: Entweder, er ertrug seinen Schmerz und akzeptierte Kŭmboks Männergeschichten, wenn er weiter mit ihr leben wollte, oder er löste die gesamte tragische Beziehung hier und jetzt mit einem Hieb, auch wenn er so den Menschen verlor, den er so sehr liebte. Und natürlich wählte er Ersteres.

Bei dem Mann, der Kŭmbok in jener Nacht als Gespiele diente, schien es sich um einen sehr furchtsamen Zeitgenossen zu handeln. Denn als er den mit der Spitzhacke bewaffneten Mun erblickte, nässte er sich vor Schreck ein, und das, während er noch mit Kŭmbok zugange war. So gesehen schien es auch fraglich, ob er sich die Geschichte mit der Verbrechervergangenheit nicht nur selbst angedichtet hatte, und interessant ist auch die Reaktion, die Kŭmbok zeigte. Sie ahnte nicht, was ihm da abgegangen war, und sah ihn mit einem schelmischen Blick von der Seite an. Dann sagte sie: »Autsch, wie das brennt. Liebling, wie hast du das bis jetzt ausgehalten? Bei der Menge, die da bei dir rauskam, musst du dich ja wirklich lange zurückgehalten haben.«

Genauso sagte Kŭmbok es, Wort für Wort, und die verehrte Leserschaft muss an dieser Stelle um Nachsicht gebeten werden für die doch ziemlich vulgäre Ausdrucksweise. Sie war eben kein Töchterchen aus gutem Hause, und ihr nächtliches Intermezzo war etwas völlig anderes als eine niveauvolle Liebesnacht in einem eleganten Schlafzimmer. Ein spontanes Stelldichein in Wald und Wiese, das war es, von einem Männchen, wild wie ein Raubtier, und einem von Natur aus frivolen, begierigen Weibchen, abgehalten der bloßen Lust wegen, um einen unbeherrschbaren Drang zu stillen, nicht mehr.

Ob Kŭmboks Mannstollheit durch die mit dem Röntgenfoto in Zusammenhang stehende plötzliche Änderung ihrer Denkweise ihren Anfang genommen oder schon von jeher in ihr geschlummert hatte und sich nun nach dem Zusammentreffen mehrerer Umstände auf natürliche Weise zu manifestieren begann, ist nicht bekannt. Wir wissen lediglich, dass mit dem Florieren des Unternehmens ihre Männerbeziehungen noch chaotischer wurden, während Mun immer tiefer in seiner Einsamkeit versank. Als habe er beschlossen, Gerüchten und dergleichen keine Beachtung mehr zu schenken, widmete er sich voll und ganz der Herstellung erstklassiger Ziegelsteine und schloss sich tagelang in der Fabrik ein. Wenn es in jenen Tagen einen Trost für ihn gab, so bestand dieser in Kŭmboks Tochter, Ch'unhŭi.

Seit Ch'unhŭi nach Jumbos Tod nach Nambaran gekommen war, wohnte sie in dem Haus neben der Fabrik. Anfangs war sie sehr durcheinander gewesen, weil neben Jumbo nun auch die Zwillingsschwestern, die sich immer so um sie gekümmert hatten, nicht mehr an ihrer Seite waren, doch über dem Beobachten des morgens bis abends stetig wechselnden Windes, der immer wieder neuen Wolkenformationen am Himmel von Nambaran, der Farben des in winzigen Schritten wachsenden Feinstrahls vergaß sie bald alles, was mit der Zeit in P'yŏngdae zusammenhing. Rasch gewöhnte sie sich an das Leben hier, und Nambaran kam ihr bald so behaglich vor, als sei es schon immer ihre Heimat gewesen. Und so wie sie früher im Stall ein und aus gegangen war, so wurde ihre Neugier nun gefesselt von der Arbeit in der Fabrik, dem Kneten des Tons, dem Befüllen der Formen und dem Brennen der Steine in den Öfen.

Das Mädchen sah den Arbeitern den ganzen Tag bei diesen Tätigkeiten zu, bis sie schließlich selbst einmal vorsichtig einen Klumpen Ton anfasste. Kaum hatten ihre Hände das feuchte Material berührt, spürte sie ein unerklärlich schicksalhaftes Gefühl der Verbundenheit damit, und von dem würzigen, fast scharfen Aroma der Erde und der festen, geschmeidigen Griffigkeit ging eine beruhigende Wirkung aus, die ihr die Bilder des Stalls am Tag ihrer Geburt vor Augen rief.

Mun, der einige Tage später ein von Ch'unhŭi geknetetes Stück Ton zu Gesicht bekam, erkannte, dass das Kind eine außergewöhnliche Gabe besaß. Als ihm klar wurde, wie unschätzbar tief ihr Verständnis der Dinge reichte, auch wenn sie nicht in der Lage war zu sprechen, begann er, ihr beizubringen, wie man Ziegel herstellte. Damals war Ch'unhŭi zwölf Jahre alt. Ein Alter, in dem manche Mädchen beginnen, weibliche Formen zu entwickeln, doch bei ihr waren davon noch keine Anzeichen zu sehen, so dass die Arbeiter sich immer wieder wunderten, dass Ch'unhŭi ein Mädchen sein sollte, da sie an Körpergröße doch so manchen erwachsenen Mann übertraf.

Auch Mun kostete es einige Mühen, bis er einen Weg fand, sich mit Ch'unhŭi zu verständigen. Sie war nicht nur stumm, sondern begriff auch nach wie vor kaum, was die Leute sagten. Doch irgendwann wurde Mun klar, dass das Mädchen über wesentlich feinere Sinne als gewöhnliche Menschen verfügte und er mit ihr durch subtile Gefühlsäußerungen ohne Worte kommunizieren konnte. Für ihn war das eine völlig neue Erfahrung.

Ch'unhŭi wiederum spürte bald, dass Mun unendlich einsam und traurig war, und das kam ihr seltsam vor. Sie wusste bis zum Schluss nicht, woher seine Trauer kam, aber sie empfand Mitleid mit ihm, und eine Art Verbundenheit, wie sie auch zwischen ihr und Jumbo bestanden hatte. Allmählich entstand eine in ihrer Wortlosigkeit ganz besondere Vater-und-Tochter-Beziehung zwischen den beiden.

Die Bienen

Ein weiteres Jahr verging, und es wurde wieder Frühling. Es war die Zeit der Modernisierung, Industrialisierung und Urbanisierung, überall in den Städten wurden im Eiltempo Gebäude hochgezogen. Ziegelsteine waren knapp, so viele man auch brannte, die Fabrik lief unermüdlich und das Geschäft gedieh. Ch'unhŭi hatte in der Zwischenzeit kaum einmal einen Fuß aus der Fabrik gesetzt, so emsig war sie bei der Sache, von Mun das Ziegelhandwerk zu erlernen.

Einmal hatte ein Arbeiter aus Versehen einen riesigen Stapel Ziegelsteine umgeworfen, ausgerechnet an einer Stelle, wo Ch'unhŭi gerade spielte, und das Mädchen wurde komplett von den Steinen verschüttet. Keiner der Arbeiter dachte, sie könne das überlebt haben, aber als sie unversehrt aus dem Haufen herauskroch, ohne sich auch nur einen Finger gebrochen zu haben, begannen die Leute in der Fabrik endlich, Notiz von ihr zu nehmen. Bald war es auch so, dass jedermann auf einen Blick erkennen konnte, welcher Stein von ihr stammte, so hervorragend war ihre Handwerkskunst. Das kommentierte Kŭmbok Mun gegenüber so: »Siehst du, es war doch eine gute Idee, das Mädchen in die Fabrik zu schicken.«

Kŭmbok verbrachte selbst kaum Zeit in der Fabrik, denn sie setzte nun alles daran, den Traum ihres Lebens zu verwirklichen. Dieser bestand darin, ein Filmtheater zu errichten. Das, was sie vor langer Zeit zum ersten Mal kennengelernt hatte, als der Mann mit der Narbe sie an der Hand nahm und ins Kino zog, diese Erregung, die angsteinflößend war und doch unwiderstehlich, so aufwühlend, dass man vor lauter schlechtem Gewissen in sich zusammenschrumpfte, dabei doch nur hoffend, es würde niemals aufhören und für immer weitergehen; die donnernden Klänge in der Dunkelheit und die lebensechten Szenen auf der Leinwand, all das wollte sie den Menschen in P'yŏngdae zeigen. Mun sorgte sich, ob dieses verwegene Abenteuer nicht wieder ein Unglück heraufbeschwören würde, und äußerte seine Zweifel daran, dass ein Provinznest wie P'yŏngdae ein Kino wirklich brauchte, doch Kŭmbok ließ sich nicht beirren. »Du wirst schon sehen«, sagte sie, »die Leute werden Schlange stehen, und wir werden bald noch mehr Geld verdienen.«

Ein Kino zu bauen kostete noch weitaus mehr Geld als der Bau einer Ziegelfabrik, viel komplizierter war es obendrein. Kŭmbok fuhr durch die Lande, um Investoren zu finden, die bereit waren, die Geldmittel vorzustrecken, und um in Erfahrung zu bringen, wie viele Arbeitskräfte benötigt würden und welche Technik erforderlich war. Zu diesem Zweck kaufte sie eigens ein neues Auto und stellte einen Fahrer an. Mun wusste, dass Kŭmbok wieder unterwegs war in eine für ihn unerreichbare, fremde Welt, sah aber keinen Weg, sie davon abzubringen. Und etwa zur gleichen Zeit wurde ihm bewusst, dass der unglückselige Schatten, der bis weit zurück in seine Ahnenliste reichte, sich nun langsam auch ihm zu nähern begann.

Einer der Arbeiter war gerade dabei gewesen, auf dem Abort neben einem der Brennöfen sein Geschäft zu verrichten, als eine von irgendwoher herbeigeflogene Biene ihn plötzlich ins Auge stach. Sein Leid einer der fürs Essen zuständigen Frauen klagend, bat er sie um etwas Sojabohnenpaste, die er auf sein dick zugeschwollenes Auge schmierte, und damit schien die Sache erledigt, doch am nächsten Tag wurden sieben weitere Leute von

Bienen gestochen, und tags darauf kamen noch einmal acht Gestochene dazu, und die Küchenfrauen begannen zu maulen, wenn das so weiterginge, hätten sie bald keine Paste mehr, um Suppe zu kochen. Noch einen Tag später allerdings waren es schon mehrere Dutzend, die von Bienen gestochen wurden, und langsam wurde den Leuten die Sache unheimlich. Ein als Bote Losgeschickter unterrichtete Kŭmbok, die sich gerade in P'yŏngdae aufhielt, von den Vorfällen, was sie mit einem belustigten Schnauben aufnahm. »Was regen sich echte Kerle über ein paar Bienen auf?«, lästerte sie. »Ich glaube, ich muss mal hinfahren und ihnen sagen, sie sollen mal schauen, ob sie ihre Klöten noch in der Hose haben.«

Als Kŭmbok zusammen mit dem Boten und einem großen Krug Sojabohnenpaste vor der Fabrik anlangte, traute sie ihren Augen nicht. Ein Schwarm aus Hunderttausenden, nein, Millionen von Bienen bedeckte den Himmel von Nambaran wie eine schwarze, alles verdunkelnde Regenwolke. Das laute Summen von den Flügeln der zahllosen Tiere machte einen schwindlig. Ein imposanter Anblick, den man in seiner Seltenheit durchaus als sehenswert bezeichnen durfte, aber die Männer trauten sich nicht mehr nach draußen an ihre Arbeit, blieben in ihren Unterkünften und sondierten nur kurz durch den Türspalt die Lage. Auch Kŭmbok hatte sich zum Schutz vor den Insekten von Kopf bis Fuß in dicke Kleider vermummt und nur einen Schlitz für die Augen freigelassen, nur so gelang es ihr, bis zur Fabrik vorzudringen. Die Männer hatten wegen der Bienenplage alles stehen und liegen gelassen, und Kŭmbok mochte Kŭmbok sein, eine Lösung hatte auch sie nicht parat. Es wurde bereits dunkel, doch die Bienen machten keine Anstalten zu verschwinden, sondern umkreisten weiter das Gelände der Fabrik.

Am nächsten Morgen erblickten die Leute weit weg auf der Wiese hinter der Fabrik etwas Schwarzes, das sich langsam auf sie zubewegte. Als sie ihren Mut zusammennahmen und nach draußen traten, konnten sie erkennen, dass das wie ein dunkler Felsen aussehende Gebilde ein Bienenschwarm war, und als es noch näher kam, sah man, dass es sich um eine menschliche Gestalt handelte. Dass diese wie ein Felsen aussah, lag an den Bienen, die um den Körper einen großen schwärzlichen Mantel bildeten. Bei jedem Schritt, den das Wesen tat, fielen einige der Insekten in Klumpen zu Boden, doch gleich kamen andere herbeigeflogen und füllten die Lücken wieder auf. Alle standen starr vor Angst da, dann ertönte ein kurzer Pfiff, worauf der Schwarm sich in die Lüfte erhob. Und endlich wurde die Gestalt erkennbar.

Unter lang herabfallenden, weißen Haaren ein jadegleich reines, dennoch auf seltsame Weise düsteres, schmales Gesicht mit entsetzlicherweise nur einem Auge, groß und mit doppelter Lidfalte, das gleichsam resigniert und naiv, zurückgeblieben und gleichgültig in die Gegend blickte ... Geneigte Leserschaft, niemand von euch wird im Ernst geglaubt haben, diese Figur sei einfach so verschwunden, nicht wahr? Recht habt ihr. Niemand anderes war sie als die Tochter der toten Alten. Anders war, dass sie jetzt eine schwarze Augenklappe über dem ausgestochenen Auge trug und dass, aus welchem Grund, wissen wir nicht, ihr ein Arm fehlte, dessen leerer Ärmel im Wind flatterte. Lange dem Sonnenlicht und dem Wind ausgesetzt, war die Kleidung verblichen und hatte Löcher, durch die die Haut zu sehen war; das lange, weiße Haar, das ihre Seele zu beherbergen schien, reichte bis über die Füße herab und schleifte auf der Erde hinter ihr her, wenn sie ging. Diejenigen, die in der Frau die Einäugige von einst erkannten, wichen angstvoll vor ihrer noch absonderlicher gewordenen Gestalt zurück. Mit ihrem verbliebenen Auge überblickte die Frau die Leute, bis sie Kŭmbok entdeckte und das Wort an sie richtete: »Bist du die Herrin dieses Ortes?«

»Wer sind Sie, dass Sie das wissen wollen?«, fragte Kŭmbok in respektvollem Ton zurück. Ihr schien das Herz in die Hose gerutscht zu sein, denn ihre Stimme zitterte.

»Ich bin die eigentliche Besitzerin dieses Landes, das du gestohlen hast«, antwortete die Einäugige ohne Zögern.

»Gestohlen, sagen Sie? Ich habe die Besitzurkunde, wie wollen Sie da die Eigentümerin sein?«

»Das weißt du doch selbst am besten.«

Die Leute fragten sich verwundert, was die Einäugige da für ein wirres Zeug redete, doch Kŭmbok, als habe sie in diesem Moment etwas gewittert, trat einen Schritt zurück. »Gut«, sagte sie, »irgendeinen Grund scheinen Sie ja zu haben, wenn Sie so etwas behaupten, aber hier ist nicht der richtige Ort, solche Dinge zu besprechen. Gehen wir hinein und reden bei einem kleinen Imbiss darüber.«

Die Einäugige verzog den Mund zu einem Lächeln und sah Kŭmbok an. Diese wich dem Blick nicht aus und starrte zurück, die Stimmung war zum Zerreißen gespannt. Wie viel Zeit so verrann? Von den Arbeitern war trockenes Schlucken zu hören, die Bienen flogen weiterhin um die Einäugige herum und summten noch aufdringlicher. Irgendwann setzte die Frau einen Fuß nach vorne und antwortete: »Keine schlechte Idee. Ich habe gerade etwas Hunger.«

Kŭmbok nahm den Faden auf: »Bitte tun Sie was wegen der Bienen. Die Leute haben vor lauter Angst seit Tagen nicht mehr arbeiten können.«

Daraufhin ging die Einäugige ins Haus und pfiff einmal kurz von drinnen. Im selben Moment zog der Schwarm, der den Himmel schwarz verdeckte, in Richtung Tal davon, wiederum ein eindrucksvolles Schauspiel, das an eine gigantische Wasserhose denken ließ. Die Leute waren einerseits erschrocken von der Macht der Einäugigen, eine solche Unzahl an Bienen nach Belieben steuern zu können, andererseits aber auch neugierig zu erfahren, weshalb die Frau Kŭmbok aufgesucht hatte.

Welch großen Hunger die Einäugige gehabt haben musste, zeigte sich, als sie eine Schüssel Suppe mit Reis in einem Zug restlos leerte. Die hastige Gier, mit der sie aß, verriet auch, wie sehr sie nach einer richtigen, warmen Mahlzeit gelechzt haben musste, nach einer so langen Zeit des Lebens in der Wildnis. Kŭmbok wartete, bis die Frau etwas Wasser getrunken hatte, dann fragte sie, was um alles in der Welt sie zu dem Schluss brachte, die wahre Besitzerin des Grundstücks zu sein. Die Einäugige erklärte, sie sei die Tochter der Alten mit dem Suppenlokal und dass diese ihr noch etwas schuldig sei. Auf Kŭmboks Frage, weshalb sie diese Schulden bei ihr statt bei der Alten eintreiben wolle, sagte die Frau, sie wisse, dass das Grundstück, auf dem nun die Fabrik stand, Eigentum der Alten sei und das Geld, mit dem die Fabrik errichtet worden war, vom Erlös des Lokals stammte. Wie die Einäugige das in Erfahrung gebracht haben wollte, gab sie zwar nicht preis, doch verlangte sie an Ort und Stelle von Kŭmbok, ihr die Hälfte des gesamten Besitzes zu überlassen. Diese erwiderte, all ihr Vermögen einzig und allein mit dem Verkauf von Kaffee mühevoll verdient zu haben und dass sie daher nicht einsehe, weshalb sie es mit jemandem teilen solle. Da die Einäugige es aber als die

Tochter der Alten und mit ihren Bienen auf Wanderschaft gewiss nicht leicht gehabt habe, wolle sie vorschlagen, ihr zum Ausgleich eine Summe zu geben, die dem Kaufpreis eines Hauses entspreche. Die Einäugige lehnte das Angebot ab, und die Verhandlung war zu Ende.

Beim Verlassen des Hauses pfiff sie abermals, worauf der Bienenschwarm aus dem Tal herbeigeflogen kam und die Fabrik wieder in Dunkelheit hüllte. Die Frau suchte sich einen Hügel, von dem aus sie die Fabrik überblicken konnte, setzte sich nieder und ließ die Bienen mit der Belagerung fortfahren. Die Arbeiter ließen wieder alles stehen und liegen und verzogen sich in ihre Unterkünfte, und Kŭmbok und Mun zerbrachen sich die Köpfe, sahen aber keine andere Möglichkeit, als auf die Forderung der Einäugigen einzugehen. Wer unter den Arbeitern empfindlich gegenüber Bienengift war oder zu den Ängstlichen gehörte, hatte längst sein Bündel gepackt und das Weite gesucht, was die Stimmung noch angespannter hatte werden lassen als zuvor. Erstaunlich aber war, dass Ch'unhŭi bei all dem bedrohlichen Gesumme nach draußen gehen und in Ruhe Ziegel formen konnte, ohne auch nur ein einziges Mal gestochen zu werden. Die Leute wunderten sich wieder einmal über die einzigartigen Fähigkeiten des Mädchens, aber das half nicht, das Problem zu lösen. Nachdem auch am nächsten Tag die Bienen nicht verschwunden waren, beschloss Kŭmbok, dass etwas geschehen musste, rief einen der Arbeiter zu sich und fuhr mit ihm auf einem Lastwagen fort.

Tags darauf saß die Einäugige immer noch regungslos auf dem Hügel, ihre Bienen hielten weiterhin die Fabrik besetzt. In der Nacht hatten wieder etliche der Arbeiter die Flucht ergriffen. Drei Tage vergingen, dann kehrte Kümbok zurück. Die Ladefläche des Lastwagens war voll bepackt. Als man die Plane beiseiteschob, wurden einige Dutzend Bienenkörbe sichtbar. Die Arbeiter fragten sich verwundert, was Kümbok vorhatte, luden die Fracht auf ihr Geheiß aber erst einmal ab. Gleich darauf geschah etwas Sonderbares. Es begann damit, dass zuerst ein paar der in der Nähe herumschwirrenden Bienen in die Körbe hineinflogen, kurz darauf gefolgt von dem dunklen Schwarm am Himmel, der sich nun auf einen Schlag herabsenkte und die Körbe ansteuerte. Die Männer wichen vor dem plötzlichen Ansturm des Bienenschwarms, der aussah wie ein schwarzer Regenschauer, erschrocken zurück.

Als spürte sie, dass etwas nicht stimmte, stand die Einäugige von ihrem Platz auf dem Hügel auf und kam pfeifend zur Fabrik herabgerannt. Die vielen Bienenkörbe waren innerhalb kürzester Zeit voll mit Bienen, wobei sich, da der Platz nicht für alle ausreichte, der Rest des Schwarms außen auf die Körbe gesetzt hatte und ein haushohes, felsenartiges Gebilde formte, das steil vom Boden in die Luft aufragte. Als Nächstes trat Kümbok mit einem bereitstehenden Benzinkanister vor, goss den Inhalt in den Haufen und riss ein Streichholz an. Im selben Augenblick ertönte ein lauter Schrei von der todblass gewordenen Einäugigen: »Nein!«

Aber das brennende Streichholz verließ Kümboks Hand, flog durch die Luft in das Bienengewimmel hinein, und mit einem lauten Puff erhob sich eine gewaltige Stichflamme. Sofort bedeckte eine schwarze Rauchwolke den Himmel, und das Geräusch der in der Feuerhitze zerplatzenden Bienenleiber war laut wie ein Feuerwerk. Die Einäugige wand sich vor Schmerz, als sei sie selbst in die Flammen geworfen worden, und raufte sich die Haare.

Am Ende blieb von den Bienen nur ein großer Haufen pechschwarzer Asche, kaum ein einziges Tier war verschont geblieben. Ein widerlicher, süßlich-scharfer Gestank legte sich über das Tal, und alle hielten sich die Nase zu. Die Einäugige krümmte sich mit Schaum vor dem Mund am Boden und fiel schließlich, das Auge weit aufgerissenen, in Ohnmacht. Bedachte man die mysteriösen Kräfte, die sie vorhin noch unter Beweis gestellt hatte, so war das eine fürwahr erbärmliche Niederlage.

Kŭmbok wies die Küchenfrauen an, die Einäugige ins Haus zu bringen und auf ein Bett zu legen; den Männern befahl sie, unverzüglich wieder ans Werk zu gehen, um die überfälligen Bestellungen abzuarbeiten. Die Leute staunten, wie Kŭmbok es geschafft hatte, die Bienen in die Körbe zu locken, und fragten sie nach dem Trick, doch Kŭmbok lachte nur spöttisch: »Bienen gehören eben in Körbe, wohin denn sonst?«

Dabei besaß Kŭmbok natürlich ein Geheimrezept, mit dem sie die Bienen besiegt hatte. Als sie in die Stadt gefahren war, hatte sie einen alten Imker aufgesucht, der große Erfahrung in der Bienenzucht besaß. Diesen fragte sie nach einer Methode, der Tiere Herr zu werden, und er verriet ihr das Rezept: Es hatte mit der Substanz zu tun, welche die Königinnen ausstießen, um ihr Bienenvolk anzulocken – ein Stoff, den er Pheromon nannte. Die Bienenkörbe, die sie auf dem Lastwagen hergebracht hatte, waren großzügig mit dem Pheromon der Bienenköniginnen bestrichen, und so war es nur allzu natürlich – und nicht etwa Kŭmboks Wunderwerk –, dass die Tiere sich wie verrückt darauf gestürzt hatten. Die Arbeiter aber glaubten nach diesem Geschehnis, dass Kŭmbok über besondere Kräfte verfügte, und jedermann begann, sich ein wenig vor ihr zu fürchten.

Als wenig später die Einäugige wieder zu Bewusstsein kam, starrte sie kraftlos an die Decke, als habe sie jeden Kampfgeist verloren. Kŭmbok saß neben ihr und fühlte, dass sich tief hinter dem bizarren Äußeren der Frau eine große Einsamkeit verbarg. Da sie selbst eine lange Zeit wie ein Blatt im Wind als Bettlerin heimatlos umhervagabundiert war, verspürte Kŭmbok Erbarmen mit der Einäugigen. Sie entschuldigte sich dafür, ihre Bienen umgebracht zu haben, und wenn die Frau es wünsche, sei sie gerne bereit, ihr ein Haus in der Stadt zu kaufen; da sie aber wusste, dass die Leute dort eine Frau mit nur einem Arm und noch dazu einäugig bestimmt nicht gerne in ihrer Nachbarschaft aufnehmen würden, schlug Kŭmbok in beiläufigem Ton noch etwas anderes vor, nämlich, dass sie auch bei ihnen im Haus neben der Fabrik mitwohnen könne. Jetzt endlich brach die Einäugige in Tränen aus und heulte traurig wie ein Wildhund bei Vollmond, während sie ihre Lebensgeschichte erzählte, das heißt, wie sie ohne Vater unter den ständigen Beschimpfungen und Misshandlungen ihrer Mutter aufwachsen und am Ende ihr Auge hatte einbüßen müssen, wie sie durch den Liebhaber der Alten ihre Jungfräulichkeit verlor und um zwei Töpfchen Honig an den Bienenzüchter verkauft wurde und dergleichen Begebnisse mehr. Und dann erzählte sie Kŭmbok noch, wie sie ihren Arm verloren hatte, und dazu war es folgendermaßen gekommen:

Damals, kurz nachdem die Einäugige P'yŏngdae verlassen hatte, wurde sie von starken Schmerzen am Arm geplagt, wo die Alte sie gebissen hatte. Als sehr tief stellte sich die Wunde nicht heraus, als sie die in ihrem Unterarm steckengebliebenen Zähne herausgezogen hatte, doch ob der Fluch der Alten darin nistete oder warum auch sonst, der Schmerz wurde allmählich so schlimm, dass sie nachts nicht mehr schlafen konnte. Sie rollte sich auf dem Boden hin und her und flehte zu der toten Alten: »Es tut so weh, Mutter. Ich weiß, ich habe mich falsch benommen. Bitte, vergib mir!«

Aber der Schmerz ließ nicht nach. Sie weinte, betete, und als nichts half, biss sie die Zähne zusammen und forderte die Alte heraus, sie wollten doch einmal sehen, wer den Kampf gewinne, und überschüttete sie mit den wüstesten Beschimpfungen. Dann legte sie ihren Arm zwischen die bläulich schimmernden Klingen einer Strohschneide und schrie ins Leere: »Ha, erst nimmst du mir ein Auge, und jetzt willst du noch einen Arm? Na schön, dann gebe ich dir, was du wünschst, mit Vergnügen!«

Und dann zog sie den Hebel herunter und trennte sich den Arm mit einem Streich glatt vom Körper ab. Dies war der Preis, den sie zu bezahlen hatte, um sich aus dem Fluch der Alten zu befreien.

Die Schamanin

Kŭmbok besaß nun Gewissheit, dass das viele Geld in der doppelten Zimmerdecke ursprünglich der Alten gehört hatte. Weiterhin vermutete sie, dass es auch das Werk der Alten gewesen sein musste, dass ausgerechnet in dem Moment, in dem Jumbo seine Runde machte, der Wagen von der Straße abgekommen war und ihn zu Tode gebracht hatte, und wenn sie noch weiter zurückblickte, wollte sie der schauerliche Gedanke nicht loslassen, dass auch das Wasser auf dem Fabrikgrundstück und die Sache mit dem an einem Schlangenbiss gestorbenen Arbeiter mit dem Groll und dem Fluch in Verbindung stand, welchen die Alte über das Geld gelegt haben musste. Als Kŭmbok den Zwillingsschwestern von ihrem Kummer berichtete, meinten diese, es sei das einzig Richtige, auf der Stelle einen *Kut* abzuhalten, eine Zeremonie, um die zornige Seele der Alten zu trösten, auf dass sie keinen Schaden mehr anrichten möge.

Kŭmbok, dem Rat der beiden folgend, rief die anerkannteste Schamanin der Gegend zu sich und bat sie, eine solche Besänftigungszeremonie durchzuführen, und zwar an der Stelle neben dem Café, wo früher das Suppenlokal der Alten gestanden hatte. Da es sich um den ersten großen *Kut* handelte, den die Stadt jemals gesehen hatte, waren an jenem Tag nicht nur die Leute aus P'yŏngdae, sondern auch an die hundert Leute aus den umliegenden Dörfern und einige Landstreicher herbeigeströmt; auf dem Tisch mit den Opfergaben lagen, wie es sich gehörte, je ein Rinder- und ein Schweinekopf, dazu Reiskuchen, Obst und allerlei andere Speisen mannshoch aufgetürmt, dass sich die Tischbeine sprichwörtlich bogen; dann waren da außer den obligatorischen Glöckchen,

Fächern, Fahnen und Stangen ein langer, dreizackiger Spieß, den anzusehen einem schon weiche Knie bereitete, ein Schamanenschwert, ein Krummsäbel, Hackmesserklingen, allein all die Utensilien für die Zeremonie waren spektakulär, und das Getöse der Trommeln und Flöten, ergänzt von Tröten, Fiedeln und weiteren Instrumenten, ließ die genau genommen überhaupt nicht selbst von der Zeremonie betroffene, aber doch erregte Zuschauermenge sich im Takt wiegen.

Eine Besonderheit bestand darin, dass die mit dem *Kut* beauftragte Schamanin dem Generalgott als ihrem Hauptgott huldigte. Anders aber als der auf Darstellungen in Rüstung und Helm auf einem Pferd reitend gezeigte General hatte der hier auf dem großen Bild abgebildete ein abendländisches Gesicht mit einer außerordentlich großen Nase, auf der eine Sonnenbrille saß. Mit seiner Tabakspfeife zwischen den Zähnen stand er oben auf einem Panzer und blickte hochmütig auf die Menge herab. Für einen Gott sah er etwas ungewöhnlich aus, aber den Worten der Gehilfen der Schamanin zufolge war dieser Generalgott von weit her auf einem Schiff über das Meer gekommen, um den südlichen Truppen zur Seite zu stehen, und seine göttliche Macht war so groß, dass er die Armeen des Nordens zurückgetrieben hatte, ohne sich auch nur die Stiefel schmutzig zu machen. Besonders seine Kanonen ließen selbst die allergrößten aller großen Feldherren vor Angst die Flucht ergreifen, so gewaltig sei seine Macht, wussten die Gehilfen atemlos zu berichten.

Doch vom Anfang bis zum Ende der Zeremonie blieben peinliche Zweifel über den angeblich mit so großer Macht ausgestatteten Generalgott. Die Oberste Schamanin, die mit ihrem Tanz begonnen hatte, merkte, dass sie sich, ohne es zu wollen, links um sich selbst drehte, ein unheilvolles Omen, weil sie ihre Drehungen sonst immer nach rechts machte. Etwas noch viel Seltsameres passierte dann, und zwar als der Akt des Anrufens der Seele einsetzte. Es war ein vollkommen windstiller, klarer Tag, doch die Fahne flatterte an ihrer Stange, als wolle sie gleich in Fetzen gehen, und das ganz oben an der Spitze angebrachte Seelenglöckchen bimmelte von selbst wie verrückt. Die Zuschauer tuschelten, endlich sei der sonnenbebrillte Generalgott wirklich angekommen, aber dann begann eine der Schamaninnen, die eben noch auf ihrer Fiedel gespielt hatte, plötzlich wie verrückt geworden das Instrument gegen ihren Kopf zu schlagen. Das Blut lief ihr herunter, aber sie zeigte keinen Schmerz und hieb weiter mit lautem Krach auf ihren Kopf ein, während eine andere Schamanin neben ihr, die den Gong schlug, schallend lachte, ihren Rock hochhob und den Leuten ihren nackten Unterleib zur Schau stellte. Den Zuschauern erwuchs daraus kein Schaden, doch vom Standpunkt der Auftraggeberin aus gesehen, stellte dies zwangsläufig eine Ungeheuerlichkeit dar.

Der merkwürdigen Dinge geschahen noch mehr, auch nachdem mehrere männliche Schamanen herbeigesprungen waren, die beiden verrückten Schamaninnen weggezerrt und die Situation einigermaßen unter Kontrolle gebracht hatten: Aus dem Mund der Obersten Schamanin, die eben noch die Gebetsformel zum Anruf der Toten gesprochen hatte, begannen ohne Vorwarnung zusammenhangslose Laute zu fließen. Die Zuschauer, aber auch die Sprechende selbst hörten dergleichen zum ersten Mal. Einer der Leute meinte, die Sprache zu hören, die in dem Land gesprochen wurde, aus der der Generalgott mit der Sonnenbrille stammte, und wenn man versuchte, ein paar der fremdartigen Worte aus dem Mund der Schamanin lautgemäß zu umschreiben, dann klängen sie in etwa so: »Gattdäm«, »Fackjuh«, »Sannoffäbitsch«, »Maddafacka«, »Kocksacka«, »Ouhschitt«. Später wurde klar, dass es sich bei diesen Ausdrücken um Schimpfwörter der allerübelsten Sorte gehandelt hatte, aber das wusste zu diesem Zeitpunkt keiner der dort Versammelten.

Ab diesem Zeitpunkt versank die Zeremonie mehr und mehr in einem allgemeinen Chaos. Die Musikanten spielten jeder für sich, bis man nicht mehr sagen konnte, ob der ohrenbetäubende Krach Musik war oder was sonst auch immer, die Schamaninnen tanzten ebenfalls ohne jede Ordnung, traten sich auf die Füße, zerrissen ihre Kleidung, eine von ihnen stürzte auf den Opfertisch, die Speisen darauf flogen in hohem Bogen auf die Erde, und mittendrin die Oberste Schamanin, die mit ihren bloßen Füßen, um das Durcheinander zu ordnen und schnell den bösen Geist zu vertreiben, auf die dafür vorgesehene Leiter aus scharfen Messerklingen stieg, sich in der Hast aber die Fußsohlen zerschnitt und blutend und schreiend vor Schmerz herabstürzte und in Ohnmacht fiel. Die anderen Schamaninnen und Schamanen rannten vor Schreck wie aufgescheuchte Hühner hin und her, als plötzlich der Wind zu wehen und es vom wolkenlosen Himmel heftig zu regnen begann. Auch die Zuschauer bekamen es jetzt mit der Angst zu tun und wichen zaghaft zurück.

Zur selben Zeit erwachte die Oberste Schamanin aus ihrer Ohnmacht, hüpfte hoch wie eine Sprungfeder und hockte sich auf die Messerleiter. Diesmal schnitt sie sich zwar nicht, aber ihr Gesicht hatte sich blitzartig verwandelt und war das eines völlig anderen Menschen. Tiefliegende Mäuseaugen, Knollennase, ja, es war die Alte, die Hauptperson, die Besitzerin der Seele, zu deren Trost man diesen *Kut* einberufen hatte. Diejenigen unter den Zuschauern, die die Alte erkannten, schrien vor Schreck auf. Mit offenem Haar, den Kopf gesenkt, gab sie ein gespenstisches Gegurgel von sich, ein Klagen, bei dem einem das Blut zu Eis gefror. Manche der Zuschauer fielen sogar in Ohnmacht. Dann hörte die Schamanin, nein, die Alte, schlagartig mit den Klagelauten auf, hob den Kopf und starrte in die Menschenmenge. Aus dem Jenseits erklangen ihre Worte:

> Wenn der große Fisch in den Wald stürzt, wird eine Feuersäule aufsteigen bis hoch zum Himmel,
> und wenn der Mann aus dem Süden betrunken ist, werden eure Kinder und Kindeskinder fallen wie Stroh.

Die Leute fragten sich raunend, was die mit schauerlicher Stimme vorgetragenen Worte der Alten wohl bedeuten mochten, aber sie sagte nichts mehr. Den schiefen Mund zu einem undeutbaren Grinsen verzogen, starrte sie auf die Menge herab, die noch einen Schritt weiter zurückwich. Wer die Lage klärte, war wieder einmal unsere Heldin Kŭmbok. Sie trat vor die Alte hin und rief mit scharfer Stimme: »Um Ihre Seele zu trösten und Sie ins Paradies zu geleiten, habe ich mit viel Mühe und Geld diesen *Kut* veranstaltet, und Sie wissen nichts Besseres, als hier herumzuspuken, wie es selbst einem Gespenst nicht einfallen würde! Geben Sie jetzt Ruhe, essen Sie was von den Opferspeisen, bevor Sie gehen, oder, wenn Ihnen das nicht passt, hauen Sie sofort ab!«

Ob Kŭmboks feste Haltung Wirkung gezeigt hatte? Mit einem Mal hörte es auf zu regnen und der Wind legte sich. Auch das Seelenglöckchen verstummte und das

Gesicht der Obersten Schamanin nahm wieder sein ursprüngliches Aussehen an. Die Zuschauer staunten über Kŭmboks Mut, und jedermann war sich einig, dass man davon einigen brauchte, wenn man so etwas Großes vollbringen wollte, besonders, weil sie ja nur eine Frau war.

Der Aufruhr jenes Tages fand schließlich ein Ende, indem Kŭmbok im Haus und davor zur Besänftigung der toten Seele etwas Essen verstreute und Wein auf den Boden goss. Das Interesse der Leute aber konzentrierte sich nun auf die Frage nach den rätselhaften Worten der Alten: Was hatte es mit dem ominösen großen Fisch auf sich, und wer sollte der Mann sein, der angeblich eine Katastrophe herbeiführen würde. Hierzu gab es bald ein ganzes Sammelsurium an Vermutungen und Meinungen, Annäherungen und Auslegungen, Behauptungen und Geschichten, von denen ausgehend sich dann die berühmte sogenannte Jenseitsstimmendebatte entspann. Alle namhaften Wissenschaftler P'yŏngdaes stürzten sich in diesen Wortstreit, man spaltete sich in Lager, kratzte, schlug und biss sich, ehe die Debatte, so wie es ja meistens der Fall ist, auf allen Seiten mit tiefem Beleidigtsein endete, und es erscheint sinnvoll, sich an dieser Stelle eine ungefähre Vorstellung von deren Kerninhalten zu machen:

Zunächst und vorläufig ohne auf den versteckten Sinn der Jenseitsbotschaft einzugehen, wurde, wie es sich in wissenschaftlicher Manier geziemt, auf deren formale Merkmale hingewiesen, nämlich, dass die Botschaft aus zwei unterschiedlichen Zeilen bestehe, zum einen: »Wenn der große Fisch in den Wald stürzt, wird eine Feuersäule aufsteigen bis hoch zum Himmel«, zum anderen: »Und wenn der Mann aus dem Süden betrunken ist, werden eure Kinder und Kindeskinder fallen wie Stroh«. Diesbezüglich bildeten zwei sich konträr gegenüberstehende Sichtweisen heraus, von denen die eine behauptete, es handele sich um eine prophetische Ankündigung ein und desselben Ereignisses, auch wenn die beiden Zeilen Ursache und Ergebnis zweier unterschiedlicher Vorgänge in einem konditionalen Narrativ verbänden, die andere Seite wiederum bestand darauf, es müsse selbstverständlich um zwei voneinander unabhängige Ereignisse gehen, da es ja zwei Zeilen waren. So teilte sich der Diskurs in die ein einziges Ereignis vertretende sogenannte Singulärereignisschule und die von zwei unabhängigen Ereignissen ausgehende Dualereignisschule, und eine hitzige, langandauernde Debatte entbrannte.

Einig war man sich in der Meinung, dass mit dem »Wald« die Stadt P'yŏngdae gemeint sein musste, doch bei der Interpretation, um was es sich bei dem »großen Fisch« handelte, schieden sich die Geister bereits wieder. Die Singulärereignisschule legte dar, die himmelhohe Feuersäule weise fraglos auf das erigierte Geschlechtsteil des Mannes hin, während der große Fisch analog dazu das weibliche Genital darstelle. Demnach sei die Jenseitsbotschaft der Alten auch kein Fluch, sondern eine Hymne auf das riesige Genital des schwachsinnigen Jungen, dem die Alte in jungen Jahren verfallen gewesen war, und gleichzeitig eine Metapher für die geschlechtliche Leidenschaft zwischen Mann und Frau, lautete die These. Dies konterte die Dualereignisschule mit dem rügenden Hinweis, die Singulärereignisschule wolle die Feuersäule viel zu schematisch einordnen und in bestehende Schablonen pressen, was interpretatorisch gesehen ein grundlegender Fehler sei; gleichzeitig legte man eine neue, eigene Sicht auf den großen Fisch vor. Dieser sei, so ihre These, ein Sinnbild für die während des letzten Krieges in Erscheinung getretenen neuartigen Waffen, sprich: Lenkflugkörper. Solche Raketen ähnelten in ihrer Stromlinienform Fischen, und die aus ihnen herausschießenden Flammen fänden in der Feuersäule ihre Entsprechung.

Der Widerspruch gegen die Raketentheorie ließ nicht lange auf sich warten. Wie sollte die Alte, die den Krieg doch gar nicht erlebt hatte, von solchen Dingen wissen können, lautete die Streitfrage. Auf die Erklärung, sie wisse alles, weil sie ein Geist sei, erhob sich Protest, man solle doch bitte schön keine Spukgeschichten verbreiten; worauf die Aufforderung erging, vor den älteren Kommilitonen kein solches Gekläffe zu veranstalten, dann fragte jemand: »He, auf welche Universität bist du überhaupt gegangen?«, was wiederum die Gegenfrage aufwarf: »Was geht dich Arschloch das an, an welcher Uni ich war?«, die zu einer persönlichen Kritik: »Ich wusste, der Kerl hat keine Manieren, das wusste ich schon an der Uni«, und mit dem Ausspruch: »Der Drecksack gehört rausgeschmissen aus allen akademischen Kreisen«, zur Rausschmisstheorie führte, gefolgt von Drohungen wie: »Es gibt einige, die glauben, das Maul aufreißen zu können und dann so auf die Fresse kriegen, bis sie nur noch Blut scheißen«, wiederum gefolgt von der Pokertheorie: »Da hat jemand verdammt nochmal seinen beschissenen Abschluss beim Kartenspielen gewonnen«, und in dieser Manier: »Ja, du Penner, was soll es denn sonst sein, wenn keine Rakete?«, »Hä, na was schon, der Pimmel von deinem Vater wahrscheinlich«, gingen die Argumente am laufenden Band hin und her und die Debatte verwandelte sich immer mehr in eine Schlammschlacht. Das Spektrum wurde später noch um die Feuersäulendebatte, die Süddebatte, die Strohdebatte und weitere Einzeldebatten erweitert, und so zog sich das unendlich zähe Streitgespräch um die Jenseitsbotschaft noch bis zum Ende des Jahres hin.

Die Funken der Debatte flogen zwischenzeitlich bis zum Fischhändler, der sich absurderweise die schlimmsten Beleidigungen anhören musste. Die Dualereignisschule hatte nämlich ausgerechnet ihn zu dem »Mann aus dem Süden« erklärt und, hauptsächlich, um von ihrer eigenen Unterlegenheit abzulenken, die sogenannte Fischhändlertheorie vorgelegt. Deren Überzeugungskraft aber wurde durch den Umstand untermauert, dass den Leuten in der Stadt der starke Fischgeruch des Mannes ohnehin schon seltsam vorgekommen war. Kŭmbok schwitzte Blut und Wasser, um ihn vor dem Mob zu schützen, der ihn aus der Stadt verjagen wollte. Tatsächlich war es so, dass der Hinweis an die Dualereignisschule, dass der Fischhändler ursprünglich aus dem Süden des Landes stammte, von niemand anderem gekommen war als von den Zwillingsschwestern, denn die beiden hegten wegen Jumbos Tod nach wie vor einen tiefsitzenden Groll gegen ihn. Wie dem auch sei, der *Kut* jenes Tages führte in der Wissenschaft zu nichts außer zu Spaltung und Hass; bei den Leuten hingegen blieb er eine ganze Weile lang ein sehr beliebter Gesprächsstoff.

Auch hierzu gibt es eine weitere Ergänzung. Die Schamanin mit den zerschnittenen Füßen hatte die Vorahnung, dass der Fluch sich nicht nur in Worten erschöpfen würde. Aus den Ohren der Leute mochte die Stimme der Alten längst verschwunden sein, aber in der Schamanin klangen sie noch lange nach. Es war wie mit der Büchse der Pandora, einmal entwichen, ließ sich das Übel nicht wieder einfangen.

An dem Tag, als der Geist der Alten in sie gefahren war, hatte die Schamanin erkannt, dass er über eine viel größere göttliche Macht verfügte als der Generalgott mit der Sonnenbrille. Bei einer erneuten Geisterbeschwörung bat sie den Geist daher, wieder Besitz von ihr zu ergreifen, und so geschah es. Bald aber wurde der Schamanin klar, wie sehr von Wut und Bosheit dieser Rachegeist durchdrungen war. Zwar bewies er bisweilen auch seine magischen Fähigkeiten, doch immer mehr der Menschen, die bei der Schamanin einen *Kut* in Auftrag gaben, starben eines plötzlichen Todes oder wurden verrückt, und so wurde sie schließlich als böse Schwarze Schamanin gebrandmarkt und musste notgedrungen ihr Gewerbe einstellen. Mit allen möglichen Methoden versuchte sie, den Geist der Alten wieder loszuwerden, bis sie eines regnerischen Abends kurzerhand in den Brunnen vor ihrem Haus sprang und so ihrem Leben ein Ende bereitete. Auch wenn es ihr leidtat um ihren eigenen Leib, opferte sie ihn, um, endlich vom Geist der Alten befreit, kein Leid mehr über die Menschen bringen zu können. Erst jetzt erkannten die Menschen, dass sie, obwohl sie sich damals bei dem *Kut* die Füße an den Klingen aufgeschnitten hatte, doch keine der häufig anzutreffenden falschen Schamaninnen, sondern eine echte, große Schamanin gewesen war.

Katarakt

Eines Tages bemerkte Ch'unhŭi bei Mun einen gräulich weißen Schleier auf den Augen. Als sie ihn fragend ansah, lächelte Mun bitter. »Du brauchst nicht zu erschrecken, Ch'unhŭi«, sagte er, »mein Vater war schon völlig erblindet, als er noch keine vierzig war. Da habe ich eigentlich noch Glück gehabt. Bis jetzt konnte ich ja ganz gut sehen. Aber langsam kommt die böse Krankheit auch zu mir.«

Katarakt, der Graue Star.

Die Krankheit lag in Muns Familie. Allein von zehn Verwandten wusste er, die ihr Augenlicht durch den Star verloren hatten. Das war das Gesetz der Genetik. Ihm war bewusst, welches Unglück über ihn kommen würde. Er legte seine Hand auf die Schulter von Ch'unhŭi, die bekümmert dreinblickte, und sagte: »Du musst dir keine Gedanken machen. Ich laufe ja nicht morgen schon als Blinder herum. Die Augen werden nur langsam schlechter, so dass ich noch eine ganze Weile lang viele Sachen sehen kann.« Ganz so, als ginge er davon aus, dass Ch'unhŭi ihn verstünde, murmelte er weiter: »Es ist noch genügend Zeit, viele Bilder in meinem Kopf zu speichern. Und wenn ich irgendwann gar nichts mehr sehe, kann ich mir eins nach dem anderen davon nehmen und anschauen. Das ist also alles gar nicht so schlimm.«

In letzter Zeit war Mun immer schweigsamer geworden, und es vergingen ganze Tage, an denen er mit niemandem ein Wort sprach, Ch'unhŭi einmal ausgenommen. Sie konnte zwar den Sinn seiner Worte nicht genau verstehen, aber sein trauriger Tonfall bedrückte sie.

Im Herbst desselben Jahres gab es im Café P'yŏngdae ein kleines freudiges Ereignis: Die jüngere der Zwillingsschwestern trug sich mit Heiratsplänen. Der Bräutigam war ein Elektriker, der mit dem Auftrag in die Stadt gekommen war, Masten für die neuen Stromleitungen aufzustellen, ein junger Mann, fast zwanzig Jahre jünger als die Braut. Einmal hatte er zufällig das Café besucht und, wie es das Schicksal wollte, die Liebe seines Lebens entdeckt, seither ging er dort ein und aus wie eine Maus im Getreideschober. Die Schwester war zwar längst nicht mehr ganz taufrisch, doch der Elektriker war auf der Stelle von ihr hingerissen gewesen, wie sie anmutig und adrett in ihren *Hanbok* gekleidet am Fenster gesessen hatte. Genau genommen hätte sie seine Mutter sein können, aber genau das war auch einer der Gründe, weshalb sie es ihm angetan hatte.

Dies rührte von einer Sehnsucht her, die ihn begleitete, seit vor einigen Jahren eine Witwe mittleren Alters einmal vor ihm, der gerade in den Anfängen seiner Pubertät steckte, ganz ungeniert ihre Kleider hatte fallen lassen und zu ihm ins Bett geschlüpft war, worauf ihn im Dunkeln der scharfe Alkoholgeruch ihres heißen Atems, der ihn an der Wange und an der Nase kitzelte, und ihre starken Ausdünstungen schwindlig gemacht hatten, worauf sie grundlos gekichert und gefragt hatte: »Na, mein Kleiner, dann wollen wir doch mal sehen, wie groß deine Pfefferschote schon ist«, um dann ihre Hand in seine Hose zu schieben, worauf ihm sogleich ganz leer im Kopf geworden war, und erschrocken von einer plötzlichen Beklemmung, die ihm die Luft abschnürte, einem seltsamen Kribbeln unterhalb seines Bauches und dem Gefühl einer unbekannten Begierde, hatte er am liebsten weinen wollen, sein ganzer Körper hatte gebebt, und ohne nachzudenken hatte er erst die heißen Brüste der Witwe an sich gepresst, worauf er dann, weil er nicht wusste, was er sonst anstellen sollte, seinen Unterleib fest an den ihren gedrückt und sich an ihr gerieben hatte bis zum Wundwerden, worauf eine Furcht, so groß wie der Tod, und gleichzeitig eine verzweifelte Lust, von der er wünschte, sie möge ewig so weitergehen, ihn überkommen und er geträumt hatte, wie er selbst, oder seine Mutter, oder die gesamte Welt, in kosmischen Staub verwandelt für immer durch den interstellaren Raum flog.

Als daher der Pfarrer in dem dank Kŭmbok erbauten Gotteshaus die erste kirchliche Trauung P'yŏngdaes zelebrierte und alle aufforderte, beim Gebet die Augen zu schließen, was die Gratulanten gezwungenermaßen auch taten, und während sie noch so dastanden, sich keiner Schuld bewusst, die ihnen von Gott zu vergeben wäre, unruhig und mit schmerzenden Köpfen, mit zugekniffenem Hintern den Drang unterdrückend, den im Bauch rumorenden Darmwinden freien Lauf zu lassen, mit vor lauter Augenzudrücken zitternden Lidern, da musterte der Elektriker schon durch seine heimlich einen Spalt breit geöffneten Augen die Körperrundungen der in Weiß gekleideten Braut, und als er dann vor quälendem Verlangen, so schnell wie möglich seine Braut in den Armen zu halten und seinen erregten Unterleib ganz fest an dem ihren zu reiben, plötzlich ungewollt hüsteln musste, sich dabei verschluckte und einen heftigen Hustenanfall bekam, da war die Feierlichkeit der Hochzeitsandacht mit einem Schlag dahin; die versammelte Menge der Gratulanten aber hatte nun immerhin eine Vorstellung davon gewonnen, welch ein lächerlicher und unbehaglicher Ort so eine Kirche doch war.

»Das Bürschchen hat wirklich keinen blassen Schimmer, wie er es anstellen soll«, berichtete die Jüngere nach der

Hochzeitsnacht ihrer Schwester und Kŭmbok bei einem kurzen Besuch im Café. »Die ganze Nacht hat er sein schlappes Schwänzchen an mir gerieben wie ein aufgeregtes Hündchen, ich bin ganz wund da unten, ich sag's euch.«

Mit ihren Schilderungen sorgte sie für großes Gelächter. Später allerdings sollte der Elektriker dank der Hilfe seiner mit Männern erfahrenen Braut doch noch diese und jene Fähigkeit erlernen und ohne größere Probleme in der Lage sein, seinen ehelichen Pflichten nachzukommen. Traurig war nur, dass er, nachdem die Installationsarbeiten in der Stadt beendet waren, mit den anderen Elektrikerkollegen an einen anderen Einsatzort berufen wurde und er P'yŏngdae verlassen musste, so dass für die Zwillingsschwestern nun auch die Zeit des Abschieds bevorstand. Da die beiden seit ihrer Geburt keinen einzigen Tag getrennt gewesen waren, fühlte sich der Abschiedsschmerz schlimmer an, als wenn man ihnen einen Arm abgehackt hätte. Am Tag, als der Elektriker und die jüngere Schwester aufbrachen, hatte Kŭmbok einen ihrer Wagen zur Verfügung gestellt, der die beiden und ihr Gepäck in die Nachbarstadt brachte. Unter Tränen verabschiedete man sich und versprach wieder zurückzukommen, wenn der Elektriker seinen Auftrag beendet habe, und wieder zusammenzuleben, doch unglücklicherweise sollte es dazu niemals kommen.

Zur gleichen Zeit spazierte Ch'unhŭi, die anlässlich der Trauung zusammen mit Kŭmbok nach P'yŏngdae gekommen war, die alte Route entlang, die sie mit Jumbo früher zweimal am Tag zurückgelegt hatte. Dabei gelangte sie auch zum Café, vor dem nach wie vor der ausgestopfte Elefant stand. Jumbo war so groß wie immer und reckte seinen Rüssel in die Höhe. Andauernd der starken Sonne und dem Regen ausgesetzt, war seine Farbe verblichen, seine Haut faltig und rissig geworden. Beim Anblick des nur aus Stroh und Leder bestehenden Tieres kam Ch'unhŭi die gemeinsam verbrachte Zeit in den Sinn, und ihr wurde schwer ums Herz. Plötzlich aber erreichte sie von irgendwoher ein Signal.

Hallo, junges Fräulein.

Es war Jumbo. Ch'unhŭi kamen vor Überraschung und Freude die Tränen, aber sie riss sich zusammen und begrüßte ihn, wie sie es sonst auch getan hatte.

Hallo, Jumbo.

Meine Güte, so wie du gewachsen bist, wirst du ja bald eine richtige Frau sein.

Ja, und wo warst du die ganze Zeit?

Mal hier, mal dort. Vor Kurzem war ich sogar in Afrika, wo ich geboren wurde.

Wo ist Afrika?

Ganz weit weg. Da gibt es endlose Wüsten und Löwen und Hyänen und andere schreckliche Tiere.

Stimmt, davon hast du mir mal erzählt, glaube ich.

Übrigens war ich auch bei der Fabrik, wo du wohnst.

Und warum hast du mich nicht besucht?

Da haben alle schon tief geschlafen, mitten in der Nacht, da wollte ich dich auf keinen Fall aufwecken. Wie ist es denn dort, kleines Fräulein?

Eigentlich ganz gut. Ich lerne von meinem Stiefvater, wie man Ziegel macht.

Oh, ach so. Und ist er nett zu dir?

Ja, aber seine Augen sind nicht gut. Bald kann er nichts mehr sehen, sagt er.

Das ist keine schöne Nachricht.

Jumbos Stimme klang traurig.

Aber warum bist du eigentlich nicht verschwunden? Du hast doch mal gesagt, wenn man stirbt, verschwindet man.

Klug bist du, kleines Fräulein, dass du dich daran erinnerst.

Jumbo lachte.

Ja, das habe ich gesagt. Aber weil deine Mutter mich hat ausstopfen lassen, kann ich nicht verschwinden, selbst wenn ich es möchte. Darum musst du mir ein bisschen helfen.

Und wie kann ich dir helfen?

Ich möchte mich so gerne ausruhen. Es ist anstrengend, Tag und Nacht hier zu stehen. Außerdem ist es mir peinlich, wenn mich die Leute anstarren. Darum musst du mich verschwinden lassen.

Wie soll das denn gehen? Du bist doch viel zu groß, um dich einfach verschwinden zu lassen.

Kleines Fräulein, sag nicht gleich, dass es nicht geht, sondern denk mal ein bisschen nach. Mein Inneres ist ganz aus Stroh, völlig ausgetrocknet. Und noch dazu weht gerade ein passender Wind.

Erst jetzt begriff Ch'unhŭi, was Jumbo sagen wollte.

Während Kŭmbok und die Zwillingsschwestern an jenem Tag in ihr Geplauder über die Hochzeit vertieft waren, bekamen sie nicht mit, wie Ch'unhŭi ins Café schlich und es leise und heimlich mit einer Schachtel Streichhölzer in der Hand wieder verließ. Kurz darauf hörten sie von draußen laute Rufe, ein Feuer sei ausgebrochen, sprangen ans Fenster und sahen den ausgestopften Elefanten in schwarzen Rauch gehüllt in Flammen stehen. Erschrocken rannten sie heraus auf die Straße, als Jumbos Hülle, von der Hitze aufgebläht wie ein Luftballon, mit einem lauten Knall zerplatzte und die Flammen schlagartig nach oben schossen. Die drei Frauen mussten tatenlos zusehen, wie das Feuer auf das Cafégebäude übergriff, das halb niederbrannte, und auch Ch'unhŭi entdeckten sie erst viel später, völlig durchnässt neben dem großen Feuerwehrwagen, der von der kürzlich gegründeten Feuerwehrstation mit Sirenengeheul angerast gekommen war und dem unter den bewundernden Rufen und Blicken der Leute, die noch nie ein Feuerwehrauto gesehen hatten, eine Mannschaft Feuerwehrmänner in imponierenden Feuerwehruniformen und mit Feuerwehrhelmen auf dem Kopf entstiegen war, die mit einem Feuerwehrschlauch eine wasserfallartige Salve Löschwasser abgeschossen und das Feuer binnen kürzester Zeit unter Kontrolle gebracht und so die Leistungsfähigkeit der Feuerwehr unter Beweis gestellt hatten, wofür sie von den Schaulustigen mit einem langen Applaus bedacht worden waren, ehe sie wieder auf den Feuerwehrwagen gestiegen waren, lächelnd ihre Feuerwehrhelme abgezogen und schneidig gegrüßt hatten, bevor das Feuerwehrauto zurück zur Feuerwehrstation gefahren war.

Kŭmbok erfuhr, dass es Ch'unhŭi war, die das Feuer gelegt hatte, aber diesmal schimpfte sie nicht mit ihr. Ihrer Schlussfolgerung nach musste wohl der Geist der Alten kurz in das Kind gefahren sein, und so verkündete sie vor den Leuten, der Brand hänge mit dem Fluch zusammen; mit der Feuersäule, von der die Alte gesprochen hatte, sei das brennende Café gemeint gewesen, und somit sei der Fluch nun beendet. Das Café wieder instand zu setzen verschlang eine beträchtliche Summe Geld, Kŭmbok aber, die sich glücklich wähnte, durch einen überschaubaren Schaden endlich der Rache der Alten entkommen zu sein, war es kein bisschen schade darum.

Kŭmbok blieb in P'yŏngdae, einmal der Renovierung des Cafés wegen und auch, um ihre Pläne zum Bau des Kinos voranzutreiben, daher kehrte Ch'unhŭi alleine zur Fabrik zurück. Der Betrieb lief nach wie vor auf Hochtouren. Muns Augen hatten sich weiter verschlechtert, mittlerweile konnte er nur noch Dinge erkennen, die nicht weiter als drei oder vier Schritte von ihm entfernt waren. Stattdessen begannen vor seinen Augen die Landschaften der wolkenverhangenen Berge und der im Sonnenlicht glitzernden Bäche seiner alten Heimat zu erscheinen, er sah die Wolfsjungen klar und deutlich vor sich, die er in einer Höhle entdeckt hatte, als er als Junge mit seinem Vater in den Wald zum Holzmachen gegangen war, auch die Gesichter seiner vor langer Zeit von ihm getrennten Familie, die Freunde und Bekannten seines Geburtsdorfes. Mun wurde noch stiller, oft sprach er den ganzen Tag kein Wort. So sank er aus der Gegenwart in die Vergangenheit, aus der Wirklichkeit in die Träume, aus der Existenz ins Nichts, aus dem Gespräch und dem Verkehr mit Menschen in seine eigene, einsame Stille herab.

Ch'unhŭi war unterdessen auch in ihrer eigenen Welt geblieben. Seit Neuestem bestand ihr Zeitvertreib darin, tote Insekten und Tierkadaver unter einem Ziegelhaufen am Rand des Fabrikgeländes zu sammeln. Es war die Neugier auf diese neue, fremde Welt, mit der sie durch Jumbos Tod in Berührung gekommen war, die sie dazu antrieb. Sie versteckte tote Marder oder in der Sonne hart wie Holz vertrocknete Frösche unter den Steinhaufen, und immer, wenn sie Zeit hatte, holte sie sie hervor, um sie zu betrachten. Es beschäftigte sie, wie es sein konnte, dass diese eben noch springlebendigen Lebewesen plötzlich aufhörten, sich zu bewegen, in Verwesung übergingen und verschwanden. Um dieses Geheimnis zu lüften, wanderte sie ganze Tage lang durch die Wiesen, auf der Suche nach totem Getier.

Eines Tages wurde sie in ihren lautlosen Forschungen über den Tod unterbrochen, als sich plötzlich alle für sie zu interessieren begannen, oder besser gesagt für ihre verblüffenden Körperkräfte. Manche der Arbeiter vertrieben sich die Langeweile in den Ruhepausen, indem sie regelmäßige Wettkämpfe im Armdrücken veranstalteten. Die meisten von ihnen waren junge, ungestüme Burschen, und jeder der zwei, die sich an jenem Tag miteinander messen wollten, brüstete sich, die dicksten Armmuskeln und breitesten Schultern in der Fabrik zu haben. Weil es ein spannender Wettkampf zu werden versprach, hatten sich alle draußen zum Zuschauen eingefunden, einschließlich der älteren Arbeiter und der Küchenfrauen. Die Arme der beiden Männer sahen, von der Sonne gebräunt und von der schweren Arbeit gestählt, hart und stark aus wie Eichenholz. Sie fassten gegenseitig ihre Hände und begannen zu drücken, boten ihre Muskelkräfte auf, bis schließlich derjenige der beiden gewonnen hatte, von dem es hieß, er sei früher zur See gefahren. Nach dem Kampf erlaubte sich einer der Zuschauer mit der ebenfalls dabeistehenden Ch'unhŭi einen Scherz: »Man sagt, du hast Doppelknochen, oder? Dann lass uns doch mal eine Runde Armdrücken, wie wär's? Weil du noch jung und dazu ein Mädchen bist, pack ich dich am Handgelenk, damit es fair ist, in Ordnung?«

Alles brach in Gelächter aus, aber das Lachen sollte sich bald in Erstaunen und Bewunderung verwandeln. An jenem Tag gab Ch'unhŭi nacheinander jeden ihrer Herausforderer der Lächerlichkeit preis, bevor sie ganz zum Schluss gegen den früheren Seemann antrat. Er hielt ein bisschen länger durch als die anderen Männer, schaffte es aber letztendlich nicht, seinen Tagessieg zu verteidigen. Die Leute vermochten sich ihrer Bewunderung für die Kraft Ch'unhŭis, die doch noch ein Kind war, nicht zu erwehren, man war sich einig, dass es einfach keinen Menschen auf der Welt gab, der sich mit der Stärke eines Doppelknochigen messen konnte.

Nicht lange darauf aber trat, nachdem niemand in der Fabrik es mit ihr aufzunehmen vermochte, ein Ch'unhŭi ebenbürtiger Gegner auf den Plan – der Sohn eines der Lastwagenfahrer, die für den Ziegeltransport zuständig waren. Als dieser von Ch'unhŭi und ihren Siegen im Armdrücken hörte, hatte der Mann verschmitzt gegrinst und gesagt: »Na, das hört sich doch mal nach einem interessanten Gegner an.«

Die Leute dachten zuerst, er selbst wolle gegen Ch'unhŭi antreten, doch dann zog er seinen Jungen, der sich bis jetzt hinter ihm versteckt hatte, nach vorne. Der etwa gleichaltrig aussehende Junge sah schüchtern aus, wie er sich so am Hosenbein seines Vaters festhielt, aber auch er war als Doppelknochiger bekannt.

Die beiden setzten sich sogleich an den mitten im Fabrikhof aufgestellten Tisch, um sich für das Armdrücken in Position zu bringen. In dem Moment, als er Ch'unhŭis Hand ergriff, wurde der Junge von einem unerklärbaren, starken Gefühl gepackt, einer instinktiven Vorahnung, dass das Mädchen vor ihm irgendwann einmal Teil seines Schicksals werden sollte. Der Kampf begann, und es erwies sich, dass der Lastwagenfahrer mit den Kräften seines Jungen nicht übertrieben hatte. Die beiden doppelknochigen Jugendlichen drückten mit voller Kraft, um ihren Gegner niederzuzwingen, aber Stunden vergingen und es stand immer noch kein Sieger fest. Von ihren Armen tropfte Blut, so tief hatten sich die Fingernägel in den gegnerischen Handrücken gegraben, und die eben noch hoch am Himmel stehende Sonne war schon weit auf ihrer Bahn gen Westen gezogen. Dennoch konnten sich die Leute nicht von dem Schauspiel lösen, gebannt vor Bewunderung und Erstaunen, bis schließlich der Tisch in Stücke brach und die Partie unentschieden zu Ende ging. Ch'unhŭi und der Junge japsten nach Luft und sahen sich gegenseitig ins Gesicht. Jetzt schien auch Ch'unhŭi etwas Unbestimmtes zu spüren, denn im nächsten Moment wich sie scheu dem Blick des Jungen aus und rannte hinter die Fabrik, um sich zu verstecken.

Der Wettkampf der beiden fand jedes Mal, wenn der Lastwagenfahrer wieder zur Fabrik kam, seine Fortsetzung, und stets endete er unentschieden. Ch'unhŭi hatte sich nach ein paar solcher Durchgänge an den Jungen gewöhnt, und immer, wenn der Kampf zu Ende war, spielten die beiden miteinander. Sie zeigte ihm die ganzen bei den Ziegelhaufen versteckten toten Tiere und auch den erst kürzlich von ihr entdeckten Waschbärenbau. Der Junge, von Natur aus sanften Gemüts, ließ sich von Ch'unhŭi, ohne zu murren, auf Streifzüge durch die Gegend um die Fabrik mitnehmen. Er wurde der einzige Freund, den das Mädchen in seiner Jugend hatte, und die Freundschaft hielt an, bis im folgenden Jahr der Vater des Jungen weit weg im Süden am Meer eine Stelle als Holzfahrer bekam und sie P'yŏngdae verlassen mussten. Später sollten Ch'unhŭi und der Junge wieder zusammentreffen und eine noch außergewöhnlichere Beziehung eingehen, aber bis dahin sollte noch viel Zeit vergehen.

Im Herbst jenes Jahres traf sich Kŭmbok mit einem Architekten, den sie mit dem Bau des Kinos beauftragen wollte. Er war ein erfahrener Mann, der bereits in einigen großen Städten Lichtspielhäuser und Hotels errichtet hatte. Mit einer Baskenmütze auf dem Kopf und einem Bleistift hinterm Ohr saß er zusammen mit seinem Assistenten Kŭmbok in ihrem Café gegenüber. Mit leicht arroganter Miene erging er sich in einer Auflistung der von ihm entworfenen Gebäude und allerlei fachsprachlichen Ausführungen, bis Kŭmbok ihn endlich unterbrach und das Wort ergriff: »Gut, das heißt, so ein Kino zu bauen sollte bei Ihrem Können ein Kinderspiel sein. Dafür muss es aber genau so aussehen, wie ich es mir vorstelle. Da ich die Auftraggeberin bin, ist es mein Recht, das zu verlangen, oder?«

Der Architekt zuckte lässig mit den Schultern. »Wie Sie möchten.«

Kŭmbok lächelte und fuhr fort: »Sehr schön. Ich habe da von Anfang an eine bestimmte Vorstellung gehabt.« Mit den Worten, die Zeichnung selbst angefertigt zu haben, schob sie ihm ein zusammengefaltetes Stück Papier hin.

Der Architekt schlug den Bogen auf und erblickte dieses Bild:

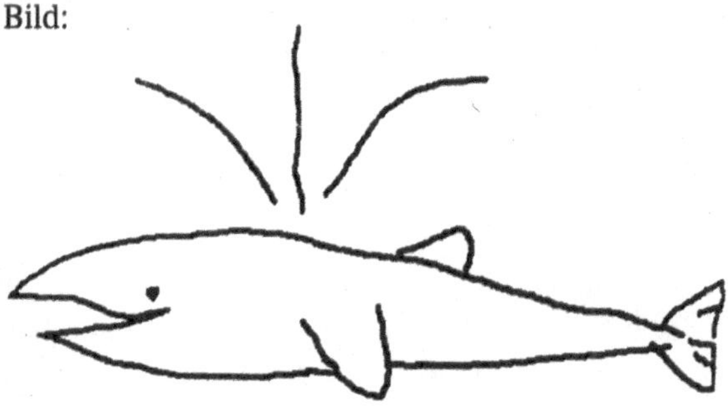

Leichtes Mädchen

Halb noch im Schlaf, roch das Mädchen den feuchten, rauchigen Geruch von Nebel. Sie schlüpfte leise aus ihrem Bett und ging nach draußen. Unter einem strahlend hellen Mond lag die ganze Welt in stillem Schlummer. Die Hitze des Tages war abgekühlt. Das Mädchen verließ den Fabrikhof und ging langsam zum Waldrand. Seine Schritte waren zielgerichtet, als folgten sie einem Ruf. Das Mädchen hörte das Gekrabbel der Insekten im Wald. Berauscht von den Tönen und Gerüchen der Lebewesen, zog es sich nackt aus. Dann streckte es seine beiden Hände seitlich aus. Um nur ein bisschen mehr noch von den Düften und Geräuschen, dem in dichten Schwaden wabernden Nebel aufnehmen zu können. Der Mond beleuchtete die nackte Gestalt. Ein Leib, größer als der eines starken Mannes. Das Mädchen ging über das Gras und roch den nächtlichen Duft des rätselhaften Wachstums der Pflanzen. Nahm die Atemgeräusche des erschöpft schlafenden Dachses, den kalten Blutgeruch der Schlange, die sich mit einer Feldmaus im Maul an einem Baum hochringelte, das emsige Pfotenscharren eines Erdhundes, der einen Bau grub, und die in seinem eigenen Körper vor sich gehenden Veränderungen wahr. Endlich hatte die Pubertät eingesetzt. Die von irgendwoher freigesetzten mächtigen Hormone waren dabei, das Mädchen in eine Frau zu verwandeln. Das war der Segen des Lebens und das Gesetz der Natur.

Ein paar Tage darauf bekam Ch'unhŭi ihre erste Periode. Erschrocken von dem Blut auf ihrem Bett und in ihrer Unterwäsche, zog sie Mun an der Hand in ihr Zimmer und zeigte ihm die Flecken. Mun ließ sofort Kŭmbok, die sich in P'yŏngdae aufhielt, von den Veränderungen unterrichten.

»Na, jetzt wissen wir zumindest, dass das Kind ein Mädel ist«, nahm sie die Nachricht ohne besonderes Interesse auf, ließ aber den Lieferwagen, der ohnehin am selben Tag eine Fuhre zu absolvieren hatte, eine Ladung Monatsbinden zur Fabrik bringen. »Damit sollte sie auskommen, bis sie raus ist aus dem gebärfähigen Alter.«

Es war zu der Zeit, als die Welle der Modernisierung auch das Privatleben der Frauen erfasst hatte und die bislang üblichen Binden aus Baumwolle den Einwegbinden wichen. Ch'unhŭi spürte zwar ganz genau, welche Veränderungen mit ihr vor sich gingen, aber da niemand ihr erklärte, was sie mit den Binden anstellen sollte, lief sie stets mit Blutflecken an ihrem Rock herum, wenn sie ihre Periode hatte. Außerdem stibitzten die Fabrikarbeiterinnen immer wieder heimlich von dem in Ch'unhŭis Zimmer bis zur Decke aufgestapelten Vorrat, so dass dieser binnen weniger Wochen komplett aufgebraucht war.

Für Kŭmbok hatte das überwältigende Bild des Blauwals nichts von seiner Faszination eingebüßt, seit sie das Tier vor mehr als zwanzig Jahren in ihrer Zeit in der Hafenstadt mit eigenen Augen gesehen hatte und ihm auf der Stelle erlegen war. Das Filmtheater, das nach ihren Vorstellungen in der Form eines Wals konstruiert werden sollte, war ein Bauwerk höchsten Niveaus, bei dem sämtliche Konstruktionstechniken jener Zeit zum Einsatz kamen. Mit dem Start der Bauarbeiten wurden große Mengen an Ziegeln aus Nambaran herbeigeschafft und abermals viele neue Arbeitskräfte eingestellt. Auf dem Bauplatz, für den ein Grundstück neben dem Bahnhof von P'yŏngdae bestimmt worden war, herrschte großer Trubel, Lastwagen fuhren pausenlos ein und aus, um Baumaterialien zu bringen, und Kümbok hatte wieder ihr Markenzeichen, die Pumphosen, angelegt und lief herum und behielt alles im Blick.

Etwa zur gleichen Zeit vollzog sich bei Kümbok eine einschneidende Veränderung, und zwar versiegte ihre Gier nach Männern, für die sie sonst an jedem Ort den Rock gehoben oder die sie ins Bett gezerrt hatte, seien es Bauunternehmer oder Fabrikarbeiter oder was auch immer – sehr zum Leidwesen der hiesigen Bevölkerung übrigens, der nun ein Lieblingsthema abhandengekommen war. Irgendwann stellte sie zu ihrem eigenen Erstaunen fest, dass ihre Gier vollständig verschwunden war, ein Umstand, dem sie aber keine große Beachtung schenkte, auch deshalb nicht, weil sie sich mit voller Kraft auf den Bau des Kinos konzentrierte. Der Grund für die Veränderung lag in den Hormonen, die ihr Körper neuerdings auszuschütten begann. Das wiederum sollte ihr Leben in nicht allzu ferner Zukunft völlig auf den Kopf stellen, und den Auftakt dazu gab das Auftauchen eines jungen Mädchens, das sich in einem Etablissement in der Nähe des Bahnhofs als Prostituierte verdingte.

Eines frühen Morgens hatte einer der Arbeiter auf der Baustelle unter einer Plane, die zum Schutz vor dem Tau über die Baustoffe gedeckt war, ein Rascheln gehört. Er vermutete eine streunende Katze, doch als er die Plane beiseitezog, kauerte darunter ein Mädchen, mit unordentlichen Haaren und blutigem Schorf im Gesicht. Der Mann lief los und erstattete Kümbok Bericht, die sofort folgerte, dass es sich um das Mädchen handeln musste, das nachts zuvor aus dem Bordell fortgelaufen war. Davon hatte sie durch die ältere Zwillingsschwester erfahren, die ihr über das junge Ding erzählt hatte, dass es sich bei einem der Kunden, einem fahrenden Händler für Bonbons aus Reissirup, einen Fehler geleistet habe, daraufhin von ihrem Boss verprügelt worden und dann in einem unbewachten Moment aus dem Haus geflohen war, worauf eine Bande von Zuhältern, die zu dem Bordell gehörten, die ganze Nacht das Viertel abgesucht hatten. Als Kŭmbok dem Arbeiter sagte, er solle, was leichte Mädchen betraf, nicht sie behelligen, sondern gleich zum Bordellchef gehen, wandte die Zwillingschwester in der ihr eigenen warmherzigen Art ein, man schlachte doch auch keinen Fasanen, der ins Haus geflattert kommt, ja selbst einem Hund gebe man die Chance zu fliehen, bevor man ihn totschlägt, wie sie nur so herzlos sein könne, sie solle das Mädchen doch lieber herholen und seine Geschichte erzählen lassen.

Wenig später also brachte der Arbeiter das Mädchen auf Umwegen, um nicht von den Leuten gesehen zu werden, ins Haus. Kŭmbok erkannte trotz des geschwollenen Gesichts und der von der draußen verbrachten Nacht schmutzigen Kleider des Mädchens auf einen Blick, dass es von einer Schönheit war, wie man sie im Umkreis nur selten zu sehen bekam. Sie drückte dem Arbeiter etwas Geld in die Hand, schärfte ihm ein, unter keinen Umständen jemandem von dem Vorfall zu erzählen, und schickte ihn fort. Dann richtete sie dem Mädchen eine Kleinigkeit zu essen und sagte, es solle sich ein wenig stärken. Die beinahe noch kindlich aussehende junge Frau aber weinte bloß, ohne das Besteck auch nur anzurühren, ein Anblick, bei dem Kŭmbok ihre eigene Verzweiflung in den Sinn kam, die sie vor langer Zeit bei ihrer Ankunft in der Hafenstadt überfallen hatte, und Mitleid bekam. Nachdem das Mädchen sich ausgeweint hatte, öffnete sie endlich die Lippen und begann stockend, von ihren Umständen zu erzählen. Als Kind armer Eltern geboren, habe der Vater, ungelernt und dem Glücksspiel verfallen, einen Berg an Schulden aufgehäuft und sie an einen Kneipenwirt verkauft, später sei sie durch alle acht Provinzen des Landes getingelt und schließlich in P'yŏngdae gelandet, wo sie in dem besagten Bordell ihren Unterhalt verdient habe, bis sie letzte Nacht auf einen Kunden getroffen war, einem Bonbonhändler, der aber an den üblichen Körperöffnungen kein Interesse gezeigt, sondern Seltsames von ihr verlangt hatte, worauf sie ihm aus Wut ein Stück von seinem Geschlechtsteil abgebissen habe. Dafür sei sie vom Bordellchef dermaßen verprügelt worden, bis sie es schließlich nicht mehr ausgehalten hatte und fortgelaufen war, so in etwa stellte sich die Geschichte dar. Die ältere Zwillingsschwester machte den Vorschlag, das Mädchen in einen Zug zu setzen und ihr heimlich zur Flucht weit weg in eine andere Stadt zu verhelfen, doch Kŭmbok schien eine andere Idee zu haben, denn sie ließ das Mädchen in der Obhut der Älteren zurück und ging aus dem Haus.

Der Ort, zu dem ihre Schritte sie lenkten, war ebenjenes Etablissement neben dem Bahnhof. Die Dirnen, traurige Existenzen in den Diensten der ebenso traurigen Lust der Männer, standen grell geschminkt in aufreizend knappen Kleidern kaugummikauend auf der Gasse, versuchten, vorübergehende Männer am Ärmel zu packen und mitzuzerren, ihnen Sprüche hinterherwerfend wie: »He, mach doch mal eine Pause«, »Bleib doch mal hier, ich besorg's dir auch gut«, »Für Studenten gibt's dreißig Prozent Rabatt« oder »Du Sau, fass mich nicht an, hast doch eh kein Geld«.

In einem Raum mit rosa Beleuchtung saß Kŭmbok dem Chef gegenüber.

»Was führt eine Dame wie Sie in einen schäbigen Laden wie diesen, wenn ich fragen darf?«, fragte er.

Der Mann trug einen Bart wie eine Ziege, war kalt wie eine Schlange und listig wie ein Dachs.

»Sie haben mit mir noch nie Geschäfte gemacht, vermute ich?«

»Ich mit meinem mickrigen Betrieb wüsste nicht, welche Art von Geschäften das wohl sein könnten, mit Ihnen, der Direktorin eines großen Unternehmens.«

»Sollen wir es heute einmal miteinander probieren?«, schlug Kŭmbok vor und steckte eine Zigarette in ihr Mundstück. Der Mann sah sie verständnislos an. Einen langen Zug Rauch ausblasend, stellte Kŭmbok in beiläufigem Ton eine weitere Frage: »Ich habe gehört, gestern sei hier ein Mädchen verschwunden, stimmt das?«

Der Mann grinste dreckig, als er verstand, worum es ging. »Ich wusste nicht, dass Frau Direktorin sich für die Kleine interessieren«, sagte er. »Ich überlege mir, ihr die Füße abzuschneiden, wenn ich sie wieder eingefangen habe, damit sie mir nicht noch einmal abhaut. Die braucht sie für ihre Arbeit ja sowieso nicht.«

»Gut, dann lassen Sie doch erstmal hören, wie viel das Mädchen Ihnen schuldig ist.«

»Es geht nicht darum, wie viel sie mir schuldet. Viel wichtiger ist die Frage, wie viel Gewinn mir das Gör in Zukunft einbringen kann«, entgegnete der Bordellchef in schmierigem Geschäftston. An Gewieftheit stand er Kŭmbok in nichts nach. Diese aber zuckte nicht mit der Wimper, als sie weiterfragte.

»Sie wissen, dass ich hier vorne gerade ein Kino baue?«

»Wer das nicht weiß, kann nicht aus P'yŏngdae sein.«

»Letztens waren einige hohe Herrschaften von der Regierung in der Stadt, die schienen sich ziemlich große Sorgen zu machen. Demnächst soll hier ein Kino stehen, aber an dem Rotlichtviertel könnten auswärtige Besucher Anstoß nehmen, und auch vom Aspekt des Kindeswohls her sehen sie Probleme, haben sie gesagt, und da habe ich ihnen das Folgende erzählt: Ob es denn Menschen gebe, die es nicht tun, dass, wo Licht, auch Schatten ist, und es nur dank der Menschen, die diese Drecksarbeit übernehmen, den anderen möglich ist, einen auf vornehmen Saubermann zu machen.«

Obwohl Kŭmbok lächelte, lag in ihren Worten eine fast unverhohlene Drohung. Die Gesichtszüge des Bordellchefs versteinerten. Einen Moment lang herrschte Stille, dann fragte er: »Nun, wie wäre denn der Preis, den Sie für das Kind bezahlen würden?«

Kŭmbok lächelte zuckersüß: »Endlich beginnen wir uns zu verstehen.«

Die Preisverhandlung begann, doch unter anderem, weil zur Berechnung der Entschädigungssumme für Personenschäden die Hoffmann'sche Methode zugrunde gelegt wurde, gestaltete sich die Kalkulation als äußerst kompliziert. Klarheit bestand darüber, dass der aus der Prostituiertentätigkeit zu erwartende Erlös als Abschlagszahlung im Voraus entrichtet werden sollte, strittig war aber, welche Abzüge von der Summe zu machen seien, angefangen bei der Frage nach dem Zeitpunkt des Ruhestands, bei der es darum ging, bis zu welchem Alter eine Prostituierte in der Lage sei, Kunden zu bedienen, über den Punkt, ob bei der Berechnung der Lebenshaltungskosten, über deren Abzug man sich grundsätzlich einig war, die bei Frauen dieses Gewerbes beliebten Reiskuchen in scharfer Soße mit hartgekochten Eiern, die Kosten für Monatsbinden und weitere kleinere Posten inkludiert sein sollten oder nicht; bis hin zu der kontroversen Frage, ob die besagte Tätigkeit als eine Festanstellung oder eine befristete Beschäftigung zu betrachten sei, welcher wiederum eine Auseinandersetzung darüber entsprang, wie viele Tage im Monat als Arbeitstage gelten sollten; dann musste ein Kriterium zur Berechnung eines angemessenen Zinssatzes gefunden werden und noch vieles Weitere wurde en detail diskutiert und das Gefeilsche zog sich annähernd einen ganzen Tag lang hin, bis Kŭmbok schließlich zum Preis eines stattlichen Hauses einen Überlassungsvertrag für das entlaufene leichte Mädchen in den Händen hielt. Dieses musste sich dann von der älteren Zwillingsschwester auch eine ganze Weile lang necken lassen, die sie nicht bei ihrem Namen rief, der Suryŏn war, sondern sie bloß »das Schnäppchen« nannte.

Die hohen Herrschaften von der Regierung, von denen Kŭmbok gesprochen hatte, waren beileibe kein reines Drohinstrument gewesen. Weil sie inzwischen als die einflussreichste Machtträgerin in P'yŏngdae galt, scharten sich allerhand Provinzobere um sie, die mit ihr ins Geschäft kommen wollten, Politiker mit mehr oder weniger schmutzigen Absichten, Wohltätigkeitsorganisationen auf der Suche nach Spendengeldern, plötzlich aus dem Nichts aufgetauchte entfernte Verwandte und Betrüger, die einen Teil vom Kuchen abhaben wollten, Playboys, die gehört hatten, Kŭmbok sei bei jedem Kerl großzügig, und es einmal bei ihr probieren wollten, wenn nicht, dann Pech; es kamen Leute ohne eigene Beschäftigung, die einfach bloß neugierig waren, wie Kŭmbok aussah, falsche buddhistische Mönche provozierten: »Ja, diskriminierst du Menschen mit anderem Glauben, verdammte Scheiße? Eine Kirche stellst du hin, warum kriegen wir kein Geld für einen Tempel?« – die Schlange an Leuten, die etwas von ihr wollten, riss nicht ab.

Einmal wurde Kŭmbok von einem Politiker mit einem besonderen Anliegen aufgesucht. Man müsse den Kommunismus eliminieren, ehe er sich in der Stadt breitmachte, schäumte er. Kŭmbok saß schräg auf ihrem Stuhl, eine Zigarette im Mund, und hörte dem Mann zu, bis ihr plötzlich etwas einzufallen schien: »Sagen Sie mir doch mal, wofür dieses Ding, das Sie Kommunismus nennen, denn überhaupt gebraucht wird.«

»Das ist kein Ding, sondern der Name für eine Idee«, antwortete der Politiker.

»Haben Ideen auch Namen?«

»Aber selbstverständlich. Es gibt nichts auf der Welt, das keinen Namen hat. Sozialismus, Kapitalismus, Demokratismus, Pragmatismus, Klassizismus, Neoklassizismus, Romantizismus, Existenzialismus, Impressionismus, Expressionismus, Individualismus, Realismus, Surrealismus, Mammonismus, Materialismus, Kürbismus ...«

Kŭmbok gähnte gelangweilt, dann unterbrach sie: »Genug, das reicht. Leiern Sie hier keinen Sermon herunter wie ein Bettelmönch im Regen, sondern sagen Sie mir, was für eine Idee dieser Kommudingsbums sein soll.«

»Die Idee ist, reichen Leuten wie Ihnen das ganze Vermögen wegzunehmen und gleichmäßig zu verteilen.«

»Das ist ..., ja, Diebstahl ist das! Was haben diese Typen in ihren Schädeln, sich so einen Quatsch auszudenken?«

»Deswegen sage ich ja, die Kerle gehören fortgejagt.«

Kŭmbok überlegte eine Weile, bevor sie weitersprach:

»Gut. Meine Idee ist, dass man Leute mit solchen Ideen einfangen, sie an einen großen Stein fesseln und im Meer versenken sollte. Kann man für eine solche Idee auch einen Namen machen?«

»Dafür gibt es bereits einen Namen.«

»Und wie heißt der?«

»Antikommunismus. Die Idee, die Roten restlos auszurotten.«

Mit den »Roten« meinte er die Kommunisten, über die er sich die ganze Zeit ausließ. Kŭmboks Kenntnis, was die diversen politischen Denkschulen betraf, war überaus dürftig, doch ihre Überzeugung, wie bei den meisten Menschen, umso fester. Das war das Gesetz der Ideologie. Ihre Entscheidung sollte sie später einmal mit den folgenden Worten rechtfertigen: »Ich habe mich für die rechte Seite entschieden. Weil rechts bedeutet, dass man Recht hat.«

Bei einem anderen Mal kam ein weiterer Politiker zu ihr. Auch er echauffierte sich mit Schaum vor dem Mund, man müsse etwas gegen die Kommunisten tun, aber seine Forderung war etwas radikaler: »Wir müssen die Roten unbedingt töten.«

»Ist das denn wirklich nötig?«, wandte Kŭmbok ein.

»Ja, absolut. Wenn man nämlich einen von den Kerlen am Leben lässt, bringt er zehn andere Menschen um. Das heißt, schlägt man einen von denen tot, hat man neun Leben gerettet, nichts anderes will ich damit sagen.«

»Aber warum neun und nicht zehn?«

»Ja, nun ... äh ... weil man dann den einen, den Roten, ja schon umgebracht hat.«

Meistens ging es in diesem Stil. Die Politiker brauchten nur ihren Mund aufzusperren, dann ging es los mit der Behauptung, die Kommunisten vertreiben zu müssen, Tatsache war aber, dass P'yŏngdae dank seiner abgeschnittenen Lage nicht nur von den Wirren des Krieges, sondern auch den Stürmen der Ideologien verschont geblieben war und die Leute nicht einmal annähernd wussten, was Kommunismus bedeutete.

Wie dem auch sei, als der Politiker sich verabschiedet hatte, war Kŭmbok eine Verfechterin des Antikommunismus geworden und wurde zur Komiteevorsitzenden der Frauenabteilung der Antikommunismusvereinigung von P'yŏngdae und bekleidete in der Folge noch viele weitere Posten, deren Zahl, selbst wenn man nur solche bei den verschiedenen Politik-, Wirtschafts-, Umwelt-, Religions-, Wissenschafts-, Sport- und Regionalverbänden in Betracht zieht, in die Dutzende ging: darunter als Vizepräsidentin des Rotary Club P'yŏngdae, Leiterin der Abteilung für Allgemeine Angelegenheiten des Lions Club Regionalverband P'yŏngdae, Direktorin des Rates zur Korruptionsprävention, Ständiges Mitglied der Zentrale der Bürgerbewegung für Rechtschaffenes Leben, Regionalleiterin des Vereins zur Dorfverschönerung, Frauenratsvorsitzende des 4H-Klub P'yŏngdae, Ortsgruppenleiterin des Nationalen Cafébetreiberverbandes, Beraterin der Staatlichen Ziegelgewerbesozietät, Administratorin beim Rat zur Wirtschaftsförderung P'yŏngdae, Regionalpräsidentin der Landesweiten Gesellschaft für Transportgewerbe, Abteilungsleiterin des Vereins zur Popularisierung des Bodenturnens, Sprecherin der Stadtversammlung zum Schutz des Lebensraumes der Eibe, Leiterin des Schutzverbands Wilder Dachs, Vorstandvorsitzende der Holzkohlegenossenschaft P'yŏngdae, Direktorin des Wirtschaftsforschungsinstituts P'yŏngdae und als Vorstand der Regionalorganisation P'yŏngdae des Generalverbands Trockenfisch.

Nachdem Kŭmbok die junge Prostituierte also gegen

einen stattlichen Betrag freigekauft hatte, war die ältere Zwillingsschwester davon ausgegangen, sie würde das Mädchen unverzüglich als Bedienung zu ihr ins Café schicken. Aber aus welchen Beweggründen auch immer, Kŭmbok behielt Suryŏn bei sich im Haus und ließ sie Arbeiten wie Wäschewaschen und Putzen übernehmen. Dabei gewann ihr Gesicht wieder seine jugendliche Fröhlichkeit, die Wunden begannen zu heilen, und ihre Schönheit erblühte noch strahlender als zuvor.

Eines Abends, als Kŭmbok spät nach Hause kam und in der Küche Geräusche hörte, öffnete sie gedankenlos die Tür und erblickte Suryŏn, die in einem Zuber stand und sich wusch. Der Anblick ihres von Dampf eingehüllten nackten Körpers war von blendender Anmut, als sei eine Elfe geradewegs vom Himmel auf die Erde herabgestiegen; die feucht noch schwärzer aussehenden Haare fielen in Wellen den ebenmäßigen Rücken herab, und der nicht große, nicht kleine runde Po sah aus wie aus Marmor gemeißelt, seine sanfte Rundung vermochte jedem, ob Mann ob Frau, den Atem zu verschlagen. Suryŏn drehte sich leicht zur Seite, als sie Kŭmbok hereinkommen sah, und ihr Lächeln war so ungestellt natürlich, ihre vollen, roten, wie von Tau benetzten Lippen so atemberaubend verführerisch, dass der Ausdruck »Einzigartig unter dem Himmel« eigens für sie geschaffen zu sein schien.

Kŭmbok bot an, ihr den Rücken zu schrubben, und Suryŏn willigte scheu ein. An ihrem makellosen Leib war keine Spur davon zu erkennen, dass je eine Männerhand ihn angefasst hatte. Ihre Haut war so weich, dass Kŭmbok beinahe fürchtete, sie zu verletzen, und ihre Hand zitterte unwillkürlich. Während sie der Jüngeren den Rücken wusch, wurde Kŭmbok endlich klar, was sie selbst verloren hatte, und ihr wurde schwer ums Herz. Wenn Leben hieß, Verluste zu erleiden, so hatte sie schon sehr vieles verloren. Ihre Kindheit, ihre Heimat, ihre erste Liebe und vor allen Dingen ihre Jugendlichkeit waren unwiederbringlich dahin. Alles was ihr blieb, war eine leere Hülle, konstatierte sie schmerzlich. Unwillkürlich entwich ihr ein Seufzer: »Kaum zu glauben, dass es so etwas wie dich auf der Welt gibt.«

Suryŏn wandte sich verlegen um: »Bin ich denn wirklich so hübsch?«

»Aber ja, keine Frage. Als ich jung war, sind mir die Kerle auch hinterhergerannt. Aber selbst damals hätte ich dir nicht das Wasser reichen können.« Bevor sie fortfuhr, goss sie einen Schwall Wasser über den Rücken der Badenden. »So eine Schönheit wie dich findet man ganz selten auf Erden. Anscheinend hat sich der liebe Gott ganz besonders viel Mühe gegeben, als er dich geschaffen hat.«

»Und wie macht er dann die anderen Menschen?«, witzelte Suryŏn über den lieben Gott, den Kŭmbok – vielleicht beeinflusst von ihren früheren Schäferstündchen mit dem Pfarrer – anführte.

»Irgendwie mittelmäßig eben«, antwortete diese, »so wie man beim Ziegelmachen Lehm in Formen presst.«

Mun, der sicherlich in Wut ausgebrochen wäre, hätte er Kŭmboks Worte gehört, wachte eines Morgens auf und sah voller Erstaunen vor seinen Augen eine weite Flusslandschaft liegen. Eine Reihe hoher Pappeln säumte die Uferböschung, an einer Fährstelle in der Ferne waren Menschen zu sehen und mehrere Boote mit Segeln. Auf den sanften Wellen glitzerten Sonnenstrahlen, ab und zu sprang ein dicker Karpfen aus dem Wasser. Es war ein

Bild aus Muns Kindertagen, vom Dorf seiner Heimat. Ihm wurde klar, dass er nun sein Augenlicht völlig verloren hatte und die Szenerie, die vor ihm lag, einzig seiner Erinnerung entstammte.

Seit jenem Tag erschienen wie zum Ersatz für seine Blindheit all die Bilder, die in seinem Kopf gespeichert waren, ganz unangekündigt tauchten sie auf, ein Panorama ohne feste Reihenfolge, wie aus einem Fotoalbum, das die ganze lange Zeit seines Lebens umfasste, angefangen von der allerfernsten Vergangenheit bis zu dem Tag seiner Erblindung. Darunter waren schöne, friedliche Szenen wie die aus seiner Kindheit und grässliche, deren Zeuge er während des Krieges geworden war, fremdartige, exotische Dinge, wie er sie in China gesehen hatte, als er dort als Arbeiter in der Ziegelei angestellt gewesen war, die Gesichter seiner Familie, bei denen es ihm jedes Mal fast das Herz zerriss, die Liebesstunde mit Kŭmbok unter der Weide am Bach und die endlos traurige Winterlandschaft seiner einsamen Zeit mit den Ziegeln in Nambaran, alle Höhen und Tiefen seines Lebens waren in diesem Album abgelegt. Hätte man all diese Szenen auf Film bannen können, so wäre jedermann erstaunt gewesen darüber, wie viele Ereignisse sich im Leben eines gewöhnlichen Menschen doch zutragen, wie viele Bilder im Gedächtnis eines Menschen gespeichert sein können; Anthropologen und Soziologen und Historikern und Psychologen und vielen anderen Geisteswissenschaftlern wäre ein unermesslich wertvoller Schatz an Anschauungsmaterial zuteilgeworden, doch leider war das ein Ding der Unmöglichkeit, und alle diese Szenen und Bilder verschwanden in dem Moment, da Mun am Ufer des Baches unter der Weide seinen letzten Atemzug tat, wie Rauch in der Luft. Anstelle der irgendwann restlos verschwundenen Lust auf Männer war Kŭmboks Kopf nun voll von der jungen, schönen Suryŏn. Sie kaufte ihr teure Kleider und Kosmetik, während die junge Frau zu Hause saß und nichts anderes tat, als sich ihrer Schönheitspflege zu widmen. Ihre jungmädchenhafte Unsicherheit war einer reifer wirkenden Attraktivität gewichen. Sie vertraute und folgte Kŭmbok wie einer großen Schwester, schlief mit ihr im gleichen Zimmer, wo die beiden bis in die späte Nacht fröhlich miteinander plauderten.

Währenddessen hatte Kŭmboks Körper begonnen, sich zu verändern. Ihre Stimme war, was vermutlich am vielen Rauchen lag, tiefer geworden, ihre ohnehin schon ausgeprägte Behaarung wurde noch stärker, um die Mundpartie begannen einzelne dunkle Härchen zu sprießen. Auch ihr Verhalten wurde, von einer seltsamen Kraft angetrieben, noch bestimmender. Dabei handelte es sich um ein ganz natürliches Symptom, das jede Frau ab einem bestimmten Alter betraf, und hing mit der gesteigerten Ausschüttung männlicher Hormone zusammen, doch in Kŭmboks Fall war diese Veränderung noch weitreichender.

Einmal, im Sommer jenes Jahres, kam Kŭmbok nach einem Umtrunk mit ihren Kunden aus dem Baugewerbe spätnachts nach Hause zurück, wo Suryŏn unter dem Moskitonetz bereits schlief. Der Hitze wegen trug sie nur ein knappes Unterkleid, ihre nackte Haut schimmerte verführerisch durch den dünnen Vorhang, und in der Nachtluft lag der vage Duft ihres Körpers, ein mächtiger Lockstoff, der sämtliche Männer im Umkreis von drei Kilometern aus dem Schlaf reißen und sofort hierherrennen ließe, röchen sie ihn. Es war derselbe Geruch, mit dem Kŭmbok die Männer in ihrer Umgebung verrückt gemacht hatte, der aber schon vor einer ganzen Weile von ihr gewichen war.

Kŭmbok entledigte sich ihrer Kleider und schlüpfte nackt zu Suryŏn unter das Netz. Dann legte sie, ohne zu wissen, was sie tat, ihre bebende Hand auf die Hüfte der Jüngeren. Die vom Schweiß leicht feuchte Haut war unendlich zart, es war, als ruhte ihre Hand in warmem Wasser. Ihr Herz raste wie damals, als sie ihre Hand auf Kŏkjŏngs Bauch gelegt hatte, ein erregender Augenblick. Da schlug Suryŏn die Augen auf, sah die im Dunkeln auf sie blickende Kŭmbok und lächelte verlegen, um dann ihr Gesicht im Kissen zu vergraben. Unfähig, sich länger zu zügeln, riss Kŭmbok Suryŏn schwer atmend in ihre Arme und drückte ihre begehrenswerten Brüste an sich.

Der Wal

Der Tag der Eröffnung des Filmtheaters war gekommen, und abermals hatten sich Scharen von Schaulustigen, mit Proviant ausgerüstet, auf den Weg nach P'yŏngdae gemacht. In der Zwischenzeit war die Einwohnerzahl der Stadt weiter rasant gestiegen, eine im Vergleich zu dem Tag, als Jumbo, der Elefant, angekommen war, um ein Vielfaches größere Menschenmenge hatte sich seit den Morgenstunden vor dem neuen Gebäude versammelt. Die Eintrittskarten waren schon am Vortag ausverkauft gewesen, nur ein sehr geringer Teil der Leute würde der Filmvorführung beiwohnen können, aber allein in der Erwartung, das Kino von außen zu besichtigen, hatten die Leute keine Mühen gescheut und die weite Anreise auf sich genommen, um mit dabei zu sein. Eingeladen waren selbstverständlich Vertreter der Politik, einschließlich eines Parlamentsabgeordneten, daneben ranghohe Beamte von Feuerwehr und Polizei, die jeweiligen Leiter von Einrichtungen wie der Post oder des Gesundheitsamts sowie eine Reihe feister Provinzfunktionäre, die nun gemeinsam auf der Vortreppe aus Marmor standen, um an der Eröffnungszeremonie teilzunehmen.

Die Honoratioren durchschnitten zuerst das Band und zogen dann an einem Seil, worauf der Vorhang fiel und das komplette Gebäude sichtbar wurde. In der Form eines gigantischen Wals gebaut, der seine Schwanzflosse wie zum Sprung aus dem Wasser erhob, versetzte der Bau die Menge in noch größeres Erstaunen als erwartet, alles stand auf und jubelte frenetisch. Die Konstruktion war so ausgelegt, dass der Schwanzteil des Wals den Projektionsraum beherbergte, während im Kopf die Leinwand hing, so dass die Zuschauer im Walbauch Platz nehmen und die Vorführung betrachten konnten. Die marmorne Treppe vor dem Gebäude erinnerte in ihrer geschwungenen Form an Wellen, auf denen der Wal zu schwimmen schien, und von der Treppe bis in die Lobby des Theaters war ein tiefroter Samtteppich ausgelegt, der die Eleganz des Bauwerks noch zusätzlich unterstrich.

An der großformatigen, sofort ins Auge fallenden Anschlagstafel war ein Filmplakat angebracht. Der anlässlich der Eröffnung vorgeführte Film sollte natürlich ein spannender Western voller Revolverhelden sein. Allerdings war der Held dieses Films nicht John Wayne, sondern ein landstreicherhaft aussehender Kerl mit einem Umhang, der auf einer Zigarre herumkaute. Die Menge war fasziniert von dem struppigen Bart, den melancholisch wilden Augen, die von der Fassade auf sie herabblickten, und wäre am liebsten sofort in das Theater gestürmt, um sich den Film anzusehen.

Doch das war nicht alles, was die Blicke der Menge an jenem Tag fesselte. Nicht abwenden konnten die Leute ihre Augen von einer schönen Frau, die in einem edlen Kostüm gekleidet auf einem der Ehrenplätze saß. Sie war keine andere als das ehemalige Bordellmädchen Suryŏn, aber das erkannte niemand. Das Gesicht zum Schutz vor den Sonnenstrahlen mit einem Fächer halb verdeckt, stach ihre anmutige Figur nur umso mehr unter den zahlreichen geladenen Gästen hervor, und die Leute fragten sich schon, wessen Frau sie wohl sein mochte, doch ihre Neugier sollte bald gestillt werden.

Kurz darauf trat einer der Gäste nach dem anderen, begonnen bei dem Parlamentsabgeordneten, hinter das zu diesem Zweck auf der Treppe aufgestellte Rednerpult und trug seine Gratulationen vor. Weil es sich bei allen von ihnen um recht redselige Herrschaften handelte, zogen sich die Ansprachen, wie immer bei solchen Anlässen, in die Länge, und die Menge verlor schon langsam die Lust, da trat endlich die Besitzerin des Kinos persönlich vor, um die abschließenden Worte zu sprechen. Die Menge war verblüfft. Hatte man doch gehört, der Erbauer des Filmtheaters sei eine Frau, und jetzt sah man eine Person im Anzug, einen Mann hinter dem Rednerpult stehen.

Richtig! Es geschah an ebenjenem Tag, dass Kŭmbok mit weichem Hut auf dem Kopf, eine Fliege umgebunden und im Anzug vor die Leute trat und so der Welt mutig verkündete, ein Mann geworden zu sein. In ihrer mehr als dreißigminütigen Rede erklärte sie ihre Entschlossenheit, mit all ihrer Kraft zur Entwicklung der Region und zur Förderung von Kunst und Kultur beitragen zu wollen, und die Worte waren von solchem Glanz und so bewegend, dass die auf der Tribüne sitzenden Vorredner vor Scham über ihre eigenen, armseligen Ansprachen am liebsten aufgestanden wären und das Weite gesucht hätten.

Der Verfasser der Rede jenes Tages war niemand anderes als Kŭmboks Freund aus Jugendtagen, der Hausierer. Bei der Suche nach einem Betreiber für das Kino war ihr das außergewöhnliche Redetalent eingefallen, mit dem er seinerzeit die Zwillingsschwestern und sie selbst zum Lachen und zum Weinen gebracht hatte, und nach langem Nachforschen fand sie ihn schließlich in einer weit entfernten Stadt, wo er als fahrender Händler dubiose Heilmittelchen an den Mann zu bringen versuchte, und bot ihm die Stelle als Kinoleiter an. Die Leute in der Menge aber, viel zu beschäftigt, miteinander tuschelnd wichtigere Fragen zu erörtern wie beispielsweise diejenige, ob das Gerücht stimmte, dass die plötzlich Männerkleidung tragende Kŭmbok ein mit männlichen und weiblichen Geschlechtsorganen geborener Zwitter sei, oder vielleicht gar eine Lesbe, nahmen von ihrer prachtvollen Rede keine Notiz. Als Kŭmbok geendet hatte, schoss plötzlich von oben vom Dach ein Schwall Wasser herab und durchnässte das Publikum. Das Wasser kam von einem auf dem Dach installierten Springbrunnen, den man auf eine Idee von Kŭmbok hin, die so die Fontäne des Wals nachbilden wollte, ganz zum Schluss noch hinzugefügt hatte. Aus diesem Grund wurde das Kino später auch nie unter seinem offiziellen Namen »Filmtheater P'yŏngdae«, sondern als das »Walfischkino« landläufig bekannt.

Auch der Fischhändler saß auf einem der Plätze bei der Eröffnungsfeier. Nachts zuvor hatte er getrunken und war erst aufgetaucht, als die Feierlichkeiten sich bereits ihrem Ende näherten. Auf dem Platz vor dem Kino scharten sich Trauben von Menschen, am Pult stand Kŭmbok, noch mitten in ihrer Rede. Durch seine vom Alkohol vernebelten Augen sah er an dem Gebäude hoch und brabbelte vor sich hin: »So einen großen Fisch hab ich in meinem ganzen Leben noch nicht gesehen.«

Die Mutter des Mädchens stand kurz davor, ihr zweites Kind zu gebären. Eine schwere Geburt. Die Erwachsenen liefen fortwährend mit sorgenvollen Mienen ins Zimmer hinein und wieder heraus. Das Mädchen saß die ganze Nacht hindurch im Innenhof des Hauses und hörte die Schmerzensschreie seiner Mutter aus dem Zimmer dringen. Bangen Herzens wünschte es sich, sein Geschwisterchen würde schnell aus dem Bauch der Mutter herauskommen und die Qualen ein Ende nehmen. Gleichzeitig hoffte das Mädchen, dass bald jemand käme und es in die warme Stube bringen würde. Doch die Schreie der Mutter wurden nur immer noch lauter. Das Mädchen kniff die Augen zu und bedeckte mit beiden Händen die Ohren. Dann gab es sich Mühe, an etwas Schönes und Fröhliches zu denken. Doch in ihrem Kopf spukten nur grässliche Ungeheuer herum, der Wind in den Bäumen heulte dazu wie ein Gespensterchor. Das Mädchen spürte vor lauter Angst die schneidende Kälte nicht. Es vergrub sein Gesicht zwischen den Knien und schluchzte, und irgendwann übermannte es der Schlaf.

Wie lange mochte das Mädchen so geschlafen haben? Jemand rüttelte es an der Schulter. Es öffnete die Augen. Vor ihm stand seine Mutter. Das blasse Gesicht war schweißnass und sah erschöpft aus, als sei alle Kraft daraus gewichen. Im Arm der Frau lag das Neugeborene, ein blutiges Bündel, doch etwas musste geschehen sein, denn die Glieder hingen schlaff herab.

Mama ...

Das Mädchen rief nach seiner Mutter. Aus ihrem Mund erklang eine unendlich traurige Stimme.

Kŭmbok, dein Geschwisterchen und ich sind eben gerade gestorben.

Das Mädchen rannte los und wollte seine Mutter umarmen, aber diese verschwand plötzlich vor seinen Augen und war nicht mehr zu sehen. Im nächsten Moment schrak das Mädchen aus seinem Schlaf hoch und lief ins Haus. Im Schein einer schwachen Öllampe saßen die Erwachsenen mit bleiernen Gesichtern auf dem Boden, über den Kopf der Mutter hatte man die Bettdecke gezogen.

Seit jenem Tag beherrschte die Angst vor dem Tod das Mädchen auf Schritt und Tritt. Das absolute Ziel seines Lebens bestand darin, jenem Horror zu entfliehen. Auch die Flucht aus dem engen Bergdorf, die Wanderschaft im ganzen Land, ziellos wie ein Blatt im Wind nach dem Weggang aus der Hafenstadt, und schließlich der Bau des walfischgroßen Kinos, alles davon stand in Zusammenhang mit dem frühen Tod der Mutter. Dass das Mädchen so von dem Wal fasziniert gewesen war, lag nicht nur an dessen schierer Größe. Das Tier war ein Sinnbild für das den Tod besiegende, ewige Leben. Seitdem fühlte sich das ängstliche Dorfmädchen von großen Dingen angezogen, mit seinem Streben nach Größe wollte es die Kümmerlichkeit besiegen, Armseligkeit durch Glanz überwinden, durch den Sprung in den riesigen Ozean die Enge des Dorfes vergessen und durch die Mannwerdung endlich auch das Frauendasein hinter sich lassen.

Wir wissen nicht genau, was den Anlass dafür gab, dass Kŭmbok so plötzlich, von einem Tag auf den anderen, die Geschlechtergrenze übersprang und zum Mann wurde. Offensichtlich jedoch erfüllte sie ihre neue Rolle gut, gar männlicher als so mancher Mann. In letzter Zeit hatte sich ihre Liebe zu Suryŏn noch vertieft, und wenn ihr langer, anstrengender Arbeitstag vorüber war, lief sie immer auf dem schnellsten Weg nach Hause. Kŭmbok kaufte ihr weiter schöne Kleider und teure Cremes und Parfüms, ihrer Familie sogar ein Grundstück in deren Heimatdorf. Suryŏn hatte, sollte man meinen, keinen Grund zur Unzufriedenheit.

Unvermeidlicherweise wird an diesem Punkt das Interesse auf eine pikante Frage gelenkt, nämlich, wie es mit den beiden wohl im Bett funktionieren mochte. Verfügten die beiden über Methoden, ihre Liebe miteinander zu teilen? Und war Suryŏn im Bett zufrieden mit Kŭmbok? Die Antwort ist beides Mal: Ja. Im Vergleich zu den groben und ungeduldigen Männern, mit denen sie es bisher zu tun gehabt hatte, war Kŭmbok mit ihren Liebkosungen unsagbar sanft und raffiniert, und Suryŏn bewunderte die nahezu magischen Fertigkeiten Kŭmboks, mit denen sie bislang völlig unbekannte Zonen der Lust aufspürte, was wiederum neugierig machte, wie Kŭmbok als Frau der Jüngeren solche süßen Wonnen zu bereiten in der Lage war, ein Geheimnis, das bald gelüftet werden sollte.

In einer stürmischen Nacht, Kŭmbok hatte gerade ihr Bad beendet und das Schlafzimmer betreten, fuhr ein Blitz nieder und erleuchtete den Raum taghell. Suryŏn erhaschte einen Blick auf etwas zwischen Kŭmboks Beinen, das sie zuerst nicht für möglich hielt. Was da aus dem dichten Schamhaar hervorragte, war zu ihrer Überraschung ein männliches Glied. Zwar nicht größer als ein kleiner Finger, aber von der Form her ganz eindeutig ein Penis. Jetzt erst erkannte sie, welcher Art das Geheimnis der Lust war, die Kŭmbok ihr bereitete. Denn Kŭmbok hatte nicht nur irgendwann begonnen, Männerkleidung zu tragen, sondern war auch körperlich ein Mann geworden.

Die Nachricht von Kŭmboks Verwandlung verbreitete sich wie ein Lauffeuer und drang auch bis zu Muns Ohren vor. Jeder andere Mann wäre schockiert gewesen, doch er blieb unerwartet gelassen. »Deine Mutter ist jetzt ein Mann«, klärte er Ch'unhŭi auf. »Daran ist aber nichts Seltsames. Es war von vornherein so vorgesehen.« Seiner Blindheit wegen war er das ganze Jahr hindurch in Nambaran bei der Fabrik geblieben. Immer noch erschienen die in seinem Kopf gespeicherten Bilder vor seinen Augen, aber sie wurden allmählich immer blasser, und er wusste, dass es auch damit bald ein Ende haben würde. Dennoch war er weiterhin in der Lage, durch Befühlen und Beklopfen zu prüfen, ob ein Ziegelstein gut gemacht war oder nicht, und kam seiner Rolle als Fabrikationsleiter gewissenhaft nach. Bei den Arbeitern machte daher der Spruch die Runde, man könne ein Gespenst hinters Licht führen, Mun nicht.

Ch'unhŭi war zu dieser Zeit schon wieder völlig aus dem Blickfeld der Leute verschwunden. Spät hatten sich bei ihr äußere Geschlechtsmerkmale zu zeigen begonnen und ihre Figur war etwas fraulicher geworden, inzwischen galt sie als die geschickteste Arbeitskraft, was die Ziegelherstellung in der Fabrik anging, aber davon abgesehen nahm niemand, still und unauffällig, wie sie war, Notiz von ihr. Sie selbst war mit dem Leben in Nambaran in keinster Weise unzufrieden. Wenn ihr der Sinn danach stand, machte sie Ziegel, und wenn ihr das zu langweilig wurde, unternahm sie alleine Wanderungen durch die Wälder und Wiesen und verbrachte den Tag mit der Betrachtung der Dinge und den mannigfaltigen Formen ihrer Verwandlung.

Ch'unhŭi war nicht die Einzige, die mehr oder weniger unsichtbar geworden war. Kŭmbok hatte für die Einäugige neben der Fabrik ein eigenes Wohnhaus bauen lassen, doch die an das Leben in der Wildnis gewöhnte Frau hatte bald genug von dem eintönigen Fabrikleben. Auch wenn sie mit den anderen Frauen zusammenarbeitete, sprach sie doch nicht mit ihnen, und diese ließen die Fremde, von der stets eine unheimliche Stimmung ausging, in Ruhe. Sie sehnte sich fortwährend nach den Tälern, in denen der Buschklee blühte, und dem Gesumme der Bienen, die darin umherflogen. Zu einem Leben inmitten von Menschen war sie schon nicht mehr fähig.

An einem Tag schlenderte die Einäugige aufs Geratewohl in der Nähe der Fabrik am Waldrand umher, bis sie unversehens an einen Bergbach stieß. Das Murmeln des Wassers und der Duft des üppigen Springkrauts waren ihr vertraut. Von irgendwoher kamen ein paar Bienen, und bald war sie von mehreren Dutzend davon umschwirrt, es waren dieselben Tiere, die seinerzeit das von Kŭmbok entfachte Feuer überlebt hatten. Kurz darauf entdeckte die Einäugige beim Absuchen der Gegend ein Bienenvolk an der Unterseite eines großen Felsens. Als sie in den von Honig schweren Waben herumstocherte, fand sie darin neben weißen Larven auch die Bienenkönigin. Am nächsten Tag ging sie nicht zur Arbeit und wanderte stattdessen heimlich am Bach entlang, erst abends kehrte sie wieder nach Hause zurück. Sie hatte die Königin an einen anderen Platz gebracht und eine neue Zucht begonnen. Um in der Nähe der Stelle bleiben zu können, baute sie sich eine Hütte, nur ihre Essensrationen holte sie sich noch in der Fabrik ab, aber auch das wurde nach einer Weile immer seltener. Und als schließlich der Herbst kam, war von der Einäugigen nichts mehr zu sehen.

Währenddessen bewährte sich der Hausierer in seiner Position als Kinoleiter, so wie Kŭmbok es gehofft hatte. Dank seines Redetalents hatte er das schon auf über zehn Leute gewachsene Personal, bestehend aus Plakatmalern, Eintrittskartenverkäufern und dem Filmvorführer, problemlos im Griff und sorgte für einen reibungslosen Betrieb.

Die Zuschauer, die zum ersten Mal im Leben einen Film zu Gesicht bekamen, waren, genauso wie Kŭmbok nach ihrem ersten Filmerlebnis in der Hafenstadt, sofort fasziniert von der atemberaubenden Fantasiewelt vor ihren Augen. Bei jedem neuen Film drängelten sie sich vor dem Kartenhäuschen, und vergingen einmal mehrere Tage, ohne dass sie einen Film gesehen hatten, tat sich ein unerträgliches Gefühl der Leere auf. So waren sie unbemerkt zu Süchtigen geworden, dem zweifelhaften Genuss verfallen, in der Dunkelheit zu hocken und die Welten anderer zu bespitzeln.

Der Film ließ einen das Leben verstehen, er verlieh dem absurden Dasein Ordnung. Man freute sich, dass das Leben voller herrlicher Abenteuer und süßer Romanzen war, und war beruhigt zu sehen, dass die Welt, deren Regeln man bisher für unergründlich gehalten hatte, nach einer streng definierten erzählerischen Ordnung funktionierte. Was die Leute damals an Filmen zu sehen bekamen, waren großteils Werke aus einem Land namens Amerika; die darin auftretenden Menschen und das Leben, das sie führten, sahen so herrlich lässig aus, dass man sie irgendwann zu imitieren begann, und so mancher entschloss sich gar, gleich ganz dorthin umzusiedeln. Seit dieser Zeit hatte eine bestimmte These in die Köpfe der Menschen Einzug gehalten. Mächtig und verführerisch übersprang sie alles andere und radierte gleichzeitig alles aus, schob sich vor alles und riss alles an sich, besiegte schließlich alles. Die These, die fortan den Lebensstil jedes Menschen bestimmen sollte, lautete so:

Alles Amerikanische ist schön.

Er oder sie

Einmal wurde Kŭmbok von einem Wirtschaftsmagazin um ein Interview gebeten. Anlass war, dass das Walfischkino von der Architektenvereinigung zum Gebäude des Jahres gewählt worden war. Auf die Frage der jungen Journalistin, die Kŭmbok damals besuchte, worin ihre Unternehmensphilosphie bestehe, entnahm diese einem eleganten silbernen Etui eine Zigarette und steckte sie sich zwischen die Lippen, dann antwortete sie: »Nun ja, mein Spruch ist an sich immer derselbe.«

»Und der wäre?«

»Mickrige und schäbige Dinge sind peinlich.«

Darin steckte ihre gesamte Haltung als Unternehmerin, zusammen mit dem, was sie Mun früher einmal gesagt hatte: »Ob vergammelte Fische oder angeknackste Backsteine, man muss nur wissen, wie man sie verkauft.« Nachdem sie eine große Wolke Zigarettenrauch ausgestoßen hatte, fuhr Kŭmbok fort: »Die Leute sagen ja, Geld sei die Wurzel allen Übels. Aber das stimmt nicht. Die Wurzel allen Übels ist es, arm zu sein.«

Mit dieser Ansicht stimmte Kŭmbok glücklicherweise mit dem General überein. Damals empfand sie, zumindest bis zu dem Zeitpunkt, an dem sie ihn persönlich treffen sollte, Sympathie für das Staatsoberhaupt.

Nachdem Kŭmbok die letzte Interviewfrage beantwortet hatte, erkundigte sich die junge Reporterin, ganz off the record, bei ihm – denn ab jetzt, so entschied sie, wolle sie Kŭmbok einen »er« nennen, woran an und für sich auch nichts Falsches sein konnte, wenn sich sogar offiziell im Melderegister das Geschlecht ändern ließ –, wie es sich so lebe als Mann.

»Vieles ist bequemer geworden«, antwortete er. »Die

monatliche Windeltragerei fällt weg, das Schminken jeden Morgen dito. Und ganz besonders angenehm ist es, dass man Ruhe hat vor irgendwelchen aufdringlichen Kerlen.« Kŭmbok lächelte, seine vom Kaffee und vom Rauchen dunkelgelben Zähne bleckend. Natürlich waren das nicht die Gründe, die ihn zu seiner Mannwerdung bewegt hatten, Kŭmbok fühlte sich als Mann einfach rundum zufrieden. Er besuchte regelmäßig Herrenclubs, rauchte Zigaretten und benahm sich bisweilen so unflätig, wie Männer es zu tun pflegen.

Einmal geriet Kŭmbok in einer Bar in einen Streit mit einem Ganoven, der aus einer der umliegenden Städte nach P'yŏngdae gekommen war, um Spielschulden einzutreiben. Der Mann hatte keine Ahnung, dass es sich bei dem Gentleman mit dem gepflegten Gesicht, der im Anzug neben ihm am Tresen vor dem Barkeeper saß, um den reichsten Mann der Stadt handelte. So legte er Kŭmbok die Hand auf die Schulter und begann, in epischer Breite Geschichten von seinen eigenen Heldentaten zu erzählen, so überzogen und unglaubwürdig, dass einem allein das Zuhören schon peinlich war. Kŭmbok, am Ende seiner Geduld angelangt, stellte sein Glas ab. »Hör mal, hast du irgendwo einen bescheuerten Film gesehen oder was? Deine Lügenmärchen kommen vielleicht woanders an, hier nicht. Also mach, dass du verschwindest, aber sofort.«

Der Ganove starrte Kŭmbok wütend an, stand auf und holte zu einem Faustschlag aus. Doch dazu kam es nicht, denn plötzlich war da die bläulich schimmernde Klinge eines Stiletts an seinem Hals.

»Ganz ruhig, Freundchen«, zischte Kŭmbok ihm ins Ohr, »in einer engen Bar ist kein Platz für so was, aber wie wär's, gehen wir doch nach draußen und machen das unter Männern aus.«

Der Gangster wurde kalkweiß und verließ, ohne zu mucksen, die Lokalität – so heißt es, aber wie man es dreht und wendet, der Geschichte fehlt es doch irgendwie an Stichhaltigkeit. Nicht nur, dass es zu der Zeit in P'yŏngdae überhaupt keine Bar mit Barkeeper gab, ähnelt die ganze Story vom Stil her so sehr einer Szene aus einem Western, dass man sich fragen muss, ob sich da nicht jemand etwas zusammengesponnen hat. Vermutlich handelt es sich bei der obigen Geschichte also lediglich um eine Episode, die man sich erzählte, um zu illustrieren, wie mutig Kŭmbok als Mann aufzutreten verstand.

An dieser Stelle sei ein wichtiger Punkt erwähnt, der von der männlichen Leserschaft zur Kenntnis genommen werden sollte, nämlich, ob es überhaupt möglich ist, dass sich eine Frau in einen Mann verwandelt? Die Antwort ist natürlich Nein. Wenn dem aber so ist, wie war Kŭmbok dann zu einem männlichen Geschlechtsorgan gekommen? Dahinter verbirgt sich das Geheimnis der Hormone, etwas, von dem auch Suryŏn nichts wusste. In Wahrheit handelte es sich bei dem Ding, das sie in Kŭmboks Intimgegend entdeckt hatte, nicht um einen Penis, sondern um Kŭmboks Klitoris. Die Ersten, die dieses Organ als den für den weiblichen Orgasmus zuständigen Bereich erklärten, waren ein gewöhnliches Ärzteehepaar aus Amerika. Mit ihrem Buch »Die sexuelle Reaktion« legten sie ein Pionierwerk zum weiblichen Orgasmus vor und sorgten mit der Neudefinition der Klitoris für einen gewaltigen Skandal; will man den Inhalt jenes Buches in einer Zeile zusammenfassen, dann könnte diese folgendermaßen lauten:

Ein Penis ist dafür nicht unbedingt erforderlich.

Dies stellte die allgemeine Vorstellung, der weibliche Orgasmus könne nur vaginal, also ausschließlich durch die Penetration durch das männliche Glied erreicht werden, völlig auf den Kopf, und die Negation des peniszentrierten Geschlechtsakts, des auf Penetration ausgelegten, männerzentrierten Sex hatte eine Reduzierung der Rolle des Mannes im Bett zur Folge. Man durfte es getrost als das revolutionärste Ereignis in der Sexualgeschichte bezeichnen. Bevor das Ärztepaar die Vokabel Klitoris zum Modewort machte, bezeichnete man sie als das »männliche Organ«, denn in verkleinerter Form glich sie dem maskulinen Fortpflanzungsorgan. So ist es auch nicht völlig weit hergeholt, dass Suryŏn die durch den Einfluss der männlichen Hormone stark vergrößerte Klitoris Kŭmboks für einen männlichen Penis hielt.

Aber was ließ sich mit dem gerade mal kinderfingergroßen Ding denn anstellen? Verehrte männliche Leserschaft, das Augenmerk ist hierbei wiederum zu richten auf das, was besagtes Ärzteehepaar uns beigebracht hat:

Ein großer Penis ist dafür nicht unbedingt erforderlich.

Wie der Mann mit der Narbe früher neben ihr, so saß Kŭmbok bei jedem Kinobesuch neben Suryŏn und hielt ihr die Hand. Die aber mochte gar keine Filme. Sie könne nicht verstehen, wie die Leute solche aus der Luft gegriffenen Geschichten gut finden konnten. Suryŏn machte es viel mehr Vergnügen, in die Stadt zu gehen und Kleider und Schmuck zu kaufen. Kŭmbok charakterisierte sie daher einmal vor der älteren der Zwillingsschwestern so: »Sie ist hübsch und attraktiv, tja, und sie kostet viel Geld.«

Wann immer Suryŏn Geld brauchte, gab Kŭmbok es ihr mit Vergnügen. Nicht lang, und das Zimmer der Jüngeren sah aus wie ein Kaufhaus, vollgestopft mit wertvollem Schmuck und Accessoires, teuren Kosmetika und Kleidern in allen möglichen Ausführungen. Nicht wenig davon wanderte ungetragen und unbenutzt in die Mülltonne. Einmal schaffte sich Suryŏn einen Hund an. Ein kluges, zum Schafehüten gezüchtetes Tier, ein aus dem fernen Ausland importierter Rassehund mit Stammbaum, sozusagen von adligem Geblüt, wenn es denn ein Mensch gewesen wäre. Kŭmbok überreichte dem Besitzer des Hundes, den Suryŏn ihr vorstellte, ohne das geringste Zögern den Kaufpreis, von dem man auch zwei ganze Rinder hätte kaufen können.

Eine Zeit lang war Suryŏn ganz vernarrt in das Tier, nahm es mit in ihr Zimmer, fütterte es und hielt es beim Schlafen sogar im Arm, was Kŭmbok eifersüchtig machte. So ging es vielleicht drei oder vier Monate, dann schien sie der Sache überdrüssig zu sein, immer öfter vergaß sie, ihn zu füttern, so dass der arme Hirtenhund zu verhungern drohte. Notgedrungen nahm Kŭmbok sich des Tieres an, band ihn mit der Leine neben dem Eintrittskartenhäuschen an und bat die Kinoangestellten, sich um ihn zu kümmern, und so verkam der Rassehund mit Stammbaum zu einem armseligen räudigen Köter, dem die Vorbeigehenden zum Zeitvertreib gerne einen Tritt versetzten. Für Kŭmbok aber blieb alles, was Suryŏn tat, süß und witzig und allerliebst. Das war das Gesetz der Liebe.

Eines Tages, er und Suryŏn waren gerade dabei gewesen, sich im Schlafzimmer miteinander zu amüsieren, kam einer der Hausangestellten zu Kŭmbok und teilte ihm mit, irgend so ein komischer blinder Alter wolle ihn sprechen. Der Mann, der kurz darauf auf einen Stock gestützt eintrat, war niemand anderer als Mun. Ch'unhŭi war zur Begleitung mit ihm gekommen, verwirrt sah sie ihre in Männersachen gekleidete Mutter an. Beide hatten den ganzen Tag in der Fabrik gearbeitet und sahen mit ihren rußgeschwärzten Gesichtern und in ihren abgenutzten Monturen so abgerissen aus, dass Suryŏn sich fragte, was für Bettler sich hier Eintritt verschafft hatten, und die Nase rümpfte. Kŭmbok schickte sie ins Nebenzimmer und wandte sich den Besuchern zu. Außer den sporadischen Berichten, die ihm der Hausierer aus Nambaran überbrachte, kümmerte er sich in letzter Zeit kein bisschen um die Ziegelfabrik. Ohne das geringste Zeichen von Wiedersehensfreude sah Kŭmbok die beiden an, dann zeigte er mit dem Finger auf Ch'unhŭi und fragte mürrisch: »Wer ist die Dicke da?«

In der Zwischenzeit hatte Ch'unhŭi so stark an Gewicht zugelegt, dass Kŭmbok die eigene Tochter nicht erkannte.

»Sie ist das Kind, das du in deinem Bauch getragen hast«, gab Mun zur Antwort.

Kŭmbok lachte ungläubig auf. »Jetzt bist du nicht nur blind, sondern auch noch verrückt geworden. So ein dickes Kind, in meinem Bauch. Aber egal, was wollt ihr hier?«

Mun zog einen Ziegelstein aus seiner Jackentasche und streckte seinen Arm nach vorne aus.

»Was ist das?«, fragte Kŭmbok.

Mun antwortete mit einer Gegenfrage: »Nach was sieht es denn aus?«

»Nach einem Ziegelstein.«

»Das ist kein Ziegelstein.«

»Was soll es denn dann bitte schön sonst sein?«

»Das ist Betrug. Und noch dazu der gemeinste Betrug, den ich je gesehen habe.

Jetzt erst nahm Kŭmbok den Stein in die Hand und sah ihn sich an. Ein aus Zement gepresster Mauerstein. »Ein Stein aus Zement«, sagte er, »was soll daran eine Fälschung sein?«

»Weil man mit so etwas keine Häuser bauen kann«, antwortete Mun. »Und trotzdem bauen die Leute damit, weil es billiger ist.«

»Wenn alle daraus ganz normale Häuser bauen, was ist dann dein Problem?«

»Mir ist es egal, mit was die Leute bauen, ob mit Steinen oder mit Holz, das Problem ist, dass sich wegen dieser Steine unsere Ziegel nicht mehr verkaufen.«

»Dann machen wir eben in Zukunft auch solche Betonsteine.«

Kŭmbok hatte sogleich eine simple Lösung parat. Mun geriet in Rage und brüllte ihn an: »Du willst, dass ich ein Betrüger werde?«

»Ich will, dass du Steine herstellst. Wer sagt, du sollst betrügen?«

»Häuser aus solchen Steinen halten kein Jahr, dann krachen sie zusammen. Also komm mir erst gar nicht mit solchen Ideen. Lass dir lieber etwas einfallen, sonst können wir die Ziegelfabrik dichtmachen!«

Mit diesen Worten verließ Mun mit Ch'unhŭi das Zimmer und warf die Tür mit einem lauten Knall hinter sich zu. Ohne weitere Worte machten sie sich daran, zurück nach Nambaran zu gehen, auf demselben Weg, den sie gekommen waren. Kurz darauf kam Suryŏn aus dem Nebenzimmer, setzte sich flink auf Kŭmboks Knie und fragte, wer das Mädchen von eben gewesen sei.

»Eine Arbeiterin aus der Fabrik«, erklärte Kŭmbok. »Hat im Krieg ihre Eltern verloren, da habe ich sie aufgenommen. Sie hilft beim Ziegelmachen, ist ziemlich gut darin. Für ein Mädchen hat sie ganz schön viel Kraft. Die schafft was für ihr Geld.«

Warum bloß verhielt sich Kŭmbok so ablehnend Ch'unhŭi gegenüber? Nur, weil sie Kŏkjŏngs Kind war? Oder weil Ch'unhŭi nicht niedlich war wie andere Mädchen? Oder, wenn das auch nicht der Fall war, weil Kŭmbok sich von der Vergangenheit befreien wollte? Hier mochte der Grund liegen, denn mit dem Moment der Mannwerdung konnte das frühere Leben als Frau nur ein Fehler, ein Widerspruch in sich sein. Wollte Kŭmbok also diese Spur eines vergangenen Lebens tilgen? Alle die oben aufgeführten Gründe können falsch sein oder auch richtig. Dass jedoch jenes Zusammentreffen mit Mun, dem ehemaligen Geliebten, und Ch'unhŭi, der einzigen Blutsverwandten, das letzte Treffen gewesen sein sollte, hatte er sich im Traum nicht vorstellen können. Lautlos wie die Abenddämmerung näherte sich die Stunde, da der Fluch in Erfüllung gehen sollte.

Seit die jüngere der Zwillingsschwestern mit dem Elektriker fortgegangen war, schrieben sich die Schwestern Briefe, um sich gegenseitig zu trösten. Die ältere berichtete der jüngeren von der Eröffnung des Kinos, dass Kŭmbok nun ein Mann sei, bis hin zu den kleinsten Dingen, die sich im Café zugetragen hatten. Der Elektriker wurde zum Strommastaufstellen mal hierhin, mal dorthin versetzt, und jeder der Antwortbriefe der jüngeren kam von einem anderen Ort als der vorige. Eines Frühlings kam ein Brief aus einem entlegenen Fischerdorf an der Ostküste, im Herbst darauf dann einer aus einem Bergdorf, das nicht einmal einen Namen hatte, und der nächste Brief folgte wenig später wiederum aus einer im

Vergleich zu P'yŏngdae um ein Vielfaches größeren Stadt.

Im Herbst des zweiten Jahres nach dem Fortgang ihrer jüngeren Schwester wachte die ältere eines Nachts aus dem Schlaf auf, bis ins Mark erschüttert von einem Anfall unerträglicher Traurigkeit. Sich die plötzlichen Tränen abwischend, saß sie ratlos im Bett. Dann wusste sie auf einmal, dass diese Traurigkeit mit ihrer fernen Schwester zu tun hatte. Kŭmbok, aufgeschreckt von den lauten Klagerufen mitten in der Nacht, kam und fragte, was geschehen sei, und die Weinende warf sich auf den Boden und antwortete, ihre Schwester sei tot. Kŭmbok glaubte zwar an das ungewöhnlich starke Seelenband zwischen den beiden, versuchte aber, sie zu beruhigen, man solle doch auf Nachricht warten. Wie erwartet kam am Nachmittag desselben Tages die Botschaft vom Tod der jüngeren. Der Erklärung nach war die Schwester, die ihrem Mann gerade sein Essen bringen wollte, Zeugin geworden, wie dieser beim Errichten eines Strommastes versehentlich an eine Leitung gefasst und einen Stromschlag erlitten hatte, worauf sie ihn von dem Kabel wegziehen wollte, dabei auch von der starken elektrischen Spannung erfasst wurde und neben ihm ihr Leben ausgehaucht hatte. Die ältere Schwester fiel mehrmals hintereinander in Ohnmacht, weinte und klagte laut, und erst am Abend hatte sie einigermaßen ihre Fassung zurückgewonnen. Sie begann, ein Bündel mit Kleidern zu packen, und sagte, sie wolle selbst hinfahren und die Beerdigung ihrer Schwester vorbereiten. Der Fischhändler, der von den Geschehnissen mitbekommen hatte, bot sich spontan an, sie zu begleiten, und Kŭmbok stellte dafür seinen Wagen und das Geld für die Beerdigung zur Verfügung.

Eines Abends, ein paar Tage nachdem die Zwillingsschwester und der Fischhändler zur Beerdigung aufgebrochen waren, kam Kŭmbok nach der Arbeit spät nach Hause. Vom Hof drangen Fetzen eines in vertrautem Ton geführten Gesprächs an sein Ohr. Waren die beiden etwa schon wieder zurück, fragte Kŭmbok sich und wollte gerade in den Hof treten, doch da sah er Suryŏn und den Hausierer nebeneinander auf der Veranda sitzen und sich angeregt unterhalten. Vom Redetalent des Mannes in Bann geschlagen, lachte Suryŏn immer wieder laut auf und versetzte ihm neckisch Klapse auf die Schulter. Die beiden so freundschaftlich miteinander zu sehen machte Kŭmbok eifersüchtig. Von dem, was er hinter der Tür versteckt belauschen konnte, waren die beiden schon keine gewöhnlichen Bekannten mehr, sie tauschten auch allerlei Anzügliches miteinander aus. Dass der allein lebende Hausierer, dessen Frau vor mehr als zehn Jahren mit dem Pfannkuchenbäcker durchgebrannt war, sich zu dem überaus reizvollen Mädchen hingezogen fühlte, war auch kein Wunder. Dennoch gefiel es Kŭmbok ganz und gar nicht, dass er es ausgerechnet auf seine Geliebte abgesehen hatte.

Als Kŭmbok kurz darauf demonstrativ lautstark den Hof betrat, schraken die beiden zusammen wie zwei bei verbotenen Spielen ertappte Kinder. Der Hausierer verabschiedete sich eilig, und Suryŏn, die erkannt zu haben schien, was in Kŭmbok vorging, gab sich noch anhänglicher und koketter als sonst. Doch Kŭmbok wusste nun, dass Suryŏn eben doch ein unverbesserliches Flittchen und dem Hausierer gegenüber Vorsicht geboten war.

Zwei Wochen hatten die ältere Zwillingsschwester und der Fischhändler gebraucht, um alles mit der Beerdigung Zusammenhängende abzuschließen und wieder nach Hause zurückzukommen. Seitdem verbrachte die Frau ihre Zeit allein in ihrem Zimmer. Vor Trauer über den Verlust, der sich anfühlte, als habe man ein Stück von ihr abgehackt, vergaß sie zu essen, ein kummervoller Anblick.

Doch nach einer Weile wurde Kŭmbok, frühmorgens vom Gang zur Toilette zurückkommend, zufällig Zeuge, wie der Fischhändler sich heimlich aus dem Zimmer der Zwillingsschwester schlich. Kŭmbok nahm an, dass sich auf der gemeinsamen Fahrt zur Beerdigung wohl eine gewisse Vertrautheit zwischen den beiden entwickelt haben musste. Vom Standpunkt der Schwester war es ja durchaus nachvollziehbar, wenn sie, obzwar sie den Fischhändler bisher auf den Tod verabscheut hatte, ihm nun, da er sie begleitete und gemeinsam mit ihr die Beerdigung durchführte und sie tröstete, ihr Herz öffnete. Kŭmbok konnte sich ein bitteres Lächeln nicht verkneifen bei dem abwegigen Gedanken, dass die Ältere sich ausgerechnet in den Mann verguckt hatte, den sie so diffamiert hatte, damit man ihn aus dem Viertel verjage, doch als er behutsam vorschlug, wenn es denn schon so weit mit den beiden gekommen sei, sollten sie doch offiziell heiraten und einen gemeinsamen Hausstand gründen, geriet die Schwester heftig in Zorn. Erstens habe sie dem Mann Jumbos Tod noch nicht im Geringsten verziehen, und zweitens, fügte sie entrüstet hinzu, wie solle sie jemanden heiraten, der so lange Zeit Kŭmboks Mann gewesen war. Zwangsläufig erwähnte Kŭmbok nun, mit eigenen Augen gesehen zu haben, wie der Fischhändler aus dem Zimmer der Zwillingsschwester herausgekommen war, und versuchte, sie mit den Worten zu überzeugen, weshalb sie sich denn um andere schere, wenn das Leben doch schon seinem letzten Viertel zueile, doch die Frau stampfte wütend mit den Füßen auf den Boden und schrie, sie wisse zwar nicht, was Kŭmbok gesehen haben wollte, dass er so einen Unfug erzählte, aber wenn daran auch nur ein Körnchen Wahrheit sein sollte, wolle sie sich ein Messer in den Mund stecken und sich vorwärts darauf fallen lassen, so vehement leugnete sie die Beziehung mit dem Fischhändler ab.

Doch wenige Tage danach hörte Kŭmbok wieder Geräusche aus dem Zimmer der älteren Zwillingsschwester, ganz eindeutig die Töne eines sich liebenden Paars. Und wenig später kam dann auch schon der Fischhändler aus der Tür, und Ähnliches wiederholte sich in den nächsten Tagen noch mehrere Male. Kŭmbok fand es ziemlich dreist von der Frau, dermaßen die Unschuldige zu spielen, wo sie doch quasi wie Verwandte zueinanderstanden, doch bald darauf sollte er vom Fischhändler erfahren, welche Bewandtnis es mit der ganzen Sache hatte. Zwar habe sich, erklärte er, zwischen ihm und der Frau schon etwas abgespielt, als sie wegen der Beerdigung zusammen unterwegs gewesen waren, aber nach ihrer Rückkehr nach P'yŏngdae sei dann ein unerwartetes Problem aufgetreten. Irgendwann habe die ältere in ihrer übergroßen Trauer über den Verlust der Schwester nämlich begonnen, ein absonderliches Gebaren an den Tag zu legen, das sich darin äußerte, dass bisweilen die Jüngere aus ihr sprach, dann wieder die ältere, sich gegenseitig abwechselnd. Es verhielt sich so, dass die Frau gerade die jüngere der Zwillingsschwestern gewesen war, als Kŭmbok seine Unterredung mit ihr hatte, und in der Nacht des gleichen Tages, als der Fischhändler sie aufgesucht hatte, dann wieder die ältere geworden war. Aus diesem Grund musste der Fischhändler vor seinen Besuchen stets behutsam vorfühlen, ob sie gerade die ihn hassende jüngere war oder sich im Zustand der älteren befand, wobei auch das nach einer Weile nicht mehr einwandfrei funktionierte. Denn irgendwann kam es auch dazu, dass sich beide Frauen gleichzeitig in dem Körper befanden, der nun quasi Wortwechsel mit sich selbst führte und stritt und sich aufführte, als existiere er in doppelter Ausführung.

Am Ende konnte sich der Fischhändler zu seinem Verdruss der Frau überhaupt nicht mehr nähern. Aber das war nicht das einzige Geheimnis, welches die Zwillingsschwestern verbargen. Folgte man dem, was sich in den befremdlichen Dialogen offenbarte, so war es nicht die jüngere, die dem Elektriker gefolgt und mit ihm gestorben war, sondern die ältere. Will sagen, die jüngere hatte zugunsten der älteren, die ihrer verkrüppelten Hüfte wegen ihr ganzes Leben lang keine richtige Frau hatte sein können, auf den jungen Mann verzichtet. Folglich hatte der Elektriker nicht die von ihm geliebte, sondern eine ganz andere Frau geheiratet, doch auch diese Wahrheit wurde kurze Zeit später wieder auf den Kopf gestellt. Denn es stellte sich heraus, dass die vor vielen Jahren an der Hüfte Verletzte nicht die ältere, sondern die jüngere Zwillingsschwester gewesen war, und die seinerzeit vom Sägewerkbesitzer als Konkubine angenommene Frau war die ältere, nicht die jüngere, doch die, welche mit jenem die Bettstatt geteilt hatte, war wiederum nicht die ältere, sondern die jüngere gewesen, und in dieser Manier hatten die beiden je nach Situation die Rollen vertauscht, bis sie irgendwann selbst nicht mehr wussten, wer die Erstgeborene und wer die Zweitgeborene war, so dass schließlich die Frage, ob es sich bei der Frau, die dem Elektriker gefolgt und gestorben war, um die ältere handelte oder ob die übriggebliebene die ältere der beiden Zwillingsschwestern war, ein auf ewig ungelöstes Mysterium blieb.

Das Gespenst

»Imposant wirkt er ja nicht gerade, der General. Klein, dunkles Bauerngesicht, nicht wie jemand, der was Großartiges zustande bringen könnte. Und wenn doch, steckt da bestimmt irgendeine Trickserei dahinter.«

So lautete der Kommentar, den Kŭmbok im folgenden Frühling nach einem Treffen mit dem General abgab. Dieser hatte eine von P'yŏngdae eine halbe Tagesreise entfernt gelegene Region besichtigt und zu dieser Gelegenheit die hiesige Prominenz zu einem Bankett eingeladen. Eine ganze Reihe von Politikern, Grundbesitzern und Geschäftsleuten aus P'yŏngdae war unter den Teilnehmern; Kŭmbok hatte dem General die Hand geschüttelt, auch ein Gruppenfoto wurde aufgenommen. Trotz seines nicht gerade wohlwollenden Urteils über den General hängte Kŭmbok das Foto an eine Wand seines Büros. Der General trug darauf eine Militäruniform und Sonnenbrille, Kŭmbok, selbst von kleiner Statur, stand direkt neben ihm in der vorderen Reihe und fiel sofort ins Auge. Der Ausdruck in Kŭmboks Gesicht verriet die häufig bei reichen Männern zu beobachtende Selbstgefälligkeit und Überheblichkeit, aber auch ein verwirrender Rest von Weiblichkeit lag darin, und eine gewisse dekadente Aura. Dies sollte das letzte Bild sein, das der Nachwelt von ihm bleiben sollte.

Ein Jahr darauf, im Frühling, traten die Arbeiter der Ziegelfabrik in Streik. Weil zum Hausbau vermehrt Betonsteine verwendet wurden und die Nachfrage nach Ziegeln schrumpfte, hatte Kŭmbok die Öfen stillgelegt und plante, mit der Produktion von solchen Steinen zu beginnen. Dazu war weder eine besondere Technik noch kompliziertes Know-how nötig, man mischte einfach Sand und Zement, füllte die Mischung in Formen und ließ das Ganze in der Sonne trocknen. Demzufolge stellte Kŭmbok neue, junge Arbeitskräfte zu wesentlich geringeren Löhnen ein und kündigte allen älteren, gelernten Angestellten. Das war das Gesetz der Unternehmensführung.

Die Arbeiter, die seit der Gründung der Fabrik bis jetzt dem Unternehmen die Treue gehalten hatten, fühlten sich von Kŭmbok aufs Übelste verraten. Sie versammelten sich vor dem Kino und begannen, auf dem Platz einen Sitzstreik abzuhalten. Ihr Anführer war niemand anderer als der blinde Mun. Wegen des Aufruhrs blieb das Publikum dem Kino fern, und Kŭmbok schickte den Hausierer los, um zu verhandeln. Die Arbeiter aber banden ihn an ein Kreuz und stellten es mitten auf dem Platz auf. Der verängstigte Mann flehte und weinte, man möge ihn am Leben lassen. Kŭmbok verrammelte den Eingang zum Kino, dann öffnete er das Fenster seines Büros im oberen Stockwerk und brüllte zu den Streikenden herunter: »Geht alle zurück! Wenn nicht, mache ich die Fabrik dicht!«

Die Arbeiter beugten sich der Drohung nicht, nur noch lauter riefen sie ihren Slogan: »Raus mit üblen Firmenbossen, die das Existenzrecht der Arbeiter mit Füßen treten! Raus mit ihnen! Raus! Raus! Raus!«

Wie bei einer Belagerung brachten sie Lastwagen voller Ziegelsteine und errichteten daraus eine Barrikade, so hoch wie der erste Stock des Kinogebäudes. Nachdem sie diese erklommen hatten, befanden die Männer sich mit Kŭmbok auf gleicher Höhe. Der hatte in der Zwischenzeit von befreundeten Politikern und Regierungsorganen Unterstützung angefordert. Unsaubere Elemente hätten die Fabrik infiltriert, sie seien es, die den Streik anführten.

Mit den unsauberen Elementen meinte Kümbok die Roten, das heißt die Kommunisten.

Bald rückte die Militärpolizei zu einem Einsatz aus. Die Truppe kreiste die Fabrikarbeiter ein. Der wiederholten Aufforderung, den Sitzstreik unverzüglich aufzulösen und zur Fabrik zurückzugehen, widersetzten sich die Ziegelarbeiter heftig und warfen Steine von der Barrikade. Am Ende flogen Tränengasgranaten, ein gnadenloser Räumungssturm begann. Da die Arbeiter nicht gut organisiert waren, wurde ihre Gruppe rasch auseinandergerissen. Die Ziegelbarrikade fiel um, wobei einige sich verletzten, unzählige trugen von den Schlägen der Gummiknüppel Platzwunden an den Köpfen davon. Die ganze Gruppe wurde festgenommenen, auf die Wache gebracht und verhört. Die Polizisten wandten brutale Foltermethoden an, um herauszukriegen, wer von den Leuten zu den Roten gehörte. Nicht wenige waren danach Krüppel. Nach den Verhören musste jeder der Arbeiter seine Unterschrift unter ein Dutzende Seiten langes Dokument setzen und damit zugeben, ein Roter zu sein.

Auch der Hausierer, der aus Versehen mit der Gruppe mitgenommen worden war, durchlief das Verhör. Er gehöre nicht zu den Streikteilnehmern, sondern sei vielmehr zur Schlichtung des Konflikts als Vertreter der Firmenseite zu Verhandlungen vor Ort gewesen, dann in die Hände der unsauberen Elemente geraten, von selbigen zwangsweise festgehalten und so schließlich irrtümlicherweise festgenommen worden, doch wenn man ihn gehen ließe, werde er die inadäquate Festnahme keinesfalls problematisieren oder eine Entschädigung oder dergleichen fordern, und wenn etwa zu einem späteren Zeitpunkt seine Aussage vonnöten sei, werde er jederzeit mit der Polizei kooperieren und als Zeuge, als welcher er den Tatort und das illegale Streikgeschehen aus unmittelbarer Nähe habe beobachten können, einen genauen Bericht ablegen, so brachte er in langen Wendungen und mit dem ihm eigenen Redetalent seine Rechtfertigung vor. Doch anders als gedacht schlug sein Talent hier nicht im Geringsten an, sondern wirkte sich eher nachteilig auf ihn aus, und das lag an einem Statut, einem in seiner Kürze erbarmungslosen Halbsatz, welcher wie folgt lautete:

Wer viel redet: Kommunist.

Der Hausierer fiel aus allen Wolken und flehte, man möge Kŭmbok rufen, der werde auf der Stelle bezeugen können, dass er kein Roter sei. Aber unerwarteterweise sagte Kŭmbok zur gleichen Zeit zu dem Polizeichef, der ihn aufgesucht hatte, den Kopf skeptisch etwas zur Seite geneigt, etwas ganz anderes: »Nun ja, ich weiß auch nicht recht, was er mit diesen unsauberen Subjekten zu schaffen hat. Früher hielt ich ihn für ziemlich vertrauenswürdig, aber man kann ja den Leuten nichts ins Hirn schauen, wie man so schön sagt, nicht wahr, also habe ich mich vielleicht in meinem Angestellten getäuscht.«

Kŭmbok hatte den Hausierer fallenlassen. Denn in ihm schlummerte immer noch ein Groll gegen ihn, seit er ihn mit Suryŏn in trauter Zweisamkeit hatte beisammensitzen sehen. Früher wäre er mit einem Lachen über so etwas hinweggegangen, aber er war schon nicht mehr der alte Kŭmbok. Von der mutigen, den Menschen zugewandten Heldin war nichts mehr übriggeblieben, er war nur noch ein kleinherziger, von Selbstsucht und niederen Rachegelüsten getriebener Mann.

Jedenfalls musste auch der Hausierer eine lange Reihe von Torturen erdulden, bis er endlich, dank der Aussagen der zum Glück ehrlichen Arbeiter, die bezeugten, dass er nicht am Streik beteiligt gewesen war, freigelassen wurde. Als er seinen geschundenen Leib unter Schmerzen bis zum Kino geschleppt hatte, erwartete ihn dort Kŭmbok mit einem kalten Blick in den Augen und warf ihm vor: »Wegen der Roten war hier im Kino die Hölle los, wo um Himmels willen hast du die ganze Zeit gesteckt?«

Der Hausierer erhielt seinen Posten als Kinoleiter wieder zurück, doch hegte er wegen dieser Sache fortan einen tiefen Hass gegen Kŭmbok.

Nachdem die Lage auf diese Weise geklärt worden war, füllte sich die Fabrik mit zum Großteil neuen Leuten. Die Anführer des Streiks wurden, sämtlich als Rote klassifiziert, entweder hingerichtet oder in Gefängnisse gesteckt. Mun behielt von den Folterungen einen Gehfehler zurück, doch glücklicherweise setzte man ihn wegen seines Alters und seiner Blindheit bald wieder auf freien Fuß, und er kehrte zur Fabrik zurück. Dort aber gab es keinerlei Beschäftigung mehr für ihn. Die Brennöfen waren bereits heruntergefahren worden, in der Fabrik wurden nur noch Betonsteine produziert. Er kauerte den ganzen Tag neben einem der kalten Öfen und lauschte den ab und zu vorbeifahrenden Zügen. Keiner von den jungen Arbeitern zeigte Interesse an dem alten blinden Mann. Inzwischen waren auch fast alle Bilder aus seiner Vorstellung verschwunden, und er fühlte sich unsagbar traurig und leer.

Der einzige Mensch, der ihm noch Beachtung schenkte, war Ch'unhŭi. Sie brachte Mun Essen oder nahm ihn an der Hand und führte ihn auf einen Spaziergang um das Fabrikgelände. Seiner versehrten Beinen wegen konnte er aber nicht weit gehen, und so kam es, dass Ch'unhŭi Mun auf ihren Rücken nahm. Für sie war der alte Mann keine Last, ihr Atem ging ruhig wie immer, wenn sie ihn huckepack tragend leichtfüßig durch die Wiesen lief. So gingen die beiden einmal bis zu den Bahngleisen, ein andermal zum Gebirgsbach auf der gegenüberliegenden Seite des Tals. Mun, an Ch'unhŭis männerhaft breiten Rücken geklammert, erinnerte sich daran, wie er vor langer Zeit mit Kŭmbok zum ersten Mal nach Nambaran gewandert war. Damals hatte er Kŭmbok getragen, und jetzt trug dessen Tochter ihn, der Gedanke ließ ihn matt auflachen. Er versuchte, sich das Gefühl von Kŭmboks weichen Brüsten an seinem Rücken und ihren berauschenden Duft zu vergegenwärtigen, doch die Erinnerung an den heißen Sommertag jenes Jahres schien in verschwommener Ferne. Die Welt hat sich sehr verändert, dachte er.

Dass die ältere der Zwillingsschwestern, beziehungsweise die jüngere, sich an einem Dachbalken aufhängte, geschah im Herbst des Streikjahres, ungefähr zur Stunde des ersten Hahnenschreis. Vor dem Kino hielt man eine Gedenkfeier für sie ab. Die Teilnehmenden beweinten die außerordentliche geschwisterliche Verbindung der jüngeren beziehungsweise der älteren, die den Tod der älteren beziehungsweise der jüngeren nicht verwinden konnte und so schließlich der älteren beziehungsweise der jüngeren nachgefolgt war. Nur Kŭmbok weinte nicht. »Ein Mann weint genau dreimal im Leben. Aber jetzt ist nicht die Zeit dafür«, erklärte er seine Tränenlosigkeit.

Die Leute setzten den Leichnam der älteren beziehungsweise der jüngeren neben dem Grab der vorher verstorbenen jüngeren beziehungsweise älteren, und man pries die besondere Liebe der Geschwister zueinander in den höchsten Tönen.

Die Jahreszeit der Tode und der Abschiede war gekommen. Nicht lange nach dem Tod der Zwillingschwestern fand man Muns leblosen Körper am Bach unter der Weide neben dem Bahndamm. Es war später Herbst, das Wasser dunkelblau, die Weide hatte fast alle Blätter abgeworfen. Der Bach war zwar nicht so tief, dass ein gewöhnlicher Mensch ertrinken würde, wenn er hineinfiel, für einen Blinden aber konnte das Gewässer so gefährlich sein wie ein tiefer Stausee. Es war der Ort, an dem er Kŭmbok zum ersten Mal geliebt hatte. Ob Muns Tod einfach nur ein Unfall gewesen war oder Selbstmord, ließ sich bis zum Schluss nicht aufklären. Unklar blieb auch, wie und weshalb er mit seinen kranken Beinen bis zu dem doch recht weit abgelegenen Bach gekommen war, um dort den Tod zu finden.

Die Beerdigungsfeier wurde in schlichter Form in der Ziegelfabrik abgehalten. Nur eine Handvoll Arbeiter, die seit den Anfängen der Firma mit ihm gearbeitet und auch am Streik teilgenommen hatten, verdrückten ein paar Tränen. Unter den Trauernden befand sich auch Ch'unhŭi. Sie weinte nicht. Sie glaubte, Mun sei irgendwohin verschwunden, so wie die Einäugige vor ihm. Kŭmbok nahm an der Trauerfeier nicht teil. Passenderweise hatte am selben Tag ein neuer Film Premiere. Am Tag seiner Beerdigung sagte Kŭmbok über Mun lediglich: »Ein strenger Mensch, ja, das war er wirklich.«

Muns Leichnam wurde in einem der Brennöfen verbrannt, seine Asche in den Gebirgsbach von Nambaran gestreut. Alles hatte er geopfert, um Kŭmbok zu helfen und die Fabrik aufzubauen, doch sein letzter Weg war unbeschreiblich einsam gewesen.

Derweilen stellte sich seine vor Kŭmbok ausgesprochene Prophezeiung, aus Betonstein gemauerte Häuser würden nach nicht einmal einem Jahr zusammenstürzen, als nicht wahr heraus. Nicht im Traum hätte Mun sich vorstellen können, dass die Welt bald einmal voll sein würde von Gebäuden aus Beton. Und wenn er von dort oben, wo er jetzt war, auf die Stadt mit ihren Wolkenkratzern hätte blicken können, würde er mit Sicherheit gesagt haben: »Das ist Betrug. Und noch dazu der gemeinste Betrug, den ich je gesehen habe.«

Der große Fisch war bereits in den Wald gestürzt. Das Ende der Welt stand kurz bevor, der Fluch wartete nur darauf, in Erfüllung zu gehen. Aber noch ahnte niemand etwas davon. Sein Vorbote stattete zuerst Kŭmbok, dem Mann aus dem Süden, seinen Besuch ab. Den schienen die jüngsten beiden Todesfälle nicht im Geringsten berührt zu haben, aber nicht lange, und man würde sehen, welch großen Einfluss die Toten noch auf ihn haben sollten.

Im Herbst desselben Jahres fand Kŭmbok, spätabends nach Hause zurückgekommen, unerwartet einen Mann auf der Veranda des Innenhofs sitzen. Seine Füße waren von Wasserpflanzen umwickelt, die Kleidung von oben bis unten nass. Es war der vor vielen Jahren im Stausee Ertrunkene, Kŭmboks Vater. Seine Lippen waren blau vor Kälte, Eissplitter fielen herab, wenn er zitternd den Kopf bewegte. Mit qualvollem Blick sah er Kŭmbok kurz an, dann stand er auf und verschwand in der Dunkelheit.

Am nächsten Tag sandte Kŭmbok den Hausierer in ihr gemeinsames Heimatdorf und wies ihn an, den Stausee zuschütten zu lassen. Es kostete zwar eine Menge Geld, aber Kŭmbok dachte, der See müsse der Grund sein, weshalb sein Vater noch immer im Diesseits herumwanderte. Aber das war erst der Anfang gewesen. Ein paar Tage später, die Spätvorstellung war eben zu Ende gegangen, trat Kŭmbok aus dem Kino ins Freie. Auf der Treppe des Gebäudes stand ein Mann in einem Anzug, so weiß wie Schnee. Wie damals beim ersten Mal stellte er sich Kŭmbok in den Weg, dann sprach er: »Naoko, soll ich dir das Kino zeigen?«

Kŭmbok blieb beinahe das Herz stehen vor Schreck, doch er bemühte sich um Gelassenheit und schüttelte den Kopf. Es war der übel beleumundete Schmuggler und in der Hafenstadt konkurrenzlose Messerstecher, der stadtbekannte Frauenheld, der Zuhälter sämtlicher Hafenhuren und gewiefte Vermittler, der Mann mit der Narbe. Noch immer war er völlig durchnässt, Wasser troff auf den Boden, doch merkwürdigerweise war von der Wunde an seinem Bauch nichts mehr zu sehen. Mit den ihm verbliebenen vier Fingern seiner beiden Hände versuchte er, ein Streichholz nach dem anderen zu entzünden, um sich eine Zigarette anzustecken, doch die nass gewordenen Streichhölzer wollten nicht brennen. Kŭmbok zog das silberne Feuerzeug aus der Hosentasche und reichte es ihm. Mit zufriedenem Gesicht saugte er den Rauch der endlich in Brand gesetzten Zigarette tief in seine Lungen, das silberne Feuerzeug weiter in der Hand, es befingernd, als gefalle es ihm.

»Du kannst es behalten, wenn du willst. Von solchen Dingern habe ich mehr als genug.«

Auf Kŭmboks Worte hin steckte der Mann mit der Narbe das Feuerzeug schnell in seine Tasche. Dann antwortete er Kŭmbok augenzwinkernd: »Und wenn du einen Film sehen willst, komm einfach zu mir, jederzeit. Ich werde immer hier an diesem Platz sein.«

Beinahe fluchtartig suchte Kŭmbok das Weite, und als er sich noch einmal umblickte, schlenderte der Mann mit der Narbe wie früher vor dem Kino in der Hafenstadt mit seiner Zigarette im Mund auf der Treppe auf und ab. Ein unendlich einsamer, trauriger Anblick.

Seither war Kŭmbok andauernd umgeben von Toten. Morgens beim Aufstehen saß Kŏkjŏng neben seinem Bett und starrte aus traurigen Augen auf ihn herab; sah Kŭmbok sich einen Film an und blickte unvermittelt in die Reihe hinter sich, saß da der Mann mit der Narbe in seinem weißen Anzug und spielte mit dem silbernen Feuerzeug. Bisweilen erschien auch Kŭmboks tote Mutter im Hof, das schlaffe, blutige Bündel im Arm. Die ganze Vergangenheit, vor der er immer hatte weglaufen wollen, kam nun wieder zu ihm zurück. Diesmal versuchte er nicht zu fliehen. Stattdessen begann Kŭmbok zu trinken. Wenn er betrunken war, schrie er die Toten an: »Haut alle ab! Ich sage doch, ich bin nicht mehr der Mensch, den ihr früher gekannt habt!«

Seit dem Tod der Schamanin waren einige Jahre ins Land gegangen, und die Leute hatten den Fluch der Alten völlig vergessen, doch ihre körperlose Stimme kreiste weiterhin in der Luft um die Stadt P'yŏngdae herum. Der Fischhändler hatte die Stimme des Fluches mit eigenen Ohren gehört, als er einmal betrunken auf dem Weg nach Hause gewesen war, dieselbe Stimme wie bei der *Kut*-Zeremonie damals, grausam und schrill.

Tags darauf verließ er P'yŏngdae. Kŭmbok sagte er, jetzt, da die geliebten Zwillingsschwestern nicht mehr am Leben seien, halte ihn nichts mehr in der Stadt. Das Transportgeschäft war längst von jüngeren Fahrern übernommen worden. Kŭmbok hielt ihn nicht zurück.

Niemand begleitete ihn zum Abschied, niemand bedauerte es, als der Fischhändler ging. Er stieg in den alten, einst dreirädrigen, jetzt vierrädrigen Wagen, mit dem er zum ersten Mal nach P'yŏngdae gekommen war, und fuhr los, die hügelige Straße entlang.

Ein paar Tage darauf bekam Kŭmbok Besuch von ihm unbekannten Männern. Es handelte sich um Agenten, die für einen geheimen Stab der Regierung arbeiteten, Männer mit Sonnenbrillen und dunklen Anzügen. Sie verbanden Kŭmbok die Augen und nahmen ihn mit. Das kam einer Entführung gleich, aber es gab kein Mittel, sich dagegen zu wehren. In einem fensterlosen Kellerraum wurde Kŭmbok verhört. Der Geheimdienst wusste bereits mehr über ihn, als er selbst über sich wusste. Sogar über Dinge, die sich während der Zeit in der Hafenstadt ereignet hatten, besaß man Informationen, auch die Namen vom Mann mit der Narbe und von Kŏkjŏng wurden genannt. Sämtliche Unterlagen der von Kŭmbok geleiteten Unternehmen waren bereits konfisziert worden, und wie ein mit gespreizten Gliedern auf dem Sezierteller liegender Frosch musste er seine intimsten Details preisgeben. Wie durch ein von oben alles überblickendes göttliches Auge wusste man lückenlos Bescheid über ihn, trotzdem stellten die Männer dieselben Fragen wieder und wieder, und Kŭmbok musste wieder und wieder dieselben Antworten geben, bis sie zufrieden waren. Es war die Hölle. Die Atmosphäre war so bedrückend, dass selbst die Gespenster, die Kŭmbok heimgesucht hatten, diesen Ort mieden. Schlaf wurde nicht zugelassen, zu essen gab es ebenfalls nichts. Am schwersten zu ertragen war es für Kŭmbok, dass er nicht rauchen durfte.

Während einige Tage so vergingen, wurde Kŭmbok

allmählich klar, weshalb man ihn verhörte. Es lag an seinem Kommentar damals über den General, achtlos in irgendeiner Kneipe dahergesagt. Der General sei zu nichts Großem fähig, und wenn, dann nur durch Tricksereien, so in etwa hatte er sich ausgedrückt, und einer der Leute aus der Trinkrunde hatte diese Worte offenbar dem Geheimdienst gemeldet. Die Agenten fragten hartnäckig nach, was Kŭmbok mit diesen »Tricksereien« gemeint hatte. Als das Verhör beendet war und er nach Hause zurückdurfte, war Kŭmbok ein Wrack. Er hatte alles bestätigt, was sie hatten wissen wollen, und seine Unterschrift unter ein mehr als tausend Seiten umfassendes Protokoll setzen müssen. Nur dem Einsatz der Politiker, die Kŭmbok sich davor zu Freunden gemacht hatte, war es zu verdanken, dass man ihn überhaupt freiließ, doch sein Stolz war durch diesen Vorfall unheilbar verletzt.

Seitdem traf man Kŭmbok nur noch betrunken an. Wenn er morgens die Augen aufschlug, galt sein erster Griff der Flasche, einschlafen konnte er nur noch, wenn er volltrunken war. Er verließ sich auf den Alkohol, um die Toten daran zu hindern, ihre Traurigkeit auf ihn zu übertragen. In diesem Zustand kam er nicht umhin, die Leitung seiner Geschäfte komplett an jemand anderen zu übertragen, und dieser Jemand war der Hausierer.

Der begriff, dass seine Chance gekommen war. Zum einen bot sich endlich die Gelegenheit, sich an Kŭmbok zu rächen, und gleichzeitig bekam er eine erstklassige Möglichkeit, sein eigenes Fortkommen zu sichern. Er hatte bereits das Geld, das Kŭmbok ihm für das Zuschütten des Stausees gegeben hatte, beiseitegeschafft und davon Grundstücke auf seinen Namen gekauft, des Weiteren hatte er die Firmenbücher gefälscht, Angestellte bestochen, Mittel veruntreut und heimlich korrupte Geschäfte betrieben. Kurz, er nutzte die Situation weidlich für sich aus.

Außerdem konnte er nun die Liebe, die er tief in seinem Herzen hatte verstecken müssen, offen zur Schau tragen. Jedes Mal, wenn Kŭmbok nicht da war, näherte er sich Suryŏn, die er mittels seiner ihm eigenen Wortgewandtheit für sich zu gewinnen gedachte. Suryŏn, nicht so klug wie hübsch, gab seinem hartnäckigen Werben schließlich nach. In dem Augenblick, da der Hausierer in sie eindrang, erwachte die lang vergessene Lust an Männern in ihr zu neuem Leben. Das war etwas, das Kŭmbok ihr unmöglich ersetzen konnte.

Nachdem er bereits ein beträchtliches Vermögen zusammengerafft und nun gar Kŭmboks Frau zu der seinen gemacht hatte, wurde der Hausierer immer dreister. Vor den Angestellten lästerte er ganz offen über Kŭmbok und kritisierte ihn, und völlig ungeniert schnappte er sich Suryŏn mitten am Tag und ging mit ihr ins Stundenhotel. Wenn die Angestellten nichtsahnend die Tür zu seinem Büro öffneten, konnte es passieren, dass sie Zeugen von beschämenden Szenen wurden, etwa, dass Suryŏn nackt auf seinem Schoß saß, oder der Hausierer seinen Kopf zwischen ihren gespreizten Schenkeln unter dem hochgerafften Rock stecken hatte. Allen war sein unverschämtes Benehmen äußerst unangenehm, aber weil jeder schon von ihm mit größeren oder kleineren Beträgen geschmiert worden war, wagte niemand, den Mund aufzumachen. Wenn Kŭmbok noch der Alte gewesen wäre, hätte er längst gemerkt, dass die Dinge völlig aus dem Ruder liefen, doch betrunken, wie er ständig war, bekam er von den Machenschaften um ihn herum nichts mit. Das war das Gesetz des Alkohols.

Kŭmboks körperliche und geistige Kräfte schwanden zunehmend. Beim kleinsten Geräusch fuhr er vor Schreck zusammen, unter seinen Augen hatten sich schwarze Ringe gebildet, da er nicht mehr schlafen konnte. Wenn ihn im Rausch nach Suryŏns schönem Leib verlangte, war sie nie zu Hause. Kŭmboks Leben war löchrig geworden, aus undichten Stellen tropfte das Wasser, das Schicksal war dabei, eilig dem Ende entgegenzurasen.

Vorabend

Es war im Frühjahr des folgenden Jahres. Drei Tage waren vergangen, ehe Kŭmbok gemerkt hatte, dass die beiden zusammen durchgebrannt waren. Der in Betrugsdingen geübte Hausierer hatte vorab schon alles Nötige in die Wege geleitet. Von ihm nahezu um sein ganzes Vermögen gebracht, war Kŭmboks finanzielle Lage desaströs. Die Löhne waren nicht bezahlt, Rechnungen nicht beglichen, der Firmenbesitz zum größten Teil mit Hypotheken belegt. Ihm gänzlich unbekannte Schuldner erschienen reihenweise, die gesamte Firma stand kurz vor der Insolvenz. Niemand wusste, wo man als Erstes Hand anlegen sollte, um aufzuräumen. Kŭmbok weinte jede Nacht aus Kummer über Suryŏns Verlust; die ersten Tränen, seit er ein Mann geworden war. Jetzt wurde ihm klar, dass er niemanden mehr hatte. Die Toten spukten noch wilder um ihn herum. Neuerdings tauchten auch Mun und die Zwillingsschwestern immer wieder auf. Die beiden Frauen saßen auf dem Rücken von Jumbo und winkten Kŭmbok lachend zu.

Dann erschien ihm eines Tages der Fischhändler, mit blutüberströmtem Kopf, und Kŭmbok wusste, dass auch er nun nicht mehr unter den Lebenden war. Mit seinem Vierrad, dem ursprünglichen Dreirad, war er auf seiner fluchtartigen Reise nicht weiter gekommen als bis zur nächsten Ortsgrenze. Die Bremsen hatten versagt, als er die Passstraße bergab fuhr. Noch nach seinem Tod roch er nach Fisch. Als Kŭmbok darüber eine Bemerkung machte, entgegnete er mit einem Lachen: »Ja, du sagst es. Ich kann nichts gegen den verdammten Gestank machen. Ist vielleicht angeboren, wer weiß.«

Sich die blutende Kopfwunde mit einer Hand zuhaltend, verschwand der Fischhändler in der Finsternis.

Kümbok versuchte, sich zu entsinnen, ab wann sein Leben auf das falsche Gleis geraten war, doch er fand keine Antwort. Vielleicht war es jene mondhelle Nacht gewesen, die Flucht auf dem Lieferwagen des Fischhändlers. Er hatte eine unbeschreibliche Sehnsucht nach den unwiederbringlich vergangenen Tagen früherer Zeiten. Und dann war endlich der Tag des Fluches gekommen.

Die Feuersäule

Was bloß hatte Ch'unhŭi an jenem Tag geleitet, als sie sich alleine auf den Weg nach P'yŏngdae machte? Hatte eine Vorahnung sie zum Kino geführt? Oder hatte sie nur endlich wieder einmal ihre Mutter sehen wollen? Es war Wochenende, noch dazu lief am selben Tag ein neuer Film an, und der Platz vor dem Kino war schwarz vor Menschen. Im Kino klebten bereits hier und da die Zettel des Konkursverwalters, aber den Leuten war es gleichgültig, ob der Besitzer wechselte, solange nur der Filmbetrieb weiterginge. Als Ch'unhŭi am Kino ankam, hatte die Vorführung schon begonnen. Der Eintrittskartenverkäufer hatte kurz seinen Platz verlassen, so dass niemand bemerkte, wie sie das Gebäude betrat. Drinnen ging sie den Gang auf und ab; aus dem Zuschauersaal drangen, je nach Verlauf des Films, abwechselnd Rufe der Bewunderung und Applaus, lautes Seufzen und Schreckensschreie zu ihr. Das war das Gesetz der Abgeschmacktheit eines kommerziellen Plots.

Im Kinosaal war die Filmhandlung in vollem Gange. Die Sitze waren komplett belegt, und weil die Plätze nicht ausreichten, füllten die Zuschauer auch die Gänge links und rechts der Reihen. Das Kino platzte förmlich aus allen Nähten. Das Innere des Saals war von der Menge der Zuschauer mit Hitze aufgeladen, eine bedrohlich wirkende Atmosphäre herrschte, es schien, als genüge ein Funke, um alles zur Explosion zu bringen. Auch Kŭmbok befand sich unter den Zuschauern. In letzter Zeit wohnte er gewissermaßen im Kino, wo er versuchte, seinen Schmerz zu vergessen. Filme waren das einzige Vergnügen, das ihm noch geblieben war. Sein Gesicht war gerötet von dem schon morgens getrunkenen Schnaps. Müdigkeit überkam ihn, um nicht einzudösen, steckte er sich eine Zigarette zwischen die Zähne. Dann stellte er fest, dass er kein Feuer hatte. Da hielt ihm jemand ein silbern glänzendes Feuerzeug hin. Er drehte sich um: Es war der Mann mit der Narbe. Selbst in der Dunkelheit war das Mal auf seiner Wange deutlich zu sehen. Kŭmbok lächelte leise und sagte: »Ich wusste es, auf dich ist Verlass.«

Darauf antwortete der Mann mit der Narbe: »Du bist ein Mann geworden, Naoko.«

»Ja, ich bin jetzt ein Mann, so wie du.«

»Kŏkjŏng habe ich nicht umgebracht«, fuhr der Mann mit der Narbe in bedrücktem Ton fort, »er selbst hat sein Leben beendet.«

Jetzt endlich bat Kŭmbok ihn kopfnickend um Verzeihung: »Ich weiß, es tut mir leid. Ich habe dir Unrecht getan. Bitte gehe jetzt und finde zur Ruhe.«

Zur gleichen Zeit erblickte Ch'unhŭi am anderen Endes des Ganges eine alte Frau. Sie ging mit gebeugtem Rücken den Gang entlang und verschloss alle Notausgänge des Zuschauersaals von außen. Ch'unhŭi sah der Frau, die ihr irgendwie bekannt vorkam, bei ihrem Tun zu, bis sie auf Ch'unhŭis Höhe bei der letzten Tür angelangt war und auch diese fest verschloss. Ihre Blicke trafen sich. Ein Gesicht so hässlich, wie man es nur einmal auf der Welt finden konnte, ja, es war die Alte, der früher einmal das Suppenlokal gehört hatte. Ihre schwarz verfaulten Zahnstummel entblößend, grinste sie Ch'unhŭi an. Ein grausames Lächeln, das ihr einen Schauder über den Rücken jagte. Ch'unhŭi wandte den Kopf nur kurz zu den anderen verschlossenen Notausgängen, doch als sie sich wieder umdrehte, war die Alte schon verschwunden und nirgends mehr zu sehen.

Vor Beginn des Films hatten ein paar der Zuschauer in Kümboks Nähe gemeint, einen benzinartigen Geruch wahrgenommen zu haben. Tatsächlich hatten sie Recht, der Dunst stammte von dem Benzin, das der Filmvorführer für den Heizofen des Projektionsraums brauchte, den er nachts bewachte. Am Abend zuvor war ihm beim Vorbeigehen etwas davon aus seinem Kanister auf ein paar der Sitze geschwappt. Die Zuschauer machten aber weiter kein großes Aufhebens, und sobald der Film begann, waren Benzingeruch und dergleichen gänzlich vergessen.

Kümbok entzündete das silberne Feuerzeug und blickte nach hinten, doch der Mann mit der Narbe saß nicht mehr auf seinem Platz. Als er die Zigarette anstecken wollte, fiel ihm das Feuerzeug aus der Hand. Vom vielen Trinken hatten seine Finger keine Kraft mehr. Das brennende Feuerzeug fiel unter den Sitz vor Kümbok, und sofort fing das vom Benzin noch leicht feuchte Polster Feuer. Die Leute ringsum versuchten, mit ihren Jacken die Flammen zu ersticken, die jedoch schnell auf die danebenliegenden Sitze übergriffen. Bis dann jemand laut »Feuer« rief, hatten die anderen Zuschauer, gebannt dem Film folgend, noch nichts davon mitbekommen. Die Flammen griffen weiter um sich, beißender Qualm begann sich auszubreiten, jetzt erst kapierten die Leute, was los war, und rannten schreiend zu den Notausgängen. Die aber, und niemand verstand, wie das sein konnte, ließen sich nicht öffnen; das Feuer wurde immer größer, tödlicher Rauch erfüllte den Kinosaal, der sich von einem Moment auf den anderen in ein furchterregendes Pandämonium verwandelt hatte. Die Zuschauer heulten vor Angst, ersticken zu müssen, rannten zu den anderen Türen, schoben und drängelten, stürzten zu Boden, riefen einander, schrien um Hilfe. Brennende Leiber wälzten sich wie tobsüchtig auf dem Boden, Fliehende stolperten über sie hinweg, es war, als seien alle acht Höllen an diesem einen Ort vereint, ein in seiner Entsetzlichkeit auf der Welt einmaliges Spektakel nahm seinen Lauf.

Kŭmbok starrte inmitten der ihn umzüngelnden Flammen mit betrunkenen Augen auf die Leinwand. Trotz des sich ausbreitenden Feuers stoppte der Projektor nicht, der Film auf der Leinwand lief immer weiter. Kŭmbok wurde klar, dass der Tod nun schließlich gekommen war, dass seine lebenslange Flucht vor der Angst ein Ende hatte. Die Gesichter der Toten liefen, sich überlagernd, in rascher Folge über die Leinwand. Und plötzlich, wie von einem Instinkt angestoßen, erschien dazwischen die Gestalt von Ch'unhŭi, seiner Tochter. Er fragte sich, ob sie noch immer in der Fabrik Steine machte, und eine Welle der Reue überrollte ihn, seine Tochter kein einziges Mal in den Arm genommen zu haben. Doch er wusste, dass nun alles zu spät war. Unversehens rannen Tränen aus seinen Augen.

Am Ende erfassten die Flammen auch die Leinwand. Der große Film seines Lebens, den er, das einstige Mädchen aus dem ärmlichen Bergdorf, mit eigenen Händen erschaffen hatte, verschwand vor seinen Augen im Nichts. Ihm wurde langsam heiß. Die stille Abenddämmerung aus Kŭmboks Kindheitstagen senkte sich über ihn herab. Inmitten der rötlichen Strahlen der Abendsonne sah das Dorf unendlich friedlich aus. Kein Windhauch regte sich über den Hügeln, die Welt war in eine beinahe unheimliche Stille gehüllt. Ein wahrhaft schöner Anblick.

Aberwitzige Leidenschaften und Gefühlsstürme, törichter Wahn und Ignoranz, unglaubliches Glück und

Missverständnisse, schreckliches Morden und Abwege, niedrige Begierden und Hass, absonderliche Metamorphosen und Widersprüche, atemberaubende Wechsel von Schande und Ehre, Höhen und Tiefen verbrannten mit der Leinwand, und das ganze, von unerklärlichen Wirrungen und Ironie erfüllte große Leben dieses Mannes, dieser Frau, flackerte nur kurz noch einmal auf, bevor es zerplatzte wie eine Seifenblase.

Dritter Teil: Die Fabrik

Die Brandstifterin I Das Gefängnis

Berkshire I Der Maskenmann I Von königlichem Adel I Haftentlassung I Heimkehr

Das Tal I Der Lastwagen I Schneesturm

Das Nationaltheater I Ch'unhŭi oder

Die Königin I Epilog eins I Epilog zwei

Die Brandstifterin

Der Atem bleibt weg. Die Augen brennen. Gluthitze wabert. Giftiger Rauch beißt in der Nase. Schreckliche Schreie sind zu hören. Rußwolken vernebeln die Sicht. Säulen stürzen ein. Funken fliegen auf. Alles verschwindet vor den Augen. Eine Feuersäule fährt auf. Die Decke stürzt ein. Flammen schlagen über allem zusammen. Die Augen öffnen sich. Alle Gliedmaßen starr vor Kälte. Gitterstäbe werfen Schatten an die Wand, wie ein Netz aus dicken Tauen. Jemand weint erstickt in der Dunkelheit. In der Ferne klingen die Stiefelabsätze des Wärters. Jemand schimpft mit der Weinenden. Der ganze Körper zieht sich zusammen. Das Weinen wird leiser. Die Augen gehen zu. Die Stiefelschritte entfernen sich. Grabesähnliche Stille kehrt ein. Kurz darauf dämmert Ch'unhŭi wieder weg.

Wo das Feuermonster gewütet hatte, herrschte pures Grauen. Die Zahl der Menschen, die an jenem Tag während der Filmvorführung den Flammen zum Opfer fielen, ging an die achthundert. Das Feuer hatte sich vom Kino über die Marktgebäude großflächig ausgebreitet, das Schadensausmaß belief sich auf astronomische Summen. Es war nicht übertrieben, wenn man sagte, dass halb P'yŏngdae niedergebrannt war. Es handelte sich um das größte Unglück seit dem Ende des Krieges.

Ein paar Tage nach dem Brand traf eine von der Regierung abgeordnete Untersuchungsdelegation ein. Beim Anblick der vom Feuer zerstörten Stadt kamen die Beauftragten nicht umhin, an die schrecklichen Bilder aus der Zeit direkt nach dem Krieg zu denken. Das blühende P'yŏngdae hatte sich in eine Totenstadt verwandelt. Aus den Trümmern der Gebäude stieg immer noch

Rauch auf, die zwar nicht komplett eingestürzten, aber völlig verrußten Außenmauern des Kinobaus zeugten davon, wie verheerend das Feuer gewesen war. Beißender Rauch lag über der Stadt, durch die Straßen zog der Gestank verwesender Leichen. Aus den Häusern drangen Klagerufe, hier und dort lagen verbrannte Leiber, von Fliegen übersät. Diejenigen der Delegationsmitglieder, die dergleichen zum ersten Mal im Leben sahen, mussten sich Augen und Nasen zuhalten.

Als Ch'unhŭi nach Nambaran zurückkehrte, fand sie die Fabrik menschenleer. Keinen der Arbeiter hatte es noch hier gehalten, erst die Monate ohne Lohn, und nun auch noch die Nachricht von der Feuerkatastrophe. Ch'unhŭi war vollkommen auf sich allein gestellt. Die Nacht im Tal war still. Obwohl sie in ihrer eigenen, abgeschiedenen Welt lebte, war für Ch'unhŭi, an die hektische Betriebsamkeit der Leute in ihrer Nähe gewöhnt, die echte Einsamkeit schwer zu ertragen. Dazu kam der Hunger. In der Vorratskammer war kein einziges Körnchen Reis übriggeblieben. Wie immer tat sich Ch'unhŭi schwer, zu verstehen, was um sie herum vorging. Sie rief sich all die verschwundenen Menschen ins Gedächtnis, einen nach dem anderen. Kŭmbok und Mun, Jumbo und die Zwillingsschwestern, den Fischhändler und die Einäugige, die ganzen Leute, die in der Fabrik gearbeitet hatten ...

Langsam begriff Ch'unhŭi, dass sie ganz allein war. Das Signal eines in der Ferne vorbeiratternden Zuges unterbrach ihre Gedanken. Mit so einem Gefährt war sie als Kind zum ersten Mal nach P'yŏngdae gekommen. Jetzt erst fiel ihr wieder ein, dass es außerhalb von P'yŏngdae auch noch eine andere Welt gab. Da war der Stall, in dem sie geboren worden war, die Kneipe – wer wusste, ob die

Zwillingsschwestern die Kneipe nicht vielleicht immer noch betrieben? Ch'unhŭi glaubte, der Zug würde sie wieder irgendwo anders hinbringen können.

Die Polizei hatte schnell Ch'unhŭi im Verdacht gehabt, mit der Brandsache in Verbindung zu stehen. Sie war die Einzige, die dem Feuer im Kino lebend entkommen war. Es gab Zeugen, die sie aus dem brennenden Gebäude herauskommen gesehen hatten. Beweggründe gab es genug. Die Polizisten gingen davon aus, dass sie das Feuer aus Rache gelegt hatte, dafür, von ihren Eltern verstoßen worden zu sein und alleine in der Fabrik leben zu müssen. Eilig schickt man Beamte nach Nambaran, um Ch'unhŭi zu verhaften. Doch sie war nicht mehr dort. Das Fabriktor war verschlossen, und nur ein paar unfertige Steine lagen noch herum.

Zur gleichen Zeit stand Ch'unhŭi am Bahnhof. Sie hatte kein bisschen Geld bei sich, und selbst wenn sie welches gehabt hätte, wäre ihr doch nicht klar gewesen, wie und wo sie einen Fahrschein kaufen sollte. Unschlüssig stand sie da, als der Zug einfuhr. Die Passagiere strömten zur Bahnsteigsperre. Ch'unhŭi folgte ihnen. Ein Schaffner stellte sich ihr in den Weg. Ch'unhŭi machte ein ratloses Gesicht, während der Zug schon sein Signal zur Abfahrt ausstieß. Dann stieß sie den Schaffner beiseite und rannte los. Als sie die Sperre passierte, setzte sich der Zug bereits in Bewegung. Sie hastete vorwärts. Doch dann blieb sie an einem vorstehenden Stein hängen und schlug der Länge nach hin. Der Zug nahm Fahrt auf, bog um die Kurve und verschwand im Tal. Als Ch'unhŭi sich aufrichtete, war sie von einem guten Dutzend Polizisten umstellt, die mit Pistolen auf sie zielten.

Auf der Polizeiwache war man erstaunt zu erfahren,

dass es sich bei der Festgenommenen um die Tochter des Kinobesitzers Kŭmbok handeln solle, so dick und ungeschlacht, wie sie aussah, ganz anders als früher ihre Mutter; in Verlegenheit gebracht sah man sich nicht zuletzt durch die Tatsache, dass die Brandstifterin nicht nur stumm, sondern auch unfähig war, logische Zusammenhänge zu erfassen, sprich: so etwas wie eine Idiotin war. Das erschwerte die Untersuchungen enorm. Im Verlauf des Verhörs mochten die Beamten noch so drohen und versuchen, Ch'unhŭi einzuschüchtern, sie sah nur unbewegt in die Luft und zeigte keinerlei Reaktion.

Zwischendurch erwog man gar, zu versuchen, ihr das Sprechen beizubringen. Doch wie damals üblich wurde alles, was Zeit in Anspruch nahm, als unnütz angesehen, und so gab man den Versuch schnell wieder auf. Doch nur, weil die eindeutige Täterin nicht in der Lage war zu reden, hieß das nicht, dass man sie einfach laufen lassen konnte. Die Beamten ließen nicht locker, hielten Ch'unhŭi unter Arrest und fuhren hartnäckig fort, sie zu verhören. Es musste unbedingt irgendjemand bestraft werden für das schreckliche Verbrechen. Im weiteren Verlauf der Untersuchungen kam dann auch ans Licht, dass Ch'unhŭi vor einigen Jahren schon einmal gezündelt hatte, damals vor dem Café. Der Verdacht gegen sie erhärtete sich noch weiter. Die Beamten machten sich schon einmal daran, die Anklage vorzubereiten.

Das Verhör wurde für abgeschlossen erklärt und Ch'unhŭi dazu aufgefordert, ihre Unterschrift unter ein mehrere Hundert Seiten starkes Untersuchungsprotokoll zu setzen. Da sie aber nicht einmal wusste, wie man einen Stift hielt, kostete es einige Mühe, bis man ihr das Schreibgerät endlich zwischen die Finger geklemmt hatte. Die Beamten deuteten auf die Unterschriftslinie und sagten Ch'unhŭi, sie solle etwas hinschreiben, egal was. Während sie ihren letzten Rest an Geduld aufwandten und warteten, blickte Ch'unhŭi abwechselnd auf den Stift und auf das Papier, bis sie schließlich etwas zu kritzeln begann. Sie ging äußerst sorgfältig und mit Bedacht ans Werk, und nach einer ganzen Weile schob sie ihren Bewachern das Papier hin, auf das sie das folgende Bild gezeichnet hatte:

Der Polizist nahm die Seite und betrachtete die Zeichnung eine Zeit lang, dann legte er den Kopf schief und sagte: »Wirklich merkwürdig. Dass ein Monster wie sie so hübsch zeichnen kann.«

Der danebenstehende Beamte trat heran und besah sich das Bild. »Wissen Sie das denn nicht? Mörder haben meistens ein sanftes Gemüt«, bemerkte er.

»Schon, aber was ist das für eine Blume?«

»Hmm, vielleicht eine Sonnenblume?«

»Ein bisschen klein für eine Sonnenblume.«

»Stimmt, wo Sie es sagen.«

Es war keine Sonnenblume. Was Ch'unhŭi an jenem Tag so hingebungsvoll auf das Papier gezeichnet hatte, war der Feinstrahl, der überall in der Gegend um die Fabrik blühte. Es ist nicht bekannt, weshalb sie die Unterschriftenlinie mit dem Blumenbild versah, aber es war auch nicht besonders verwunderlich, wenn man sich vor Augen führte, dass das Erste, was Ch'unhŭis Blick fesselte, als sie damals mit dem Zug in P'yŏngdae ankam, ebenjene Blume gewesen war, die sich ihr als vertrautestes aller Bilder tief ins Gedächtnis eingebrannt hatte. Auch der Beamte zeigte sich überaus zufrieden, die Unterschrift der Angeklagten erhalten zu haben, in welcher Form auch immer, denn endlich konnte die Untersuchung zum Abschluss gebracht werden.

Man setzte Ch'unhŭi in den Zug und brachte sie in eine große Stadt. Am dortigen Gericht sollte ihr der Prozess gemacht werden. Ch'unhŭi blickte aus dem Zugfenster und dachte daran, wie sie mit ihrer Mutter Kŭmbok nach P'yŏngdae gekommen war. Der strahlend blaue Himmel, die gelbbraunen Äcker, der neben den Gleisen blühende Feinstrahl, alles war so wie damals. Bis ins kleinste Detail konnte sie sich daran erinnern. In Handschellen musste sie P'yŏngdae nun Lebewohl sagen, den Ort, den sie kein einziges Mal verlassen hatte, seit sie an der Hand ihrer Mutter hier angekommen war.

Wie genau begriff Ch'unhŭi die tragische Wendung, die ihr Leben genommen hatte? War ihr Körper, der sie umgab wie eine unabstreifbare, vom Himmel zur Strafe verordnete Uniform, wirklich die einzige Ursache all ihres Schmerzes? Wie war es um die Seele bestellt, die in dem riesigen Leib eingeschlossen war? Wie viel nahm sie wahr von den Ungerechtigkeiten, der Gleichgültigkeit, der Feindseligkeit und dem Hass, der ihr entgegengebracht wurde? Wen unter der Leserschaft solche Fragen neugierig machen, der hat mehr als genug das Zeug dazu, selbst zum Erzähler zu werden. Denn das Geschichtenerzählen ist immer ein Forschen über die Absurditäten des Lebens. Freilich ist es keine einfache Aufgabe, solchen Dingen auf den Grund zu gehen. Nur Subjekte mit unlauteren Absichten trachten danach, die Welt auf simple Weise zu erklären, sie in ein, zwei Zeilen zu definieren. Wie zum Beispiel in dem folgenden Satz:

Alle Menschen sind vor dem Gesetz gleich.

Für Ch'unhŭi galt dieser Satz nicht. Die zuständige Richterin, eine der ersten ihres Amtes als Frau, zog ihren Schluss, kaum, dass sie Ch'unhŭi gesehen hatte: »Keine Frau auf der Welt sieht so aus. Das ist kein Mensch, das ist ein Ungeheuer.«

Bei Ch'unhŭis Anblick spürte sie als Mensch Scham, als Frau Verachtung – und eine unerklärliche, heftige Feindseligkeit. Ohne sich näher damit zu befassen, welchen Vergehens man Ch'unhŭi anklagte, erklärte sie sich außerstande, über ein Monster zu richten, und verließ kurzerhand den Gerichtssaal.

Geboren als Tochter einer reichen, mächtigen Familie war sie als eine der ersten weiblichen Studierenden nach Japan gegangen, hatte dort ihr Juraexamen absolviert und nach ihrer Rückkehr eine Position als Richterin bekommen. Dafür wurde sie von vielen Frauen beneidet, sie selbst aber war nicht glücklich, da sie unter den ständigen Affären ihres untreuen Mannes litt. Ihre Wut und ihren Hass aber ließ sie immer wieder auch an den Angeklagten aus, und so war es auch mit Ch'unhŭis Brandstiftungsfall.

Die Richterin war intelligent, als Frau aber in etwa so aufregend wie ein Bachkiesel. Unter ihrem ehrwürdigen Talar verbarg sie ein Geheimnis, das niemand kannte. Aus der an Wahn grenzenden Eifersucht auf die jungen, reizvollen Geliebten ihres Mannes misshandelte sie sich selbst, indem sie ihrem welkenden Körper mit einem

Messer fürchterliche Wunden zufügte. Diese Wunden waren das Urteil, das sie über ihren Mann und seine Weiber verhängte, und zugleich Spuren des Martyriums, das sie ihrer Sünden wegen auf sich nahm. Ihre Angeklagten wiederum verurteilte die Richterin mit unbeschreiblicher Gnadenlosigkeit und umso härter, wenn es sich um junge Frauen handelte. Eine Diebin etwa, die im Kaufhaus einen Schal gestohlen hatte, verurteilte sie zu lebenslänglicher Freiheitsstrafe, bei Ehebruch verhängte sie ausnahmslos die Todesstrafe. Wie solche irrationalen Urteile möglich waren? Wie am Beispiel von Ch'unhŭi zu sehen ist, die mehr als zehn Jahre, ohne verurteilt zu sein, in einer Zelle des Untersuchungsgefängnisses zubringen musste, gab es solche Fälle damals nicht gerade selten. Das Gericht war lediglich eine Bühne, auf der das Glück des Angeklagten auf die Probe gestellt wurde, mit Gerechtigkeit hatte so ein Prozess, wie die meisten Dinge in der Ära des Generals, rein gar nichts zu tun.

Das Gefängnis

Eine andere Welt. Dunkelrote Mauern und spitzer Stacheldraht, ein Tummelplatz rezessiver Erbeigenschaften, ein Ort, an dem Muskeln gestählt wurden, wo man lernte, mit dem Messer umzugehen, eine Schule des Verbrechens, wo furchtsame Mädchen zu wilden Bestien abgerichtet wurden, ein Ort, den freche Jugendliche als lammfromme Alte verließen, wo man gleichgeschlechtliche Liebe lernte, wo wegen einer einzigen Zigarette gemordet, in leere Farbeimer gekackt wurde, ein viereckiges Stück Erde, an dem die Zeit stillstand, das genau war das Gefängnis. An der Front des Gebäudes, vor dem Ch'unhŭi zusammen mit anderen Sträflingen aus dem Transportfahrzeug stieg, befand sich eine Inschrift in großen Lettern:

> Nicht bestrafen,
> zum Guten führen will ich dich.

Zuerst hatte sie gedacht, in eine andere Ziegelfabrik gekommen zu sein. Woher hätte sie auch einen Begriff davon haben sollen, was ein Gefängnis war. Die roten Steine ringsherum fühlten sich vertraut an. Sie fragte sich nur, wo die Öfen zum Brennen der Ziegel stehen sollten, und noch etwas kam ihr seltsam vor: Hier war unerklärlicherweise alles voll mit Frauen, wo waren die ganzen Männer hin? Erst nachdem man sie in eine Zelle für acht Insassinnen gebracht hatte, wurde Ch'unhŭi klar, dass dieser Ort keine Ziegelfabrik sein konnte. Die Zellenbewohnerinnen waren eingeschüchtert zurückgewichen, als sie Ch'unhŭis furchteinflößende Gestalt erblickten, von der sich nicht sagen ließ, ob sie einer Frau oder einem Mann gehörte. Mit Ausnahme der Zellenanführerin, einer ehemaligen Bahnhofshure, die sich bis zur Zuhälterin hochgearbeitet, aber irgendwann einen betrunkenen Kunden im Streit unabsichtlich gegen eine Wand gestoßen und zu Tode gebracht hatte, wofür sie nun einsaß. Sie brüllte Ch'unhŭi in echter Zuhälterinnenmanier erst einmal ordentlich an, um sie in ihre Schranken zu weisen und klarzustellen, wer hier das Sagen hatte: »He, du Dreckschlampe! Wer hier neu reinkommt, muss zuerst 'ne Aufnahmeprüfung machen. Was stehst du so steif rum, hä?«

Natürlich kam von Ch'unhŭi keine Antwort zurück. Die Zuhälterin wurde ein wenig nervös. Ihrer Erfahrung nach musste man sich vor den Schweigsamen in Acht nehmen, mehr als vor den Geschwätzigen. Vor den Augen der anderen Insassinnen konnte sie aber auch nicht einfach so einen Rückzieher machen.

»Hat die Pimmel in den Ohren stecken, oder will sie mich nicht verstehen?« Mit diesem saftigen, an Derbheit einem männlichen Gangster in nichts nachstehenden Fluch verpasste sie Ch'unhŭi eine gut gezielte Ohrfeige. Der Schlag der im Vergleich zu Ch'unhŭi nicht einmal halb so schweren Frau zeitigte natürlich keinerlei Wirkung. Ch'unhŭi blickte nur erstaunt, als verstehe sie nicht, warum man sie schlug, aber für die anderen Frauen sah es aus, als starre sie mit rollenden Augen wuterfüllt zurück. Die Zuhälterin konnte nicht verhindern, dass sie wacklige Knie bekam. Jede andere Frau hätte sich bei so einer Ohrfeige an die Wange gefasst und wäre in Tränen ausgebrochen, aber hier hatte sie es offensichtlich mit keinem gewöhnlichen Kaliber zu tun. Hier war es besser, fürs Erste den Schwanz einzuziehen.

»Okay, weil heute dein erster Tag ist, lassen wir es damit gut sein. Aber merk dir, wenn du das nächste Mal aufmuckst, gibt's Ärger.« Dann wandte sie sich an die anderen: »Hört zu, das Mädel kommt ab sofort nach mir an zweiter Stelle, verstanden?«

Die anderen Insassinnen kamen in Bewegung und richteten flink einen großzügig bemessenen Schlafplatz neben dem der Zuhälterin her. Ch'unhŭi stand stumm dabei, und erst als sie begriff, dass das ihr Platz sein sollte, ging sie hin und ließ sich, ohne ihr Zutun zur Rangzweiten geworden, neben die Zuhälterin plumpsen.

Die Zelle war von den unterschiedlichsten Verbrecherinnen bewohnt, angefangen bei einer Krankenschwester, die ihrem abtrünnigen Geliebten mit einem Skalpell die Halsschlagader durchgeschnitten hatte, und einer jungen, ledigen Mutter, der vorgeworfen wurde, ihr neugeborenes Kind durchs Klo gespült zu haben, über eine Hausfrau, die ihren zwei Töchtern und ihrem Ehemann Zyankali ins Essen gemischt hatte, bis hin zu einer Ehebrecherin mit einem Doppelleben, der man nachsagte, in zwanzig Jahren acht Kinder von zwei Männern bekommen zu haben, und einer Trickbetrügerin, die es ausschließlich auf reiche ältere Witwer abgesehen hatte. So konnte es nicht verwundern, dass in dem nicht einmal fünfzehn Quadratmeter großen Raum niemals Ruhe herrschte. Die ledige Mutter weinte nachts unter ihrer Decke und weckte die anderen auf, und jedes Mal drohte dann die Krankenschwester, ihr den Hals umzudrehen, wenn sie nicht mit dem Geflenne aufhöre: »Ich kenne zig Methoden, jemanden zu töten, dafür brauche ich kein Werkzeug. Ich habe nämlich so einige medizinische Spezialkenntnisse, von meiner Zeit im Krankenhaus.«

Die junge ledige Mutter lebte daher in ständiger Angst, von der Krankenschwester umgebracht zu werden. Diese erklärte, der Mensch sei ein völlig schwaches, schutzloses Ding, medizinisch betrachtet nichts weiter als ein mit Blut gefüllter Luftballon. Den weichen Hals der ledigen Mutter streichelnd, flüsterte sie ihr ins Ohr: »Und deshalb reicht ein etwas längerer Fingernagel, um den Ballon zum Platzen zu bringen. Du verstehst, was ich sagen will, Heulsuse?«

Wer der ledigen Mutter dann jedes Mal beistand, war die Anführerin, die ehemalige Zuhälterin. Sie hatte begonnen, unter den Insassinnen solche zu akquirieren, die sie nach der Entlassung für sich arbeiten lassen wollte, und die ledige Mutter war eine davon. Als Hure verdiene man gut und könne sein Leben in vollen Zügen genießen, so versuchte sie, die bemitleidenswerten, nichts mehr zu verlieren habenden Verbrecherinnen einzuwickeln.

»Alle Frauen sind doch Huren, wenn man's genau nimmt. Machen für die Kerle die Beine breit, um dafür was zu fressen abzubekommen, dafür sind wir da«, behauptete sie. »Der einzige Unterschied bei einer Hure ist, dass sie ihr Loch mehreren Männern zur Verfügung stellt. Dafür muss sie aber auch nicht ihr Leben lang bei irgendeinem Trottel bleiben, sondern kann sich frei vergnügen, wie es ihr passt.«

Ein freies Leben könne jede Frau führen, betonte sie immer, man müsse nur die richtige Einstellung haben. Allerdings hatte sie sich selbst vom Verkehr mit so vielen verschiedenen Männern einen Genitalpilz eingefangen und verbreitete einen widerlichen Gestank. In ihrem geheimen Notizbuch führte sie eine Liste aller Frauen, die versprochen hatten, später für sie zu arbeiten, die eng beschriebenen Seiten umfassten mehr als die Hälfte der Insassinnen. Wenn sie also nach ihrer Entlassung ein Bordell eröffnete, würde dies zweifellos ein großer Erfolg werden, doch das Leben lief nicht so, wie sie es sich vorgestellt hatte. Im Herbst jenes Jahres endete sie, ohne auch nur einmal Gebrauch von ihrem Notizbuch gemacht zu haben, mit dem Hals am Strick des Galgens. Auf die Frage des Henkers, ob sie noch ein letztes Wort zu sagen habe, zischte sie nur leise: »Selbst schuld, ihr Schwachköpfe, jetzt habt ihr Versager nichts, wo ihr euer Ding reinstecken könnt.«

Währenddessen war die Zyankalimörderin unentwegt daran, die Zelle zu fegen und zu wischen und dazu ihren philosophischen Spruch aufzusagen: »Leben heißt doch nur, wieder und wieder den Staub wegzuwischen, der sich pausenlos ansammelt«, mit dem sie die anderen, schlicht gestrickten Insassinnen irritierte. Darüber, weshalb sie ihre Töchter und ihren Mann vergiftet habe, sprach sie nie auch nur ein Wort. Nur einmal, ein paar Tage bevor sie verschwand, hatte sie vor sich hin gemurmelt: »Dass es so kam, war für die drei nicht das Schlechteste.«

Die Trickbetrügerin und die Ehebrecherin stritten sich immer darüber, wer die Schlimmere von ihnen beiden sei, mal nur mit Worten, manchmal auch handgreiflich, sich gegenseitig an den Haaren reißend. Dass auch sie Männer ausgenutzt habe, stimme zwar, aber sie habe wenigstens keine Kinder zur Welt gebracht, kritisierte die Betrügerin die Ehebrecherin, worauf die Ehebrecherin protestierte, sie habe die Kinder geboren, weil sie die Männer aufrichtig geliebt habe, nicht aus Geldgier. Es war wiederum die Zuhälterin und Zellenanführerin, die dazwischenging, wenn die beiden sich so aufs Blut bekriegten, und die Lage klärte. Der Schluss, den sie zog, lautete: »Üble Schlampen seid ihr, eine wie die andere.« Irgendwann inmitten des ganzen Durcheinanders bemerkten die Insassinnen dann auch, dass Ch'unhŭi stumm und geistig zurückgeblieben war, und es dauerte nicht lange, bis sie in der Hierarchie wieder auf den letzten Platz absank. Das war das Gesetz der Haftanstalt.

»Wenn es eine gibt unter uns, die als Erste aufgehängt gehört, dann ist das die stumme Schlampe da«, behauptete eines Tages die Krankenschwester, mit dem Finger auf Ch'unhŭi deutend. »Sie ist nämlich eine wirklich schreckliche Mörderin.«

Sie hatte gehört, die Zahl der Menschen, die Ch'unhŭi auf dem Gewissen habe, gehe an die tausend, und das wusste sie, weil ein entfernter Verwandter von ihr bei dem Brand im Kino von P'yŏngdae unter den Opfern gewesen sei. Während sie noch bei ihren Ausführungen war, setzte sich Ch'unhŭi aus Versehen auf die Essensration der Krankenschwester und drückte sie unter ihrem Hintern platt. Mit schuldbewusster Miene versuchte sie, den Reis zusammenzukratzen, aber die Krankenschwester fuchtelte mit dem Finger und keifte: »Hör auf, dafür ist es jetzt zu spät, du bist schon so gut wie erledigt!«

Seitdem richtete sich die seltsame Feindseligkeit der Krankenschwester, die bisher der ledigen Mutter gegolten hatte, gegen Ch'unhŭi. Irgendwann, so verkündete sie vor den Zellengenossinnen, werde sie Ch'unhŭi mit ihren eigenen Händen umbringen. Dazu werde sie die Allerschlimmste der vielen Tötungsmethoden wählen, die sie angeblich kannte, aber welche das war, verriet sie bis zum Schluss nicht, sondern warnte nur immer wieder, die anderen sollten nicht erschrecken, wenn sie eines Morgens aufwachten und Ch'unhŭi tot neben ihnen liegen würde.

Obwohl in der Zelle die Rangunterste, war für Ch'unhŭi das Gefängnisleben nicht allzu schlecht. Morgens stets zur gleichen Zeit aufzustehen, zu bestimmten Zeiten die Mahlzeiten einzunehmen, jeden Tag zu arbeiten - als sie sich erst einmal an einen solchen geregelten Tagesablauf gewöhnt hatte, wurde sie bald zu einer Art Mustersträfling. Anfangs hatte sie wegen ihrer außerordentlichen Größe noch das Interesse der Gefängnisinsassinnen auf sich gezogen, aber das war rasch wieder verflogen. Als Stumme konnte sie weder spannende Geschichten erzählen, noch besaß sie, von ihrem Aussehen abgesehen, sonst irgendwelche Besonderheiten. Bald aber sollte sich die Aufmerksamkeit dann doch wieder auf sie richten, und das lag einmal mehr an ihren überraschenden Körperkräften.

Einige Tage waren vergangen, als Ch'unhŭi zusammen mit anderen Insassinnen auf einem Lastwagen zu einer Baustelle außerhalb des Gefängnisses gebracht wurde. Eigentlich waren Untersuchungshäftlinge wie sie vom Arbeitsdienst ausgenommen, doch gemäß der Anweisung des Anstaltsleiters: »Wer nicht arbeitet, soll nicht essen«, wurden ausnahmslos alle zu Straßenbauarbeiten eingesetzt. Besonders für Frauen war die Arbeit schwer, aber auch dafür gab es ein entsprechendes Motto des Gefängnisdirektors, der behauptete: »Männer und Frauen sind gleichwertig, auch physisch gesehen.« Man händigte ihnen Schaufeln, Hacken und anderes Gerät aus und befahl ihnen, mit der Arbeit zu beginnen. Das erste Mal im Leben eine Schaufel in den Händen, standen die weiblichen Sträflinge in der Hochsommerhitze, der Schweiß rann ihnen sturzbachartig über ihre Gesichter. Rings um die Einsatzstelle waren Männer mit Gewehren postiert und überwachten die arbeitenden Frauen. Deren sich durch die schweißnasse Kleidung abzeichnenden weiblichen Formen begaffend, vertrieben sie sich die Zeit mit Witzchen.

Die Arbeiten gingen voran, bis plötzlich ein Problem auftrat. An einer Stelle der Strecke ragte ein großer spitzer Stein auf, als man begann, ihn auszugraben, stellte sich heraus, dass es sich um einen Felsen von beträchtlicher Größe handelte. Fünfzehn Arbeiterinnen hängten sich daran und wollten ihn zur Seite wegziehen, doch der Brocken rührte sich kein Stück, als sei er in der Erde festgewachsen. Ohne Dynamit und Ausrüstung ließ sich der Felsen nicht sprengen, seitlich verlegen konnte man die Fahrbahn aber auch nicht, und so standen alle ratlos da.

Irgendwann, wer wusste, was in sie gefahren war, setzte sich Ch'unhŭi, die bis jetzt nur von der Seite zugesehen hatte, in Bewegung, stieg in die ausgehobene Grube und stemmte ihre Schulter gegen den Felsen. Alle sahen zu, neugierig, was sie wohl vorhatte, dann ließ Ch'unhŭi ihre Schultermuskeln spielen, tat einen Stoß, und der Fels begann sich zu bewegen. Bewundernde Rufe wurden laut. Ch'unhŭi legte ihre Kraft in die Beine und schob. Dann passierte das Unglaubliche: Der Felsen kippte um und rollte zur Seite, bis er neben der Fahrbahnbaustelle liegenblieb. Alles stand mit offenen Kinnladen da, aber das sollte nicht der einzige Beweis von Ch'unhŭis sagenhafter Stärke bleiben.

Während die Sträflinge noch in einem Kreis um Ch'unhŭi standen und Beifall klatschten, hatte sich die Bremse eines weiter oben auf einem Hügel abgestellten Lastwagens gelöst, der unbemerkt den Hang herabzurollen begonnen hatte und nun mit wahnwitziger Geschwindigkeit auf die Gruppe zuschoss. Die Frauen kreischten und rannten zur Seite, Ch'unhŭi jedoch, welcher Gedanke sie auch immer ritt, stemmte sich mit ihren Beinen in den Boden und blieb stehen, genau so, wie es ihr Vater seinerzeit vor den herabrollenden Baumstämmen getan hatte. Unter fürchterlichem Gerumpel war der Lastwagen schon fast bei Ch'unhŭi angekommen, die Frauen schrien in Erwartung des schrecklichen Unglücks auf und drehten ihre Gesichter zur Seite. Doch etwas Unglaubliches spielte sich ab. Mit einem lauten Krach prallte der Lastwagen mit Ch'unhŭi zusammen und kam zum Stehen. Sie war völlig unverletzt, ohne einen einzigen Kratzer. Die Sträflinge brachen ein weiteres Mal in Jubel aus. Dank des Vorfalls jenes Tages stieg Ch'unhŭi zur Heldin des Frauengefängnisses auf. Aber dass ihr Leben dort bald zur Hölle werden sollte, und das ausgerechnet ihrer besonderen Kraft wegen, konnte noch niemand ahnen.

Der Gefängnisdirektor war eine ausgesprochen komplizierte Persönlichkeit. Einerseits ein Vorreiter der Sanktionsforschung, eine Autorität der Gefängnismedizin und Schöpfer zahlreicher Strafvollzugsprogramme, darüber hinaus ein überragender Wissenschaftler der Biologischen Anthropologie, Anhänger perverser sexueller Praktiken, gleichzeitig ein evangelischer Kirchenrat fanatischen Glaubens, war er vor allen Dingen ein Verfechter der Eugenik. Eines der Dinge, an die er unverrückbar glaubte, war die These, dass Kriminelle ein speziell ausgeprägtes Genom besaßen, welches zu den kriminellen Taten führe. Demzufolge sei es nicht die Umwelt, die kriminell mache, sondern der Samen des Bösen, der den Gefängnisinsassen schon von Geburt an innewohne. Der Direktor bezeichnete die Träger eines solchen kriminellen Samens als »Abfall«. Für ihn stellte das Einsperren von Verbrechern eine Maßnahme zum »Aufräumen« oder gar »Aussortieren« schmutzigen Abfalls dar, und das mit der Entsorgung betraute Gefängnis war die »Müllkippe«. Er hatte lange unter dem General im Militär gedient und sah in seiner Zuständigkeit für den von der Gesellschaft ausgestoßenen Abfall eine besondere, ihm durch Gott und den General verliehene Berufung.

Als Leiter der Anstalt bestand er darauf, am Prozess der Müllverbrennung, sprich: der Hinrichtung der zum Tode Verurteilten, stets unmittelbar teilzunehmen. Auf seinem von einem Vorhang verdeckten Platz sitzend, waren diese Momente für ihn von einem außerordentlich prickelnden Reiz. Wenn das Seil um den Hals des Delinquenten gelegt wurde, befand er sich bereits in einem Zustand unkontrollierbarer Erregung, seine Erektion war so stark, dass sie seine Hose zu sprengen drohte. Von dem Moment an, da der Verurteilte auf die Falltür des Galgenpodests trat, ließ er die Hose herunter, griff nach seinem Glied und fing an, sich selbst zu befriedigen, und während der Delinquent mit der Schlinge um den Hals in der Luft baumelte, raste der Direktor dem Höhepunkt entgegen. Um das schmerzverzerrte Gesicht genau sehen zu können, wies er den Henker an, den Kopf nicht mit einem weißen Sack zu verhüllen. Die Bewegungen seiner um sein Glied geschlossenen Faust wurden immer schneller, und wenn der Gehängte zu atmen aufhörte, durchlief ein Zittern der Wonne seinen ganzen Körper und er gelangte zum Orgasmus. Außer dem Henker wusste niemand im Gefängnis von der perversen, gefährlichen Lust, die dem Direktor der Abfallentsorgungsprozess bereitete.

Um seine besondere göttliche Mission in die Tat umzusetzen und um der Steigerung der menschlichen Genqualität willen nahm der Direktor es auch in Kauf, die Grenzen der ihm verliehenen Autorität zu überschreiten. Beispielsweise führte er Sterilisierungen an den Häftlingen durch; bei den männlichen Sträflingen durchtrennte er die Samenleiter, bei den weiblichen schnürte er die Eileiter ab und unterband so die Fortpflanzungsfähigkeit, um zu verhindern, dass sich der kriminelle Samen weiter auf der Welt verbreiten konnte. Das bezeichnete er als »Trockenlegung«. Natürlich stellten seine sogenannten Maßnahmen zur Erbpflege schwerwiegende illegale Eingriffe in die Menschenrechte der Inhaftierten dar, aber das war ein in der Anstalt allgemein bekanntes Geheimnis. Die Operationen an den neu hinzugekommenen Insassen fanden an jedem letzten Sonntag im Monat statt, nach dem Gottesdienst. Auch Untersuchungshäftlinge wurden nicht ausgenommen. Später berichtete eine Menschenrechtsorganisation, dass auch eine beträchtliche Zahl von Minderjährigen unter den Sterilisierten war. Erfüllt von seinem missionarischen Eifer, den Keim des Verbrechens so früh wie möglich herauszuschneiden, empfand der Direktor dabei keinerlei Schuldgefühle. Das war das Gesetz des festen Glaubens.

Vor knapp einem Monat war Ch'unhŭi ins Gefängnis gekommen, und die nächste Operationsrunde stand an. Nach der auf dem Sportplatz abgehaltenen Sonntagsandacht hatte man die Gruppe der neuangekommenen Häftlinge zurückgehalten und führte sie nun in Richtung des als Operationssaal genutzten Lagerhauses ab. Zwar wehrten sich viele der Häftlinge, die wussten, was ihnen bevorstand, mit Händen und Füßen, aber gegen die mit Schlagstöcken bewaffneten Wächter war jeder Widerstand zwecklos. Ch'unhŭi, die nicht verstand, um was es überhaupt ging, folgte den Anweisungen und trat in das Lagerhaus. Zusammen mit den anderen zog sie ihre Kleidung aus und wartete vor der Tür zum Innenraum, bis sie an der Reihe war. Dort war ein Operationstisch aufgestellt, es starrte vor Dreck, und wegen der unhygienischen Verhältnisse bekamen die meisten Operierten Infektionen, die so mancher nicht überlebte. Von drinnen klangen die Schreie der die Operation ohne Narkose durchlaufenden Sträflinge. Den Wartenden gefror das Blut in den Adern.

Dann war Ch'unhŭi an der Reihe. Als sie nackt den Raum betrat, konnte sich das Personal einiger erstaunter Ausrufe ob ihres riesenhaften Körpers nicht erwehren. Man legte sie auf den Operationstisch. Sie verstand zwar nicht, was das Prozedere zu bedeuten hatte, spürte aber instinktiv Angst und Widerwillen. Der mit dem Eingriff Betraute hob das mit dem Blut der vorher Operierten beschmierte Skalpell und setzte gerade zum Bauchschnitt an, als der Gefängnisdirektor zur Inspektion in den Raum trat. Sein Blick fiel auf Ch'unhŭi. Aus irgendeinem Grund befahl er, den Eingriff abzubrechen. Dann wies er Ch'unhŭi an, vom Operationstisch aufzustehen. Interessiert musterte er den kolossalen Leib und den Knochenbau der nackt vor ihm Stehenden. »Fürwahr«, sagte er, »es gibt doch allerhand Erstaunliches auf der Welt. An diesem Mädel ist die Evolution von Hunderten von Jahren spurlos vorübergegangen. Seht euch das Kinn an. So große Kieferknochen sind bereits vor dreihundert Jahren verschwunden. Und solche Schädelformen findet man allenfalls bei Mumien vor.« Er schmatzte bei seinen Erläuterungen, als habe er einen ganz besonderen Leckerbissen entdeckt. »Es wäre genau das Richtige, das Mädel so, wie es ist, in Alkohol einzulegen und zu konservieren. Solche Exemplare findet man nämlich nur äußerst selten. Eine wertvolle Antiquität, sozusagen.« Ch'unhŭis nackten Leib weiter betrachtend, ergänzte er: »Wir werden einen großen Glasbehälter brauchen. Einen sehr großen.«

Dem aufmerksamen physisch-anthropologischen Blick des Direktors war es zu verdanken, dass Ch'unhŭi der Sterilisation entging. Die kostbare Antiquität sollte schließlich keinen Makel davontragen. Ob das für Ch'unhŭi eine Bedeutung hatte, ließ sich nicht sagen. Sie würde ihr Leben beschließen, ohne ihr antiquiertes Erbgut weitergeben zu können. Als der Gefängnisdirektor sich zum Gehen umdrehte, tat er noch einen Blick auf Ch'unhŭi und bemerkte abschließend: »Aber das Mädel sieht tatsächlich aus wie ein Berkshire.«

Berkshire – eine Gegend in England, gleichzeitig der Name für eine von dort stammende Schweinerasse. Seitdem wurde Ch'unhŭi im Gefängnis Berkshire gerufen. Als ein paar Jahre später durch die Enthüllungen einer Menschenrechtsorganisation die von dem Gefängnisdirektor begangenen Rechtsverletzungen bekannt wurden, berichtete man auch dem General davon. Der lachte herzhaft und sprach dem Direktor sein Wohlwollen aus: »Das Problem ist, dass der Kollege alles übergründlich machen will. Schlecht ist das ja nicht unbedingt. Heutzutage macht man besser zu viel als zu wenig.«

Der Gefängnisdirektor widmete sich weiter der Entsorgung und Trockenlegung, und nach seinem Ruhestand bezog er vom Staat eine auskömmliche Rente, bis er im Alter von zweiundachtzig Jahren für immer die Augen schloss.

Berkshire

Das Gefängnis für die weiblichen Häftlinge lag in einem separaten Trakt des Gebäudekomplexes, vom Männergefängnis durch eine hohe Mauer abgetrennt. Die hier angestellten Wächter konnten sich im Dienst nach Herzenslust nackte Frauen ansehen und je nach Bedarf eine aussuchen und sich mit ihr vergnügen, während im Männertrakt eine Atmosphäre kalter Nüchternheit herrschte. Doch auch hier hatte sich das Wachpersonal eine spezielle Belustigung ausgedacht: Kampfsportwettkämpfe, die jeden Samstag nach dem Abendessen abgehalten wurden. Treffpunkt war ein neben dem Sportplatz gelegener Lagerraum, wo man eigens eine Kampfarena aufgebaut hatte. Als Kampfteilnehmer wählte man, wenig verwunderlich, die Brutalsten und Stärksten unter den männlichen Häftlingen aus; jeder der »Spieler« genannten Männer gehörte einem »Besitzer«, also dem Wärter, der ihn ausgesucht und trainiert hatte. Hatte man es erst einmal geschafft, das Interesse eines solchen Besitzers auf sich zu ziehen und ausgewählt zu werden, wurden einem diverse Privilegien zuteil. Selbstverständlich wurde man vom Arbeitsdienst befreit, zu den Mahlzeiten bekam man wesentlich besseres Essen als die gewöhnlichen Sträflinge. Einige der Besitzer gaben ihren Spielern teure Präparate zur Stärkung der Körperkraft und des Kampfgeistes, manche verabreichten sogar Steroide, wie man sie in der Schweinezucht verwendete.

Der Grund für diese hingebungsvolle Pflege der Spieler war das hohe Preisgeld, das den Gewinner, auf den Wetten abgeschlossen wurden, erwartete. Bei den Turnieren saßen nicht nur die Wärter der Männeranstalt um den Ring versammelt, sondern auch das gesamte

Personal aus dem Frauengefängnis, daher war der Wetteinsatz beträchtlich. Wer sich einen guten Spieler heranzog, konnte eine Summe gewinnen, die mehreren Jahresgehältern entsprach, und so gab es jedes Mal Streit, wann immer ein brauchbar aussehender Sträfling neu in die Haftanstalt aufgenommen wurde.

Die einzige Regel bei den Kämpfen war, dass es keine Regeln gab; auch die Kampfdauer war unbeschränkt. Solange keine Waffen benutzt wurden, durfte man dem Gegner in den Hals beißen, ihm mit den Fingern die Augen ausstechen, den Arm brechen oder ihn würgen bis zum Atemstillstand, alles war erlaubt. Die Zuschauer waren umso begeisterter bei der Sache, je heftiger und grausamer die Kämpfe ausgetragen wurden. Tatsächlich spritzte bei jedem Kampf Blut, brachen Knochen, flogen herausgerissene Fleischstücke durch die Gegend. So mancher der Spieler verlor beim Kampf sein Leben oder verließ den Ring als Krüppel. Dennoch gab es unter den Sträflingen viele, die sich wünschten, als Spieler ausgewählt zu werden. Wenn man nur einmal gewann, erhielt man zur Belohnung Dinge, von denen die anderen Insassen nicht zu träumen wagten. So wurde den Siegern gestattet, Verpflegung von außerhalb erhalten zu dürfen, bis zum nächsten Kampf durften sie Mittagschläfchen halten und rauchen, doch die begehrteste Belohnung bestand in einer hübschen jungen Gefängnisinsassin.

Vor dem Turnier führten die Wärter ihre Spieler zu einem Ausguck an der Trennmauer und ließen sie einen Blick auf die andere Seite werfen, wo die weiblichen Häftlinge gerade Ausgang im Hof hatten. Erregt sogen die Männer, die seit Jahren nicht einmal an den Schatten einer Frau Hand angelegt hatten, den vom Wind herbeigetragenen Weibchengeruch gierig durch ihre Nüstern ein. Um ihre Spieler weiter aufzustacheln, sagten die Wärter, sie sollten sich jeder schon einmal eine der Insassinnen aussuchen. Mit der Aussicht auf eine Frau, auch wenn sie ihr Leben dafür aufs Spiel setzten, glühten die Spieler dann vor Kampfeslust. So in etwa lief das Ganze ab.

Illegal und unmenschlich waren diese Wettkämpfe, aber niemand machte den Versuch, den samstäglichen Nervenkitzel zu unterbinden. Dem Gefängnisdirektor war bekannt, dass solche Turniere in seiner Anstalt stattfanden, drückte aber der Arbeitsmoral des Wachpersonals wegen ein Auge zu und tat, als wisse er von nichts. Und so konnten, so lange nichts außergewöhnliches anderes anstand, die Wettkämpfe des Todes und des Wahnsinns jeden Samstag weitergehen.

An dem Tag, als Ch'unhŭi den großen Felsen aus dem Weg geräumt und den Lastwagen zum Stehen gebracht hatte, war auch ein Wärter zugegen gewesen, der den Spitznamen »Kartoffelkäfer« trug. Den Namen hatte er, weil sein Gesicht fleckig und er klein von Statur war. Seine unansehnliche Erscheinung und der abstoßend unsaubere Eindruck, den er machte, hatten schon seine Kindheit überschattet, und nach einer Pubertät voller Unsicherheit und erfüllt von Hass auf die Welt war er zu einem wie Trockeneis kalten und gefühlstauben Mann geworden. Wie ein Insekt vor den Blicken der Menschen geschützt und von träger Natur fiel er seinen Kollegen nicht groß auf, doch in seinem Inneren verbarg sich ein wildes Verlangen nach Macht und dem grausamen Vergnügen, andere leiden zu sehen.

Seit der nach außen hin stubenhockerhaft artig wirkende Mann einmal eine Insassin, die wegen Taschendiebstahls einsaß, brutal misshandelt hatte, wussten manche im Gefängnis von seinem sadistischen Charakter. Die Frau hatte vier Tage nach seinen Schlägen, nach denen sie nur noch zwei Zähne im Mund hatte und das Nasenbein und beide Kiefer gebrochen waren, die fürchterlichen Schmerzen nicht mehr ertragen können und sich am Gitter ihrer Zelle aufgehängt. Der Fall wurde, wie in Haftanstalten allgemein üblich, ohne Untersuchung oder gar Abstrafung rasch ad acta gelegt. Einmal offenbarte der Mann einem Kollegen: »Es gefällt mir, wenn die Leute Angst vor mir haben. Das gibt mir irgendwie das Gefühl, wichtig zu sein.«

Am Tag, an dem er Zeuge der erstaunlichen Kräfte Ch'unhŭis wurde, kam Kartoffelkäfer eine Idee. Wie wäre es, sie beim nächsten Wettkampf teilnehmen zu lassen? Zwar wurde das Wachpersonal im Frauentrakt einerseits beneidet, gleichzeitig blickten die Wärter des Männergefängnisses verächtlich auf sie herab. »Ja, ja, bürstet eure Nutten nur ordentlich durch, ihr Playboys«, in dieser Art zogen sie über die Kollegen her. Kartoffelkäfer wollte es den anderen Wärtern einmal so richtig zeigen. Als er beim Mittagessen in der Kantine verkündete, er habe vor, einen weiblichen Sträfling ins Rennen zu schicken, sahen sich die Kollegen aus dem Männergefängnis ungläubig an und brachen dann einstimmig in lautes Gelächter aus. Er habe wohl den Weibern zu viel zwischen den Beinen herumgeschnuppert, das bringe ihn auf so übergeschnappte Ideen, foppten sie Kartoffelkäfer. Er aber blieb gelassen. »Lacht mich nur aus«, sagte er. »Aber wenn ihr beweisen wollt, dass ich übergeschnappt bin, müsst ihr das mit eurem Geld tun und mitwetten.«

Das Gerücht von Ch'unhŭis Teilnahme am Kampf verbreitete sich im Gefängnis wie ein Lauffeuer. Als die ehemalige Zuhälterin davon hörte, ballte sie die Faust und kicherte erfreut: »Sehr gut, sie soll den Kerlen die Pimmel abreißen! Dieses Mal kriegen sie's so richtig gezeigt.«

Ganz anders nahm die Krankenschwester, die nach wie vor den Plan verfolgte, Ch'unhŭi umzubringen, die Neuigkeit auf: »Besser, du verreckst beim Kampf im Ring. Denn wenn du lebendig zurückkommst, werde ich dich eigenhändig abmurksen. Und das wird viel schlimmer sein, als dort den Geist aufzugeben.«

Der Samstag kam, ohne dass Ch'unhŭi überhaupt mitbekommen hatte, dass sie an einem gefährlichen Kampf teilnehmen sollte. Am Morgen führte Kartoffelkäfer Ch'unhŭi unauffällig zur Toilette und sprach zu ihr: »Alles Geld, das ich bis jetzt mit euch Schlampen verdient habe, habe ich auf dich gesetzt. Wenn du verlierst, verliere ich alles, was ich besitze, und dann bringe ich dich um. Aber das wollen wir beide doch nicht. Darum musst du unbedingt gewinnen, mit welchen Mitteln auch immer. Kapierst du, was ich meine?«

Natürlich verstand Ch'unhŭi nichts von dem, was Kartoffelkäfer ihr einzuschärfen versuchte. Besorgt über ihre mangelnde Intelligenz, verlegte er sich darauf, ihr schnell noch ein paar Kampftechniken beizubringen.

»Hör gut zu, Berkshire. Du bist nicht die Hellste und langsam wie ein Elefant, aber dafür kannst du es an Kraft mit jedem aufnehmen. Wenn du deinen Gegner erst einmal zu fassen bekommst, ist der Rest ein Kinderspiel. Das heißt, wenn die Chance gekommen ist, musst du ihn sofort fertigmachen, ohne lange zu fackeln.« Dann baute sich der schmächtige Mann vor der kolossartigen Ch'unhŭi auf, um ihr einen grausamen Trick vorzuführen. »So, schau mich genau an. Hast du den Gegner geschnappt, musst du seinen Schädel zu Seite drehen und ihm mit der

Faust auf die Schläfe hauen. Dadurch verliert selbst der Stärkste kurz das Bewusstsein«, erklärte er. »Als Nächstes packst du dir, bevor er sich wieder berappelt, seinen Kopf und beißt ihm gnadenlos die Visage weg. Das Gesicht ist nämlich für die Menschen das Wichtigste. Wenn der Kerl wieder zu sich kommt und merkt, dass seine Nase nicht mehr da ist, wird er in den meisten Fällen den Kampf Kampf sein lassen, weil ihn vor lauter Schock der Mut verlässt. Hast du das verstanden, Berkshire?«

Kartoffelkäfer führte die Bewegungen selbst vor, und diesmal nickte Ch'unhŭi, als habe sie seine Erklärungen verstanden, und grinste. Endlich zufrieden klopfte Kartoffelkäfer ihr auf die Schulter und sagte: »Brav, Berkshire. Du wirst mir ganz bestimmt eine Menge Geld einbringen. Wenn du das hinbekommst, werde ich dafür sorgen, dass du mit den Kerlen deinen Spaß haben wirst, bis dir dein Loch ausleiert.«

Die Nachricht vom ersten Kampf Mann gegen Frau wirkte wie ein Magnet. Schon früh am Abend waren die Wärter in der Lagerhalle zusammengekommen, um dem ungleichen Duell beiwohnen zu können. Mehrere Hundert Zuschauer waren es, und der Wetteinsatz hatte bereits eine enorme Höhe erreicht. Abgesehen von ein paar wenigen Wärtern, die vor Ort selbst gesehen hatten, wie Ch'unhŭi den Lastwagen aufgehalten hatte, setzten alle ihr Geld auf den männlichen Spieler, und Kartoffelkäfer war ein großer Gewinn sicher, wenn Ch'unhŭi den Sieg davontrug. Der Großteil der Wärter erwartete zwar keine großen Überraschungen, was den Ausgang des Kampfes anging, dennoch herrschte schon vor Beginn eine hitzige Atmosphäre im Lagerraum. Denn Ch'unhŭis Gegner sollte der »Verputzer« sein, ein bestialischer Mörder.

Zu seinem Beinamen gekommen war der Mann, der als Serientäter die Welt eine ganze Zeit lang in Angst und Schrecken versetzt hatte, wegen seines bizarren Vorgehens, seine Opfer in den Wandschrank zu stecken und mit Zement zuzuspachteln. Bei seiner Festnahme fand die Polizei, nachdem sie die Wände seines Hauses aufgestemmt hatte, insgesamt fünfundzwanzig Leichen, einschließlich Frauen und Kindern. Der von einem unstillbaren Blutdurst besessene Mörder war groß und stark wie ein Bär und musste daher zum Transport, selbst wenn es nur kurze Entfernungen waren, stets geknebelt und mit dicken Eisenketten gefesselt werden. Frenetischer Applaus schlug dem Verputzer entgegen, als er, von bewaffneten Wärtern begleitet, am Kampfplatz erschien. Schon mehrmals hatte er seine Grausamkeit im Ring ausgiebig demonstriert und die Zuschauer nie enttäuscht. Wenig verwunderlich, dass niemand der anderen Spieler gegen ihn antreten wollte, und so hatte er schon seit mehreren Monaten an keinem Kampf mehr teilgenommen. Kartoffelkäfer aber war kühn genug, den Verputzer als Gegner für Ch'unhŭi ins Spiel zu bringen. Die Zuschauer gingen von einem klaren Sieg für den Mann aus und warteten in sadistischer Vorfreude gespannt darauf, wie er den weiblichen Häftling gnadenlos in Stücke reißen würde. In ihren Köpfen wechselten sich alle nur erdenklichen Grausamkeiten und erotischen Fantasien miteinander ab.

Schließlich erschien auch Kartoffelkäfer mit Ch'unhŭi am Schauplatz. Sie war der erste weibliche Sträfling überhaupt, der jemals bei einem der Wettkämpfe anwesend war. Die Zuschauerschaft reagierte schwer enttäuscht, als sie Ch'unhŭi erblickten, unterschied sie sich doch komplett von dem, was man sich unter einer Frau vorgestellt hatte, aber es gab auch bewundernde Rufe von

Zuschauern, die sich angesichts ihres außergewöhnlichen Körperbaus einen sehenswerten Wettkampf versprachen. Die Gegner setzten sich auf die links und rechts am Rand des Rings bereitstehenden Hocker und starrten sich gegenseitig an. Der Verputzer erfuhr erst jetzt, dass sein Gegenüber eine Frau war. Als könne er es nicht fassen, rief er seinem Coach verärgert zu: »Scheiße, was soll ich denn mit der Schlampe machen? Mit ihr kämpfen? Sie vögeln?«

Die Zuschauerreihen johlten. Die Einzigen, die nicht mitlachten, waren Ch'unhŭi und Kartoffelkäfer. Er beugte sich zu ihr und flüsterte ihr ins Ohr: »Sieh dir seine Nase gut an, Berkshire. Genau da musst du zubeißen.«

Dann erklang das Signal zum Start des Kampfes, und sofort stürmte der Verputzer auf Ch'unhŭi los wie ein Grizzlybär auf einen Lachs. »Okay, dann wollen wir die Schlampe erstmal kaltmachen!«, rief er. »Vögeln kann ich sie auch, wenn sie tot ist.«

Die plötzliche Ansammlung von Männern, in deren Mitte sie jetzt stand, irritierte Ch'unhŭi. Regungslos stand sie da, während der Verputzer unter tierischem Gebrüll losrannte und sich auf Ch'unhŭi warf, die von der Wucht des Aufpralls nach hinten umkippte. Er hockte sich auf ihren Bauch und holte mit seiner felsenharten Faust, von der man wusste, dass sie die Wucht besaß, den Schädel des Gegners zu spalten, zu einem fürchterlichen Hieb aus. Ch'unhŭi schaffte es gerade noch, dem Schlag auszuweichen, die Faust des Verputzers krachte auf den Zementboden, der an der Stelle auseinanderbrach, ein tiefes Loch hinterlassend. Ch'unhŭi verstand nicht, weshalb der Mann sie angriff. Seine vor Mordlust funkelnden Augen machten ihr Angst. Der Verputzer geriet in Rage und holte zu einem zweiten Schlag aus. Ch'unhŭi packte, ohne nachzudenken, seinen Arm. Er versuchte, sie abzuschütteln, aber es gelang ihm nicht. Den Arm fest im Griff, richtete sie sich auf. Ungläubiges Raunen klang aus den Zuschauerreihen beim Anblick ihrer übermenschlichen Körperkraft. Doch das wahre Problem kam erst jetzt. Ch'unhŭi hatte den Verputzer gestoppt, aber nun wusste sie nicht, was sie als Nächstes tun sollte, da sie noch nie gegen einen anderen Menschen gekämpft hatte. Sein Kopf lief hochrot an, mit aller Kraft mühte er sich ab, sich aus dem Griff zu befreien, wodurch er Ch'unhŭi noch mehr in Angst versetzte. Sie packte fester zu, damit er seinen Arm nicht bewegen konnte. Zu mehr war sie nicht in der Lage. Kartoffelkäfer, der seitlich stehend dem Kampf folgte, schrie, sie solle ihn schnell beißen, und auch die Zuschauer feuerten die Kämpfenden mit lauten Rufen an. Doch an die Ohren der völlig verängstigten Ch'unhŭi drang kein Ton vor. Sie drückte den Arm des Verputzers, so fest sie konnte, während es in ihr schrie: Hör doch bitte auf! Ich habe so schreckliche Angst!

Im selben Moment brach der Unterarm des Verputzers mit einem lauten Knacken auseinander wie ein Baumzweig. Der zersplitterte Knochen bohrte sich durch die Haut, ein Schwall Blut schoss hervor, der Verputzer brüllte vor Schmerz. Die Zuschauer bejubelten die überraschenden Kräfte Ch'unhŭis, die aus Angst vor dem Blut den Arm losließ, sich umdrehte und loslief, dem Tor des Lagerhauses entgegen. Dort standen mehrere Wächter, doch Ch'unhŭi rannte sie um und floh nach draußen. Kartoffelkäfer schrie ihr laut hinterher, aber sie blieb nicht stehen.

Sie rannte durch die Dunkelheit des Abends. Ihr Atem raste. Hinter sich hörte sie die Jubelrufe der Menge. Die rauen Männerstimmen machten ihr Angst. Immer noch sah sie das schreckliche Gesicht des Verputzers vor sich.

Sie lief noch schneller. Das hier war keine Ziegelfabrik, auch wenn sie das anfangs geglaubt hatte. Sie konnte nicht verstehen, was sie an einem so fremden, grauenvollen Ort zu suchen hatte. Sie wollte weit fort von hier. Im nächsten Moment stolperte sie über einen Stein und fiel hin. Als sie sich aufrichtete, stand sie vor einem Hindernis, das ihr den Weg versperrte. Eine aus roten Ziegelsteinen gebaute Mauer zog sich zu beiden Seiten endlos dahin. Erst jetzt erkannte sie, dass sie eingesperrt war. Langsam schritt sie auf die Mauer zu und streckte ihre Hand aus.

In dem Augenblick, da ihre Finger die Oberfläche berührten, wusste sie, dass das nicht irgendein Stein war, sondern einer von den Ziegeln, die sie zusammen mit Mun in ihrer Fabrik gemacht hatte. Auch wenn er lange der Witterung ausgesetzt gewesen war, bestand kein Zweifel, dass es sich um einen Ziegel aus Nambaran handelte. Ch'unhŭi sah Muns Gesicht und die Fabrik vor sich. Auch ihre Mutter Kŭmbok, Jumbo und die Zwillingsschwestern erschienen in ihrem Kopf, und während sie die Ziegelsteinmauer befühlte, wurde ihr klar, dass alle diese Dinge verschwunden waren und nie wieder zurückkehren würden. Eine unendliche Trauer schnürte ihr die Brust zusammen, Tränen liefen aus ihren Augen. Es war das erste Mal, dass sie weinte, seit sie ins Gefängnis gekommen war.

Plötzlich entdeckte sie am Fuß der Mauer eine Blume. Es war derselbe Feinstrahl, der nicht nur überall um die Ziegelfabrik herum üppig geblüht, sondern auch die Bahnstrecke gesäumt hatte, über die sie mit Kŭmbok einst nach P'yŏngdae gekommen war. Erfreut streckte sie ihre Hand aus, um die Blume anzufassen. Im selben Moment wurde es um sie herum taghell. Das Licht eines weit entfernt auf einem Wachturm montierten Suchscheinwerfers tauchte alles in grelles Weiß.

Ch'unhŭi wurde zur Verliererin erklärt. Zwar hatte sie dem Verputzer den Arm gebrochen, aber weil sie aus dem Ring geflohen war, gehörte der Sieg ihm, und Kartoffelkäfer verlor sein ganzes Geld. Noch in derselben Nacht schleppte man Ch'unhŭi zum Wachbüro. Dort saß Kartoffelkäfer zusammen mit den anderen Wärtern. Er sah aus, als würde er gleich anfangen zu weinen.

»Hör gut zu, Berkshire«, sagte er, »das Schlimmste, was man auf der Welt tun kann, ist, anderen ihre Träume zu stehlen. Das ist noch schlimmer, als seinem Gegner das Leben zu nehmen. Du aber, Berkshire, hast alle meine Hoffnungen zerplatzen lassen. Bestimmt hast du von Anfang an vorgehabt, mich zu zerstören. So ein mieses Weib wie du verdient es nicht, noch länger zu leben.« Seine Wut nicht länger zügelnd, sprang er auf und begann, Ch'unhŭi mit Fußtritten zu malträtieren. »Du dreckige Sau! Ich habe hier schon viele üble Weiber gesehen, aber so was Verkommenes ist mir noch nicht untergekommen. Wie kann man sich bloß hinter einer Menschenmaske verstecken und so gemeine Dinge tun, hä? Sterben wirst du dafür, sterben!«

Ch'unhŭi sank unter den erbarmungslos auf sie herabregnenden Tritten zusammen. Jetzt nahm Kartoffelkäfer seinen Schlagstock und fing an, auf Ch'unhŭi einzudreschen. Die anderen Wärter sahen von ihrem Pokerspiel auf und kicherten, als sei das Ganze eine unterhaltsame Abwechslung. Die grausame Prügelstrafe zog sich schon über eine Stunde lang hin. Mehrere Finger waren gebrochen, aus einer Platzwunde am Kopf rann Blut. Langsam wuchs in Ch'unhŭi die Wut. Ihre Nase brach, dann ein Zahn. Sie schmeckte Blut, und im nächsten Moment entlud sich explosionsartig ihre Wut. Mit der Hand schnappte sie nach dem Knüppel, blickte in die rote, fleckige Grimasse ihres Peinigers und erinnerte sich an etwas. Sie versetzte seiner Schläfe einen Fausthieb. Taumelnd fiel Kartoffelkäfer nach hinten um. Sogleich stürzte sich Ch'unhŭi auf ihn und hielt seinen Kopf fest. Dann begann sie, mit gnadenlosen Bissen wie ein Raubtier sein Gesicht zu zerfetzen. Ihre stahlharten Zähne trennten seine Nase ab, Blut schoss hervor. Sie folgte den tödlichen Kampfmethoden, die Kartoffelkäfer ihr vor dem Turnier beigebracht hatte. Von den Schreien ihres Kollegen alarmiert, rannten die anderen Wärter herbei und versuchten, Ch'unhŭi wegzuziehen. Doch es war kein leichtes Unterfangen, den stärksten Menschen der gesamten Haftanstalt unter Kontrolle zu bringen. Mit ihren Schlagstöcken hieben sie auf Ch'unhŭi ein, aber sie hielt nicht inne. Das Gesicht von Kartoffelkäfer war nur noch eine blutige Masse. Als ihm erst ein Ohr, dann seine weiche Wange weggerissen wurde, fiel er in Ohnmacht. Auch Ch'unhŭis Gesicht war völlig blutverschmiert. Sie schleuderte die Wärter beiseite und grollte wie ein Tier, hinein in die Nacht der grausamen Rache und der rohen Barbarei.

Die Männer hatten Ch'unhŭi halb totgeschlagen, als man sie, von oben bis unten gefesselt, in eine Einzelzelle brachte. Kein Lichtstrahl fiel in den Raum, es herrschte pechschwarze Finsternis. Sie hatte Angst. Sie wollte sich bewegen, aber sie konnte keinen Finger rühren. In der Dunkelheit war das Krabbeln der Insekten auf dem Boden das Einzige, das sie hörte. Vor ihren Augen tauchte das Bild des brennenden Kinos auf. Flammen schossen nach oben, die Schreie der Menschen waren zu hören. Rauch verdeckte die Sicht, ringsherum wurde alles dunkel. Dann wechselte die Szene und sie sah die regnerische Nacht vor sich, in der die fremden Männer ihre Mutter Kŭmbok vergewaltigt hatten, sah ihre hellen Schenkel aufleuchten im Licht des Gewitterblitzes. Plötzlich schwenkte die Szene abermals um, und der gebrochene Arm des Verputzers mit dem aus der Haut ragenden Knochen tauchte vor ihr auf. Ihr Leib war schweißbedeckt. Sie fantasierte, aus jeder Pore ihres Körpers würde Blut treten, eine quälende Vorstellung. Das Atmen fiel schwer. Sie wollte vor Angst schreien, aber ihrem Hals entrang sich nur ein schwaches Röcheln. Dann fiel Licht in den Raum, zugleich war ein Scheppern zu hören. Ch'unhŭi öffnete mühsam die Augen. Ein Blechnapf mit Reis lag hingeworfen auf dem Boden. Dann ging die Tür zu und ringsum war wieder alles von Dunkelheit eingeschlossen.

Kartoffelkäfer war nicht tot. Er wurde ins Krankenhaus gebracht, wo man ihm in einer mehr als zehn Stunden dauernden Operation das Leben rettete. Doch sein Gesicht war eine einzige Wunde. Das Fleisch hing in Fetzen hinunter, es klafften grausige Löcher, die die Zähne gerissen hatten, und gaben den Blick frei auf die blanken Knochen. Die Nase und ein Ohr fehlten, und wo die Wange gewesen war, sah man deutlich eine Reihe Backenzähne. Die Ärzte verbrachten die ganze Nacht damit, das zerstörte Gesicht mit Draht zusammenzuflicken wie eine gesprungene Kürbiskalebasse.

Einen Monat später wurde der Verband entfernt. Kartoffelkäfer sah in den Spiegel. Ein grässliches Monster starrte ihn an. Die Zähne schauten hervor, wo vorher die Wange gewesen war, die Nasenlöcher befanden sich, da die Nase nicht mehr existierte, freigelegt direkt unter den Augen. Die Wunden waren einigermaßen verheilt, doch die Spuren der Nähte waren deutlich zu sehen, ein grotesker Anblick, der nur noch wenig an einen Menschen erinnerte. Er schlug mit der Faust in den Spiegel und schrie gequält auf. Jede Nahrung verweigernd, verbrachte er mehrere Tage mit dem Kopf unter der Bettdecke. Er war ein Wrack, und nur der wilde Hass, der in ihm brannte wie Feuer, hielt ihn am Leben.

Einige Zeit darauf fertigten die Mediziner eine Maske aus Aluminium an, mit der er sein Gesicht bedecken konnte. Wieder blickte er in den Spiegel. Als er sein maskiertes Ebenbild sah, wurde ihm auf wundersame Weise leicht ums Herz. Er begriff, dass die harte, kalte Hülle all das überdeckte, was er von klein auf immer hatte verbergen wollen, seine Feigheit, seine Scham. Auch die dunklen Flecken, die ihm seinen Spitznamen eingebracht hatten, waren hinter der Maske nicht länger sichtbar. Zufrieden nickte er seinem Spiegelbild zu und sagte: »Na ja, eigentlich gar nicht mal so übel.«

Dann tauchte vor seinen Augen das Gesicht eines anderen Menschen auf. Es gehörte Berkshire, Ch'unhŭi.

Als Kartoffelkäfer, aus dem Krankenhaus entlassen, wieder in die Haftanstalt zurückkehrte, dachten Ch'unhŭis Zellengenossinnen alle dasselbe: »Jetzt ist es dran, das stumme Weibsstück«. An jenem Tag hatte Ch'unhŭi einen Traum. Der Schauplatz war ein Stück Wald in der Nähe der Ziegelfabrik, dichtbewachsen mit niedrigen Sträuchern. Ringsum war alles in mildes Mondlicht getaucht. Sie ging nackt mit langsamen Schritten über das Gras. Die warme Luft der Sommernacht strich über ihre bloße Haut. Berauscht von den Düften des Sommers, schloss sie die Augen. Aber auf einmal wurde es hell wie am Tag. Die ganze Welt sah aus wie ausgebleicht, das Licht stach schmerzhaft in ihren Augen. Sie kniff die Augen zusammen, doch das grelle Weiß bohrte sich durch die Lider und schnitt wie eine Messerklinge in ihre Netzhaut. Sie hielt sich die Augen und wand sich auf dem Boden, bis der Schmerz langsam nachließ. Vorsichtig nahm sie die Hände von ihren Augen. Das Licht war immer noch grell, aber erträglicher als eben noch. Im Kegel des Lichtscheins sah sie einen Mann vor ihr aufragen, halb wie im Traum, halb wie in der Realität. Sie blickte zu ihm hoch. Der Mann trug eine silbern schimmernde Maske über seinem Gesicht. Sein Ausdruck war dahinter nicht erkennbar. Nur zwei Augen funkelten scharf durch die Sehschlitze. Er hielt Ch'unhŭi seinen Kopf ganz nah hin. Und wie aus einer finsteren Höhle drang seine gespenstische Stimme hinter der Maske hervor: »Du lebst also noch, Berkshire.«

Ch'unhŭi erkannte, wem die Stimme gehörte: Kartoffelkäfer. Wie von Gefühlen überwältigt, schloss er sie fest in die Arme. Dann sprach er mit bebender Stimme: »Du weißt nicht, wie viel Sorgen ich mir die ganze Zeit im Krankenhaus gemacht habe, du könntest tot sein. Aber diesmal, Berkshire, hast du mich nicht enttäuscht. Was für ein Glück, wirklich. Denn so einfach sollst du doch nicht sterben. Nein, das geht nicht.« Kartoffelkäfer zog die metallene Maske ab und präsentierte Ch'unhŭi die Fratze eines an Grässlichkeit auf der ganzen Welt einzigartigen Ungeheuers. »Sieh genau hin, Berkshire«, sagte er, »das ist das Gesicht, das du geschaffen hast. Ein menschliches Gesicht wird man es kaum mehr nennen können, nicht wahr?«

Ch'unhŭi bekam Angst und drehte ihren Kopf zu Seite.

Kartoffelkäfer setzte seine Maske wieder auf und sprach weiter: »Keine Sorge, Berkshire. Ich werde dich nicht töten. Und ich werde verhindern, dass jemand anderes das tut. Denn das wäre für dich ein viel zu großer Segen.«

Das vormals inhalt- und richtungslose Leben des Mannes mit der Maske drehte sich nun um ein klar definiertes Ziel: Rache. Für ihn, der alles verloren hatte, war Rache der einzige Grund weiterzuleben und Ch'unhŭi als der Gegenstand seiner Rache das einzige Wesen von Bedeutung für ihn. Seit seiner Entlassung aus dem Krankhaus trug er einen neuen Spitznamen, statt Kartoffelkäfer nannte man ihn den Maskenmann.

Seine Rache begann, und er tat Ch'unhŭi Dinge an, die zu schrecklich sind, als dass man sie einem Menschen zutrauen würde. Als Erstes ließ er sie nackt ausziehen und in eine noch engere Einzelzelle bringen. Auch hier war es pechfinster. In dem vielleicht drei Quadratmeter großen Raum musste sie ihre Notdurft verrichten, auf dem verschmutzten Boden essen und schlafen. Ab und zu kam ein Wärter, um zu prüfen, ob sie noch lebte; dazu verwendete er einen langen Stecken, mit dem er blindlings in der Zelle herumstocherte. Wegen des ekelhaften Gestanks verzogen die Wärter das Gesicht und hielten sich die Nase mit einem Taschentuch zu. Wie ein Stück Vieh wurde Ch'unhŭi behandelt, und wie ein Vieh musste sie sich in ihrem Kot wälzen.

Irgendwann hatte es begonnen, in dem lichtlosen Raum vor Maden zu wimmeln. Ob an der Decke, ob an den Wänden, alles ringsum war voll von ihnen, und wenn Ch'unhŭi einschlief und wieder aufwachte, war ihr Gesicht von den kleinen Körpern bedeckt, die ihr über die Lippen und Augenlider krochen.

Doch das war erst der Anfang. Der Maskenmann fing

bald mit der eigentlichen Folter an, doch das, verständnisvolle Leserschaft, was Ch'unhŭi als Frau erleiden musste, ist zu böse und fürchterlich, als dass es sich niederschreiben ließe. Nur die Worte, die der Maskenmann ihr immer zuflüsterte, wenn Ch'unhŭi vor unerträglicher Pein schrie, seien hier noch zitiert: »Berkshire, du weißt immer noch nicht, was wirkliche Schmerzen sind. Ich habe noch gar nicht richtig angefangen. Also enttäusche mich bitte nicht, du Jammerliese«, und fröhlich gelaunt schilderte er ihr seine Pläne: »Soll ich dir erzählen, was ich mit dir vorhabe? Irgendwann werde ich dir die Haut abziehen. Aber töten werde ich dich davor nicht. Du wirst mit deinen eigenen Augen an deinem gehäuteten Leib herabsehen. Wie findest du das, Berkshire? Hört sich das nicht spaßig an?«

Wie ein Anatom spürte er nüchtern und gelassen die empfindlichsten ihrer Nervenbahnen auf, um sie zu malträtieren, und unablässig erklangen ihre schrecklichen, wortlosen Schreie, drangen über die Gänge bis zu Ch'unhŭis alter Zelle, wo die Krankenschwester saß, die Hände um das Gitter gelegt, und zu sich selbst sprach: »Dieser Hundesohn, wenn er so weitermacht, bringt er das stumme Mistweib um, bevor ich das tun kann.«

Doch es kam nicht infrage, dass Ch'unhŭi starb. Der Maskenmann verabreichte ihr Aufputschmittel, damit sie bei Bewusstsein blieb, und er hatte eine ganze Sammlung an Notfallpräparaten vorbereitet, für den Fall, dass sie plötzlich in einen lebensgefährlichen Zustand geriet. Um ihre Gesundheit aufrechtzuerhalten, gab er ihr sogar Injektionen mit Nährstoffen und Vitaminen. Ch'unhŭi wurde so sorgfältig gehegt wie ein seltenes klinisches Versuchstier. Und jede Art von Schmerz, die ein Tier zu spüren imstande ist, wurde ihr zugefügt.

Die Folter ging ohne einen einzigen Tag der Pause weiter. Immer wieder fand der Maskenmann frische Nerven, die noch nicht vom Schmerz abgestumpft waren. Ch'unhŭi spürte, wie ihr Körper sich in den Qualen allmählich auflöste. Die Zeit war völlig zum Stillstand gekommen, die Finsternis der engen Zelle dehnte sich zu einem unendlichen Universum aus. Dann begannen in der Dunkelheit plötzlich Lichter und Bilder aufzutauchen. So etwas erlebte Ch'unhŭi zum ersten Mal. Immer mehr solcher Fantasiebilder erschienen, Szenen der Vergangenheit standen aufgereiht vor ihren Augen wie Bücher einer rund um die Uhr verfügbaren Bibliothek. Eine Zeitmaschine, die sie in die Vergangenheit zurückbrachte.

Wie der alte, blinde Mun konnte sie nach Belieben in der Vergangenheit herumreisen. Sie traf auf längst Verschwundenes, Kŭmbok und Mun, die Zwillingsschwestern und den Fischhändler ... Und von dort aus der Dunkelheit kam Jumbo der Elefant auf sie zugelaufen. Er war um einiges größer als früher, fast wie ein Berg, und umgeben von einem rätselhaften, blendend hellen Schein. Ch'unhŭi musste sich mit der Hand die Augen zuhalten, als sie Jumbo ansprach:

Wo bist du denn jetzt?

Ich bin nirgendwo. Weil ich schon vor langer Zeit verschwunden bin.

Jumbo machte ein fröhliches Gesicht.

Und was sehe ich dann da vor mir?

Na, kleines Fräulein, das ist nichts anderes als deine Erinnerung.

Wie kann das sein? Du bist doch gar nicht mehr da ...

Darum ist die Erinnerung ja auch so etwas Wundervolles.

Aber warum verschwinde ich nicht?

Das ist doch klar. Weil du noch nicht gestorben bist.

Ich will auch schnell verschwinden. Hier ist alles so schwer. Und ich bin ganz allein ...

Kleines Fräulein, jetzt mal nicht so wehleidig! Sei froh, dass du am Leben bist.

Ob die anderen Menschen auch so leiden müssen wie ich?

Hm, das weiß ich nicht, aber auch ich hatte es nicht immer leicht. Trotzdem, kein Leben ist schlechter als der Tod.

Fragen und Antworten fanden kein Ende. Und in die weite Finsternis fiel ein Strahl Licht. Ch'unhŭi gelang es, mittels ihrer Reisen in die Vergangenheit den schrecklichen Qualen und der Furcht zu entkommen und endlich in der Enge der pechfinsteren Zelle ihre Freiheit zu finden.

Von königlichem Adel

Die Folterungen durch den Maskenmann fanden mit seinem Tod ein jähes Ende. Während eines Inspektionsgangs war er unvermittelt auf dem Flur zusammengebrochen, hatte sich röchelnd an den Hals gegriffen und schließlich, am ganzen Leib blutend, seinen letzten Atemzug getan. Das kam völlig unerwartet. Auch wenn sein Gesicht von Ch'unhŭi zerfetzt worden war, hatte er doch keine anderen gesundheitlichen Beeinträchtigungen gehabt; beim Wachpersonal wurde sein rätselhafter Tod mit einiger Bestürzung aufgenommen. Auf Anweisung des Gefängnisdirektors wurde eine interne Untersuchung eingeleitet, die jedoch keinerlei Hinweise auf ein Verbrechen ergab. Am Ende konnte der Fall des Maskenmannes nur unter »Todesursache: Ungeklärt« zu den Akten gelegt werden.

Ch'unhŭi wurde wieder in ihre alte Zelle verlegt. Von den ehemaligen Bewohnerinnen waren die Zuhälterin und die Zyankalimörderin in der Zwischenzeit hingerichtet, die anderen entweder in andere Gefängnisse verlegt oder entlassen worden, mit Ausnahme der Krankenschwester bestand die Belegschaft der Zelle aus neuen Insassinnen. Unter ihnen befand sich eine Frau von auffälliger Schönheit. Obwohl sie nur den blauen Sträflingsanzug anhatte und kein Make-up im Gesicht trug, strahlte ihre Erscheinung unübersehbar selbst hinter dicken Eisenstäben. Wenn sie mit traurigen Augen durch das Gitterfenster in den blauen Himmel sah, war ihre Gestalt von einer verführerischen Anmut, die jeden Betrachter bewegte. Eine Schönheit, wie sie Kŭmbok einmal als von Gott mit besonderer Hingabe geschaffen bezeichnet hatte, und tatsächlich, sie war es: Suryŏn.

Suryŏn hatte auf einen Blick erkannt, dass es sich bei Ch'unhŭi um niemand anderen handelte als die Tochter von Kŭmbok, ihrem einstigen Geliebten. Obwohl sie dem Mädchen nur ein einziges Mal begegnet war, hatte sie sein außergewöhnliches Aussehen nicht vergessen. Ch'unhŭi hingegen war von der langen Folter und Einzelhaft körperlich und geistig so zermürbt, dass sie die Frau nicht erkannte. Doch wie kam es, dass die mit dem Hausierer durchgebrannte Suryŏn nun mit Ch'unhŭi in derselben Gefängniszelle saß? Dahinter verbirgt sich die Geschichte eines Kreditwuchereres, der an der Aufgabe gescheitert war, seine Vergangenheit restlos zu löschen und eine perfekte neue Identität zu erschaffen.

Der Hausierer hatte sich seinerzeit mit Suryŏn in eine weit von P'yŏngdae entfernte Stadt abgesetzt und dort offiziell mit ihr die Ehe geschlossen. Mit dem aus Kŭmboks Vermögen abgezweigten Geld hatte er nicht nur ein Wohnhaus gekauft, sondern an geschäftlich aussichtsreichen Stellen auch diverse Immobilien und Grundstücke erworben und so schon im Voraus gründlich für den Neubeginn vorgesorgt. Gleich nachdem er und Suryŏn sich in ihrer Wohnung eingerichtet hatten, ging der Hausierer daran, die Gebäude zu vermieten und einen Teil der Einnahmen diskret gegen hohe Zinsen an hiesige Kleinunternehmer zu verleihen. Das Geld brachte neues Geld ein, das er wieder verlieh, und bald gab es kaum jemanden im Viertel, der nicht bei ihm in der Kreide stand. Sein Vermögen wuchs rasch an, doch sauber ging es bei diesen Geschäften nicht gerade zu. Mit der Zahl der Kreditnehmer stieg auch die Zahl derer, die mit dem geliehenen Geld verschwinden wollten oder ihr Darlehen nicht zum vereinbarten Zeitpunkt zurückzahlten. Für solche Fälle brauchte der Hausierer Gehilfen, nicht nur solche, die gut im Kopfrechnen waren, sondern auch solche, die ihre Fäuste zu gebrauchen wussten. Bald hatte er eine kleine Mannschaft, die für ihn arbeitete. Mit allerlei Methoden trieben die Männer die ausstehenden Gelder und Zinsen ein, bisweilen auch, indem sie dem säumigen Schuldner sein Haus und seinen Besitz wegnahmen und versteigerten. Von dem Gewinn kaufte der Hausierer weitere Gebäude, die er wiederum vermietete und die Einnahmen gegen Wucherzinsen verlieh, amöbenartig wuchs sein Vermögen an, und nicht lang, da war aus ihm ein stadtbekannter Millionär geworden. Das war das Gesetz des Kapitals.

Allerdings war der Hausierer kein Geschäftsmann, dem es nur darum ging, seelenlos wie eine Maschine Geld zu vermehren. Auch wenn er einen beachtlichen Reichtum zusammengetragen und eine Frau von seltener Schönheit gefunden hatte, schämte er sich doch für die Zeit, in der die beiden nichts gewesen waren als eben ein ärmlicher Hausierer und eine Hure. Kŭmbok hatte, auch nachdem sie reich geworden war, nie verborgen, dass sie früher als Aushilfe am Hafen gearbeitet, ja eine ganze Zeit lang als Bettlerin ihr Leben bestritten hatte. Ganz im Gegenteil erzählte sie von ihrer Vergangenheit stets mit einem gewissen Stolz, ganz anders als der aus dem gleichen Dorf stammende Hausierer. Das war der Unterschied zwischen ihnen beiden. So weit entfernt von P'yŏngdae unterzutauchen, dazu hatte ihn nicht zuletzt auch der Wunsch bewogen, seiner Herkunft zu entkommen.

Allerdings genügte es dem Hausierer nicht, seine schmachvolle Vorgeschichte bloß zu vertuschen. Stückweise begann er, sich eine neue Vergangenheit zuzulegen, und das Erste, was er dafür in die Wege leitete, war die Erstellung eines falschen Familienregisters. Dabei ging er äußerst behutsam vor, und das Geld, das er aufwand, um den daran Beteiligten die Münder zu stopfen, überstieg alle anderen Kosten bei Weitem. Dem neuen Ahnenbuch zufolge war sein Vater, der während der japanischen Besatzungszeit seines Vermögens beraubt wurde, ins Ausland geflohen und hatte sein Leben der Unabhängigkeitsbewegung gewidmet, derweil sein Großvater ein mit allen Würden und Ämtern bekleideter Politiker und großer Schriftsteller seiner Zeit gewesen war, und wenn man die Ahnenreihe weiter zurückverfolgte, gab es da Mitglieder der Königsfamilie und noch weiter zurück in direkter Linie gar einen leibhaftigen König, was nicht weniger bedeutete, als dass der Hausierer selbst adligen Geschlechts war; das Register war dermaßen exakt und ausgeklügelt ausgearbeitet, dass niemand auch nur auf die Idee kam, die Adelsherkunft anzuzweifeln.

Als das erledigt war, machte er sich daran, seine eigene Vergangenheit mit einer neuen Story zu versehen. Dieser zufolge sei er zwar adlig, aber als entschiedener Republikaner habe er früh die Zeichen der Zeit erkannt und sei zum Studium ins Ausland gegangen, wo er sich breite Kenntnisse über die verschiedenen Kulturen der Welt habe aneignen können, sei aber zu dem Schluss gekommen, dass es für ihn in einer Zeit, in der alles von den Militärs entschieden wurde, keine passende Beschäftigung gebe, und habe sich daher, auf bessere Gelegenheiten hoffend, fürs Erste ins Private zurückgezogen. Freilich sei man von der Regierung mehrfach auf ihn zugetreten, um ihm wichtige diplomatische Aufgaben anzuvertrauen, aber für eine Republik, die nur dem Namen nach eine Republik sei, in Wahrheit aber ein von einem totalitären Despoten, nämlich dem General, gelenkter Staat war, könne er unmöglich als Vertreter fungieren, daher habe er solche Anträge kategorisch abgelehnt, fügte er noch hinzu, seiner ausgeklügelten Fälschung mit Hilfe seines brillanten Redetalents den letzten Schliff verpassend. Ein unglücklicher Aristokrat, geboren im falschen Zeitalter, gezwungen zu einem Leben unter dem gewöhnlichen Volk, das war das Gewand, das sich der armen Händlern das Blut aussaugende Wucherer umgelegt hatte.

Andererseits beließ es der Hausierer nicht dabei, seine eigene Geschichte neu zu schreiben, zur Unterfütterung derselbigen besuchte er auch regelmäßig Cafés in der Stadtmitte und pflegte Umgang mit den dort anzutreffenden Künstlerkreisen. Sein Redetalent war zwar in der Tat herausragend, doch da er keine Bildung genossen hatte, erwies sich der Umgang mit den auf Exklusivität bedachten, hochnäsigen Künstlern nicht einfach. Aber in der harten Schule der Märkte hatte er früh gelernt, rasch zu erfassen, worauf es ankam, und daher wusste er, dass es besser war, möglichst wenig zu reden, wollte er mit Menschen ihres Schlags verkehren. Dies diente nicht nur dazu, seine eigene Unwissenheit zu verbergen, sondern stellte sich auch als eine ideale Methode heraus, seine vermeintlich exzellenten Kenntnisse, seinen sensiblen künstlerischen Blick und seine würdevolle Person wirkungsvoll in Szene zu setzen, was durchaus funktionierte, wenn er die passende Miene aufsetzte und seinem Gegenüber angemessen höflich lächelnd zu verstehen gab, dessen Ausführungen interessiert zu folgen, und ihm bisweilen mit einem eindrucksvollen Kommentar beipflichtete, das selbstverständlich nur, wenn es unbedingt erforderlich war. Sich diese Fähigkeit anzueignen war nicht ohne Schwierigkeiten gewesen, doch der Hausierer mit dem ihm eigenen Sprachgefühl und seiner beachtlichen Fähigkeit zur Mimikry sah sich schon recht bald in der Lage, sich in den jeweiligen Kreisen mehr oder weniger zwanglos zu bewegen.

Er frequentierte regelmäßig verschiedene Cafés, wobei jedes davon seine eigene Klientel hatte. So trafen sich die Literaten in einem bestimmten Etablissement, während die Maler ihr eigenes Stammcafé hatten, die Musiker oder Literaturkritiker wiederum andere Lokalitäten besuchten. Der Grund dafür war, dass man vermeiden wollte, sich zu begegnen. Dem Hausierer kam das sehr zugute, weil er die Äußerungen, die er sich in dem einen Café abgelauscht hatte, später in einem anderen Café wieder zur Anwendung bringen konnte, ganz so, als wären sie auf seinem eigenen Mist gewachsen, und das mit erstaunlichem Erfolg. Typische Kommentare hörten sich beispielsweise folgendermaßen an:

»Nun ja, der Formalismus ist durchaus auch als ein kraftvoller Gegenentwurf zur mimetischen Theorie zu sehen.«

»Borges sagte einmal über den französischen Film, dieser sei eine Obsession mit dem Ennui. Was könnte dann wohl die Obsession von Hollywood sein?«

»Der heutige Roman weist zunehmend minimalistische Tendenzen auf, ist das nicht vielleicht ein Beleg dafür, dass unsere Welt immer komplizierter wird?«

Ein paar kurze Bemerkungen in diesem Stil genügten, dass die Leute, verblüfft über seinen Scharfsinn, ihn als Mitglied in ihren Kreisen akzeptierten. Falls jemand einen solchen Kommentar aufgriff und Anstalten machte, das Thema weiter vertiefen zu wollen, zog sich der Hausierer stets mit einer ähnlich lautenden Antwort, garniert mit einem nachdenklichen Lächeln, aus der Affäre:

»Wie soll ich sagen, das ist ja nur meine eigene bescheidene Meinung dazu.« Dann nippte er an seinem Kaffee und wechselte das Thema: »Meinen Sie nicht, die Juroren des diesjährigen Literaturpreises haben eine etwas zu konservative Auswahl getroffen? Natürlich muss man anerkennen, dass es sich um einen großartigen Schriftsteller handelt, andererseits …«

Mehr brauchte es nie. Wenn er ein Stichwort auswarf, erledigten die anderen mit ihrem eigenen Geschnattere den Rest, und er konnte sich mit einem feinen Lächeln zurücklehnen und einfach zuhören. Das war das Gesetz der Diskussion. Der Intellektuelle war stets auf der Hut, listig und darauf bedacht, sein Inneres nicht zu offenbaren, zum einen, um seine Schwachpunkte nicht erkennen zu lassen, zum anderen, weil er sich niemanden zum Feind machen wollte. Dadurch wurden die Diskussionen zu einer saft- und kraftlosen Angelegenheit, und niemand durchschaute das so deutlich wie der Hausierer.

Das Problem blieb Suryŏn. Zwar spielte sie nun die gebildete Tochter aus respektabler Familie, auch ihre Vorfahren hatten, laut des frisierten Stammbaums, durch Generationen hinweg aus angesehenen Gelehrten bestanden und stets hohe Ämter bekleidet, doch ihre banale Art ließ sich einfach nicht verleugnen. Außerdem bekam kein Mann, auch wenn er sie nur ein einziges Mal gesehen hatte, Suryŏns Schönheit wieder aus seinem Kopf, was den Hausierer in einem Dauerzustand der Nervosität gefangen hielt.

Und schließlich kam es so, wie er befürchtet hatte. Eines Tages, Suryŏn war zum Einkaufen auf den Markt gegangen, wurde sie von einem Mann wiedererkannt. Er hatte als fahrender Bonbonhändler vor einigen Jahren in einem Bordell in P'yŏngdae Bekanntschaft mit Suryŏn gemacht und ihre herausragende Schönheit seither nicht vergessen können. Dass er sich ganz besonders deutlich an sie erinnerte, lag daran, dass er genau jener Mann war, mit dem Suryŏn damals den Streit vom Zaun gebrochen hatte, der dazu führte, dass sie von ihrem Zuhälter verprügelt worden war, fliehen musste und schließlich von Kŭmbok gerettet wurde. Das lag zwar nun schon eine ganze Weile zurück, doch Suryŏns reine, unverbrauchte Schönheit war kein bisschen verblüht, sondern zu noch größerer, die Blicke aller Männer auf sich ziehender Vollkommenheit gereift. Der Mann näherte sich ihr von hinten und packte sie ohne Vorwarnung bei den Hüften. »Ha, so ein Früchtchen aber auch!«, rief er. »Ich dachte mir schon, wohin ist die Kleine wohl verschwunden, und jetzt finde ich sie hier, am anderen Ende der Welt! Lass uns die Sache von damals vergessen und irgendwo unser Wiedersehen feiern, mir als altem Kunden wirst du doch bestimmt keine Mondpreise berechnen, haha, stimmt's?«

Auch Suryŏn hatte ihn wiedererkannt und fuhr erschrocken zusammen, bevor sie lautstark zu protestieren begann: »Hören Sie mal! Sie verwechseln mich, und zwar völlig! Was ist das für ein unmögliches Benehmen, einer anständigen Dame gegenüber?«

Mit dieser gespielt empörten Schimpfkanonade ließ sie den baff dreinblickenden Bonbonhändler stehen und ging fort, aber ihre Beine zitterten so, dass sie im nächsten Moment umzukippen glaubte. Als Suryŏn zu Hause von dem Zusammentreffen erzählte, blieb dem Hausierer, von einer unguten Vorahnung befallen, das Essen im Hals stecken. Und wie befürchtet, bekam er ein paar Tage später Besuch in einer vertraulichen Angelegenheit, von niemand anderem als eben dem Bonbonhändler, der inzwischen Nachforschungen betrieben und herausgefunden hatte, dass Suryŏn und ihr Mann unter raffiniert gefälschten Identitäten in dieser Stadt zusammenlebten. Mit einer Zigarette zwischen den Lippen eröffnete er seine Rede: »Jeder tut Dinge im Leben, die er nicht gerne tut. Ich für meinen Teil verkaufe auf dem Markt Süßkram, aber je nach den Umständen kann man sein Geld auch mit Hausieren verdienen oder, wenn es gar nicht anders geht, seinen Körper feilbieten ... Habe ich nicht recht? Selbstverständlich finde ich, dass jeder Beruf gleich ehrenwert ist, aber die meisten Leute denken vermutlich nicht so.«

Der Hausierer unterbrach den sich in Zweideutigkeiten ergehenden Mann mit einer Frage: »Was wollen Sie mir damit sagen?«

»Nun ja, es ist nicht so, dass ich Ihnen etwas Spezielles mitzuteilen hätte, mir ist vielmehr plötzlich so ein Gedanke in den Sinn gekommen. Ich weiß über eine gewisse Sache Bescheid, die einer Person ziemlich unangenehm sein könnte, so in der Art etwa waren meine Gedanken.«

»Was wollen Sie?«, fragte der Hausierer geradeheraus.

»Tja, das kommt darauf an, wie sehr dem Herrn Direktor an der Geheimhaltung gelegen ist ...«

»Reden Sie nicht um den heißen Brei, sondern sagen Sie mir, wie viel Sie wollen.«

»Wenn Sie mich so fragen, will ich es Ihnen sagen. Mein ganzes Leben lang war ich auf den Marktplätzen dieses Landes unterwegs, meine Stimme ist heiser, meine Knie sind kaputt. Ich würde gerne einfach nur irgendwo in der Provinz einen kleinen Süßigkeitenladen aufmachen und ein ruhiges Leben führen, aber weil ich keine Ersparnisse habe, gestaltet sich das nicht so einfach.«

Der Hausierer zahlte dem Bonbonhändler einen als Startkapital mehr als ausreichenden Betrag, eine stattliche Summe, aber es blieb ihm keine andere Wahl. Allerdings machte er zur Bedingung, dass der Mann seinen Laden so weit weg wie möglich aufmachen und sich nie wieder in der Stadt blicken lassen solle. Der Bonbonhändler strahlte angesichts des unverhofften Reichtums und beteuerte mehrmals, es so halten zu wollen, nahm das Geld entgegen und empfahl sich. Doch Zufriedenheit ist der Menschen Sache nicht, und nur wenige Monate vergingen, da stand der Bonbonhändler erneut vor dem Hausierer.

»Das ist wirklich seltsam«, begann er, »ich habe mich bemüht, diese Sache zu vergessen, aber je mehr ich mich anstrenge, desto mehr muss ich daran denken. Dieses Geheimnis für mich zu behalten ist unglaublich schwer, manchmal glaube ich, es wäre besser, das Geld wieder zurückzugeben und sich das Ganze einfach von der Seele zu reden.«

Wieder blieb dem Hausierer nichts anderes übrig, als zu zahlen, aber auch danach suchte der Bonbonhändler ihn noch mehrmals auf und verlangte immer mehr Geld: »Ich glaube, ich kann bald nicht mehr weitermachen, so sehr bedrückt mich das Schweigen ...«

Der Hausierer jedoch war keiner, der sich von einem wie dem Bonbonhändler an der Nase herumführen ließ. Er erkannte, dass der Mann nicht lockerlassen würde, bis er das gesamte Vermögen an sich gerissen hatte. Es gab nur einen einzigen Ausweg. Er musste dem Bonbonhändler ein für alle Mal das Maul stopfen. Jetzt, wo er in dieser Stadt Fuß gefasst hatte, wollte er zwar möglichst kein Risiko eingehen, aber wenn es nicht anders ging, musste er zu allen Mittel greifen. Beiläufig erzählte er in jener

Nacht Suryŏn von seinem Plan, und sie stimmte, immer noch voller Groll gegen den Bonbonhändler, bereitwillig zu.

Als der Mann ein paar Tage später wieder einmal zu Besuch kam, saß Suryŏn alleine im Hof des Hauses, eine Stickarbeit auf dem Schoß. Sie sagte ihm, der Hausierer habe wegen einer dringenden Angelegenheit kurz das Haus verlassen müssen, er möge sich nur ein bisschen gedulden, in der Zwischenzeit wolle sie ihm etwas zur Erfrischung bringen. Hingerissen von der anmutig ihm einschenkenden Schönen, trank er, ohne es zu merken, ein Glas nach dem anderen. Bald lag er betrunken da, alle viere von sich gestreckt. Kaum war es so weit, tauchte der Hausierer hinter dem Wandschirm auf, wo er sich versteckt gehalten hatte, und gemeinsam mit Suryŏn verschnürte er den Volltrunkenen und schleifte ihn in den Hinterhof. Dort begruben sie ihn lebendig in einer vorher ausgehobenen Grube. Damit schien jedes Geheimnis auf ewig unter der Erde verschwunden zu sein. Zwei Jahre vergingen.

Doch dann kamen neue Schwierigkeiten, und wieder war es Suryŏns wegen. Eine ganze Zeit hatte sie mit dem Hausierer in harmonischer Zweisamkeit verbracht, bis sie irgendwann seiner überdrüssig zu werden begann und sich in einen anderen Mann verliebte. Das war das Gesetz der Ermüdung. Ihr neuer Liebhaber war ein Dichter, einer von denen, mit dem der Hausierer im Café Umgang pflegte. Obwohl keine zentrale Persönlichkeit, so genoss er doch bei den Literaten der Stadt hohes Ansehen für sein lyrisches Können. Er hatte dunkle, melancholische Augen, langes, weiches Haar und eine sanfte Stimme. Ob bei Tag, ob bei Nacht, wann immer der Hausierer nicht in der Nähe war, trafen sie sich. So ging es, bis eines Tages Suryŏn, die dem Poeten vollständig vertraute, ihm alle ihre Geheimnisse offenbarte. Das war das Gesetz der Liebe. Der Dichter war tief schockiert zu erfahren, dass die Frau, die er liebte, eine ehemalige Prostituierte und ruchlose Verbrecherin war, die mit ihrem Mann gemeinsam einen Mord begangen hatte. Das Problem bestand darin, dass er viel zu zarten Gemüts war, als dass er ein so schreckliches Geheimnis hätte für sich behalten können.

Etwa zur gleichen Zeit widerfuhr dem Hausierer eine ungute Sache. Während eines Gesprächs im Café mit einer Gruppe von Kritikern war ihm ein großer Fehler unterlaufen. Wegen verschiedener komplizierter Angelegenheiten mit den Gedanken ganz woanders, hatte er eine Geschichte, die er erst unlängst im selben Café gehört hatte, genau dort, vor genau denselben Leuten noch einmal zum Besten gegeben, wortwörtlich nachgeplappert wie ein Papagei. Argwöhnischer als jede andere Berufsgruppe darüber wachend, wer zu ihren erlauchten Kreisen gehören durfte und wer nicht, hatten sie ihn und seine manchmal dubiosen Äußerungen ohnehin schon im Auge gehabt. Einer der Anwesenden wies den Hausierer darauf hin: »Moment mal, hat nicht Herr Choi letzte Woche dasselbe erzählt wie Sie eben gerade?«

Erst da war dem Hausierer aufgegangen, was für einen Fehler er begangen hatte. Verlegen begann er, blödsinniges Zeug zu stammeln: »Hahaha, ja, Sie sagen es. Also, was ich sagen will, äh, ich denke genau das, was Herr Choi denkt, und weil meine Meinung genau der Meinung von Herrn Choi entspricht, decken sich unsere Einstellungen, also Herrn Chois und meine, hier in diesem Punkt letztlich vollkommen. Aber sagen Sie, verehrte

Herren, bei dem Konzert letztens, fehlte da nicht irgendwie etwas Neues, oder was meinen Sie?«

Er redete sich um Kopf und Kragen und versuchte, das Thema zu wechseln, doch niemand ließ sich darauf ein. Alle saßen da und musterten den Hausierer kalten Blickes. Ein beklommenes, schweres Schweigen hing in der Luft. Niemand wandte physische Gewalt an, aber die Gesellschaft war kalt und grausam wie ein Rudel Wildhunde, das ein nicht dazugehörendes Tier aus seiner Mitte verstößt. Das war das Gesetz der Intellektuellen. Dem Hausierer dämmerte, dass alles vorbei und die Zeit zu gehen gekommen war. Mit hängenden Schultern stand er von seinem Platz auf. Bevor er das Café verließ, drehte er sich noch einmal um und richtete ein letztes Wort an die Runde: »Hört mal, wie wäre es, endlich aufzuhören, den Richter zu spielen und lieber mal selbst in den Ring zu steigen?«

Als der Hausierer nach Hause kam, wartete dort bereits die Polizei auf ihn. Zu spät wurde ihm klar, dass ein Geheimnis auf der Welt dann ein Geheimnis war, wenn niemand sonst davon wusste, wenn man es einzig und allein für sich behielt. Ohne Umschweife gestand er einfach alles. Die Polizisten hatten schon die stark verweste Leiche des Bonbonhändlers aus dem Hinterhof ausgegraben. Auch Suryŏn wurde verhaftet, unter dem Vorwurf der Komplizenschaft mit ihrem Ehemann, und ins Gefängnis gebracht. So viel zur Vorgeschichte, wie sie in derselben Zelle landete wie Ch'unhŭi.

Das Leben des falschen adligen Nachfahren der Königsfamilie endete wenig später am Galgen. Suryŏns Hinrichtung wurde, da dem Gefängnisdirektor ihre Schönheit ins Auge gefallen war, aufgeschoben. Er brachte sie in einer neben seinem Büro liegenden Spezialzelle unter, wo er sie dann und wann aufsuchte, um seinen Geschlechtstrieb zu befriedigen, wie bei einem Gang zur Toilette. Als aber sein Ruhestand bevorstand, befürchtete er, seine schmutzige Vergangenheit könne ans Licht geraten, und er beeilte sich, Suryŏn, die bis zuletzt seine Toilette hatte spielen müssen, an den Galgen zu bringen. So hatte beider Leben, das des Hausierers und das der einstigen Prostituierten, schließlich vor dem Scharfrichter sein Ende gefunden.

»Wenn du Weib glaubst, es ist ein Glück, noch am Leben zu sein, dann täuschst du dich. Auch wenn ich hier rauskomme, kann ich dich jederzeit umbringen. Ich kann jemanden von den Insassinnen beauftragen, dich zu killen, oder dir Gift ins Essen mischen lassen.«

Es war das fünfte Jahr seit Ch'unhŭis Inhaftierung. Die Krankenschwester hatte den Entlassungsbefehl bekommen und war dabei, ihre Sachen zu packen. Sie sah die unbewegt dasitzende Ch'unhŭi an und stieß plötzlich einen Seufzer aus: »Ehrlich gesagt weiß ich immer noch nicht, ob du es überhaupt wert bist, umgebracht zu werden. Denn wenn du es nicht wert bist, hat das ganze keinen Sinn. Beruhigt sein solltest du trotzdem nicht. Meinungen können sich sehr schnell ändern.« Als sie hinausging, flüsterte sie Ch'unhŭi noch ein letztes Wort zu: »Weil du stumm bist, will ich dir ein Geheimnis verraten: Den Maskenmann, diesen Dreckskerl, den habe ich erledigt. Ich bin also so etwas wie deine Lebensretterin. Aber dankbar sein brauchst du dafür nicht. Ich konnte bloß nicht mit ansehen, dass der Kerl dich umbringt, bevor ich es tue, das ist alles.«

Das größte Mysterium in der Geschichte des Gefängnisses war gelöst. Auf welche Weise die Krankenschwester den Maskenmann aber getötet hatte, blieb im Dunkeln. Ob sie ihm Arsen in die Maske gestreut oder sein Essen vergiftet hatte, war ein Geheimnis, das nur sie alleine kannte.

Gleich nach ihrer Entlassung eröffnete die Krankenschwester ein Bordell. Dabei half ihr das von der hingerichteten Zuhälterin hinterlassene Notizbuch, das sie im Gefängnis zufällig in die Hände bekommen hatte. Auf den eng beschriebenen Seiten fand sie die Namen all der Frauen aufgelistet, die sich für den Prostituiertendienst beworben hatten, wodurch sie sich ohne Schwierigkeiten das Personal sichern konnte, das in Zukunft Geld für sie verdiente. Sie saß in ihrem florierenden Geschäft und empfing die trostsuchenden Kunden, denen sie stets die gleichen Worte auf den Weg gab: »Gehen sie bitte schön sachte mit den Mädchen um. Sie platzen so leicht wie mit Wasser gefüllte Luftballons.«

Seit der Entlassung der Krankenschwester waren wieder einige Jahre vergangen. Inzwischen war auch Ch'unhŭis Blütezeit vorbei, sie hatte praktisch ihre ganzen jungen Jahre hinter Gittern verbracht. Insassinnen waren gekommen und gegangen, das Wachpersonal hatte gewechselt. Die Geschichten über den Maskenmann und den Verputzer, über die Krankenschwester und die Zuhälterin waren längst in Vergessenheit geraten. Auch an Ch'unhŭis ungewöhnliche Kraft und den Vorfall mit dem weggebissenen Gesicht des Maskenmannes erinnerte sich niemand mehr. Die Gefängnismauern hatten sich mit neuen Menschen und neuen Geschichten gefüllt. Das war das Gesetz der Haftanstalt. Berkshire war zur ältesten aller hier Einsitzenden geworden, doch niemand beachtete sie. Selbst der eine ganze Zeit lang aus biologisch-anthropologischen Aspekten sehr an ihr interessierte Gefängnisdirektor hatte Ch'unhŭi völlig aus dem Gedächtnis verloren. Er war viel zu beschäftigt, als dass er sich mit einer einzelnen Insassin hätte befassen können.

Derweil war Ch'unhŭis Leben im Gefängnis von Schweigen und Vergessen begleitet gewesen. Sie hatte Angst vor Menschen. Daher suchte sie sich immer Ecken, wo sie den anderen ausweichen konnte. Ihr zartes und unbeflecktes Empfinden hatte tiefe Wunden davongetragen. Aber Ch'unhŭi kannte den Kniff nicht, mit dem sich Verletzungen in boshaften Hass oder listige Rachepläne umwandeln ließen. Schmerz war einfach nur Schmerz und nicht durch etwas anderes austauschbar. Das war Ch'unhŭis Art.

Immer, wenn Ch'unhŭi auf ihrer Pritsche lag, träumte sie davon, genauso spurlos zu verschwinden wie die anderen Menschen. Aber wenn sie die Augen öffnete, war da immer nur das alles umschließende Gefängnis. Deswegen ging sie auf Reisen in die Vergangenheit, und zwar mit Hilfe ihrer Erinnerung, so wie sie es zum ersten Mal während der brutalen Folterungen des Maskenmannes getan hatte. Auf ihren Reisen erlebte sie die frohen Stunden der Vergangenheit noch einmal. Sie traf Jumbo den Elefanten und die Zwillingsschwestern, sah ihre wie eh und je fröhlichen Gesichter. Auch an der dicht von Feinstrahl bewachsenen Ziegelfabrik machte sie während ihrer Reisen häufig Rast. Doch ihre liebsten Momente waren die, in denen sie im Arm ihrer Mutter lag. Das war das am meisten Ersehnte - und gleichzeitig Unerreichbare. Während sie so in ihren Vorstellungen lebte, verging langsam die Zeit im Gefängnis, und neue Dinge kündigten sich an.

Der General befand sich politisch in einer Krise. Die Wahlen standen an, doch er konnte sich nicht sicher sein, wiedergewählt zu werden. Die politischen Gegner setzten ihn stärker unter Druck als je zuvor, auch die Gunst der Wähler war längst nicht mehr auf seiner Seite. Er machte einen letzten Winkelzug. Der bestand darin, ein neues Gesetz zu verabschieden, das ihm seine Macht bis zu seinem Tod garantieren sollte. Das war das Gesetz der Alleinherrschaft. Die Opposition protestierte heftig, aber dem Gesetz zufolge war es sogar illegal, gegen das Gesetz zu sein. Als Gegenleistung ergriff er einige Maßnahmen, um die Bevölkerung wohlgesonnen zu stimmen. Eine davon bestand in einer Amnestie, der größten in der Geschichte des Landes seit der Unabhängigkeit, die auch Häftlinge in Untersuchungshaft miteinschloss. Auch Ch'unhŭis Name stand auf der Liste der Begnadigten. Das war im Sommer des zehnten Jahres seit ihrer Inhaftnahme.

Zusammen mit vielen weiteren Sträflingen schritt sie eines frühen Morgens durch das Gefängnistor ins Freie. Die anderen trugen ihre eigene Kleidung, die sie entweder aufbewahrt oder sich von Familienmitgliedern hatten bringen lassen, nur Ch'unhŭi, die nichts besaß, trat in ihrer blauen Häftlingskluft nach draußen. Vor dem Tor standen Trauben von Menschen und warteten auf ihre Angehörigen. Manche jubelten laut, andere weinten. Marktfrauen mit Kisten auf dem Kopf gingen umher und verkauften Tofu, den freigelassene Sträflinge dem Brauch nach als Erstes zu essen bekamen. Einige Häftlinge, die aus politischen Gründen eingesperrt gewesen waren, fanden sich sogleich zusammen und begannen, Parolen zu skandieren. Die Sträflinge bissen in den Tofu, den ihnen ihre Angehörigen entgegenstreckten, und vor Verlegenheit wusste niemand, was er sagen sollte.

Niemand war gekommen, um Ch'unhŭi zu empfangen. Von dem nach allen Seiten offenen, weiten Raum wurde ihr schwindlig. Während die Entlassenen einer nach dem anderen weggingen und der Lärm der Menge schon zum großen Teil abgeebbt war, blieb sie regungslos an ihrem Platz stehen. Ihr Kopf schmerzte, als würde er zerspringen, aber sie konnte keinen Gedanken fassen. Schließlich waren alle verschwunden, und sie blieb als Einzige auf dem breiten, leeren Platz zurück. Währenddessen war die Sonne immer höher gestiegen und brannte heiß auf Ch'unhŭis Kopf. Sie suchte eine schattige Stelle an der Gefängnismauer und setzte sich in die Hocke.

Dann kam eine alte Frau mit einer großen Kiste auf dem Kopf auf sie zu. Es war eine der Frauen, die vor dem Gefängnis Tofu verkauft hatten. Sie nahm ein übriggebliebenes Stück und hielt es Ch'unhŭi hin. Sie sah zu der Frau hoch. Schwärzlich verfaulte Zahnstummel, tiefliegende, winzige Mäuseaugen! Der Geist, der durch den Mund der Schamanin seinen unheimlichen Fluch gesprochen hatte! Die Göttin der Rache, die Hunderte von Leben im Inferno der Flammen hatte untergehen lassen! Es war die Alte mit dem Suppenlokal. Ch'unhŭi kam das Gesicht bekannt vor, und während sie noch überlegte, fiel ihr die Frau wieder ein, die damals im Walfischkino die Notausgänge zugesperrt hatte. Auch an das schauerliche Grinsen konnte sie sich erinnern. Doch es war nicht mehr dieselbe furchteinflößende Fratze. Die Frau sah auf irgendeine Weise erschöpft und einsam aus.

Sie bemerkte Ch'unhŭis angststarren Blick und lächelte leise, ihre fauligen Zähne entblößend. Dann bedeutete sie ihr mit den Augen, den Tofu zu nehmen. Vorsichtig umgriff Ch'unhŭi den weißen Block mit ihren Händen. Dann biss sie langsam hinein. Der leicht bittere Sojabohnengeschmack war gar nicht einmal so übel. Die Alte stand mit zufriedener Miene, als sei ihr eine schwere Last genommen, neben Ch'unhŭi und sah ihr beim Essen zu, dann nahm sie irgendwann ihre Kiste auf den Kopf und verschwand. Das war das Letzte, was man von der Alten sah, die einst als Küchenmagd von Haus zu Haus gewandert war, ihren Geliebten an die eigene Tochter verloren und rastlos Geld zusammengescharrt hatte, für das sie starb, ohne auch nur eine Münze davon ausgegeben zu haben, die, auch nach ihrem Tod noch von Groll erfüllt, so viele Menschen in den Feuertod getrieben und dadurch ihre Rache vollstreckt hatte. Auch nachdem sie verschwunden war, blieb Ch'unhŭi sitzen und schob sich den Tofu brockenweise in den Mund, bis nichts mehr davon übrig war.

Kurz danach stand sie auf und blickte sich, an die Mauer gelehnt, in alle Richtungen um. Was sie sah, war ihr unendlich fremd. Nach einigem Zögern, als warte sie noch auf etwas, riss sie sich schließlich los und begann, langsam in Richtung Süden loszugehen.

Heimkehr

Wie eine von der Asche eines Vulkans verschluckte antike Stadt hatte auch P'yŏngdae aufgehört zu existieren. Wer im Großbrand seine Familie verloren hatte, beeilte sich, den verfluchten Boden zu verlassen, um seiner Trauer zu entkommen; die nur noch von Fliegen umschwärmten Händler klappten ihre Stände zusammen, die Bauarbeiter gingen weg, um anderswo ihr Glück zu machen, nachdem es keine Gebäude mehr zu bauen gab, und auch die Frauen, die ihnen zu Diensten gewesen waren, packten ihre Sachen, und als sie fort waren, machten auch die Kleidergeschäfte und Kosmetikgeschäfte ihre Türen zu; dadurch arbeitslos geworden, nahmen auch der Reklamemaler und der Häusermakler die Schilder vor ihren Läden ab, und als dann alle Zugezogenen weg waren, folgten ihnen auch die Einheimischen, die eigentlich keinen Grund zum Fortgehen hatten, in einer großen Welle dorthin, wo das Gras vermeintlich grüner war; noch später dann wurden längst beschäftigungslose Regierungs- und Gemeindeangestellte abgezogen, ganz zum Schluss sperrte der Pfarrer, nunmehr ohne Missionsobjekte, seine Kirche zu, und selbst mitten am Tag sah man in P'yŏngdae, wie in einer von der Pest heimgesuchten Stadt, nicht einmal mehr den Schatten einer Menschengestalt.

Ch'unhŭi lief vor dem Bahnhof auf und ab. Zehn Tage waren vergangen, seit sie zur Ziegelfabrik zurückgekommen war. Zwar hatte sie Angst, sich von dort zu entfernen, aber der Hunger hatte sie gezwungen, sich auf die Suche nach Nahrung zu machen. Der früher einmal so geschäftige Bahnhof war schon im Jahr nach dem Brand geschlossen worden, lange hatte kein Zug mehr in

P'yŏngdae gehalten. Der verlassene Ort mit seinen verbrannten Ruinen sah traurig und still aus wie eine Geisterstadt. Eine Zeit lang hatten noch ein paar herrenlose Hunde die Mülltonnen auf den Straßen nach Fressbarem durchwühlt, doch nicht lang, und auch sie hatten sich in die Wälder verzogen.

Ch'unhŭi ging langsam die Straße entlang. Von der Schmiede, wo sie als Kind den Amboss entwendet hatte, und dem Kosmetikgeschäft, in das sie die Zwillingsschwestern oft mitgenommen hatten, standen nur noch die Grundmauern. Der Turm der ausgebrannten Kirche, die der Pfarrer aus den für seine Liebesdienste von Kŭmbok erhaltenen Ziegelsteinen hatte bauen lassen, schwankte im Wind, auf seiner Spitze ein halb abgeknicktes Kreuz. Keine inbrünstigen Gebete klangen durch die Fenster, keine Kirchenlieder, nur eine gespenstische Stille umgab das Gebäude.

Ch'unhŭi hielt sich nicht lange auf und ging weiter, bis sie vor dem Gebäude des Cafés ankam, an der Stelle, wo früher Jumbos ausgestopfter Elefantenkorpus seinen Platz gehabt hatte. Das Gebäude stand vergleichsweise unversehrt da, die Fensterscheiben waren intakt, und auch die Schrift auf dem Schild war noch einigermaßen lesbar. Ch'unhŭi kam es vor, als klängen von irgendwoher die traurigen Melodien, die der Plattenspieler früher immer gespielt hatte. Beim Gedanken an die Zwillingsschwestern und Jumbo schnürte es ihr die Kehle zu. Sie ließ ihren Blick über die Hauptstraße schweifen, die sie auf Jumbos Rücken zweimal am Tag abgegangen war. Wie der Zivilisation zum Hohn wucherte auf der Fahrbahn mannshohes Gras. Die Natur war im Begriff, alle menschlichen Spuren so schnell wie möglich auszulöschen.

Ch'unhŭi ging weiter zwischen den abgebrannten Gebäuden umher, bis sie unversehens vor dem großen Bau des Filmtheaters stand. Der Ort, an dem sie ihre Mutter Kŭmbok zum letzten Mal gesehen hatte. Als Ausgangspunkt und Endstation der ganzen Tragödie stand das stark zerstörte Gemäuer da, als wolle es von der Vergänglichkeit all jener Filme künden, die in ihm gezeigt worden waren. Neben dem Kartenhäuschen, vor dem sich einst die Leute gedrängt hatten, um eine Eintrittskarte zu ergattern, lag angekettet ein alter Hund, der bis jetzt auf wundersame Weise überlebt hatte, erschöpft von Einsamkeit und Hunger. Kein anderer Hund war es als der, den Kŭmbok damals für Suryŏn gekauft hatte und den er dann, nachdem sie seiner schnell überdrüssig geworden war, an einem Pfeiler neben dem Kartenhäuschen hatte anleinen lassen. Wie der Hund die Flammen überstanden, wie er festgebunden so lange überdauert hatte, konnte kein Mensch wissen. Zum Bellen zu schwach, verfolgte er Ch'unhŭis Bewegungen regungslos mit dem Blick seiner verklebten Augen.

Während sie zwischen den eingestürzten Mauern des Kinos umherging, funkelte etwas vor ihr im Sonnenlicht auf. Sie schob ein paar Steine beiseite und hob den glänzenden Gegenstand auf. Ein Feuerzeug. Das Utensil, das Kŭmbok stets bei sich geführt hatte, bis es endlich zahllosen Menschen das Leben raubte, hatte zehn Jahre hier gelegen und doch keinerlei Rost angesetzt, silbern blinkend sah es aus, als komme es gerade eben frisch aus der Fabrik. Ch'unhŭi klappte den Deckel auf und betätigte behutsam das Reibrad. Zu ihrer Überraschung kam sofort eine Flamme zustande. Eigentlich konnte kein Benzin mehr übrig sein, nachgefüllt hatte es gewiss niemand, dennoch brannte das Feuerzeug so hell wie vor zehn Jahren. Merkwürdig war das, aber instinktiv erfasste Ch'unhŭi, dass sie ein zum Überleben wichtiges Werkzeug in der Hand hielt, und steckte es in die Brusttasche ihres Sträflingsanzugs.

Den Rest des Tages verbrachte Ch'unhŭi damit, weiter das Viertel nach Essbarem abzusuchen, fand aber nichts und kehrte schließlich um. So war sie zur letzten Besucherin der Stadt geworden, und als nach ein paar Jahren nur noch Ruinen von P'yŏngdae übriggeblieben waren und der Name von der Landkarte gestrichen wurde, hörte die Stadt endgültig auf zu existieren.

Über die Zeit nach Ch'unhŭis Rückkehr in die Fabrik ist nicht sonderlich viel bekannt. Weil sie bis zu ihrem einsamen Tod Nambaran nicht mehr verließ, gab es auch niemanden, der ihre Geschichte hätte weitergeben können. Dass hier dennoch weiter von ihr berichtet werden kann, ist nur den Spuren zu verdanken, die dieses beachtliche Wesen in seinem erbitterten Kampf ums Überleben hinterließ. Der Architekt, der Jahrzehnte später die Fabrik entdeckte, fand in der Nähe einen großen Haufen Tierknochen und diverse Werkzeuge, die zur Jagd gedient haben mochten, sowie eine Reihe von leeren Bienenkörben. Ch'unhŭi wiederum hatte auf einigen der von ihr gemachten Ziegelsteine Zeichnungen hinterlassen, die zumindest andeutungsweise der Nachwelt überliefern, welche Art von Leben sie in der ihr verbliebenen Zeit geführt hatte. Auch die folgenden Ausführungen haben ebenjene Spuren zur Grundlage, darauf sei hiermit hingewiesen. Und die Geschichte geht weiter.

Kein weiteres Mal also verließ Ch'unhŭi die Fabrik, nachdem sie dorthin zurückgekehrt war. Für sie stellte sich die Welt als ein chaotischer und widersinniger Ort dar, unverständlich und fremd, erfüllt von schrecklichem Hass und Gewalt. Doch kann ein Mensch sein Leben in völliger Abgeschiedenheit verbringen? Ch'unhŭi bewies in der ihr noch verbliebenen Zeit, dass das möglich war, doch das erste Problem, das sich ihr stellte, war der Hunger. Als die unbarmherzigste aller Existenzfragen sollte er sie bis zu ihrem Tod verfolgen wie die über Adam und Eva verhängte Strafe der Erbsünde nach ihrer Vertreibung aus dem Garten Eden.

In den ersten Jahren glich Ch'unhŭi einem Tier, das nur um des Überlebens willen am Leben blieb. Am Bergbach fing sie Krebse und Otter, im Wald stellte sie Fallen auf, mit denen sie Rehe und Hirsche, Waschbären und Dachse fing. Frösche und Molche und andere Amphibien standen selbstverständlich ebenso auf dem Speisezettel wie Zikaden, Heuschrecken und Grashüpfer und andere Insekten. Währenddessen machte ihr Körper eine zweite, sie besser zum Jagen befähigende Evolutionsstufe durch. Ihre Sinne wurden noch feiner, ihre Bewegungen überraschend flink, und bald hatte sie sich in eine ausgezeichnete Jägerin verwandelt. Ihre schiere Kraft, dank derer sie dem Verputzer im Gefängnis den Arm mit einem einzigen Ruck durchgebrochen hatte, und ihre es mit jedem Insekt aufnehmende hochsensible Wahrnehmung befähigten Ch'unhŭi zu Höchstleistungen. Sie nahm Gerüche so empfindlich auf wie ein Wolf und fällte ihre Beute mit brachialen Hieben wie ein Bär. Nicht lang, und sie ernährte sich nicht nur von Wild, sondern pflückte von den Akebiasträuchern am Bachufer weißfleischige Früchte, sammelte Pilze, die nach Regenfällen im Wald in großer Menge wuchsen, als habe sie jemand angepflanzt, und wurde so allmählich auch zu einer erfahrenen Sammlerin.

Sich von der Wildnis zu ernähren war ein nicht ungefährliches Unterfangen. Dornen und Disteln ritzten ihre Haut auf, Schlangen bissen in ihre Fersen. Um größere Raubtiere als Wildkatzen und Rothunde zu fangen, musste Ch'unhŭi in Kauf nehmen, am ganzen Leib Verletzungen davonzutragen, und wenn sie aus Versehen einen giftigen Pilz aß, litt sie mitunter tagelang an hohem Fieber. Im Herbst eines Jahres traf sie einmal auf einen für den Winterschlaf dickgefressenen Bären, den zu erlegen sie beinahe das Leben kostete. Da sie sich völlig im Unklaren über die Gefährlichkeit eines solchen Tieres war, stürmte sie unbekümmert auf ihn los, worauf der Bär ihr einen fürchterlichen Hieb mit seiner krallenbewehrten Tatze versetzte. Die Wunde an ihrer Brust war so tief, dass die Rippen hervorschauten, aber sie wich nicht zurück. Sie verbiss sich in den Hals des Tieres und drosch mit den Fäusten auf seinen Schädel ein. Nach zwei Stunde erbittertem Kampf bezwang sie den Bären und hatte so nicht nur für eine ganze Weile reichlich zu essen, sondern auch ein Fell, das sie als Winterkleidung überziehen konnte, doch wegen der schweren Verletzung stand sie mehrere Tage lang an der Schwelle zwischen Leben und Tod.

Das Essen, das sie der Wildnis abtrotzte, war meist minderwertig und von der Menge her nicht annähernd ausreichend. Im Winter wurde die Suche noch schwieriger, und oft lief sie tagelang, gekrümmt vor Hunger, durch die schneebedeckte Landschaft, ehe sie etwas Essbares fand.

Trotzdem war sie glücklich. Es gab keine Wärter mehr, die sie »Berkshire« riefen, keine dicken Gitterstäbe und hohen Mauern. Niemand schlug sie mit seinem Knüppel oder schrie ihr Morddrohungen entgegen. Keiner konnte sie mehr in eine pechfinstere, enge Einzelzelle einsperren. Kälte und Hunger, Einsamkeit und Langeweile nahm sie dafür gerne in Kauf. Sie wurde immer gewandter, und bald war Ch'unhŭi zum gefährlichsten aller Raubtiere im Tal von Nambaran geworden.

Ein Jahr oder zwei vergingen, vielleicht waren es auch mehr. Genauer als jeder andere Mensch nahm Ch'unhŭi den Wechsel der Jahreszeiten wahr, aber weil sie keinen Kalender kannte, wusste sie nicht, wie viele Jahre verronnen waren. Der Sträflingsanzug, den sie seit ihrer Entlassung aus dem Gefängnis ununterbrochen getragen hatte, taugte schon längst nicht mehr als Kleidung. Von den vielen Streifzügen durch Wälder und Täler war der Stoff völlig verschlissen, hing an manchen Stellen, von den Klauen wilder Tiere zerrissen, in Fetzen herab und bedeckte wie die spärlichen Blätter eines fast kahlen Baums im Herbst nicht einmal mehr die intimsten Stellen, vor Kälte schützte er schon gar nicht. Daher zog Ch'unhŭi, wie es die Vorfahren vor langer Zeit getan hatten, im Winter die Häute und Felle der erlegten Tiere über. Da sie nicht wusste, wie man Tierhäute gerbte, war das Leder rau und hart wie Eichenrinde und scheuerte die Haut wund. In einer Ecke des Fabrikhofs häuften sich die Knochen der Jagdbeute, und in ihrer Lebensweise fiel Ch'unhŭi immer weiter auf den primitiven Stand eines Urzeitmenschen zurück.

Eines Nachmittags im Frühling saß sie mit dem Rücken an die Mauer eines Brennofens gelehnt und döste in der Sonne. Nach dem außerordentlich kalten und schneereichen Winter waren die warmen Sonnenstrahlen umso willkommener. Am Morgen hatte sie Glück gehabt und einen Wildschweinfrischling in der Schlinge gefunden und sich endlich wieder einmal richtig sattessen können.

Das Fell zog sie ab und bewahrte das restliche Fleisch ordentlich auf, so dass sie sich vorerst ums Essen keine Sorgen mehr zu machen brauchte. Dass der grimmige, lange Winter endlich vorbei war, erfüllte sie mit großer Beruhigung. Die Schläfrigkeit übermannte sie. Wenn nur der Winter nicht wäre, hätte es in Nambaran nichts gegeben, woran es fehlte, denn das Tal war nicht nur reich an Wildbret, sondern es mangelte auch nicht an wildem Wein, Honigbeeren, Akebien, Bergpfirsichen und zahlreichen anderen Früchten.

Ch'unhŭi machte zusammen mit den anderen Arbeitern Ziegelsteine. Man drückte Lehm in den Formkasten, schnitt die oben überstehende Masse mit einer Schnur sauber ab, und wenn man nun die Form abzog, hatte man fünf fertig geformte Rohlinge nebeneinander vor sich liegen. Am Anfang hatte Ch'unhŭi das Ganze für ein lustiges Spiel gehalten, bei dem sie mitmachen wollte, aber allmählich begriff sie trotz ihres kindlichen Gemüts, dass dieser Vorgang eine über das Spielen hinausgehende Bedeutung besaß. Wie Mun immer zu sagen gepflegt hatte: »Ch'unhŭi, nicht alles, was rund ist, ist ein Ball, und nicht alles, was eckig ist, ist ein Ziegel.«

Sie verstand zwar nicht, was er damit meinte, aber weil sie auf Muns Reaktion achtete, wenn er die gerade gebrannten Steine betastete, lernte sie, welche gut gelungen waren und welche nicht. Auf dem Hof wurden Ziegel gepresst, in den Öfen Feuer geschürt, die Fabrik war voll mit Arbeitern. Die sich wie nach einem festen Rhythmus bewegenden Männer ließen sich die schwere Arbeit nicht anmerken und trugen ein fröhliches Lächeln im Gesicht. Form um Form wurde mit Lehm gefüllt, dazu ertönten beschwingte Arbeitslieder. Mun lief zwischen den Arbeitern herum und mischte sich in alle möglichen Dinge ein. Die Fabrik vibrierte vor hitzigem Eifer und der Freude schlichter Arbeit, in ihrer Betriebsamkeit glich sie einem Marktplatz vor einem Feiertag. Auch Ch'unhŭi wurde davon angesteckt und formte emsig Ziegel. Dann, nach einer Weile, bemerkte sie plötzlich, dass Mun und die Arbeiter verschwunden waren. Der völlig leere Hof sah unendlich groß aus, ringsherum herrschte eine fast schon unheimliche Stille. Ch'unhŭi fühlte sich mit einem Mal so verloren, dass es ihr vorkam, ihr Herz müsse zerspringen.

Es war ein Traum gewesen. Als Ch'unhŭi aus ihrem Mittagsschlaf erwachte, lag vor ihren Augen der bedrückende Anblick der verfallenen Öfen und der zur Hälfte eingestürzten Schornsteine. Eine ganze Weile lang saß Ch'unhŭi da und starrte ins Leere. Dann fiel ihr ein einzelner, im Hof herumliegender Ziegelstein ins Auge. Sie ging hin und hob ihn auf. Der Stein war gut erhalten, ohne einen Sprung. Während sie den von der Sonne warmen Ziegel betastete, stieg in ihrem Kopf ein Gedanke auf, vage wie eine Nebelwolke. Ch'unhŭi kniff die Augen zu engen Schlitzen zusammen, als wolle sie den undeutlichen Gedanken genau ins Visier nehmen. Der Gedanke nahm immer deutlichere Form an, je mehr Zeit verging, und schließlich stand er vor ihr, hell wie ein leuchtender Funke.

Sie brachte die Öfen in Ordnung und richtete den Schornstein wieder auf. Dann begann sie, Ziegellehm anzusetzen. Kaum berührte sie das Material, erwachte das schicksalhafte Gefühl der Verbundenheit, das sie beim allersten Kontakt damit erlebt hatte. Der scharfe Erdgeruch und der Lehm an den Fingern übten dieselbe beruhigende Wirkung aus wie früher und erweckten die Bilder des Stalls, in dem sie geboren wurde, vor ihren Augen zum Leben. Den Lehm kneten, in die Formen pressen, die Ziegelrohlinge herausholen, Holz fällen, den Ofen anheizen - das alles brachte Ch'unhŭi aus eigener Kraft zustande, ein selbst für einen spezialisierten Techniker und mehrere kräftige Helfer nicht einfaches Unterfangen. Sie konnte sich an die Abläufe erinnern, die sie sich von Mun abgeschaut hatte, ohne aber den komplizierten Produktionsprozess wirklich zu verstehen. Gleichwohl hatte sie eine Ladung Ziegelsteine gepresst, im Ofen aufgeschichtet und hielt jetzt das Feuerzeug an das Brennholz. Die gut getrockneten Scheite loderten hell auf und die Flammen zogen ins Innere des Ofens, Flammen der Sehnsucht einer einsamen Seele.

Der Gedanke, der Ch'unhŭi vor einigen Tagen durch den Kopf gegangen war, als sie nach ihrem mittäglichen Traum den Ziegel gefunden und aufgehoben hatte, war dieser: Wenn sie Ziegelsteine machte, würden auch die Menschen irgendwann wiederkommen. Zwar war sie in die Fabrik zurückgekehrt, um den Menschen aus dem Weg zu gehen, aber sie vermisste die von ihr gegangenen Gesichter und wünschte sich sehnlichst zurück in die Friedlichkeit früherer Zeiten. Sie glaubte, die Leute seien fortgegangen, weil das Gemäuer verfallen und der Schornstein eingestürzt war und man deshalb keine Ziegel mehr herstellen konnte. Wenn sie also alles wieder instand setzen und Ziegelsteine brennen würde, kämen auch die Arbeiter zurück, so dachte sie. Dann käme auch Mun wieder, und auch ihre Mutter Kŭmbok käme zurück, nicht als fremder, kalter Mann, sondern als die freundliche, lebhafte Anführerin von früher. Und vielleicht sogar die Zwillingsschwestern und der Fischhändler, und auch Jumbo, und dann würde die Fabrik so lustig und so voller Leben sein wie in ihrem Traum.

Mehrere Male misslangen Ch'unhŭis Versuche. Die Ziegelsteine kamen nicht so aus dem Brand, wie sie sich das vorgestellt hatte, sondern zerbröselten zwischen ihren Fingern. Doch so einfach gab sie sich nicht geschlagen. Immer wieder holte sie neuen Lehm, presste Steine und brannte sie im Ofen. Mit jedem gescheiterten Versuch kehrte ein Teil ihrer früheren Sinne wieder zurück. Dank ihres empfindlichen Tastsinns brauchte sie einen Ziegelrohling nur einmal kurz anzufassen, dann kannte sie den Abbindungsgrad des Materials und die Restmenge an Feuchtigkeit, und die ihr ins Gesicht wehende Hitze sagte ihr, wie sie das Feuer zu regulieren hatte. Sie versorgte sich nur noch mit dem nötigsten an Verpflegung, den Rest ihrer Zeit widmete sie der Ziegelherstellung.

Während die heißen Sommertage ins Land gingen, verfeinerte sie ihre Kunst Stück für Stück, und ihre Ziegelsteine wurden immer haltbarer. Dann, im Herbst desselben Jahres, war es endlich so weit: Ch'unhŭi war in der Lage, Steine herzustellen, die von der Qualität her den Ziegeln Muns gleichkamen. Sie nahm einen davon in die Hand und in der Erwartung, Mun zu sehen und sein Lob zu hören, drehte sie sich um, doch hinter ihr stand niemand. Sie fing an, die Ziegelsteine so hoch aufzustapeln, dass die Leute sie schon von Weitem sehen würden. Da sie alles alleine machen musste, kam die Arbeit nur langsam voran, und die Zahl der Steine, die sie an einem Tag brennen konnte, belief sich auf höchstens ein paar Dutzend. Dennoch fuhr sie pausenlos fort, und die Stapel im Hof wuchsen in die Höhe. Ihre aus Lehm und Wasser und Feuer entstandenen Ziegelsteine konnten nicht nur Räume aufteilen und vor Regen und Wind schützen, sondern auch Wärme speichern und die Luft filtern, kurz, sie stellten ein großartiges Baumaterial dar, doch solche praktischen Verwendungen hatten für Ch'unhŭi keinerlei Bedeutung. Für sie waren die Ziegelsteine ein Signal an die Fortgegangenen, eine Beschwörung, um die verlorene Vergangenheit herbeizurufen.

Nicht nur einmal hatte Ch'unhŭi in der Wildnis dem Tod ins Gesicht gesehen. Da war die Begegnung mit dem Bären, da waren die aus Versehen verzehrten Giftpilze, aber die tödlichste Gefahr ging nicht von wilden Raubtieren oder heimtückischen Pflanzen aus, sondern von einem fadendünnen, winzigen Wurm.

Sparganum.

Diesen Parasiten hatte sich Ch'unhŭi eingefangen, als sie am Tag ihrer Rückkehr vor lauter Hunger die rohe Schlange und den Frosch verspeist hatte. Er nistete sich in der Unterhaut ein und wanderte wie ein bösartiger Tumor umher, kreisförmige Pusteln hinterlassend. Ch'unhŭi mit ihren feinen Sinnen ahnte, dass sich ein todbringendes, fremdes Lebewesen in ihren Organismus eingeschlichen hatte, aber in dem von der Außenwelt abgeschnittenen Tal gab es keine Möglichkeit zur Behandlung. Von unerträglichem Juckreiz gepeinigt, kratzte sie sich die Haut wund, doch der Wurm vermehrte sich in seiner Wirtin mit beängstigendem Tempo.

Wäre Ch'unhŭi nicht im Besitz einer so widerstandsfähigen Konstitution gewesen, hätte sie vermutlich längst den Tod gefunden, so aber ertrug sie die Beschwerden und brannte weiter ohne Unterlass Ziegelsteine. Der Fadenwurm legte Eier, vermehrte sich und wanderte in jeden Winkel ihres Körpers, am Ende befiel er sogar die Augen und das Gehirn. Ch'unhŭi verlor allmählich ihr Sehvermögen und litt an hohem Fieber und Kopfschmerzen. Immer wieder hatte sie einen Alptraum, in dem die fürchterliche Visage des Verputzers vorkam, und auch der maskentragende Kartoffelkäfer. Sie bedrohten Ch'unhŭi und brüllten auf sie ein, während sie vor Furcht zusammengekrümmt dalag und sich nicht rühren konnte.

So geplagt, ging Ch'unhŭi eines Tages auf der Suche nach Essen am Bach entlang in den Wald hinein. Ohne es zu merken, kam sie von ihrem gewohnten Weg ab und geriet in einen ihr unbekannten Teil des Tals. Hohe Bäume verdeckten den Himmel über dem modrig und düster wirkenden Ort. Für einen Moment bekam sie Angst, aber, als leite jemand ihre Schritte, folgte sie weiter dem Bachlauf. Ihre Beine fühlten sich unendlich schwer an. Als sie in eine Senke zwischen zwei Berghängen einbog, erschienen von irgendwoher ein paar Bienen und kreisten summend über ihrem Kopf. Dann erblickte Ch'unhŭi unter einem himmelhohen Baum die vor langer Zeit von der Fabrik fortgegangene Einäugige. Kopf und Augenbrauen grün bemoost, saß sie auf ihren eigenen, langen Haaren, die sie unter sich wie zu einem spiralförmigen Kissen zusammengerollt hatte; auf ihrer Kleidung wuchsen weiße Schwämme. Eine unsagbar bizarre Atmosphäre umgab die Frau, wie von einem seit Ewigkeiten im Wald hausenden Geist. Ringsherum waren mehrere hölzerne Bienenkörbe aufgestellt, Zehntausende der Insekten umschwirrten die Einäugige. Sie riss ihr Auge auf und glotzte Ch'unhŭi starr an. Zwischen den zwei schon so lange in Abgeschiedenheit lebenden Menschen schwebte eine gespannte Stimmung. Für beide Frauen war es die erste Begegnung mit einem menschlichen Wesen seit Langem. Dann öffnete die Einäugige, Ch'unhŭi langsam von oben bis unten musternd, den Mund und sprach: »Ich habe dich gleich erkannt, seit du ins Tal zurückgekommen bist. Wie du rumläufst, mit deinen zerlumpten Fetzen am Leib, siehst ja aus wie ein Tier.« Die Stimme der völlig regungslos dasitzenden, nur die Lippen bewegenden Einäugigen war so unheimlich wie das Murmeln des Wassers im Gebirgsbach, aber auch eine kaum merkbare Spur von Wiedersehensfreude schwang darin mit. Langsam richtete sie sich von ihrem Platz auf. Der Bienenschwarm um sie herum zerstob und flog hoch in den Baum. Die Frau tat einen Schritt auf Ch'unhŭi zu, sie nicht aus dem Blick lassend, und sagte mit einem spöttischen Lachen: »Zuerst wollte ich dich fortjagen, aber dann fand ich, dein Leben ist mindestens genauso schlimm wie meines, da habe ich dich in Ruhe gelassen.« Dann bemerkte sie: »Aber wenn ich dich so ansehe, scheint irgendein böses Gewürm sich in dir zu tummeln«, und packte Ch'unhŭi fest am Arm.

Ch'unhŭi bekam Angst und wollte sich aus dem Griff befreien, aber eine geheimnisvolle Kraft lähmte jede ihre Bewegungen.

Die Einäugige pflückte eine von den an ihrer Kleidung sitzenden Bienen ab, nahm sie mit dem Hinterteil nach vorne zwischen ihre Finger und ließ den Stachel in Ch'unhŭis Arm fahren. Die Gestochene fuhr zurück, erschrocken von dem brennenden Schmerz, worauf die Einäugige sie anschrie: »Du dummes Weibsstück! Ich bringe dich schon nicht um, also stell dich nicht so an!«

Sie verabreichte Ch'unhŭi an allen möglichen Stellen ihres Körpers Bienenstiche. Die begriff, dass das Gebaren der Einäugigen ihrer Heilung diente, und ertrug die Schmerzen. Als die Frau mit der Stachelakupunktur fertig war, ließ sie Ch'unhŭis Arm los und sagte; »So, jetzt, wo ich dir das Leben gerettet habe, brauchst du dich hier an diesem Bach nicht mehr blicken lassen. Wenn du hier noch einmal so einen Lärm machst, lass ich meine Bienen auf dich los.«

Als Ch'unhŭi an jenem Tag nach Hause kam, fiel sie in einen tiefen, traumlosen Schlaf. Und als sie am nächsten Morgen erwachte, fand sie zu ihrer Verwunderung, dass alle Pusteln auf ihrer Haut verschwunden waren. Auch die Schmerzen waren weg, als hätte es sie nie gegeben. Was für eine Wirkung das Bienengift gehabt hatte, ließ sich nicht sagen, aber Ch'unhŭi wusste, dass die Würmer in ihr alle tot waren. Und als sie ein paar Tage später morgens aufstand, entdeckte sie auf einer Seite des Fabrikhofs zwei Bienenkörbe aus Holz. Unnötig zu erwähnen, dass es sich um das Werk der Einäugigen handelte, die aus dem Wald gekommen war und die Körbe abgestellt hatte. Als sie hineinsah, fand Ch'unhŭi die Körbe gefüllt mit Tausenden von Bienen und voller Honig. Hastig tauchte sie ihre Hand hinein und aß davon. Die Bienen blieben und brachten aus dem Wald immer neuen Nektar, und so hatte Ch'unhŭi immer etwas Süßes zu naschen, wenn es ihr danach gelüstete. Als sie völlig genesen war, wollte sie die Einäugige noch einmal treffen und ging mehrmals los, um die Stelle am Bergbach zu finden, aber sosehr sie auch suchte, es gelang ihr unerklärlicherweise nicht.

Hier seit Langem mal wieder eine Nebenanekdote: Irgendwann viel später wurde eine Forschungsgruppe ins Leben gerufen, in der Hauptsache aus Studierenden der Fächer Architektur, Geschichte und Anthropologie bestehend, die sich den Namen »Auf der Suche nach der Königin« gab. Ihr Ziel war es, dem von zahlreichen Geheimnissen und Rätseln umgebenen Dasein Ch'unhŭis nachzuspüren. Die ganzen Sommersemesterferien verbrachten die jungen Leute damit, Stationen ihres Lebens zu erkunden, angefangen vom Stall der Zwillingsschwestern, wo sie das Licht der Welt erblickt hatte, über die verschwundene Stadt P'yŏngdae bis hin zum schlimmsten Ort, dem Gefängnis, weil aber die meisten Menschen, die Ch'unhŭi gekannt hatten, schon nicht mehr lebten, war das Resultat nicht besonders ergiebig.

Allerdings hatten sie zwischendurch auch ein paarmal Glück und konnten beispielsweise den Direktor der Anstalt, in der Ch'unhŭi damals inhaftiert gewesen war, persönlich treffen. Der aber war inzwischen schon sehr alt und litt an Demenz, konnte ihnen daher auch keine Fragen beantworten. Seine Schwiegertochter musste ihm die Windeln wechseln, und jedes Mal versohlte sie ihm zur Strafe den Hintern, während er mit nacktem Pimmel dastand wie ein kleiner Bub. Der einzige Grund, weshalb sie die Pflege auf sich nahm, war die stattliche Rente des Schwiegervaters, auf die sie es abgesehen hatte. Als die Mitglieder der Forschungsgruppe sein Zimmer betraten, sahen sie den Gefängnisdirektor vor der Wand sitzen und mit einer für sein Alter bemerkenswerten Energie onanieren. An die Wand hatte er mit seinem Kot ein Bild gemalt, das einen am Galgen hängenden Sträfling im Todeskampf darstellte.

Außerdem gelang es der Forschungsgruppe, die Krankenschwester aufzuspüren, die ehemalige Zellengenossin

Ch'unhŭis. Die inzwischen zahnlose alte Frau betrieb nach wie vor ihr Bordell, mit zwei alten Huren, die nicht wussten, wo sie sonst hingehen sollten. Eine der beiden war ebenjene ledige Mutter, die ebenfalls mit Ch'unhŭi die Zelle geteilt hatte. Die Krankenschwester war hocherfreut, als sie die jungen Leute sah. »Für Gruppen gibt es zwanzig Prozent Rabatt«, sagte sie. »Aber bitte sachte! Die Mädels zerplatzen so leicht wie mit Wasser gefüllte Luftballons.«

Als die Mitglieder sich nach Ch'unhŭi erkundigten, erinnerte sich die alte Frau sofort an die ehemalige Mitinsassin: »Ah, die Stumme. Die hätte ich gleich am Anfang umbringen sollen ... wenn ihr sie trefft, richtet ihr unbedingt etwas aus: Dass ich sie nicht vergessen habe, sie soll also bloß nicht denken, sie wäre in Sicherheit.«

Die Forschungsgruppe machte dann noch einen Abstecher nach P'yŏngdae und von dort nach Nambaran zur Fabrik, in deren zerfallenen Mauern sie das besagte silberne Feuerzeug fanden und in Jubelgeschrei ausbrachen. Aufgeregt wie bei einem Festakt versuchten sie das Feuerzeug zu entzünden, aber es war zu stark verrostet und brachte keine Flamme mehr zustande. Das wiederum löste in der Wissenschaft eine neue Debatte aus, darüber, ob das Feuerzeug echt oder eine Fälschung war.

Die Gruppe blieb einen ganzen Tag in der Fabrik, dann besuchte man die Stelle im Tal, an welcher man den Aufenthaltsort der Einäugigen vermutete, konnte diese aber auch nach einiger Suche nicht finden. Das Einzige, was man an dem von ungewöhnlich vielen Bienen bevölkerten Ort fand, waren ein paar hölzerne Stumpen, die früher einmal als Bienenstöcke gedient haben mochten, und einen Stock, der vermutlich der Wanderstab der Einäugigen gewesen war. Als dann aber einer der Gruppenmitglieder, der allergisch gegen Bienen war, gestochen wurde und starb, fand die Exkursion unvermeidlich ein jähes Ende. Man erzählt noch, auf dem Rückweg habe einer der Teilnehmer, der sich wegen eines Bedürfnisses in die Büsche schlug, zwischen den Bäumen ganz kurz eine weißhaarige, einäugige alte Frau gesehen, aber das darf vermutlich als eine Sinnestäuschung des völlig verängstigten jungen Mannes angesehen werden.

Der Lastwagen

Weitere Jahre vergingen. Im fünften, vielleicht auch im sechsten Jahr schickte das boshafte Schicksal eine neue Figur ins Rennen. Sie sollte das Leben der völlig von der Welt abgeschnittenen Ch'unhŭi auf den Kopf stellen. Auf dem Fabrikhof war inzwischen kein freier Platz mehr zu sehen, alles stand voll mit Ziegelsteinen. Doch Ch'unhŭi hörte nicht auf. Wie eine zur Arbeit geborene Ameise machte sie unermüdlich neue Steine. Mitte dreißig war sie jetzt. Ihr lebhaftes Wesen war stumpf geworden, ihre Jugend vorüber; die Brüste hingen schlaff herab, die von Narben übersäte Haut war faltig geworden. Das war abermals das Gesetz der Schwerkraft. Außerdem war ihr ganzer Körper rußig schwarz von den vielen Jahren der Arbeit an den Brennöfen. An Händen und Füßen hatten sich borkendicke Schwielen gebildet. Niemand hätte sie angesichts ihrer verwilderten, plumpen Gestalt für ein weibliches Wesen gehalten. In ihrem Herzen trug Ch'unhŭi nach wie vor eine tiefe Einsamkeit und Sehnsucht nach den aus ihrem Leben verschwundenen Menschen. Jede Nacht stand sie auf dem von Glühwürmchen umtanzten Hof und blickte den Lichtern der in der Ferne vorbeifahrenden Eisenbahnzüge nach. Dann stellte sie sich vor, wie die Menschen irgendwann mit so einem Zug kommen und in das Tal von Nambaran zurückkehren würden.

Es war ein Nachmittag im Frühsommer. Ch'unhŭi bereitete im Hof Ziegellehm vor. Neulich war ihr eine Idee gekommen: Warum nicht über die Fetzen des Sträflingsanzugs, der schon lange nicht mehr als Kleidung taugte, Lehm schmieren? Lehm schützte nicht nur vor der Hitze der Sonnenstrahlen, sondern hielt auch Mücken, Bremsen und anderes Ungeziefer fern, ein ungeheuer praktischer Stoff. Ch'unhŭi war ganz von allein, durch ihr Leben in der Wildnis, auf diese Gewohnheit der Elefanten gestoßen, ohne dass jemand ihr es beigebracht hatte. Als sie von ihrer Arbeit aufblickte, um den müden Rücken zu strecken, sah sie weit hinten am Wald, wo die Bahnstrecke verlief, eine Staubwolke aufsteigen. Seit Ch'unhŭi die Zufahrtsstraße vor vielen Jahren auf ihrem Weg zur Fabrik zuletzt betreten hatte, war dort niemand mehr vorbeigekommen. Ch'unhŭis Herz pochte vor Angst, Überraschung und Erwartung. Jetzt bog die Staubwolke ab und bewegte sich das letzte Stück die Zufahrt hinab. Es war ein Lastwagen.

Vor Freude machte Ch'unhŭis Herz einen Sprung. Jemand hatte ihre Ziegelsteine entdeckt! Endlich kamen die Menschen zurück! Tränen stiegen in ihr auf. Der Lastwagen näherte sich allmählich der Fabrik. Sie rannte zur Einfahrt. Der Lastwagen hielt an. Doch auf seiner Ladefläche waren keine Arbeiter zu sehen, die dort doch hätten sein müssen. Dann öffnete sich die Tür neben dem Fahrersitz und ein Mann stieg aus. Ein Fremder. Er blickte Ch'unhŭi an und bekam große Augen. Kein Wunder, stand vor ihm doch eine mit rötlichem Lehm beschmierte, nur von Fetzen behangene Frau mit entblößten Brüsten. Ch'unhŭi spürte, dass etwas geschah, das anders war, als sie es sich vorgestellt hatte. Dies war der erste Mann, den sie seit ihrer Entlassung aus dem Gefängnis sah. Jetzt erst erschrak sie, rannte Hals über Kopf davon und versteckte sich hinter den Öfen. Von dort, weit genug entfernt, beobachtete sie, was der Mann tat.

Der große, kräftig gebaute Mann sah sich die Stapel von Ziegelsteinen an, von denen der Hof vollstand. Er nahm einen Stein in die Hand, betrachtete ihn und nickte. Dann winkte er in Richtung von Ch'unhŭis Versteck und bedeutete ihr, sie solle herauskommen. Ch'unhŭi rannte vor Angst noch weiter weg, diesmal bis zum Waldrand, und ging wieder in Deckung. Alle Muskeln ihres Körpers waren angespannt, wenn es sein musste, würde sie dem Mann den Hals umdrehen und ihn totbeißen. Er ging zur Pumpe und wusch sich das Gesicht. Als er fertig war, setzte er sich an eine Pappel und wartete darauf, dass Ch'unhŭi wieder auftauchte. Doch auch nach einer ganzen Weile blieb sie verschwunden, und nur das alles übertönende Gezirpe der Zikaden war zu hören. Er gähnte herzhaft, dann legte er sich neben dem Baum auf den Boden. Kurz darauf war er eingeschlafen und hielt schnarchend ein Mittagsschläfchen. Ch'unhŭi, immer noch im Wald versteckt, starrte den fremden Eindringling an.

Irgendwann, wie lange er geschlafen hatte, wusste er nicht, erwachte der Mann und stand auf, sich ausgiebig streckend und dehnend. Wieder sah er umher, als versuche er noch einmal, Ch'unhŭi zu erblicken. Sie blieb weiterhin unsichtbar. Er wartete eine kurze Weile, dann begann er, resigniert wirkend, Ziegelsteine von den Stapeln zu nehmen und auf seinen Lastwagen aufzuladen. In diesem Augenblick wurde es Ch'unhŭi klar. Der Mann war ihr Feind. Wenn er alle Ziegelsteine mitnahm, würden die Menschen nicht zurückkommen. Sogleich erwachte die Tiernatur wie eine Flamme in ihr. Vorsichtig schlich sie sich heran. Der Mann, beschäftigt damit, den Wagen zu beladen, bemerkte nicht, dass Ch'unhŭi hinter ihm stand. Sie starrte auf seinen Nacken. Dann stürmte sie los und umschlang den Hals des Mannes mit ihrem Arm. Sie war älter geworden, doch an Kraft hatte sie nichts eingebüßt.

Einem Tier wäre in ihrem Griff längst das Genick gebrochen. Der Hals des Mannes aber war so dick, dass er sich kaum mit einem Arm umgreifen ließ. Er war zwar von dem plötzlichen Angriff überrascht, doch dann befreite er sich ohne große Mühe aus Ch'unhŭis Umklammerung. Die beiden standen sich gegenüber, sich gegenseitig an den Armen gepackt festhaltend, und starrten sich an. Im nächsten Moment wusste Ch'unhŭi, wer der Mann war: Der Junge, mit dem sie sich früher als Kind im Fabrikhof Wettkämpfe beim Armdrücken geliefert hatte. Ch'unhŭi ließ seinen Arm los. Verwirrt über das unerwartete Zusammentreffen sah sie den Mann an. Auch er merkte, dass Ch'unhŭi ihn erkannt hatte, und lächelte: »Endlich erkennst du mich!«, begann er mit tiefer Stimme zu sprechen. »Aber sag, was machst du hier, so ganz alleine und vollgeschmiert mit Lehm?«

Der Mann war scheinbar erfreut über das Wiedersehen, doch Ch'unhŭi behielt ihre Abwehrstellung bei und starrte ihn an.

»Wo sind die ganzen anderen Leute hin? Wovon lebst du hier, so ganz allein? Verkaufst du deine Ziegel an jemanden? Kein einziges Auto steht hier, also scheinen keine Kunden zu kommen, aber wofür machst du die Steine dann? Was ist denn in der Zwischenzeit hier überhaupt passiert? Meine Güte, was sind denn das für Knochen, auf dem Haufen da hinten? Doch sicher keine Menschenknochen, oder? Bist du verheiratet? Wenn ja, wo sind deine Kinder und dein Mann? Die Baumpilze da schmecken gut, warum pflückst du die nicht? Rauchst du, oder warum hast du ein Feuerzeug in der Hand? Sieht ziemlich teuer aus, aber geklaut hast du es doch bestimmt nicht, oder? Und warum bist du so eklig beschmiert? Soll das so was wie eine Schlammpackung sein?«, überschüttete der augenscheinlich sehr neugierige Mann Ch'unhŭi mit Fragen, doch sie sagte kein Wort.

»Ach richtig, stimmt ja.« Der Mann lachte verschämt. »Ich hatte völlig vergessen, dass du nicht sprechen kannst.«

Der Mann war schon als Junge mit seinem Vater, dem Lastwagenfahrer, viel im ganzen Land herumgekommen. Weil auch er wie Ch'unhŭi Doppelknochen hatte und über enorme Körperkräfte verfügte, stellte er für seinen Vater bei der Arbeit eine große Hilfe dar. Schon früh brachte der seinem Sohn das Fahren bei, zeigte ihm die Routen, und als der Junge siebzehn Jahre alt wurde, überließ er ihm das Steuer des Lastwagens ganz, denn wegen seines Rheumatismus konnte er nicht mehr selbst fahren. Seitdem war der Junge von Beruf Fernfahrer und fuhr mit seinem Lastwagen durchs Land, übernahm Aufträge, wo immer es Fracht zu befördern gab, ob Kohlköpfe oder Kies, Baumstämme oder Backsteine, Umzugsgut, Fische oder Menschen, er transportierte alles.

So verbrachte er seine Jugend auf den Straßen, und erst spät, als er schon über dreißig Jahre alt war, lernte er eine Frau kennen, die bei einem Bergwerksunternehmen als Buchhalterin angestellt war, und heiratete sie. Die Frau hatte zur Bedingung gemacht, dass er mit dem Fahren aufhörte und die beiden sich niederließen und gemeinsam lebten. Der Mann nahm das Geld, das er sich über die Jahre zurückgelegt hatte, und eröffnete einen kleinen Gemischtwarenladen in der Nähe des Bergwerks. Der Laden lief nicht schlecht, dann wurde die Buchhalterin schwanger und bekam ein Kind. Sie war glücklich, doch der Lastwagenfahrer war es nicht. In dem Moment, als er das Neugeborene sah, überkam ihn die Angst, jetzt für immer eingesperrt wie ein Stück Vieh leben zu müssen. Eines Abends, nachdem er den ganzen Tag lang hinüber zur Straße jenseits des Ortsausgangs geblickt hatte, stieg er plötzlich in seinen neben dem Laden abgestellten Laster, fuhr in die Dämmerung davon und kam nie wieder nach Hause zurück. Auch danach noch lernte er immer wieder Frauen kennen und lebte mit ihnen zusammen, aber nie dauerte es lange, bis sein Fernweh sich zurückmeldete. Sein Leben lang ungebunden im ganzen Land unterwegs zu sein, das war irgendwann zu seiner Bestimmung geworden.

Doch auch für ihn gab es eine Frau, die er nicht vergessen konnte: das stumme Mädchen von der Ziegelfabrik, mit dem er als Kind seine Kräfte gemessen hatte. Groß und stämmig wie ein Mann, besaß sie als Frau nichts, was hübsch zu nennen gewesen wäre, doch jedes Mal, wenn er mit seinem Lastwagen durch eine fremde Stadt fuhr oder wenn er mit brennenden Scheinwerfern die ganze Nacht ohne Unterlass die Serpentinen der Berge auf und ab fuhr oder seine müden Glieder in einem muffigen Fremdenzimmer zur Ruhe legte, blitzte in seinem Kopf die Erinnerung auf an jenes stumme Mädchen, das gegen ihn im Armdrücken angetreten war.

Etwa vor zehn Jahren war er tatsächlich einmal zur Ziegelfabrik gefahren, um die Stumme zu treffen. Aber damals stand die Fabrik bereits still, und er hatte keinen Menschen mehr dort angetroffen. Danach hatten seine wechselhaften Beziehungen begonnen, immer wieder von vorn, und darüber war das stumme Mädchen völlig in Vergessenheit geraten. Dass er sich wieder erinnert hatte, lag zwei Tage zurück, als er zufällig in der Nähe von P'yŏngdae vorbeigefahren war. Plötzlich wollte er ihre naiven, immer irgendwie teilnahmslos wirkenden

Augen sehen. Vielleicht war sie ja in die Fabrik zurückgekehrt, dachte er kurz und bog, ohne große Erwartungen zu haben, mit seinem Wagen nach Nambaran ab.

Die beiden standen sich gegenüber und sahen sich ins Gesicht. Der Mann wollte ihr nichts Böses, dachte Ch'unhŭi, blieb aber angespannt.

»Na schön, ich habe keine Ahnung, was in der Zwischenzeit alles passiert ist, aber von dir werde ich es wohl auch nicht erfahren. Aber die ganzen Ziegelsteine sollten nicht einfach hier stapelweise herumstehen«, meinte er. »Die sind dazu da, dass man etwas daraus baut, und nicht, um Moos anzusetzen. Du siehst aus, als könntest du Geld gebrauchen, also hör zu, ich kenne einen Bauunternehmer, lass uns dem doch die Steine verkaufen. Natürlich mache ich das nicht völlig gratis, ein bisschen was muss dabei für mich ja auch herausspringen. Aber weil wir schon als Kinder Freunde waren, mache ich dir einen Spezialpreis, sagen wir, die Spritkosten plus Verpflegung.«

Der Lastwagenfahrer begann erneut, die Ziegel aufzuladen. Entschlossen stellte sich Ch'unhŭi ihm in den Weg.

»He, was soll das, ich will dir doch nur helfen. Die Steine hier dürften ganz hübsch was einbringen, ich sag es dir.« Der Mann blickte verständnislos drein, aber Ch'unhŭi wich nicht zur Seite.

»Mensch, so behandelt man seine Gäste aber wirklich nicht.« Der Lastwagenfahrer hob wie zum Zeichen seiner Niederlage beide Hände. »Na gut, heute habe ich vielleicht den falschen Tag erwischt. Aber beim nächsten Mal lasse ich das nicht so einfach durchgehen. Du wirst es vielleicht noch merken, aber ich bin bei Frauen nicht gerade zimperlich. Und eine Sache noch, bitte zieh dir nächstes Mal was Richtiges an. Ich mag so etwas Provokatives nicht, ehrlich gesagt. Auch mitten im Wald gehört es sich nicht, einem Angehörigen des männlichen Geschlechts den nackten Busen vor die Nase zu halten, wenn's nicht gerade ein Wildhundwelpe ist.«

So schwatzte der Lastwagenfahrer von diesem und von jenem, doch Ch'unhŭi blieb nach wie vor regungslos vor den Ziegelstapeln stehen.

»Okay, stummes Mädchen, wenn es nichts Weiteres zu besprechen gibt, werde ich mich wohl mal auf den Weg machen. Mach's gut.« Lässig schwang sich der Mann auf den Fahrersitz und ließ den Motor an. Während er den Laster wendete, rief er aus dem Fenster: »Wie auch immer, es ist schön, dich wiederzusehen. Ich darf doch ab und zu vorbeischauen? Wann das sein wird, kann ich aber nicht versprechen. Es gibt nämlich nichts, das ich mehr hasse, als Versprechen.«

Der Lastwagenfahrer schmunzelte und fuhr los. Bis jetzt hatte Ch'unhŭi mit ausgebreiteten Armen schützend vor den Ziegelstapeln gestanden. Aber als der Lastwagen, eine helle Staubwolke aufwirbelnd, sich in Richtung der Eisenbahnunterführung bewegte, schoss ihr ein Bild durch den Kopf. Lastwagen, mit Ziegeln voll beladen, die der Reihe nach irgendwohin losfuhren. Aber der Wagen des Mannes war leer gewesen ... Ja, das war es! Etwas stimmte nicht. Die Ziegel mussten nicht aufgestapelt, sondern auf Laster oder Eisenbahnwaggons geladen und irgendwohin weit weggebracht werden. Nur, wenn die Leute das sahen, würden sie zurückkommen. Ch'unhŭi erschrak und rannte los wie verrückt, dem in der Ferne verschwindenden Lastwagen hinterher. Sie wollte rufen und legte alle Kraft in ihre Kehle, doch so verzweifelt sie es auch versuchte, kein Ton drang über ihre Lippen. Durch das Gestrüpp rannte sie dem Lastwagen nach, immer weiter, bis sich ihre Füße im Gras verfingen und sie zu Boden stürzte. Als sie den Kopf hob, war der Wagen schon hinter der Unterführung verschwunden und nirgends mehr zu sehen. Vor Reue und Verzweiflung schaffte es Ch'unhŭi nicht einmal, sich aufzurichten. Ihre Brust zog sich zusammen und sie kämpfte mit den Tränen. Sie kauerte am Boden und schalt sich Hunderte Male für ihre Dummheit. Von irgendwoher glaubte sie die Beschimpfungen des Maskenmannes zu hören, der sie mit Tritten malträtierte.

Du blödes Weibsstück! Sau! Berkshire! Nicht mal sprechen kannst du! Wie kannst du als Mensch verkleidet so böse Dinge anrichten, hä? So ein Vieh wie du verdient es nicht zu leben! Stirb, sag ich! Stirb!

Der Lastwagen war fort und würde nicht wiederkommen. Niemand würde sich je wieder blicken lassen. Ch'unhŭi lag zusammengekrümmt da, als trete wirklich jemand auf sie ein, und weinte.

Nachdem der Lastwagenfahrer fort war, fiel Ch'unhŭi vor Kummer in so tiefe Erschöpfung, dass sie weder arbeiten noch auf die Jagd gehen konnte. Mehrere Tage vergingen, ohne dass sie einen Finger rührte; dann erschien, halb wie im Traum, halb wie in einer Wahnvorstellung, Jumbo vor ihren Augen. Seine Gestalt war immer noch von dem glänzenden Schein umgeben, der aber ein wenig blasser zu strahlen schien als beim letzten Mal.

Nanu, kleines Fräulein, was ist denn los mit dir?

Jumbo machte ein freundliches Gesicht.

Ch'unhŭi antwortete kraftlos:

Ich bin nicht mehr klein. Was soll das?

Hoho, für mich bist du immer die Kleine. Weil wir uns immer nur an das erinnern, was wir vor dem Tod gesehen haben.

Aber warum siehst du so komisch aus? So blass?

Ist doch klar. Weil ich Stückchen für Stückchen aus deiner Erinnerung verschwinde.

Jumbos Antwort machte Ch'unhŭi noch trauriger, und sie sagte nichts mehr. Daraufhin fuhr Jumbo fort:

He, kleines Fräulein, nimm dich zusammen. Der Mann wird schon zurückkommen, du wirst schon sehen.

Bei der Erwähnung des Lastwagenfahrers fuhr Ch'unhŭi überrascht hoch.

Woher weißt du das?

Woher ich das weiß? Dummkopf! Denk doch mal nach. Was glaubst du, weshalb der Mann zu einer stillstehenden Fabrik fährt?

Was meinst du damit?

Kapierst du es immer noch nicht? Der Mann ist in dich verliebt, das meine ich, du kindisches Ding.

Ch'unhŭi sah Jumbo ratlos an, als verstehe sie nicht, was er gesagt hatte.

Ich und die Zwillingsschwestern und der Mann, wir haben dich gern. Verstehst du es jetzt?

Hmm, ich weiß nicht. Wie ein böser Mensch sah er eigentlich nicht aus, aber ... Ob er wohl wirklich zurückkommt?

Du wirst schon sehen. Jede Wette, dass er wiederkommt.

Trotz der tröstenden Worte Jumbos war Ch'unhŭi weiterhin bedrückt. Denn noch nie war ein Fortgegangener wieder zurückgekehrt. Erst nach ein paar Tagen schaffte sie es, aufzustehen und loszugehen, um nach den Fallen im Wald zu sehen. Alle waren leer, auch das Jagdglück hatte sie verlassen. Mit Mühe und Not fing sie ein paar Krebse im Bach und kehrte zur Fabrik zurück. Als sie über den Hügel schritt, von dem aus man die Fabrik überblicken konnte, sah sie zu ihrer Überraschung den Lastwagen im Hof stehen. Voller Freude rannte sie, ohne innezuhalten, den Hügel hinab.

Mit einer Zigarette im Mund an der Pumpe stehend, erblickte der Fahrer Ch'unhŭi und lächelte belustigt. »Da kommst du ja, ich dachte schon, du bist gar nicht mehr hier«, sagte er. »Ich wollte nur noch einen Moment warten und dann losfahren, wenn du nicht auftauchst.«

Ch'unhŭi wusste nicht, wie sie ihre Freude ausdrücken sollte, und stand unschlüssig da, dann hielt sie dem Mann plötzlich die Krebse entgegen.

»Oh, was haben wir denn da! Die schmecken bestimmt gut, wenn man sie brät.« Er nahm die Krebse und lächelte. Dann sagte er: »Na, wenn ich schon so ein Geschenk bekomme, muss ich mich ja wohl revanchieren.« Er ging zum Wagen, nahm ein großes Bündel und ließ es Ch'unhŭi vor die Füße plumpsen. »Los, bloß keine falsche Scheu, mach es mal auf.«

Ch'unhŭi knotete das Bündel vorsichtig auf und sah ein gelbes Kleid. Der Lastwagenfahrer erklärte mit zögerlicher Stimme: »Was du jetzt anhast, ist auch nicht schlecht, aber ich weiß ehrlich gesagt nie, wo ich hinsehen soll. Hoffentlich passt dir das Kleid. Ich habe die größte Größe genommen, aber ...«

Während er sprach, hob er eine Kiste Reis und ein halbes Schwein von der Ladefläche seines Wagens. Ch'unhŭi machte runde Augen, doch er zuckte nur mit den Achseln und redete weiter: »Das kannst du ruhig annehmen, ist keine große Sache. Ich will dir nur ein bisschen helfen, das ist alles.«

Er ließ die unschlüssig wirkende Ch'unhŭi stehen und kletterte auf seinen Fahrersitz.

»Also dann, wenn du mir nicht noch irgendetwas mitteilen möchtest, würde ich jetzt wieder losfahren. Mach's gut!«

Erst als er schon den Motor anließ, geriet Ch'unhŭi in Bewegung, lief eilig ein Stück nach vorne und stellte sich vor den Lastwagen. Dann wies sie mit dem Finger mehrmals hintereinander abwechselnd auf die Ziegelstapel und die Ladefläche des Lastwagens. Da der Fahrer nur ratlos dreinblickte, packte sie schnell, bevor er losfahren konnte, ein paar Ziegel und lud sie auf den Wagen. Endlich schien er zu begreifen und stieg vom Fahrersitz herunter, breit lächelnd.

»Ah, jetzt hast du scheinbar kapiert, was ich beim letzten Mal gemeint habe.« Er krempelte die Ärmel hoch und tat einen Schritt nach vorne. »Überlass das mir. Das ist keine Arbeit für eine zarte Frau.«

Der Lastwagenfahrer schob Ch'unhŭi zur Seite und begann, Ziegel von den Stapeln zu holen, wobei er erstaunliche Kräfte bewies, denn er packte sich immer gleich mehrere Dutzende davon auf einmal, als seien es Bauklötze für Kinder. Als der Laster voll beladen war, verschnürte er die Ladung fest mit Seilen, damit nichts herabfallen konnte.

»So, und jetzt heißt es warten, bis ich die Ziegel alle verkauft habe. Aber wann genau das sein wird, kann ich noch nicht sagen. Es gibt nämlich nichts auf der Welt, was ich mehr hasse als Versprechungen.«

Der Mann setzte seinen Lastwagen in Bewegung und fuhr davon. Ch'unhŭi stand zufrieden an der Ausfahrt und sah dem Wagen hoffnungsvoll hinterher. Sie war sich sicher, dass mit dem Verkauf der Ziegel auch die anderen Leute wieder zurückkehren würden. Denn waren es nicht schließlich auch die Steine gewesen, die ihr den freundlichen, starken Mann gebracht hatten?

Etwa eine Woche dauerte es, bis der Lastwagenfahrer mit seinem leeren Wagen wieder auftauchte. Es war Nachmittag, und Ch'unhŭi hatte, von neuer Hoffnung erfüllt, wieder mit dem Ziegelbrennen begonnen. Kaum war der Mann aus dem Wagen ausgestiegen, zog er stolz lächelnd aus der Brusttasche seiner Jacke ein Bündel Geldscheine hervor und sagte: »So, jetzt sieh selbst. Ich hab's doch gesagt, oder? Dass es für solche Ziegel gutes Geld gibt.«

Ch'unhŭi aber machte ein enttäuschtes Gesicht, weil außer ihm keine anderen Menschen gekommen waren. Der Lastwagenfahrer drückte ihr das Geldbündel in die Hand, weiter auf sie einredend: »Das ist für dich, heb es gut auf. Nicht lang, und du bist eine reiche Frau. Wenn es so weit ist, vergiss mich nicht, ja?«

Ch'unhŭi aber schüttelte den Kopf, als wolle sie das Geld nicht annehmen.

»Hör mal gut zu, es scheint, du hast einen falschen Eindruck von mir, aber ich bin keiner, der eine einfach gestrickte Frau wie dich betrügen würde. Also mach mich bitte nicht zu so einem miesen Kerl.«

Der Lastwagenfahrer hielt ihr das Geld noch einmal hin, aber Ch'unhŭi schüttelte unbeirrt den Kopf. Resigniert steckte er das Bündel wieder ein.

»Na gut, dann heb ich es fürs Erste auf,« schlug er vor.

»Ich kann ganz gut mit Geld umgehen, also mach dir keine Sorgen. Meine Brieftasche ist sicherer als jede Bank.« Dann fragte er Ch'unhŭi, die nach wie vor ihre zerrissene Sträflingskluft trug: »Warum ziehst du eigentlich nicht das Kleid an, das ich dir gekauft habe? Gefällt dir die Farbe nicht? Es ist nicht das allerteuerste, das nicht, aber auch kein Fetzen vom Wühltisch. Stolz zu sein ist das eine, aber man muss sich doch auch ein bisschen in den hineinversetzen, der einem das Geschenk gemacht hat, oder?«

Ch'unhŭi hatte das Kleid im Wohnhaus zur Seite gelegt und kein einziges Mal angezogen. Schon kleine Veränderungen machten ihr so viel Angst, dass sie es nicht wagte, den mehr als zehn Jahre getragenen Sträflingsanzug gegen etwas Neues zu tauschen.

»Ah, verstehe, du willst es anscheinend schonen, aber das brauchst du nicht. Ich habe das Kleid nicht dafür gekauft, dass du es hütest wie deinen Augapfel, sondern damit du es anziehst. Und wenn es alt ist, dann kaufe ich dir ein neues, also denk nicht drüber nach und zieh es einfach an.«

An jenem Tag packte der Lastwagenfahrer wieder seinen Wagen voll mit Ziegeln und fuhr los. So entwickelte sich zwischen den beiden eine Art Handelsbeziehung. Der Mann nahm Steine mit und brachte stattdessen Reis und Fleisch und andere Lebensmittel, Töpfe, Decken und andere fürs tägliche Leben nützliche Utensilien. Er kam in unregelmäßigen Abständen, lud die mitgebrachten Sachen ab und neue Steine auf, mehr passierte nicht, Ch'unhŭi gegenüber machte er sonst keine weiteren Annäherungsversuche. Aus recht grobem Holz geschnitzt, konnte er ihre feinfühlige Art nicht wirklich verstehen, dennoch hatte er gemerkt, dass sie anders war als andere Frauen.

Ch'unhŭi legte sich bei der Ziegelherstellung mit noch mehr Eifer ins Zeug. Zwischendurch sah sie immer wieder von der Arbeit auf und ließ ihren Blick zur Zufahrtsstraße wandern. Irgendwann war ihr aufgegangen, dass sie gar nicht so sehr auf die Rückkehr der fortgegangenen Arbeiter wartete als vielmehr auf den Lastwagenfahrer. An das Leben in völliger Abgeschiedenheit gewöhnt, verstand sie selbst nicht, was in ihr vorging. Das Gefühl war ganz anders als die Sehnsucht nach den Zwillingsschwestern oder nach Mun, es brach, da die Tür nun einen Spalt breit offenstand, über sie herein, groß und unaufhaltbar wie eine Meereswoge. Zuerst war es beim Lehmstampfen oder wenn sie alleine aß oder im Zimmer lag und durch die Lücken im Dach den runden Mond ansah, dass immer wieder die Gestalt des Lastwagenfahrers vor ihr auftauchte, ganz kurz nur, doch irgendwann war ihr ganzer Kopf voll von ihm. Diese ungekannte, wilde Empfindung brachte sie durcheinander. Und jedes Mal, wenn der Mann auf seinen kurzen Besuchen vorbeikam, wuchs die Verwirrung in ihr. Sie schlief immer weniger. Wenn sie auf ihrem Bett lag, wimmelte es in ihrem Kopf wie von einem Haufen Larven, und wenn der Morgen graute, war sie erschöpft von der mit Hin-und-her-Wälzen durchwachten Nacht. Doch wenn die Sonne aufging, sprang sie auf, als wäre nichts gewesen, und lief nach draußen, um nachzusehen ob der Mann nicht vielleicht gekommen war. Das war, seit Langem einmal wieder, das Gesetz der Liebe.

Eines Tages, Ch'unhŭi war an die Stelle am Bach gegangen, wo einst Mun ertrunken war, um Wäsche zu waschen, als sie im Wasser ihre eigene Gestalt erblickte. Die in alle Richtungen abstehenden Haare, die zerlumpte Sträflingskleidung, die abstoßenden Narben auf ihrem riesigen Leib ... Ch'unhŭi kam plötzlich die Frau in den Sinn, die ihre Mutter Kŭmbok vor langer Zeit geliebt hatte. Ihr elfenbeinweißer Nacken, die hauchdünne Haut ihrer zarten Wangen, der schmale, lange Rücken ... Ch'unhŭi glaubte zumindest ein bisschen zu verstehen, weswegen ihre Mutter sich zu jener Frau hingezogen gefühlt hatte. Zu Hause zog sie endlich die alten Lumpen aus und holte das gelbe Kleid hervor, das der Mann ihr mitgebracht hatte. Zum Glück passte es wie angegossen. Als der Lastwagenfahrer ein paar Tage später Ch'unhŭi darin zum ersten Mal sah, strahlte er erfreut. »Gut, dass ich genau dieses Kleid genommen habe!«, sagte er. »Darin siehst du aus wie ein, wie soll ich sagen ... wie ein niedliches Küken.«

Auch danach noch kaufte er ihr verschiedene andere Kleidungsstücke, aber Ch'unhŭi bestand stets darauf, das gelbe Kleid zu tragen. Immer wieder wollte sie das fröhliche Lächeln des Mannes sehen. Dann, im Herbst jenes Jahres, drei oder vier Monate nachdem der Lastwagenfahrer das erste Mal zur Fabrik gekommen war, passierte die einschneidendste und befremdlichste Sache ihres Lebens.

An diesem Tag stand Ch'unhŭi an der Pumpe im Hof und wusch sich. Dabei fiel ihr Blick auf die Narben an ihrem Leib. Vorher hatte sie davon kaum Notiz genommen, aber heute kamen ihr die Male besonders hässlich vor. Besonders groß und garstig war die Narbe an der Brust, die von dem Kampf mit dem Bären stammte. Sie wollte sie loswerden, aber so fest sie auch rieb, sie ging nicht weg. Sie fühlte sich elend. Hätte sie doch so eine reine Haut wie die Frau aus dem Gefängnis, dachte sie; ja wenn es nur möglich wäre, würde sie am liebsten auf der Stelle ihren eigenen gegen den Körper jener Frau eintauschen. Plötzlich bemerkte Ch'unhŭi, dass der Mann neben ihr stand. Seit wann er wohl schon da war? Sie hatte den Lastwagen, der im Hof stand, nicht kommen hören. Der Mann musterte sie. Das freundliche Lächeln war aus seinem Gesicht verschwunden, stattdessen funkelte ein merkwürdiges Feuer in seinen Augen, ganz anders als sonst. Sie vergaß, dass sie nackt war, und sah den Mann verwirrt an. Sie entsann sich, solche Augen schon einmal irgendwo gesehen zu haben. Der Ausdruck in den Visagen der Einbrecher, die sich vor langer Zeit, in jener Gewitternacht damals, auf ihre Mutter gestürzt hatten, war ähnlich gewesen. Das war kein gutes Zeichen.

Der Mann kam auf Ch'unhŭi zu. Alarmiert wich sie zurück, dabei stolperte sie über einen Zweig und fiel rückwärts zu Boden. Für einen Moment waren ihre Schamteile im Sonnenlicht zu sehen. Die Augen des Mannes loderten wie entflammt. Mit einem Satz war er über ihr, am ganzen Leib bebend. Vor Furcht waren ihre Glieder wie gelähmt. Der Mann zog seine Hose herunter. Dann rieb etwas Heißes zwischen ihren Schenkeln. Sein hitziger Atem fuhr ihr ins Gesicht, und seine breite Brust drückte sie nieder. Sie konnte nicht richtig atmen und versuchte, den Mann von sich zu schieben. Doch noch währenddessen war das heiße Ding in die Öffnung zwischen ihren Beinen gedrungen. Ein scharfer Schmerz durchfuhr sie und raubte ihr jede Kraft. Es war genau die Stelle, in die der Maskenmann damals im Gefängnis seinen Schlagstock gestoßen hatte. Als er ihr Blut sah, hatte der Maskenmann höhnisch kommentiert: »Oha, wie es aussieht, ist sie noch Jungfrau. Na, welcher Verrückte würde es mit so einem Vieh auch treiben wollen? Ein Hund würde zu dir passen, oder ein Gaul, was?«

Sie dachte, der Mann wolle sie quälen, so wie damals der Maskenmann. Also war er am Ende doch ein böser

Mensch. Sie bäumte sich mit aller Kraft auf, um ihn abzuwerfen, doch je mehr sie das tat, desto fester presste der Mann sich an sie. Ch'unhŭi wehrte sich nach Leibeskräften, doch gegen den Mann konnte sie nichts ausrichten. Dann wurde sein ganzer Körper für einen Moment starr, und gleich darauf rollte er von ihr herunter wie ein Baumstamm. In ihr kochte die Wut. Der Mann lag neben ihr und schnappte nach Luft. Ja, er war ein böser Mann, der sie quälen wollte. Sie erhob sich, um ihm das Gesicht wegzubeißen. Aber es hatte sich verwandelt. Die fremde Hitze war spurlos verschwunden, der gewohnte sanfte Ausdruck war zurückgekehrt. In seinen Zügen mischten sich Bedauern und Scham. In Ch'unhŭis Kopf herrschte Durcheinander. Sollte sie ihm die Nase abbeißen oder lieber nicht, sie wusste es nicht. Nach einer Weile, als er wieder zu Atem gekommen war, sagte der Mann: »Es tut mir leid, Küken. Ich wollte auch nicht, dass unser erstes Mal so verläuft. Aber ich konnte mich einfach nicht beherrschen.«

Seitdem wiederholte sich Ähnliches, immer wenn der Mann kam. Jedes Mal verkrampfte sich ihr Körper und der Schmerz erwachte wieder, aber sie biss ihn nicht. Ch'unhŭi konnte nicht verstehen, warum der Mann, eben noch ganz normal, sich plötzlich wie ein böser Mensch aufführte. Sie dachte sich, vielleicht habe er eine schlimme Krankheit, ähnlich wie sie damals von den Würmern. Diese Krankheit musste von dem seltsamen Ding da zwischen seinen Beinen kommen. Sie wollte ihn heilen, so wie die Einäugige sie damals geheilt hatte. Eines Tages, als er eingeschlafen war, nahm sie ein Messer, um ihm das Ding abzuschneiden. Als die Klinge ihn berührte, schrak der Mann hoch, dann riss er ihr das Messer aus der Hand und schleuderte es weit von sich. Er sah sie konsterniert an und sagte: »Bist du verrückt geworden, Küken? Willst du mich zum Eunuchen machen? Den größten Schaden hättest am Ende du selbst, weißt du. Du Dummerchen.«

Leider aber lernte Ch'unhŭi bis zu ihrem Tod nie die Freuden der geschlechtlichen Liebe kennen. Sie begriff zwar, dass der Lastwagenfahrer sie, anders als der Maskenmann, nicht etwa quälen wollte, sondern sein Gebaren ein Akt der Fortpflanzung war, so wie bei jedem Tier auch, aber es war dennoch jedes Mal fremd und beängstigend für sie. Und auch, nachdem der scharfe Schmerz verschwunden war, den sie anfangs immer gefühlt hatte, verkrampfte sich ihr Körper schon, wenn sie nur das seltsame Glimmen in seinen Augen sah. Wenn er keuchend auf ihr lag, hoffte sie nur, es wäre schnell vorbei und sein Ausdruck wieder so sanft wie sonst. Sie wünschte sich, in seinem Arm zu liegen und ihm zuzuhören, wenn er mit seiner tiefen Stimme erzählte, was er auf seinen Fahrten durch die Welt alles erlebt hatte. Auch wenn sie seine Worte nicht richtig verstand, versetzten sein nussiger Geruch und seine wohlklingende Stimme sie in eine unendlich friedliche Ruhe, bis sie irgendwann in tiefen Schlaf fiel.

Ch'unhŭi hatte irgendwann begonnen, Essen für ihn zu machen, wenn er zu ihr kam. Sie erinnerte sich daran, wie die Frauen in der Fabrik früher in dem großen gusseisernen Topf Reis gekocht und verschiedene Beilagen aus Gemüse und Fleisch zubereitet hatten. Auch wenn der Reis nicht ganz durch war oder die Beilagen ein wenig fade gewürzt, aß der Mann doch immer mit großem Appetit alles auf, um ihr dann frech die leere Schale noch einmal hinzuschieben.

»Gib mir noch mehr, Küken. Mann, ich habe einen richtigen Hunger heute. Außerdem kochst du so gut, ich könnte weiteressen, bis ich platze.«

Wie Eheleute saßen sie auf der Veranda, aßen ihr Abendessen und gingen zu Bett. Mit außergewöhnlich bunter Blätterpracht ging der Herbst in Nambaran, der sonst so unendlich einsam und traurig gewesen, aber durch das Erscheinen des fremden Mannes plötzlich erfüllt von Leben war, langsam in den Winter über.

Ch'unhŭis Leben hatte einen neuen Abschnitt begonnen. Nach den zehn Jahren der Pein im Gefängnis und den folgenden Jahren der völligen Abgeschiedenheit von der Welt waren die letzten Monate mit dem Lastwagenfahrer eine Zeit des unverhofften Glücks gewesen. Wenn die beiden ihr Leben weiter so gemeinsam verbracht hätten, wäre das für Ch'unhŭi wohl genug an Entschädigung gewesen für all den Schmerz, den sie bisher hatte durchleiden müssen. Doch dem Dasein der Königin sollte kein so einfaches Ende beschieden sein. Das unbarmherzige Schicksal hielt für sie noch einiges mehr an ungerechten und schweren Prüfungen vor.

Wenige Tage nach dem ersten Raureif kam der Lastwagenfahrer wieder einmal zur Fabrik. Angesichts des nahenden Winters hatte er für Ch'unhŭi eine dick gefütterte Jacke mitgebracht. Wie jedes Mal wollte er, sobald er sie sah, ihr den Rock hochziehen und die eine Sache erledigen. Aber diesmal sah er, dass Ch'unhŭis Bauch noch runder war als sonst. Zwar war sie dicker als die meisten Frauen, das schon, aber ihm wurde sofort klar, dass sie schwanger sein musste. Seine Miene verdüsterte sich. Er stieg von ihr herunter und zog ihr den Rock glatt. Ch'unhŭi merkte, dass etwas mit ihm nicht stimmte. Der

Mann gab sich Mühe, eine fröhliche Miene aufzusetzen, aber der Blick seiner Augen blieb hart. Er aß sein Essen nicht auf, und als er im Bett lag, konnte er nicht einschlafen und lag mit offenen Augen wach. Ein paar Mal strich er Ch'unhŭi, die neben ihm eingeschlafen war, eine Haarsträhne aus dem Gesicht und tat einen tiefen Seufzer.

Am nächsten Morgen, als Ch'unhŭi die Augen öffnete, lag der Lastwagenfahrer nicht mehr neben ihr. Auch der Lastwagen stand nicht im Hof. Es kam ihr merkwürdig vor, dass der Mann, der sonst beim Abschied immer so viele Worte gemacht hatte, so einfach gegangen sein sollte. Das hatte es vorher noch nie gegeben. Von einer unheilvollen Vorahnung befallen, hielt sie den ganzen Tag lang immer wieder in ihrer Arbeit inne und blickte zur Eisenbahnunterführung hinüber.

Zu dem Zeitpunkt hatte der Lastwagenfahrer die Fabrik schon weit hinter sich gelassen und fuhr gerade über einen schmalen Bergpass. Das Entstehen eines neuen Lebewesens mochte für Frauen etwas Natürliches und Segensreiches sein, für ihn war es das nicht. Wie damals vor einiger Zeit, als er die Buchhalterin des Bergwerksunternehmens verlassen hatte, fürchtete er sich vor einem Kind, das ihn sein Leben lang einsperren würde, wie man eine Kuh oder ein Schwein in den Stall sperrt. Die Serpentinen entlangfahrend, dachte er darüber danach, wie schmerzlich es war, sich von Ch'unhŭi zu trennen, dass er aber wegen seines Fernwehs, das ihm das Schicksal auferlegt hatte, nicht anders konnte. Und als er den nächsten Berg überwunden hatte, fühlte er sich sogar froh, von seiner Last befreit zu sein. Wenn man es sich überlegte, war Ch'unhŭi keine sonderlich attraktive Frau gewesen. Noch einen Bergpass weiter dachte er noch einmal nach. Wege führten immer irgendwohin, und am Wegesrand stand für einen Trucker immer irgendwo eine Frau bereit. Frauen waren nur eines der vielen Dinge, die ein Mann von der Welt erwarten durfte. Und als er den letzten Pass überfuhr, war er ganz aufgeregt bei dem hoffnungsfrohen Gedanken, in der nächsten fremden Stadt eine neue Frau zu treffen und sich ein schönes Leben mit ihr aufzubauen. Schließlich erreichte der Wagen wieder eine breite, gerade Straße, und er trat das Gaspedal durch. So hatte der Lastwagenfahrer der Ziegelfabrik Lebewohl gesagt und seinen letzten Weg eingeschlagen.

Der erste Schnee war gefallen, doch der Lastwagenfahrer hatte sich immer noch nicht wieder blicken lassen. Ch'unhŭis Bauch wölbte sich zusehends. Dass nach der Paarung der Bauch des Weibchens rund wurde und irgendwann dann Kinder herauskamen, wusste sie vom Leben der Wildtiere. Sie sah unentwegt zur Zufahrt hinüber und wartete, der Lastwagenfahrer möge zurückkommen. In Ch'unhŭis Ohren ging der Abschiedsgruß herum, den er immer gesagt hatte, wenn er früher weggefahren war: »Also, Küken, bis bald dann mal wieder. Aber wann genau das sein wird, kann ich noch nicht sagen. Es gibt nämlich nichts auf der Welt, was ich mehr hasse als Versprechungen.«

Der Lastwagenfahrer war fort, und die Fabrik wieder in der Stille versunken. Es wurde tiefer Winter, doch er kam nicht zurück. Ch'unhŭi spürte die Fußtritte des Kindes in ihrem Bauch. Sie empfand gegenüber dem in ihr heranwachsenden, wertvollen Lebewesen Furcht und zugleich eine erfüllende Zufriedenheit. Wie eine brütende Henne im Stall verbrachte sie den stillen Winter alleine in ihrem dunklen Zimmer.

Als der Frühling kam, befand sich Ch'unhŭi im letzten Monat ihrer Schwangerschaft, sogar das Aufstehen fiel ihr schwer. Der Bauch war riesig angeschwollen, die Haut zeigte Streifen und geplatzte Äderchen. Ch'unhŭi hatte Angst, ihr Bauch könne irgendwann platzen. Zu alledem gingen ausgerechnet jetzt die Vorräte zur Neige. Notgedrungen ging sie seit nahezu einem Jahr das erste Mal wieder hinaus in die Wildnis, um nach Essen zu suchen. Doch es war erst Frühlingsanfang und in den Tälern und Wäldern noch nichts Essbares zu finden. Ihr Hunger war so grauenvoll, dass man ihn nicht in Worte fassen konnte. Sie wusste instinktiv, dass auch das Kind Qualen durchmachte, und das trug zu ihrer Verzweiflung noch bei. Immer fieberhafter wartete sie auf die Rückkehr des Mannes, doch er ließ sich nicht blicken, auch als die Geburt schon kurz bevorstand.

Im Spätfrühling jenes Jahres gebar Ch'unhŭi ohne Hilfe ihr Kind, ein Mädchen. Das Kind war klein und schwach, es weinte nicht einmal. Eine schlimme Lage, wie damals bei ihrer Geburt im Stall der Zwillingsschwestern. Ch'unhŭi biss die Nabelschnur mit ihren Zähnen durch, die Nachgeburt kochte und aß sie. Das war der totale Instinkt des Muttertiers. Sie versuchte, das Kind zu stillen. Endlich kam eine helltrübe Milch, mit der sie das Kind einigermaßen satt bekam. Wenn sie zusah, wie das von ihr erschaffene Wesen an ihrer Brust saugte, war sie überwältigt von der Freude des Mutterseins, über das niemand ihr je etwas beigebracht hatte.

Doch die Freude war nur von kurzer Dauer. Schon am nächsten Tag musste Ch'unhŭi wieder hinaus, die Wälder und Wiesen nach Essbarem durchkämmen. Der natürliche Trieb, sein Junges füttern zu müssen, trieb das arme

Weibchen hinaus in die Wildnis. Wie im Wahn durchforstete sie das ganze Tal, doch der Frühling mit seiner trügerischen Pracht aus grünen Blättern und blühenden Bäumen war für das Weibchen und sein Neugeborenes nur eine Jahreszeit des bittersten Hungerns. Das Kind saugte an den leeren Brüsten, kraftlos wimmernd. Da die Mutter nichts zu essen hatte, war auch an Milch nicht zu denken. Ch'unhŭi pflückte Sprossen und Triebe, kaute ausgegrabene Wurzeln und fing Feldmäuse. Um das Leben des schwachen Kindes zu beschützen, stellte sie sich einem erbitterten Kampf mit der Natur. Eine unsäglich primitive, unsäglich grausame Schlacht.

Mit dem Wechsel der Jahreszeit zum Sommer lieferte das Tal zum Glück, so ärmlich das Angebot auch war, doch gerade genug zu essen, dass Ch'unhŭi in der Lage war zu stillen. Dabei war sie beschäftigter denn je. Auf der einen Seite musste sie Nahrung besorgen und sich um das Kind kümmern, auf der anderen Seite hatte sie auch wieder mit ihrer Arbeit begonnen. Denn dass der Mann weggelaufen war, musste daran liegen, dass sie beim Ziegelmachen zu faul gewesen war, dachte sie. Sie vermisste ihn. Seine tiefe Stimme und seinen nussigen Geruch, sogar die Sachen im Bett, die sie so gehasst hatte. Sie wollte ihn wissen lassen, dass sie ein Kind bekommen hatte, ihm zeigen, was sie da zusammen zuwege gebracht hatten. Dieser fieberhafte Wunsch hielt an, bis der Herbst verging und der grimmige Winter wieder vor der Tür stand.

Schneesturm

Der Winter jenes Jahres war der schneereichste seit Beginn der meteorologischen Aufzeichnungen. Menschen, die ihn damals erlebten, erinnerten sich später jedes Mal, wenn Schnee fiel, unisono an den Rekordwinter: »Das hier ist doch gar nichts im Vergleich mit dem Schnee damals, da hat es wirklich geschneit wie verrückt. Ich dachte schon, die Eiszeit kommt zurück.«

Ch'unhŭi kämpfte sich durch den Schneesturm, das Kind im Arm. Sie war nahe der Stelle angelangt, wo sie einmal der Einäugigen begegnet war. Der Körper des Kindes war glühend heiß. Sein Weinen war nur undeutlich zu hören in dem Geheule des schneidend kalten Winds an ihren Ohren. Sie war auf der Suche nach der Einäugigen. Sie hoffte, die Frau könne das Kind heilen, so wie sie ihre Krankheit geheilt hatte. Es war die einzige Möglichkeit, die sie für ihr krankes Kind noch wusste.

Erst heute Morgen hatte sie das Kind weinend gefunden, als sie aus dem Wald zurückkam, wo sie nach den ausgelegten Schlingen gesehen hatte. Zum Glück hatte sich ein kleines Bergkaninchen in einer der Schlingen verfangen. Eilig war sie nach Hause gelaufen, um das Kaninchen mit Reis zu einem Brei für das Kind zu kochen, als sie die roten Pusteln auf seiner Haut entdeckte. Das Gesicht war glühend heiß, und es hustete unaufhörlich. Schnell legte sie das Kind an die Brust, doch das Weinen hörte nicht auf. Es so husten zu sehen, dem Ersticken nah, ohne zu wissen, was sie tun sollte, ließ sie beinahe panisch werden vor Angst. Als sie sich wieder einigermaßen gefasst hatte, flößte sie dem Kind etwas von der Kaninchenbrühe ein, doch es erbrach alles sofort wieder.

Am Nachmittag war das Fieber noch weiter gestiegen. Das Kind hatte alle Kraft verloren, nicht einmal weinen konnte es mehr. Sie drückte es an sich und lief durch den hohen Schnee zum Tal. Dort aber teilte sich der Bach in Dutzend verschiedene Arme, alles sah gleich aus, so dass sie die Stelle nicht fand, wo sie der Einäugigen seinerzeit begegnet war. Der Schnee fiel noch stärker und reichte ihr schon bis an die Knie. Das Wimmern des Kindes hatte irgendwann aufgehört. Mit wütender Kraft lief sie weiter, aber bald wusste sie überhaupt nicht mehr, wo sie waren. Angst befiel sie. Vor Anbruch der Dunkelheit sollten sie besser nach Hause zurückkehren. Sie drehte um, doch von dem vielen Schnee war der Weg überdeckt, dazu behinderte ein heftiger, von Schneeflocken durchsetzter Wind die Sicht. Wie Gespenstergeheul betäubte er die Ohren. Ohne zu wissen, wo hinten und vorne war, wurde es dämmrig um sie herum, und mit einem Mal schlug die Dunkelheit der umliegenden Berge über ihnen zusammen. Der Schnee hörte nicht auf zu fallen. Wohin man auch ging, nichts als Schnee. Langsam erlahmten ihre Kräfte, sie schleppte sich nur noch voran. Ringsherum war alles von Dunkelheit eingeschlossen. Dann, der Schnee reichte ihr schon bis an die Hüfte, fiel sie hin, mit dem Kind im Arm, mitten in den Schnee hinein. Darin eingehüllt war es wider Erwarten warm. Das Sturmgeheul drang nur noch gedämpft an ihre Ohren. Sie musste schnell wieder aufstehen, dachte sie, doch ihre Glieder gehorchten ihr nicht. Sie sorgte sich um das Kind, aber sie war nicht einmal imstande, den Kopf zu heben. Kurz dachte sie an den Tod. Und von irgendwoher glaubte sie ganz schwach den Geruch des Stalls, ihres Geburtsorts, wahrzunehmen. Währenddessen deckte feiner Schnee die erschöpften Gestalten von Mutter und Tochter allmählich zu.

Zum selben Zeitpunkt, da Ch'unhŭi mit dem Kind im Arm durch den Schnee irrte, fuhr der Lastwagenfahrer über einen Bergpass. Er war auf dem Weg zur Ziegelfabrik. Der am Nachmittag einsetzende Sturm hatte sich auch nach Einbruch der Dunkelheit nicht gelegt. Nein, eher noch dichter war der Schneefall geworden, je weiter er fuhr. Er war müde. Erst heute Morgen hatte man ihn auf der Polizei aus dem Arrest entlassen.

Nachdem er Ch'unhŭi verlassen hatte, waren ihm nur schlechte Dinge widerfahren. Zuerst hatte er von einer Plantage weit weg in der Provinz Obst in die Stadt gefahren. Der Verdienst war nicht übel gewesen. Auch eine Frau hatte er kennengelernt. Sie verkaufte Früchte auf dem Frischwarenmarkt und duftete immer nach Trauben. Die ersten Monate verbrachten sie in süßer Verliebtheit. Sie fanden eine Wohnung und gründeten einen Hausstand. Die Obstverkäuferin aber war nie mit etwas zufrieden. Ununterbrochen nörgelte sie an ihm herum. Sie sagte, er sei faul. Er verschwende Geld, beschwerte sie sich, warum er nicht sein könne wie andere Männer. Unter allen Frauen, die er getroffen hatte, war sie die allerschlimmste. Da beschloss er, sie zu verlassen.

Auf der Fahrt in die Nachbarstadt machte er unterwegs Rast und trank ein paar Gläser, doch beim Weiterfahren verursachte er einen leichten Verkehrsunfall. Verletzt war niemand, aber er geriet mit dem anderen Fahrer in Streit und versetzte ihm aus Wut einen Faustschlag. Die Polizei nahm ihn mit auf die Wache, wo er ein paar Tage in der Arrestzelle verbrachte. Während er dort eingesperrt saß, musste er plötzlich an Ch'unhŭi denken. Er fragte sich, ob sie das Kind bekommen hatte. Ihm wurde klar, dass er alt zu werden begann. Er hatte nicht mehr so viel Kraft wie früher und war schneller erschöpft. Es war Zeit, mit der Herumstreunerei aufzuhören, dachte er. Der Wunsch in ihm wuchs, Kinder zu haben und ein gesichertes Leben zu führen, wie andere Leute auch.

Am Morgen jenes Tages war er von der Polizeiwache aus zum Markt gegangen und hatte Reis und Fleisch besorgt. Auch einen Pullover aus gelber Wolle kaufte er. Den wollte er seinem Küken schenken. Lieber eine Stunde früher als später wollte er sie wiedersehen. Sie – und das Kind, das sie zusammen gezeugt hatten. Je näher er P'yŏngdae kam, desto dichter wurde das Schneegestöber. Noch einen Berg musste er überqueren, dann würde die Fabrik dort hinten in der Ferne vor seinen Augen erscheinen. Ob Ch'unhŭi immer noch das gelbe Kleid trug, fragte er sich. Er hatte sich schon zurechtgelegt, was er ihr sagen würde, wenn er sie sähe: Es tut mir leid, Küken. Ich bin nicht fortgegangen, weil ich dich nicht mehr leiden konnte. Ich wollte einfach nur frei sein. Aber jetzt ist das alles vorbei. Ich habe bis jetzt noch nie jemandem etwas versprochen, aber dir verspreche ich jetzt was. Ich werde dich nie wieder verlassen, egal, was auch passiert.

Der Schneesturm wütete immer heftiger. Weil die Sicht so schlecht war, musste er beim Fahren sein Gesicht ganz nah an die Frontscheibe halten. Es wäre schön, wenn das Kind ein niedliches Töchterchen wäre, dachte er sich. Den Bergpass abwärtsfahrend, schalt er sich, als ihm jetzt einfiel, kein Geschenk für das Kind gekauft zu haben.

Du blöder Idiot!

Mit der Faust hieb er wütend auf das Lenkrad. Das genügte, um den Lastwagen seitlich ausbrechen zu lassen. Die Straße ging steil bergab. Erschrocken riss er das Lenkrad herum. Der Wagen geriet auf der glatten Fahrbahn ins Rutschen, erfasste die Leitplanke und durchbrach sie. Während der Wagen ins Bodenlose hinabstürzte, dachte der Mann:

Verflucht, wie tief geht das denn noch runter hier? Ich will eigentlich lieber oben auf der Straße sterben ...

Der Lastwagen traf weiter unten auf einen Felsen und zerschellte. Seine Trümmer wurden schnell von den starken Verwehungen des Schneesturms zugedeckt. Das rastlose Truckerleben des Mannes hatte im eisigen Tal sein Ende gefunden. Seine Leiche im Wrack des Lastwagens entdeckte ein Bergwanderer erst im Frühjahr des folgenden Jahres, im Mai, als der Schnee längst weggeschmolzen war. Die Stelle lag nicht einmal sieben Kilometer von der Ziegelfabrik entfernt.

Ch'unhŭi schlug die Augen auf. Ein stechender Schmerz durchfuhr sie. Über der alles zudeckenden Schneefläche war die Sonne aufgegangen. Als hätte es nie einen Schneesturm gegeben, lag die Umgebung still da, kein Windhauch regte sich. Langsam richtete sie sich auf. Ihr Leib fühlte sich tonnenschwer an. Dann sah sie auf ihre Arme herunter. Das Kind war nicht mehr da. Zu Tode erschrocken fing sie an, den Schnee zu durchwühlen. Bald fand sie das Kind, nahm es schnell hoch und drückte es an sich. Sein Körper war eiskalt, die Haut bleich, Arme und Beine hingen schlaff herab. In dem Moment, da ihr klar wurde, dass das Kind nicht mehr lebte, durchlief sie die Erschütterung des unwiederbringlichen Verlusts. Sie rieb ihre Wange am kalten Gesicht des Kindes. Der Tod ließ sich nicht zurückdrehen. Sie wusste das nur zu gut. Wie ein von einer Gewehrkugel getroffenes Reh taumelte sie und fiel auf die Knie. Sie legte das Kind behutsam auf die Schneedecke. Es war so klein und schwach. Und es war tot. Sie sah auf es herab und wurde von einer gewaltigen Trauer erfasst wie von einer Flutwelle. Alles auf einmal brach aus ihr heraus. Ch'unhŭi weinte. Verzweifelt, nahezu wahnsinnig vor Schmerz weinte sie bis zur Erstickung. Die Sonne stieg allmählich höher. Auf dem Weiß des Schneefelds blieb Ch'unhŭi als ein Punkt zurück. Die langen Jahre der Einsamkeit, den Schmerz, alles legte sie in ihr Weinen hinein. Wild am ganzen Leib geschüttelt, so donnernd, als sprenge es ihr gleich die Brust, so bitterlich, dass es ihr die Kehle zerriss ... so weinte sie.

Das Nationaltheater

Nun fliegt die Geschichte über das Meer einer langen, langen Zeit und führt uns zwanzig Jahre weiter, zur Wohnung eines Architekten. Eben gerade hatte er ein Telefongespräch beendet und den Hörer aufgelegt. Mit enttäuschter Miene stieß er einen langen Seufzer aus. Dann rieb er sich, als sei er müde, mit den Handflächen sein Gesicht, und murmelte: »Wahrscheinlich ist es so, wie sie gesagt haben. Wie sollte auch etwas übriggeblieben sein, bis jetzt. War also alles vergeblich?«

Er stand auf, schenkte sich ein Glas Whiskey ein und ging zum Fenster, vor dem die Lichter der Stadt blinkten. Eine ganze Weile stand er so da, wie von einer großen Niederlage überwältigt, und sah hinaus. Dann trank er das Glas in einem Zug aus. »Trotzdem, ich muss hinfahren und es mir mit eigenen Augen ansehen«, entschied er. »Für den Baubeginn ist es dann immer noch nicht zu spät.«

Kurz darauf fing er an, hastig Sachen für eine Reise zusammenzupacken.

Der Architekt war ein äußerst stiller Mensch, aber er wusste genau, worin sein Ziel bestand. Als einer der ersten im Ausland Studierenden hatte er nach seiner Rückkehr für eine Revolution in der Architekturszene gesorgt. Er gab dem Begriff der Architektur eine neue Definition, und man feierte ihn dafür, sie aus dem Bauwesen herausgelöst und auf die Ebene der Kunst erhoben zu haben. Natürlich, dabei nicht roh, schön, dabei nicht grell, praktisch, dabei nicht nüchtern, und harmonisch, dabei nicht künstlich, solche Gebäude bauen zu wollen, darin bestand seine Maxime. Das erforderte äußerst strenges

Maßhalten und großen künstlerischen Mut. Wann immer er ein Gebäude errichtete, waren die Leute begeistert, und er wurde mit Anfragen förmlich überschwemmt. Dennoch wählte er seine Aufträge mit Bedacht. Er fürchtete sich vor dem Gewohnheitsmäßigen und wehrte sich dagegen, sein Talent von reichen Menschen ausnutzen zu lassen.

Dass ihn zwei Sonnenbrille tragende Männer in schwarzen Anzügen in einer vertraulichen Angelegenheit aufgesucht hatten, lag nun schon ein Jahr zurück. Sie seien für geheime Informationen in Bezug auf den Staatsschutz zuständig, sagten sie, und gekommen, um ihm ein Schriftstück zu überbringen, das einen Auftrag, nein, einen Befehl des Generals höchstpersönlich darstellte. Im Detail enthielt das Dokument Angaben zum Bau eines neuen Gebäudes, genauer, eines groß angelegten Nationaltheaters. Er geriet sofort in Aufregung. Für einen Architekten stellte ein solches Projekt eine überaus interessante Herausforderung dar, eine willkommene Abwechslung nach den ermüdenden Arbeiten der letzten Zeit. Weil er keinerlei eigenen politischen Standpunkt besaß, hatte er keine Probleme, auf der Stelle auf das Angebot des Generals einzugehen. Selbst wenn er abgelehnt hätte, wäre er am Ende doch mit dem Bau beauftragt worden, und so durfte er sich glücklich schätzen, seine Arbeit nicht in einem Kellerloch des Geheimdienstes beginnen zu müssen.

Der Entwurf nahm einige Zeit in Anspruch. Der Bau eines Theaters stellte, anders als gewöhnliche Bauten, eine überaus komplexe Angelegenheit dar, mussten doch Besonderheiten bedacht werden wie zum Beispiel die Vorrichtungen für die Beschallung und Beleuchtung, die Anordnung der Sitze und zahlreiche Dinge mehr. Die Geheimdienstmitarbeiter riefen ihn zu jeder Tages- und Nachtzeit an, um ihn zur Eile anzutreiben. Sie schienen es sehr eilig zu haben, und tatsächlich gab es dafür einen gewichtigen Grund.

Der General verfolgte die Absicht, einen Friedensvertrag mit dem Norden abzuschließen. Seine wahren Absichten kannte niemand, aber die Gesandten des Generals pendelten geschäftig zwischen Nord und Süd hin und her und führten Sondierungsgespräche. Die Gespräche verliefen zur Zufriedenheit, und es bestand Hoffnung, einen geschichtsträchtigen Friedensplan auf den Weg bringen zu können. Wenn die Gesandten zu ihren Gesprächen in den Norden fuhren, sahen sie auf dem Weg ein erstaunliches Gebäude. Ein riesiges, prachtvolles Theater. Der General des Nordens war sehr stolz auf diesen Bau. Das kam bald dem General zu Ohren. Er wurde nervös. Es beunruhigte ihn, dass sein Land womöglich hinter den Norden zurückgefallen sein könnte, und seine Stimmung war überaus gereizt. Mit den Gesprächen kam man in der Zwischenzeit rasch voran, Gesandte des Nordens würden bald in den Süden kommen, ein Termin für eine große Konferenz stand bereits fest. Dem General rannte die Zeit davon. Er war entschlossen, ein Theater zu bauen, das es mit dem Norden aufnehmen konnte, und es sollte fertig sein, bevor die Vertreter kamen, damit sie es von dem Hotel, in dem sie untergebracht werden sollten, sehen konnten. Das Vorhaben musste heimlich, ohne dass jemand davon erfuhr, vonstattengehen, da es Bezug zum Norden besaß. Damals stand ausnahmslos alles, was in irgendeiner Weise mit dem Norden zu tun hatte, unter Geheimhaltung, egal, um was es sich handelte. Den Architekten zu beauftragen war daher auch nicht Sache einer offiziellen Regierungsinstitution gewesen, sondern dem Geheimdienst zugefallen.

Der Architekt schaffte es glücklicherweise, den Entwurf innerhalb der geplanten Frist fertigzustellen. Besondere Sorgfalt ließ er bei der Auswahl der Baumaterialien walten. Beton wirkte zu nüchtern, Marmor zu pompös, Holz war nicht praktikabel. Ein Theater als Raum für jedermann, dafür musste ein Material gefunden werden, das Volksnähe und künstlerisches Gewicht zugleich besaß. Nach langem Überlegen entschied er sich für Ziegel. Lediglich aus Erde, Wasser und Feuer geformt, das älteste Baumaterial überhaupt, stellte es eine ideale Kombination aus Zivilisation und Natur dar. Wegen seiner roten Farbe jedoch kam es eine ganze Weile lang zu Reibereien mit den Geheimdienstleuten, die damit die Roten assoziierten. Das war wieder das Gesetz der Ideologie.

Schlussendlich aber blieb den Geheimdienstleuten nichts anderes übrig, als klein beizugeben, um die Bauzeit einhalten zu können. Doch dann folgte noch ein weiteres Problem. Zwar sollte man meinen, dass es nichts Gewöhnlicheres auf der Welt gab als solche roten Backsteine, und Ziegelfabriken gab es in der Tat zuhauf, aber der Architekt wollte den einen, den besonderen, zum Erscheinungsbild des Theaters perfekt passenden Ziegel. Sein Standard war so streng und anspruchsvoll, dass alle Hersteller, die kamen und ihre Muster präsentierten, der Reihe nach eine Abfuhr erhielten, stets mit dem gleichen Spruch versehen: »Sehen Sie, nicht alles, was rund ist, ist ein Rad, und nicht alles, was eckig ist, ein Ziegelstein. Sie verstehen, was ich meine?«

Am Ende machte er sich selbst auf die Suche nach dem Ziegel, der ihm vorschwebte. Dass er jetzt, wo er den

Entwurf längst fertiggestellt hatte, bei der Auswahl der Materialien so herumbummelte, trug ihm fortlaufend Mahnungen vom Geheimdienst ein. Er klapperte jede Fabrik im Land ab, konnte aber den einen idealen Stein nirgends finden. Es gab zwar durchaus immer wieder einmal Ziegel von hervorragender Qualität, aber seinem Standard genügte keiner davon.

Eines Tages fuhr er auf dem Weg nach Hause durch eine Provinzstadt. Er hatte eine weitere Ziegelei besucht, wieder mit enttäuschendem Ergebnis. Schweren Herzens hatte er sich damit abgefunden, wohl oder übel mit einem der einigermaßen guten Steine vorliebnehmen zu müssen. Plötzlich fiel im Vorbeifahren sein Blick auf ein altes Gebäude. Für einen Moment glaubte er, etwas entdeckt zu haben. Er befahl dem Fahrer anzuhalten. Dann stieg er aus und ging auf den Bau zu.

Im Erdgeschoß ein Café, im ersten Stock einen Billardclub beherbergend, wies das vor langer Zeit errichtete Gemäuer hier und da Risse auf und befand sich insgesamt in einem heruntergekommenen Zustand. Dennoch hatte er auf einen Blick erkannt, dass die Ziegel, aus denen der Bau bestand, die besten waren, die er je zu Gesicht bekommen hatte. Unbewusst streichelten seine Finger den Stein. Schon beim ersten Hinsehen erkannte man die robuste Qualität, auch die Färbung war weder zu kräftig noch zu blass. Der Stein war von einer beeindruckenden, dabei überhaupt nicht einschüchternd wirkenden Wertigkeit, von seiner Form her weder konventionell starr noch nachlässig. Dies war exakt der Stein, nach dem er seit Monaten fieberhaft gesucht hatte, nein, er übertraf seine Vorstellungen noch. Ein aus Erde geformter Edelstein.

Mit seinen Händen an der Ziegelwand stand er überwältigt da, unfähig, sich zu bewegen. Er neigte seinen Kopf in unendlichem Respekt vor dem Menschen, der diesen Stein erschaffen hatte. Im Vergleich zu jenem Meister waren seine eigenen Fähigkeiten nichts weiter als schäbige Taschenspielertricks, dachte er. Nachdem er eine ganze Weile in tiefer Erschütterung verharrt war, riss er sich endlich los und sprach vor sich hin: »Falls es einen Gott gibt und er Ziegel macht, dann sind es diese Steine hier.«

Im gleichen Moment öffnete sich die Tür des Cafés und der Kopf einer weiblichen Bedienung sah heraus. »He, Sie, stehen Sie doch nicht so herum«, rief sie. »Kommen Sie rein und trinken Sie eine Tasse Kaffee!«

Die kaugummikauende Bedienung war ein Mädchen mit fast noch kindlichem Gesicht, ihr Rock so kurz, dass man die Unterwäsche sah. Der Architekt, immer noch erschüttert, ergriff die Hand des Mädchens und fragte:

»Sag, denkst du, es gibt einen Gott auf dieser Welt?«

»Keine Ahnung, aber wenn es so einen Typen gibt, warum muss ich dann Kaffee servieren, seit ich zwölf bin?« Die Bedienung war um eine pfiffige Antwort nicht verlegen.

»Du hast Recht, so habe ich bis eben gerade auch gedacht. Hör zu, du weißt es nur noch nicht, aber du arbeitest in einem Haus, das Gott gebaut hat. Das ist etwas ganz Wundervolles.«

»Ja, schon klar.« Ungerührt kaute sie auf ihrem Kaugummi herum.

»Du wusstest es schon?« Der Architekt war überrascht.

»Logisch, das Haus hier hat Gott gebaut, und ich bin die heilige Jungfrau Maria«, sagte sie schnippisch. »Und jetzt werden Sie gleich mal nachsehen wollen, ob ich wirklich noch Jungfrau bin, was? Und wenn ich keine mehr bin, ziehen Sie mir die Unterhose runter und versohlen mir den Hintern.«

»Kindchen, nein, nicht doch, das meine ich doch gar nicht ...«

Die Bedienung schüttelte seine Hand ab, spuckte ihren Kaugummi vor ihm aus und ging, vor sich hin fluchend, nach drinnen: »So ein Perversling. Wenn er mir an die Wäsche will, soll er's doch sagen, statt mich so blöd anzumachen. Solche Typen wie den kann ich absolut nicht ab.«

Der Baubeginn verzögerte sich immer weiter, und die Leute vom Geheimdienst setzten dem Architekten zu, doch er ließ sich nicht im Geringsten aus der Ruhe bringen. Sein Entschluss stand felsenfest, da mochten sie ihm ihre Pistolen an die Schläfe halten, es würde nichts bewirken. Statt ihn also in ihren Keller zu bringen, flehten sie ihn an, endlich mit dem Bau zu beginnen, als ginge es um ihr Leben. Er aber blieb dabei, keinen Finger rühren zu wollen, solange nicht der von ihm geforderte Ziegel gefunden wurde. Notgedrungen sandte man Agenten aus, um den Stein aufzuspüren, das gesamte Informationsnetz des Geheimdienstes wurde mobilisiert.

Es konnten weitere Gebäude lokalisiert werden, deren Mauern aus denselben Steinen bestanden, die den Architekten so bewegt hatten. Die Agenten brachten diskret in Erfahrung, wer der Besitzer des jeweiligen Gebäudes und wo das Bauunternehmen ansässig war, und versuchten so, die Produktionsstätte des Materials ausfindig zu machen. Das zog den Ablauf noch weiter in die Länge. Streng genommen waren solcherlei geheimen Investigationen nicht erforderlich, um an so etwas wie Ziegelsteine zu kommen, aber an den lang eingeschliffenen Gewohnheiten des Geheimdienstes war nicht zu rütteln. Als Problem kam hinzu, dass seit dem Bau der betreffenden Gebäude so viel Zeit vergangen war, dass die Beteiligten zum größten Teil entweder bereits das Zeitliche gesegnet hatten oder sich nicht mehr erinnern konnten. Dennoch ließ sich ein alter Bauunternehmer mit einigermaßen klarem Gedächtnis finden, der ihnen von einem Mann von außergewöhnlicher Kraft berichten konnte, welcher ihn vor langer Zeit mit Ziegelsteinen beliefert habe. Jener Mann war so stark gewesen, dass er mehrere Dutzend Steine auf einmal zu heben vermochte, und der Bauunternehmer erinnerte sich trotz der vielen Jahre, die seither vergangen waren, noch ziemlich genau an die merkwürdigen Worte, die der starke Mann zum Abschied gesagt hatte, bevor er sich in seinen Lastwagen gesetzt und davongefahren war: »Beim nächsten Mal bringe ich Ihnen noch mehr von den Steinen. Aber wann genau das sein wird, kann ich noch nicht sagen. Es gibt nämlich nichts auf der Welt, was ich mehr hasse als Versprechungen.«

Die Geheimdienstmitarbeiter konzentrierten sich bei ihren Nachforschungen nach der Ziegelproduktionsstätte auf die Regionen, in denen die Gebäude aus den besagten Steinen gefunden worden waren. Allerdings führten ihre Untersuchungen zu keinerlei Resultat. Es war, als forsche man in einem verzauberten Urwald nach dem an Mysterien reichen verschollenen chinesischen Buch der Kampfeskünste. Unterdessen entdeckte der Architekt an einer Abrissstelle noch eine weitere Sorte von Ziegel. Dieser entsprach nicht ganz seinen Erwartungen, doch war die Qualität hervorragend und der Stein stimmte in vielen Punkten, sei es von der Herstellungsweise oder der Materialbeschaffenheit, mit dem zuerst von ihm entdeckten Stein überein. Er war überzeugt, dass die beiden Ziegelsorten aus derselben Fabrik stammen mussten. Ein universitäres Forschungsinstitut wurde mit der Analyse des Materials beauftragt und führte zu dem Ergebnis, dass der von dem abgerissenen Haus stammende Ziegel etwa zwanzig Jahre vor dem zuerst gefundenen Stein hergestellt worden war. Als weiteren wichtigen Anhaltspunkt trug er einen gut leserlichen Prägestempel, der ihn als Produkt der »Ziegelwerke P'yŏngdae« kennzeichnete.

Ab sofort konzentrierte sich die Suche auf die Firma selbigen Namens. Die Agenten konnten bald einiges an Informationen zu P'yŏngdae zusammentragen, einer Stadt, in deren Umkreis vorher auch schon einige der Ziegel gefunden worden waren. Sie stellten fest, dass die Stadt bereits vor vielen Jahren verschwunden war, und erst mit Hilfe alter Eisenbahnpläne konnten sie den Namen und die ungefähre Lage des Ortes verifizieren. Darüber hinaus spürte man mehrere alte Leute auf, die aussagten, vor vielen Jahren Gerüchte gehört zu haben von einer Stadt in der Nähe, deren Bewohner bei einem großen Feuer alle ums Leben gekommen seien. Und zu guter Letzt fand man auch einen Greis, der, in P'yŏngdae geboren, bis zu dem Brand dort gelebt hatte, und gestützt auf dessen vage Erinnerungen gelang es endlich, die tragisch untergegangene Stadt zu finden. Sechs Monate waren vergangen, seit der Architekt den ersten Ziegelstein entdeckt hatte.

Als die Geheimdienstmitarbeiter in P'yŏngdae ankamen, war der Ort bereits von hohen Bäumen und Gestrüpp so stark zugewachsen, dass es aussah, als hätte ein Waldgott schützend seine Arme darumgelegt. Die Fläche war viel größer als gedacht, und dass es sich einst um eine blühende Stadt gehandelt haben musste, legten die noch erkennbaren, imposanten Grundrisse einzelner Gebäude nahe. Die Brandspuren an manchen der stehengebliebenen Gemäuer gaben beredtes Zeugnis, wie fürchterlich das Feuer gewütet haben musste. Man fand auch den Ausgangspunkt des Unglücks, das Filmtheater. Der walförmige Bau war zwar längst völlig eingestürzt, doch seine wie der Rock einer Robe geschwungene Freitreppe aus Marmor und der breite Vorplatz, beide in ihrer Grundform erhalten, gaben eine Vorstellung von der ehemaligen Pracht.

Als die Geheimdienstler am Kino vorübergingen, lag da, wo früher einmal vermutlich das Kartenverkaufshäuschen gestanden hatte, ein alter, an einer Säule angeleinter Hund. Das einsame, abgemagerte Tier sah auf den ersten Blick aus wie ein zusammengeknüllter, achtlos weggeworfener Putzlappen. Die Agenten konnten nicht glauben, dass der Hund Jahrzehnte nach dem Fortgang der Menschen bis jetzt hier überlebt hatte. Sie fragten sich, ob nicht vielleicht jemand aus einer nahegelegen Ortschaft den Hund hierhergebracht und angeleint zurückgelassen hatte, aber die Eisenkette, die um den Hals des Tieres lag, war von einer dicken Rostschicht bedeckt, als sei sie sehr lange Zeit dem Regen ausgesetzt gewesen. Einer der Männer streckte seine Hand aus, um die Kette zu lockern, da zerfiel sie zu Staub. Doch auch ohne Kette blieb der arme Rassehund auf seinem Platz und ließ, aus verklebten Augen blinzelnd, das Kartenhäuschen nicht im Stich.

Vier Tage später erhielt der Architekt vom Geheimdienst einen Anruf. Die Männer hatten endlich die Fabrik gefunden, die sich hinter dem Namen »Ziegelwerke P'yŏngdae«

verbarg. Dass es vier Tage gedauert hatte, sie zu finden, lag daran, dass der Standort zum einen ein gutes Stück von P'yŏngdae entfernt lag, zum anderen, weil es weitere zwei Tage gebraucht hatte, die völlig von Unkraut und Dornengestrüpp zugewachsene Zufahrtsstraße zu finden. Nachdem die Gruppe sich mühsam bis zur Einfahrt zum Fabrikgelände durchgekämpft hatte, stellte sich heraus, dass die Anlagen schon jahrzehntelang stillstanden und alles eine einzige große Wiese war. Zusammen mit dieser Nachricht teilten die Geheimdienstleute dem Architekten mit, nicht länger warten zu können, und befahlen ihm, unverzüglich mit den Bauarbeiten zu beginnen. Wenn er sich weiter stur stelle, würde man die Arbeiten ohne ihn durchführen, fügten sie noch hinzu. Enttäuscht sagte er kurz, er habe verstanden, und legte den Hörer auf. Dennoch beschloss er, sich mit eigenen Augen ein Bild von der Fabrik zu machen. Auch wenn der Betrieb den Angaben nach schon lange eingestellt war, so wollte er doch den Ort besuchen, an dem die Ziegel hergestellt worden waren. Erst dann, so glaubte er, würde er von dem Ziegelwahn loskommen, der ihn seit Monaten gefangen hielt. Dreißig Minuten waren seit dem Telefonat vergangen, da fuhr er in aller Stille mit seinem Wagen alleine los, durch die Nacht der Fabrik entgegen.

Es war am Abend des folgenden Tages, als er an der Zufahrt ankam, bei Sonnenuntergang. Er ging durch die Bahnunterführung die von den Geheimdienstleuten geschlagene Schneise entlang. Diese waren schon tags zuvor abgezogen worden. Unglaublich, wie dicht von giftigen Gräsern und Dornensträuchern überwachsen die Zufahrt war, nicht einmal eine Maus konnte hier hindurchgekommen sein. Mit Hilfe von Sicheln und Sägen und anderem Werkzeug hatten sich die Agenten mühsam stückweise durch das Dickicht vorkämpfen müssen. Dank ihnen gelangte der Architekt schnell bis zur Nähe der Fabrik, doch dann endete der schmale Weg jäh vor der Einfahrt zum Fabrikgelände. Dort stand ein halb vermodertes Holzschild, auf dem undeutlich die Aufschrift »Ziegelwerke P'yŏngdae« zu erkennen war.

Das Schild betrachtend, erkannte der Architekt seine Niederlage an. Das Gelände, das sich dahinter erstreckte, war überwuchert von Feinstrahl, der zwischen den eingefallenen Öfen blühte und davon Zeugnis gab, dass sich hier schon seit ewigen Zeiten keine Menschenseele mehr hatte blicken lassen. Er stieß einen langen Seufzer aus, dann zündete er sich eine Zigarette an. Der letzte Hoffnungsschimmer schwand, so eindeutig war die Lage. Aber etwas hinderte ihn daran, einfach umzudrehen und wegzugehen. Er wollte die Fabrik sehen, die da hinter der Dornenhecke lag, hineingehen und wenigstens einen einzigen Anhaltspunkt dafür finden, wie in aller Welt hier solche Ziegel hatten entstehen können.

Der Architekt zog seine Socken über die Hosenbeine und begann, sich einen Weg zu bahnen. Ohne jedes Gerät war es nicht einfach, im dornigen Gestrüpp voranzukommen. Außerdem war der Boden unter seinen Füßen sumpfig, das Laufen an sich schon ein Kraftakt. Dennoch drang er Stück für Stück vor, fest entschlossen, den Dornenranken zum Trotz, die ihm hartnäckig den Zugang zu verwehren schienen, als besäßen sie einen eigenen Willen. Von der Einfahrt bis zum Fabrikhof waren es nicht mehr als dreißig Meter, aber er musste über eine Stunde lang gegen das Pflanzengewirr kämpfen. Dann endlich, wie ein Kind im Moment seiner Geburt, glitt er aus dem Dickicht ins Freie und stand mitten im Fabrikhof.

Hier war merkwürdigerweise kein anderer Bewuchs zu sehen außer dem Feinstrahl, der eine weiß blühende Wiese bildete. In einer Ecke türmte sich ein Haufen Knochen, und ein paar runde Behälter aus Holz, die ihn von der Form her an Bienenkörbe erinnerten, lagen umgekippt am Boden. Ein Bau, der einmal das Wohnhaus gewesen zu sein schien, war in sich zusammengefallen und auch vom Feinstrahl überwachsen. Der Architekt sah sich langsam um und ging dann auf die Öfen zu. Sie mussten schon lange so halb verfallen dagestanden haben. Wie um den Schlüssel zu einem ungelösten Rätsel zu ergreifen, streckte er die Hand aus und berührte die Mauern. Sein Herz klopfte, von einer seltsamen Unruhe befallen. Er zog die Hand weg und hob den Kopf.

Und dann ... sah er es! Dort, hinter der Fabrik, eine weite Wiese, über und über bedeckt von Stapeln aus roten Ziegelsteinen. Er konnte seinen Augen nicht glauben. Sein Puls raste, es war ihm, als müsse er schreien. Der Moment war gekommen, da die so lange im Unkraut verborgenen Steine sich endlich der Welt offenbarten. Dem Architekten wich die Kraft aus den Beinen, er musste sich mit der Hand an der Ofenmauer abstützen, als er die Ziegel überblickte. Die Stapel füllten die gesamte Fläche der Wiese, und weil auch dieser Platz nicht ausreichte, setzten sich die Reihen weiter fort bis ganz hinten zum Fuß des Tals, wo der Bergbach mündete. Selbst auf den ersten Blick handelte es sich um eine unglaubliche Menge an Steinen, mehrere Theaterhäuser könnte man daraus bauen, und es würde immer noch etwas übrigbleiben. Ein überwältigendes Werk, besonders, wenn man bedachte, dass ein einziger Mensch dies alles vollbracht hatte. Dass die Geheimdienstleute am Vortag die Steine nicht entdeckt hatten, obwohl sie doch immerhin bis zur

Einfahrt vorgedrungen waren, lag zum einen an dem dichten Gürtel aus Dornenranken, der das Gelände umschloss, und zum anderen an den die Sicht auf die Wiese verdeckenden Öfen. Hunderttausende, nein, Millionen von Ziegelsteinen wogten vor ihm im Abendrot auf und nieder wie eine riesige Welle, als besäße jeder einzelne von ihnen ein Eigenleben. Der Architekt spürte, wie sich vor Rührung über den erhabenen Anblick seine Augen mit Tränen füllten. Und kurz darauf rannen sie ihm über das Gesicht, und mit zitternder Stimme sprach er zu sich selbst: »Das, das ist wirklich unglaublich, ein Wunder!«

Hinter der Wiese, am westlichen Himmel, ging die Sonne unter. Das Rot der Ziegel vermischte sich mit dem Abendrot und loderte auf wie ein gigantischer Buschbrand. Ein wahrhaft feierlicher Anblick.

Ch'unhŭi oder Die Königin

Verehrte Leserschaft, schüttelt die Müdigkeit ab und lauscht nur noch ein Weilchen. Wir sind nun endlich am Ende dieser langen, langen Reise angekommen. Zwei Tage waren vergangen, seit der Architekt sich durch die Dornen geschlagen und die Ziegel entdeckt hatte, da fanden die erneut zu Investigationszwecken angerückten Geheimdienstmitarbeiter neben einem der Öfen ein menschlich aussehendes Skelett. Wegen der im Hof lagernden Vielzahl an Tierknochen hatten sie es zunächst nicht für die sterblichen Überreste eines Menschen gehalten, aber im Labor, das man mit einer Untersuchung beauftragt hatte, stellte sich dann heraus, dass die Knochen einer Frau gehört hatten, die vor etwa zehn Jahren gestorben war. An dem für eine Frau außergewöhnlich großen Skelett fand man eine weitere Besonderheit, und zwar wies der Unterarm nicht zwei, sondern nur einen Knochen auf. Der zuständige Labormitarbeiter konstatierte: »Auch, wenn wir sonst nicht viel wissen, klar ist, dass diese Frau ungeheuer stark gewesen sein muss.«

Anhand mehrerer Tatbestände ließ sich folgern, dass es die Besitzerin jenes Skeletts sein musste, die all die Massen von Ziegelsteinen gemacht hatte, und aus Verehrung für die doppelknochige Heldin widmete der Architekt ihr den Titel »Ziegelkönigin«.

Dann endlich konnte der Bau des Nationaltheaters beginnen, und kaum hatte die erste Zeitung einen Artikel über die fraglichen Ziegel veröffentlicht, begann eine Unzahl an Geschichten rund um den Stein sämtliche Medien zu bevölkern. Angefangen von den Erinnerungen ehemaliger Arbeiter der Fabrik bis hin zu Behauptungen, die tatsächliche Hauptfigur, die in Wahrheit die Ziegel gemacht habe, sei jemand ganz anderes, machten alle möglichen Nachrichten die Runde, so dass es schier unmöglich schien, zu unterscheiden, was wahr und was erfunden war. Beinahe täglich kamen neue Erkenntnisse hinzu, und nahezu täglich erschienen entsprechende Dementi. Inmitten all dieses Lärms machte die Welt Bekanntschaft mit dem schönen Namen einer gewissen Ziegelarbeiterin.

Ch'unhŭi.

Denn eben so lautete, wie wir wissen, der Name der Hauptfigur. Ihr hatte man die Steine für den Bau des Theaterhauses zu verdanken.

Und genau dieser für einen Moment aus dem Blickfeld geratenen Hauptfigur wenden wir uns nun wieder zu, der armen Ch'unhŭi. An jenem Morgen, nachdem sie lange auf der weiten Schneefläche gesessen hatte, laut weinend, ihr totes Kind im Arm, war sie schließlich aufgestanden, zu einem kleinen Hügel am Fuß des Tals gegangen und hatte den erkalteten Leib dort beerdigt. Ohne am Grab des Kindes eine Markierung zu hinterlassen, war sie zur Fabrik zurückgekehrt, auch ihre Klagerufe waren verstummt. Bis der Frühling kam, lag sie in ihrem dunklen Zimmer, nahm keine Nahrung zu sich und wartete auf den Tod. Sie besaß keine Kraft mehr, sich gegen die über sie verhängte, grausame Strafe zu wehren. Aber sie blieb am Leben. Drei Monate lang trank sie nicht einmal einen Schluck Wasser, doch der zähe Überlebenswille ihres Körpers erlaubte ihr nicht zu sterben.

Als es wärmer wurde, gab sie das Sterben auf und zog wieder hinaus, um etwas zu essen zu suchen. Auf den Lastwagenfahrer wartete sie nicht länger. Er war nur ein Mensch von den vielen, die von ihr fortgegangen waren. Sie hasste ihn nicht. Sie verstand es gar nicht, einen Zusammenhang herzustellen zwischen der Verantwortungslosigkeit des Mannes, der sie schwanger hatte sitzenlassen, und ihrem eigenen Schmerz. Für sie war der Schmerz lediglich ein in ihrem Inneren auftretendes Phänomen, niemand hatte schuld daran.

Als sie wieder einigermaßen bei Kräften war, begann Ch'unhŭi erneut, Ziegel zu machen. Dabei dachte sie an das tote Kind. Seine weichen Wangen und die zarten Finger, die aussahen wie Würmchen, der kleine Mund, wie er kraftlos an ihren Brüsten gesaugt hatte. Dann weinte sie jedes Mal. Daher nahm sie sich vor, nicht mehr an das Kind zu denken. Doch je mehr sie sich das vornahm, desto öfter kam ihr das Kind in den Sinn. Dann entschloss sie noch einmal, nicht an das Kind zu denken, und der Entschluss bewirkte, dass sie noch viel mehr an das Kind denken musste, und so kam es, dass sie den ganzen Tag lang an nichts anderes dachte als an das tote Kind.

Sie füllte Lehm in den Formkasten und presste Ziegel, und auf die noch weiche Oberfläche begann sie, mit einem dünnen Holzzweig das Gesicht ihres Kindes zu zeichnen. Ihre Bilder waren kindlich und unbeholfen, aber sie zeichnete pausenlos weiter. Irgendwann ging sie dazu über, nicht nur ihr Kind, sondern auch andere Menschen darzustellen, dazu Dinge, die sie erlebt oder gesehen hatte. Die Bilder wurden zu einem großen Trost für sie. Es machte ihr Freude, die mit den Zeichnungen versehenen, fertiggebrannten Ziegel vor sich auszulegen und immer wieder zu betrachten. Während sie das tat, konnte sie ihren Schmerz und ihre Einsamkeit vergessen. Sie fing an, immer mehr von ihren Erinnerungen in die Ziegel einzugravieren. Von Feinstrahl und Schlangen, Grashüpfern und Libellen, Rehen und anderen Objekten, die in der Umgebung häufig vorkamen, über allerlei Gegenstände, die ihr ihm Leben begegnet waren wie der Amboss aus der Schmiede oder der mit Ziegeln beladene Lastwagen, bis hin zu Szenen aus dem Café oder dem Bahnhof mit dem wütenden Jumbo war alles Gegenstand ihrer zahlreichen Bilder.

Einige Jahre vergingen. Seit dem letzten Besuch des Lastwagenfahrers war kein Mensch mehr zur Fabrik gekommen. Ch'unhŭi machte nach wie vor Ziegelsteine. Im Lauf der Zeit wurden ihre Erinnerungen immer undeutlicher. Das tote Kind, der Lastwagenfahrer, von ihren Gesichtern war nur mehr eine vage Vorstellung in ihrem Kopf vorhanden. Ganz am Anfang hatte sie Ziegel gemacht in der Erwartung, die Leute würden zurückkommen, dann, weil sie auf den Lastwagenfahrer wartete, doch alle diese Hoffnungen hatte sie schon vor langer Zeit aufgegeben. Weshalb aber machte sie trotzdem weiter?

Manche sagten, um die Langeweile der Abgeschiedenheit zu überwinden, andere führten den natürlichen Spieltrieb des Menschen an, wieder andere meinten, es liege an der Sehnsucht nach den friedlichen früheren Zeiten in der Fabrik, an ihrem Wunsch, in diese Zeit zurückzukehren, doch alle diese Deutungen reichen als Erklärung nicht aus. Denn Ch'unhŭi verschrieb sich ihrer Aufgabe viel zu aufopferungsvoll, als dass man sie als bloßen Zeitvertreib abtun konnte, viel zu schwer war die Arbeit, um als reines Spiel betrachtet zu werden, und viel zu eintönig, um nur die Sehnsucht als Grund anzuführen. Es gab auch Menschen, die einen Zusammenhang erkannten zwischen Ch'unhŭis Tun und den religiösen Felszeichnungen aus der Neusteinzeit, die Wale darstellten, doch ob in der Schlichtheit der das Tal von Nambaran erfüllenden Hexaeder so etwas wie ein religiöser Sinn lag, können wir nicht beurteilen.

Aber warum dann widmete sie sich mit solcher Hingabe der Ziegelherstellung? Was dachte sie, wenn sie dieselben Handgriffe immer und immer wieder durchführte? Falls darin eine Art Gebet lag, worum bat sie dann? Was war die Quelle dieser anrührend reinen und unbeirrbaren Leidenschaft? Die Wahrheit löst sich so leicht in nichts auf wie ein Eiswürfel, der in der Hand zerschmilzt. Ist es nicht vielleicht der einzige Weg, sich der Wahrheit zu nähern, wenn man all diese Erklärungs- und Deutungsversuche auf unbestimmte Zeit aussetzt? Wenn man diese Frau nicht einzusperren versucht in vereinfachende, starre Kategorien, sondern sie loslässt, sie einfach verwehen lässt wie den Wind, der einst durchs Tal von Nambaran gestrichen war? Verehrte Leserschaft, die Geschichte geht weiter.

Ch'unhŭi Fertigkeiten in der Ziegelherstellung entwickelten sich mit der Zeit immer weiter und erreichten einen hohen Grad an Ausgereiftheit. Sie hatte herausgefunden, dass sich eine bessere Textur erzielen ließ, wenn sie die Ziegel in der Form über Nacht stehen ließ und brannte, wenn sie noch feucht waren vom Tau; sie entdeckte, dass das Wetter während des Trockenvorgangs sich auf die Festigkeit der Steine auswirkte, und sie wusste, wie man durch die Steuerung der Kalzinierungsdauer die Farbe der Ziegel nach Wunsch regulieren konnte. Sie begann, die neugebrannten Steine auf der Wiese hinter der Fabrik aufzustapeln. Denn der Fabrikhof stand längst übervoll mit Stapeln fertiger Ware. Etwa zur gleichen Zeit begann ihr Körpergewicht allmählich zu schwinden, bei der schweren Arbeit und der schlechten

Ernährung nicht sehr verwunderlich, aber für sie, die auch mit wenig Essen immer ein Gewicht von über hundert Kilogramm aufrechterhalten hatte, war das eine erschreckende Veränderung. Auch ihre Haare wurden grau, die kräftigen Muskeln verloren an Elastizität, auf der Stirn zeichneten sich tiefe Falten ab. Über ihrer Arbeit wurde sie immer einsamer, und je einsamer sie wurde, desto großartiger wurden ihre Ziegel. Die Wiese hinter der Fabrik füllte sich mit immer neuen Stapeln.

Mehrere Jahre vergingen. Sie brannte weiter alleine Ziegel.

Wieder vergingen mehrere Jahre. Sie brannte immer noch alleine Ziegel.

Mehrere Jahre vergingen. Sie brannte alleine Ziegel. Kein Mensch kam zur Fabrik.

Epilog eins

Wie die Geschichte weitergeht, wissen wir alle. Die Eröffnung des Nationaltheaters und das anlässlich der Eröffnung vorgeführte Theaterstück. Die zahlreichen Reporter, die weniger wegen der Aufführung als vielmehr des Bauwerks wegen herbeiströmten. Die zur Vorführung geladenen Gäste aus Kultur, Kunst und Politik. Kurze Interviews mit Stars und Prominenten. Ein Wunderwerk der Architektur, ein Jahrhundertbau, internationale Bewunderung für das hohe Niveau der koreanischen Baukunst und dergleichen sich vor Superlativen überschlagende Kommentare in den Medien. Der bescheidene Architekt, der allen Verdienst einer gewissen Ziegelfabrikarbeiterin zuschreibt. Die gewohnheitsmäßige Reaktion der Beamtenschaft, ob man ihr, auch wenn sie schon lange tot sei, nicht zumindest posthum einen Orden verleihen müsse, und der anschließende Streit darüber, ob dieser Orden ein Orden für Verdienste um die Industrie sein sollte oder ein Kulturorden. Die im Anschluss daran massenhaft abgehaltenen Wissenschaftskonferenzen und zahlreichen Forschungspublikationen zum Thema Ziegel. Die Organisation der vorne erwähnten Forschungsgruppe »Auf der Suche nach der Königin« und das von einer Biene gestochene, in ein Krankenhaus eingelieferte, aber schließlich verstorbene Mitglied ebendieser Gruppe. Seine in Tränen aufgelöste Mutter. Dann der Grund für den Bau des Theaters, die Nordsüdkonferenz. Die unglaubliche Geschichte von dem Hotelangestellten, der die Zimmer falsch vergab, so dass die Gäste aus dem Norden auf der Seite des Hotels untergebracht waren, von der aus man das Theater gar nicht sehen konnte. Der Rauswurf des Hotelangestellten und die Abmahnung des für die

Organisation von Staatsakten zuständigen Stabs. Die Flut an Veröffentlichungen über Ch'unhŭi und ihre Ziegel. Die Verfilmung als Fernsehserie. Das Kopfzerbrechen des Drehbuchautors, wie er die für die Hauptrolle vorgesehene, achtundvierzig Kilo wiegende Schauspielerin die mehr als hundert Kilo schwere Ch'unhŭi spielen lassen sollte. Das aufwändige Umfrisieren der Story, weil auf den Einwand der Hauptrollendarstellerin hin, ob Porzellan nicht hübscher sei als Backstein, Ch'unhŭi von der Fabrikarbeiterin zur Keramikkünstlerin gemacht werden musste. Dann eine erneute Revision, bei der ihr Name, der zu hinterwäldlerisch klang, durch den Namen Annie ersetzt wurde. Eine weitere Nachtschicht, bei der der Lastwagenfahrer notgedrungen, auf die Forderung des mit der Rolle betrauten Schauspielers hin, der meinte: »So eine Scheiße, das schadet meinem Image«, zum Sohn eines Konzerninhabers umgemodelt werden musste. Die traurige, unmögliche Liebesgeschichte zwischen der achtundvierzig Kilogramm schlanken, mittellosen Studentin der Keramikkunst und dem Konzernerben. Das Gesetz der Einschaltquote. Der voraussehbare Erfolg der Serie und die bedeutungslosen Tränen des Massenpublikums ...

Belassen wir es dabei. Von der Wahrheit war nichts mehr übrig. Das ganze Geschwätz hatte absolut nichts mit dem Leben unserer Hauptfigur Ch'unhŭi zu tun. Sie war keine Heldin und auch keine Märtyrerin. Sie war keine Meisterin mit einem klaren Ziel vor Augen – und schon gar keine ernsthafte Künstlerin. Wir können nicht wissen, was sie dachte und welches Leben sie sich wünschte. Sie war anders als wir, und ihrer Andersartigkeit wegen lebte sie ihr ganzes Leben lang in Einsamkeit. All die Geschichten, die sich um Ch'unhŭi rankten, vermehrten sich von selbst wie Amöben, die tatsächliche Wahrheit aber, wie das vor langer Zeit verschwundene legendäre Buch der Kampfeskünste, hatte aufgehört, auf der Welt zu existieren.

Das Einzige, was sie hinterließ, waren ihre Ziegel. Und die darauf auf ewig festgehaltenen Zeichnungen. Mit den Bildern verbunden war der sehnliche Wunsch Ch'unhŭis, die Steine mögen später einmal in die Welt hinausgetragen werden und mitteilen, was sie auf dem Herzen gehabt hatte. Ihre Zeichnungen stellten eine Vielfalt von Dingen dar, doch besonders ein Stein, in einer Ecke des Theaters verbaut, zeigt sehr gut, was sie sich so lange Zeit erhofft hatte und wie verzweifelt diese Hoffnung gewesen war. Das Bild auf dem Ziegelstein sah so aus:

Ein Dichter, der Jahre später an dem Theater vorüberging, entdeckte das Bild zufällig und war tief bewegt davon. Er beschloss, der stummen Ch'unhŭi seine eigene

Sprache zu leihen, und verfasste ein Gedicht, in dem er ihre Sehnsucht in Worte zu fassen versuchte. Seine Zeilen lauteten folgendermaßen:

> Geliebter, komm zurück.
> Ich warte auf dich.
> Auch wenn die Sonne und der Mond
> Und viele Tage vergehen,
> Warte ich immergleich auf dich.
> Wie zwei Wiesel, die sich lieben,
> Wie zwei Libellen, die sich lieben,
> So wollen wir uns wiedersehen
> Und uns lieben so wie einst.
> Geliebter, komm doch zurück.
> Ich warte immergleich auf dich.

Epilog zwei

Es war ein warmer Frühlingsnachmittag. Ch'unhŭi saß auf der Erde, den Rücken an eine Ofenmauer gelehnt. Der Tod war jetzt schon ganz nah. Ihr Aussehen war unversehens das einer alten Frau mit weißem Haar geworden. Sie war erschreckend mager, von der Körperfülle, die sie zeitlebens herumgetragen hatte wie eine himmlische Strafe, war nichts mehr übrig, sie wog nun nicht einmal mehr dreißig Kilogramm. Die warmen Frühlingssonnenstrahlen fielen auf ihren vertrockneten Leib. Mit geschlossenen Augen dachte sie: Los, steh auf, du musst Ziegelsteine machen. Doch sie fühlte sich bleischwer und konnte keinen Finger rühren. Als sie mühevoll die Augen aufschlug, stand, halb wie im Traum, halb wie in der Wirklichkeit, Jumbo, der Elefant, vor ihr. Um ihn herum leuchtete immer noch der helle Schein, seine Gestalt war nur mehr als ein runder Punkt wahrnehmbar. Jumbo trat zu ihr hin und beugte sich herab, als wollte er sagen: Komm, steig auf. Sie schüttelte langsam den Kopf.

Ich habe nicht einmal mehr die Kraft aufzustehen.

Kleines Fräulein, jetzt ist alles vorbei. Streng dich nur noch ein ganz klein bisschen an.

Aus dem runden Licht streckte Jumbo Ch'unhŭi seinen langen Rüssel entgegen. Sie schaffte es gerade so, ihre Hand zu heben und danach zu greifen. Jumbo zog sie mühelos hoch und setzte sie auf seinen Rücken. Kaum saß sie, hob Jumbo ab und begann, senkrecht zum Himmel aufzusteigen. Ch'unhŭi hielt sich ängstlich an seinem Rücken fest und blickte herab. Unter sich sah sie die Ziegelfabrik mit den Öfen und das Dach des Wohnhauses. Und hinter der Fabrik die Stapel von Ziegeln auf der Wiese. Im nächsten Moment sah sie, wie Dornensträucher und giftiges Gras beängstigend schnell zu wuchern begannen und die Zufahrt verschlossen. Jumbo flog immer höher hinauf. Das Tal wurde sichtbar, in dem sie auf der Suche nach Essen umhergeirrt war, der Hügel mit dem Grab ihres Kindes und ein Stück weiter das Bachufer, wo Mun gestorben war, und die langgezogene Linie der Bahnstrecke.

Jumbo stieg noch höher, und nun sah man die von Pflanzen zugewachsene Stadt P'yŏngdae. Zwischen den Ruinen stach die Silhouette des Walfischkinos besonders deutlich hervor. Daneben kauerte immer noch der alte Hund und verfolgte die auf einem runden Licht davonfliegende Ch'unhŭi mit unsäglich neidischen Augen. Unterhalb des nach P'yŏngdae führenden Bergpasses lagen die rostigen Trümmer eines Lastwagens. Ch'unhŭi erkannte erst jetzt, dass der Lastwagenfahrer vor langer Zeit dort ums Leben gekommen sein musste. Sie fühlte bei dem Anblick keine Trauer, weshalb das so war, wusste sie selbst nicht.

Nein, nicht nur die Trauer, sondern alle ihre so fein ausgeprägten Sinne und Empfindungen schienen verschwunden zu sein, denn sie spürte überhaupt nichts. Nur eine absolute Leere erfüllte ihren ausgezehrten Leib. Jumbo flog weiter hinauf und die sich um die Berge windende Bahnstrecke verschwand, dafür kam endlich in der Ferne das Meer in Sicht. An seinem Ufer hatte ihre Mutter Kŭmbok ihre jungen Jahre verbracht, aber Ch'unhŭi sah es jetzt zum allerersten Mal. Sie blickte auf das sich weit erstreckende Blau, sich fest an Jumbos Rücken klammernd.

Schließlich verließ Jumbo die Atmosphäre und die ganze Erdkugel wurde sichtbar. Wie eine riesige, blaue Glasmurmel sah sie aus. Ch'unhŭi machte große Augen.

Ich wusste überhaupt nicht, dass die Erde rund ist.

Dummerchen, alles, was auf der Welt existiert, ist rund.

Ziegelsteine sind doch eckig.

Das stimmt. Aber wenn man daraus ein rundes Haus baut, sind sie am Ende doch rund.

Man kann doch auch eckige Häuser bauen.

Ja, aber wenn mehrere eckige Häuser zusammenkommen, wird daraus ein rundes Dorf.

Ach so. Aber wohin fliegen wir eigentlich?

Dorthin, wo nichts existiert, ganz weit weg.

Das war Jumbos Antwort. Ch'unhŭi nickte nur beiläufig, als wisse sie, wo das sei. Währenddessen wurde die blaue Murmel immer kleiner, bis sie nur noch so groß war wie ein Fingernagel. Am Himmel standen unzählige Sterne. Irgendwann erreichte Jumbo den weiten interstellaren Raum. In Wirklichkeit flog er mit unvorstellbar hoher Geschwindigkeit, aber weil es hier keinerlei Luftwiderstand gab, ging der Flug so still vonstatten, als bewegten sie sich schwimmend im tiefen Meer. Plötzlich fand Ch'unhŭi, dass sie so wie Jumbo nun auch von einem Lichtschein umgeben war. Sie sah an ihrem im Licht allmählich durchsichtig werdenden Körper hinab und sprach:

Hier ist es ganz still.

Es war eine echte Stimme, die aus ihrem Mund kam, und sie erschrak. Kein Zweifel, ihre eigene Stimme, dabei hatte sie auf der Erde noch nie ein Wort gesprochen. Ihr Klang war zart und undeutlich, wie der Wind, der an den Blättern der Bäume vorbeistrich. Jumbo, der wusste, dass Ch'unhŭi verwirrt war, lächelte.

Er flog immer weiter, mit unbekannter Geschwindigkeit. Bald befanden sie sich irgendwo in der Nähe des Andromedanebels, aber weil von der Bewegung nichts zu spüren war, sah es aus, als ständen sie still auf der Stelle. Dann wurden Ch'unhŭi und Jumbo durchsichtig, und gleichzeitig zerstoben auch ihre Lichter. Es war, als löste man ein Stück Zucker in Wasser auf. Ch'unhŭi fragte erschrocken.

Was passiert gerade mit uns?

Wir verschwinden, für immer. Aber hab keine Angst. Wenn sich jemand an dich erinnert, so wie du dich an mich erinnert hast, dann ist es genauso, als wärst du noch da.

Ch'unhŭi wollte noch etwas fragen, aber ehe sie den Mund öffnen konnte, lösten sich ihre Gestalten vollends auf, und nur zwei schwache Stimmen blieben zurück in den Weiten des Weltalls.

Kleines Fräulein, mach's gut.

Elefant, mach du's auch gut.

Foto: © Paik Da huim

Cheon Myeong-kwan

wurde 1964 im südkoreanischen Yongin geboren. Nach Schulabschluss und Militärdienst arbeitete er als Verkäufer von Sportartikeln und als Versicherungsvertreter, bevor er sich einige Jahre lang erfolglos im Filmgeschäft versuchte. Als Romancier hatte er mehr Erfolg: »Der Wal« wurde von der Kritik als der »spannendste Roman Koreas seit der Jahrtausendwende« gerühmt. Weitere Romane und Erzählungen folgten, 2022 gab Cheon schließlich sein vielbeachtetes Debüt als Regisseur mit dem Thriller »Hot Blooded«.

Matthias Augustin, geboren 1968 in Münchberg, lebt in München. Übersetzungen von Romanen und Kurzgeschichten von AutorInnen wie Hwang Sŏkyŏng, Kim Sŭng'ok, Pak T'aewŏn, Yang Kwija und Yi Yun'gi aus dem Koreanischen ins Deutsche.

Kyunghee Park, geboren 1969 in Seoul, lebt in München. Zahlreiche Übersetzungen deutschsprachiger Literatur ins Koreanische von AutorInnen wie Jurek Becker, Günter Grass, Hermann Hesse, Jakob Hein, Herta Müller, Tilman Rammstedt und Judith Schalansky.